大道长安

（上）

赵庆胜 著

浙江工商大学出版社
ZHEJIANG GONGSHANG UNIVERSITY PRESS
·杭州·

图书在版编目（CIP）数据

大道长安 . 上 / 赵庆胜著 . — 杭州：浙江工商大
学出版社，2024.6
ISBN 978-7-5178-5936-9

Ⅰ.①大… Ⅱ.①赵… Ⅲ.①散文集 – 中国 – 当代
Ⅳ.① I267

中国国家版本馆 CIP 数据核字（2024）第 010250 号

大道长安
DADAO CHANGAN

赵庆胜 著

策划编辑	王黎明
责任编辑	王黎明
封面设计	观止堂 _ 未氓
责任校对	林莉燕　李远东
责任印制	包建辉
出版发行	浙江工商大学出版社

（杭州市教工路 198 号　邮政编码 310012）
（E—mail：zjgsupress@163.com）
（网址：http：//www.zjgsupress.com）
电话：0571-88904980，88831806（传真）

排　　版	杭州彩地电脑图文有限公司
印　　刷	杭州高腾印务有限公司
开　　本	880 mm × 1230 mm　1/32
总 印 张	25.5
总 字 数	601 千
版 印 次	2024 年 6 月第 1 版　2024 年 6 月第 1 次印刷
书　　号	ISBN 978-7-5178-5936-9
总 定 价	118.00 元（全二册）

于无声处

（代序）

　　从《大江安澜》到《大道长安》，于作者而言，是一步必要的迈进，也是他"大"历史文化散文写作日趋成熟、愈加精进的踏实收获。

　　庆胜兄的历史文化散文，自述为"散文笔触、纪录片格调、传记小说韵味"，这的确是较为精准的定位和自我评述了，却也令我有所联想。宋人赵彦卫在《云麓漫钞》里讲唐传奇，谓唐代参加科考的举人，每每在科考前以传奇向主司等人"投献""温卷"，其作传奇"文备众体""可以见史才、诗笔、议论"。"史才、诗笔、议论"便是"文备众体"的具体体现和多元面向。一篇可读、可诵、令人赞叹和着迷的作品，常常是兼备各种好、多种妙的创造性融合，这仿佛是钻石的切面，愈多愈均衡，也就愈璀璨、愈贵重。作者将这种"文备众体"意识融入他的历史文化散文创作中并形成自觉：以"散文笔触"来磨砺和体现其语言文笔，以"纪录片风格"来吸收和转化叙事镜头和真实质感，以"传记小说韵味"来勾兑和强化讲说暨故事叙述的风格与可读性。因此，之前读《大江安澜》，特别是这次读《大道长安》，都不止于"写"的一面，而发觉其有"说"（说书、说唐）、"拍"（场景、蒙太奇）的多棱韵味。

于《大道长安》而言，可谓在叙事深度与力度上皆有所创新，这一点在我看来，首先是与此书写作的选题意识、主题意识、统一意识直接有关。书中每篇文章看似独立成篇，自成风景，其实又串珠成链，交相辉映，皇皇二百九十年的大唐王朝，犹如一幅栩栩如生、跌宕起伏的绵长画卷，透过历史缝隙，连缀起千年前帝王将相更迭的风云、文人士子唱和的咏叹、后宫粉黛纷争的悲凉、佛道人物修为的洒脱。换言之，所写皆长安，所系在大道。

唐朝，无疑是中国历史上最璀璨夺目、波澜壮阔的时代，它雍容儒雅，气象恢宏，容得下激情和梦想、人物与传说，不唯国人对它情有独钟，全世界至今都留有对它的记忆，由此，它也成为中国历史文化的一张重量级名片。作者遵循"尊重史实，透视人物；解读历史，融入思考；趣味讲述，呈现大美"的创作理念，用六十万字的笔墨，颇富兴味深情地讲述着大唐，在卷帙中重构起一个不一样的、独特的历史叙事坐标点。在我看来，这些往事里沉淀的不仅有一个民族涌动不息的文脉，还有绵延千年的情怀，不屈不挠的精神。作者以揉碎历史的解读，融入思想的讲述，引导读者去领略大唐王朝的别样风情，确有暗香扑面来之感。细阐述，又大致有三。

首先是注重素材遴选甄别。有关唐朝的书比比皆是，史料也浩瀚如烟。面对浩如烟海的历史素材，作者能够把握住尊重历史事实、去伪存真的总基调，以纪年为"经"，以大事件、大人物、大气象、大转折为"纬"，撷取最动人、精彩的人物，深挖其背后波澜壮阔、荡气回肠、鲜为人知的故事，让读者看到的不仅仅是帝王将相、文人士子、六宫粉黛、道士僧侣、逐梦枭雄，还有大唐帝国跨越近四百年时空，向遥远大汉王朝巍然致敬的豪迈，从张柬之发动"神龙政变"到唐玄宗平定太平公主叛乱所经历的八年丹墀喋血的悲怆，以及"开元盛世"天下大治的河清海晏、盛唐诗歌的气贯虹霓和霓裳羽衣的万种风情。

其次是注重氛围渲染营造。历史文化散文创作最忌一味堆砌史料。可喜的是，作者在这方面充分运用纪录片和蒙太奇手法，不断营造出紧张、激情、悲愤、无奈的多重场景氛围，将书中人物栩栩如生地立在读者面前，让人感受到未曾远去的血腥与悲怆，看到曾经的富庶与繁华。

富有哲理和思考的金句，在书中也构成另一种心灵场景。"没有个人的时代，只有时代里的个人。同样，时代里的每一个人，又都拥有这个时

代赋予他的梦想。""局势变幻从来不会有什么提前预告，世事无常同样不
会对谁有所偏爱。""距离权力太近，不管你愿意与否，身上总会被溅上权
力之争的血污。""每个人从诞生那一刻起，都自带使命，那就是成为这个
世界上独一无二的自己。"读之，让人深思。

最后是注重把握文风基调。《大道长安》让人从中读到的不仅是哀而
不伤，还有成长、唤醒、哲理、榜样，感悟到历史的沧桑气韵。全书从文
脉、情怀、精神切入，以情写人，以情感人，以情化人。正如作者所说，
文脉，是一个民族生生不息的灵魂。唐朝作为文人最幸福的时代，不同民
族、不同文化、不同生活方式在这里发生碰撞，美美与共，幻化成绚丽彩
虹。遭际不同的"初唐四杰"，豪爽浪漫的李白，忧国忧民的杜甫，积极
乐观的白居易……统统走上《大道长安》的舞台。在时代悬崖之上，他们
犹如一棵棵不朽的崖松，书写着自己与时代共生的人生诗篇。

当然，在书写大唐情怀和精神方面，作者也不吝笔墨，用多样化的人
物雕像展示唐代的人文宽度。有虚心纳谏、创下"天可汗"帝王伟业的李
世民；有舍身求法、对理想永不放弃的高僧玄奘；有一生为茶、把人的
"品行"引入茶事的茶圣陆羽……盛世里，帝王将相和文人士子都是繁华
的缔造者；乱世中，他们又都是中兴的追梦人。我们看到，共御外侮，万
邦来朝，是大唐王朝的气魄，白江口一战，不仅打得日本千年不敢往顾中
原，而且还使得版图臻于极盛。而在国家危难之际，文人士子们慷慨发出

"宁为百夫长、胜作一书生"的呐喊，这是一个民族不可或缺的硬气。

大，是一种状态，也是一种包容；道，是一种规律，更是一种途径。大道，既是帝王之道、将相之道，也是人民之道、兴亡之道。而长安既是一座城市、一个朝代，也是一种繁华、一种荣耀，更是一种追求、一种梦想。本书取名《大道长安》，可见作者的良苦寄托和美好寓意。在书中，他不仅是身临其境的"看客"，更是博学多识的"向导"，不遗余力地洞悉历史细节、奥秘、谋略、权术，然后以其独特视角，全面翔实细致入微地呈现给读者，于无声处暗香来。愿《大道长安》能为读者打开一扇新的历史之窗，让读者看到别样的历史图景和人文之美。

是为序。

夏　烈

2024 年 1 月 19 日

（本文作者为杭州师范大学教授，一级作家，中国作协网络文学研究院副院长，杭州市文艺评论家协会主席。）

目录

（上）

（下）

血色晋阳

百年兴衰史，千年中华魂。一个朝代不管是诞生还是灭亡，都有属于它的精彩和遗憾。在隋朝残垣之上崛起的大唐帝国，四海归一，万邦来朝，终于跨越四百年的时空，向遥远的大汉王朝巍然致敬。历经风霜雪雨的二百九十年国祚，成就了中国历史上最繁华的盛唐气象。

I

写大唐王朝，晋阳（今山西太原）古城是不得不提及的。它作为中国古代北方著名的大都会之一，最早在公元前497年，就已经出现在史书记载中。然而，作为李唐王朝龙兴之地的晋阳，它兴于赵鞅，毁于赵光义，兴衰都系于赵氏，或许这一切都是历史的巧合。

当时光闪回到一千四百多年前的大隋末年，照亮大唐王朝黎明的火种在晋阳古城燃起。泱泱历史长河中，晋阳古城既目睹了"富莫如隋"的大隋王朝最后一丝阴魂的散尽，也见证了当时世界上最强盛国家之一的大唐帝国的雄浑崛起，它承载着盛唐享国二百九十年的国祚荣光。

大业十三年（617年）七月初三，作为山西河东慰抚大使、太原留守、晋阳宫监的李渊，又是一夜未眠。"太守，您不能再犹豫了，再不做出决策，咱们就没有机会了！""大将军，我们已经到了'人为刀俎，我为鱼肉'的境地，当断则断，不要错失良机！"

夏日的晋阳，燥热难抵，而留守官邸内的众人更是心急如焚、如坐针毡。面对晋阳县令刘文静和晋阳宫副监裴寂的焦急催促，作为太原最高行政长官的李渊迟迟难以做出决策。在众人的焦急期盼中，他来回踱着步子，良久没有说一句话。时间一点点在流逝，刘文静和裴寂急得头上直冒汗，他俩眼巴巴地看着李渊，等待他最后的决策。

李渊忽然停下脚步，看了二人一眼，眉头紧皱，欲言又止。李渊接着又走到官邸窗前，直勾勾望着外面黑漆漆的无边夜色，他知道自己作为大隋重臣，深受皇恩，一旦起兵，前途未知，弄不好就会被淹没在这漆黑的夜色中。但此时的李渊，心里又十分清楚自己的处境，以及当今天下面临的即将分崩离析的危局。如今，隋炀帝昏庸无道，民不聊生，天下群雄竞起，农民起义的烽火已经燃遍全国，尤其是在大河南北和江淮地区，揭竿而起的义军摧枯拉朽般猛烈冲击着隋朝政权。"十分天下，九为盗贼"，如此乱世，甚至连不少豪门贵族也想趁机分一杯羹，占据郡县，自立一方为王。大隋王朝滑向毁灭深渊的轨迹显然已是无法改变，剩下的也只是时间问题了。

刘文静和裴寂都是李渊次子李世民的密友，在起兵这件事上，李世民与二人早就在暗中筹划，只是因为被李渊及时获悉，他们才不得不蛰伏待机。所以，李渊对刘文静和裴寂也算知根知底，知道二人说的都是掏心窝的话，是值得自己信任的左膀右臂。先说刘文静，此人是京兆郡武功县（今陕西武功）人，早年因父亲刘韶战死，袭任父职，被授予仪同三司。刘文静姿仪俊伟，才干突出，生性偶傥而有权谋。隋朝末年开始担任晋阳县令，与晋阳宫副监裴寂结为好友。当然，这个裴寂也是个不简单的人物，他是蒲州桑泉（今山西临猗）人，幼年丧父，由兄长抚养成人，十四岁便被补任为并州主簿，可谓少年有为。裴寂历任左亲卫、齐州司户参军、侍御史、驾部承务郎、晋阳宫副监。

大业十二年（616年），李渊出任太原留守，裴寂因与其有旧交，深受礼遇，这对老朋友经常在一起昼夜饮宴。而久居朝堂识人无数的刘文静，早就看出李渊是个胸怀大志之人，便主动与其交往。俗话说，虎父无犬子。日久天长，刘文静发现李渊的次子李世民似乎更有才干，对李世民十分赞赏，他甚至对裴寂说："李世民绝非庸碌之辈。此人豁达大度，神武雄豪，是汉高帝、魏太祖一类的人物，年纪虽轻，却有天纵之才。"但是裴寂却不认同他的观点。后来，刘文静因为与瓦岗寨李密有姻亲关系，被关进太原监狱。

"莫愁前路无知己，天下谁人不识君？"有时欣赏也是互相的，就在刘文静赞赏李世民的同时，李世民也同样认为他是可以共谋大事的人，于是便经常去监狱探望刘文静，并经常询问他对时局的一些看法。刘文静认为天下大乱，只有商汤、周武、汉高、光武这样的雄才方能平定。他对李世民说："如今李密围攻洛阳，皇帝远在淮南，各地义军数以万计，跨州连郡、阻碍山泽。如能顺天应人，高举义旗，则天下不难平定。而今避乱的百姓都来到太原城中，一旦聚集起来，可得十万之众，令尊所领之兵也有数万，君言出口，谁敢不从？到时乘虚入关，号令天下，不到半年，帝业可成。"

刘文静一番话，确实说到李世民的心坎里去了。于是，李世民就按照他的建议，暗中悄悄筹划起义，准备待机而起，但李世民最担心的还是父亲李渊这一关，怕他不同意。刘文静有纵横之略，他知道李渊与裴寂关系很好，就将裴寂介绍给李世民。与其苦心孤诣地琢磨事，不如尽心竭虑地琢磨人。裴寂爱好赌博，经常与龙山县令高斌廉在一起聚赌，李世民了解之后，便私下拿出数百万钱财，交给高斌廉，让他赌博时故意输给裴寂。为此，裴寂非常高兴，与李世民的关系也越走越近，李世民便向他和盘托出想起兵造反的事，并请他出面说服父亲李渊，裴寂当即答应。

裴寂在帮助李世民起兵这件事上，确实是不遗余力，为了达到目的，他给李渊挖了一个很大的坑。据《旧唐书·裴寂传》记载，裴寂不负李世民所托，私下挑选晋阳宫宫女服侍李渊，他陪同李渊饮宴，并在酒酣之际对李渊说："二郎（即李世民）正在暗中招兵买马，欲行大事。今天，我私自安排宫女侍奉您，事情一旦泄露，一定会遭到皇帝诛杀。如今天下大乱，盗贼遍布天下。若守小节，难免一死；若举义兵，必能成事。我们已经商量好了，准备跟随二郎起兵，不知您意下如何？"裴寂一半是威胁，一半是劝说。李渊是何等聪明，他马上明白了裴寂的意思，醉醺醺地说："我儿既已定计，就这么办吧。"当然，事后他肯定不会承认，因为谋逆毕竟是灭九族的大罪。

无巧不成书，正当李世民等人瞒着李渊紧锣密鼓筹措起兵时，太原副留守高君雅被突厥击败，作为太原留守的李渊自然难脱干系，因此获罪。李世民见机会来了，便又安排刘文静和裴寂去劝说父亲李渊说："如今天下大乱，您身处嫌疑之地，又立不赏之功，恐怕难以保全。如今部将兵败，您因罪被拘，事情确实急迫，应当拿出办法来。晋阳之地，兵强马壮，宫监之中，府库盈积，以此举事，可立大功。关中天府之地，代王年纪幼小，权贵豪强并起，不知所从。希望您发兵西向，以图大事。"史书评价李渊"素怀济世之略，有经纶天下之心"，他确实是个老谋深算的政治家，李渊既没有顺着二人的话说，也没有当面斥责他们，而是当作什么都没有听见。

李世民见父亲李渊没有反应，就认定这是默许，于是就暗中部署宾客，结纳死士，并与刘文静等人约定好起兵日期。但就在这紧要关头，此事被李渊得知，在他干预下，起兵之事被紧急叫停。李世民不甘心就此作罢，命刘文静伪造隋炀帝敕命，声称要征发太原、西河等地百姓，远征辽东，消息一经传开，立刻引发太原等地百姓民心大乱。刘文静又趁机撺掇裴寂说："你难道没听说过'先发制人，后发制于人'吗？你应该再去劝说唐国公（李渊的名号）即刻起义，怎能如此迟延？况且，你身为晋阳宫副监，却让宫女侍奉唐国公，你死也就罢了，为何还要连累唐国公呢？"裴寂一听这话，十分恐惧，于是，加紧在李渊耳边吹风，督促其早日起兵。

2

纵观李渊起兵前后发生的一切，他作为资深政治家，或许李世民等人的一举一动，早就在他掌控之中。那么，既然是在掌控之中，他为什么还要拒绝李世民提出的举兵反隋倡议呢？

这一切还得从李渊的家事说起，李渊的发妻窦氏（即窦皇后），为北周神武郡公窦毅之女，窦氏的舅舅是北周周武帝宇文邕。窦氏自幼才貌出众，喜读诗，善书学，她虽出身高贵，却没有一般宫廷女子的矫揉造作，而是刚毅果敢，并且有很敏锐的政治洞察力。当年，未及弱冠的李渊，因射术精湛，与窦氏喜结连理，后人还专门用"雀屏中选"这个成语，来形容他和窦氏的相识相知。

婚后不久，李渊的父母便相继撒手人寰。窦氏的出现犹如一盏明灯，逐渐照亮了李渊那颗黯淡的心灵，这或许是他一生中最为幸福的时光。据史书记载，窦氏先后为李渊生下四儿一女，使得李家几近绝户的门庭重新兴旺。而李渊出任太原留守时，窦氏早在四年之前就病逝，然祸不单行，之后年仅十六岁的第三子李玄霸也不幸早薨，此时长子李建成和四子李元吉还在隋帝国控制的河东老家。至亲的不断亡故，让历经苦难折磨的李渊倍加珍惜骨肉亲情。虽然，他早已下定起兵的决心，但是他仍按兵不动，因为觉得时机尚未成熟，他需要有十分的把握和绝对的安全。

李世民等人或许并不知道，李渊拒绝贸然行事，还有另外一个重要原因。因为晋阳是隋帝国的北部边陲，也是防御北方突厥的军事重镇，要想起兵西进长安，则首先必须解除来自北方的威胁。突厥，一支公元六世纪中叶崛起于漠北的游牧民族集团，也是继匈奴、鲜卑、柔然之后，又一个雄踞在高原大漠之上，横亘东西的可怕的外夷力量。作为马上的民族，此时的突厥已经完全取代大隋，成为新的东亚霸主。所以，尽管李渊虽有起兵之心，但为减少西进阻力，他既不能与突厥为敌，使自己腹背受敌，也不能公然背叛隋廷，称臣突厥，背负乱臣贼子的骂名，这似乎是个无法逾越的障碍。任职太原留守之后，这个问题一直深深困扰着李渊，每每站在晋阳的城头，他总是不时地眺望远方，那是河东的方向，是他对家人的思念。李渊只能以时间换空间，静静等待时机的到来。

"山雨欲来风满楼，黑云压城城欲摧。"在经过多次考验之后，李渊完全可以确定，刘文静和裴寂与他们父子已经同在一条船上，他们对腐朽堕落的大隋王朝也早已失去信心。李渊知道，此时自己已是箭在弦上，已经到了不发不可的地步。自从治下驻马邑（今山西朔州）鹰扬府校尉刘武周，敢冒天下之大不韪发动兵变起，他就已经被推向了隋廷的对立面。刘武周起兵后不仅杀死了马邑太守王仁恭，还攻占汾阳宫，占据马邑自称天子。而且刘武周在突厥可汗支持下，还意欲图谋南下，与隋帝争夺天下。

为此，隋炀帝杨广大为震怒，曾一度要提李渊到江都治罪。天下大乱，各地群雄纷纷起兵反隋，虽然李渊对隋炀帝也颇为不满，但他一直坚持隐忍为上，可这次刘武周谋反，好比自己亲手塞给隋炀帝一把刀子，恐怕项上人头难保。

太原的夜色依然深沉凝重，留守官邸内，李渊站在窗前，双眸炯炯有神，似两把利刃，刺破了漆黑厚重的夜色，看到了那抹即将到来的黎明曙光。此时的李渊，铺陈蓄势，运筹千里，他胸中俨然已经有了一个澄清宇内、以唐代隋的起兵方案。李渊转过身坚定地对众人说："事急矣，可举事！"就这样，孕育二百九十年大唐帝国的那粒种子，在那个漆黑之夜开始萌发。

为解决兵力不足问题，李渊以防备刘武周和突厥南下为由，分派李世民、刘文静、长孙顺德、刘弘基等人四处募兵。王朝将倾，人心向背，没过几日，就招募兵丁万余人。可是，世上没有不透风的墙。虽然李渊招募兵丁打的是讨伐刘武周叛军和防备突厥南下的名义，但还是引起两个人的怀疑，这两人便是太原副留守王威和高君雅。这二人可不是什么善茬，早在大业十二年（616年）七月，隋炀帝任命李渊为太原留守时，同时一纸诏令，也任命郡丞王威、武牙郎将高君雅为太原副留守，给李渊当副手。王威和高君雅来太原的目的不言而喻，实际是奉命前来监视李渊，由此看来，隋炀帝从来就没有相信过李渊。

王威和高君雅见李渊派人四处招兵买马，又听闻他密遣信使前往河东召回李建成和李元吉，感觉大事不妙，怀疑李渊"有异志"，要谋反。王威和高君雅心想："既然我俩手里有隋炀帝的密旨，不如来个先斩后奏，到时也好向皇帝邀功请赏。"于是，二人密谋决定哄骗李渊父子去晋祠祈雨，准备在那里想方设法除掉李渊父子。可人算不如天算，他们的如意算盘却被晋阳县的一个小小的乡长刘世龙破了局。

王威、高君雅想要刺杀当地的最高长官太原留守，必须得有当地的乡绅支持配合才行，否则很难成功。晋祠在晋阳县晋阳乡，当时晋阳乡的乡长叫刘世龙。王威、高君雅认为，一个小小乡长应该不会与留守大人有什么瓜葛，只要多给些金银好处，就一定会鼎力支持。况且，他俩平时与刘世龙还算有些交情，此时王威和高君雅已经把刘世龙当成了自己的人。

他们把刘世龙找来，将准备暗杀李渊的事和盘托出，对刘世龙说："现在久旱无雨，我们打算请李渊去晋祠求雨，到时候在晋祠周边埋伏刀斧手，等李渊到达晋祠后，就叫刀斧手将其杀掉。"刘世龙闻听十分吃惊，但他故作镇静，当场表态，表示愿意为朝廷赴汤蹈火。其实，他心里明白，此时摆在自己面前有两条路可选：一条是配合王威、高君雅一起干掉李渊，做隋朝的忠臣；另一条是追随李渊造反，杀了王威和高君雅。在李渊和王威、高君雅之间，刘世龙最终还是选择了支持前者。他表面上答应二人的请求，但告辞之后，马上来到李渊府邸，将王威和高君雅的谋杀计划向其和盘托出。李渊闻听颇为震惊，决定先下手为强。

《旧唐书》对此是这样记载的，大业十三年（617 年）五月十五，李渊正在召集属下开会，突然有个叫刘政会的下级军官跑进来报告说："我有紧急情况要向唐国公报告。"李渊看了看王威，意思是让王威去接报告。王威刚要起身，刘政会马上接着说道："我要告发的就是副留守王威。"李渊佯装不信问道："到底什么事情？"刘政会向前呈上报告，李渊接过打开一看，大吃一惊，回头对王威厉声喝道："王威、高君雅暗自勾结突厥，引突厥入寇中原，准备攻打太原。"王威、高君雅先是一怔，马上就明白过来，大声喊道："造反的人要杀我们！"李渊装作一副公事公办的样子，命人将他俩押入监牢，等候发落。其实，这一切都是李渊事先安排好的。两天之后，恰巧有数万突厥大军进攻晋阳，李渊便名正言顺地命人将二人推出斩首示众。之后，又设下空城计，大开城门吓退突厥军队。

恐怕王威、高君雅二人到死都不会知道，告密的就是那个小小的乡长刘世龙。那么，刘世龙为什么要帮助李渊呢，他们之间又有什么关系呢？其实，李渊与刘世龙根本没有交集，一个正二品的留守，一个连官职都算不上的小乡长，二人之间相差甚远。李渊虽然不认识刘世龙，但是作为晋阳本地乡绅的刘世龙，却知道新来的留守大人叫李渊。《旧唐书》曾记载："刘世龙者，并州晋阳人。大业末，为晋阳乡长。高祖镇太原，裴寂数荐之，由是甚见接待，亦出入王威、高君雅家，然独归心于高祖。"

3

原来李渊上任不久，有一天，裴寂领着一个人来见他，此人就是刘世龙。刘世龙是当地乡绅，裴寂是晋阳宫副监，两人日常交往十分密切。当时，李渊面对这样一个小乡长的来访，丝毫没有高高在上的官架子，而是用他一贯的待客之道，热情接待。刘世龙很受感动，心想："人家这么大的官职，能够如此对待我这样一个小民，实在让人感动。"当时他恨不得把心掏出来回报李渊。

事后回头想想，李渊在善待下级的同时，也给自己种下福根，危急时刻，一个小小的乡长不仅拯救了他，甚至可以说拯救了尚未出世的大唐王朝。刘世龙因为密报有功，大唐建国后，被授予银青光禄大夫（从三品官职），后又转为鸿胪卿。唐高祖李渊还给刘世龙改名为刘义节，可谓风光至极。

李渊忽然想起，早在多年之前，有一个善于相面的人叫史世良，曾经告诉他说："您的骨骼清奇，必为一国之主，愿您自爱，不要忘记鄙人说的话。"如今，李渊虽然不敢说史世良的话确切，但对他来讲，原本就受隋炀帝的怀疑，如今又杀了隋炀帝派来监视自己的两个副留守，已经到了不得不反的境地，开弓没有回头箭，起兵之事再也不需要遮遮掩掩了。

大业十三年（617年）七月初四，经过一夜深思熟虑的李渊，一大早，便在晋阳宫城东的乾阳门街军门前，集结三万将士，竖起白旗，誓师起兵。李渊站在阅兵台上，发表了慷慨激昂的誓文，历数隋炀帝的种种罪恶，最后宣布"兴甲晋阳，奉尊代邸，扫定咸洛，集宁寓县"。就这样，李渊以"废昏立明，拥立代王，匡复隋室"的名义正式起兵，并任命自己的儿子李元吉为镇北将军、太原郡守，留守晋阳。

俗话说，兵马未动，粮草先行。起兵当务之急，需要解决的就是军费问题。裴寂凡事想在前面，他不光给李渊进献了五百宫女，还将晋阳宫中的九万斛粮草、五万段杂彩、四十万领甲胄充作军用。不久，李渊开大将军府，任命裴寂为长史，赐爵闻喜县公。

作为偏安一隅的隋朝重臣，李渊是如何在短短数年间脱颖而出的呢？

隋朝又是怎样一步一步走向没落的呢？要解答这些疑问，事情还要从头说起。李渊，北周天和元年（566年）出生于长安，是十六国时期西凉开国君主李暠的后裔。他的祖父李虎，在西魏时官至太尉，是西魏八柱国之一。他的父亲李昞，北周时历任御史大夫、安州总管、柱国大将军，袭封唐国公。捋捋李渊的家世，说他出身豪门望族、门阀世家，一点都不夸张。可是就在李渊七岁时，他的父亲李昞不幸去世，李渊袭封为唐国公。

李渊青少年时代，历经北周武帝统一北方、周宣帝乱政、杨坚取代北周建立隋朝等一系列重大历史事件，虽不能说他深谙朝堂之事，但也算了解一二。李渊长大成人之后，为人洒脱，性格开朗，待人宽容，他周围经常聚集着一帮文臣武将。李渊深得隋文帝和文献皇后的垂爱，他起家千牛备身（皇帝禁卫武官），隋炀帝时又官至卫尉少卿。隋炀帝东征那年，专门敕令李渊负责督运粮草。之后，他又奉命平毋端儿起义，率兵抵御突厥的进攻。

李渊之所以能够走进大隋政坛的核心，除了他出身优越外，确切地讲，还离不开关陇集团贵族高层的大力支持。如果细说，他和隋炀帝杨广还有一层特殊关系，李渊的母亲是隋文帝独孤皇后的姐姐，也就是说，李渊的生母与隋炀帝杨广的生母是亲姐妹，这样算起来，李渊和杨广算是亲姨兄弟。正是因为有这层特殊关系，隋文帝才会对李渊如此亲近器重。

公元581年，隋文帝建立隋朝，李渊被任命为千牛备身，后来又历任谯州（今安徽亳州）、陇州（今陕西陇县）、岐州（今陕西凤翔）三州刺史。既然隋文帝对李渊如此厚爱，那隋炀帝即位后，自然也不敢慢待这位姨兄弟。最初，隋炀帝让李渊先后做了荥阳（今河南荥阳）、楼烦（今山西静乐）两个郡的太守，后来又安排他入朝任殿内少监。尽管史书对此记载不多，但从李渊与隋朝帝王家的关系和两任帝王对他的关照来看，其仕途也是风生水起。正是这样良好的成长环境，才为三十年后的大唐帝国造就了一代帝王。

大业九年（613年），对于隋王朝和李渊来讲都是一个重要的分水岭。这年春天，富有赌徒心理的隋炀帝，举全国之力，第二次征伐辽东（高句丽）。正是这次征伐，又一次给了李渊崭露头角的机会，正式开启他的戎马生涯。隋炀帝安排李渊在怀远镇督运军粮，督运军粮的职务可非同小可，皇帝一般都是安排自己的亲信要员，负责枢纽、要冲的军粮督运。从辽东之役相关记事来看，"督运"一职，也是行军后勤保障至为关键的职位。

正当隋炀帝一心扑在征伐辽东之事时，这年农历六月初三，大后方传来一个石破天惊的消息：杨玄感反了。那么，作为关陇集团子弟的杨玄感为什么要倒戈呢？这还得从隋炀帝生性猜忌说起。要知道隋炀帝之所以能够登基上位，完全是仰仗杨玄感的父亲杨素。杨素可是大隋举足轻重的人物，他出身于关中士族弘农杨氏，是隋朝的军事家、权臣、诗人。杨素先是支持晋王杨广登上太子之位，攻灭陈朝后，在其鼎力斡旋之下，杨广才得以飞身九五，登基帝位。杨素平定汉王杨谅叛乱，积累功勋，后封楚公，进位司徒。"使素不死，夷其九族。"杨广即皇帝位后，受猜忌心理驱使，生怕杨素对自己不利，最终将扶他上位的第一功臣杨素剪除。

杨素的长子杨玄感为此对隋炀帝恨之入骨，再加上隋炀帝登基后，实施的一系列改革举措严重损害关陇集团利益，关陇集团认为隋炀帝劳民伤财，征伐辽东是倒行逆施。于是，在黎阳仓（位于今河南浚县）督运军粮的杨玄感，认为自己占据天时地利人和诸多有利因素，决定利用民愤举兵起事。黎阳仓，位于浚县大伾山东麓，是隋朝大运河沿岸的国家官仓，规模大，存粮多，与洛阳的洛口仓齐名，被誉为"天下粮仓"。占据官仓优势，这也是杨玄感举兵起事的底气所在。

可以说，杨玄感叛乱，是在隋末民怨沸腾、暗流涌动之际，拉开了隋朝大厦将倾的序幕。同时，也象征着关陇集团反抗隋炀帝打响了"第一枪"。此时，同样作为关陇集团贵族子弟的李密，对隋炀帝的做法也颇为不满，他毅然决然地与杨玄感站在一起，担任叛军的军师。杨玄感叛乱被平定后，李密又上瓦岗寨，成为瓦岗军首领。

正是因为杨玄感的叛乱，隋炀帝迫于无奈，只得匆忙结束伐辽之役，班师回朝，兵锋直指河南。同时，为了防范杨玄感兵犯长安，隋炀帝还命令李渊去镇守弘化郡（今甘肃庆阳），让他兼知关右诸军事，具体负责整个关中地区西部的军事行动。由此，李渊正式开启他的戎马生涯。

4

在经历杨玄感叛乱后，隋炀帝犹如惊弓之鸟，对关陇集团倍加提防，他把关陇集团子弟看成眼中钉肉中刺，当然李渊也不例外。有一次，隋炀帝下诏命令李渊去自己巡行所到之地，但李渊因为生病没有去，隋炀帝就对李渊在后宫的外甥女王氏说："你舅舅怎么迟迟不来？"王氏诺诺回答说："李渊病了。"隋炀帝又接着问："病得要死了吗？"王氏顿时吓得一身冷汗，事后连忙把这一情况告诉了李渊。李渊听闻十分恐慌，之后，便无节制地饮酒，收受贿赂，自污其名，才得以自保。

隋炀帝杨广，作为中国历史上争议最大的一个帝王，坊间谈起，绝对是以昏君面目出现。"弑父""淫母""幽弟"等都成为他的专属标签。然而，隋炀帝的人设真的就这么不堪吗？他又是怎样堕入万劫不复深渊的呢？

公元 581 年，杨坚代周建隋，是为隋文帝。他的立国之本是"关中本位政策"，即：视关中为根本，长期精心经营，建立巩固大本营，从而控制全国。隋文帝"素无学术，不悦诗书，不知乐"，治国尚权谋而轻视文化，这也与他出身关陇集团的背景有关。关陇集团贵族多以军功起家，素有轻视文化建设的传统。隋文帝建立隋朝后，虽然实现了地域、政治双重意义上的南北统一，但他顽固的"关中本位政策"，对江南士族文化有一种根深蒂固的偏见，从骨子里拒绝接受吸纳。纵观隋文帝一朝，台阁重臣几乎没有一位是来自南方的，一些行政措施也十分明显地表现出他厚关中而薄江南的偏见。

隋炀帝与隋文帝截然不同，隋炀帝即位后，他知道长安已经挑不起新帝国的政治平衡，欲成大业，开始推行南北融合、文化认同和国家统一。他首先从调整帝国的政治重心开始，将帝都由长安迁到了位于南北接合点的洛阳，以此来提升隋王朝的国家安全系数。隋炀帝还清醒地认识到，国家虽然已经统一，但也只是形式上的统一，南北方之间就像刚通过手术联结在一起的器官，还在不断地发生排斥反应。南方经济富足，北方却土地贫瘠，两地相视，几如异族。为使帝国的统一从形式升华为精神，隋炀帝决定再出猛招，开凿一条贯通南北的大运河，这样才能真正实现血脉贯通，实现物质交流和文化融合。

隋炀帝的初衷是想干好事，干大事，以成就圣王伟业，这也是他把年号定为"大业"的初衷。可终究由于他创大业的心太切、太大，竟然不顾历史客观条件，唯帝王权力意志是用，结果翻了船，走向了反面，成为亡国之君、历史罪人。有诗云："禹王治水争言利，炀帝修城尽道荒。功业相同仁暴异，须知别自有商量。"一句"功业相同仁暴异"，彻底道出大隋走向没落的原因。禹王和炀帝都是为了成事立功，其结果却不一样，隋炀帝走向了反面，可谓冰火两重天。

隋炀帝执政后，浓郁的"南朝化"色彩越来越激起关陇集团军事贵族的强烈反感。开皇十年（590年），二十岁的杨广，以行军元帅统率诸军平定陈朝后，遂出任扬州总管，此后坐镇东南长达十年之久。由于他长期浸淫于江南秀丽山水环境中，深受优雅浓郁文化氛围的影响，慢慢养成了"王好文雅"的品性，后来他迎娶的萧皇后也是南方人。

隋炀帝即位后，南朝文学风尚开始弥漫朝野，而且逐渐进入统治集团"最有权势"的核心阶层。隋炀帝虽然出身关陇集团，也代表着关陇集团的最高政治利益，但从文化角度讲，他"扬南抑北"的倾向却十分明显，显然与关陇集团的统治意志相背离。后来，他又创立进士科，被后人认为是科举制产生最为重要的标志。进士科特重文才，对于文化气息浓郁的南朝士人来讲，等于朝廷为他们敞开了进入北方政权殿堂的大门，南朝士人可以凭借文学成就进入朝廷高层。然而，这对于关陇集团来讲却恰恰相反，科举制成为"素无学术"的关陇集团子弟加官晋爵的"拦路虎"，严重打压了关陇集团。同时，隋炀帝笃好佛教，他懂得利用佛教作为统战工具，安抚江南士人，以促进南北文化交流。他还与天台宗创始人智颢交往甚密，更是成为中国佛教史和南北文化交流史上的一段佳话。

不管是贯通南北运河也好，推进"文化战略"也罢，隋炀帝的真实意图是想增强隋廷的向心力、凝聚力，但却没有实现。反之，隋廷"南朝化"政策的实施，大大削弱了关陇集团的影响力，更加激起关陇集团的强烈不满。前面所讲的杨玄感叛乱，也有这方面的原因，杨玄感本身就是关陇集团成员，他认为隋炀帝是集团的叛徒。虽然杨玄感反击隋炀帝的叛乱没有成功，但此后仍有大量关陇集团成员投身到反隋队伍中，隋末农民起义也由此变得更加复杂。

隋炀帝过于倚重江南的政策，导致他犯下一个致命的错误，他大一统执政理念严重损害了关陇集团利益。因此，他不仅丧失了关中基地，还与关陇集团产生深刻矛盾。最终，他"走出关中""倚重江南"的执政策略，不仅没有使隋王朝国祚延长，相反加速了帝国的灭亡。

那么，关陇集团为什么有如此巨大影响力，它又是怎样产生的呢？所谓关陇集团，是北魏时期籍贯在陕西关中和甘肃陇山周围的门阀军事势力的总称。关陇集团由西魏宇文泰创立，集团主要由一些军功贵族组成，而这些军功贵族绝大多数又出将入相。宇文泰当初创立这个集团的初衷，是为了与东魏高欢集团相对抗，最大限度地发挥关陇地区人力物力资源优势。

西魏时，随着府兵制的进一步完善，在府兵的顶端设置了八柱国和十二大将军，合起来这二十个家族组成了整个西魏和北周权力集团金字塔的塔尖。然后，再在这个基础上诞生了关陇集团，所以西魏、北周、隋、唐四代皇帝都是出自这个集团。其中，西魏、北周和唐朝的帝王始祖都是八柱国之一，李渊的祖父李虎就是八柱国大将军，而隋朝帝王的始祖曾是十二大将军之一。所以，关陇集团在当时具有相当大的话语权。面对这样的现实，隋炀帝的头脑始终没有冷静下来，他漠视关陇集团利益，依然沉迷于自己"南北一统"大业中。为此，他开始残酷镇压起义军，甚至大开杀戒，将一些开国元勋罢免的罢免，处死的处死，流放的流放，有的还开除三代仕籍。

5

南方的江都（今江苏扬州），就像是个魔力之都，深深吸引着隋炀帝。纵观历史，隋炀帝振兴"大业"的梦想和亡国之路，似乎都是从江都开始的。隋炀帝开凿贯通南北大运河，曾三游江都，每一次排场都空前盛大。大业元年（605 年）秋，他第一次偕皇后、嫔妃、贵戚、朝官及僧道，率二十万人从通济渠赴江都巡幸。

据史料记载，他所乘龙舟长二百尺，高宽各四十五尺，像一座移动的水上宫殿。龙舟的外观是一条巨龙，龙头高昂，怒目圆睁，威严无比，龙尾高翘，直指苍穹。龙舟"饰以丹粉，装以金碧珠翠，雕镂奇丽"，插满彩旗，非常壮观。龙舟有四层，最上面一层是正殿和东西朝堂，是他办公和接见大臣的地方。中间两层有一百二十个用金玉装饰的房间，是他娱乐和休息的地方。最下面一层是内侍住所，内侍主要负责照顾他的日常生活和安保工作。其他人分乘黄篾舫、朱鸟航、苍螭航、玄武航、青凫舸、凌波舸、五楼船、三楼船、二楼船等各色船只，共计五千二百余艘。船只首尾相接，绵延二百余里。运河两岸大队骑兵夹岸护送，同样也是绵延二百余里，旌旗蔽野，蹄声隆隆。船上的人饮酒享乐，到了夜晚，更是灯火通明，鼓乐之声闻于数里之外。隋炀帝从江都回洛阳走的是陆路，又命人盛修车舆辇辂，旌旗羽仪之饰，壮丽非凡。

此后，大业六年（610年）三月，隋炀帝再游江都，大摆宴席，宴请江淮名士。六年之后的七月，隋炀帝又萌生第三次巡幸江都的念头，也正是这次南游，使大隋君臣之间的矛盾充分暴露无遗。这次巡幸遭到大臣们的强烈反对，"朝臣皆不欲行"，纷纷劝谏他放弃南行，西还京师，"帝大怒"，当场下令逮捕劝谏之人。建节尉任宗上朝时"上书极谏，即日于朝堂杖杀之"，在朝堂上，当场就把任宗给打死了。车驾出建国门，奉信郎崔民象在门前上表谏，"帝大怒，先剖解其颐，然后斩之"，先削掉崔民象的两腮和嘴巴，然后再将其斩杀。车驾至汜水县（今河南荥阳），奉信郎王爱仁复上表请还西京，炀帝"斩之而行"。至梁郡，郡民邀车驾上书称"陛下若遂幸江都，天下非陛下之有"，其结果也是"又斩之"，此时的隋炀帝简直就是杀星下凡。

就这样，隋炀帝踏着臣子们的忠勇鲜血，携后宫百僚依旧浩浩荡荡地出发了。临行前，他还给东都宫人留了一首诗："我梦江都好，征辽亦偶然。但存颜色在，离别只今年。"诗虽如此，其实他此去也是一去不返。据史书记载，隋炀帝"靡有定居"，在位十二年，居京不足一年，而到处巡游却占十一年。他北出长城，西巡张掖，南游江都。由此看来，在一定意义上他是因为巡游江南而亡。

隋炀帝弑父杀兄登基执政，穷兵黩武，骄奢淫逸，大兴土木，已经把社会经济推向绝境。"黄河之北，则千里无烟；江淮之间，则鞠为茂草。"公元616年，隋炀帝第三次游幸江都时，大隋已是山河破碎，满目疮痍。在频繁劳役和兵役的透支下，曾经一度繁荣兴盛的大隋帝国再次风雨飘摇，濒临崩溃的边缘。乱世英雄乱世情，天下各路英豪早已不奉隋朝为正朔，纷纷拥兵割据，称帝称王。先是林士弘建立楚国，自称楚王，年号为"太平"。之后，全国二百多支反隋起义军逐渐形成三支主力，即窦建德领导的河北起义军，杜伏威领导的江淮起义军，李密、翟让领导的瓦岗寨起义军。

王朝大厦将倾，面对这样一个日渐没落的烂摊子，关陇集团内部高层开始动摇了，他们迫切希望有一个更好的替代者出现，无疑同是出身关陇贵族家庭、袭封唐国公的李渊，就是最合适的人选。

大业十二年（616年）初，李渊被任命为太原道安抚大使，拥有黜陟选补郡文武官、征发河东兵马的特权。隋炀帝在南下江都前，又任命他为太原留守。此时的李渊，看似是一方诸侯，重权在握，可生性多疑的隋炀帝，不忘给他增派两位副手——王威和高君雅，二人的主要任务就是监视李渊。对此，李渊心知肚明，其实隋炀帝对他始终就没有完全信任过，当然不仅仅局限于他。隋炀帝即位后，多疑固执的秉性，显现得更加淋漓尽致，猜忌大臣，擅杀文武，他一直都在怀疑有人想要夺走他的皇位，其中自然也包括喜好广交天下豪杰的李渊。

既然皇帝对自己不信任，不如避其锋芒，自个躲得远远的。如今赴任太原留守，正是李渊求之不得的事。太原乃"天下精兵处"，尤其是隋朝建立后，朝廷对晋阳军需物资的储备还是十分重视的，经过多年积蓄，城中已是"府库盈积"，"太原粮饷可支十年"。在这样一个富足之地担任留守，又是地区最高军政长官，李渊"私窃甚喜"。他曾对次子李世民说："唐固吾国，太原即其地焉。今我来斯，是为天与，与而不取，祸将斯及。"可见，他的勃勃雄心已经势不可当。

李渊不愧是老谋深算的政治家，他在晋阳十分注重韬光养晦，暗中积蓄力量。早在大业十一年（615 年），他任山西河东慰抚大使时，在平定毋端儿、敬盘陀、甄翟儿等农民义军过程中，就一边镇压一边招降纳叛，不断扩充自己的实力。同时，他还广结天下豪杰，网罗各种人才，授意长子李建成在河东"潜结英俊"。史书称他"素怀济世之略，有经纶天下之心。接待人伦，不限贵贱，一面相遇，十数年不忘"。

李渊父子实施帝国计划后，听取刘文静等人的建议。第一，制定"乘虚入关，号令天下"的战略。此时，天下虽然群雄并起，但许多人并无大志，只图据地自保，或是瞻前顾后，犹豫不决。而李渊的战略目标十分明确，他以入关夺取长安为军事目标，以取代隋朝开创帝业为政治目标。但他又不想落个千古骂名，所以极力表现出只是对皇帝老儿不满，而不是背叛前朝。他自始至终打着"志在尊隋"的旗号，反复强调"废皇帝（指隋炀帝）而立代王杨侑（隋炀帝之孙）为帝"的策略。第二，广泛募集兵士，扩充地盘。李渊起事后，先是开仓赈济贫民，获取民心，然后再招募士兵，不断扩充军事力量。据《大唐创业起居注》记载，当时每天都有千余人来投军，"二旬之间，得众数万"。

他的第三个策略，就是交好突厥。隋朝末年，东突厥汗国快速崛起，已经达到极盛地步，东至契丹、室韦，西尽吐谷浑、高昌诸国，都臣属于东突厥汗国，包括窦建德、薛举、刘武周、梁师都、李轨、王世充等反隋义军势力，也都臣服于东突厥汗国。此时的东突厥汗国，号称"控弦之士"百余万，古代戎狄没有比东突厥汗国更为强盛的了。李渊深知，如果自己以太原为根据地，起兵南下，必须处理好与突厥的关系，否则被突厥包抄了后路，后果将不堪设想。他在出任太原留守时，就曾对儿子李世民说过："历山飞不破，突厥不和，无以经邦济时也。"

前次李渊用空城计吓退突厥大军后，立即亲笔给突厥始毕可汗写了一封辞意谦恭的信，他在信中表示愿意与突厥和亲结盟。李渊说："我今大举义兵，欲宁天下，远迎主上（指隋炀帝）还，共突厥和亲……，若能从我，不侵百姓，征伐所得，子女玉帛，皆可汗有之。"其实，这也是李渊的缓兵之计，后来他根本没有把征伐所得的女子交给突厥，而是放她们回家与亲人团聚，也没有把征伐所得的财物全部交给突厥。李渊就是以这样一封信，取得了突厥始毕可汗的信任，在他起兵南下之前，突厥还将一千匹马送到互市，由他挑选。

6

李渊的第四招是东和李密。李密与李渊一样，同是关陇集团后裔，此人多谋善断，参加杨玄感叛乱失败后，加入瓦岗寨，实力不容小觑。李渊起事时，瓦岗寨起义军已经达到三十余万，战将千余名。为了不使李密起义军成为自己进兵关中的掣肘，李渊命府记室参军温大雅带着他的亲笔信去见李密。在信中，他极力吹捧李密说："您是当今天下大乱之际唯一能宁世安民的大英雄，我是一个胸无大志之人，无意灭隋……"充分表达了他对李密的敬佩和拥戴，以此来麻痹对方，从而使其放松警惕防范。

李渊按照刘文静的建议，进行完这一系列部署，才总算暂时安顿好太原大后方。经过他一番精心筹划，人马旌旗、粮草辎重基本到位，这年五月三十，李建成和李元吉自河东到达晋阳，李渊再无后顾之忧。

大业十三年（617年）七月初四，李渊便亲率长子李建成、次子李世民及甲士三万，正式起兵。蛰伏多年的他，最终还是扯起了不偏不倚且左右逢源的起兵大旗，打着"志在尊隋"的旗号，传檄天下，遥尊隋炀帝为太上皇，拥立杨广之孙、年仅十四岁的代王杨侑为帝。这样一来不但为自己起事披上了"匡扶社稷、安定天下"的合法外衣，而且可以挟天子以令诸侯。

李渊父子率义军由晋阳出发，沿着汾河故道南下河东，始毕可汗派人专程送来战马千匹。八月十五，义军到达黄河东岸的龙门，李渊站在黄河岸边，望着距离自己一步之遥的长安城，他心中感慨万千。此时，只要跨过黄河，就能进入关中，直取长安。一旦占领长安这个大隋王朝的政治中心，自己梦寐以求的皇帝伟业就将变成现实，为了这个目标，他已经准备很久了！

在进攻长安的过程中，有两道防线突破相当艰难，一道是隋将宋老生驻守的霍邑，一道是在霍邑后面由屈突通驻守的河东郡。在此之前，李渊已经拿下了霍邑，所以现在摆在他面前的只有河东郡了。

河东郡，是由晋入关中的桥头堡，北有龙门，南有风陵渡，易守难攻。并且守将屈突通刚毅武略，善于骑射，是一员难得的猛将。李渊的军队多次攻城未果，均被他率领的骁果军打败。为了不错失良机，尽快拿下长安，李渊决定分兵两路，一路由李建成、刘文静领七万人马据守永丰仓，扼守潼关，以此牵制屈突通。另一路由李渊自己率领，跨黄河西取长安。在这之前，李渊还不忘给关中势力最强的义军首领孙华写信，希望他能够前来归附。孙华收到信后，果然率兵前来投奔，两支义军兵合一处，将打一家，声势愈加浩大。李渊与左统军王长谐、右统军刘弘基等人率步骑六千人，与孙华一起雄赳赳渡过黄河。

大业十三年（617年）九月十二，秋日的阳光格外明亮，李渊大军铠甲锃亮，顺利进入关中，各地隋朝官吏纷纷前来归附，献出所辖郡县，声威大震。其中，华阴县令李孝常献出了李渊梦寐以求的永丰仓。占据永丰仓，不仅保障了军民的粮食补给，而且彻底切断了洛阳与长安的联系，可以防范屈突通驰援长安，战略形势对李渊义军越来越有利。大业十三年（617年）九月十六，李渊率军抵达朝邑，此时李世民也率军一路西进，由西向东直逼长安，沿途广招官吏、义军等各路反隋力量，开拔到泾阳时，义军队伍已经达到九万余人。至此，隋都长安已经完全暴露在李渊面前，成为他的囊中之物。

当隋将屈突通得知李渊已经渡过黄河直扑长安时，他命手下尧君素坚守河东，自己则率精锐南下潼关，驰援长安。可是一切尽在李渊预料之中，屈突通在潼关遭到刘文静等人的顽强阻击，双方相持一个月，他始终未能越过潼关半步。

李渊称帝后，多次派人前去劝说屈突通弃暗投明，最后在一片倒戈声中，屈突通跪地长哭道："臣力屈兵败，不负陛下，天地神祇，实所鉴察。"然后，义无反顾地投降了李渊。后来，屈突通官拜兵部尚书职，封蒋国公，在李世民帐下做元帅府长史，跟随李世民西征薛举，东征刘武周，南下洛阳平定王世充，可谓战功卓著。贞观二年（628年），屈突通病逝，唐太宗李世民追封他为尚书左仆射，谥曰"忠"。招降屈突通，再次彰显了李渊不同寻常的用人之道。

大业十三年（617年）九月，兵精粮足的李渊，开始缩小对长安城的包围圈。与此同时，李世民派刘弘基攻取扶风，然后率军南渡渭水，进驻阿城，此时李渊兵力已达到十三万余人。驻守在永丰仓的李建成，也奉命率领部队直驱长安。九月二十八，李渊率军一路西进，所到之处，将隋朝兴建的离宫别苑一一拆毁，所有宫女全部释放回家。

打虎亲兄弟，上阵父子兵。李渊在关中的亲属，听到义军到来的消息也纷纷响应。李渊的女儿李氏，在鄠县（今陕西鄠邑区）散尽家财，召集亡命之徒，招降邻近各路义军七万余人，号称"娘子军"。他的从弟李神通在鄠县起兵，部众有数千人。李渊的女婿段纶也于蓝田起兵，队伍也有万余人。李渊义军队伍不断壮大，多路义军齐头并进，剑指长安。

这年十月初四，李渊率领大军抵达长安，在春明门外西北驻扎，李建成也进军至长乐宫。此时李渊的军队已经壮大到二十余万，大军兵临京师城下，他希望用政治手段解决问题，采取攻心为上的办法，想兵不血刃拿下长安。于是，他派遣使臣向守城隋军宣布他的"尊隋夹辅之意"，劝说城内守将卫文升等人打开城门，但卫文升却不予理睬。在劝说无效的情况下，李渊只好下令攻城，进攻之前，他专门下了一道死令：任何人不准侵犯隋朝宗庙以及皇室成员，违者诛灭三族。

尽管长安城内的守军负隅顽抗，但他们面对数倍于己的义军兵力，还是无能为力。十四天之后，长安城破，李渊率军进城。不久，李渊宣布遥尊隋炀帝为太上皇，拥立炀帝之孙代王杨侑为帝，是为隋恭帝，改元"义宁"。隋恭帝任命李渊为大都督内外诸军事、大丞相、录尚书事，进封唐王；以李建成为唐王世子；李世民为京兆尹，改封秦国公；封李元吉为齐国公。十一月十九，小皇帝杨侑再次下诏："军国机务，事无大小，文武设官，位无贵贱，宪章罚赏，咸归相府；唯效祀天地，四时禘祫奏闻。"也就是说："一切军政大权皆归李渊，我这个皇帝只负责祭祀天地。"

大业十四年（618年）三月，隋炀帝在江都被右屯卫将军宇文化及以勒死的方式，结束了他的一生。两个月后，隋恭帝也被迫禅位李渊，李渊即皇帝位，国号为唐，改元"武德"，定都长安，是为唐高祖。不久，李建成被册封为皇太子，李世民为秦王，李元吉为齐王。纵然此时天下战火仍旧频起，烽烟未熄，李唐的疆土也只限于关中及河东地区，但历史的如椽巨笔，已为这个新生的帝国描绘出无比瑰丽的未来。

"虽有智慧，不如乘势；虽有镃基，不如待时！"在隋朝末年错综复杂的条件下，李渊懂得顺势而发，审时度势，待机缘成熟时，应运而生，成为隋朝末年群雄逐鹿举兵起事、笑到最后的那个人。唐承隋制，武德元年（618年）五月，李渊称帝不久，便公布一份"太原元谋功臣"名单，一共有十七人，他们分别是：尚书令秦王某，尚书左仆射裴寂，纳言刘文静，左骁卫大将军长孙顺德，右骁卫大将军刘弘基，右屯卫大将军窦琮，左翊卫大将军柴绍，内史侍郎唐俭，吏部侍郎殷开山，鸿胪卿刘世龙，卫尉少卿刘政会，都水监赵文恪，库部郎中武士彟，骠骑将军张平高、李思行、李高迁，左屯卫府长史许世绪。这份名单也记录在《旧唐书·裴刘合传》里。

百年兴衰史，千年中华魂。一个朝代的灭亡，预示着另一个新兴政权的诞生,不管是灭亡还是诞生,每个王朝都有属于它的精彩与遗憾。于隋朝残垣之上崛起的大唐帝国,在经历数年的统一战争之后,一个四海归一,万邦来朝的大唐帝国,终于跨越四百年的时空,向遥远的大汉王朝巍然致敬。历经风霜雪雨的二百九十年国祚,成就了中国历史上最繁华的盛唐气象。

荡平河西

　　滚滚长江东逝水，浪花淘尽英雄。平定陇西，拉开了大唐帝国保卫战的序幕，李世民大破"万人敌"薛仁杲，充分展示出他超人的胆略和军事才华，堪称"王者之将"。此战对巩固和稳定帝国大后方起到关键性作用。当然，李唐王朝要想一统江山，还有很远的路要走。

▍

晋阳起兵后，入主长安的李渊，虽然拥立了杨广之孙杨侑为帝，但小皇帝杨侑知道，此时的大隋已名存实亡，自己也只是个挂名的傀儡皇帝而已。于是就下了一道诏书："万机百度，礼乐征伐，兵马粮仗，庶绩群官，并责成于相府，唯郊祀天地，四时禘祫奏闻。"意思是说："一切军政大权都归李渊掌握，有什么事情你们去问他，我只负责祭祀天地，其他一概不管。"

此时的李渊虽未登帝，但军政大权却已牢牢掌握在他的手中。尽管如此，但他还是有些寝食难安，因为盘踞在西北地区自立为王的唐王唐弼、西秦霸王薛举和西凉王李轨，这三股势力盘根错节，无论是论资历还是论实力，都与他李渊不相上下，可谓危机四伏。而且这三股势力都已亮出各自的底牌，按捺不住图谋天下的野心，开始称"王"称"霸"。

李渊清醒地认识到，目前他所能控制的地盘也只不过是关中、河东一带，如果不及时铲除困扰自己的西北三股割据势力，将来他的"后院"永无宁日。所以，对于李渊来讲，荡平河西，尽快解除后顾之忧，是一场不得不打的保卫战，与其被动不如主动。

针对西北这三股武装力量，李渊认真分析过，三股势力中数唐弼领导的起义军资格最老。唐弼是扶风人，隋末汧源（今陕西陇县）贼寇，早在大业九年（613年），因为忍受不了隋炀帝的暴政，就拉着一干人马在关中西部起义。唐弼建立政权后，拥立了一个叫李弘芝的人做傀儡皇帝，而他自己则称"唐王"。那么，唐弼为什么不自己当皇帝，非要拥立李弘芝呢？说实话，唐弼也想给自己政权的合法性加点砝码，他听说过"李氏当王"的谶言，可是他不姓李，必须找一个姓李的当皇帝，才能印证"李氏当王"的谶言，于是就找到了李弘芝，立他当傀儡皇帝，而唐弼自己则自称唐王。但唐弼这个唐王纯粹是因为他姓唐，与李世民的唐王根本不是一码事。据史书记载，唐弼实力最强盛时，曾拥兵多达十万之众，并且还占据了京畿重地扶风郡。

在西北三股势力中，最难对付的当数"西秦霸王"薛举。薛举是河东汾阴（今山西万荣）人，出身河东薛氏，他的父亲薛汪曾是金城（今甘肃兰州）校尉。据史书记载，薛举容貌俊美，身材魁梧，骁勇善射，武艺绝伦，富有谋略，喜交豪杰，与李渊一样也是传奇人物。此人骁勇善战，十分残暴，而且战斗力非常强悍，初任金城校尉。于大业十三年（617年）四月，正式起兵反隋，自称"西秦霸王"，年号"秦兴"。是年七月正式称帝，迁都秦州。

作为西北第三股势力的"西凉王"李轨，与唐弼和薛举两人不同，此人饱读诗书，很有头脑，曾经舍弃家产，赈济贫民，在当地的威望很高。而且，李轨占据凉州先天优势，他不但拥有强大的精锐骑兵，还交好突厥、吐谷浑等外夷，进退有余，十分强悍。

李渊心里很清楚，这三股势力不光对帝都长安构成了极大威胁，而且他们之间也是相互觊觎，可以说是盘根错节，暗战一触即发。就在他盘算着如何对付这三股势力的时候，西秦霸王薛举早就盯上唐弼的部队。薛举称王称霸的野心世人皆知，就从他给自己的封号"西秦霸王"上不难看出，与项羽"西楚霸王"只是一字之差。不过薛举这人确实有两下子，他也是唯一战胜过李世民的人。早年间，薛举跟随父亲薛汪徙居金城郡（今甘肃兰州）。因为此人能征善战，高大勇猛，便在金城府担任校尉一职。校尉，是古代的武官，相当于现在的部队长官。此时的大隋已是日暮西山，农民起义风起云涌，又逢年荒民饥，河西陇右一带流寇四起。

大业十三年（617年）四月，金城县令郝瑗为镇压陇西农民起义军，保一方平安，招募了数千名兵卒。队伍组建好后，恰好缺少一名会带兵的将领，这时郝瑗便想到了在金城小有名气的薛举。于是，便将这数千兵马交给了薛举，由他统领，并且还为这支部队配足了铠甲、粮食，以及武器装备等。但是，知人知面不知心，郝瑗万万没有想到，薛举不光能力出色，而且还包藏野心，等到他完全掌控这支部队后，便开始动起了歪心思。

薛举有一个非常优秀的儿子叫薛仁杲，据说薛仁杲力大无比，善于骑射，非常勇猛，号称"万人敌"。薛举不甘居人之下，父子俩一商量，决定利用郝瑗对他们的信任，借机趁势起兵。

有一天，郝瑗为了提振士气，大摆宴席，宴请部下，薛举父子也有幸在宴请之列。可是正当宴会进行到酒酣耳热之时，薛举和儿子薛仁杲带着一帮人突然亮出兵器，现场手无寸铁的隋朝官吏顿时吓得傻了眼，他们还没明白过来是怎么回事，就被薛氏父子全部控制住了。薛举确实非常有谋略，他对众人说："郝瑗要谋反，我是奉皇帝密旨，来处置他的！"郝瑗根本没有想到，薛举会给他来这么一出，他和在场的人全部被吓住了。就这样，薛举兵不血刃地掌控了金城的军政大权。

战乱年代，谁掌握了粮食，谁就能掌握军队，谁手里有粮食，就会有人跟着他。薛举掌握政权后，他做的第一件事就是开仓赈济灾民，因此迅速得到陇西老百姓的拥护，许多人都慕名前来投靠，薛举手下很快就聚集了几万兵马。薛举虽然比较有谋略，但此人做事却十分高调，纵观隋末此起彼伏的起义，像李渊、李密、窦建德这些人起义后，反倒都不急于称帝，因为他们知道树大招风，唯恐自己成为众矢之的，引起天下公愤。但薛举不同，随着义军队伍不断壮大，他称王称霸的野心也愈发膨胀，仅仅当一名义军首领已经不能满足他的欲望。

起义不久，薛举就自称"西秦霸王"，定年号为"秦兴"，封大儿子薛仁杲为齐公，小儿子薛仁越为晋公。后来，宗罗睺率领其众前来归附，也被封为义兴公。薛举招附群盗，劫掠官马，兵锋甚锐，所到之处城池皆被攻下。

2

薛举义军势力主要盘踞在陇右地区，地处帝国西部边陲，属于胡戎民族杂居之地，这里的居民几乎年年征战，民风十分剽悍，战斗力也非常强。当时，国家牧场主要集中在河西陇右一带，所以他抢占先机，占据了牧场资源，虽然他的部队在数量上不是最多，但骑兵的占比却比较大。所以《旧唐书》曾评价他："兵锋甚锐，所至皆下。"

薛举自称西秦霸王后，开始在河西实施他的扩张计划，他首先盯上了西部军事重镇枹罕（今甘肃临夏）。枹罕早在秦时就已置县，属陇西郡。

晋惠帝以后曾置护军。北魏曾置镇，为西部军事重地。当时是由隋朝大将皇甫绾率领万余兵马镇守枹罕。然而，薛举不按常规出牌，自己亲自率领两千精锐前去偷袭，与皇甫绾在赤岸相遇，此时恰巧天气骤变，狂风大作，暴雨突至。史书记载说："与绾军遇于赤岸，陈兵未战，俄而风雨暴至。"面对突然而至的极端恶劣天气，薛举气定神闲，他以两千人对阵皇甫绾一万人，仍然杀气腾腾，在赤岸摆开阵势。由此可以看出，他确实是员难得的将才，他西秦霸王的称号绝非浪得虚名。

"初，风逆举阵，而绾不击之；忽返风，正逆绾阵，气色昏昧，军中扰乱。举策马先登，众军从之，隋军大溃，遂陷枹罕。"起初，薛举一方处于逆风劣势，情况十分危急。因为在古代冷兵器时代，顺风就意味着顺利，这样弓箭可以射得又远又准。但是占据天时地利的皇甫绾，竟然像中邪一样，没有丝毫动作，薛举侥幸躲过一劫。就在此时，突然之间风向骤变，天色昏暗，狂风刮着砂石开始转向，刮向皇甫绾军队，隋军顿时大乱。

薛举抓住时机，跃马扬鞭，趁势出击，直插敌阵，他的两千骑兵紧随其后，一路狂飙，呼啸之声震天动地。皇甫绾军队大败而逃，薛举乘势攻陷枹罕。这场战斗对于薛举来讲意义非凡，因为他抓住了天气变化时机，一举击溃隋军，充分表现出其卓越的军事指挥才能，同时，这场战斗也标志着隋廷在河西陇右的军队彻底灭亡。薛举以少胜多，一战成名。

拿下河西重镇枹罕后，薛举的影响力越来越大，岷山羌人钟利俗率领自己两万大军前来归降，一时之间薛举人马倍增，兵势大振。薛举论功行赏：进封大儿子薛仁杲为齐王，授东道行军元帅；封宗罗睺为义兴王，以辅佐薛仁杲；晋封小儿子薛仁越为晋王，兼领河州刺史。之后，薛举大军又接连攻取鄯、廓二州，仅仅十来天时间就尽据陇西之地，拥兵十三万之众。随着薛举势力越来越强大，他已经不再满足于"西秦霸王"的称谓，一统天下才是他的最终目的，而此时的李渊，也早已先他一步逼近长安。

大业十三年（617年）七月，正当李渊率领部队兵发长安，奔波在建立王朝政权的路上时，薛举已在兰州正式称帝，封妻子鞫氏为皇后，儿子薛仁杲为太子，尊其母为皇太后。薛举还在其祖先墓地建置陵邑，立庙于城南，率兵数万人出巡扫墓，然后大飨士卒。

薛举攻城略地，"尽有陇西之地，众至十三万"。地盘大了，兵马足了，他开始加快称霸天下的进程。薛举在派大儿子薛仁杲攻打秦州（今甘肃天水）的同时，也命小儿子薛仁越前往剑口，伺机攻掠素有"秦蜀咽喉、汉北锁钥"之称的河池郡（今陕西凤县）。河池郡，是巴蜀通往长安的必经之地，结果薛仁越被隋廷河池太守萧瑀击败。萧瑀也不是个简单的人物，他是梁明帝萧岿的第七子，隋炀帝萧皇后的同母弟，后来降唐后，成为唐朝初期的宰相。

薛举遂调整作战思路，紧接着又把兵锋对准了西北地区的另外一股势力——西凉王李轨，他派遣部将常仲兴渡过黄河，与李轨部将李赟激战于昌松（今甘肃天祝）。昌松地处河西走廊东端，素有河西走廊"门户"之称，历来为兵家必争之地。结果常仲兴大败，手下两千兵卒被斩首，其余全部被俘。薛举初次与李轨交锋，损兵折将，这让他对李轨恨之入骨，誓要报仇雪恨。前面说过，李轨饱读诗书，很有头脑，并且交好外夷，相比薛举和唐弼而言，他似乎对起兵造反这件事准备得更加充分。

李轨战胜薛举后，其部队更是气势如虹，又先后趁机攻下张掖、敦煌、西平和枹罕等地。至此，河西全部和今天青海海东一部分，以及甘肃临夏大部分地区，都尽收李轨大凉国囊中，从此他也成了"地广千里、拥兵十万"的一方枭雄。

再说薛仁杲攻克秦州后，薛举便将都城从兰州迁至秦州，他迁都的意图十分明显，就是在为东进长安做准备。薛举迁都秦州之举，对李渊却构成极大威胁。大业十三年（617 年）十二月，薛举又把兵锋对准西北的唐弼，先是派大儿子薛仁杲攻打唐弼占领的扶风郡（今陕西凤翔）。薛举为什么先攻打扶风郡呢？因为扶风郡地处关中西部，自汉代起便是京畿重地，更有"左冯翊、右扶风"的说法，由此可见扶风郡的重要性。

3

唐弼作为西北三股势力中起事最早的一支义军，他为了给自己的政权合法性加持，已经拥立陇西人李弘芝为傀儡皇帝，是为汧源帝，而他则独揽大权，自称唐王。薛仁杲部队在汧源遭到唐弼的顽强抵抗，在久攻无果的情况下，不得不改变策略，派使者前去说服唐弼归降，并挑拨唐弼与李弘芝之间的关系。最终，贪生怕死的唐弼，为躲避战争，自保其地，选择了投降，并向傀儡皇帝李弘芝举起了屠刀。然而，让唐弼没想到的是，薛仁杲狡诈阴险，背信弃义，趁其不备突然发动袭击，将他打得落花流水。唐弼只得率领数百名骑兵仓皇逃命，而薛仁杲则像割韭菜一般，将其手下十余万军队妥妥地收编了。

剿灭唐弼后，薛举父子的势力愈加强盛，对外号称三十万大军，成为当时最为强大的一支义军力量，已做好随时进攻长安的准备，他与李渊的战争可谓一触即发。

薛举虎视眈眈紧盯着肥美的长安城，这让李渊寝食难安，李渊知道如果不及时拔掉这颗钉子，最后皇帝的宝座姓李还是姓薛都是个未知数。此时唐弼已被薛举消灭，鏖战薛举势必成为李唐王朝的开国首战，但这场战斗事关大唐江山的生死存亡，必须确保万无一失，否则将一失万无。经过认真分析，李渊深深意识到要想彻底消灭薛举这个劲敌，自己必须找个外援，此时他想到了占据河西凉州的西凉王李轨。"李轨，字处则，武威姑臧人也。有机辩，颇窥书籍，家富于财，赈穷济乏，人亦称之。"从史书记载中可以看出，李轨实际上是凉州本地的一个豪强，他熟读诗书，曾担任过鹰扬府的司马，战乱年代舍弃家产，赈济贫民，在当地有很高的威望。

对于李轨而言，无论是家庭出身，还是社会地位，应该说都十分优越，那么他为何要反叛呢？原来李轨得知薛举起兵反隋的消息后，便与同郡知名人士曹珍、关谨、梁硕、李赟、安修仁等人商议对策，大家一致认为："薛举残暴凶悍，其兵必来侵扰。郡吏软弱胆怯，不足以议大事。今应同心尽力，占据河右，以观天下变化，岂能束手让妻子儿女为人所掠呢！"一番商议之后，众人决定先举兵起事，再静观天下变化。但是要起事必须得有个人来挑头，担任首领才行，大家互相推让，都不肯为首。最后，曹珍站起来对众人说："我闻知谶书说，李氏当称王于天下。如今李轨有贤能，这不是天意吗！"他提议由李轨担任首领，大家一致同意。

李轨非常活跃，平时喜欢结交民间豪杰之士，与胡人交往密切，有一定的社会基础。众人商定起事之后，李轨遂命令安修仁联络各部落胡人一起举事，然后一举占领凉州（今甘肃武威），抓住虎贲郎将谢统师和武威郡丞韦士政，将当地隋朝官员一网打尽，彻底结束了隋朝在凉州的统治，他自称"河西大凉王"，年号为"安乐"。

凉州是中国古代西北的大都会，也是当时中国西北地区仅次于长安的最大古城，享有"天下要冲，国家藩卫"和"五凉京华，河西都会"的美称，凉州还是连接中原与西域的重要通道。最关键的是凉州自古出精骑，李轨占据凉州优势，就等于拥有了一支精锐骑兵，为发展壮大自己的军事实力奠定了强大基础。之后，他又结好突厥、吐谷浑，拔张掖、敦煌、西平、枹罕，尽收河西五郡之地，实力不断增强。俗话说，最坚固的堡垒往往是最先从里面被攻破。李轨的灭亡最终也难逃这个魔咒。

义宁二年（618年）五月十四，在位仅一百七十七天的杨侑禅让，李渊称帝即为唐高祖，改国号为唐，改元"武德"。降杨侑为酅国公，闲居长安。登上帝位的李渊，开始加快剿灭西北势力的步伐，以除自己心头之患。转眼间到了武德元年（618年），这年十二月，曾经鞍前马后帮助李轨起家官拜吏部尚书的梁硕，看到各个胡人部落逐渐强盛起来，而且与李轨交往越来越密切，便善意规劝他说："大王您不能与胡人走得太近，应当加强防备，以防再起反叛。"

梁硕不光是帮助李轨起事的股肱元老，更重要的是这个人非常机智、有谋略，李轨处理军国大事时，都是请他帮着拿主意。按常理说，梁硕的善意规劝李轨应该能听得进去，但这次却事与愿违，事情最终走向另外一个极端。因为梁硕的一再建议，引起了另外一个人的强烈不满，这个人就是户部尚书安修仁，安修仁就是胡人。安修仁心想："我们胡人与你梁硕无冤无仇，你这样捣鼓我们胡人，不行，必须得除掉梁硕！"

俗话说，明枪易躲，暗箭难防。梁硕那边还在一而再、再而三地劝说李轨防备胡人，而安修仁这边已经开始暗中谋划如何除掉他。有一次，恰好李轨的儿子李仲琰去见梁硕，梁硕有些爱搭不理，李仲琰有些不高兴。安修仁便抓住时机，联合李仲琰一起向李轨诬陷梁硕说："梁硕勾结外敌，阴谋反叛，图谋于您。"李轨本来不信，但架不住儿子李仲琰的旁敲侧击、煽风点火。三人成虎，李轨不察实情，最后还是相信了他们的话。于是，就命安修仁用鸩酒毒杀梁硕。可以说梁硕之死，最终成为李轨集团内部矛盾集中爆发的导火索，很多人认为李轨是在卸磨杀驴，让人感到唇亡齿寒，集团内部开始出现裂缝，致使大凉政权危机四伏。

4

李渊想联手李轨对付薛举，于是他就给李轨写了封亲笔信，派使者前往凉州。《旧唐书·李轨传》这样记载："时高祖方图薛举，遣使潜往凉州与之相结，下玺书，谓之为从弟。"在信中，李渊措辞十分亲切，亲热地称呼李轨为"从弟"。他说："咱们都是李氏家族，算起来你还是我的从弟，我们应该联手一家，共谋天下……"而事实上，李渊和李轨一点血缘关系都没有，八竿子都打不着，只是都姓李而已。但李轨是个聪明人，接信后十分高兴，因为凉州毕竟是个小地方，能攀上李渊这样的大咖，自己也算是找到个大靠山。于是，李轨就派自己的弟弟李懋，专程前往长安觐见李渊。李渊不仅厚赏了李懋，还授予他大将军之职，册封李轨为凉王，凉州总管，赐羽葆鼓吹一部，也算是给李轨送上一份大礼。

李轨收到敕封诏书后，内心十分矛盾，因为之前他已经称帝，如果此时自己接受李渊的封赏，那就等于俯首称臣，如果不接受就会得罪李渊，一时拿不定主意。于是，他就把群臣召集起来共同商议对策，李轨说："李氏有天下，历运所属，如今我的从兄李渊已在长安称帝，一姓不可竞王，我欲去帝号，东向受册，大家意下如何？""不可！"他话音刚落，左仆射曹珍第一个站出来坚决反对说："隋失其鹿，天下共逐之。现在英雄焱起，称王称帝瓜分鼎峙。李渊自保关、雍，咱们奄有河右，既然大王已经坐定朝堂，又怎能自贬而接受他人册封呢？"

李轨一听，觉得曹珍讲得十分有道理，面露难色地问道："爱卿之言虽然有理，可唐朝势大，相比之下我们就国小民弱了，这可如何是好？""后梁萧詧与西魏相比，不也弱强分明吗？可是只要执行小国奉事大国的立国方针，萧詧在对西魏称臣的同时，不也自称梁帝吗？"曹珍振振有词地回答。李轨深以为然，顿生豪气，决定一面向李渊称臣，一面继续立国称帝，他希望把唐朝奉为宗主国，哪怕自己做个附属国也行。他主意打定，便派遣使者前往长安递交国书。

可是一山岂容二虎，天下更不能并存二主。李渊收到李轨递交的国书后，打开一看，见李轨竟然自称"大凉皇帝"，勃然大怒，心想："就凭你李轨，也想与我分庭抗礼。"当即扣押使者，决定兴师讨伐这个不知好歹的"从弟"。

武德二年（619 年）五月，正当李渊磨刀霍霍准备收拾李轨时，在京兆（今陕西西安）身居要职的安兴贵得知后，立即上疏李渊请求去说降李轨。这安兴贵不是别人，正是安修仁的哥哥，安氏兄弟是武威郡姑臧（今甘肃武威）人，豪族出身，祖先居于中亚粟特人统治的安息国，是西域安息王子的后代。安兴贵对李渊说："杀鸡焉用宰牛刀？主上如要治罪李轨，单凭属下三寸不烂之舌，便能说服他亲自来朝领罪！"

"李轨依仗军队强大，凭借险要，又交好吐谷浑、突厥，我发兵攻打他还怕不能取胜，就凭你一番口舌就可以把他拿下？"李渊将信将疑。"臣下的家在凉州，累世豪门望族，各族百姓多加依附，弟弟安修仁深受李轨信任，有十几名子弟为李轨机密近要，臣前去说服李轨，李轨若能听我的话固然好，如果不听，我就想办法就地解决他，也是非常容易的事！"

安兴贵一席话说服了李渊，同意他前往凉州。安兴贵到达凉州后，果然如他所料，在弟弟安修仁的引荐下，很快得到李轨重用，他被任命为左右卫大将军。有一天，李轨向安兴贵征询保全凉州之策，安兴贵趁机劝说道："凉国辖地不过千里，土地瘠薄，百姓贫困，如今大唐从太原兴起，夺取函秦，统治中原，战必胜，攻必取，这大概是天意，不是人力能够做得到的，您不如带领整个河西归附大唐，那么汉代窦融的功勋又可以在今天重现了！"

李轨听后十分不高兴，心想闹了半天你是替李渊来说服我的，面带怒色对安兴贵说道："李渊虽然强大，我凭着山河牢固，他又能拿我怎么样呢？你从唐朝来，是为他们游说我的吧！"安兴贵连忙谢罪道："我听说富贵不回乡，就像穿着锦绣衣服在夜间行走不为人所知一样，臣下全家受陛下荣禄，怎么肯归附大唐？只不过是想呈上我的一些想法，行不行关键还是在于陛下决断。"

安兴贵见李轨顽固不化，便想智取，他先是说服自己的弟弟安修仁，然后又秘密联络各个胡人部落，劝说他们归顺李渊，并约定好起兵攻打李轨的时间，一切准备就绪。这一天，刚好李轨出征打了败仗，环城自守，安兴贵趁机宣布说："大唐派我来诛灭李轨，有胆敢援助李轨者，一律诛杀三族。"其实，城中将领早已被安氏兄弟策反，大家闻听此言，立即争相出城投奔。李轨见状无计可施，知道大势已去，便和妻儿登上玉女台，摆酒话别。最后，安兴贵将李轨押往长安，河西地区全部收回。在长安，李轨与自己的儿子、兄弟全部伏法。安兴贵智取李轨，厥功至伟，被任命为右武候大将军、上柱国、凉国公，赐一万段帛；安修仁因策应有功，也被任命为左武候大将军、申国公。

5

就在李渊主动修好李轨，准备招安李轨的同时，李渊自己也在明修栈道暗度陈仓，不断加快剿灭薛举的步伐。武德元年（618年）六月，薛举闻听李渊在长安登基的消息，决定亲率大军开始大举东进，先是进攻高墌城（今陕西长武），镇守于此的唐朝丰州总管张长逊进击宗罗睺，薛举率全部兵力前往救援，并出击泾州，屯兵折墌城（今甘肃泾川东北）。随后，他又派出游击军俘掠岐州、豳州等地。豳、岐二州距离长安城只有三百余里，薛举此举已经严重威胁到唐朝的政权安全。武德元年（618年）七月，李渊遂任命秦王李世民为元帅，刘文静为元帅府长史，统领四万兵马前往浅水原（今陕西长武）迎战，唐朝开国第一场保卫战由此拉开序幕。

这一年七月初四，李世民率军进驻高墌城，不料染上疟疾，他只好命令刘文静、段峤代替自己指挥。此时，李世民已经看出薛举大军的破绽，虽然薛举大军看似来势汹汹，但其部队准备不足，军中粮草不多，所以他决定坚守高墌城，将薛举部队耗死！他一再告诫刘文静和段峤说："薛举孤军深入，粮食不多，士卒疲惫，假如来挑战，一定要小心从事，不可应战。等我病愈一举打败他。"

刘文静和段峤虽然表面上答应，但他俩心里很是不服气，退下之后，段峤对刘文静说："大王担心您不能退敌，才说这番话。贼兵要是知道大王有病，必然会轻视我们，现在应该显示一下我们的武力，威慑一下敌人。"刘文静和段峤，一个以智谋出名，一个是军中猛将，二人见李世民病倒，有惧敌的想法，他们干脆将军权揽了过来，擅自出城摆开阵势，要与薛举大干一场！当时唐朝大军要比西秦兵马多得多，刘文静和段峤根本没有把薛举放在眼里，他俩仰仗人多势众，在高墌城西南摆开阵势，结果中了薛举的诱敌之计。

薛举采取正面牵制策略，果断派出一支精锐骑兵，快速绕到唐军后方，猛然发起进攻。大唐初期，唐军以步兵为主，战马比较缺乏，据说总数也不过三五千匹，其中一半以上还是突厥馈赠的，所以骑兵是唐军的短板。而薛举大军却不相同，由于他控制着西北的主要良马产地，所以战马比较充足，再加上他的部队都是以当地游牧民族的羌胡人为主，所以野战能力远占上风。刘文静和段峤没有料到自己身后会突然出现敌人大批骑兵，毫无防备，部队遭到猛烈冲击，顿时土崩瓦解。唐军各部纷纷惨败，大将慕容罗睺、李安远战死，刘弘基、刘世让被俘，部队死者十之五六，薛举乘胜攻占高墌城。

李世民无奈，只得连夜收拾残军，率部狼狈逃回长安，唐朝开国第一战最终以惨败告终，刘文静等人也因此被罢官。薛举为人十分残暴，他命人将被俘的唐军士兵断舌割鼻，凌辱至死，然后又将数万具唐军死尸堆积成一座小山，用土封上，造了一座"京观"，以此炫耀自己的威武。

李世民兵败，长安震惊。李渊好似被薛举当头打了一棒，眼看新生的唐朝政权岌岌可危，甚至产生迁都避敌的念头。而薛举部队却士气大振，谋士郝瑗向他建议说："现在唐军刚刚战败，关中骚动不安，应当乘胜直取长安。"踌躇满志的薛举，接受郝瑗的建议，命令全军将士整装待发，并乘机占领宁州等地。然而，天有不测风云，人有旦夕祸福。正当薛举准备挥师东进逐鹿中原时，却染上疾病，没几日便暴病身亡。

薛举，作为隋唐之际的一个风云人物，有胆识，有能力，有气魄，有智谋，堪称一代豪杰，但历史却和他开了个天大的玩笑。他与李渊同一年起兵，却比李渊早一年称帝，但在李渊溃败准备迁都的关键时刻，他却突然病故了。薛举一死，西秦大军立刻没了主心骨，太子薛仁杲继位后，追谥薛举为武帝。

薛仁杲和父亲薛举一样，也是个生性贪婪残忍、嗜杀成性的人，他与薛举相比有过之而无不及，对俘虏也是经常施以断舌、割鼻、春矸等酷刑。当初薛仁杲攻克秦州时，就将当地的富人全部召来，倒吊起来，用醋灌鼻子，向他们索取财物。薛仁杲不善抚恤将士，部属对他都敬而远之。

为此，薛举常常训诫他说："你的才能谋略足以成事，但是生性严苛酷虐，对人不能施恩，终归要倾覆我的家和国！"薛举之死，恰好给李渊创造了翻盘的机会，他一方面与盘踞凉州的李轨修好，安顿好后方，另一方面再度敕命李世民为元帅，出兵讨伐薛仁杲。

6

武德元年（618年）十一月，载入大唐历史的重要时刻到了，泾河南岸旌旗猎猎，刀枪耀眼，两支大军在高塮城对峙。西边是薛家的陇右军，东边则是李家的大唐军，李世民、薛仁杲两位军事天才各率精锐，兵锋相向。两军最大的不同，就在于薛仁杲的骑兵实力远远超过唐军，但唐军背靠长安，后勤补给却远胜过陇右军。薛仁杲虽然在军事上占上风，可他作为陇右军主帅，最近日子却不好过，父亲薛举突然暴病而亡，临阵换将本来就是兵家大忌，更何况是主帅暴死，所以一时军心动摇，流言蜚语漫天。然而，令他意想不到的是，这也仅仅是他人生悲剧的开始。

为了这次西征，李渊充分施展自己的外交才能。出兵之前，就已经联络突厥，派遣光禄卿宇文歆带着金钱和美女，前往五原郡厚慰咄苾，也就是后来的颉利可汗。同时，他还请自己的老朋友、突厥之主始毕可汗递话给咄苾，告诉他不要理会薛仁杲。在金钱、美女的诱惑和上司压力的裹挟之下，薛仁杲所依赖的北边大腿溜了。恰好之前吐谷浑伏允可汗刚刚回归故地，自己屁股还没坐热，也不敢轻举妄动。更何况他先前在隋朝做人质的儿子慕容顺，也刚刚从江都逃到长安，此刻正在李渊手底下舒服地当着官、喝着酒呢，所以薛仁杲依赖的南边大腿也怂了。至于陇西李轨，本来就与薛仁杲关系不好，再加上之前李渊主动与其修好，约定共同抗击西秦大军，李轨也乐得坐山观虎斗，他还不时派出小股兵力骚扰一下薛仁杲的大后方。

俗话说，屋漏偏逢连夜雨。薛举死后，有西秦第一谋士之誉的郝瑗，忧心如焚，不久也撒手人寰，追随他的主公而去。正是由于薛举之死，使得西秦错过一举攻克长安的大好时机，给了李渊喘息之机；而郝瑗的死，又使得西秦丧失了一位足智多谋的名臣，对西秦来讲可谓巨星陨落。与此同时，李世民率领大军星夜奔袭，步步逼近，大军驻守于高墌城。薛仁杲首先派出大将宗罗睺出战，尽管宗罗睺多次挑战，但李世民始终坚守不出，还是采取与敌军对耗的策略，蛰伏待机。

薛家原本是陇西豪族，薛氏父子穷兵黩武，勇武善战，经过多年苦心经营，在陇右总共五十多万人口的情况下，他们父子二人却硬生生拉起了一支十三万人的武装。尽管李渊不断施展自己纵横捭阖的外交策略，但想要一举歼灭薛仁杲，难度着实不小。所以，李世民深刻吸取前次失败的教训，死死坚守高墌城，无论敌军怎样挑衅，他就是不出战。有些将领实在看不下去，就纷纷前来请战，李世民对他们说："我军刚刚打了败仗，士气沮丧，对方仗着得胜而骄傲，有轻视我们的意思，我们应当紧闭营门耐心等待。他们越骄傲，我们就越忍耐，寻找时机，一定能打败他们。"他命令全军："再请战者，一律斩首！"就这样，双方相持了六十多天。

正如李世民所料，薛仁杲军队的粮食不久就吃完了，其手下将领梁胡郎、翟长孙等人，纷纷率领各自队伍投奔李世民，甚至连薛仁杲的妹夫、左仆射钟俱仇也献出河州归降。李世民认为进攻时机已经成熟，便命令行军总管梁实在浅水原（今陕西长武）布阵，诱敌深入。薛仁杲做梦也没有想到，他面对的这位二十来岁的青年对手，堪比老辣的猎手，先前示弱固守，然后再布下陷阱，一步步将薛仁杲往里面赶，待到猎物精疲力尽时，才张开血盆大口！

薛仁杲部将宗罗睺见唐军在浅水原布阵，认为自己立头功的机会来了，立刻率领全部精锐发起进攻，但梁实按照李世民部署，坚守险要就是不出战，敌军营地没有水源，宗罗睺的人马好几天没有水喝，将士们怨声载道，无心恋战。正当宗罗睺在浅水原奋勇作战时，统帅薛仁杲却在百里之外的折墌城稳坐中军帐，一点也没有出兵救援的意思。这场仗打得是天昏地暗，十分激烈，可以说已经到了精疲力尽的地步。

李世民见时机已到，便对诸位将领说："开战！"快到天亮时，他又派右武候大将军庞玉列阵，就在庞玉快要招架不住时，李世民抓住战机，亲自率领几十名骁骑，绕到浅水原的北面，从宗罗睺的背后直插敌阵，内外夹击，宗罗睺大败。击败宗罗睺已经满足不了李世民的胃口，他下一个目标就是百里之外的薛仁杲。他知道薛仁杲这颗钉子不拔，唐朝西境将永无宁日。所以，李世民决定一鼓作气，拿下薛仁杲。

李世民决定亲率两千骑兵追击宗罗睺，他的舅舅窦轨见状，拉住他的战马苦劝道："我们虽然打败了宗罗睺，薛仁杲还在前面占据着城池，不能冒进，还是先观察一下薛仁杲的动静再说吧。"李世民说："舅舅，这个问题我已考虑周全，现在我军取胜，战势已如破竹，不可遗失战机，您就不要再说了！”其实，早在两个多月前，窦轨与薛仁杲就有过交锋，吃过败仗的苦头，至今仍心有余悸。

李世民率骑兵乘胜进攻，兵临城下，薛仁杲毫无畏惧之色，他出城列阵，隔着泾水与李世民对峙。两军刚列阵完毕，还没有交锋，薛仁杲的部队就有不少人渡河投降李世民。薛仁杲见状，知道形势不妙，自己不能再与李世民开战，急忙领兵退回城中。傍晚时分，唐军大队人马相继赶到，将折墌城围了个水泄不通，到了半夜，又有不少敌军将领投降唐军。薛仁杲知道自己已经到了山穷水尽的境地，只好送上降表，打开城门迎接李世民，薛仁杲和几名主将被押回长安斩首。经此一战，李世民收编精兵一万多人。从此，河西陇右地区全部归于大唐政权的统治之下。

事后部将们纷纷询问李世民何以做出如此判断，能够一日夺城，李世民说：“宗罗睺和他们的士兵都很强悍，今天我出其不意将他们打败，如果不乘胜追击，他们一旦逃入薛仁杲的城中，再次成为劲旅，后果将不堪设想。而追击破城，他们就无法合兵，我们乘胜围城，让薛仁杲胆寒，他只有选择投降，别无他路。”诸将听后，都非常佩服李世民，纷纷赞叹道：“此仗全靠大王的计谋。”而李世民却谦虚地说：“我制定谋略，你们尽力，都是为朝廷建功立业，不分彼此。”他毫不居功自傲，与大家一起共享胜利的喜悦。

浅水原之战，是唐朝开国的第一场保卫战，李世民大破“万人敌”薛仁杲，平定陇西，充分展示出他的超人胆略和军事才华，堪称“王者之将”。在这场战斗中，他对战机的把握，对敌情的了解，都堪称经典。他采取后发制人、疲敌制胜、坚壁不出、穷追猛打的策略，达到出神入化的境界，最终反败为胜。这套打法后来也成为他连破强敌的典范之策，如攻打刘武周、宋金刚、窦建德、刘黑闼等人，所采用的战术打法与浅水原战法不无惊人相似。

滚滚长江东逝水，浪花淘尽英雄。大唐王朝虽然荡平了河西，尽收河西陇右之地，对帝国大后方的巩固和稳定起到关键性作用，但对于初建不久的李唐王朝来讲，一统江山还有很远的路要走，还有很多的恶仗要打。

悲情英雄

　　回望隋唐，将星闪耀，星河璀璨。窦建德平民崛起，贵至夏王，却仍然保持着善良和节俭。他英武仁厚，义薄云天，信守承诺，受人爱戴。在他死后，百姓为他修建夏王庙，每岁祭祀。回望历史长河，他或许不是最闪亮的那颗星，但绝对是非常耀眼的一颗明星。

I

乱世出英雄，乱世也出枭雄。

武德元年（618年）六月十八，一个风清气扬的日子，李渊在长安太极殿即皇帝位，国号为唐，建元"武德"，定都长安，是为唐高祖。唐高祖李渊入主长安，虽然实现了他的武德伟业，但此时天下纷争不断，群雄逐鹿局面仍在继续。王土四分五裂，同时存在大大小小十四个不同的政权，而此时唐朝疆土也只限于关中和河东一带。

武，停止干戈，消停战事；德，以仁德为核心，正行为操守和言谈举止。作为大唐开国皇帝的李渊，以"武德"为年号，就蕴含着消停战事、以德治国的美好寓意，好为后世子孙开启仁德治国之先河。但面对天下四分五裂的局面，要实现一统，又怎能离得开一个"武"字呢？

武德元年（618年）冬至，雄踞河北的窦建德建立大夏国，定都乐寿（今河北献县），自称夏王，年号"五凤"。当时大夏的势力范围大致在今天河北南部和山东西部一带，兵马超过十万。窦建德的大夏国，与李渊建立的唐国，王世充建立的郑国，逐渐形成三足鼎立之势。对于入主长安的唐高祖李渊来说，他的宏伟蓝图是把整个天下纳入大唐帝国疆域，正是在大一统目标的驱动下，他审时度势，稳扎稳打。李渊首先制订了巩固关中根据地，然后进军关东、逐步统一全国的战略计划。他频频派遣李世民、李建成、李元吉等人出征讨伐，与各地割据势力展开你死我活的争霸之战。

在这场旷日持久的争霸战中，夏王窦建德无疑成为李渊最为重要的一个对手。后人曾评价说：倘若窦建德不死，李渊很可能没有资格称帝。当然，这话是真是假暂且不说，但窦建德在隋唐两朝更迭之际，确实是位顶天立地的枭雄，让后人记住了他。史书曾记载：他（窦建德）自奉甚俭，每获资财多分与将士，于境内则劝课农桑，使生产有所恢复。魏州百姓建夏王庙，每岁祭祀。就连隋末唐初的大臣，宰相房玄龄的叔父房彦藻也曾高度评价窦建德："公逸气纵横，鹰扬河朔，引兰山之骁骑，驱易水之壮士，跨蹑燕齐，牢笼赵魏，好通戎夷，声振华夏。"

隋朝末年，曾经强盛的大隋王朝，在好大喜功、骄奢淫逸的隋炀帝杨广的统治下，已是日薄西山，风雨飘摇，民生凋敝，天下分崩，枭雄并起，无一净土，战乱的熊熊烽火染红了整个华夏大地。那么，窦建德为什么会走上反对隋唐的道路呢？他又是怎样走完自己波澜壮阔的人生的呢？

当时光闪回到大业十三年（617年）一月，窦建德在河间、乐寿两县交界处设立祭坛，举行典礼，自称长乐王，建元"丁丑"（当年为丁丑年）。窦建德筑金城宫，设置百官，分治郡县，成为隋末著名的一支反对势力。据说称王的窦建德并没有深居宫中，而是一如既往，事必躬亲，就连行军打仗这样危险的事，他都要亲自上阵。面对窦建德公然举起的义旗，隋炀帝惶惶不可终日，犹如惊弓之鸟。这年七月，他派出隋廷最后一支主力军，由右翊卫将军薛世雄率领三万人马征讨窦建德。薛世雄是大隋一代名将，曾先后征吐谷浑、突厥，讨高句丽，平杨玄感，隋炀帝执政期间的那些大仗、硬仗，可以说他一个都没有落下。所以隋炀帝对薛世雄格外器重，曾公开对群臣说："世雄廉正节概，有古人之风。"薛世雄累迁右监门郎将、右翊卫将军、玉门道行军大将、左御卫大将军、涿郡（今北京市）留守。

隋炀帝在调薛世雄南下之时，曾授予他"尚方宝剑"，嘱咐他八个字："所过盗贼，随便诛戮。"意思是说，路上碰到起义军，一律格杀勿论。作为身经百战、战功赫赫的大将军，薛世雄根本没有把草根出身的窦建德放在眼里，他视窦建德义军为乌合之众，相信自己这次一定可以再造辉煌。殊不知，他对窦建德了解得太少，只看到了窦建德的 A 面，却没有看到其 B 面。窦建德草根出身不假，但他善于以上率下，身先士卒，深受将士爱戴。正是应了孔子那句话："其身正，不令而行；其身不正，虽令不从。"

河北义军都觉得跟着窦建德有奔头，战场上义军将士跟随他也都是勇往直前，矫健勇猛，驰骋河朔。薛世雄的过于自信，已经为这场即将打响的战斗埋下失败的祸根。就这样，作为右翊卫大将军、涿郡留守的薛世雄，怀揣着隋炀帝赐予的"尚方宝剑"，自信满满地率领三万精兵浩浩荡荡出征了，大军行至河间郡城南，在七里井安营扎寨，准备集结四路大军一举歼灭窦建德。

窦建德得到探报，知道薛世雄来者不善，他掂得出这个对手的分量，决定避实就虚，智胜薛世雄。于是，挑选几千精兵，埋伏在河间郡南部边界的芦苇沼泽里，然后让其他部队从占领的各个城池中撤出，伪装成向南逃跑的样子。薛世雄得知消息后，得意忘形起来，更加坚信自己的判断："我的大军还没有进攻，窦建德的军队就害怕了，作鸟兽散，完全就是一群乌合之众。"由此，薛世雄的军事防备开始有些松懈，甚至还停止构建军事设施，他认为对付窦建德这样的山野草寇易如反掌，根本没有必要兴师动众。此时，驻扎在距离薛世雄一百四十里外的窦建德，探明情况后，决定奇袭薛世雄大营。

月黑风高夜，杀人放火天。这天夜里，窦建德亲率二百八十名敢死队员做先锋，其余人马随即陆续出发，星夜长途奔袭，神不知鬼不觉地向薛世雄大营杀来。翌日凌晨，窦建德率部抵达薛世雄大营时，恰好天降大雾，人相隔咫尺都无法辨认。见此情形，他心花怒放地说道："天助我也！"旋即一马当先，率领部队冲入敌阵。薛世雄做梦都没有想到窦建德会去而复返，压根就没做任何准备，隋军顿时被打得措手不及，像无头苍蝇一样到处乱钻，薛世雄根本无法制止。兵卒纷纷翻越栅栏争相逃窜，自相践踏，死亡一万多人。这便是著名的"河间之战"。

2

薛世雄大意失荆州，在亲兵保护下逃回涿郡。薛世雄惭愧忧愤，不久发病而死，时年六十三岁。薛世雄一世英名毁于一旦，草莽英雄窦建德最终成为他的终结者。

取得河间大捷后，窦建德的势力在河北迅速壮大，威名远播，他当仁不让地坐上了河北各路起义军"一哥"的位置。经此一役，大隋朝廷的注意力也越来越集中在他的身上，以时间换空间，无意之中为远在山西晋阳的李渊起兵创造了条件。

"河间之战"，是窦建德改元称王前的关键一仗。据说，武德元年（618年）冬至那天，窦建德在金城宫宴请文武官员，当时有五只大鸟带着几万只小鸟铺天盖地向乐寿城飞来，黑压压地在天空盘旋了很久才飞走，非常神奇。这一天，又有人进宫向窦建德进献了一枚玄王圭（黑色玉），景城丞孔德绍向窦建德谏言："古时夏禹亲受符命，上天赐给玄王圭。现在吉兆跟夏禹一样，应当称为夏国。"群臣都跟随附和，祥瑞连至，天意难违。于是，窦建德择良辰吉日正式宣布立国，国号为夏，年号为"五凤"。从此，他以大夏王自居，雄踞乐寿，驰骋河朔，逐鹿中原。

建立夏国的窦建德，接下来做的两件大事更是让人刮目相看。第一件事，就是铲除河北的另外一支武装魏刀儿，魏刀儿也是隋末河北农民起义军首领，手下有义军十余万人，他自称"历山飞"。李渊在出任太原留守时，"历山飞"的武装力量曾活跃于上党、河西一带。史料记载，"历山飞众数不少，劫掠多年，巧于攻城，勇于力战"。"历山飞"一直是李渊的心头大患。他曾告诫儿子李世民说："历山飞不破，突厥不和，无以经邦济时也。"由此可见，"历山飞"的影响力在当时非同一般。

"历山飞"虽是草寇山贼，却勇谋兼备，颇善用兵，神出鬼没，屡次击败官军。最让李渊头疼的是，"历山飞"也看中太原和山西这块宝地，一直想把这块地盘打下来，作为自己的根据地。当初李渊在太原厉兵秣马，随时准备出兵攻取陕西关中时，"历山飞"就频频带兵袭扰，严重干扰了他的军事计划。太原是李渊的大本营，山西则是李唐起家的重要根据地之一，李渊心里十分清楚，如果不把"历山飞"除掉，别说是起兵争夺天下，稍有不慎恐怕连自己的老巢都有可能被他端掉。李渊曾对李世民说："创立大唐，太原是立国之地。我被安排到这里任职，可以说是天意，不把它守住会招来祸患。可是不把山贼'历山飞'杀掉，就别想治国平天下。"此后，李渊就把铲除"历山飞"作为建立帝国伟业的重要任务。

据《旧唐书》记载，"历山飞"曾经有一次带领大军围攻太原，李渊亲自率军出战。有人认为李渊没啥本事，全靠李世民打天下，其实不然，李渊也是一位能征善战的将才。在镇压起义军毋端儿的战斗中，他曾连射七十多箭，一口气射中七十多个敌人，可谓箭无虚发。然而，"历山飞"也非等闲之辈，李渊带兵冲阵，结果陷入重围，苦战不能脱身，情况十分危急，幸好李世民及时赶到，带兵杀入重围，"拔高祖于万众之中"，才把李渊从乱军中救出来，由此可见"历山飞"的战斗力之强悍。《大唐创业起居注》记载，"历山飞"猖獗一时无人能制。如今，"历山飞"切断了太原与长安城的通道，太原无法与京城联系，这一仗不得不打。李渊的两位副将王威和高君雅见"历山飞"兵马众多，而李渊手下只有五千人，有点怯战，三军将士也都面露难色。

李渊对他们说："此辈群盗，惟财是视。频恃再胜，自许万全。斗力而取，容未能克。以智图之，事无不果。所忧不战，战必破之，幸无忧也。"李渊胸有成竹，他认为此时"历山飞"连战连胜，已然成为骄兵，与其交战只能智取。最后，李渊在雀鼠谷设伏，利用对方的弱点，用辎重财帛把"历山飞"的部队引入埋伏圈，伏兵四起，杀得"历山飞"部队人仰马翻，伤亡惨重，落荒而逃。雀鼠谷之战，是李渊和李世民父子二人，亲冒矢石，打的一场以少胜多的大胜仗。

然而，李渊最终还是没能消灭"历山飞"，他把这块难啃的硬骨头留给了窦建德。窦建德建立夏国政权后，开始对河北的其他起义军发起兼并战争。与此同时，"历山飞"也在不断壮大，后来入据深泽（今河北深泽）自称魏帝，转战于博陵（今河北定州）、信都（今河北邢台）等地，在河北一带的影响力越来越大。对于窦建德来说，"卧榻之侧，岂容他人酣睡？"一定要除之而后快。唐高祖武德元年（618年），他假装与"历山飞"结盟，然后突然袭击，将其斩杀，顺利纳降余部，其势力迅速在河北进一步扩张。

窦建德消灭"历山飞"，无疑为刚刚登基的唐高祖李渊除去心头大患，送上一个大大的"礼包"。窦建德紧接着就把宇文化及锁定为第二个进攻目标，因为消灭宇文化及，不但可以壮大自己的力量，更重要的是可以提升自己的政治影响力。武德元年（618年），隋右屯卫将军宇文化及在江都发动政变，缢死隋炀帝，后在魏县自称许帝。宇文化及是杀害隋炀帝杨广的主凶，自然成为大隋帝国的国贼，谁能消灭宇文化及，谁就是旧隋民众的英雄。

窦建德对属下说："吾为隋之百姓数十年矣，隋为吾君二代矣，今化及杀之，大逆无道，此吾仇矣。"

3

武德二年（619年）二月，窦建德以为隋炀帝报仇为名，亲率十万大军讨伐宇文化及，连战皆捷，宇文化及被迫退守聊城（今山东聊城）。窦建德乘胜追击，此前诈降宇文化及的农民军首领王薄，打开城门引窦建德的军队入城，将宇文化及俘虏。

然而，窦建德进入聊城后，戏剧性的一幕出现了，他以隋朝忠臣自居，先拜谒萧皇后，穿素服为隋炀帝哭丧尽哀，接着又将传国玉玺及卤簿仪仗收为己有，然后安抚被俘的隋朝官员，将宇文化及及其子宇文承基、宇文承趾押至襄国斩首。他还以仁者自居，遣散隋炀帝在位时期的宫女、大臣和禁军，愿意走的就各自回家，不愿意走的就留下来效忠他。就这样，窦建德通过消灭宇文化及，树立了隋朝忠臣的形象，达到了在政治上确立自己是隋朝法统继承者的目的，因此获得极高声望。杨广的孙子越王杨侗，正式封窦建德为"夏王"。

窦建德取得政治上的巨大成功后，完美地从农民阶级转变成贵族阶级。之后，他又马不停蹄继续挥师西进，相继攻破相州和黎阳，俘获了唐高祖李渊的堂弟、淮南王李神通和李渊的妹妹同安公主，以及大臣魏徵等政要人员，一举占领李唐在河北的全部州县。但窦建德并没有杀害李渊的族人、家人和重臣。窦建德平定河北后，将都城从乐寿迁到洺州（今河北邯郸市永年区）。至此，河北境内战争平息。

农民出身的窦建德，深知"农为邦本，本固邦宁"的道理，他把全部精力都投入到生产和建设上，劝课农桑，大力发展农业经济，以恢复被战乱破坏的经济秩序。在他治理下，河北社会安定，境内无盗，商旅野宿，百姓自足，文治武功均如日中天。然而，此时的关中和洛阳却是战乱纷扰，社会生产力遭受严重破坏，满目疮痍。

像窦建德这样侠之大者，为民请命、为民造福的大英雄，是怎样走上枭雄之路的呢？仁寿四年（604 年），在位二十三年，结束中国南北朝时期分裂局面、完成中国大一统的隋文帝杨坚，在仁寿宫病亡，皇太子杨广即皇帝位，史称隋炀帝。隋炀帝杨广即位后，不甘平庸，怀着远大理想，像驾驭战车一样，把隋朝推上了一个又一个新的战场。营造东都、开凿大运河、北巡东突厥、西平吐谷浑、开拓西域疆土，他仅用了短短五年时间，就使隋朝走向全盛，创下"富莫如隋"的奇迹。

然而，随着隋炀帝举全国之力东征高句丽，他驾驶的这辆战车已经出现疲惫不堪的状态，再也经不起折腾了，百姓忍无可忍，被迫揭竿而起。即便如此，他依然没有停止东征高句丽的计划，为减少征兵阻力，不断挑选有名望和能力出众者担任军官，让他们带领自己的乡亲奔赴前线，而窦建德便充当起这样一个角色。

君子风范，是一种骨子里的气度。窦建德，贝州漳南县（今山东武城）人。窦建德"少时，颇以然诺为事。尝有乡人丧亲，家贫无以葬，时建德耕于田中，闻而叹息，遽辍耕牛，往给丧事，由是大为乡党所称"。所谓"然诺"，就是"好结识江湖好汉"的意思。窦建德年少时，邻家的一位老大爷因病去世，因为家中条件太差，连丧事都办不起，逝者不能入土为安，这对于其家人来说，无疑是莫大的悲哀。正在田间耕作的窦建德听说后，二话没说，就卖掉耕牛，将所得钱财全都交给邻家办丧事用。性格豁达的他，乐善好施，扶危救贫，是乡人眼里的"及时雨"。

"桃李不言，下自成蹊。"几年后，当窦建德的父亲去世时，数千乡人自发赶来，为这位素昧平生的老人送葬。据说送葬的队伍延绵数里，足见其在当地的声望之高。面对乡人馈赠，窦建德也是分文未取，全部原封退回。性格决定命运，窦建德除了性格与宋江一样外，人生经历也颇为相似。宋江在郓城县做过押司，后被逼上梁山，而窦建德起初也做过里长，后因犯法，弃官逃亡，又逢大赦，才回到家乡，但最终还是走上了一条反隋的不归路。

大业七年（611年），对于摇摇欲坠的大隋来讲，是个多事之秋。史料记载：是年二月，杨广自江都乘龙舟，入永济渠，赴涿郡，下诏东征高句丽。遂命酷史元弘嗣在东莱海口造船三百艘，官吏督役，船工昼夜赶工。由于长时间站立在水中劳作，劳工们"自腰以下，无不生蛆"，死者无数，杨广总征全国各地的水陆兵，不论远近，会集涿郡。又发江淮以南水手一万人，弩手三万人，岭南派镩手三万人，全部奔赴涿郡。五月，炀帝至涿郡临朔宫，令河南、淮南、江南造戎车五万乘，发河南河北民夫供应军需。七月，发江淮以南民夫及船只运黎阳及洛口诸仓米至涿郡，船队前后长达千余里，往返于途中的民夫经常超过十万人。

隋炀帝杨广为了这次东征，可以说是举全国之力。然而，所有社会矛盾也都集中在征讨高句丽这个特殊时间节点上，像火山岩浆喷涌一样，一发不可收。由于调兵征粮，举国就役，致使耕稼失时，田畴多荒，谷价踊贵，米斗值数百钱。尤其是山东、河北中原一带，兵役、徭役更是压得百姓透不过气来，已经到了山穷水尽忍无可忍的境地，各地百姓纷纷揭竿而起。

4

隋失其鹿，天下共逐。山东邹平人王薄，率众于长白山起义，自称"知世郎"，作《无向辽东浪死歌》以相号召，于是有很多逃避兵役的人归附；刘霸道领导的平原（今山东平原）农民起义军，以负海带河、地形险阻的豆子航（今山东惠民县境内）为根据地，起义队伍十余万人，号称"阿舅军"；河北信都高士达，率众于清河起义，占据高鸡泊为根据地，自称"东海公"；清河鄃县张金称，以河曲为根据地，起义队伍数万人；东郡韦城翟让，与单雄信、徐世勣等占据瓦岗，众至万余人，其部下多为善使长枪的渔猎手。

时势造英雄，英雄亦造时势。在群雄逐鹿、狼烟四起的大背景下，一个偶然事件彻底改变了窦建德的人生。隋炀帝招募士兵讨伐高句丽，窦建德因为孔武有力，当上了二百人长。本来这对农民出身的他来讲，是件好事，可凑巧的是同乡孙安祖犯法逃命，找到他寻求庇护。原来孙安祖家乡遭遇水灾，老婆孩子全部凄惨离世，家破人亡，一贫如洗。此时，漳南县令强迫心灰意冷的孙安祖去从军，遭到拒绝后，县令盛怒之下，将其狠狠拷打了一顿。孙安祖性格刚烈，忍无可忍，便寻机刺杀了漳南县令，遭到官府缉捕，情急之下才找到窦建德。窦建德不能见死不救，于是帮助孙安祖投奔了已在高鸡泊起义的高士达。高鸡泊，广袤数百里，葭苇阻奥，芦苇丛生，地势险要，可以据险而守，高士达起义后就驻扎于此。

窦建德因为帮助孙安祖而惹祸上身，官府知道后，开始抓捕他，并杀掉其全家老小。一夜之间，窦建德的生活发生了翻天覆地的变化：原本其乐融融的幸福家庭，现在只剩下孤零零的他一个人。陷入绝境的他，望着破败的草屋，用衣袖擦去两行眼泪，在乌鸦的一片惨叫声中，他的人生终于脱了轨。窦建德率领二百名弟兄，星夜投奔高士达，从此走上反对朝廷的不归路。

窦建德一向以人品和能力闻名于漳南，所以他投奔高士达后，便受到重用，被任命为司兵，负责管理兵器。后来由于起义军发生内讧，孙安祖被张金称杀死，其麾下数千人当即投奔窦建德。从聚众起义那一天起，窦建德就立志做个侠之大者，决心为民请命，为民造福。他平时待人诚恳，"倾身接物，其执苦与士卒均。由是能致人死力"。尤其在对隋征战中，他身先士卒，所向披靡，率领起义军攻城略地，屡建战功，后被高士达提拔为军司马。随着投奔的人越来越多，窦建德的队伍不断壮大，威名越发响亮，也越来越引起隋王朝的恐慌。

大业十二年（616年）十二月，隋炀帝命涿郡通守郭绚率兵围剿高鸡泊。郭绚早就听说高士达、窦建德兵强马壮，嚣张跋扈，从不把朝廷放在眼里，所以他这次决定稳扎稳打，步步为营。郭绚率领大军还未到达漳南，就得到探报：高、窦二人为了争权夺势，彼此已经反目成仇，势如水火。其实郭绚有所不知，这是高士达和窦建德用的苦肉计，此时窦建德已经在长河悄悄布下伏兵，张网以待。

窦建德给郭绚写了封信，诈称自己与高士达不和，愿意带领七千人前来投奔他，为其效力。"绚信之，引兵从建德至长河界，欲与盟，兵懈不设备。建德袭杀其军数千人，获马千匹，绚以数十骑去，追斩于平原，献首士达，威震山东。"（《新唐书·窦建德传》）。郭绚不知是计，信以为真，毫无防备地进入窦建德的伏击圈。最终，窦建德与高士达内外夹击，大破郭绚军队，杀敌数千人，缴获马匹千余，军威大振。郭绚惨遭大败，被窦建德斩杀于平原县境内。

郭绚大败、命殒平原的消息传到长安，隋炀帝勃然大怒，决定再派太仆卿杨义臣率重兵前去围剿。杨义臣本姓尉迟，因为战突厥、平汉王、击吐谷浑、征辽东……立下赫赫战功，得到隋文帝杨坚赐姓杨，此人是个绝对的实力派。窦建德见杨义臣来势凶猛，敌我力量悬殊，便向高士达提出"宜引兵避之。彼欲战不得，军老食乏，乘之可有功"的战略。而此时的高士达已经被击败郭绚的胜利彻底冲昏了头脑，他认为隋军徒有虚名，不堪一击。尽管窦建德苦苦谏言，但他就是听不进去，而且还非要亲自率军迎敌，结果因为轻敌，战败身亡。

《旧唐书·窦建德传》记载说："初，义臣既杀士达，以为建德不足忧。建德复还平原，收士达败兵之死者，悉收葬焉。为士达发丧，三军皆缟素。招集亡卒，得数千人，军复大振，始自称将军。"窦建德率百余人奋力杀出重围，趁机北上，攻占饶阳，再返回高鸡泊，为高士达发丧，借机召集旧部，募征新军，重振起义队伍声威，自称大将军。

不管是起义之初，还是自立为王之后，窦建德都始终保持着勤俭节约的美德，他"不喜食肉，饭脱粟加蔬具"。妻子曹氏也是"未尝衣纨绮"。从不穿丝织衣裳，小妾、侍女只有十几人。当年窦建德攻下聊城后，得到上千名宫女，个个容貌姿色娇艳，但他洁身自好，当即全部遣散。他对下属十分讲义气，"建德每平城破阵，所得资财，并散赏诸将，一无所取"。每获战利品，必先分送将士。他以自身人格魅力，使得身边聚集的义士人才越来越多，而且部队凝聚力、战斗力很强，攻城略地，连战皆捷，地域不断扩展，最后占据河北大部、山东西部和河南北部地区，割据一方。

不过真正能证明窦建德是位帅才、体现出他王者风范的还是攻打河间一仗。大业十三年（617年），他率领大军进攻河间郡，河间虽然是一座不起眼的小城池，但这座看似破败不堪的城池，在守将王琮的率领下，防守严密，像铁桶一般，任凭窦建德采用什么办法，都无法攻克，其部队伤亡十分惨重。正当窦建德一筹莫展之时，传来隋炀帝被杀的消息，他赶紧派遣使者入城，将此消息告诉王琮，劝其投降。王琮知道大势已去，自己也必死无疑，但是为了保全全城百姓性命，最终还是选择了投降。

窦建德得知王琮投降的消息后非常高兴，想设宴接待，但将士们却坚决反对，他们对窦建德说："琮拒我久，杀伤甚众，计穷方出，今请烹之。"大家一致请求窦建德杀掉王琮。但窦建德却认为："忠义能臣最大的痛苦，就是在于不能辅佐一位有德行的君主。"言下之意，他自己要做一位有德行的君主，只有这样才能让忠义能臣为他所用。可以说，窦建德的思想境界之高，是当时其他起义军领袖无法比拟的。他视王琮为忠臣义士，不仅任命其为瀛洲刺史，还下令宣布："与琮隙者敢辄摇，罪三族！"

5

窦建德称"夏王"的第二年，便将都城由乐寿迁至洺州。窦建德自视隋朝旧臣，再加上有越王杨侗封他为"夏王"加持，所以与杨侗交好。后来由于王世充废黜杨侗，夺取河南地区众多州郡，自立郑帝，国号为郑。从此，窦建德与王世充断绝关系，追尊杨广为隋闵帝，建天子旌旗，出警入跸，下书言诏，开始以皇帝身份自居。当然，窦建德与唐高祖李渊采取的政策一样，都以东突厥为外援，他将萧皇后送到政治上支持隋朝的东突厥可汗处，开始了新一轮的扩张。

尽管窦建德建天子旌旗，以皇帝身份自居，但他作为农民起义军首领，终究成不了眼界高远、胸怀天下、思想成熟的政治家。由于政治格局所限，他的反隋立场逐渐产生了动摇，再加上他对降将越来越器重，以至于当初那些追随他出生入死的将士，待遇都不如投降的将领，从而导致军心严重不稳。从另外一个层面看，窦建德虽然也有匡扶天下的胸怀和济世救民的情怀，但他毕竟缺少李渊那样的治世智慧和统帅才能。

随着窦建德和王世充的崛起，武德初期，中原大地上逐渐汇聚成三大军事势力，形成三足鼎立局面。作为飞升九五的唐高祖李渊，对其他两位对手的实力，可说是了然于胸：窦建德虽然坐拥河北，但受制于地缘政治，很难一统天下；王世充尽管坐拥中原，但德不配位，失败也只是早晚的事情；而李渊自己坐拥关中，"进可攻，退可守"，占尽天时、地利、人和之优势。在这种情况下，唐高祖李渊决定加快一统天下的步伐。

武德三年（620年）七月，唐高祖李渊决定对占据洛阳的王世充和雄踞河北的窦建德动手，采取先"郑"后"夏"，各个击破的策略，下诏秦王李世民率兵征伐王世充，由此拉开长达十个多月的围剿战。

李世民奉敕率领着远征军浩浩荡荡地出关，东向攻取洛阳。尽管此时李世民不过二十一岁，但在大唐立国之后的短短两年里，他凭借自己非凡的军事天赋，历经"浅水原之战"和"柏壁之战"，并相继平定陇西，收复太原，极大巩固了关中的稳定。但是，连他自己都没有想到，这次率军东征洛阳不但将极大地影响李唐王朝一统天下的进程，同时，也为武德九年（626年）那场震惊帝国的宫门血案，埋下幽微而深远的伏笔。

李世民率领唐军来势汹汹，屯兵邙山，直逼洛阳，以摧枯拉朽之势横扫王世充，仅仅用了三个多月时间，就将河南五十多个州郡相继收入囊中。王世充被打得节节败退，最后被李世民大军死死围困在洛阳城里，只等弹尽粮绝，唐军便可不战而胜。此时，尽管岁月在执戟厮杀中悄然翻过新的一页，但血腥与腐烂交杂的恶臭，依然笼罩着洛阳这座昔日繁华的都城，生活极其窘迫，人们开始易子而食，历时八个多月的洛阳之战，已经进入最为艰难的围城阶段，困守孤城的王世充，早已陷入绝境。最后，他不得已向自己的对手窦建德发出求救信号。然而，数月攻城不下，唐军的士气和体力也已到了极限，可就在这紧要关头，李世民却突然接到战报：割据河北的窦建德答应王世充的请求，亲率大军十余万众，已经攻克管州、荥阳和阳翟等地，直逼洛阳而来。

最初，窦建德收到王世充求救信后，在出兵与否这个问题上，他确实犹豫过。可是，中书侍郎刘彬却劝他说："天下大乱，唐得关西，郑得河南，夏得河北，形成三足鼎立之势。如今唐起兵攻郑，从秋到冬，唐军日见增多，郑国地域日益缩小，唐强郑弱，势必不能支撑，郑灭亡，夏也不能单独存立。不如放弃仇怨，发兵救郑，夏从外袭击，郑自内反攻，一定能打败唐军。唐军退兵后，再慢慢观察形势变化，如果郑可取就取郑，合并两国的兵力，趁唐军疲劳，可以夺取天下！"窦建德思考再三，最终还是听取了刘彬的建议，决定出兵救郑。然而，对于窦建德的这次出兵，多为后世感叹，因为王世充的统治十分腐败，已经到了濒临灭亡的境地，而此时的大唐正如日东升，铁骑横扫天下，窦建德出兵无疑是以卵击石。

俗话说："欲思胜，先忧败。"不管是窦建德出于唇亡齿寒的考虑，还是出于鹬蚌相争的阴谋，但他都太高估自己了，他根本没有考虑过失败。老天似乎给他开了个天大的玩笑，偏偏把他和李世民——这两位千年难得的雄才放在同一时代，面对李世民这样的小辈，窦建德始终没有把他放在心上，依旧信心满满地亲率大军渡河南下，以雷霆之势向虎牢关发起了攻击。窦建德还给李世民修了一封书信，派遣礼部侍郎李大师送去，信的大致内容是要求李世民停止进攻洛阳，还恐吓他，要求他把唐军撤回潼关，归还郑国土地，恢复疆域和双方的关系，如若不然，让他和唐军有来无回……

窦建德出兵救援王世充，让唐军原本胜利在望的局势急转直下。

6

虎牢关，又称汜水关、成皋关、古崤关，是古京都洛阳东边的门户和重要关隘，位于今河南省荥阳市西北部十六公里的汜水镇境内。

虎牢关南连壁立千仞的嵩岳，北濒滔滔奔涌的黄河，山岭纵横，自成天险，"一夫当关，万夫莫开"，为历代兵家必争之地。李世民避其锋芒，开始筹划虎牢关之战，伺机解决窦建德和王世充。他整合部队，决定采取"围洛打援"的战术，自己则亲率三千五百名精锐玄甲军前去占据虎牢关，以阻击窦建德十万大军。剩余人马则由其弟弟李元吉和老将屈突通指挥，继续围困洛阳。对于李世民做出的近似于疯狂的决定，尽管麾下众将纷纷劝谏，但却丝毫没有动摇李世民的决心。

此时的李世民，就像是一匹看到肥肉的恶狼，再不会放过任何果腹的机会。在他看来，两军作战固然风险重重，可若能一举生擒窦建德，歼灭夏军的有生力量，那么河北夏地便可由此一战收复，洛阳之围也就不攻自破。逐鹿天下，在此一举。面对倾巢而来的窦建德十万大军，能否在其之前占据虎牢关，是唐军扭转战局、克敌制胜的关键所在。武德四年（621

年）三月二十五，李世民一面命唐军主力于洛阳城外严防死守，一面自己亲率三千五百名精锐玄甲军，昼夜疾驰，终于赶在窦建德之前，抢占了这一问鼎中原的生死命门。

李世民依靠虎牢关险要地势，将窦建德牢牢阻击在洛阳以西。窦建德在虎牢关受阻，屯兵于雄关之下，与李世民对峙了一个多月，始终不能前进一步，几次遭遇战也都是以失败告终不说，连押运的军粮也被李世民的部将王君廓抢夺一空，士气严重低落。夏军长途奔袭，师老兵疲，离家千里，思亲心切，士气散尽。这时，谋士凌敬为窦建德献上一计，建议他实施"围魏救赵"的策略，渡河直取太行山，然后兵锋再直指唐军后方，迫使李世民撤兵。只可惜，窦建德并没有采纳这一建议，反而中了李世民的计。

李世民得知窦建德大军军心不稳后，开始设局智取。这年五月初二，他亲自北渡黄河，侦察敌情，乘机留下一千多匹战马，在黄河边放牧，以引诱窦建德。回到黄河南岸后，李世民让手下人到处散布消息说："唐军草料不足，准备在黄河北岸牧马。"窦建德获取情报后，求胜心切，无心甄别真假，便决定率领大军前往黄河北岸，围剿李世民。不胜焦躁的窦建德率部倾巢而出，从板渚出牛口渚列阵，北靠黄河，西临汜水，南连鹊山，部队连绵二十余里。李世民见此情形，对诸将说："敌人从山东起兵，还没有碰见过强大对手，如今身涉险境却很喧嚣，说明纪律不严。逼近城池排列战阵，说明有轻视我们的意思。如果我们按兵不动，他们的士气自然就会衰竭，时间一长，士卒饥饿，势必就会自动撤退，到那时我们再乘势攻击，必然取胜。我和各位相约，一过正午，肯定能打败他们！"

果如李世民所料，窦建德排列战阵，从早晨到中午，士兵们饿着肚子，人困马乏，将士们根本无心对战。李世民果断实施"斩首行动"，他亲率玄甲军闪电般出击，涉过汜水，直扑敌阵，大军跟随其后。此时，窦建德正在接受群臣朝谒，唐军骑兵突然狂风暴雨般冲杀进来，尘土飞扬，遮天蔽日，他吓了一跳，本来大军已人困马乏，一战而溃，兵败如山倒，十余万大军骤然崩溃。窦建德身边的亲兵也被杀散殆尽，混乱之中他后背被长槊刺伤，血流如注，直透重甲，无力再战，便逃窜至牛口渚躲藏。此时，唐军车骑将军白士让和杨武威骑马赶至，将其生擒，五万余人被俘。事后，李世民斥责窦建德说："我以干戈问罪，本在王世充，得失存亡，不关你的事，何故越境，犯我兵锋？"窦建德昂然回答说："今若不来，恐劳你远征河北，让河北兵祸再起，所以不请自来，既然已败，天意如此，但请善待我河北士民。"

作为阶下囚的窦建德，并没有为自己求饶，而是请求李世民善待他的河北士民。李世民听后十分感慨，遂将被俘的五万兵将全部遣返。随着窦建德大军被李世民终结于虎牢关，神情恍惚的王世充自觉大势已去，最后一丝希望也化为泡影，于是停止无谓的抵抗，换穿白衣，率文武官员，开城缴械投降。李世民凭借其超凡的军事天赋，东征洛阳一战，终于以远超预期的战绩落下帷幕。他将窦建德、王世充打入囚车，领着得胜之军，浩浩荡荡返回长安。

武德四年（621年）七月初九，长安的清晨清澈澄明，宽阔的朱雀大街上马蹄声悦耳，得胜归来的李世民率领大军在百姓的欢呼声中，步履铿锵坚定。然而，作为帝国最高统治者的唐高祖李渊，却没有想象中那样快乐。在短短四年里，李世民先是平定陇西，继而收复太原，如今又生擒窦建德，逼降王世充，逐渐统一河南河北，这样的功绩不但早已盖过他的兄长太子李建成，甚至也盖过了自己——至尊无上的大唐天子。看着金甲铮亮的李世民，迎着万千臣民所散发出来的凛凛霸气，李渊眉头紧皱，更加心事重重。

窦建德兵败之后，其夫人曹氏逃回洺州，遵照其意愿，拒绝众将拥立养子为新主，遂将府库所有财物散发给将士，各自散去。不日，曹氏又率文武百官降唐。唐高祖李渊对窦建德、王世充的处置截然不同，对于王世充，他当面罗列出十条罪状，将其贬为平民，全族流放巴蜀。而对于窦建德，唐高祖却将其带到太庙，把他当成祭品，告祭先祖，于武德四年（621年）七月，将其斩杀于长安，时年四十九岁，一代枭雄就此陨落。

回望隋唐，将星闪耀，星河璀璨。窦建德或许不是最闪亮的那颗星，但他绝对是特别耀眼的一颗星。他平民崛起，贵至夏王，却仍然保持着善良和节俭。他英武仁厚，义薄云天，信守承诺，受人爱戴。在他死后，河北百姓为他修建夏王庙，每岁祭祀，足见其在民间久负盛名。

武德之治

　　历史总是由胜利者书写。唐高祖李渊是被后人低估了的一位帝王，他加强武备，择贤纳士，深耕百废，改革鼎新，充分展现出他鲜为人知的非凡政治格局。他继承和革新前朝治国理政措施，为大唐王朝打下坚实的政治、经济和军事基础，成为后世李唐建邦立国的法宝。

|

泱泱历史长河中，总有一些人和事会被沧桑岁月所湮灭。从唐朝的历史看，唐高祖李渊又何尝不是这样的呢！作为大唐开国皇帝的李渊，其实是一位被后人低估了的帝王，拨开历史的迷雾，透过他那些鲜为人知的耀眼成绩单，才知道他是如此杰出。

义宁二年（618年），对于从龙兴之地太原入主长安的唐高祖李渊来讲，此时他已经达到人生巅峰。俗话说，旧的不去，新的不来，新人就要有新气象。唐高祖登基后，做出的第一个重要决定，就是要为脚下这座城市改一个有意义的名字，他总觉得这座始建于隋朝开皇元年（581年）的大兴城，名字上附着一股浓重的隋杨气息，总让他感到不舒服，他决定改"大兴城"为"长安城"，并将其定为国都，寓意"长治久安"。改大兴殿为太极殿，改大兴宫为太极宫。

从此，唐高祖将和他的后世子孙守望长安这座宏伟壮阔、雍容华贵的城市，长达近三百年之久。一切准备就绪后，在文武百官的拥戴下，唐高祖于长安太极殿登基，改年号为"武德"。至于为何使用"武德"作为大唐年号，李渊也是经过深思熟虑的。"武德"，这一称谓源于隋宫武德殿，这里也曾是李渊改朝换代之前临时的办公地点。唐高祖李渊之所以用"武德"为年号，很明显有两层意思：第一层意思是说，唐承隋制，告诉天下百姓我李渊是接受禅让才登基为帝的；第二层意思是说，我李渊不仅可以武力平定天下，更重要的是以德服人。

五十三岁的唐高祖，高高坐在太极殿的皇帝宝座上，他俯视着群臣。此时，这座大殿里的所有人，没有谁比他更熟悉这个地方。三十多年前，当李渊以侍卫身份第一次走进这座大殿时，就为它的庄严和宏大所震惊，更为高居在上的那位表亲所震撼。如今，他被自己给震撼了，因为那时他从未想过，有朝一日，自己也会坐上这仰视已久的位置。恍惚之中，时光流转，年轮飞奔，无数往事在他眼前浮现。他的目光越过群臣，停留在侍卫们站立的地方，那里曾是他待过的地方，从那儿到现在自己坐定的位置，不过只有数丈之遥，或许会更短。但一路走来，他却用了三十多年。可谓是，三十多年时光似反掌，天翻地覆慨而慷。天若有情天亦老，人间正道是沧桑！

唐高祖从太原起兵那一刻起，就知道开弓没有回头箭，这既是时事推着他向前走，也是膨胀的政治野心驱使着他一刻也不能停下脚步。因为起兵，李家的祖坟都被隋廷给刨了，亲人的骸骨被弃之荒野，自己成为不肖子孙，想到这些李渊心痛无比。而今，自己登基帝位，终于可以光宗耀祖，他决定用追封的方式，来告慰补偿已故的先人和亲人。他追封自己的爷爷李虎为景皇帝，父亲李昞为元皇帝，母亲独孤氏为元贞皇后，结发妻子为穆皇后。安置好逝者，论功行赏，自然也就轮到了那些跟随他跨马征战的弟兄。首先是他的儿子，他立嫡长子李建成为皇太子，封李世民为秦王、尚书令，封李元吉为齐王。当然，对于投奔他的其他宗室成员也不能亏待，有道是一人得道，鸡犬升天，也都各封为王。至于独孤家和老窦家的众多亲朋，也都跟着沾了光。而对于刘文静、裴寂等为首的开国功臣，则封公晋爵，并且安排他们到重要岗位担任要职。

作为大唐帝国的总设计师，唐高祖李渊从隋炀帝手中接过的毕竟是个千疮百孔的烂摊子。此时，天下仍是匪寇四起，国家建设百废待兴，他知道自己将要走一段艰难曲折而又漫长的道路。他组织力量，加快剿灭觊觎李唐江山的各路枭雄，尽快实现全国统一。在儿子李世民的帮助下，他用了近十年时间，先后消灭了薛举、薛仁杲、李轨、刘武周、王世充、窦建德、萧铣和梁师都等割据势力。同时，他还充分利用东突厥和西突厥之间的分裂，进一步稳固北部边疆地区。就这样，唐高祖踏着对手的鲜血，在李唐王朝殿堂上走得越来越稳健。

2

军队作为王朝利益的捍卫者，它的改革既是一个生存问题，也是一个发展问题，唐高祖深知这一利害关系。在李唐政权建立后不久，为尽快解决兵源和粮食问题，李渊首推军事改革，积极推动恢复耕战兼顾的府兵制。所谓"府兵制"，是中国古代一种职业兵制，这种制度最早创始于西魏宇文泰时期，经过北周、隋朝，沿用至唐朝。府兵制的基层组织被称为军府，军府长官称为开府，其副手为仪同。隋初改称骠骑将军和车骑将军，军府即改为骠骑府。到了隋末，军府又改称鹰扬府，主官为鹰扬郎将和鹰击郎将。

其实，早在唐高祖太原起兵时，在进军长安的过程中，他就已经着手推进府兵制度。大唐政权建立后，李渊开始加快兵役制度的改革步伐，在全国各地加强府兵制基层组织军府建设。最初，他为去除兵府制的隋廷色彩，在其推行的军事改革中，将鹰扬郎将改称为军头，将鹰击郎将改称为府副。之后，又沿袭隋初旧制，改军头为骠骑将军，改府副为车骑将军，将军府分别改为骠骑府、车骑府。武德二年（619年）七月，唐高祖又打出恢复隋文帝开皇制度的旗号，以车骑将军府隶属骠骑府。五年之后的武德七年（624年），他再改军府为统军府，骠骑将军为统军，车骑将军为别将。

府兵制最大的特点就是兵农合一，将练兵权与领兵权分离，这样可以防止将领拥兵自重、对抗中央。府兵制是建立在均田制基础之上的，这些府兵实际上都是平时耕种土地的农民，农闲时由兵府负责组织训练，其主要职责就是到京师或边塞轮值服役，被称为"番上"，战时则出征御敌。但是，不论是番上还是出征御敌，府兵所需要的兵器、衣服以及粮食，都需要自己准备，自给自足。参加府兵最大的好处就是服役期间可以免除自身的租和调。所谓"租""调"，是唐时实行的赋税制度，以征收谷物、布匹或者为政府服役为主。

唐高祖在府兵制改革上，继承并发扬了隋廷一些好的做法，不仅从根本上减轻了国家负担，还扩大了兵源，提高了战斗力，为新兴王朝注入生机和活力。

武德三年（620年），此时大唐王朝一统天下的斗争正渐近尾声，面对关东边境强敌的窥探，为加强边疆地区的军事战备和管理，唐高祖又将关中地区划分为十二道，每道设置军府，负责军事管理。再在十二道军府制度的基础上，建立十二军，其长官仍为骠骑将军、车骑将军，十二军以星座名称而命名。据《新唐书》记载："以万年道为参旗军，长安道为鼓旗军，富平道为玄戈军，醴泉道为并钺军，同州道为羽林军，华州道为骑官军,宁州道为折威军,岐州道为平道军,豳州道为招摇军,西麟州道为苑游军,泾州道为天纪军,宜州道为天节军。军置将、副各一人,以督耕战,以车骑府统之。"十二军由车骑府统领,每军设置将、副各一人,主要由那些素有威名的功臣武将担任。十二军兵马强壮,是大唐王朝在关中地区最重要的武装力量,担负着保卫京城长安和防御西北突厥入侵的重要任务。

其实,唐高祖在军队改革上,也是多次反复。武德六年(623年),他感觉天下大势既定,便决定罢废十二军。这一年,对于已经走过七个年头的李唐王朝来讲,百废待兴,也是最需要休养生息恢复社会经济的时候。从国内局势看,基本趋于稳定,为推动社会经济发展,增加劳动力,他决定将关中地区的十二军由二十六万人裁减至三万余人,正是由于他的这一错误决定,致使十二军名存实亡,导致西北边境烽烟再起。《新唐书·兵志》曾记载:"高祖以义兵起太原,已定天下,悉罢遣归,其愿留宿卫者三万人,高祖以渭北白渠旁民弃膏腴田分给之,号'元从禁军'。"

3

关中地区靠近边境,北方突厥虎视眈眈觊觎关中长安已久,此时见大唐大规模裁军,认为劫掠长安的大好时机已到,于是举全国之力,二十余万铁骑狂飙南下。突厥骑兵一度进攻到陇州(今陕西陇县)一带,一时之间给长安带来巨大压力，唐高祖甚至下令长安全城戒严，防备突厥突袭。在抵御突厥的战争中，他虽然也调兵遣将，但终因之前关中大裁军的错误决策，就连保卫关陇之地都根本无法做到，更不用说打败突厥大军了。在生死攸关的情况下，不管是为自己性命考虑，还是为大唐都城安全考虑，对于他来讲，此时迁都无疑是个不错的选择。

《资治通鉴》第一百九十一卷中有这样一段耐人寻味的记载：武德七年（624年），唐高祖召集太子李建成，齐王李元吉，宰相裴寂、萧瑀，中书侍郎宇文士及，侍中陈叔达等人，召开紧急会议，会议的主题就是研究迁都的事，经过认真研究讨论，决定将唐朝都城迁到襄州（今湖北襄阳），并派宇文士及前往襄州，先去统筹规划迁都的前期工作。就是这样一个事关王朝生死存亡的重大决定，李世民自始至终都没有机会参与，当他得知这一消息后，十分震惊，连忙进宫劝谏父亲。然而，与李世民的态度截然不同的是，李建成和李元吉却强烈支持父亲迁都。李世民劝诫父皇李渊说："戎狄为患，自古有之。陛下以圣武龙兴，光宅中夏，精兵百万，所征无敌，奈何以胡寇扰边，遽迁都以避之，贻四海之羞，为百世之笑乎！"意思是说，自古以来北方异族就不断袭扰中原，如今皇帝您这么强大厉害，麾下拥有百万大军，如果不战而退，岂不是让后人耻笑？

李世民接着又劝谏道："愿假数年之期，请系颉利之颈，致之阙下。若其不效，迁都未晚。"意思是说，我们应该先跟突厥交战，如果实在打不过，再考虑迁都的事情也不迟。要知道偌大一个王朝，有一大半江山都是李世民打下来的，所以他说话的分量还是比较重的，唐高祖对此也是有所顾忌。经过李世民的一番劝诫，原本已经下定迁都决心的他，不禁动摇了。最终，在李世民据理力争、坚决反对下，这场即将开始的迁都工作终于被叫停，唐朝的都城依旧设在长安，襄州也因此失去成为都城的机会。

这年八月，就在唐高祖放弃迁都的想法之后，李世民和李元吉率领唐朝大军，与突厥颉利、突利两位可汗率领的万余名精锐骑兵在豳州（今陕西彬州市）南面的五陇阪（今陕西凤翔西）对阵。时值关中地区连日阴雨绵绵，唐朝大军因长途行军跋涉早已疲惫不堪，再加上粮草运输被突厥阻断，军需器械受潮等因素，战斗力锐减。李元吉和许多将领都认为敌强我弱，此战毫无胜算，不敢出战。而李世民恰恰与之相反，他深知颉利与突利两位可汗之间矛盾重重，互不信任，决定使用离间计智取突厥大军。李世民率领一百名精骑出击，他首先来到颉利可汗大军阵前，厉声指责说："我大唐已经与可汗议和结亲，你们为什么还要违背盟约，举兵进犯？如果可汗您想与我比武，就请出来与我单打独斗；倘若可汗想让部队一起出战，那也无妨，我只用这一百名骑兵就可抵御你们突厥大军。"

李世民艺高人胆大，他这一番话倒真的把颉利可汗给蒙住了。颉利可汗原以为李世民不敢出战，没有想到他竟然率领百名精骑前来挑战，一时摸不清底细，生怕中计，不敢轻举妄动。李世民又继续率队向前，来到突利可汗的大军阵前，对其说道："你曾与我定有盟约，约定在发生危难时互相救援，现如今你却率领兵马攻打我，怎么连一点盟誓的情分都不讲呢？"突利可汗被问得哑口无言，避而不战。颉利可汗听到李世民与突利可汗谈论订盟立誓的事情，又见他轻装出战，怀疑他与突利可汗早有勾结，担心自己腹背受敌，于是派遣使者劝阻李世民说："秦王不必过河，我们没有别的意思，只是打算和您重申并加强原有盟约罢了，我们的兵马现在就可以后退。"就这样，颉利可汗被李世民的离间计吓退。

此时，连日的阴雨似乎没有丝毫停歇的意思，而且越来越大。恶劣天气对于战争来讲就像一把"双刃剑"，作为兵家的李世民深谙此理，他对诸将说道："突厥所依仗的都是弓箭，现在连日阴雨不停，弓筋弦松弛，胶性失黏，基本上不能使用了，这对于突厥而言就好比是飞鸟折断翅膀一样。而咱们居住在房屋里，有吃有喝，兵器锐利，又是以逸待劳。假如连这个时机都不加利用，还要等待怎样的时机呢？"经李世民一番鼓动，众将官觉得有道理，个个摩拳擦掌。李世民反其道而行之，决定连夜出兵，冒雨突袭，令突厥大军震惊。

李世民又派人向突利可汗陈述利弊得失，劝他归顺大唐。颉利可汗本打算出战，可是突利可汗不从，他孤掌难鸣，无奈之下也只得向李世民请和。李世民一看时机已到，于是又送给突厥大量金银财宝，最终以谈判方式让突厥撤兵，边境再次重归和平。这场李世民率军在五陇阪智退突厥大军的著名战斗，史称"五陇阪之战"。在"五陇阪之战"中，李世民采取伐谋、伐交、伐兵等谋略，利用突厥两位可汗之间的矛盾，使用反间计，迫使强敌退兵，充分彰显出其卓越的战略眼光、惊人的胆略和超群的智谋。

4

随着大唐外部危机的解除，原本笼罩在长安城上空的乌云也随之散去，唐高祖迁都襄州的事自然而然也就不了了之。事实证明李世民的选择是正确的，长安城因为他的坚持，才避免了沦为时代废墟的惨剧发生。

"帝始兼天下，罢十二军，尚文治，至是以虏患方张，乃复置之，以练卒搜骑。"这次突厥兵伐的教训十分深刻，唐高祖不得不重新审视有关边疆军队改革问题。第二年（625年）四月，为防范突厥犯境，不得不重新设置"十二军"，但此时的"十二军"，在职能上发生了一些变化。史书记载："而军置将军一人；军有坊，置主一人，以检察户口，劝课农桑。"显然，这时"十二军"的将军和坊主，被赋予了掌管军事和治理民事的双重职能，他们不仅要统领军队，更重要的是负责地方治理。之后，随着竞争对手的消灭殆尽，国家隐患逐渐消除，李渊把改革的重心，从统一战争转移到以经济建设为中心上来，开启了"武德之治"的崭新篇章。

军队，作为大唐王朝利益的忠诚捍卫者，虽然改革道路艰难曲折，但这是一场不得不进行的重塑性变革，既关系到王朝生存，也关系到大唐发展。同样，土地作为国家和人民赖以生存的基础，维系着千家万户，也亟须在管理体制机制上进行改革。唐高祖汲取隋朝灭亡的教训，决心下大力气整治乡村，不断夯实自己的统治根基。

武德七年（624年），唐高祖打出改革组合拳，颁布诏令，决定实施新的税赋政策——均田制和租庸调制。所谓均田制，顾名思义就是平均分配土地的制度，即国家按人口分配土地，也就是让人人拥有土地。均田制，并不是李渊首创，是在前朝土地分配制度的基础上改进演化而来。均田制规定："丁及男年十八以上者，人一顷，其八十亩为口分，二十亩为永业；老及笃疾、废疾者，人四十亩，寡妻妾三十亩，当户者增二十亩，皆以二十亩为永业，其余为口分。"均田制的实施，进一步确定了农民对土地的所有权和占有权，不仅大大减少了田产纠纷，而且还有利于无主荒田的开垦，对恢复和发展农业生产都起到积极作用。

凡事都具有两面性，唐朝的均田制亦是如此。首先，妇女地位下降。均田制规定，丁男授田一顷，其中口分田八十亩，永业田二十亩。所谓口分田，是指田地所有权归国家，当男丁到了有能力耕田的年纪，就可以向国家申请，去世后再将田地归还给国家。所谓永业田，是指田地所有权归个人，即便男丁去世，这份田地的所有权仍旧可以世袭下去。由此可见，唐朝的均田制都是以男丁为分田依据，妇女的社会地位并不高。

其次，僧人和道士的地位开始上升。在唐代均田制的分配对象中，首次出现一个极为特殊的阶层——僧人和道士。隋唐以前实施的均田制，并没有将田地分配给僧人和道士的先例，而唐高祖推行的均田制，明确规定授予僧人和道士一定数量的口分田。很显然，他之所以这样做，不仅仅是为了提高宗教阶层在整个社会中的地位，更重要的是体现大唐王朝"崇儒重教"的姿态。

再次，对贵族阶级的田地数量进行了限制。均田制规定：从亲王到公侯伯子男，授田数量从一百顷到五顷不等；在职官员从一品到九品，也规定授田数量从三十顷到二顷不等。此外，各级官员还有职分田，用地租补充，作为俸禄的一部分。

最后，均田制对土地买卖做出明确规定。不仅官僚和贵族的永业田和赐田可以买卖，平民百姓在特殊情况下也可以出卖永业田。

总之，唐高祖实施的均田制改革，让耕者有其田，取得了开垦荒地、增加户口、稳定兵源的效果，使唐朝初期的经济得到快速恢复和发展。

在推行军事和土地政策改革的同时，唐高祖也深深感受到货币制度混乱的诟病，他决定统一货币，下令废止隋朝的"五铢钱"。

五铢钱始于汉代，到初唐时期已经流通了七百多年，历经数代王朝的兴衰承替。由于年代久远，五铢钱的大小轻重早已没有统一标准，再加上市场劣币驱逐良币，五铢钱的分量大幅减轻。由此，导致货币严重贬值，百姓生活异常贫苦。为了适应统治需要，唐高祖决定废除五铢钱，并且亲自主导，开铸统一的新钱——"开元通宝"，开通宝钱之先河。"开元"，即指开辟新纪元、开国奠基之意；"通宝"，则是指"流通宝货"之内涵。"开元通宝"由给事中欧阳询监制，为铜质货币，在我国钱币史上具有划时代的意义。它不仅取代了此前历朝历代一直沿袭的重量钱，重新确立钱币制造标准及大小轻重，统一了货币标准，还开创了新的货币体系，推动中国货币跨步发展。

5

正是由于"开元通宝"的开铸，此后各朝开始脱离传统的以重量命名的"五铢钱"体系，而是以"年号"加"通宝"字样的"通宝钱"替代。唐高祖赐秦王李世民、齐王李元吉各三炉铸钱，右仆射裴寂一炉铸钱，并在洛、并、幽、益等州设置钱监。唐律规定禁止民间私自铸钱，凡私铸者判死罪，家人被没为官奴，由此可见他治理货币乱象的决心。

唐朝以前，钱币的质量多以铢、两来表示。从秦半两到隋五铢，货币的度量都是以二十四铢为一两的二十四进制为标准，演变为一两等于十钱。唐高祖在统一钱币的同时，对与之配套的度量衡制度也进行了大胆改革，二铢四絫的"开元通宝"流通后，由此，也开创了十钱为一两的十进制度量衡，二十四进制的铢两制逐渐退出历史舞台，钱币的实际重量不再以锱、铢、两的二十四进制去计量，而是开始以厘、分、钱、两的十进制体系去计量。由于"开元通宝"制作十分精美，直径八分，每文铜钱重二铢四絫，每枚铜币称为一钱，无论是大小，还是轻重，都非常适宜携带流通。由此，"开元通宝"成为唐朝的主要流通货币。

度量衡关乎人类社会生活、生产的方方面面，是衡量世间万物的标准尺度，也是国家政治制度的重要内容，它对于规范商品交换、维护社会稳定、保证国家权力等都有着重要作用。"度"即长度，"量"为容量，"衡"即重量，"度量衡"分别指的是计量长度、容积、重量的标准或器具。为了规范商品市场秩序，唐高祖开始推行统一的度量衡检校制度。所谓"检"即检查，"校"即校验，度量衡检校制度指的就是对度量衡器进行统一检查和校验的制度。武德八年（625年）九月，他敕命太府寺针对度量衡的轻重大小，对各州开展专项检查，从而拉开了整治度量衡的帷幕。

假冒商品并不是一个特定时代的产物，从古至今每个朝代都会存在。唐高祖在推行度量衡检校制度改革的同时，针对这一问题，不断加大惩罚力度。朝廷禁止私人定制度量衡，若违反规定，无论是否使用都会被杖打五十下。然而，商人往往为了获得更多利益，总会铤而走险，在秤上做点手脚。为了防止这种行为，官府经常派人去市场上突击检验商贩的度量衡，若发现度量衡不准确的，杖罚"伺候"，对于得利赃重的，还会按照盗窃罪加重处罚。严厉的处罚制度，大大促进了唐朝商业的发展，推动了市场良性循环。

在唐高祖推行的众多改革举措中，有一项新政可以说震动朝野、举国关注。这项新政不仅得到地主阶级、士绅官僚的全力支持，而且还使普通百姓备受鼓舞，可以说深得人心，这就是科举制度。科举制度并非唐朝首创，它是在沿袭继承前隋科举制度基础上的创新。唐朝政权稳定后，唐高祖意识到，国家如果要发展壮大，人才培养非常关键，为了适应封建经济和官僚政治发展需要，他开始对科举制度进行革新，开启新的科举选官制度。他所推行的科举制度，与前朝最大的不同就是给予了中小地主更加广泛的参与权，对于考生也不再一味强调出身门第。这样一来，给了那些胸怀大志却又苦于没有门路的人一个展示实力的舞台，可以说这次科举制度的改革开创了平民入仕的先河。

建唐之初，当时有资格参加科考的人主要有两类：一类是国子监所属学校的学生，叫"生徒"；另一类是各地私学中通过州县保举的学生，叫"乡贡"。科举的形式也有两种，一种是"常举"，每年定期举行。"常举"考试科目主要有秀才、进士、明经、明法、明算等，其中进士和明经最受欢迎，因为这也是做官的重要途径。进士一科最难考，主要考诗词歌赋，还有时务政策，录取率只有 5% 左右，以至于有的人头发都白了还在考。另一种是"制举"，是由皇帝临时下诏举行，且亲自主持。"制举"主要根据国家的特别需求而临时设置科目，不定期举行，时间和录取人数也不定。"制举"考试名目繁多，据说唐代有八十多种，考生可以是"常举"及第的人，也可以是庶民寒士，因其设置的灵活性，起到广泛搜罗人才的作用，与"常举"形成互补。

武德四年（621 年），唐高祖发布诏令，各州学士以及具有明经、秀才、俊士、进士资格者，通过州、县地方预试，合格者每年十月赴朝廷应试。次年又规定，布衣寒士得不到举荐者可以"自举""自进"，这也是中国历史上首次明文规定，投身仕途考试不再需要官府举荐。此外，对于专业性强的官职，还设有特定选官程序。譬如，技术专业官职的委任，由本部门机关诠注委任，后送吏部备案；司法官职的委任，吏部须与刑部尚书共同研究决定，然后注拟。也可以看出，唐高祖推行的科举制度，不再一味强调出身门第，选用人才也不再拘于政治一种，而是各有所专，颇能广开才路。

6

"儒以修身、道以启慧、禅以修心、易知天地、兵以制胜、颐以养生、知止常胜……"

作为关陇贵族集团出身的唐高祖，虽然对于儒学并不怎么熟悉，但是晋阳起兵之后，在艰难创业的环境岁月里，他以一个政治家的远见卓识，逐渐领悟到儒家思想对于君临天下、管控国家的积极作用。于是，唐高祖开始与儒家学说结下不解之缘，开始喜欢结交儒臣，在他"初入长安开大丞相府"时，就已经开始着手恢复儒学教育。当政权在握后，他又开始思考如何利用儒家思想，进一步确立自己的执政地位。

唐高祖认为"民禀五常，仁义斯重；士有百行，孝敬为先"，在对现实社会和传统惯性的考量中，他最终选择了以儒家思想作为治国的核心思想。鉴于"仁、义、礼、智、信五者具备，故能为利博深"，他提出"敦本息末，崇尚儒宗，开后生之耳目，行先王之典训"的指导思想，命人寻访周公、孔子的后代，予以抚慰、安置。在他的高度重视、大力提倡下，刚刚建立不久的大唐开始全面推行礼制，借助礼制来治理国家，一时之间，儒家备受尊崇，朝野上下学习儒学的氛围也越来越浓厚。武德七年（624年），唐高祖树周公为"先圣"，同时给予孔子"配享"待遇。两年之后，又诏封孔子的后代为"褒圣侯"。

十年树木，百年树人。为了广泛传播儒家思想，教化育人，唐高祖还创立了中央官学，作为传授儒家经典的最高学府，以国子学（即国子监）来统摄六学，以儒家《周易》《左传》《礼记》《尚书》等经书为主要教学内容。同时，他还诏令国子学分别为周公、孔子修建庙宇，并按四时进行祭祀、供奉。《资治通鉴》记载："命裴寂、刘文静等修定律令。置国子、太学、四门生，合三百余员，郡县学亦各置生员。"武德元年（618年）五月，唐高祖命令裴寂、刘文静等人编纂审定律令。设置国子学、太学、四门学生，共三百多人，各郡县学校也都设置学员名额。国子学、太学和四门学为当时三种学校，这也是唐代关于中央官学的第一次规划。武德七年（624年），唐高祖下令，各州县一律设立学校，充分体现出唐王朝建国之初以儒家作为治国思想的政策表达。

唐朝，作为一个开放包容的朝代，在宗教政策上也不例外。"道可道，非常道；名可名，非常名。"这是《道德经》开篇第一句话。当年李耳骑青牛过函谷关，守将尹喜对他说："您就要隐居了，请为我们写本书吧。"诚心诚意地恳请李耳能够留下一部传世名作，于是就有了《道德经》。精明的唐高祖，懂得不忘祖宗不仅是优良传统的思想之根，更是以孝治天下的根本所在。古来君王皆追祖，只为给自己脸上贴金。对于出身士族世家的他来讲，也莫过如此。唐高祖为了维护自己的政权统治，抬高自己出身，再加上妻子独孤氏笃信佛教，所以便自称是老子李耳的后人，奉行儒释道三教并尊的政策。由此，唐朝便成为第一个明确将道教置于佛教之上的朝代。

人生于世，有情有智。有情，故人伦和谐而相温相暖；有智，故明理通达而理事不乱。道家追求和平，提倡自由美好的生活观念，很适合历经战火屠戮的新兴大唐王朝。所以，道教也就成为武德时期的国教。唐高祖在以道教为尊的同时，他也看到了佛教所提出的"因果轮回""善恶有报"等教理经义劝人向善的作用，再加上佛教并没有触动李唐皇室的利益，所以在他的大力支持下，佛教也得以广泛推广。正是由于唐高祖尊崇道家思想，实行宗教信仰自由政策，才使得各种宗教文化在李唐初期百花齐放，互相包容，促使当时的思想空前活跃。

多识前古，贻鉴将来。水是人类赖以生存的物质基础，对水资源的开发利用也是社会文明进步的重要标志。唐高祖汲取前朝灭亡的教训，他清醒地看到仅存了三十八年的大隋，虽然依靠南北大运河进行贸易往来，但对农田水利建设却不够重视，导致百姓不堪税负，食不果腹。他在进行水利工程改造时，首先想到了关中地区，当然不仅仅因为那里是李唐政权的龙兴之地，更重要的是相对其他地区而言，关中地区的水利工程尚有一定基础。有名的水利工程就有秦代的郑国渠、汉代的白渠和龙首渠，这些关乎民生的水利工程总让人倍感温暖。

"故关中之地，于天下三分之一。"关中地区，既是唐王朝统治的核心地区，同时也是长安及京兆尹所属各县及驻防西北边军的主要军粮供给之地，关中粮食供应问题直接关系到唐廷的兴衰安危。唐高祖不仅继续发挥引晋水灌溉的作用，还在太原府兴建了许多灌溉工程。"引黄灌溉"，这是在古代一般人想都不敢想的事情，据说汉武帝时曾有过一次大规模的尝试，当时在与朝邑隔河相望的山西永济一带，河东太守番系组织数万人修建引黄灌溉工程，后因黄河主流摆离渠口，未能奏效。

唐高祖在保护和利用历史遗留水利工程的同时，决定启动引黄灌溉水利工程。据《新唐书·地理志》记载：唐高祖武德七年（624 年），"治中云得臣自龙门引黄河水溉韩城县田 6000 余顷"。云得臣"自龙门引河灌田"的成功，大大促进了黄河两岸的农业生产和社会稳定。次年，唐高祖又在陕西建造了一条漕运运河，主要用于京城的物资供应。正是由于他重视治水用水，才创下"屯田太原""岁收粟十万斛"的奇迹。

历史总是由胜利者书写。唐高祖李渊于晋阳起兵，长安登基，深耕百废，高屋建瓴，改革鼎新，充分展现出他非凡的政治格局。他继承和革新前朝治国理政措施，为大唐王朝打下坚实的政治、经济和军事基础，成为后世李唐建邦立国的法宝，最终创造出星光璀璨的盛唐气象。

喋血玄武

"最是无情帝王家。"玄武门之变将此诠释得淋漓尽致。古往今来，父子相争，手足相残，帝王权杖沾满了鲜血。玄武政变既是唐太宗李世民心中永远的痛，也是他一生挥之不去的阴影。好在他以仁政勤勉、励精图治、恩泽天下为救赎，创下彪炳史册的"贞观之治"。

I

　　武德九年（626 年），正当唐高祖李渊以胜利者的姿态和非凡政治格局，开启武德之治时，一场蓄谋已久的宫廷喋血惨剧悄然发生：短兵相接，兄弟相残。刀光剑影，血染玄武。江山易主，历史被改写。

　　唐高祖李渊作为大唐开国皇帝，这场政变带给他的不仅仅是无法挽回的至高无上的帝位，还有同室操戈的悲怆和老来丧子的悲痛，他老泪纵横，不得不停下脚步重新审视自己波澜壮阔的人生。

　　大唐初建，基业未稳，征伐未断，百废待兴。武德勤勉，繁荣初现。宫廷暗流却从未停止，最终剑拔弩张，形成不共戴天之势。秦王李世民成功发动玄武政变，通过武力攫取最高权力，走上皇权的巅峰。然而，埋在他内心深处的那份痛苦和纠结，又何尝不时时刻刻在折磨着他呢？尽管他在位期间励精图治，开创了广为传颂的"贞观之治"，但兄弟相残的阴影却成为伴随他一生的痛。

　　武德九年（626 年）六月初四，在长安城寻常百姓的眼里，这是一个与往昔没有任何区别的日子。大唐长安的黎明，被一轮残月从宁谧香软的夏夜梦中悄然唤醒，长安街两侧的酒肆茶楼开始陆续卸下紧闭了一夜的门板，可谁又能想到，就在这看似宁静祥和的背后，一场孕育已久的血雨腥风，正如阴魂一样在长安城的上空飘荡。这是一场无法避免的宫廷"内卷"，也是蓄意已久的阴谋、杀戮和死亡。

　　一阵马蹄与青石板撞击的嘚嘚清脆声，由远而近，踏破夏夜残留的氤氤雾气，惊起一树飞鸟。一大早，太子李建成和齐王李元吉相约会合后，策马扬鞭向玄武门而去。他俩即将进宫面见唐高祖李渊，与秦王李世民进行对质，并想趁机拿下李世民。对于这场突如其来的对质，从太子李建成微微上扬的嘴巴上，似乎能够感觉到他那份胜券在握的得意。

玄武门是太极宫的北正门，由皇城禁军驻守，也是大唐帝国政治中枢的核心。从某个角度上讲，谁控制了玄武门，谁就控制了太极宫；谁控制了太极宫，谁就控制了长安；谁控制了长安，谁就能控制天下。在太子李建成看来，曾经骁勇善战的秦王李世民，在他步步为营精心策划的"剪羽行动"之后，已成为被剪去翅膀和利爪的苍鹰，再也无力搏击长空了。今天，就是与其一决雌雄的日子。那个让他既害怕又嫉妒，且功高盖世的弟弟李世民，恐怕再也没有机会见到明天的太阳了。为了这一刻，李建成已经等了很久。想到这里，他向李元吉投去一个颇为得意的微笑，因为玄武门的守将都已换成自己的人，他们正张网以待，只等"猎物"自投罗网。

然而，宫廷暗战的波谲云诡，就在于你中有我，我中有你。当李建成策马从东宫出发时，就已经注定走向了死亡的深渊，走向一个无法逃脱的历史宿命，而他对此却一无所知。李建成太过于自信了，他做梦都想不到在这场巅峰对决中，螳螂捕蝉，黄雀在后，文韬武略的李世民，竟然棋高一着，早已牢牢控制住玄武门。也就在玄武门政变的前一天，李世民悄悄入宫，密奏唐高祖，告发李建成和李元吉与后宫嫔妃淫乱。唐高祖听后勃然大怒，牙齿咬得咯嘣直响。李世民哭诉说："儿臣丝毫没有对不起皇兄和皇弟，可他们却要杀死儿臣，这分明是在替王世充和窦建德报仇。我要是含冤而死，魂魄归黄泉，见到王世充等诸贼，也深感羞耻！"

唐高祖怒气未消，闻之惊诧不已，对李世民说："明天朕就把他俩叫来，审问此事，你也早点过来。"然而，隔墙有耳，唐高祖的内宠张婕妤暗中听到李世民的密奏，立即将此事报告给李建成。李建成大吃一惊，连忙把李元吉叫来商议。李元吉对他说："我们应当管好东宫和齐王府的士兵，托称有病不去上朝，以便观察形势。"李建成看了看李元吉，思索片刻说："宫中军队防备已很严密，我们一起入宫参见父皇，亲自打探一下消息。"于是，二人决定先入皇宫逼高祖表态，再伺机夺取朝廷大权。然而，或许是上天的安排，也或许是命运的巧合，最后的结果却与之相悖。

唐高祖突然召集他们兄弟三人入宫对质，其实就是李世民实施玄武门之变的第一步。李世民不甘"人为刀俎，我为鱼肉"，他知道自己与大哥李建成的矛盾已是水火不容，而且父亲李渊对大哥有偏袒之心，如果自己再不果断出手，恐怕不仅再无翻盘机会，到那时整个秦王府也将被杀戮殆尽。最终，李世民痛下决心，决定实施"斩首"行动。当日，玄武门执行禁卫总领叫常何。常何，汴州仪县人，他表面上是太子李建成的亲信，实则从武德二年（619 年）开始，他就跟随李世民出生入死。武德七年（624 年），常何奉李世民之命进入长安，领军玄武门，担任城门郎，官职从六品上。

常何官职虽然不大，但却掌管着城门启闭事宜。在他的策应下，之前，李世民还收买了玄武门禁军将领敬君弘、吕世衡等人。然而，太子李建成对此显然一无所知，他绝对不会想到李世民竟然提前两年，控制住了帝国这个政治的中枢命门。

事变之夜，常何作为玄武门值守的禁军将领，无疑是整个政变成败的关键所在。六月初四这天，天还未亮，李世民就带领数十名精锐武士提前来到玄武门，在常何接应下，迅速占据有利地形，兵伏玄武门，单等太子李建成和齐王李元吉的到来。不久，李建成和李元吉带着几名亲信策马而来，他俩刚进入玄武门，身后的大门就缓缓关闭上了。李建成一行缓缓前行，内苑景致看上去美丽而安静，尽管如此，他的心头还是掠过一丝不祥之感，因为周围太安静了，静得就像一座空谷，让他头皮发麻，脊背生寒。李建成虽然无法判定这宁静背后是否暗藏杀机，可强烈的不祥之感，就像水上的涟漪一样，迅速在他心中扩散开来。快到临湖殿时，他忽然发现周边好多禁军守卫自己好像都不熟悉，马上意识到情况不妙，不由自主地勒住缰绳，对李元吉说："不好，恐怕有变。"就在那一刻，李元吉也看到大哥李建成的眼里，有一种无以名状的恐惧，两人立即拨转马头，准备逃离，可是一切都太晚了……

此时，只见秦王李世民从隐蔽处策马而出，大声呼叫："大哥、四弟，请留步。"齐王李元吉心虚，张弓搭箭射向李世民。但由于心急，一连三次都没有将弓拉开，一箭也没射出。说时迟那时快，只见李世民张弓搭箭，嗖的一声，李建成被一箭穿喉，一头栽倒在地。可能李建成到死都不明白，李世民的箭法为何如此高超。

李世民射出玄武门政变的第一箭，解决了自己最主要的对手，可谓一箭定乾坤。李世民这一箭划破了玄武门清晨的宁静，伏兵闻令，众箭齐发，李元吉也中箭落马。毕竟是自己亲手射死大哥李建成，李世民方寸大乱，他的坐骑受到惊吓，带着他奔入树林，他被树枝挂住摔下马来，一时爬不起来。

《资治通鉴》记载："世民马逸入林下，为木枝所挂，坠不能起。"此时，正准备逃往武德殿的李元吉见状，便急忙跑上前夺下李世民的弓，想要用弓弦扼死他。危难之际，尉迟敬德率兵赶到，大声呵斥，李元吉自知不是对手，便放开李世民撒腿就逃，尉迟敬德张弓搭箭，李元吉应声而倒，一命呜呼。此时，翊卫车骑将军冯立、副护军薛万彻等人，也率领东宫和齐王府两千精兵赶到了玄武门，双方展开激战。见久攻不下，薛万彻便高声扬言欲攻打秦王府。这时，尉迟敬德把李建成和李元吉的人头高高举起，大声喊道："李建成、李元吉的人头在此，尔等反抗何用。"东宫和齐王府的人见主人已死，大势已去，便弃甲溃散。这就是中国历史上最为著名的宫门血案——"玄武门之变"。

2

大唐皇帝的三位皇子，转瞬之间，就有两人身首异处。本是同根生，相煎何太急？究竟是什么让这一奶同胞兄弟拔刀相向呢？当然，除了觊觎已久的皇权外，更重要的还是日积月累你死我活的仇恨，这些早已盖过宫廷房梁上厚厚的灰尘。

"玄武门之变"的惨烈，史无前例，绝无仅有。然而，冰冻三尺非一日之寒，太子与秦王之间的暗战由来已久，夺权事件必然发生。拨开历史迷雾，探寻政变缘由。皇权内部的裂缝早就存在。武德二年（619年），刚刚称帝不久的唐高祖，就杀了在开国功臣中功劳排在前三，有着"恕二死"特权的纳言（相当于宰相）刘文静，制造了初唐最著名的冤案。

刘文静是唐高祖晋阳起兵时的核心功臣，也是大唐立国的主要策划人之一，李唐王朝的重要奠基者。

当初唐高祖晋阳起兵时，核心骨干除了他的几个儿子以外，最为倚仗的就是刘文静和裴寂：一个是晋阳令，一个是晋阳宫副监；一个掌权，一个掌管府库，唐高祖起兵所需的钱粮物资都是倚仗他俩。李渊称帝后，刘文静作为开国元勋，官拜纳言，他与李世民和裴寂三人一同得到"恕二死"的特权。此时的刘文静，可以说是风光无限，论功劳，他是太原首谋，论地位，他是宰相加鲁国公，甚至还有两次免死的机会。但谁都没有料到，距离唐高祖许下"恕二死"的承诺一年不到，刘文静就被诛杀了。

刘文静外表很风光，但他内心很狭隘，他有个心结始终没有解开，总认为自己在官职上被裴寂压了一头。因为当年他在做晋阳令时，裴寂是晋阳宫副监，互不相干，跟随唐高祖起兵后，他是司马，裴寂却是长史，高了他半头。李渊称帝后，他是纳言，裴寂则是尚书仆射，仍然高他半头。对此，刘文静非常不服气，在他看来，裴寂无论是能力还是贡献，都不如他。最重要的是，刘文静与李世民关系非同寻常，他曾协同李世民征战四方，连突厥、取长安、败桑显和、退屈突通，可谓战功赫赫，封爵拜相也是拿命换来的。而在刘文静看来，裴寂不过是跟着李渊，从太原走到长安，只是动动嘴皮子而已，结果却处处压他一头。每每想到这些，刘文静总是心怀不满，不仅他不服，就连他手下的那些弟兄也不服，因此他与裴寂之间的矛盾越来越尖锐。

总之，刘文静认为只要有裴寂在，他永远都输裴寂一头，再加上唐高祖对裴寂十分偏爱，所以他与裴寂势同水火，满腹牢骚。有一天，刘文静和弟弟在家里喝酒，酒壮怂人胆，酒酣之时，兄弟二人又谈及裴寂。刘文静怒火胸中烧，他拔刀砍向木柱，咬牙切齿道："有朝一日，一定将裴寂杀死。"说者无心，听者有意。此话刚好被他失宠的小妾听到，于是，小妾就联合自己的哥哥揭发刘文静兄弟兴妖作怪，招用巫人，有谋反之心。

唐高祖便将刘文静收押候审，并且命裴寂负责亲自审理此案，其用意也就不言而喻。尽管李世民等人为刘文静百般求情，刘文静自己也否认有谋反之意，关键此案并没有证据能够直接证明他谋反，就连主审官萧瑀最后也站出来为刘文静说话。但裴寂却上奏唐高祖说："不杀刘文静，后患无穷。"唐高祖思忖许久，最终还是听从裴寂之言。武德二年（619年）九月，刘文静和他的弟弟一起被处死，并且籍没全家。

从刘文静被杀这件事上不难看出，已经不是简单的他与裴寂之间的个人恩怨问题，而是唐高祖李渊要杀他！那么，唐高祖为何要杀一个对自己有拥立之功的功臣呢？况且他还许诺过刘文静"恕二死"的特权，这不是在打自己的脸吗？说到底，唐高祖之所以坚持这样做，他既不是给自己立威，也不是为裴寂出头，他的用意只有一个——削弱李世民的力量。当裴寂说出"后患无穷"四个字时，严重刺激到唐高祖的神经。在他看来，刘文静一直都是李世民的人，早在晋阳起兵之前，他俩就是惺惺相惜的好友。起兵之后，两人又并肩作战，可以说是亲密无间的战友。

李渊称帝后，李世民更是将刘文静调入自己的元帅府，任元帅府长史，成为得力助手。尤其是在攻打薛举的过程中，刘文静还替李世民承担了全部责任，以至于被免职。后来，李世民消灭了薛举，刘文静才得以官复原职。所以，唐高祖李渊决意除掉刘文静，其目的就是要剪除李世民的羽翼，趁机敲打敲打他。

当初太原起兵，唐高祖曾答应过李世民，事成之后立他为太子，为了不辜负唐高祖的期望,李世民南征北战,立下赫赫战功。可是,年少有为的李世民忘了一件事,赫赫战功带来的影响就是功高震主,唐高祖为此颇为忌惮。

李渊称帝后,最终决定立长子李建成为太子。但是,对于大唐来讲,可以说有一半江山是李世民打下来的,说实话他也不想一辈子只做秦王。刘文静下狱后,李世民在为其求情时,对唐高祖说:"义旗初起,先定非常之策,始告寂知;及平京城,任遇悬隔,止以文静为触望,非敢谋反,极佑助之。"表面上看,他是在为刘文静辩护求情,实际上也是在表明自己的心迹。

不管是李世民借题发挥也好,还是真情流露也罢,总之,唐高祖对他的疑心越来越重。刘文静作为李世民的股肱心腹,已经深深陷入到唐高祖与李世民争夺皇位的暗流之中,沦为牺牲品已是必然。然而,对于刘文静的死,李世民始终心存愧疚,他登基为帝后,便立刻为刘文静平了反,追封了爵位。

3

通过刘文静被杀这件事,李世民看到了父亲李渊内心真实的一面,他清醒地认识到,无论何时自己都必须谨小慎微,懂得收敛,否则性命堪忧。父子亲情因为君臣关系的介入,变得越来越微妙,皇权权杖上已经隐隐散发出一股血腥的味道。

武德二年（619年），就在李世民出兵剿灭刘武周时，这种微妙关系更加显现出来。这年六月，刘武周攻陷介州（今山西介休），在雀鼠谷（今山西介休西南）打败唐兵。唐高祖任命裴寂为晋州道行军总管，前去讨伐刘武周，结果被刘武周手下的大将宋金刚打败，裴寂跑了一天一夜，最后逃至晋州（今山西临汾），导致晋州以北地区全部陷落。裴寂为此上表谢罪，唐高祖非但没有责罚他，反而安慰他，让他再守河东（今山西永济）。

这年十月，刘武周攻陷晋州，进逼绛州（今山西新绛），占据龙门（今山西河津），攻占浍州（今山西翼城）。至此，山西大部分地区落入刘武周之手，刚刚建立的大唐王朝，在黄河东岸也仅剩下晋西南一隅之地，关中大震，唐高祖再也坐不住了。

刘武周太难对付了，他有意想让李世民带兵征讨，但又怕自己刚刚杀了刘文静，李世民肯定心怀愤懑。唐高祖思来想去，没有直接给李世民下命令，而是写了一份手敕："贼势如此，难与争锋，宜弃河东之地，谨守关西而已。"意思是说，自己准备放弃黄河以东地区，退守关中，以此来试探李世民。李世民通过刘文静被杀一事，成熟老练了许多，他立即给唐高祖上奏疏说："太原王业所基，国之根本，河东殷实，京邑所资，若举而弃之，臣窃愤恨，愿假精兵三万，必能平殄武周，克服汾晋。"李世民说，太原是"王业所基，国之根本"，他请求朝廷给他三万人马，进击刘武周，收复晋州等地。当然，这也正是唐高祖求之不得的事，当即准奏，并亲自到华阴长春宫，为他送行。从这件事上也能看出李世民不计前嫌、大局为重的大将风度。

武德三年（620 年），李世民采取"敌驻我扰，敌逃我追，敌疲我打"的战略，耗时六个多月，终将刘武周、宋金刚一举歼灭，收复山西失地，守住了龙兴之地，化解了大唐的重大危机。在歼灭刘武周的过程中，他还收获了大将尉迟敬德。李世民知人善任，常年征战，善用骑兵，挑选千余精锐骑兵，皆着黑衣黑甲，号称玄甲队。玄甲队战斗力非凡，所向披靡。尉迟敬德归唐后，与秦叔宝、程知节、翟长孙等骁将，共同统领玄甲队，紧跟李世民开疆拓土。

武德四年（621 年），李世民又采取"围城打援"战略，消灭王世充和窦建德，进一步扫清统一道路上最重要的障碍，平定河南和河北。至此，大唐天下基本统一。

唐高祖起兵以来，李世民可说身经百战，屡建奇功。就连唐高祖本人也认为李世民厥功至伟，前代职官均不足以配赏，特设"天策上将"之位，任命他为天策上将，兼任司徒、陕东道大行台尚书令，增邑两万户，并开设天策府，设置官属，位在王公之上。

从晋阳起兵到江山一统，久经沙场，一路披荆斩棘的李世民，在战火洗礼下，他的人格魅力不断得到锤炼和提升，因此更加绚烂。他逢战必身先士卒，与将士生死与共，赢得将士们的一致爱戴，据说他的阵营从没有出过叛徒。李世民手下不仅聚集了程知节、秦叔宝、尉迟敬德等一批能征善战的大英雄，也汇集了房玄龄、杜如晦、长孙无忌等重要谋臣。至此，他的政治集团逐渐形成，这让朝堂之上的唐高祖和太子李建成总有些忐忑不安。李世民建立的功勋越高、越多，他们对他的猜忌就越多、越深。《资治通鉴》记载："上每有寇盗，辄命世民讨之，事平之后，猜嫌益甚。"唐高祖对李世民采取怀柔政策，边打压边利用，对他的警惕始终都没有放松过。

  当然，对李世民倍加警惕的还有太子李建成，当年李世民参与晋阳起兵时，李建成还在老家。李世民连续建功立业时，李建成已在朝廷，也没有机会参加。所以，李世民功勋卓越，也让李建成愈来愈恐惧，为保住自己的太子之位，他不得不与齐王李元吉结成"太子党"，共同对付李世民。皇权的诱惑力实在太大了，最终李元吉也没有免俗，他加入太子阵营，真的是心甘情愿帮助李建成吗？答案肯定不是。《旧唐书·李元吉传》记载："往者护军薛宝上齐王符箓，云：元吉合成唐字。齐王得之喜曰，但除秦王，取东宫如反掌耳。为乱未成，预怀相夺。"李元吉的如意算盘是，先是依附太子李建成，联手除掉劲敌秦王李世民，只要能除掉李世民，再搞定李建成就易如反掌。"但除秦王，取东宫如反掌耳。"他想一箭双雕，除掉两位兄长之后，自己再登上九五之尊，这才是他的真实目的。

  李元吉心狠手辣，是个典型的地痞流氓。封齐王后，他在封地不务正业，尤其喜好打猎。他曾对部下说："宁可三天不吃东西，也不能一天不打猎。"除此之外，他还纵容部下抢掠百姓，随意屠戮，以供娱乐。闲来无事时，甚至将士兵分成两队，互相殴斗砍杀。而李建成性格却比较仁厚，李元吉几次想直接除掉李世民，都是因为李建成心慈手软，没有采纳李元吉的建议，而错失良机，否则第一个出局的肯定是李世民。

  《旧唐书》就有这样的记载："太宗尝从高祖幸其第，元吉伏其护军宇文宝于寝内，将以刺太宗。建成恐事不果而止之，元吉愠曰：为兄计耳，于我何害！"意思是说，李世民曾陪同唐高祖到齐王府，李元吉派人潜伏在侧，准备暗杀李世民。李建成担心此事不成，于是阻止。最终李元吉气愤地说："只是为大哥着想，与我何干！"

《旧唐书》还记载了"李建成夜饮秦王"一事，李世民在太子府饮了毒酒，居然还能活着回去。由此可见，尽管李世民是李建成的劲敌，但李建成还是不忍心杀死自己的亲弟弟。试想，若是换成去李元吉那里饮酒，李世民还能活着出来吗？实际上，李建成也早就看出李元吉的野心，他曾对李元吉许诺说："正位以后，以汝为太弟。"意思是说："我当了皇帝后，就立你为皇太弟，你可以接我皇帝的班。"其实，这也是他对李元吉的一种试探。

4

李建成和李元吉联手后，太子与秦王的明争暗斗开始进入白热化。李建成的第一步棋就是制造摩擦，不断寻找一切机会，在唐高祖和李世民之间制造矛盾。

尹德妃和张婕妤，是唐高祖晚年最为宠幸的两位嫔妃，她们为巩固自己的地位和利益，便主动勾结太子李建成、齐王李元吉，诽谤陷害李世民。李建成和李元吉也曲意侍奉，贿赂献媚尹德妃与张婕妤，好让她俩在高祖面前替他们吹风，四人狼狈为奸，甚至设下毒计准备杀害李世民。尹德妃的父亲尹阿鼠仰仗女儿得宠，狗仗人势，骄横跋扈。有一次，李世民的属官杜如晦，路过尹家门口，尹家的家奴便把杜如晦拉下马，嚣张地说："汝何人，敢过我门而不下马！"不由分说，便把杜如晦暴打了一顿，还打断他的一个手指。但尹阿鼠却恶人先告状，让尹德妃在唐高祖面前诬告杜如晦欺侮他们的家仆。唐高祖怒责李世民说："连我的妃嫔都受你身边的人欺凌，更何况黎民百姓呢！"李世民反复辩解，唐高祖始终不信。

张婕妤也是如此。李世民攻克洛阳后，把十几顷良田奖励给作战有功的李神通，但张婕妤的父亲也想得到这些良田，张婕妤便请求唐高祖把田赐给她们家，唐高祖便给李世民写了一道手敕，命他把良田赐给张婕妤的父亲。但在李世民收到手敕之前，早已把田赐给了李神通。张婕妤就向唐高祖告状说："您手诏赐给妾父的良田，却被秦王夺走赐给了别人。"唐高祖听后勃然大怒，责骂李世民说："我手敕不如汝教邪。"当时，皇帝的命令称"敕"，秦王的命令称"教"。意思是说，我的诏令还不如你的一句话管用？甚至有一次，唐高祖曾对裴寂说："此儿久典兵在外，为书生所教，非复昔日子也。"意思是说："我这个儿子长期在外带兵，立功多，心气高，专制惯了，又被那些读书人教唆，和我的关系逐渐疏远，再也不是以前的那个儿子了。"

通过赐田这件事，张婕妤与李世民产生了很深的矛盾。所以，玄武门之变的前一天，她在探知李世民告密的消息后，第一时间偷偷密报给李建成，却不承想弄巧成拙，无意之中促成了玄武门政变。

平乱靠武将，治世靠文臣。李建成也深谙此理，他的第二步棋就是釜底抽薪，采取一"道"二"挖"三"调"的策略，借助朝廷不断削弱李世民的力量。此时，刘文静已死，长孙无忌是李世民的大舅哥，想对他下手比登天还难。思来想去，李建成最终盯上了李世民身边的两位重量级人物：房玄龄和杜如晦。房玄龄善于出谋划策，而杜如晦机敏干练，遇事善断，两人配合默契，素有"房谋杜断"之称，是李世民最得力的左膀右臂。在李建成全力"推荐"之下，朝廷决定任命杜如晦为陕州刺史。为此，李世民连上三道奏折，以"杜如晦有辱君命，不能履新"为由，唐高祖才暂时收回任命。但李建成并没有善罢甘休，而是继续对杜如晦和房玄龄下手，充分利用张婕好和尹德妃这两条"暗线"，不断给唐高祖吹枕边风。一直对李世民抱有戒心的唐高祖，最终还是大笔一挥，直接把杜如晦和房玄龄遣出秦王府，到外府任职。

武德七年（624年），李渊任命程知节出任康州（今广东德庆）刺史。离别时，程知节提醒李世民说："大王被剪除左膀右臂，必定不能保全自己。我有死而已，希望您能快些自保！"按照唐朝法律规定，一旦任职朝廷官员，就不能再与原来的王府有联系，如果再联系就是大罪。就这样，李世民眼睁睁看着谋臣大将一个个被调走，自己的处境也越来越被动。

杜如晦、房玄龄和程知节等人，被"遣"出秦王府后，李建成就把"挖"的目标锁定在猛将尉迟敬德身上。李建成亲自给尉迟敬德写信说，要与其"敦布衣之交"，尉迟敬德没有答应。于是，李建成又派人送去一车金银财宝，尉迟敬德拒绝之后，向李世民作了汇报。李世民感慨地说："富贵不能淫，贫贱不能移，威武不能屈，您就是孟子所说的真正的大丈夫也。"还风趣地说："你应该收下，要是你能成为他们的人，咱们不就可以进一步了解他们内部的计划吗！你不答应，说不定他们还会采取下一步措施。"果然不出李世民所料，后来，李建成授意李元吉派人刺杀尉迟敬德，由于尉迟敬德事先有所准备，摆下空城计，"刺客屡至其庭，终不敢入"，才幸免于难。

李建成和李元吉并没有就此罢休，他们很快又编造了一条罪责，蛊惑唐高祖将尉迟敬德打入死牢。幸好李世民一再斡旋，尉迟敬德才得以无罪释放。李建成还用金银财宝利诱拉拢李世民的另一员虎将段志玄，同样也遭到婉拒。

在皇位争夺战中，李建成也明白枪杆子里出政权的道理，他利用太子的特殊地位和长期留守关中的"人和"优势，不断在"调"字上做文章。一方面，对宫廷禁卫军进行调换，使得包括玄武门在内的禁卫军都在他掌握之下；另一方面，积极扩充东宫实力，不光从镇守太原的心腹杨文干那里调来精兵强将，他还私自招募骁勇之士两千余人，充为东宫卫士，号称"长林兵"。就这样，李建成不仅完全掌控了宫廷禁军，在争夺皇位上，也拥有"先入为主"的先发优势。

5

李建成的第三步棋就是直接进攻。可以说，封建帝制时代的权力争夺，已经使兄弟之情异化，亲情淡漠。随着李氏兄弟之间矛盾越来越深，交锋也越来越激烈，为防不测，李世民没有坐以待毙，他首先布局洛阳。武德九年（626年）六月，李世民派工部尚书温大雅和秦王府车骑将军张亮，率领一千多人前去镇守洛阳，让他们广散金帛资财，结交各路豪杰，网罗亲信。万一关中真的出了问题，他可以把洛阳当作根据地。此事被李建成和李元吉察觉，就以图谋不轨之名，将张亮抓来严刑拷问，目的是想通过撬开张亮的嘴，拿到李世民谋反的证据。好在张亮是条好汉，无论怎样严刑拷打，都一言不发，最后他们只好放了张亮。

李建成本来想通过张亮的口，坐实李世民谋反之事，却未能如愿，转而他便向李世民直接发起进攻！于是，便发生了"李建成夜饮秦王"的事情。

武德九年（626年）的一个夜晚，李世民应李建成之邀，去太子府赴宴，没想到李建成居然在酒中下毒。李世民毫不知情，连饮数杯，结果"世民暴心痛，吐血数升"。宴会结束后，李世民人事不知，被堂叔、淮安王李神通扶回府中。结果他一回到秦王府，就吐了很多血。这件事情动静很大，第二天，唐高祖得知后，前来探望李世民，询问他是怎么回事，李世民说昨天晚上在太子府喝酒喝的。唐高祖听后非常生气，下诏斥责李建成："秦王素不能饮，自今无得复夜饮。"

作为父亲的唐高祖李渊，虽然对李世民有所不满，有所防范，但他还是不愿看到李世民他们兄弟相残。有一天，他安慰李世民说："首建大谋，削平海内，皆汝之功。吾欲立汝为嗣，汝固辞，且建成年长，为嗣日久，吾不忍夺也。观汝兄弟似不兼容，同处京邑，必有纷竞，当遣汝还行台，居洛阳，自陕以东皆王之。仍命汝建天子旌旗，如汉梁孝王故事。"意思是说："你们兄弟水火不容，早晚要出事，那我就把你们分开吧，你去洛阳，可以在那里建天子旗号，陕州以东都归你管。"

李世民是何等聪明，自己如果按照父亲的提议去做，分都洛阳，建天子旌旗，那就是另立中央，不仅李建成不会放过他，天下人也会耻笑他，自己肯定会成为众矢之的。李世民立即回绝说："我不想离开父亲，我还要在您跟前伺候您。"李世民顺利地通过了父亲李渊的"考核"，再次躲过一劫。李建成和李元吉也惧怕秦王李世民占据洛阳，"有土地甲兵，不可复制"，便上疏唐高祖说："秦王左右闻往洛阳，无不喜跃，观其志趣，恐不复来。"同时，还派近臣向唐高祖陈说事情的利害。最终，促使唐高祖改变主意，不再提及李世民分都洛阳的事情。

父亲的猜忌，兄弟的嫉恨，让李世民内心发生巨大改变。他知道自己要么当逆来顺受的臣子，要么登顶皇权君临天下，没有其他选择。最终，他把夺取最高权力确定为唯一目标。为实现这一目标，他一面隐忍负重，一面蓄力待发。

早在武德四年（621年），李世民击败窦建德、王世充，拿下洛阳城之后，曾在房玄龄的陪同下，秘密拜访了一个人，这个人叫王远知，是洛阳玉清观的住持。李世民为什么要去拜访一位道士呢？因为王远知不是普通的道士，而是未卜先知的能人。当李世民和房玄龄站在王远知面前时，他一眼就看出李世民的真实身份，说道："此中有圣人，得非秦王乎？"房玄龄替答："是的，来看望您。"随即李世民虚心向王远知请教，不用说就知道他请教的问题肯定关乎他的前途和命运。"方做太平天子，一定要好自为之。"王远知的这一句话，就击中了李世民隐藏内心多年的玄机。让他既惊慌又兴奋，惊慌的是一旦天机泄露，那就是死罪！兴奋的是自己有"太平天子"之期！所以说，世上没有无缘无故的爱，也没有无缘无故的恨。从王远知说出这句话开始，玄武门注定将会成为大唐王朝最为血腥的地方。

"会突厥郁射设将数万骑屯河南，入塞，围乌城，建成荐元吉代世民督诸军北征；上从之，命元吉督右武卫大将军李艺、天纪将军张瑾等救乌城。"

武德九年（626年）六月初一，颉利可汗给唐高祖李渊送来一份"厚礼"，突厥边将郁射设（突厥官名）率领五万铁骑，如风卷残云般穿越大漠，突破长城防线，兵锋直指边陲重镇——乌城。乌城，在今内蒙古乌审旗或陕西定边县境，是当时大唐北部边疆的一处军事重镇，一旦失守，后果将不堪设想。李建成推荐李元吉代替李世民执掌兵权，出兵抵御突厥，唐高祖出人意料地竟然同意了。此时，唐高祖的天平已经开始倾斜，甚至出现了180度的大拐弯。要知道，从唐高祖晋阳起兵到一统天下，大的硬仗基本上都是由李世民指挥，这一次突厥围攻乌城，他不用李世民，却用李元吉，这说明他对李世民已经心生嫌隙，已不再信任李世民了。

唐高祖态度为什么会出现如此大的转变呢？原来一个月前，大唐出现"太白经天"的奇异天象，负责观察天象的太史令傅奕密奏高祖说："太白见秦分，秦王当有天下。"意思是说，太白出现在秦地分野，将来秦王（李世民）会拥有天下。并且这种天象后来又出现过两次。所谓"太白经天"，就是大白天能够看到天空中的太白星，这在当时被认为是不祥之兆。据《汉书·天文志》记载："太白经天，天下革，民更王！"而今，"太白经天"竟然出现了三次，不得不让人匪夷所思。至此，唐高祖的权柄彻底倒向了李建成集团。

李建成和李元吉抓住这一时机，毫不客气地夺走了李世民手中的兵权。《资治通鉴》记载："元吉请尉迟敬德、程知节、段志玄及秦府右三统军秦叔宝等与之偕行，简阅秦王帐下精锐之士以益元吉军。"李元吉提出，要求秦王府的大将随他出征，其目的就是在战场上找个借口，把他们都杀掉，对此唐高祖也予以批准。李建成与李元吉密谋，决定在昆明池摆下鸿门宴，由太子李建成代替皇帝为其送行，准备在出征饯别宴上埋伏刺客，杀死李世民等人，然后再控制朝廷，抢班夺权，逼迫唐高祖让位。

俗话说，螳螂捕蝉，黄雀在后。当李建成和李元吉沉浸在自己的完美计划之中时，不承想这个天大的阴谋，却被东宫太子率更丞王晊探知。王晊是李世民安插在东宫的眼线，立即将此情报密报李世民。李世民得知情况，十分吃惊，他万万没想到自己的亲兄弟竟然会对他下如此狠毒之手，并且还要抢班夺权，情况万分危急。

6

其实，在这之前，秦王府里早就有一种声音存在。李世民身边的人，也一直在不断劝他先下手为强，尽快采取军事行动，否则大家有性命之忧。正如前面所讲，程知节出任康州刺史时，还不忘提醒李世民"快些自保"。面对如此危情，李世民还是有些犹豫不决，这从他与尉迟敬德和长孙无忌的对话中不难看出。尉迟敬德和长孙无忌劝他说："如果您不赶紧惩治他们（李建成和李元吉），恐怕要被他们杀害，那么国家政权就危险了。"

李世民对二人说："骨肉相残，从古至今是最不幸的事，我虽然深遭他们忌恨，灾祸就在眼前，然兄弟之情，始终令我不忍下手。我打算在他们先动手后，再按义理惩罚他们，二位认为怎么样？"

尉迟敬德说："人的本性就是怕死，大家情愿以死来侍奉您，这是上天的恩赐，如果上天给您却不接受，反而会受罪责。您顾及仁爱私情，却忘掉国家的大事，灾祸来了不知担忧，快要灭亡却无动于衷，丧失作为人臣不避艰险的气节，不具备前辈圣贤大义灭亲的品德。靠危难成就大业，是圣贤的高明主见；把灾祸变为福祉，是智士的天赋机敏。请赶快动手杀掉他们，您如果不采纳我的意见，就请允许我逃走吧，不能坐等别人来杀我。"

见李世民还是犹豫不决，长孙无忌就接过尉迟敬德的话说道："您如果不采纳敬德的意见，我们就不再侍奉您了。如果他们得逞了，您最后该怎么办呢？"李世民对他们说："我刚才说了，还不能贸然行动，此事以后再商议吧。"

尉迟敬德着急地说："您现在办事犹犹豫豫，不算明智；面对危难不能果决，不算英勇。您如果不采纳我们的意见，就请您自己好好想一想，到底该怎样做，才能保全国家社稷和身家性命吧！"

……

李世民在尉迟敬德等人一再劝说下，才最终下定决心。而此时秦王府的幕僚已尽贬而出，只剩长孙无忌、高士廉、侯君集、尉迟敬德等人。李世民马上派长孙无忌将已被驱逐出秦王府的房玄龄、杜如晦召回，秘密潜入秦王府议事。同时，通知程知节火速返回长安。

经过众人一番周密策划后，李世民决定采取"引蛇出洞"的策略，在玄武门伏杀李建成和李元吉。一切按照商定的计划悄然进行，就在玄武门之变的前一天，李世民悄悄入宫，密奏唐高祖，告发李建成和李元吉与后宫嫔妃淫乱。唐高祖闻听，勃然大怒，牙齿咬得咯嘣直响。李世民哭诉道："儿臣丝毫没有对不起皇兄和皇弟，可他们却要杀死儿臣，这分明是在替王世充和窦建德报仇啊……"唐高祖怒气未消，闻之惊诧不已，他对李世民说道:"明天朕就把他俩叫来,审问此事,你也早点过来。"

正如李世民等人密谋预料的一样,盛怒之下的唐高祖,决定次日召李建成和李元吉进宫问个明白。第二天,也就是武德九年(626年)六月初四,天还未亮,李世民趁着夜色,率领长孙无忌、尉迟敬德、房玄龄、杜如晦等人,伏兵于玄武门内。于是,武德九年(626年)六月初四的那个清晨,被一场突如其来的宫廷政变的鲜血染红,由此也让盛唐的天空多了分血色悲怆。

玄武门发生政变时,唐高祖正与群臣在宫内海池上泛舟,他们坐着船,还在悄悄商议"三子对质"的事情如何处理。令唐高祖做梦都想不到的是玄武门已血流成河,惊天动地。突然,只见尉迟敬德身披铠甲,手握长矛,腰挎利剑,浑身鲜血来到近前,唐高祖和群臣极为惊恐。唐高祖吃惊地斥问道:"尉迟敬德你为何这般模样来见朕?你要干什么?"尉迟敬德答道:"太子和齐王发动叛乱,秦王平定叛乱,杀了他们,担心圣上受惊,特派微臣前来守卫。"

唐高祖惊魂未定,转身问裴寂等人:"奈之若何?"众人沉默,裴寂不语。半晌,萧瑀和陈叔达两位宰相说:"秦王英武,陛下若立他为太子,将国家大事托付于他,就不会再生事端了。"唐高祖沉思良久,回答说:"如此甚好!也只能如此了。"

尉迟敬德接着说道:"陛下,南衙卫兵、北门羽林军,以及东宫、齐王府、秦王府的将士还在混战,请陛下亲书诏令,命令各部人马一并听从秦王处置。"于是,身怀丧子之痛的唐高祖李渊,按照尉迟敬德的意思写了手敕,此后,宫廷内外就消停了下来。事后,唐高祖对尉迟敬德说:"你为国家立下了稳定政权的大功。"此时,虽然唐高祖李渊还未从惊诧和错愕之中回过神来，但随着屠刀的此起彼伏，李建成、李元吉的所有子嗣，甚至连襁褓中的婴儿，也都人头落地，无一幸免，他们在皇族宗室名册上的名字全部被删除，东宫和齐王府之女眷悉数纳入秦王府。一夜之间，恍如隔世，人间至痛，莫过于斯。没人知道一代开国雄主李渊，他那迅速垂老的心里，究竟是何滋味。

"玄武门之变"的第二天，"太子党"旧部冯立、薛万彻、谢叔方、魏徵等人尽归李世民。政变三天之后，武德九年（626年）六月初七，李世民被立为太子，唐高祖下诏："自今以后军国事务，无论大小悉数委任太子处决，然后奏闻皇帝。"六月十二，诏定太子宫属：以宇文士及为太子詹事，长孙无忌、杜如晦为左庶子，高士廉、房玄龄为右庶子，尉迟敬德为左卫率，程知节为右卫率，虞世南为中舍人，褚亮为舍人，姚思廉为洗马。李世民将齐王府第及其财物都赏给了尉迟敬德。

李世民在处理魏徵的问题上，彰显出他的宽广胸襟。之前，魏徵作为太子李建成的洗马，见秦王李世民功高盖主，曾暗中多次劝李建成除掉他。玄武门事变后，李世民责问魏徵为何离间他们兄弟的关系，魏徵从容回答道："太子早从徵言，必无今日之祸。"李世民对魏徵的耿直气度非常赞赏，他抛弃前嫌，任命魏徵为詹事府主簿。两个月后的八月初九，唐高祖李渊正式禅位于李世民，被尊为太上皇，李世民登基，是为唐太宗。此后的八年间，唐高祖李渊居于太极宫，深居简出，不再与闻国政。

贞观九年（635年）五月，大唐王朝的开国之君唐高祖李渊，罹患风疾，久病不愈，在孤独中于垂拱殿悄然离世，走完他难以名状的一生，享年七十一岁。据史书记载，唐高祖李渊生前曾经留下遗诏，要求遵照秦汉时期的制度，为自己营建陵寝，丧葬事宜务从节俭。这年十一月，唐太宗李世民根据父皇李渊遗愿，将其葬于献陵，庙号高祖，以高祖后窦氏祔葬，加号为太穆皇后。

最是无情帝王家，"玄武门之变"将这句话诠释得淋漓尽致。"骨肉相残，古今大恶。"帝王权杖上沾满鲜血，古往今来父子相争，手足相残，无可避免。权力撕扯，心事沉浮，都是一种深入骨髓、难以磨灭的记忆。尽管在这场宿命般的对决中，李世民表现得冷酷无情，而这场由他精心策划的宫门血案，最终在官修正史中，亦被描绘成了一次因星象异变而仓促发动的自卫事件。

据史书记载，李世民被册立太子之后，曾迁居于已故太子李建成的东宫显德殿。但这里风移物响，夏雷轰鸣，时常令他陡然惊惧，夜不能寐。据说大将秦叔宝和尉迟恭为解太宗之忧，自请于御前守门值夜，李世民才勉强得以安寝。长安百姓得知后，纷纷效仿，将两位将军的画像悬于家门左右，辟邪驱灾，后世相沿承袭，后来便成为流传千年的门神习俗之由来。

"玄武门之变"既是唐太宗李世民心中永远的痛，更是他一生挥之不去的阴影，也许正是他在登顶皇位的道路上沾满血腥，才使得他后半生常带愧疚，常感负罪，开启他扭转乾坤、知人善任、仁政勤勉、励精图治、恩泽天下的救赎，从而创造了"贞观之治"的大唐盛世。然而，历史不容假设，时光不能倒流。千年已逝，刀光剑影的"玄武门之变"，早已蒙上历史烟尘，成为血染玄武的精彩故事，而唐太宗李世民和他呕心沥血开创的"贞观之治"，却一直在历史的天空闪闪发光，熠熠生辉……

太宗勤政

　　以铜为镜，可以正衣冠；以古为镜，可以知兴替；以人为镜，可以明得失。唐太宗李世民吸取隋亡教训，不断纠正前朝弊端，知人善用，虚心纳谏，以农为本，复兴文教，稳固边疆，安定四方，最终取得"贞观之治"的盛世辉煌，创造了属于他的"天可汗"帝王伟业。

|

在大唐帝国的史册上，秦王李世民的军事功绩无人能及，这是唐高祖李渊的荣耀，也是他的不幸。武德九年（626年）八月初九，唐高祖李渊将皇位禅让给李世民。李世民在东宫显德殿即位，是为唐太宗。第二年正月初一，唐太宗改元"贞观"。

一代明君唐太宗，在取年号上也大有讲究。"贞观"二字，取自《易经·系辞下》"天地之道，贞观者也"。所谓天地之道，就是天地间万事万物发展的客观规律，这个客观规律就是一个"正"字。南宋理学家朱熹，曾对"贞观"之意做出这样解释："贞"，正也；"观"，示也。"贞观"即以正示人也。从"贞观"年号的确立上，不难看出唐太宗的执政初心。此后，这个年号伴随了大唐王朝二十三年之久，唐太宗也由此开创了久负盛名的"贞观之治"。

时光如白驹过隙。唐太宗即位时，虽然大唐王朝已经走过九个春秋，但他从唐高祖手中接过的是百废待兴的旧江山。"率土之众，百不存一；干戈未静，桑农咸废；凋敝之后，饥寒重切。"天下百姓虽然已摆脱战争的阴影，但他们仍生活在贫困与饥寒之中。如何让大唐王朝焕发勃勃生机，这也是唐太宗不得不面对的执政大考。

朝堂之上，百官朝贺，呈送祥瑞，君臣欢饮达旦。万人巡游，光彩炫目，血溅玄武门惊心动魄的杀戮仿佛从未发生过一样。荣登帝位的唐太宗，既没有清除李建成余党，也没有杀戮那些功高震主的权臣，而是出人意料地选择了宽容与和解。他先后三次大赦天下，对李建成和李元吉余部一律不予追究，当然，礼遇最高者当数魏徵。

魏徵原是太子李建成心腹，曾极力主张李建成尽早对李世民下手。玄武门之变后，唐太宗问魏徵为什么要离间他们兄弟，魏徵从容回答："如果太子听我建议，就不会有今天了。"魏徵以自己的无惧无畏和赤胆忠诚，赢得李世民的赏识，被任命为詹事府主簿。贞观元年（627年），再擢升为谏议大夫。唐太宗不计前嫌，重用魏徵，使其感激他的知遇之恩。贞观年间，魏徵在朝廷中扮演了极其重要的角色，他知无不言，言无不尽，是位难得的直言敢谏的诤臣。史人赵翼有言："贞观中直谏者，首推魏徵。"宰相王珪也坦诚说："每以谏诤为心，耻君不及尧舜，臣不如魏徵。"这都充分反映出魏徵正色当朝的铮铮傲骨。

事非经过不知难。高高坐在皇帝宝座上的唐太宗，透过高大的殿门，眺望着远方的城郭和山峦，思绪渐高渐远。他从秦王到帝王，伴随着隋朝的土崩瓦解和大唐王朝的波澜起伏，在历经血与火洗礼、生与死考验之后，更加清醒认识到君临天下的威仪背后，是建设强盛国家的责任。正如这座"显德殿"所指，他有责任、有义务向天下苍生彰显其治国理政的恩德。然而，对于骑马打天下的唐太宗来说，治理天下却是个棘手的问题。唐太宗站在历史制高点上，审时度势，他从推翻隋朝的过程中，看到了战争带来的满目疮痍和民生凋敝，从波澜壮阔的农民战争中，也越来越清醒地认识到人民群众力量的伟大。他非常清楚自己是背负着"杀兄逼父"的恶名登上权力巅峰的。对他来讲，改变百废待兴的大唐王朝面貌，不仅是职责所系，更是一种心灵救赎。他必须胸怀天下，勤勉理政，恩德四海，强盛大唐，才能给天下百姓一个满意的交代。

　　武德九年（626年）十月，刚登基不久的唐太宗，有一天，他将魏徵、左仆射封德彝等大臣召集到显德殿，以"自古理政得失"为主题，组织了一场意义深远的大辩论。唐太宗深有感触地说："朕不图流芳百世，名垂千古，只想尽力把天下治理好，使我大唐子民安居乐业，丰衣足食。可前朝昏庸，战事不断，人民涂炭，现在天下终于稳定了，要想国富民强，朕迫切需要治国理政良方！"面对太宗的无限感慨，群臣如履薄冰，都不敢开口。"诸位爱卿，皆是饱尝之士，各抒己见，但说无妨。"在他一再鼓励下，众人开始议论纷纷，各说各理，莫衷一是，辩论不断升温。唐太宗一边举杯慢慢啜饮，一边静静倾听。

　　大臣魏徵首先提出自己的看法，他对唐太宗说："陛下，不然，天下不是好治不好治的问题，只要认真治理，就能治好。"唐太宗听完魏徵的话，又提出自己的疑惑，说道："古人说，贤人治国兴邦，要一百年才能把国家治理好。今承大乱之后，急求大治，能够很快获得成功吗？"

　　"没有作为的人肯定不行，贤明的君主治理国家，上下同心，共同努力，一个月可颁布政令，三年可见成效。"魏徵充满信心地回答。在他看来，如果天下长久安定，民众则骄逸，不容易教化。但是，战乱之后，百姓经历愁苦，非常渴望和平，反之比较温驯听话，就如同饿者思食、渴者思水的道理一样。魏徵认为大乱之后，不是难治，而是更加好治。大殿上的所有官员都被君臣二人的对话吸引住了，房玄龄、长孙无忌、王珪都向魏徵投来赞许的目光。

　　唐太宗听了魏徵的话，也频频点头，深以为然。但是，他还想倾听一下别人的意见，故未表态。果不其然，魏徵的观点马上遭到部分大臣的反驳，第一个便是尚书右仆射封德彝。他见魏徵口若悬河说得差不多了，慢慢起身，以一副老于世故的口气说道："陛下，自夏、商、周以来，人心越来越奸佞。因此，秦朝采取严刑峻法，汉朝则刚柔并济，三国两晋南北朝，隋仅二世而亡，这些都是人心不稳造成的结果，教训深刻。魏徵一介书生，不识时务，只懂得纸上谈兵，倘若听信他的言论，国家灭亡为时不远！"在封德彝看来，现在社会人心不古，必须实行严刑峻法，否则天下难治，这一观点也得到许多人的认同。

魏徵不甘示弱道："古往今来，大乱大治的例子比比皆是，黄帝、尧舜、商汤、周朝都是如此。如果按你所说，古人都人心纯朴，今人都是奸恶，岂不是今人皆为鬼魅了吗？果真如此，陛下又如何治理天下呢？！"封德彝被问得一时无言以对，群臣皆叹服魏徵。

魏徵强调的是教化百姓，显而易见，走的是"王道仁政"的路线，倡导以仁义道德治理天下，而封德彝强调的却是"严刑峻法"，用暴力和刑法进行统治，以暴制暴。这场"王霸之辩"，最终以魏徵胜利而告终。唐太宗立于朝堂之上，昭告天下："朕所好者，唯尧、舜、周、孔之道，以为如鸟有翼，如鱼在水，失之则死，不可暂无耳！"

唐太宗望着春日骄阳下的山峦城郭，再看看朝堂之下排列整齐的威武之师，铠甲锃亮，戈戟生辉，眼前渐渐浮现出一幅清晰的国富民强的画面。

封德彝为何会持"霸道"治世的观点呢？大概与他的出身和经历有关。众所周知，隋朝和唐朝都是关陇集团开创的，作为前朝中坚力量的关陇贵族集团，都是以军功起家，他们痴迷武力和强权，对文化却不够重视，而封德彝恰恰就是其中的主要代表。

封德彝智识过人，在隋炀帝时期，受到内史侍郎虞世基的倚重，与其狼狈为奸，使得朝政日益败坏。江都之变后，他又追随宇文化及，任内史令。宇文化及败亡后，此人便归顺了唐高祖李渊，拜中书令，封密国公。后又被选为天策上将府属官，说是辅佐秦王李世民，实际上却暗中支持太子李建成。唐太宗即位后，拜其为尚书右仆射。由此看来，这场朝堂大辩论，实际上是两股执政势力的暗战。尽管唐太宗也出身于关陇贵族集团，但他最终还是采纳了魏徵的建议，以德治国。从此，"王道仁政"遂成为贞观一朝的基本国策，引领着大唐王朝走出了漫长而黑暗的历史峡谷。

2

人性的弱点就是喜欢赞扬，不喜欢批评。但唐太宗又是如何克服人性弱点和权力障碍的呢？细细分析，不难得出这样的结论：其一，他的权力是逆袭，不是顺接，说得难听一点就是抢班夺权，所以他必须向天下百姓交出一份更加优异的答卷，只有这样才能挽回影响。但是，要想做到这点，他就必须克服别人克服不了的困难。其二，唐太宗和他的大臣们，站在历史巨人的肩膀上，目睹了隋朝的灭亡，他们能够清醒地认识到，百姓之乱都是时势所逼，如果有一线生存之机，谁会放着好日子不过呢？

唐太宗平时十分注重学习，在他即位之前，早在唐武德四年（621年），他就组建了"文学馆"，收聘贤才，杜如晦、房玄龄、于志宁等十八人号称"十八学士"，分番值宿，每日引见，讨论文典。当时，人们都十分羡慕学士入馆，称之为"登瀛州"。唐太宗即位后，又在京都设立弘文馆，他便经常在此与百官借鉴历代兴亡，商榷朝廷政事，弘文馆征集图书二万余卷，可说是汗牛充栋。同时，他还诏令各地重建地方州县学校，扩充京师国子监，延聘名儒出任学官，生员多至万人。现存的二十四正史中，有三分之一是贞观时期编撰完成的。所以，踩着历史累累白骨和鲜血上位的唐太宗，如果不想重蹈覆辙，就必须以史为镜，接受历史经验教训，这也是他注重学习、始终把纳谏作为主要工作内容的重要原因。

　　唐太宗大力倡导"大道之行也，天下为公，选贤与能，讲信修睦"。武德九年（626年）九月的一天，他与群臣商议开国元勋爵位食邑确定问题，大家议论不止，纷纷争功，唯恐落后。淮安王李神通上前奏道："陛下，臣当年在关西起兵，首先响应义旗，现在房玄龄等人的功劳却在我之上，我内心不服。"唐太宗笑了笑说："房玄龄等人运筹帷幄，安定大唐江山，论功行赏，功劳本来就应该在叔父您之上。叔父是皇族至亲，我对您确实没有什么吝惜的。但也不能凭借私情，随便与有功之臣同等封赏。"一番话说得李神通哑口无言，众大臣都心悦诚服。

　　在《资治通鉴·唐太宗论举贤》一文中，曾记载了这样一件事，唐太宗命封德彝荐举贤才，可是过了很长时间，却没有见他荐举过一个人，唐太宗就质问他原因。封德彝说："非不尽心，但于今未有奇才耳！"意思是说，不是我不尽心，只是当今没有杰出人才罢了！唐太宗立即反问道："君子用人如器，各取所长。古之致治者，岂借才于异代乎？正患己不能知，安可诬一世之人！"意思是说，用人跟用器物一样，每样东西都要选用它的长处。自古以来，能使国家达到大治的帝王，难道是向别的朝代去借来的人才吗？一番话说得封德彝羞惭退下。

作为骑马打天下的皇帝，唐太宗不仅箭术一流，而且还非常喜欢收藏弓箭。每次大战结束，他都会将战场上缴获的名贵弓箭收藏起来，先后收藏了十多把，并引以为傲。有一次，有名侍卫为了讨好他，对他说有位工匠能够辨别弓的优劣。于是，唐太宗便兴冲冲邀请这位工匠入宫鉴定弓箭，结果却深受打击。后来，他对太子少师萧瑀羞愧地说起此事："朕少好弓矢，得良弓十数，自谓无以加，近以示弓工，乃曰'皆非良材'。朕问其故，工曰：'木心不直，则脉理皆邪，弓虽劲而发矢不直。'朕始悟向者辨之未精也。朕以弓矢定四方，识之犹未能尽，况天下之务，其能遍知乎？"意思是说："我是靠着弓箭平定四方的，都不能做到十分了解弓箭，更何况天下事务，岂能全都知道？"

唐太宗从弓箭好坏上，得出治理国家得与失的道理，由情至理，由理入情，发人深思！正是为了解决自己不知的问题，后来他命京中五品以上的官员，轮换住在中书省，以便随时可以召见他们，了解民间疾苦、政治得失。贞观元年（627年）正月，唐太宗再下诏令：今后中书省、门下省，以及三品以上官员入阁商议国家大事，都要有谏官跟随，遇有不当之处，谏官必须立刻进谏。

作为战神的唐太宗，平时神情严肃，风采英武刚毅，大臣觐见时都手足失措。他得知这一情况后，立即整改。之后，每有大臣上朝奏事，他都和颜悦色，希望听到规谏之言。唐太宗曾对大臣们说："人想要看见自己的形体，一定要借助于镜子；君主想要知道自己的过错，必须善待忠正耿直的大臣。如果君主刚愎自用，自以为是，大臣阿谀逢迎，顺从旨意，君主就会失去国家，大臣又岂能独自保全！虞世基等人对隋炀帝阿谀奉承，以求保全富贵，炀帝被杀后，虞世基等也难免一死。望你们以此为戒，每件事的得失，都要不惜畅所欲言！"正是因为唐太宗善于兼听，所以他的"王道仁政"之路才越走越宽广。

3

唐代诗人白居易，曾在《七德舞》中写道："怨女三千放出宫，死囚四百来归狱。"以此来赞美唐太宗的仁德。

"怨女三千放出宫"，说的是唐太宗刚登基不久，有一天，他在宫中和长孙皇后散步，走累了，在庭院休息时，看见给长孙皇后倒水的宫女有些年纪，便问她多大了，宫女回答说三十岁了。在当时，三十岁已经算是高龄，历史上有许多皇帝都没有活过三十岁。他又问了其他宫女的情况，这个宫女如实作了回答。原来，皇宫中有一部分宫女都已经三四十岁了，她们基本上都是从隋朝开始就在宫中。

唐太宗听后动了恻隐之心，他想想自己已经是后宫佳丽三千了，再让这些前朝宫女待在宫里，最后老死在宫中，实在于心不忍。于是，就对侍臣说："妇人幽闭深宫，情实可悯，今将出之，任求伉俪。"唐太宗觉得深宫中宫女非常可怜，没人疼爱，得不到家庭的温暖，所以决定特赦三千宫女出宫，让她们重获自由，寻求幸福婚姻。他这样做至少有三方面好处。一是按照以往惯例，这些宫女都要终老在宫中，如今把她们放出宫去，可以减少朝廷开支。二是唐朝刚立国不久，此前连年战争，人口锐减，宫女出宫后，可以结婚生子，繁衍生息，增加人口。三是宫女老死宫中，无人问津，十分可怜，放她们出宫，遂了人性，做了人情，赢得了赞誉。

"死囚四百来归狱"，说的是贞观六年（632 年），唐太宗在查阅典册时发现，当时全国有三百九十名犯人要被处以死刑，为防止出现冤假错案，他决定亲查刑狱案件。在复核时，纠正了不少冤假错案。唐太宗在与死囚接触时，死囚哭着向他提出最后请求说，他们知错了，悔过了，想和家人团聚几天，这样才能瞑目。人非草木，孰能无情。唐太宗想了想，就同意了死囚的请求，可刑狱官却不敢同意，对唐太宗说："陛下，这些人可都是死刑犯，他们犯的都是死罪，好不容易才把他们抓住，放他们出去岂不是放虎归山？"

唐太宗一听，觉得很有道理，但这些死囚的确十分可怜，他思前想后，最终还是决定放死囚回家探亲，并定下规矩，让他们签字画押，承诺秋后必须自行回来接受惩罚。结果到了秋天，三百九十多名囚犯全部回到监狱等待处决，一个都没少。唐太宗龙颜大悦，他没有想到死囚都这么讲信用，于是大笔一挥，决定将这些囚犯的死刑改为劳役，让他们以劳动改造换取生存机会。通过上面两件事情，充分说明唐太宗爱民如子，尊重生命，不滥杀无辜，仁政理念深入人心。同时，也是提醒那些负责审判的官员，绝不能徇私枉法、滥杀无辜。

爱民如子，尊重生命，也只是唐太宗文治武功的第一步，为了进一步节省国家开支，他决定实施削藩裁撤政策。有一次，他问封德彝："我们现在封王的情况怎么样？"封德彝回答说："现在是有史以来最多的时候。""这合适吗？"唐太宗问。封德彝说："不合适，不能示天下以公！"

既然"不能示天下以公"，那为什么还会有这么多人被封王呢？原来大唐建立后，唐高祖李渊不仅赏赐了很多有功之臣，而且还对这些功臣子弟都封了官。以武则天的父亲武士彟为例，大业十三年（617 年），武士彟因资助唐国公李渊晋阳起兵，后被授予大将军府铠曹参军。唐朝建立后，武士彟名列"太原元谋功臣"之一，官至工部尚书，封应国公。武士彟的兄弟子侄也都因此封了官，武家的情况就是大唐初期的一个缩影。正可谓是一人得道，鸡犬升天。立功的人多，封官的人就更多了。因此，武德年间，有"十羊九牧"之说，朝廷负担格外沉重。

为了彻底改变"十羊九牧"的局面，唐太宗决定大刀阔斧实施削藩裁撤政策。为了让那些被裁撤的官员心服口服，他决定先拿自己的家人开刀，给天下人做表率。在裁撤其他官吏之前，唐太宗首先裁撤了几十个郡王，这些郡王都是大唐太祖景皇帝李虎的子孙，也都是唐太宗的宗亲和近亲。大唐之初，唐高祖李渊不但给自己的亲兄弟都追封了王爵，就连叔伯兄弟及其子嗣，只要到了胜衣之年，也都封了爵位。唐太宗决定先拿这些人开刀，以实际行动昭告天下："朕的宗亲和亲戚没有功劳都要裁撤，你们还有什么好抱怨的？"

裁撤郡王，说起来容易，做起来难。第一个阻力就来自太上皇李渊，当初这些郡王都是他封的，如今要裁撤，必须征得他的同意。好在李渊并不糊涂，他清楚"十羊九牧"的危害和后果，并未阻挠。在得到太上皇李渊默许后，唐太宗开始征求大臣们的意见，房玄龄、杜如晦、长孙无忌、魏徵等人纷纷支持，只有老顽固裴寂强烈反对。但裴寂毕竟独木难支，裁撤郡王很快就被提上议事日程。

历史上的削藩，可都不是闹着玩的，汉景帝就是因为削藩才引发七国之乱的，唐太宗的裁撤，等于直接端走了郡王们的蛋糕。这些郡王原来有封国，有田地，有兵马，他们当然不甘心到嘴的肥肉被人抢走，纷纷表示反对，并引发不小的震荡。就拿唐太宗的叔父李神通来说，他有五个儿子被撤销郡王爵位，改封公爵。李神通倚老卖老，坚决反对裁撤，后来唐太宗恩威并施，总算让他闭了嘴。尽管李神通坚决反对，但他也只是停留在口头上，也有更为激烈的，长乐王李幼良就是一个，他是唐高祖李渊六叔李祎的儿子。李幼良对削藩政策极为不满，准备起兵造反，最终事情败露。为杀一儆百，唐太宗直接赐他一杯毒酒。

李幼良之死，并没有阻止住郡王们的抵抗。义安郡王李孝常是隋朝大将李圆通的儿子，唐高祖李渊的族弟。当年唐高祖攻打长安时，李孝常曾献出永丰仓军粮，率众归降，被授予光禄大夫。武德元年（618年），封上柱国、义安郡王，出任利州都督。正是因为李孝常叛隋献粮，为刚刚起兵的唐高祖提供了大量粮食支持，间接导致骁果军思乡哗变，杀死隋炀帝，李孝常被封为义安郡王，可谓实至名归。

唐太宗裁撤郡王，原本只裁那些无功之臣，李孝常属于有功之臣，本不在裁撤之列，可他担心躲得过初一，躲不过十五，于是就联合右武卫将军刘德裕、统军元弘善、左监门将军长孙安业、滑州都督杜才干等人，准备发动第二次玄武门之变，迎太上皇李渊复位，自己则效仿曹操挟天子以令诸侯。可人算不如天算，李孝常的谋反计划还是提前泄露了，在审判他时，唐太宗把所有在京的宗室子弟全部召集在一起，当着他们的面，以谋逆罪将李孝常斩首。

斩了李孝常之后，唐太宗的削藩计划得以顺利推进，再也没有引发更大风波。眼看着皇帝宗亲都被裁撤了，那些无功之臣自然老实多了。据

《资治通鉴》记载，贞观时期，除地方官员外，整个大唐朝廷文武官员仅剩六百四十三人。通过裁撤郡王和削减官员，大大减轻了百姓负担和朝廷岁支。

贞观元年（627年），唐太宗决定合并郡县，实行"州县制"。这里所提到的"州县"，并不是沿袭前朝的"郡县"，唐太宗认为"郡县"两级，不足以制霸大唐江山，所以才实施"州县制"。贞观时期，朝廷根据人口数量，把州分为上、中、下三等，通过州和县来管理地方。后来又依照山川地理环境，把全国划分为十个"道"，分别是关内道、河南道、河北道、河东道、山南道、陇右道、淮南道、江南道、剑南道和岭南道。"道"的出现，成为我国疆域史的一个新创举。

最初的"道"不是行政区，只是个地理区划名称，不设机构，不派官员，与地方行政无关，是个监察区域，由皇帝直接派出观察使，不定期视察道内各州县行政事务，对地方官吏加以控制和监督。但是到了后来，"道"逐渐演变成为一级正式的行政单位，观察使也成为地方行政长官。据史书记载，到贞观十三年（639年）时，全国共设州三百五十多个，县一千五百多个。"州县制"的改革，不仅减轻了百姓负担，也更加有利于朝廷统治。

人类的发展史，也是一部战争史。唐朝建立初期，除了揭竿而起的起义军外，更强悍的对手当数活跃在大唐北方的突厥族。"突厥"一词，公元540年开始出现在中国史书里，它是蒙古高原和中亚地区民族集团的统称，也是中国西北与北方草原地区，继匈奴、鲜卑、柔然之后的又一个重要游牧民族。李唐王朝从建立之初，饱受突厥的蹂躏和骚扰，所以唐太宗即位后，很多大臣尤其是戍边的大将都建议剿灭突厥。

　　唐太宗深知战争的残酷，一旦开战，消耗的不仅仅是粮食、衣物、兵器，还有许多人的生命，动辄数十万人出征的背后，是一个消耗财富的无底洞。兴，百姓苦，亡，百姓更苦。战争机器一旦启动，就会成为百姓生命的绞肉机和社会财富的粉碎机。

4

　　唐太宗经常与大臣讨论隋朝灭亡的教训，他说："隋朝灭亡不是因为贫穷，隋朝留下的粮食可够全国食用数十年，但官府不肯开仓放粮，老百姓没有粮食吃。再加上连年征战，老百姓不仅要承担无偿劳役还得自备口粮，农耕荒废，断了活路。国家有钱有粮不等于平安，藏富于民比藏富于国更为重要，要想百姓安居乐业，社会和谐，就要避免战争。"这也是唐太宗不轻易对突厥开战的主要原因。另一方面，大唐初期的军事实力，也确实无法与突厥抗衡，必须慎战，蛰伏待机，一旦动手，必须彻底解决问题。

　　对于唐太宗来说，突厥既是老朋友，更是老对手。当年，唐高祖李渊晋阳起兵之后，唐太宗曾使用空城计，吓退来犯的突厥军队，可唐高祖明白自己的军事实力无法与突厥抗衡，不得不在突厥虎视眈眈之下，卑辞厚礼，改旗纳贡，与始毕可汗定下盟约：唐军攻下的城地，土地和人民都归唐高祖，金银财富则归始毕可汗。为此，始毕可汗还送给唐高祖一批突厥战马。然而，和平并没有真正到来，武德四年（621年），颉利可汗即位后，开始破坏盟约，他不但越发言辞悖傲，请求无厌，而且还屡次联合铁勒、薛延陀等诸部落发兵南下，不断袭击大唐北方边城。

武德七年（624年）夏天，素来老成持重的唐高祖李渊，不堪其扰，甚至萌生出焚毁长安迁都避匿的念头，以此避免突厥围歼。好在李世民极力劝阻，并使用反间计，再次智退突厥军队，使得风华绝代的京师长安侥幸得以保全。对于强悍的突厥大军而言，建国不久的大唐帝国，仍然如同一只随时待宰的羔羊，始终处于弱势。

武德九年（626年），这既是唐太宗李世民最荣耀的一年，也是他最为耻辱的一年。所谓荣耀，是因为他成功登基成为大唐皇帝；所谓耻辱，是因为他与突厥签订"渭水之盟"。"玄武门之变"不久，八月二十四，颉利可汗探知李唐王朝发生政变，顿时大喜过望，便亲自率领十余万突厥铁骑呼啸南下，风驰电掣般越过黄河，兵锋直指长安，数日之后，突厥大军在据长安城四十里的渭水北岸安营扎寨。而此时刚刚经历过巨变的大唐王朝，人心不稳，士气低落。登基不足二十天的唐太宗，该如何执掌这个危机四伏的庞大帝国，这个尚未走出政变余震的中原王朝，又该如何应对突如其来的战火狼烟呢？然而，兵临城下也仅仅是唐太宗噩梦的开始，弑兄逼父的原罪才是民心离散的祸患之本，如何才能让天下安，万民归心，成为唐太宗登基之后面临的最大考验。

面对突如其来的战争阴云，唐太宗恨不得即刻与突厥开战，但作为刚刚即位的大唐天子，他知道自己决不能草率行事，隋末战争的创伤至今尚未痊愈，国家贫困，民生维艰，不堪重负的帝国百姓，早已无力支撑庞大的战争消耗，而刚刚经历"玄武门之变"的帝国政局，更是危机四伏，暗流涌动。

唐太宗深知自身的软肋，他只好一边摆开要与突厥拼命的强硬架势，一边提出以每年赠送大量金帛为条件，向颉利可汗求和。唐太宗冒险率领长孙无忌、高士廉、房玄龄、侯君集、段志玄、独孤彦云等六人，策马来到长安城外的渭水便桥南岸，厉声斥责颉利可汗背弃盟约，提出与突厥谈判。颉利可汗见唐太宗竟仅率麾下六骑而来，顿时心生狐疑，又见大将尉迟恭率领大军赶到，在太宗后面列阵，便心生疑虑。好在突厥大军并没有真正入主中原的意思，他们也只是想趁火打劫，得点好处罢了。此时，踌躇不决的颉利可汗，见唐军旌甲蔽野，军容大盛，未敢贸然交战，最终答应与唐廷和谈，双方在渭水河边斩白马盟誓，签下"和平协议"，史称"渭水之盟"。

5

唐太宗作为一个曾经跨马厮杀、荡平群雄雄心勃勃的帝王，被迫签下不平等的城下之约，对他来讲可谓奇耻大辱。但"渭水之盟"，终究为李唐王朝的经济发展积蓄力量，赢得了时间，唐太宗心里十分清楚，如果自己想成就一番霸业，就必须懂得进退取舍，就当时的实力和条件而言，大唐与突厥决一死战的胜算并不高，所以曾经意气飞扬的他，也只能选择像父亲唐高祖李渊一样隐忍屈辱，以牺牲府库中大量金帛为代价，而且还要源源不断地送给突厥大批生活物资，以此换取暂时休养生息的时机。

为彻底解除突厥威胁，唐太宗采取一系列政治经济措施，不断增强国力。在军事上，他积极备战，而且一反前朝不许臣下携带武器上殿的规定，每天引数百名士卒在显德殿习武射箭，很快培养出一支能征善战的精锐部队。

成功总是留给有准备的人。正当唐太宗励精图治时，贞观元年（627年）的深秋，一场罕见的霜灾横扫中国北部，几个粮食主产区均遭到重创，大面积饥荒席卷而来。

屋漏偏逢连夜雨，第二年，全国人口最密集的关中地区，再次遭遇旱灾，沃野千里的关中平原颗粒无收。就连天子脚下的长安城，也是米谷踊贵，道殣相望。接踵而来的自然灾害，让许多人联想到武德九年（626年）的那场宫廷血案，朝野间流传起唐太宗因弑兄杀弟，才会遭此天谴的言论。面对天谴人怨的境地，唐太宗以其睿智思维，敏锐意识到天灾侵害的不仅仅是唐朝，应该还有突厥，因为突厥地处大北方，影响应该会更大。

唐太宗派人前去打探，果不出他所料，突厥的灾情比他想象得更为严重，很多牛、羊、马被冻死、饿死。颉利可汗是个暴君，他为了减少本部损失，强行要求归附突厥的部族增缴税赋，为此还不断攻打其他民族部落。生死存亡之际，这些突厥归附部族不仅拒绝了沉重税赋，还推举位于大漠北部的薛延陀部族首领乙失夷男为真珠可汗，试图结盟共同对抗颉利可汗。

冬夜的大漠，万籁俱寂，大帐之内的乙失夷男却一筹莫展，面对这突如其来的拥戴，他虽有心自立，却又担心举事不成，被颉利可汗反攻倒算，再无后援，因此迟迟不敢接受可汗头衔。唐太宗得知这一情况后，意识到自己重塑日益离散的民心的机会到了，此时必须有所作为，立即派使者带着敕书前往薛延陀，以敕封乙失夷男为薛延陀可汗为条件，承诺与其共同夹击突厥。与此同时，突厥次汗突利可汗也因长期受颉利可汗压制排挤，暗中联络唐太宗，表示愿意归附。

唐太宗决定采取远交近攻，离强合弱对"突"战略。这一年，由柴绍率军消灭了割据朔方的梁师都，一举收复河套地区，占据反击突厥的军事要地。此时，唐太宗认为彻底消灭东突厥的条件已经成熟，万事俱备，只欠东风。贞观三年（629年）十一月，他命兵部尚书、代国公李靖，为定襄道行军总管，率十万大军兵分六路，进攻突厥。次年，李靖大军连破突厥，最终将颉利可汗擒获，那个曾经盛极一时、控弦百万的东突厥汗国从此灭亡。唐太宗消灭了突厥，不仅稳定了北部边境，拓展了疆域，而且还赢得了北方各部落的归附，至此，南抵阴山、北起大漠的广袤土地，全部纳入大唐帝国的掌控之中。

这是一个空前广大的世界，不同的文化，不同的民族，不同的生活方式，开始在大唐生根发芽。为了加强统治管理，唐太宗在广泛听取群臣的意见后，最终决定在东起幽州，西至灵州一带，设置四个都督府，任命突厥本族首领统率原有部族，保留原来的组织与风俗习惯，实行高度自治。归顺大唐帝国的突厥首领，都被授予京官武职，五品以上的胡人武官，几乎占朝廷同级官员的一半。数十万户突厥民众迁至中原，其中就有一万多户永远定居长安。

贞观四年（630年）的夏天，北方各族酋长纷纷抵达长安，共同向唐太宗李世民敬献了一个史无前例的尊号——"天可汗"。从此，李世民不仅是大唐天子，更是天下共尊的万王之王。

作为封建王朝君临天下、富有四海的帝王，最容易犯的毛病就是纵欲，他们往往会视天下万物为一家之私产，巧取豪夺，毫无底线地满足自己的贪欲之心，最终导致亡国，这样的例子不胜枚举。唐太宗之所以能够成为后世广为传颂的明君，主要是因为他能克制自己的欲望，从不榨取民脂民膏来满足自己的私欲。他曾向大臣问过这样一个问题："大禹'凿九山，通九江'，秦始皇大兴土木营造宫殿，同样是动用民力，为什么百姓拥护前者，对后者怨声载道？"他又深有感触地接着说："因为大禹旨在为民谋利，而秦始皇纯粹是想满足私欲，因而民心向背截然相反。"

为了戒奢从俭，唐太宗定下四条规矩："第宅、车服、婚嫁、丧葬，准品秩不合服用者，宜一切禁断。"《资治通鉴》对他戒奢从俭治国的思想曾这样记载："君依于国，国依于民，刻民以奉君，犹割肉以充腹，腹饱而身毙，君富而国亡。故人君之患，不自外来，常由身出。夫欲盛则费广，费广则赋重，赋重则民愁，民愁则国危，国危则君丧矣。朕常以此思之，故不敢纵欲也！"这段话的意思是说："君主依靠国家，国家依靠民众。依靠剥削民众来奉养君主，如同割下身上的肉来充腹，腹饱而身死，君主富裕国家就会灭亡。所以，君主的忧患，不是来自外面，而是常在自身。欲望兴盛，费用就会增大；费用增大，赋役就会繁重；赋役繁重，民众就会愁苦；民众愁苦，国家就会危急；国家危急，君主就会丧失政权。朕常常思考这些，所以就不敢放纵自己的欲望了。"虽寥寥数语，却精辟至极。

唐太宗常怀"不敢纵欲"的克己之心，带头实行节俭之道。在住房上，他提出"崇饰宫宇，游赏池台，帝王之所欲，百姓之所不欲"的理论，坚决反对大兴土木。贞观元年（627年），他本来想建一座宫殿，展示一下"新朝气象",尽管当时已准备好各种所需建材,但他思前想后,最终还是放弃。他感慨说:"远想秦皇之事,遂不复作也。"

第二年夏天,群臣以"夏暑未退,秋霖方始,宫中卑湿"为由,建议唐太宗"营一阁以居之",又遭到他的拒绝。臣子们以为他是在客气,于是再三请求。唐太宗就对众人讲了个有关汉文帝的故事:"有一次,汉文帝准备修建一个露台,台基都已建好,当汉文帝得知工程需要消耗'十家之产'后,立即下令停止。修建宫殿,靡费良多,我'德不逮于汉帝,而所费过之',绝非'为民父母之道'。"大臣听了,无不惭愧。

6

李世民不仅崇尚节俭,他还旗帜鲜明地反对"以厚葬为奉终,以高坟为行孝"的不良风气,一改秦汉以来"封山起冢"的做法,他把九嵕山选为自己的安息之地后,"因山为陵",提倡薄葬,要求墓中"不藏金玉、人、马、器皿,皆用土木形具"。在吃穿用度、出行、婚嫁等方面,他也时刻注意带头节俭,从他与房玄龄在贞观十年时的一段对话中可以窥知。唐太宗对房玄龄说:"朕每一食,便念稼穑之艰难;每一衣,则思纺织之辛苦。"所以他要求自己"唯欲躬务俭约,必不辄为奢侈"。

唐史记载:有一年除夕,家家户户张灯结彩,人们都把自己家最好的东西拿出来"辞旧迎新"。在古代,除夕是非常盛大的节日,唐太宗命所有官员锦衣华服，宫中处处悬挂彩绸，点亮蜡烛，庭院中还燃起篝火，整个皇宫宛若白昼一般。除此之外，还安排乐师、歌姬表演助兴，十分热闹。

唐太宗还邀请了一位重要客人——隋炀帝的萧皇后。他想知道今日唐朝和往日隋朝相比有何区别，就问萧皇后说："此番此景，隋炀帝在的时候能有吗？"萧皇后笑了笑说："一个是亡国之君，一个是造基之主，怎能相提并论。"唐太宗纳闷，他想知道隋炀帝过年到底是个啥样子。萧皇后又接着说："隋炀帝时，除夕之夜，皇宫里点篝火用的都是沉香木，如果火光暗了，就往篝火上喷洒一些'甲煎香'，火焰几丈高，芳香几十里。一个晚上要烧掉二百多车沉香木，用掉二百多石'甲煎香'。皇宫里从来不点蜡烛和油灯，有一百二十颗夜明珠，把宫殿照得如同白昼一般。"唐太宗听后沉默不语。

所谓"甲煎香"，是以甲香为主要原材料，再添加沉香、麝香等，用黄蜡为黏合剂合成的一种名贵香料。"沉香甲煎为庭燎，玉液琼苏作寿杯。"诗人李商隐在《隋宫守岁》里，描写的就是隋炀帝时期皇宫守岁的淫奢。隋炀帝把名贵沉香当柴烧，可谓前无古人，后无来者，最终他把"富莫如隋"的帝国白白葬送掉。豪华奢靡不可取，前车之鉴，唐太宗非不能也，而是不为也。

唐太宗还一再告诫大臣们要节省开支，减轻徭役，少收赋税，想方设法让老百姓有吃有穿有结余。在《资治通鉴·唐高祖论止盗》一文中，就记载了这样一件事：有一天，唐太宗召集群臣就如何禁止盗贼的事情进行讨论，有人提出应该使用严厉的刑法，这样才能制止。唐太宗微笑着对群臣说："民之所以为盗者，由赋繁役重，官吏贪求，饥寒切身，故不暇顾廉耻耳。朕当去奢省费，轻徭薄赋，选用廉吏，使民衣食有余，则自不为盗，安用重法邪？"

意思是说："老百姓之所以去做盗贼，是因为赋税太多，劳役、兵役太重，官吏们又贪得无厌，老百姓吃不饱，穿不暖，这都是切身实际的问题，所以他们就顾不得廉耻了。我应该不奢侈，节省开支，减轻徭役，少收赋税，选用廉洁的官吏，使老百姓穿的吃的都有富余，那么他们自然就不会去做盗贼了，何必要用严厉的刑法呢！"正如唐太宗所言，几年之后，天下太平，以至于路不拾遗，夜不闭户，商旅可以放心露宿。

上下同欲者胜。正是因为有唐太宗带头，朝野上下自然效仿，节俭成风，即便是位极人臣的宰相，也都过着节俭清贫的生活。比如中书令岑文本，贞观时期最高的命令都是出自他手，可谓"权倾朝野"。但他居住的房屋低洼潮湿，屋内"无帷帐之饰"，非常简陋，时有好心人劝他买房置地，改善一下居住条件，他却连连感叹道："吾本汉南一布衣耳，竟无汗马之劳，徒以文墨致位中书令，斯亦极矣。荷俸禄之重，为惧已多，更得言产业乎？"最后，劝他的人只得悻悻而退。

户部尚书戴胄亦是如此，他掌管着整个王朝的"钱袋子"，也算得上"富甲京畿"，同样是"居宅弊陋"。戴胄去世后，连个像样的祭祀场所都没有，更别说棺椁极雕刻之华、冥器穷金玉之饰了。后来，唐太宗只好下旨："令有司特为之造庙。"并厚赠钱物，才把戴胄的丧事办成。太子太师魏徵同样勤俭持家，他一生向唐太宗谏言二百多次，因敢于直谏而"名闻天下"。魏徵病重之际，唐太宗前去探望，竟发现其住所既无正堂，也无家具，只能勉强遮蔽风雨。感慨之余，立刻命人将准备建造小殿的木材运到魏徵家里，为其建起临时客厅，并派使者送去魏徵喜欢的素面布褥。魏徵去世后，其夫人力辞"一品礼"，送葬时连茅草扎成的人马都没有。

君臣一心，励精图治，天下太平，如何才能将节俭基因传承下去？这也是唐太宗一直思考的问题。他深刻认识到，不论是自己的弟弟还是自己的儿子，这些皇室子弟"生而富贵，不知疾苦""百姓艰难，都不闻见"，往往不知节制，奢侈成性。如果将来自己把大唐帝国的重担，交到这样的人手里，他实在放心不下。贞观七年（633年），他命令魏徵编撰《自古诸侯王善恶录》，希望皇子们研读后，能够"居安思危，戒奢以俭"。他还叮嘱辅佐太子的官员，教导太子时，"常须为说百姓间利害事""既敦之以节俭，又劝之以文学"。一旦见有奢侈骄纵之事，必须"切言直谏，令有所裨益"。

正如他所担心的一样，太子李承乾对治国理政兴趣不大，一门心思"骑射畋猎，饮酒酣乐"，并且"所应用物不为节限"，两个月"用物已过七万"。太子右庶子张玄素由此感慨地说："奢侈之极，孰云过此。"李承乾还十分在意自己的房子和面子，他居住的东宫是隋朝时建造的，已经十分奢华，但他仍觉得不够，"更有修造，财帛日费，土木不停"，且不顾百姓死活，在"盛农之时"动工，工程浩大，累月不止，工匠们敢怒不敢言。

唐太宗在《废皇太子承乾为庶人诏》中，痛斥儿子李承乾"酒色极于沉荒，土木备于奢侈。倡优之技，昼夜不息；狗马之娱，盘游无度"。唐太宗还在《帝范》中，单列"崇俭"一章，谆谆告诫后来的太子李治，要求其"俭以养性""守之以约"。庙堂之上，君臣一心，江湖之远，百姓也得到足够的休养生息。"由是二十年间，风俗素朴，衣无锦绣，公私富给。"北宋司马光，对唐太宗的尚俭品德给出如此评价。

《资治通鉴》中有这样一段记载："是岁，天下大稔，流散者咸归乡里，斗米不过三四钱，终岁断死刑才二十九人。东至于海，南及五岭，皆外户不闭，行旅不资粮，取给于道路焉。"意思是说，贞观四年（630年），全国大丰收，背井离乡的人全都回到乡里，一斗米不过三四钱，全年判决死刑的才二十九人。东至大海，南到五岭，家家户户都不用关闭院门，旅行的人不用带粮食，在路上就能取得给养。由此可见，贞观时期，人们的道德水准有了很大提高。唐朝著名史学家吴兢，在《贞观政要》中这样写道："太宗时政化，良足可观，振古而来，未之有也。"

以铜为镜，可以正衣冠；以古为镜，可以知兴替；以人为镜，可以明得失。唐太宗李世民，作为一位绝无仅有的帝王，峥嵘岁月里，他驰骋疆场，身先士卒，安定四方，守护域内百姓。四海归附时，他大兴王道，知人善用，虚怀纳谏，偃武修文。在他苦心经略之下，一个独步古今的"天可汗"时代，已经像喷薄欲出的旭日一样，在世界东方的地平线上冉冉升起。

镜鉴千秋

　　天地英雄气，千秋尚凛然。透过那些泛黄的史册，感怀与思考，寻找与追问，看到的是诤臣魏徵跌宕起伏的一生。君臣论辩，他慷慨激昂陈词；国难当头，他掷地有声谏言。魏徵与唐太宗，君臣携手、励精图治、以礼安邦、以德治国，唐朝最终迎来海晏河清的贞观盛世。

|

贞观十七年（643 年）正月十六日夜，唐太宗李世民做了个很奇怪的梦，他梦见老臣魏徵穿戴整齐，在参拜他。梦里，唐太宗还在纳闷，前几天自己刚探望过魏徵，他已病入膏肓，吃饭穿衣都需要人照料，怎么可能官服整齐参拜自己呢？唐太宗猛然惊醒，坐了起来。未几，外面有人启奏道："陛下，郑国公魏徵归天了！"唐太宗闻之，顿时两行热泪流了下来。

唐太宗眼前立刻浮现出他与老臣魏徵的过往：君臣论辩，魏徵慷慨激昂陈词；国难当头，魏徵掷地有声谏言；垂垂暮年，魏徵病魔缠身哀婉。早在两年之前，魏徵被任命为太子太师时，病情就已经不断在加重。"汉之太子，四皓为助，我之赖公，即其义也。知公疾病，可卧护之。"然而，在唐太宗的一再请求下，为了大唐江山社稷，六十四岁的魏徵还是拖着病体，强忍病痛收回辞呈……

病榻之上，老臣魏徵深知自己时日已经不多了，正月十五这天，他感觉病情稍微好些，便强忍病痛挣扎着想坐起来。日夜守候在一旁的夫人裴氏，见昏睡了几天的他终于醒来，一边搀扶一边询问："要吃点什么？还是想喝点什么？"魏徵轻轻摇了摇头，有气无力地说："纸笔！"裴氏以为他要写遗书，心中顿生酸苦，泪水如同潮涌。裴氏强忍悲痛拿来纸笔，将纸铺在被褥之上，再把笔添足了墨，递给靠在床头上的魏徵。魏徵用枯瘦之手，颤颤巍巍艰难地拿起笔，他哪里还能写字，分明是在涂抹，还没涂抹几个字，就已经支撑不住了，笔从手中滑落下来。停了好一阵，他又要笔，想继续写……裴氏和家人，以及唐太宗派来守护他的官员见此情景，无不掩面拭泪。

魏徵病情日渐加重，自从他辞去太子太师开始，唐太宗就已经预感到这位老臣余日不多了。唐太宗坐在朝堂上，文武大臣们早已退去，他静静地发呆。想想自己即将失去一位忠心耿耿、直言敢谏的良臣，心情十分沉重。之前，他还轻车简从，亲自前去探视魏徵。

唐太宗没有让人通报，就直接御驾亲临，裴夫人来不及回避，忙向其行跪拜之礼，而坐在卧榻上的魏徵也想挣扎着起来，却无济于事。裴氏帮魏徵披上朝服，他费力地折腰表示参见。唐太宗见状忙说："爱卿免礼！"唐太宗轻轻靠近魏徵的卧榻坐下，不经意间发现了之前魏徵在纸上的"涂鸦"，便随手拿了过来，虽然内容一时难以辨认，但开头"陛下"二字，却隐约可见。唐太宗心中一沉，病入沉疴的老臣，至死还在为国家着想，为他着想，不由得热泪盈眶。

唐太宗挥挥手，屏退左右侍从，又转身对裴氏说："您也下去休息吧，朕与魏爱卿说几句话。"裴夫人退下，让唐太宗独自聆听魏徵的最后谏言。唐太宗环顾四周，只见魏家室内陈设朴素无华，连间像样的居室都没有，不由得暗自感叹道："在富庶繁华的京城中，有谁能相信这就是郑国公魏徵的宰相府邸呢？"他若有所思地把座椅向榻前移了移，君臣二人缓缓倾谈起来……

回到宫中，唐太宗即刻下令："传朕的旨意，用修建宫殿的材料，立即为郑国公建造一座像样的居室，限五天内完工。"接着他又下了一道旨："赐给郑国公屏风、被褥、几案、手杖等一套。"侍臣应声欲去，却被他叫住，不忘叮嘱侍臣说："所赐物件，全部挑选素色的。郑国公平日节俭，当根据他的习惯行事！"自从魏徵病重后，唐太宗不仅为魏徵挑选了最好的御医，还命令左屯卫中郎将李安俨住在魏徵家，好随时向他奏报魏徵的病情变化。——安排完毕之后，唐太宗心里才稍微安稳了些。

就在魏徵去世的前一天，唐太宗又一次带着太子李承乾和衡山公主（新城公主）到其家中探视。此时，魏徵已是风中残烛，连说话都非常困难了。唐太宗见状，忍不住悲从心来，他一边抚摸着魏徵枯瘦如柴的双手，一边泪流满面。他关切地询问魏徵还有什么遗言和要求，魏徵气若游丝地说："陛下，寡妇不愁织布的纬线少，而忧虑宗周的危亡。老臣舍不得您。"君臣二人泣泣而对。俄顷，唐太宗指着衡山公主，含泪说道："魏公，睁开眼睛看看你的儿媳吧！"此前，唐太宗已将衡山公主许配给魏徵的长子魏叔玉。

贞观十七年（643年）正月十七，一代诤臣魏徵，终于走完跌宕起伏的生命历程。为了悼念他，唐太宗废朝五日，亲临丧礼，痛哭流涕，并命内外百官及在长安的朝集使一同参加丧礼，太子李承乾在西华堂为魏徵举哀。随后，唐太宗下诏追赠魏徵为司空、相州都督，赐谥号"文贞"；同时，赐羽葆、鼓吹，加班剑四十人，赠绢布一千匹、米粟一千石，恩准他陪葬昭陵。

魏徵去世后，唐太宗非常伤心，哭泣着说："夫以铜为镜，可以正衣冠；以古为镜，可以知兴替；以人为镜，可以明得失。朕常保此三镜，以防己过。今魏徵殂逝，遂亡一镜矣！"从这点可以看出，唐太宗作为贤明君主，非常惜才、爱才，从而赢得了大臣的信任和爱戴。同样，作为大臣的魏徵，以直言敢谏而闻名，因此也受到唐太宗的尊敬。据《贞观政要》记载，魏徵一生向唐太宗面陈谏议多达五十多次，呈送奏疏十一件，谏诤多达"数十余万言"。其次数之多，言辞之激切，态度之坚定，是其他大臣难以比肩的。

魏徵一生犯颜直谏，生活崇尚节俭。在他去世之后，本来可以按一品官礼节安葬，但妻子裴氏认为那样所需仪仗、器物太多，不符合魏徵遗愿，裴氏对朝廷赏赐的一切仪仗和物品都推辞不受，仅用白布、帷幕简单装饰灵车，不用花纹、色彩和刍灵。

魏徵的灵车在寒风中渐渐驶出了长安，寒风中枯叶一路飞舞，仿佛一群群蝴蝶，围着魏徵的灵柩翩然舞动，难舍他的悄然离去。唐太宗强忍悲痛，登上御苑西楼，望着魏徵灵柩远去的方向，他竭尽哀思。他敕命百官将魏徵灵柩送至长安城郊外，由晋王李治致祭，自己则亲自为其撰写碑文。

唐太宗追思魏徵不已，后又赐其家人食俸九百户。贞观十七年（643年）二月，再命阎立本为二十四功臣画像，并悬挂于凌烟阁内，魏徵位列第四。

2

翻开冰冷历史，拨开岁月尘埃，纵观魏徵一生，可谓跌宕起伏。《旧唐书》曾这样记载："徵少孤贫，落拓有大志，不事生业，出家为道士。好读书，多所通涉，见天下渐乱，尤属意纵横之说。"

魏徵，字玄成，巨鹿下曲阳（今河北晋州）人。其父魏长贤，以博通经史，文才出众而闻名，曾在北齐王朝担任著作佐郎，掌管国史编纂工作，因性情耿直，上疏讥讽北齐皇帝，遭到贬谪却"处之怡然"。魏徵幼时父母皆亡，家境贫寒，成为孤儿的他，可谓是在苦瓜汁里泡大的。

尽管人无法选择自己的出身，但通过自身努力一定可以改变自己的人生，魏徵始终坚信"我的命运我做主"。他自小发奋读书，不理家业。按常理说，穷人的孩子早当家，可魏徵显然是个例外，他放着父母留下的家业不去经营，反而跑到道观里做了道士。史书说他"不事生业"，实际就是不务正业的意思，这也是在演义小说中，称他"魏老道"的缘故。即便是做了道士，魏徵依然保持着良好的家传素养，坚持读书学习，这也为他后来出仕入相奠定了坚实基础。

分崩离析的隋廷，犹如崩塌的山峦，一地碎石，虽然挡住魏徵的人生出路，却未能阻挡住机遇的到来，反之为他开启更为曲折的人生。此时，天下群雄角逐之势逐渐形成，魏徵果断出山，主动寻找机会。

"大业末，武阳郡丞元宝藏举兵以应李密，召徵使典书记。密每见宝藏之疏，未尝不称善，既闻徵所为，遂使召之。徵进十策以干密，虽奇之而不能用。"大业十三年（617年），魏徵迎来他人生的第一个重要转折点，被武阳郡（今河北大名）丞元宝藏招至麾下，担任典书记。不久，瓦岗义军席卷中原地区，他又跟随元宝藏投靠瓦岗。魏徵的学识终究没有被乱世所埋没，李密发现他非常有文采，于是召他为元帅府文学参军，专掌文书卷宗。魏徵不辱使命，遂向李密献上壮大瓦岗的十条计策。但是，欣赏归欣赏，刚愎自用的李密，最终还是没有采纳他的建议。

魏徵进入瓦岗军时，中原已经彻底大乱，枭雄并起，李渊、薛举、萧铣等人皆起兵谋事。尽管李密对他十分赏识，也委以重任，但他的才能在瓦岗军中并没有得以完全施展。武德元年（618年），占据洛阳的王世充，进攻仓城、洛口等地，均被李密击败，取得小胜的瓦岗军开始扬扬得意起来。此时，魏徵见人之未见，他敏锐地看到潜在的危机，遂向李密的长史郑颋建议说："主公虽然多次取得胜利，但兵将死伤不少，瓦岗没有府库，将士们取得战功却得不到赏赐。不如深沟高垒，占据险要，与敌人相持，待到敌人粮尽而退时，我们再率军追击，这才是取胜之道。"然而，郑颋对他的话也是置若罔闻，认为他是老生常谈。魏徵无奈，只得拂袖而去。

武德二年（619年），刚愎自用的李密，最终还是没能逃过功亏一篑的魔咒，被王世充击败，归顺了刚刚称帝的李渊，魏徵也被迫跟随他归降李唐。自从走进长安城的那一刻起，魏徵望着巍峨王城，似乎看到了自己辉煌的未来，他隐约感觉到自己的名字，从此将与这座光荣的王城、新兴的王朝紧紧地联系在一起。

此时的魏徵，无论如何都想不到，自己通往辉煌的道路是如此曲折，如此凶险，竟然一波三折。他入关降唐后，仕途之路并没有像他自己想象的那样一帆风顺，久不见任用。与此同时，李密的旧部徐世勣，尚占据着东到大海、南到长江、西到汝州、北到魏郡的大面积领土。这个徐世勣，也就是后来的李世勣，永徽年间又改名李勣。这样偌大的一块土地，既未降隋，亦未归唐，这对刚刚建立不久的大唐政权来说，确实是个不小的威胁。于是，魏徵便毛遂自荐，请求前往黎阳招抚徐世勣，被授予秘书丞。

经过魏徵动之以情晓之以理的劝导，徐世勣决定归顺李唐，并开仓运粮，接济淮安王李神通。"徐世勣不背德，不邀功，真纯臣也！"徐世勣弃暗投明，得到了唐高祖李渊的高度肯定，并赐他国姓，从此，徐世勣改名为李世勣。应该说，魏徵归顺李唐，首战便向新朝献上了一份可圈可点的成绩单。然而，世事难料，魏徵在大唐政坛闪亮登场，也仅是昙花一现。这年九月，夏王窦建德率军攻打相州，李神通不敌，撤退到黎阳，最终被窦建德击败，李神通、魏徵、李世勣等人被俘。

窦建德早就听说魏徵的才华，他不计前嫌，任用他为起居舍人。起居舍人，是个官职名称，隋炀帝时始置，主要负责记录皇帝日常活动和国家大事。对魏徵来说，机会就像一阵清风，有时轻盈拂面，有时也会擦肩而过。魏徵在经历跟随李密归唐、被窦建德任用等跌宕之变后，他感慨地说："我相信天生我于乱世，必不致我寂寂无名而终老，因为我从未放弃过理想。"很快，魏徵就碰到了人生中第一个伯乐。

窦建德被消灭后，魏徵再次归唐。"隐太子闻其名，引直洗马，甚礼之。"太子李建成久闻魏徵大名，便任命他为太子洗马，礼遇甚厚。魏徵的主要职责就是辅佐太子，教太子政事、文理。此时，"太子党"与"秦王党"冲突正日益加深，作为太子洗马的魏徵，多次劝谏李建成先发制人，及早动手。

"玄武门之变"后，李建成、李元吉被诛，唐太宗李世民曾厉声斥责魏徵说："汝离间我兄弟，何也？"当时"众为之危惧"，但魏徵却坦然回答说："皇太子若从徵言，必无今日之祸。"其实，唐太宗早已关注到魏徵，惜才爱才的他，见魏徵不仅不畏惧，反倒大气凛然，更是欣赏其胆识才能。于是，当场赦免魏徵，并委任他为詹事府主簿。

青年寂寞荒凉，理想迂回挫折。魏徵虽然不断遭遇"选择错误"，但他最终还是在命运安排下，几经周折遇到唐太宗。喜逢知己之主，君臣相见恨晚，唐太宗经常召他入内廷询问良策，而他也是竭诚辅佐。魏徵知无不言，言无不尽，他性格耿直，有时也会据理力争，从不委曲求全。魏徵认为"为君之道"，最重要的就是如何治国，他总是不失时机地抓住唐太宗的发问，深刻阐述以礼安邦、以德治国的理念，不仅解决了唐太宗的疑难问题，也成就了自己，这也正是他的高明之处。

3

贞观元年（627年），有一天，唐太宗问魏徵："爱卿，你说何为明君，何为暗君？"魏徵闻之心中一动，从容答道："兼听则明，偏信则暗。昔日尧经常咨询下民的意见，所以有苗的恶行他才能了解；而舜善于听取四面八方的声音，故共、鲧、欢兜这些奸臣都蒙蔽不了他的视听。反之，秦二世只相信赵高，最终导致亡国；梁武帝任用朱异一人，才引发侯景之乱；隋炀帝偏听虞世基之言，天下大乱而不自知，这些都是反面的例子。所以人君应该兼听广纳，这样才能够充分了解各方面情况，而不会受到一两个大臣的蒙蔽！"唐太宗闻听，频频点头称赞。从此，在魏徵襄助下，他处理政务越来越得心应手，君臣携手，开启大唐盛世，贞观之治也成就了一代名相。

这一年，唐太宗擢升魏徵为谏议大夫，封巨鹿县男，命他去河北安抚李建成、李元吉旧部，并授予他处理问题自行决定的权力，由此可见唐太宗对他的肯定与信任。当魏徵到达磁州（今河北磁县）时，正巧遇到押送前东宫千牛李志安、齐王护军李思行的囚车，他便对负责押送的副使李桐客说："我启程前刚得到诏命，前东宫和齐王府的旧人都一律赦免不问，你们现在又把他们押送京师，这样做有违仁义，皇上的决定不能违背。"李桐客听了他的一番话，当即将李思行等人释放，并上疏朝廷，唐太宗非常高兴，为此还奖励了李桐客。

唐太宗和魏徵，一个是号令天下至高无上的盛世君主，一个是雄才大略性情耿直的位极人臣，随着时间的推移，两人渐渐成为知己。知音难觅，他们惺惺相惜，君臣携手，留下一段段传奇佳话。唐太宗曾欣慰地对魏徵说："卿所陈谏，前后二百余事，非卿至诚奉国，何能若是？"意思是说，由魏徵所陈述进谏的事，前后就有二百多项，如果不是至诚报效国家，怎么能够做到这样？

"千淘万漉虽辛苦，吹尽狂沙始到金。"对于苦苦探寻治国之道的唐太宗来讲，魏徵的出现，无疑是天降左膀右臂。然而，正当魏徵步入仕途快车道时，却有人诽谤他"阿党亲戚"，私自提拔自己亲戚当官。唐太宗龙颜大怒，命御史大夫温彦博速去调查，调查的结果自然不言而喻：歪曲事实，查无证据，纯属诬告。温彦博上奏说："魏徵虽无偏袒徇私，但是被人讲了坏话，还是有责任的，应该责备他。"于是，唐太宗便派他传口谕给魏徵说："今后要远避嫌疑，不要再惹出这样的麻烦。"

第二天，魏徵入朝面圣，请求唐太宗让他做良臣而不要做忠臣。唐太宗疑惑地询问："爱卿，忠臣和良臣有何区别？"魏徵说："使自己身获美名，使君主成为明君，子孙相继，福禄无疆，是为良臣；使自己身受杀戮，使君主沦为暴君，家国并丧，空有其名，是为忠臣。以此而言，二者相去甚远。"他还列举说上古的稷、契、咎陶是良臣，而龙逄和比干就是忠臣。做良臣就在于不仅自己身获美名，且皇帝也能得到赞誉。唐太宗听后恍然大悟，被他的真诚深深打动，赐他绢五百匹。

魏徵作为一代"诤臣"，敢于直言进谏，他成功的关键在于公心，讲究方式方法，善于因势利导。据《旧唐书》记载："凡男女，始生为黄，四岁为小，十六为中，二十有一为丁，六十为老。"按照这个年龄分段，男的十五岁以上、二十岁以下为中男。唐制规定，男的到了二十一岁要服丁役二旬，若不役，则收其庸，每日三尺。

贞观三年（629年），为了稳定北部边境，唐太宗准备对突厥动兵，可是由于隋末唐初征战不已，人口损失极为严重，兵源十分匮乏。此时，负责征兵工作的检点使右仆射封德彝，向唐太宗建议说："朝廷不需要和以前一样，只征召年龄在十八岁以上的人，凡是家中次子身体强壮之人，均可以入军听用。"唐太宗准其所奏。可当敕令送到门下省，魏徵坚决反对，不肯签署，来回往返了三四次。唐太宗恼羞成怒，随即下了一道敕令："中男已上，虽未十八，身形壮大，亦取。"意思是说，即便是男子还没有满十八岁，只要是身体强壮，也要征兵入伍。魏徵还是不同意，坚决不签署命令。

于是，唐太宗就诏魏徵和王珪入宫，怒形于色地对他们说道："尚未成丁的男子如果太小，自然不能征召入伍；如果身体强壮，也可以入伍。这对于他们来说有何不妥？你们这么固执，我实在不能理解你们的想法！"魏徵毫不客气地回答："陛下，天子用兵，不在乎兵力多少，而在乎御兵之人是不是得法。如果御兵之道高明，现在所征强壮之人就已经够用了，哪里还需要再征？"唐太宗不明就里，一时语塞。魏徵又接着严肃说道："我听说把池塘的水放干了捕鱼，这样做的结果不是捕不到鱼，而是第二年就没有鱼可捕了；放火焚烧森林来打猎，并不是打不到野兽，而是第二年再也没有野兽可以捕获了。如果尚未成丁的男子，全都应征入伍，国家的租税偿役，又由谁来承担呢？近年来，兵士失去战斗力，难道是因为兵士少吗？如果只是多征兵，即使人数再多，也没有战斗力。不如精挑细选强壮男子，尊重他们，厚待他们，一个人就可以发挥出百倍的神勇，哪里还用得着那么多人？"

魏徵以"竭泽取鱼""焚林而畋"的典故，劝谏唐太宗要以长远眼光看待征兵问题，句句发自肺腑，振聋发聩。唐太宗听后频频点头，立即废除征召尚未成丁人入伍的敕令，并赏赐给魏徵金缸一个，赏赐王珪丝绢五十匹。

4

对于唐太宗来说，魏徵是真正的诤友谏臣，不仅国家社稷的事他魏徵要管，就连皇帝后宫的私事他魏徵竟然也不放过。

有一年，长孙皇后想为唐太宗寻访美女，用以充入后宫侍奉帝王。长孙皇后听闻大臣郑仁基有一个年仅十六七岁的女儿，才貌出众，美艳无双，国色天香，而且博览群书，品行端正，堪称是才貌双绝的倾世佳人。于是，她就推荐给唐太宗，唐太宗非常高兴，决定将其收入后宫，封为充华。

在唐朝嫔妃等级中，充华是正三品之阶，地位很高，像郑氏之女这样，一进宫就能做到九嫔之一的实属罕见，可见唐太宗对她的喜欢。但魏徵得知后，竟然在朝堂上公开反对，请求唐太宗收回诏命。唐太宗面有不悦，对魏徵说道："此乃朕后宫之事，爱卿未免……"还未等他说完，魏徵便正色道："陛下，家国一体，帝王无私事，不能为所欲为！"于是，唐太宗又说道："朕自践祚以来，也算励精图治，从不敢纵情声色，昔日放出宫人数千，现在只是略补充一二，又有何不可？"唐太宗的话说得合情合理，但魏徵却不为所动，继续说道："陛下为人父母，抚爱百姓，当忧其所忧，乐其所乐。居住在宫室台榭之中，要想到百姓都有屋宇之安；吃着山珍海味，要想到百姓无饥寒之患；嫔妃满院，要想到百姓有室家之欢。现在郑氏之女早已许配陆家，陛下未加详细查问，便将其纳入宫中，如果传闻出去，难道是为民父母该做的吗？"

唐太宗听后大吃一惊，当即深表内疚，并决定收回诏命。但房玄龄等人却上奏说："陛下，郑氏许嫁陆氏的事情没有明证，子虚乌有，且册封大礼已经开始实施，不应该中途停止。"陆家也派人递上表章，再三声明说以前确实是与郑家有资财往来，但并无定亲之事。

唐太宗将信将疑，又召来魏徵询问："魏爱卿，众臣也许是迎合朕意，但陆家也表白否认此事，这是何故？"魏徵直截了当地回答："陆家之所以否认此事，是害怕陛下以后借此加害他们，其中缘故十分清楚，不足为怪。"魏徵这番话，让唐太宗醍醐灌顶，他立刻明白了事情的严重性，于是收回诏令，彻底打消纳郑氏女为妃的念头。

只做良臣，不做忠臣。这不仅是魏徵为官的座右铭，也是他犯颜直谏的动力源泉。即便是在唐太宗盛怒之际，他也敢面折廷争，从不退让。所以，久而久之，唐太宗对他也产生敬畏之心。有一次，唐太宗想去秦岭山中打猎取乐，行装都已准备停当，但却迟迟未能成行。后来，魏徵问及此事，唐太宗笑着说："当初确实有这个想法，但害怕你又要直言进谏，所以朕就打消了这个念头。"

还有一次，唐太宗得到一只上好的鹞鹰，他把鹞鹰放在自己的肩膀上，很是得意。当他看见魏徵远远向他走来时，他赶紧将鹞鹰藏在怀中。魏徵故意奏事很久，致使鹞鹰闷死在太宗怀里。

封禅，是中国古代帝王在泰山隆重举行祭祀天地的礼仪。据《史记·封禅书》曰："自古受命帝王，曷尝不封禅？"在封建社会里，封禅，是历代帝王梦寐以求的最高境界。在中国传统礼仪文化中，祭祀文化也是排在第一位的。据《左传》记载说："国之大事，在祀与戎。"古时皇帝自认为自己功劳很大，作为真龙天子，需要向天地"汇报"自己的功绩。对天祭祀，称之为"封"；对地祭祀，称之为"禅"。天子所举行的最隆重的祭祀天地之礼，也就被称为"封禅"。而封禅的地点，大多选择泰山，因为泰山是五岳之首，天下第一山。据史料记载，中国历史上有四百多位皇帝，曾经封禅的也仅有七位，可唐太宗作为文治武功的佼佼者，却不在其列，实为遗憾。

如果说唐太宗不想封禅，那是假的。要知道，随着秦皇、汉武封禅之后，历代帝王都以封禅为最高礼仪，唐太宗也是如此。但他之所以没有封禅，就是因为魏徵的存在。贞观年间，四夷来朝，物阜民丰，唐太宗纵然不能与秦始皇、汉武帝并肩，但成就却远远高于其他五位封禅的帝王。从贞观初期，唐太宗就想效仿秦皇汉武去泰山封禅，可是他又不能亲口说出来，所以曾多次暗示文武百官。文武百官为了拍马屁，纷纷上奏，请求唐太宗前往泰山封禅。按照惯例，他要再三"推辞"，百官们要再三"请求"，最后再"勉强"答应，这样他就可以名正言顺地去泰山封禅了。

上有所好，下必甚焉。贞观五年（631年）的一天，朝堂之上，就出现了这样戏剧性的一幕。先是礼部尚书李孝恭，奏请唐太宗行封禅大礼。唐太宗故作谦虚地说："甫经大乱，凋残未复，田畴多旷，仓廪犹虚，远未极盛世。如匆遽行封禅泰山礼，只能招致嘲讽。"虽然他心里对封禅泰山早已向往之，但鉴于时势，还是有所顾忌地否定了李孝恭的奏议。不过，他也没有把话说死，说是等形势好转之后，再议封禅之事。

唐太宗这种言不由衷的心态，立即引起一些善揣上意臣僚的关注。同年十二月，武士彟继续奏请唐太宗封禅泰山，虽然太宗皇帝再次拒绝，理由与前次如出一辙，但他还是情不自禁地对群臣吹嘘起自己的"武功""文教""仁爱""敦本""崇信"，得意扬扬之情挂在脸上。他暗示群臣："诚宜展礼名山，以谢天地。"又一次流露出自己封禅之意。

5

贞观六年（632年），突厥平定，庄稼丰收，群臣又趁机上奏，鼓噪封禅泰山。唐太宗还是数次"谦虚"，予以否决，并对群臣说："只要天下太平，家给人足，即便不行封禅礼，也会被视若尧、舜；如百姓不足，夷狄内侵，即便行封禅礼，也会被视若桀、纣。就像秦始皇虽然封禅，却被后世唾骂；汉文帝虽没有封禅，却被后世赞誉。"但就唐太宗而言，他内心依然希望群臣"再接再厉"，因为毕竟在群臣反复奏请，他多次"拒绝"之后，才能彰显其虚怀若谷的高风亮节。

群臣对唐太宗的真实意图洞若观火，也很识趣。所以，"群臣犹请之不已"，而"上亦欲从之"。最终，在群臣一而再、再而三的请求之下，唐太宗终于下定决心，准备行动了。可是，正当他准备答应时，却有一个人站出来，表示坚决反对，这个人就是魏徵。

据《资治通鉴》记载："魏徵独以为不可。"一个"独"字，很能说明问题，当时魏徵刚刚崭露头角，他要直面的不仅仅是皇帝，还有满朝文武百官，当然也包括李孝恭、武士彟，甚至房玄龄等一干重臣，力量对比悬殊。群臣都建议太宗封禅，唯独魏徵认为不妥，唐太宗憋了一肚子火，怒问魏徵六个问题。对这六个问题，《资治通鉴》这样记载：上曰："公不欲朕封禅者，以功未高邪？"曰："高矣！""德未厚邪？"曰："厚矣！""中国未安邪？"曰："安矣！""四夷未服邪？"曰："服矣！""年谷未丰邪？"曰："丰矣！""符瑞未至邪？"曰："至矣！"

唐太宗再也不顾忌什么风度和涵养了，他连珠炮似的接连向魏徵发问，魏徵十分淡定地回答说："您做得都很好！"唐太宗继续怒问："那你为何拦着不让我封禅呢？"魏徵不慌不忙有理有据地阐述了不可封禅的五大理由："其一，陛下虽有以上'六德'，但自陛下登基之后，唐朝的人口虽然有所增长，但还没有恢复到隋朝开皇年间的程度。其二，唐朝的粮食储备还不充足，不足以抵抗风险。其三，陛下去泰山，文武百官要随行，一路上需要大量的车马、粮食，现在还消耗不起。其四，周边国家国王或使者都要前去观礼，这些人从关中走到齐鲁，途经大唐腹地，对我们没有一点好处。况且来者都要赏赐，赏赐少了，他们就会觉得我们大唐小气，赏赐多了，就要挥霍民脂民膏。其五，封禅只是虚名，百姓为此还要架桥修路，动用大量劳役，有百害而无一利。"最后，他又补充说："陛下前不久龙体欠安，也不堪长途颠簸劳累！"

唐太宗听完魏徵一番话，沉默良久。封禅，虽是他梦寐以求的事，但魏徵说得入情入理。不久之后黄河泛滥，河南等地发生水灾，唐太宗便以此为借口，再次放弃封禅。正如《资治通鉴》所记载："若天下乂安，家给人足，虽不封禅，庸何伤乎！"此后，虽然又有十几次将封禅之事提上议事日程，但魏徵始终没有再发声，因为他目睹了君臣同力国富民强的巨大变化，或许在他心里，此时的唐太宗已经具备了封禅资格，但终因各种原因，一代圣君唐太宗，至死也未能封禅泰山，未能登上泰山之巅成为他永远的遗憾。

魏徵虽然以犯颜直谏闻名，但在政治能力与智慧方面，并不亚于房玄龄、杜如晦等名臣，他不仅敢说话，而且还很会说话。他之所以能够成为犯颜直谏的典范，当然离不开唐太宗纳谏如流的胸怀。魏徵曾对唐太宗坦言："陛下导臣使言，臣所以敢言。若陛下不受臣言，臣亦何敢犯龙鳞、触忌讳也！"这种赞誉的确是由衷的，也是发自魏徵内心的。同时，这种赞誉也成了君臣之间情感的润滑剂。

正所谓，贤君手下出名臣，昏君手下尽奸臣。不是臣子能力或人品不达标，而是上有所好，下必甚焉。

据史书记载，魏徵对《春秋》公羊学很有研究，这也为他提供了智慧源泉。公羊学，是以《公羊传》解释《春秋》的一门学问，它的特点是着重阐释《春秋》中的微言大义。另外，魏徵来自社会底层，他更能了解百姓疾苦和心思，所以他能见人之所未见，言人之所未言。

贞观十五年（641年），唐太宗派遣使者出使西域，准备册立西突厥叶护可汗。西突厥的大本营在碎叶城，也就是今天的吉尔吉斯斯坦托克马克城，是唐王朝经营西域的"安西四镇"之一。长安距离碎叶路途十分遥远，去一趟十分不易，时有大臣向唐太宗建议说："陛下，使者跑那么远，只为册立可汗一事太可惜了。中亚一带盛产良马，可以顺便给朝廷买些马匹，这样一举两得，何乐而不为呢！"唐太宗听后觉得很有道理。于是，决定采纳这一建议。

魏徵得知后，立即劝谏说："陛下，现在我朝是以册立可汗的名义出使西域的，而今可汗尚未册立，就去西域买马，突厥人一定认为我们出使的目的就是买马，而不是专程前去册立可汗。如此一来，可汗虽然被册立了，但他也不会对陛下您感恩。其他诸国，也会看不起我们大唐。"唐太宗觉得魏徵讲得十分在理，于是下令停止买马，派使者专程前去册立可汗。

贞观十年（636年），是唐太宗生命中极为重要的一年，这年七月二十八，他的佳偶、良佐——大唐王朝的长孙皇后在太极宫立政殿病逝，年仅三十六岁，对他打击巨大。唐太宗非常爱长孙皇后，将其安葬在昭陵。长孙皇后入葬后，唐太宗思念亡妻心切，于是就在宫中修建了一座高台层观，他一有空就登到层观之上，遥望昭陵，以解心中悲苦，有时还会让大臣陪同悼念。

魏徵作为最负盛名的一代名相，在他看来皇帝的一言一行，都是德被天下的表率，臣民效法的楷模，不能有丝毫差错。有一天，唐太宗带着他一起登上层观，指着昭陵的方向问他："看到那边是什么了吗？"魏徵说：

"陛下，臣老眼昏花，看不到。"唐太宗大惑不解说："那是昭陵！这么明显你怎么看不到呢？"魏徵说："陛下说的是昭陵，为臣看到了，臣以为陛下要臣看的是高祖献陵呢！"献陵，是唐高祖李渊的陵墓，魏徵暗示唐太宗作为一国之君，思念亡妻到了这种程度，都超过思念父亲了。

唐太宗闻之提及先皇，先是一怔，随即明白过来，知道魏徵这是在提醒他，不要只顾思念亡妻而忘了父亲。于是，他含泪下令拆掉层观，不复登焉。由此留下了"望陵毁观"的典故，被后世传为佳话。尽管唐太宗追思妻子的行为有悖当时的礼教，但却是一个天子的真情流露。

6

唐太宗对长孙皇后感情深厚，从他俩为儿子取名上，也不难看出这一点："承乾"有着承载乾坤、继承大统之意；"泰"有着国泰民安之意；"治"则有治理天下之意。

魏王李泰，是唐太宗的第四个儿子，宠冠诸王，唐太宗最宠爱李泰。那么，到底宠爱到什么地步呢？《旧唐书·李泰传》这样记载："又以泰腰腹洪大，趋拜稍难，复令乘小舆至于朝所。其宠异如此。"

贞观十二年（638年），有人向唐太宗上奏说，朝中魏徵、房玄龄等一些三品以上的大臣，对魏王李泰不够尊重。唐太宗一听自己心爱的儿子受到委屈，雷霆震怒之下，二话不说，立刻把这些大臣召集到齐政殿，严词质问道："难道以前的天子是天子，现在的天子不是天子吗？以前的天子儿是天子儿，现在的天子儿不是天子儿吗？"房玄龄等人被吓得不敢说话，赶紧磕头谢罪。唯有魏徵严肃正色回应，仗义执言。他说："从古至今，亲王列在三公之下。现在三品都是天子列卿和八座之长，为亲王下车，不是亲王所应当受的礼。求之于旧例，又没有可以作为凭证的依据；施行于现在，又违背了国法。"

唐太宗说："国家所以立太子，是准备他将来做国君的。然而人的长短，不在老少，假如没有了太子，那就依次立太子同母的弟弟。这样说来，你们怎么能轻视我的儿子呢？"魏徵说："殷代崇尚质朴，有兄长去世其弟即位的礼义；自周以来，立太子必是嫡出长子，以杜绝各个兄弟的私念，堵塞祸乱的根源，这是国君应当十分慎重的事。"唐太宗自知理亏，承认自己是因为私爱而忘掉了公义。

创业不易，守成更难，在中国历史上不乏这样的教训，这也是唐太宗开启"贞观之治"后一直思考的问题。贞观四年（630年）十二月，李承乾的嫡子李象出生，因为皇孙诞育之喜，唐太宗在临华殿大宴三品以上的朝臣，酒酣耳热之时，他问群臣："诸位爱卿，你们说说是创业难还是守成难？"尚书左仆射房玄龄回答说："隋末天下大乱，群雄竞起。陛下身经百战，历经重重危险，才打下今日江山，自然是创业更难。"魏徵则回答说："帝王刚开始创业的时候，都是天下大乱。乱世方显英雄本色，也才能获得百姓的拥戴。而得到天下之后，渐渐有了骄逸之心，为满足自己的欲望，不断滥用民力，最终导致国家衰亡。以此而言，守成更难。"

唐太宗听罢颇有感慨地说："玄龄当初跟朕打天下，出生入死，备尝艰苦，所以觉得创业难。贞观以来，魏徵与朕一起治理天下，担心朕生出骄逸之心，把国家引向危亡之地。尽心对我，进献忠直的劝告，安国利民，敢于冒犯国君尊严直言规劝，纠正朕的过失的，只有魏徵一人而已。所以，我觉得守成更难，朕跟大家一起谨慎面对吧。"说罢，他解下佩刀，赐给魏徵和房玄龄。

唐太宗作为一代圣君，虽然开创了"贞观之治"，但他并非不食人间烟火的神仙，也是一个有着七情六欲的凡人。人性的弱点、缺陷，同样也会在他身上体现。晚年的唐太宗，渐渐滋生自满情绪，开始有些骄奢忘本，安于享乐，大兴土木，相继修建了翠微宫、玉华宫等富丽堂皇的大型宫殿。于是，就有大臣上奏疏说："陛下，您这样大兴土木，会加重老百姓的负担。"然而，唐太宗却认为老百姓不做事才会产生惰性。贞观十一年（637年），五个月内，魏徵又连上四道奏疏，劝谏唐太宗"鉴彼之所亡，念我之所以保"，励精政道，巩固统治，善始善终。

两年之后，魏徵再上《十渐不克终疏》，指出唐太宗十个方面的不足，恳请他改正，继续保持贞观之初的优良作风。在《十渐不克终疏》中，魏徵首先指出，古代帝王建立王业后，为了把政权"传之万代"，必先扬淳朴而抑浮华，贵忠良而鄙邪佞，绝奢靡而崇俭约，重谷帛而贱珍奇。政治清明，国家安定。唐太宗在贞观之初"抑损嗜欲，躬行节俭"，那时"内外康宁，遂臻至治"。但近年来，稍乖曩志，"敦朴之理，渐不克终"，具体表现在十个方面：无为无欲之风渐坠，好奢纵而忘卑俭，骄侈劳人之事日多，近小人而远君子，好尚奇异，求贤之心日衰，畋猎为欢，君臣关系淡薄，傲气日增，不关心人民疾苦。最后，魏徵劝谏唐太宗"思而改之，与物更新"。奏疏条分缕析，词正理直，有理有据，气势雄浑，分析透彻入微。就连唐太宗读后，也由衷发出"深觉词强理直"的感慨。

古往今来，帝王在接班人的选择上都是慎之又慎，因为这是关系到帝王政权"传之万代"的大事。贞观后期，太子李承乾不学习德行和术业，宠幸太常乐人，私引突厥入宫，唐太宗为此十分生气。贞观十六年（642年）二月，深受唐太宗宠爱的魏王李泰，将其主编的《括地志》献上，唐太宗如获至宝，不仅将这部著作收藏进皇家藏书阁，还接二连三赏赐李泰，甚至超过太子的规格。于是，再次引发热议，"兄弟夺嫡"的传言四起，唐太宗听后，十分生气。

李承乾固然让他备感失望，但为了把李承乾培养成合格储君，唐太宗已经付出很多心血，他根本没有废太子之意。唐太宗就对侍臣们说："当今朝臣忠诚正直的，没人能超过魏徵，我派他辅佐皇太子，以杜绝天下怨言。"唐太宗煞费苦心，任命魏徵为太子太师，此举意在告诉众人，朕是不会废掉承乾太子之位的。老臣魏徵自称有病推辞，唐太宗说："汉初的太子以四老为辅佐，我现在依靠您，也是这个道理。知道您患病，您卧病也可以保全太子。"由此，不仅可以看出唐太宗作为一个父亲的良苦用心，也可以看出他对老臣魏徵的绝对信任和依赖。

贞观十七年（643年），魏徵病逝，唐太宗亲临吊唁，废朝五天，并亲自刻书碑文。痛失重臣良相的他，第一次感受到孤独无援的寒意，而此时那些蕴积数年内忧外患的各种矛盾也纷纷暴露出来。这一年，日益狂悖骄躁的李承乾，在试图暗杀李泰失败后，竟然蓄意逼宫谋反，唐太宗将其废为庶人，流放于黔州。同时，幽禁魏王李泰于北苑，册立晋王李治为皇太子，从而避免了历史上不胜唏嘘的"玄武门之变"的一幕再次上演。

同是这一年，唐太宗认为"天下大定，唯辽东未宾"，决定出兵远征高句丽。两年后又御驾亲征。"太宗之定天下，多以出奇取胜，独辽东之役，欲以万全制敌，所以无功。"然而，作为大唐战神的唐太宗，这次却无功而返，唐军死伤无数，战马损失十之七八。"魏徵若在，不使我有是行也。"患难思忠臣，唐太宗不得不发出这样的慨然叹息。

天地英雄气，千秋尚凛然。透过那些泛黄的史册，感怀与思考，寻找与追问，后人看到的是起伏跌宕的贞观年间，唐太宗与魏徵君臣携手、励精图治、以礼安邦、以德治国的壮美画卷。贞观佳话，遗泽后世，已成为中华民族不可或缺的重要遗产！

文德贤后

生为将军女，长作帝王妻。子孙皆富贵，百代共仰之。从少年夫妻到贤德帝后，从百废待兴到贞观之治，长孙皇后陪着唐太宗从容走过刀尖舔血的岁月，踏上"贞观之治"繁花似锦之路。她去世后，谥号"文德皇后"。"文德"二字，充分彰显出她生命的优雅和美德。

|

贞观二年（628 年），大唐王朝掌权者唐太宗，悲悯宫女实在可怜，决定特赦三千宫女出宫，使之"任求伉俪"，留下一桩千年佳话，而促使他做出这一英明决策的，正是长孙皇后。

俗话说，成功男人的背后，必定有位贤惠的女人，唐太宗这样的一代明君自然也不例外。从太原起兵到征战四方，从"玄武门之变"到登基为帝，从开门纳谏到"贞观之治"，透过唐太宗波澜壮阔的一生，长孙皇后如影随形，无处不在，她禁得住平淡，陪着太宗皇帝从容走过那些刀尖舔血的岁月，踏上"贞观之治"的繁花似锦之路，可谓功不可没。

在中国历史上，有据可查的皇后就有四百多位，长孙皇后无疑是其中少有的一代贤后，用唐太宗的话说，长孙皇后就是他的"佳偶""良佐"。

大业九年（613 年），十三岁的长孙皇后嫁给了大她三岁的唐太宗李世民，到贞观十年（636 年）因病去世，芳华不过三十余载，却能流芳千古。她究竟有着怎样的魅力，让叱咤风云的大唐帝王，独独为她的香消玉殒而痛哭流涕呢？翻开历史华章，拂去千年岁月积淀的尘埃，在历史跌宕的夹缝中，后人仍然能够感受到长孙皇后与一代明君唐太宗穿越千年的爱情传奇。

仁寿元年（601 年），隋朝大兴城，一位富有传奇色彩的女性诞生，她便是后来的长孙皇后。同是这一年，隋炀帝借助于宗教迷信，以粉饰天下太平，而步入毁灭前的疯狂。这年二月初六，大兴城右骁卫长孙晟将军府邸，喜气萦绕，随着一声清脆啼哭声，长孙晟喜添幼女。此时，无论是至高无上的帝王将相，还是乡野布衣的凡夫俗子，都在虔诚地为天下难得的"太平盛世"而顶礼膜拜。

隋文帝杨坚诏告天下："朕皈依三宝，重兴圣教，思与四海内一切人民俱发菩提，共修福业。"在大隋帝王的号召之下，一场轰轰烈烈的崇佛运动拉开大幕。在推崇佛教的狂热洪流中，豪贵世家给孩子取名，也大都多了一些佛教色彩。顺应时代潮流，长孙晟和夫人便给宠溺宝贝起了"观音婢"的名字，意为观音菩萨身旁的侍女，希望能够借助慈悲佛法的力量，保佑襁褓中的长孙幼女一生平安。

长孙皇后是鲜卑族人，祖籍洛阳。虽然幼时她的真实名字，史书未曾记载，但她出身的长孙家族却是赫赫有名。从北魏至隋唐，都是政治舞台上的中坚力量，其家族与各政权关系十分密切，可谓家学渊源，能人辈出。《北史·长孙晟传》曾记载："尝有二雕飞而争肉，因以箭两只与晟，请射取之。晟驰往，遇雕相攫，遂一发双贯焉。"这就是"一箭双雕"典故的来历，而射雕之人，正是长孙皇后的父亲长孙晟。

长孙晟，在隋文帝时期曾任右骁卫将军，此人在军事外交方面颇有建树。据史书记载，长孙晟一生同突厥交往长达二十余年，虽未指挥过大的战斗，但凭借他出众的谋略，为分化瓦解突厥，保持隋朝北境安宁，促进民族融合作出了重大贡献。据说，突厥听闻他的弓声，以为是霹雳，见到他骑马，以为是闪电。尽管这些有一定的虚夸成分，但从中也可以看出他在打击突厥对隋朝北境骚扰方面的影响。因此，长孙家族也就有了"霹雳堂"的堂号。

长孙皇后的母亲高氏，也是名门之后，是北齐乐安王高劢之女，所以用"门传钟鼎，家世山河"来形容她的出身一点也不为过。当然，最让长孙家族引以为傲的还是两位后起之秀：长孙皇后和长孙无忌，后来都成为"贞观之治"的扛鼎人物。

世家显赫，名门望族，长孙皇后自幼耳濡目染，注定了她卓荦不凡的一生。她虽然出身富贵，却从未骄纵跋扈。她不仅相貌美丽大方，而且知书达理，喜读经史子集，行事谨遵礼法，深受长辈喜爱。倘若她能够一直这样现世安稳地生活下去，她的人生也只是荣华富贵平淡无奇而已，但将门之后的她，偏要经历一番坎坷磨砺，成就自己非同寻常的人生。

长孙皇后人生中的第一次考验，就是从父亲长孙晟撒手人寰开始的。大业五年（609 年），长孙晟突然病逝，时年五十八岁。史书记载，长孙晟去世，隋炀帝深表悼惜，并赐予丰厚祭品。长孙晟过早离世，留下续弦高氏和十二岁的长孙无忌以及八岁的长孙皇后，一家三口孤苦相依，虽然生活清苦，但不缺温情。可是，长孙皇后同父异母的哥哥长孙安业，为继承爵位和家业，却将母子三人逐出家门。然而，幸运的是舅舅高士廉（凌烟阁二十四功臣之一）接纳了她们娘仨，并与之厚待。失去父亲庇护的长孙皇后，顿觉世态炎凉，生之艰难。尽管有舅舅照顾，但对于长孙兄妹而言，终究是寄人篱下，由此小小年纪的长孙皇后与同龄人相比，骨子里便多了几分韧性和成熟。

正所谓"忧患增人慧，艰难玉汝成"。多年之后，长孙皇后在面对危难时，能够游刃有余机智应对，持续为唐太宗加持，不得不承认与她年少时苦难的经历有关。正是因为经历了常人难以想象的苦难和磨炼，所以她变得更加玲珑通透，智慧大义。

长孙家族对乖巧伶俐的长孙皇后的婚事非常上心，她的伯父长孙炽也是隋朝名将，曾以五千精骑大破吐谷浑。长孙家族与唐高祖李渊家族同为关陇贵族，长孙炽与李渊自然而然也多了些互相欣赏的情分。长孙炽早就听说李渊夫妻是大义开明之人，尤其是李渊的妻子窦氏睿智大气，年幼时曾力劝其舅舅，也就是当时的北周武帝宇文邕，以大局为重，善待突厥皇后的事，更是让他赞叹不已。长孙炽曾对弟弟长孙晟说："李渊出身名门，妻子窦氏明断睿智，夫妻俩培养出来的儿女肯定错不了，咱们应该与李家联姻。"

其实，长孙晟和李渊都是当时有名的神箭手，他们之间早就惺惺相惜。于是，长孙晟就听从哥哥之言，在其撮合下，年幼的长孙皇后便与唐太宗李世民定下姻亲。可是，婚姻约定不久，长孙晟就撒手人寰。大业九年（613年）正月，父丧期满，十三岁的长孙皇后刚刚及笄，便在舅舅高士廉的操持下，与十六岁的唐太宗喜结良缘，开始了互爱互信相知相伴的一生。

从此，在长孙皇后的生命里，山河远阔，人间星海，所有故事里都有一个他。这对少年夫妻，注定要相互扶持，走过一段不平凡的人生之路，就算凶险万分，却因彼此牵绊而心安。患难之间，逆境之中，互相安慰，彼此激励，感情越发浓厚，长孙皇后逐渐成为最懂唐太宗的那个人。

"世事洞明皆学问，人情练达即文章。"花季少女的长孙皇后，当她满怀憧憬赶赴一场美好新生活之约时，接踵而来的家庭变故，却让她稚嫩的肩膀不得不扛起家庭重担。

婚后不久，长孙皇后与丈夫李世民，一起跟随担任怀远镇督粮官的父亲李渊，加入隋炀帝第二次征讨辽东的残酷战争中。前方战事不断吃紧，随军出征的窦氏在涿郡意外病倒，不幸于大业九年（613年）五月撒手人寰。然而，祸不单行，因为杨玄感的谋反，参与起兵的兵部侍郎斛斯政逃亡高句丽，与其交好的高士廉受到牵连，被隋炀帝一纸诏令，贬至岭南朱鸢县。

新婚不久的长孙皇后，被接踵而至的变故，推到了人生苦难的十字路口。一方是生母刚刚过世，一方是舅舅横遭劫难，这对小夫妻在逆境中，互相安慰，彼此扶持。初为人妻的她，在没有婆婆指导和妯娌帮衬下，恪守妇道，完成了她人生第一次角色的完美转变。

2

大业十三年（617年），杨广敕令李渊为太原留守，李世民和长孙皇后再度随父赴任，举家迁居晋阳（今山西太原）。

因为深爱，所以不忘；因为深情，所以想念。唐高祖李渊用一生深情，换来了半世寂寞。窦氏去世后，他没有再娶正房，儿子李建成和李元吉此时又不在太原，李府里里外外一切家务都落在长孙皇后稚嫩的肩上。她耐心细致照顾公公，任劳任怨打理家务，十七岁的她，面面俱到，井井有条。在公公李渊的信任和丈夫李世民的爱护包容下，她度过了一段幸福的时光。

生活教人谦卑，苦难指引前行。将这句话放在长孙皇后身上，再恰当不过了。历经生活磨难之后，她与同龄女子相比，对人情世故懂得更多。尽管她手无缚鸡之力，无法在疆场上襄助李世民一臂之力，但她却在背后竭尽全力默默支持。为了给家人祈福,她筹资重修太原玄中寺,并经常在寺中祈福。久而久之,李家的声望和长孙皇后的仁德,随着寺庙洪亮的钟声传扬,在太原百姓心中扎下了根。

生逢乱世,即使命运如蝼蚁,也要心向阳光。长孙皇后就是这样一个心中充满阳光的人。隋末暴政,民怨沸腾,反隋势力纷纷揭竿而起,群雄纷争不断。二十一岁的李世民,跟随父亲李渊在晋阳起兵,一路东征西讨,过着刀尖舔血的生活,颠沛辗转,最后占据关中建立大唐。随后,又与王世充、窦建德等豪强争战,短短数年间就平定了天下。在那些戎马征战的岁月里,长孙皇后紧随其后,沏茶洗衣,事无巨细,竭力照料丈夫的生活起居,使之在繁忙战事之余,能够得到无微不至的抚慰,赢得一场又一场战争的胜利。

义宁二年(618年)五月二十,李渊登基为帝,国号唐,改元"武德"。六月初七,李世民受封为秦王,十八岁的长孙皇后也被册封为秦王妃。大唐之初,天下未平,王朝势力范围也仅限于关中和河东一带,作为主帅的李世民,依然是马不离鞍,人不卸甲,东征西杀,常年征战。作为秦王妃的长孙皇后,则在后方敬老爱幼,深得公公唐高祖认可。她随李世民戎马生涯期间,添儿生女,夫妻俩收获了不少喜悦。唐高祖以过继给早夭嫡子李玄霸为名,将长孙皇后的儿子李泰,晋封为卫王、上柱国。

打天下难,守天下更难,没有谁可以永远站在顶峰。随着李世民先后讨平薛举父子、刘武周、宋金刚、窦建德和王世充后,更是厥功至伟。武德四年(621年)九月,李世民受封为天策上将,兼任司徒、陕东道大行台尚书令,位在王公之上。

此时,身兼数职的李世民,威望势力直逼太子李建成,功高震主,难免被猜忌。由此，兄弟之间的内部矛盾，也渐渐上升为你死我活王权争斗的敌我矛盾。加之此前秦王府上下，对后宫多有得罪，李建成和李元吉便抓住嫌隙，与后宫妃嫔联手密谋，在唐高祖面前谗害李世民，兄弟间终于反目成仇。眼看在外浴血征战的丈夫，与贵为皇帝的公公日渐疏远，还是秦王妃的长孙皇后，已经洞察到四伏的危机，决定主动出击。她时常行走宫中，孝顺高祖李渊，结交嫔妃，以此缓和矛盾，弥补父子嫌隙。在她竭力弥补下，再加上尚书右仆射萧瑀和太子少保李纲等人的鼎力支持，唐高祖李渊这才没忍心对李世民痛下杀手，为日后李世民绝地反击赢得了宝贵时间。

冰冻三尺非一日之寒。其实，早在武德二年（619年），因为刘文静事件，唐高祖就曾经"冰封"过李世民，后因战事接连不断，才不得不一次又一次起用他。事平之后，却又对战功显赫的李世民更加猜忌。这就是一个真实的帝王李渊，一个真实的父亲。

武德后期，太子李建成和齐王李元吉频频出手，再加上唐高祖猜忌日甚，李世民的处境愈加艰难危险。凑巧的是武德七年（624年）六月，又发生杨文干事件，推波助澜，唐太宗与李建成两败俱伤，双方斗争进入白热化阶段。一个月后，突厥再度寇边，大唐危急，在李建成和大臣的蛊惑下，唐高祖甚至准备迁都躲避突厥征伐。王朝生死存亡之际，唯独李世民冒死直谏，他认为夷狄之患不足为惧，遂向唐高祖请兵出征，最终唐高祖准了他的请求。李世民在前线为大唐社稷与突厥兵锋相见，李建成与后宫嫔妃乘机杜撰谗言，诬陷其谋兵权以篡位，使唐高祖再起疑心。

李建成和李元吉，一边笼络后宫嫔妃，试图搅乱宫廷这潭浑水，一边联手算计李世民，几次预置其于死地。有一天，唐高祖兴致大发，带着他们兄弟几个到长安城南狩猎。李建成认为机不可失，就为唐太宗"精心准备"了一匹性情刚烈、体壮膘肥的胡马，企图摔死他。但让李建成大失所望的是，这匹烈马竟然被驯服了，而且李世民毫发无损。

一计不成又生一计。李建成以妄言"天命"为由，让后宫嫔妃借机诬陷李世民。唐高祖大为恼火，但此时边境不宁，才不得不暂时按下此事。之后，李建成又在东宫设宴，置毒酒加害李世民，不成！再与李元吉密谋，准备在昆明池暗杀李世民，并乘机逼宫……

3

李建成步步紧逼，秦王府与东宫之间的矛盾持续加剧，长孙皇后越发警醒，她有种摆脱困境的紧迫感。武德九年（626年），这位一直默默守护在李世民身后的亲王妃，也不可避免地卷入到那场震惊帝国的风暴中，面对煞气逼人的刀光剑影，她依然义无反顾地站在丈夫李世民身边。

武德九年（626年）六月初三，金星再次白天出现在天空正南方午位，当唐高祖将傅奕密奏的"秦王当拥有天下"的信息告知李世民后，生死存亡之际，李世民终于下定决心。第二天凌晨，趁着夜色的掩护，率领秦王府将士设伏玄武门，而此时长孙皇后也紧随其左右，生死与共。

《旧唐书》记载："时太宗功业既高，隐太子猜忌滋甚。后孝事高祖，恭顺妃嫔，尽力弥缝，以存内助。及难作，太宗在玄武门，方引将士入宫授甲，后亲慰勉之，左右莫不感激。"从这段史料中，后人可以看到长孙皇后危难之际不离不弃的身影。"后亲慰勉之，左右莫不感激。"从史书记载中不难发现，长孙皇后不仅参与了"玄武门之变"，而且在政变结束后，她还以自己独有的智慧和温柔，从容慰勉将士，为之后的权力交割铺垫道路，用实际行动诠释对丈夫李世民的全力支持，体现出生死与共的选择态度。纵观她多年来对唐太宗的帮助，虽没有惊天动地的震撼，却有润物细无声春风化雨的行动。正是因为有了她无所畏惧的生死相随，才愈发激励李世民勇往直前，直至取得"玄武门之变"的完胜。

武德九年（626年）六月初七，李世民被册立为皇太子，长孙皇后既为太子妃。两个月后，李世民登基为帝；又十三天后，长孙皇后被册封为皇后。

唐太宗君临天下，百官朝贺，看似祥瑞，但"杀兄逼父"的恶名却压得他透不过气来。贤淑睿慧的长孙皇后知道，皇权之下，孰是孰非早已不再重要，重要的是如何给天下百姓一个满意的交代。她动之以情，晓之以理，劝慰唐太宗："现实无法改变，但陛下贤能，可以通过治国造福百姓。"劝诫唐太宗只有做一代明君，才能恩泽天下；只有兴盛王朝，历史才会公正评判。字字句句如春风细雨，悄然化开唐太宗心中的郁结。

"人歌小岁酒，花舞大唐春。"从此，前殿唐太宗，后宫长孙皇后，明君贤后，交相辉映，贞观盛世由此开启。因为筚路蓝缕，才会倍加珍惜；因为智慧处世，方能通透达观。长孙皇后贵为一国之母，却一如从前，她始终保持清醒。一年四季，书不离手，以史明心，以仁待人。唐太宗登基之后，对长孙皇后仍是情深义重，对其家族常常恩遇逾制。长孙皇后的哥哥长孙无忌，文武双全，与唐太宗为布衣之交，辅佐其立下过卓著功勋，被视为心腹，可以自由出入皇宫内室，甚至位列凌烟阁二十四功臣之首。

唐太宗几次欲任命长孙无忌为尚书右仆射，都遭到长孙皇后的坚决反对。她说："妾既然已托身皇宫，位极至尊，实在不愿意兄弟再布列朝廷，以成一家之象，汉代吕后之行可作前车之鉴。万望圣明，不要以妾兄为宰相！"但唐太宗却认为长孙无忌文武兼备，实至名归，他自己也是完全出于"任人不避亲疏，唯才是用"，才决定委以其重任的。长孙皇后见无法说服自己的丈夫，便转而做哥哥的思想工作，要他坚决辞职。最后，拗不过长孙皇后的坚持，唐太宗只得收回成命，将其擢升为从一品开府仪同三司，让长孙无忌得以闲职高薪退避宰执之位。

长孙皇后对外戚之事一直以前代为鉴，她临终前仍不忘嘱托唐太宗不要给予她家族太多。她认为自己的家族，有幸结为皇室姻亲，已是很大荣幸，族人并非都是才德出众之人，如果委任他们要职，很容易出事。想要长久无忧，平平安安，就不能让他们担任要职，只需以外戚身份觐见，已是极大幸事。古往今来，很多帝王后妃，又有谁不希望自己的家族势力越来越强大呢？只有长孙皇后居安思危，汲取前车之鉴，实为罕见。

从中可以看出，一方面，长孙皇后贤惠淑德，语不及私，以天下为重；另一方面，她聪慧过人，能够意识到外戚干政的巨大危害，清醒认识到外戚干政没有好下场。未雨绸缪，她这样做无疑是对其家族的一种约束和保护。结合她的做法，再联系到显庆四年（659年）长孙无忌被人诬陷，削爵流放黔州（今重庆彭水），最终落了个自缢而死的下场，足见长孙皇后的非凡远见和过人智慧。

长孙皇后不仅约束家人，对自己也是严格要求，她并不一心争宠，反之对后宫妃嫔非常宽容和顺，经常规劝唐太宗要公平对待每一位妃嫔，因此唐太宗时期，后宫很少争风吃醋。长孙皇后虽然出身显贵之家，作为皇后富盖天下，但她却一直遵奉节俭简朴生活方式，衣服、用物从不追求豪奢华美，饮食宴请也从不铺张浪费，因而带动了后宫的朴实风尚，为唐太宗励精图治做出了榜样。

古往今来，作为至高无上的帝王，右手握着天下，左手握着女人，左右手碰到一块是难免的事，所以后宫干政，便成为封建王朝难以铲除的毒瘤。然而，长孙皇后却把尺寸拿捏得很准，她不愿以自己特殊身份干预国家大事，有着自己的处事原则：男女有别，应各司其职。说白了就是该女人管的事她管，不该女人管的她从不插手。

闲暇之余，唐太宗和长孙皇后聊天，有时难免说起国家大事，但只要提到军国大事，她就立刻闭嘴不谈，以女子不干政为由而回避。她曾对唐太宗说："'牝鸡司晨，家之穷也，可乎？'帝固要之，讫不对。"意思是说，如果母鸡负责早晨打鸣，其家就会穷困，这怎么能行呢？有时唐太宗再三征询她意见，她也是避而不答。

4

《诗经·大雅·烝民》曰："夙夜匪懈，以事一人。"意思是说，努力工作，一刻也不懈怠，全心全意侍奉君王。

长孙皇后除了帮助唐太宗成为一代明君外，在生活上也是格外关心他，可以说是生死相随。唐太宗登基不久，有一次生了重病，长孙皇后昼夜不离左右，悉心照料。她和唐太宗自少年结发，共同进退十余年，即使武德末年，生死攸关之际都不离弃，因感念丈夫对自己的真心实意，她将毒药系在腰间，随时做好"若有不讳，亦不独生"的打算。如果唐太宗不幸辞世，她也绝不独活，感情之深，撼天动地。

贞观八年（634年），帝后生死相依的情景再度出现。有一天深夜，唐太宗的姐夫、大将柴绍，突然来九成宫报告说，外面发生骚乱。唐太宗闻讯立刻穿上铠甲，准备外出应对，同室就寝的长孙皇后见丈夫全副武装，便不顾自己病体虚弱，立即紧跟而出。左右都竭力劝说她以身体为重，然而长孙皇后心念丈夫，不顾自身病情，执意随从唐太宗一同前往。誓言无须表白，正是这多少次危难中的生死相随，才有了她与唐太宗相知相守的浓情深意，无论夫妻俩身份如何改变，都始终不渝。这就不难理解，当长孙皇后香消玉殒后，唐太宗为何为其黯然神伤了。

贞观之初，突厥压境，霜旱为灾，唐太宗夙夜难安，一心求治。面对百官的直言诤谏，他虽大多能虚心听取，但毕竟天威浩荡，忠言逆耳，偶有言辞激烈者也不免令他龙颜大怒，甚至暗动杀心。然而，不管是面对犯颜直谏的宰辅重臣，还是麻痹大意的仆役马夫，每当唐太宗面露凶光时，长孙皇后总是能温言劝慰，将这辆失控的马车重新拉回正常的轨道。

唐太宗之所以能够做到万民称颂，万国来朝，固然是离不开魏徵、房玄龄和杜如晦等朝臣的忠心辅佐，但魏徵等人之所以能"百谏不死"，其背后也就是因为有长孙皇后的默默襄助。长孙皇后知道唐太宗为君不易，虽然在纳谏上已经做得非常出色，但难免有疏忽不及的地方。况且，唐太宗是性情中人，谏臣众多，被冲撞也在所难免，盛怒之下，很容易出现过失。所以，她虽从不主动出面干涉朝政，但对丈夫的事业却是全力支持，关键时刻总能发挥其柔性力量，安抚丈夫，护佑贤良。

有一次，唐太宗兴致突发，带着护卫近臣，准备郊外狩猎。出宫时正好遇上魏徵，魏徵问明情况，当即谏言他："眼下时值仲春，万物萌生，禽兽哺幼，不宜狩猎，还请陛下返宫。"唐太宗披挂整齐，兴趣正浓，没想到碰到魏徵这个"愣头青"，劝他回去，他怒气胸中生，心想："我是堂堂天子，好不容易抽出时间消遣一次，就是打一些哺幼的禽兽又能怎样？"于是，他强压怒火，叫魏徵让到一旁。魏徵不肯妥协，仍站在道路中间拦住去路。唐太宗怒气冲冲返回宫中，十分气愤地对长孙皇后说："誓杀此田舍翁！"长孙皇后问："陛下，谁惹怒您？"唐太宗说："魏徵经常在朝堂上羞辱我，这次又阻挠我去狩猎，当众让我难堪，我得找机会狠狠收拾他！"

长孙皇后问明缘由后，既没有顺水推舟出言煽动，也没有唯唯诺诺，而是做了一个奇特的举动，她暂时不理会唐太宗，返回内室，换上只有在重大庆典时才穿的朝服，然后走到唐太宗面前，向他表示祝贺。唐太宗十分惊奇，询问这是何意。长孙皇后则笑着说："我听说主明则臣直，魏徵如此正直敢言，正是因为陛下贤明，我怎能不祝贺陛下呢！"唐太宗听后转怒为喜，之后更加重视魏徵。这便是著名典故"朝服进谏"的来历。

长乐公主李丽质，是唐太宗嫡长女，为长孙皇后所生，深得其钟爱，被视为掌上明珠。那么，长乐公主到底被宠爱到什么程度呢？史书记载，贞观二年（628年），年仅八岁的李丽质被诏封为长乐郡公主，食邑三千户。一个八岁的小孩，就已经享受食邑三千户的待遇，由此可见宠爱之甚。为了亲上加亲，后来唐太宗将长乐公主许配给长孙无忌的儿子长孙冲。

　　唐太宗为了多给长乐公主准备些嫁妆，有一天，他对房玄龄等人说："长乐公主为皇后所生，朕及皇后并所钟爱。今将出降，礼数欲有所加。"房玄龄等人异口同声附和道："陛下所爱，欲少加之，何为不得请倍永嘉公主。"众人请求双倍于永嘉长公主（李渊之女，唐太宗的妹妹）的嫁妆，其实唐太宗要的就是这句话，欣然同意。然而，此时魏徵却站了出来，反对说："天子姊妹为长公主，天子之女为公主，既加长字，即是礼有尊崇，或可情有浅深，无容礼相逾越。"他认为长乐公主的嫁妆比姑姑永嘉长公主丰厚一倍，此举已经逾越了礼制，不合礼数，对此坚决反对。

　　平时对于魏徵的谏言，唐太宗基本上是言听计从，然而，这一次他却无法忍受。心想："我自己嫁闺女，还不能多给点嫁妆，就不能宠爱一下自己最爱的女儿吗？"于是，他回到宫中，气呼呼向长孙皇后说起此事。长孙皇后听后叹了口气说："我以前听说陛下器重魏徵，却不知道为什么器重，如今才知道，魏徵真的是社稷之臣。我与陛下是结发夫妻，每次说话都还要察言观色，不敢冒犯您的威严。相比于我和你，魏徵的关系相对疏远，却敢犯颜直谏，太难得了，陛下您不可不从！"长孙皇后先是安抚唐太宗，后又大大赞扬魏徵，入情入理。事后，她还特地派人前去赏赐魏徵绢四百匹、钱四百缗，并传她口谕说："听闻你正直，现在见识到了，希望你一直保持，不要改变。"正是因为有长孙皇后背后的鼎力支持，魏徵才会屡次冒死直谏，成为一代著名谏臣。

　　房玄龄作为一代名相，对"贞观之治"也可以说是厥功至伟，唐太宗称赞他有"筹谋帷幄，定社稷之功"。房玄龄能够稳坐贞观宰相二十年之久，背后也离不开长孙皇后的鼎力支持。据《旧唐书》记载：贞观十年

（636 年），正值长孙皇后病重期间，房玄龄因过错被遣回家，长孙皇后知道后，劝谏唐太宗说："房玄龄侍奉陛下时间最久，为人小心谨慎，颇有奇谋秘计，他知道的事情从无泄露，如果不是什么大的过错，希望陛下不要放弃他。"唐太宗觉得长孙皇后说得很有道理，于是决定再次重用房玄龄。

5

自古国家将兴，必有明君临朝。而唐太宗又有贤后作配，对其影响力不言而喻。正是因为有了这样一位皇后，才为后人揭开唐太宗善待功臣的冰山一角：从未杀戮过一位功臣。

据史书记载，长孙皇后喜爱书籍图传，即便是梳妆打扮时，也手不释卷。朝政之外，她和唐太宗经常一起共执书卷，谈古论今，相处颇有闲情逸趣。每次回答唐太宗的提问，她都是从容以对，见解独特，对朝政大有裨益。

有一天，春景正盛，长孙皇后在内苑游玩，见桃花灿烂，嫩柳抽芽，一派欣欣向荣之景，便乘兴赋了一首七言诗《春游曲》："上苑桃花朝日明，兰闺艳妾动春情。井上新桃偷面色，檐边嫩柳学身轻。花中来去看舞蝶，树上长短听啼莺。林下何须远借问，出众风流旧有名。"描写了诗人在上林苑中游春时，所见到的桃红柳绿、莺歌蝶舞的美丽春景，体现了诗人自比"林下之风"的自信精神。唐太宗听后,"见而诵之,啧啧称美"。

"后尝撰古妇人善事,勒成十卷,名曰《女则》,自为之序。"空暇之时,长孙皇后还收集古代皇宫后妃聪颖贤惠、不嫉不妒、母仪天下的卓著事迹,将其汇编成书。她怕学问浅薄的后妃不理解书中内容,就针对书中每一位后妃的事迹进行权威点评,并对后妃提出想要留名青史,各方面必须达到的标准和要求,以此时刻提醒自己和后妃。对于编撰《女则》一事,长孙皇后十分低调,始终没有声张,自谦认为该书缺乏条理,不愿示人,此事连唐太宗都不知道。直到贞观十年(636年),长孙皇后去世后,宫女们整理遗物时,才将此书拿给唐太宗。睹物思人,唐太宗看后失声痛哭,对近臣说:"皇后此书,足可垂于后代。"于是,他诏令将《女则》印刷发行,让天下人都知道长孙皇后的贤淑。据说,长孙皇后还是位丹青高手,可以与张妙净、朱淑真、管道昇等诸位女书法家并称。

由于常年行军打仗,唐太宗脾气难免急躁,后廷之人经常因小事触怒他,长孙皇后深谙丈夫脾性,总能让其熄灭雷霆之怒,从不无故令人有冤。据《贞观政要》记载:唐太宗有一匹非常喜欢的骏马,平常放在宫中饲养。有一天,这匹骏马突然无缘无故死了,于是就迁怒于养马之人,"将杀之"。长孙皇后知道后,并没有直接为宫人求情,而是和唐太宗谈起两人曾经共同读过的一个故事:"从前齐景公因为马死而杀人,晏子当着齐景公的面列出养马人的罪状,说:'你把马养死了,这是第一条罪状;你养死了马而使国君杀人,老百姓知道后,一定恨国君,这是第二条罪状;其他诸侯知道后,一定看不起我国,这是第三条罪状。'齐景公听后,便赦免了养马人。陛下曾经读过的故事难道忘了吗?"听完长孙皇后这番话,唐太宗自然会意,怒气也就消除了。

事后，唐太宗对房玄龄说："皇后用平常的故事来启发影响我，确实很有益。"像养马人这样的宫人，在皇宫内苑里算是极其卑微的人物，但长孙皇后仍然以她的仁慈智慧，拂照他们，从不因他们地位卑微而轻视其性命，正是因为有了这样一位宽和明理的女主人，才使得宫内没有冤屈。

长孙皇后作为母亲，她对孩子要求也十分严格。长子李承乾生性聪敏，太宗"甚爱之"，夫妻俩对李承乾寄予厚望，自幼便将其立为太子。李承乾自小是由乳母遂安夫人养大，东宫日常用度也都是由遂安夫人安排打理，她对太子的溺爱之心，甚至超过长孙皇后，因此遂安夫人屡次要求增加东宫日常用度。她在长孙皇后面前经常唠叨说："太子贵为未来君王，理应受天下之供养，然而现在用度捉襟见肘，一应器物都很寒酸。"希望皇后能帮太子说话，破例供给。但长孙皇后并没有为自己的爱子网开一面，她回应说："身为储君，来日方长，所患者德不立而名不扬，何患器物之短缺与用度之不足？"宫中人知道后，纷纷钦佩长孙皇后的公正与明智。

九成宫，位于今陕西省宝鸡市麟游县新城区，始建于隋文帝开皇十三年（593年），原名为"仁寿宫"，贞观五年（631年）修复扩建后，唐太宗将其更名为"九成宫"。"九成"之意，是指"九重"或"九层"，言其高大。九成宫作为避暑度假胜地，深得唐太宗青睐，每年夏天，他都要和长孙皇后到九成宫避暑。

贞观八年（634年），长孙皇后再次随唐太宗巡幸九成宫，回来路上受了风寒，引发旧日痼疾，病情日渐加重。见此情景，太子李承乾请求大赦囚徒，并将他们送入道观，好为母后祈福祛疾，群臣都随声附和，这次就连耿直的魏徵也没有提出异议。但是，长孙皇后自己却坚决反对，她说："生死有命，富贵在天，非人力所能左右。若修福可以延寿，吾向来不做恶事；若行善无效，那么求福何用？赦免囚徒是国家大事，道观也是清净之地，不必因为我而搅扰，何必因我一妇人，而乱天下之法度！"她深明大义，不愿因为自己而影响国事，众人听后都感动得纷纷落泪。无奈之下，唐太宗只好请普光寺法师昙藏入宫祈福，或是天子诚意所致，长孙皇后身体不久康复。

贞观九年（635年），太子李承乾纳妃苏氏，然而喜悦之后，悲伤也接踵而来，太上皇李渊驾崩，哀痛连连，长孙皇后病情再次加重。早年，长孙皇后生病时，唐太宗曾亲自到玄中寺礼谒禅师，并解珍宝为长孙皇后供养祈愿。这一次，唐太宗决定再次求助于佛家，下诏修复天下名胜古寺三百九十二座，为皇后祈福，然而这次幸运之神却没有再次眷顾。

当大唐扫清外患，海内大治之时，长孙皇后却突然一病不起，行将就木，唐太宗悲痛不已。贞观十年（636年）七月二十八，长安城太极宫立政殿笼罩在凝重悲伤的氛围中，与唐太宗共同走过二十多个春秋的发妻，长孙皇后走到生命的尽头，平静地离开人世，年仅三十六岁。弥留之际，她以顽强毅力殷殷嘱咐唐太宗李世民："亲信君子，远离小人，容纳忠臣良言，不可听信谗言，停止游猎劳役。不要让外戚位居显要位置。"同时，长孙皇后请求死后依山而葬，不许起坟，俭薄送终，一切从简。两眼通红的唐太宗，瘫坐在病榻前，握着长孙皇后的手，久久不肯松开，尽管他有"天可汗"的勇武之力，却无法将自己的"佳偶""良佐"拉回人间。

"曾经沧海难为水，除却巫山不是云。"长孙皇后是一个几乎用尽一生关怀和支持自己丈夫的女人，不管是在腥风血雨的存亡之秋，还是在行将就木的病榻之侧，她的一生别无遗憾，或许在生命最后的日子里，唐太宗的日夜相守，才是她唯一的心灵慰藉。

长孙皇后的离世，让唐太宗悲伤不已，他对侍臣们说："我岂不知道皇后之崩是天命而不得不割情？只是一想到失去的贤妻良佐，我就依然克制不住悲伤！"

6

一场相遇，一生相爱；一场别离，一生想念。唐太宗无数次独自伫立于立政殿内，触摸神思，睹物思人，曾经的爱人永远活在他心里。唐太宗下诏，遵从长孙皇后遗愿，营山为陵，是为昭陵，并作为祖制，以传后世，以此开创大唐以山为陵的先河。四个月后，唐太宗为其上谥号"文德皇后"，入葬九嵕山。长孙皇后出殡时，唐太宗"亲临宵载，义追深远"，亲自撰写碑文，命人刻六骏雕像立于昭陵。唐太宗李世民认为仅在寝宫陵殿内安奉皇后还是不够的，于是，他又命人在陵殿外的栈道上修建宅舍，让宫女太监住在那里，如侍奉活人一般侍奉长孙皇后。

长孙皇后去世后，唐太宗就开始筹划将来与她合葬事宜，决意将来与爱妻同穴而眠。贞观十一年（637年）二月，唐太宗颁布《九嵕山卜陵诏》，除明确规定把昭陵作为自己和皇后合葬的陵墓外，还号召文武功臣及皇亲国戚死后陪葬，从此开国功臣陆续葬入昭陵。

在古代，对重要历史人物功过是非的评价，往往会用一个字或几个字来定论，高度概括此人的生平事迹，这几个字就被称为"谥号"。在唐朝之前，复谥是非常少见的。长孙皇后仙逝后，唐太宗为其直接上复谥"文德"，"文""德"皆为美谥。在他心里，仅有"德"的单谥，并不足以表达长孙皇后的美好，只有再加上唐人最为尊崇的"文"，才能够表现出长孙皇后的盛德。后来，唐高宗李治登基后，再加谥母亲长孙皇后为"文心顺圣"皇后。

唐太宗不仅将文德皇后长孙氏神主供奉在太庙，与祖考同享天子七庙，之后还追福建庙不断，搜访道林，度人出家，为她祈福。贞观十五年（641 年），唐太宗诏令高僧道宣为长孙皇后造供养经。同一年，李泰在洛阳龙门山开凿佛窟，为母亲长孙皇后追福，佛窟修好后，唐太宗命中书侍郎岑文本撰文，起居郎褚遂良书写，刻发愿文《三龛记》于石碑之上，这就是著名的《伊阙佛龛碑》，立于贞观十五年（641 年）十一月，是龙门石窟形制最大的摩崖碑刻。碑文叙述了李泰在母亲去世后，思念母亲恩德，以及在龙门造佛像的经过。不可否认，李泰此次造像的确有讨好父亲、与长兄李承乾竞争之意，然追思母恩也是笃定毋庸置疑的。

贞观十六年（642 年），唐太宗命人在太平观为长孙皇后造元始天尊像，"二真夹侍，拟香园之妙，写空歌之仪"，以此为爱妻追福。为了缓解思忆之苦，后来他还在宫中建起楼观，每每登上观台，眺望皇后的陵墓，都是热泪盈眶，思念不已。后来还是在魏徵的提醒之下，才哭着下令拆掉楼观。尽管他这样追思妻子的行为有悖礼教传统，但却是一个天子的真情流露，楼观虽然拆除了，但唐太宗对爱妻的思念却并没有因此而停止……

李治一直懂得父亲对母亲的深深思念，他自己也经常回忆母亲生前的种种慈爱，贞观二十二年（648 年），他决定"思报昊天，追崇福业"。于是，在父亲唐太宗的支持下，在长安城里修建起一座宏伟的寺院，起名"大慈恩寺"，以此来纪念母亲。据说，大慈恩寺规模宏大，有十几个院落，一千八百九十七间房屋，云阁禅院，重楼复殿，宏丽豪华，唐玄奘称其"壮丽轮奂，今古莫俦"。大慈恩寺由唐玄奘主持，领管佛经译场，他在此创立了汉传佛教八大宗派之一的唯识宗，大慈恩寺也由此成为唯识宗祖庭。

自长孙皇后去世，到唐太宗病逝的十三年间，为长孙皇后祈祷活动一直没有停止。李治登基后，玄奘认为大慈恩寺是他为母亲追思所建，此事应该立碑传扬后世。于是，唐高宗李治亲制碑文，此即《慈恩寺碑铭》，终唐一世，大慈恩寺香火鼎盛，成为长安城中佛学名胜之地，留下无数文人墨客的足迹，直到千年后的今天，依然矗立。

贞观二十三年（649年）五月二十六，唐太宗驾崩于终南山翠微宫含风殿，在元宫中等待了十三年之久的长孙皇后，终于又一次与丈夫聚首。"伉俪之道，义期同穴。"长孙皇后与唐太宗生同寝，死同穴，不负夫妻之义，伉俪情深。

生为将军女，长作帝王妻。子孙皆富贵，百代共仰之。从少年夫妻到贤惠帝后，从百废待兴到贞观之治，长孙皇后虽然只与唐太宗一起走过二十三个春秋，但她柔韧坚强的身影，一直都不离唐太宗左右。她的贤淑睿慧，穿越千年之后，依然光彩夺目，熠熠生辉！

高宗李治

历史烽烟终散去，功过是非后人评。唐高宗继承大统，荡平西突厥，消灭高句丽，使大唐版图达到鼎盛；他制定律疏，推崇科举，流传百世；他乾纲独断，力排干扰，收回权力；他"废王立武"，帝后同朝，开创"永徽之治"。他是被历史严重忽视、饱受争议的帝王。

|

贞观二十二年（648年），房玄龄、萧瑀等一干朝廷重臣，相继离世，这对于年迈的唐太宗李世民来说，是个巨大打击。在身心疼痛的双重打击下，他身体每况愈下，感到上天留给自己的时日不多了，即使是在这种境况下，他依然对一个人放心不下……

废立太子，是历代皇帝最为头疼的事！当唐太宗废旧太子李承乾，立李治为新太子之后，他心中就犯过嘀咕。有一次，唐太宗对长孙无忌说："爱卿，你看雉奴（李治的乳名）太善良，太仁弱，这种性格怎么能当好皇帝？你再瞅瞅李恪，这小子多像当年的我，换他当太子如何？"唐太宗此话还未落地，便遭到长孙无忌的强烈反对。对于他反对的理由，唐太宗心里十分清楚：其一，李恪的生母是隋炀帝的女儿，他若当上皇帝，这天下究竟是姓李还是姓杨？其二，李治是嫡子，为长孙皇后所生，按祖制传长不传幼，传嫡不传庶。再者说，李治毕竟是长孙无忌的亲外甥。其三，李恪一旦当上太子，接了李世民的班，长孙无忌还能有好日子过吗？就这样，在长孙无忌的极力劝阻下，唐太宗最终放弃了再换太子的想法。当然，这也许是他对长孙无忌的一种试探。

斗转星移，唐太宗在病榻上又熬过了一年，转眼到了贞观二十三年（649年）五月，他的身体越来越差，深感大限将至。有一天，病榻上的唐太宗，把长孙无忌、褚遂良和太子李治，召入终南山翠微宫含风殿，神情凝重地对长孙无忌和褚遂良说："朕这次召你们来，是将后事托付给你们，太子仁弱义顺，你俩要好好辅佐他！"接着他又挣扎着对太子李治说："长孙无忌和褚遂良赤胆忠心，德高望重，他俩辅佐你，大唐江山无忧，我也就心安了。"歇了一会儿，唐太宗又对褚遂良说："长孙无忌恪尽职守，屡建奇功，是大唐的中流砥柱。我走之后，你千万不要听信别人的谗言挑拨……"人生的最后诀别，都是悲怆和凄凉的，即便是叱咤风云的唐太宗李世民也不例外。

最后时刻，唐太宗把太子李治仅托付给长孙无忌和褚遂良，这让人多少有些疑问，因为现场少了另外一位重要人物——李世勣。李世勣，原名徐世勣，字懋功，永徽年间改名李勣，曹州离狐（今山东菏泽）人。自贞观十七年（643年），李治被册立为太子起，唐太宗的四位心腹老臣房玄龄、长孙无忌、萧瑀和李世勣，就分别兼任太子太师、太子太傅、太子太保和太子詹事之职。表面上看似安排老臣辅佐李治，实际上却是施恩于这些心腹之臣，由此可见太宗皇帝用心良苦。

李世勣兼任"太子詹事"，虽然职务不高，但意义却十分重大。后人沿着大唐崛起的脉络，可以清晰地看到他紧跟唐太宗开疆辟壤攻城略地无处不在的身影。李世勣曾两次击败薛延陀，打败东突厥，攻打高句丽，智勇双全，是不可多得的将帅之才，他与卫国公李靖并称为"二李"。按照唐太宗最初布局，自己百年之后，房玄龄、长孙无忌、萧瑀、李世勣四人，肯定是辅佐太子李治的最佳人选，但遗憾的是，房玄龄和萧瑀先他而去，眼下也仅剩长孙无忌和李世勣二人，而唐太宗托孤却只选了长孙无忌，外加褚遂良，却把李世勣排除在外，这也是朝廷上下最看不懂的事。

唐太宗为什么没有选李世勣呢？是他不够优秀吗？答案肯定是：不！唐太宗没选李世勣参加托孤，并不是他不优秀，而是因为他太优秀。《资治通鉴》记载，上谓太子曰："李世勣才智有余，然汝与之无恩，恐不能怀服。我今黜之，若其即行，俟我死，汝于后用为仆射，亲任之；若徘徊顾望，当杀之耳。"

临终前，唐太宗对太子李治说："李世勣这个人能力和智慧都是顶级的，但是你对他没有恩情，恐怕不能驾驭。朕现在将他贬到叠州（今甘肃迭部）任都督，如果他接到命令立即赴任，就说明他忠心。你登基之后，再将他召回重用，任命他为仆射，他必将忠心于你。如果他接到命令，犹豫不决或者不肯离开京城，你就立即杀掉他。"可怜天下父母心，为了给太子李治登基铺平道路，唐太宗作出了这么一个令所有人都看不懂的决定。

好在李世勣读懂了唐太宗的心思，在接到被贬敕令时，欣然应允，没有丝毫犹豫，甚至连家都没有回，即刻赴任。《资治通鉴》记载："五月，戊午，以同中书门下三品李世勣为叠州都督；世勣受诏，不至家而去。"照此记载，太子李治登基时，李世勣应该不在长安。贞观二十三年（649年）五月二十九，太子李治在长安太极宫即皇帝位，是为唐高宗。唐高宗登基的第四天，就下旨将李世勣召回京城，拜洛州刺史，接着加封开府仪同三司，后又被任命为同中书门下，同年拜尚书左仆射。一番神操作之后，李世勣备受荣宠，从此成为唐高宗的股肱心腹。

唐高宗并非"昏愦无能""怯弱平庸"之辈，登基之初，他问百姓疾苦，了解地方政治，继续奉行唐太宗贞观政策，招贤纳谏，勤政爱民。他曾在《万年宫铭》里这样写道："朕载怀千古，流鉴百王，思欲屏逸收骄，怡神遣虑。"充分抒发了他誓做一代明主的情怀和豪迈。唐高宗每天勤于理政，据说三十六天里，他曾接见过三百六十多位刺史，由此可见其勤勉程度。刚刚登基的唐高宗，虽然资历尚浅，难以服众，但在长孙无忌和褚遂良等元老重臣的辅佐下，很快就坐稳皇位。他效仿太宗皇帝纳谏之风，恭勤国事，礼贤下士，还专门成立了一个"问以百姓疾苦及其政治"的十人内阁，严格执行太宗时期制定的内外政策，使得社会安定，政治清明，经济繁荣，人民安居乐业。因此，史学家评价唐高宗执政初期："永徽之政，百姓阜安，有贞观之遗风。"

2

翻开泛黄的史书，从时光深处缓缓走来的唐高宗，作为唐太宗李世民的嫡三子，从一开始并不是首选的接班人，他的成长之路极具传奇色彩。

贞观二年（628年）六月，李治出生于长安，是唐太宗与长孙皇后的嫡子，与前太子李承乾、魏王李泰是同父同母的兄弟。据史书记载，李治幼而聪慧，端庄安详，宽厚仁慈，和睦兄弟。有一次，太宗皇帝问他："你认为《孝经》中最重要的是什么？"他回答说："孝道最为重要，幼年侍奉双亲，长大后侍奉君王，最后达到修身养性的目的。君子侍奉君上，到了庙堂之上，想着为国尽忠，退居在家时，想到的是劝谏君主的过错，纠正其恶。"唐太宗听后大喜，高兴地说："吾儿如果按此行事，完全能够侍奉好父兄，做好臣子了。"

贞观十七年（643年），太子李承乾被废黜后，在长孙无忌等人的力荐下，李治被册立为太子。之后，唐太宗每次上朝，都会把他带在身边，让他观摩学习决断各种政务，有时候还会让他一起参与议事。第二年，唐太宗讨伐高句丽，命他留守定州。凯旋后，李治跟随唐太宗到了并州，当他得知父亲唐太宗生了个大毒疮，十分心疼，亲自用嘴巴为父亲吸毒脓，并扶着车辇跟随步行多日。长孙皇后去世后，太子李治十分思念母亲，决定"思报昊天，追崇福业"，于贞观二十二年（648年），在长安城里修建起一座宏伟寺院，起名为"大慈恩寺"，以此怀念母亲长孙皇后。大慈恩寺由唐玄奘主持，后来成为唯识宗祖庭。

俗话说，懂事的孩子人人爱。"太子仁孝，公辈所知，善辅导之！汝能孝爱如此，吾死何恨！"难怪唐太宗给予李治如此高的评价，由此可见父爱之深。但是，外表看似仁孝软弱的唐高宗李治，并不是一个任人拿捏的软柿子，他的内心也有桀骜不羁和叛逆的一面，在他还是太子时，就与大他四岁、父皇的才人武氏，暗生情愫，这也是为后人所诟病的。

公元650年，唐高宗李治改年号为"永徽"，这是他使用的第一个年号。唐高宗在位长达三十四年，使用年号多达十四个，这在古代帝王中，也是为数不多的。实际上，"永徽"这个年号，是以长孙无忌为首的辅政大臣们给他拟定的，他们希望唐高宗能够秉承太宗遗训，继续贞观荣耀。长孙无忌是唐高宗李治的亲舅舅，为大唐开国第一功臣，受唐太宗李世民托孤，与褚遂良同心辅政。应该说，无论是从政治地位上看，还是从亲情关系上讲，长孙无忌都是李治登基执政的最大靠山。即位之初，唐高宗对他言听计从，十分信赖，凡事都会与其商量。

凡事都要有个度，否则就会物极必反。对于长孙无忌等辅政大臣拟定的"永徽"年号，唐高宗虽然接受了，但接下来发生在永徽元年（650年）

的几件事情，却让上位不久的他颇感不爽。唐高宗隐约感觉到朝廷上下，似乎有一张看不见的无形大网，而自己就像是被网在中央的那只飞蛾，欲飞无力，欲罢不能。

第一件事，就是李世勣辞职。永徽元年（650 年）九月，尚书左仆射李世勣多次上奏疏请求辞职，让唐高宗深感意外，坚决不予批准，主要原因有两个方面：一是李世勣是太宗皇帝给他预埋的一枚棋子，李世勣尚书左仆射的职务，也是太宗皇帝驾崩之前就已经安排好的。二是他与李世勣的关系本身就不一般。早在贞观七年（633 年），唐高宗任晋王遥领并州大都督时，朝廷就授李世勣为金紫光禄大夫，并代理大都督府长史，可以说李世勣与唐高宗是至交。对于这样的铁杆，唐高宗当然不会轻易同意他辞职。但李世勣还是找各种理由，坚决辞掉尚书左仆射的职务。最后，唐高宗被磨得实在没有办法，才勉强同意李世勣的辞职请求。虽然解除了李世勣的职务，但仍让其担任开府仪同三司、同中书门下三品的闲职。对于李世勣辞职这事，唐高宗百思不得其解，十分困惑。

第二件事，就是褚遂良买房事件。永徽元年（650 年），作为先帝的托孤大臣，身为中书令的褚遂良，在长安城里买了一套房子，这本来是很正常的一件事，但问题就出在他是利用职务之便，强行购买自己下属、大唐翻译官史诃担的，有"强买"之嫌。为此，褚遂良遭到监察御史韦思谦的弹劾，建议罚铜二十斤，相当于一年徒刑。后来，案件被移交给大理寺审理，但大理少卿张睿册却认为褚遂良无罪，以"量刑过重为由"，有意偏袒。

可就在案件还没有了结，罚铜没有兑现的情况下，在亲密盟友长孙无忌的暗中帮助下，褚遂良被贬往长安附近的同州（今陕西大荔）任刺史，并且级别也没有降。本来这个案件到此就告一段落，可是两年不到，永徽三年（652年）正月，在长孙无忌的操纵下，褚遂良又被顺利地调回长安，而且还擢升为吏部尚书、同中书门下三品。监察御史韦思谦，却因弹劾褚遂良遭到打击报复，被贬到清水县（今甘肃清水）做了县令。

前面李世勣请辞的事，唐高宗还没有理出头绪来，接着又发生褚遂良"强买"事件，让他很窝火。通过这两件事，唐高宗越来越觉察到，暗中似乎有明显的帮派活动迹象，他再联想到李世勣一再请辞的事，他终于明白了：李世勣所惧怕逃避的就是自己的舅舅长孙无忌，面对其只手遮天的势力，他也只能选择逃避来自保。唐高宗在脑海里立即给这张看不见摸不着，且无处不在的"网"下了一个定义——"结党营私"。不过他没有立即动手，而是选择隐忍，"蛰伏"六年之后，借废立皇后一事，他果断出手，一举击败长孙无忌。

3

古往今来，宫廷暗战和血腥杀戮的残酷魔咒，没有几个帝王能够摆脱。在你死我活的政治斗争中，要么是对手，要么是队友，根本不存在第三方。经过几年尔虞我诈的政治历练，唐高宗的政治目标越来越坚定，他要彻底摆脱关陇集团的羁绊，排除元老干扰，首当其冲就是自己的舅舅长孙无忌。于是，"废王立武"事件，便成为唐高宗砥砺政权利刃的"磨刀石"，在废立皇后这个敏感问题上，他与舅舅长孙无忌挑明了分歧，看似爱情超越了亲情，实则是皇权超越了一切，长孙无忌从此走上一条不归路。

善于计谋城府深，万丈雄心难为尼。唐太宗驾崩后，才人武则天（唐朝开国功臣武士彟次女）依例入感业寺，削发为尼。永徽二年（651年）五月，唐高宗李治服孝期满，武则天再次召入后宫。入宫前，武则天已怀孕，入宫不久便生下儿子李弘。次年（652年）五月，武则天被拜为二品昭仪。父亲唐太宗的"才人"，如今成了儿子唐高宗的"昭仪"，这也是让后人最为诟病的一件事。从此，江山在手，美人在侧，年轻的唐高宗更是踌躇满志。

然而，世事皆有因果，在武则天入宫这件事上，王皇后最终成为自己的掘墓人。王皇后与李唐皇室系旧亲，出身显赫，是西魏重臣后裔，其父母两族也都是唐朝皇室姻亲，同属关陇贵族集团。永徽元年（650年）正月，唐高宗册封王氏为皇后，他日盼夜盼，始终没有盼到一男半女，为此他耿耿于怀。眼看着王皇后的位置岌岌可危，其舅舅、宰相柳奭，再也坐不住了，就对王皇后说："李忠生母刘氏出身卑微，立李忠为太子，必定会感恩于你，这样你就可以保住皇后之位。"柳奭建议王皇后收养唐高宗的庶长子李忠。就这样，在太尉长孙无忌等人的鼎力支持下，最终将李忠立为太子。

俗话说，无利不起早，贪黑必有因。长孙无忌之所以出面襄助此事，其实他心里也打着小九九，那就是想通过册立太子这件事，进一步拉近与王皇后的关系，以便在后宫培植自己的势力。

太子虽然立了，但毕竟不是嫡出，事与愿违，唐高宗开始冷落王皇后，渐渐把爱转移到了萧淑妃身上。对此，王皇后看在眼里，急在心上，她为了重新夺回属于自己的爱，便不惜采取荒唐做法，极力劝说唐高宗将武则天召入后宫。王皇后知道唐高宗当太子时就与武则天暗生情愫，即位后也是藕断丝连，她这一提议，正中唐高宗下怀，于是，唐高宗便顺水推舟将武则天召入后宫。

各怀心腹事，尽在不言中。正是因为武则天再入后宫，接下来才会接二连三引发出宫廷阴谋和血腥杀戮，甚至让大唐王朝有了一个无法抹去的"污点"。

人算不如天算，令王皇后没有想到的是，看似娇媚的武则天，并不是她想象中任人摆布的温柔小绵羊，而是觊觎天下的阴谋家。武则天初入后宫，对王皇后表现得还算是毕恭毕敬，逐渐得宠后，便露出了她的真实面目。无奈之下，王皇后又反过来联合萧淑妃，不断在唐高宗面前搬弄是非，使得后宫气氛变得剑拔弩张，唐高宗对王皇后彻底失去了信任。平日里，王皇后对宫中嫔妃和宫女十分刻薄，不是打就是骂，得罪了不少人，这反倒给武则天创造了机会。武则天极力笼络王皇后身边的人，牢牢占据主动地位，开始釜底抽薪，欲彻底铲除王皇后和萧淑妃。

永徽五年（654年），武则天诞下长女安定思公主。公主满月后，出于礼节，王皇后前去探望，并对可爱的小公主逗弄了一番。可就在她离开后，趁没人之际，武则天暗下毒手，将襁褓中的公主掐死，然后再盖上被子，就当一切都没有发生过一样。武则天神情自若，笑颜如花，等到唐高宗到来，打开被子，佯装发现小公主已死，恸哭不已。唐高宗惊问侍从，何人来过？侍从异口同声："皇后刚刚来过。"唐高宗勃然大怒，咬牙切齿道："皇后杀了我的女儿！"武则天更是哭得天昏地暗，几次晕厥，痛哭流涕数落王皇后的不是。

此事《新唐书》《资治通鉴》均有记载，而《旧唐书》《唐会要》只记载了公主暴卒，真正死因却成为千古之谜。然而，对于后人而言，尘封在历史深处的事实真相并不重要，因为"废王立武"已是无法更改的事实。唐高宗为了全面掌权，武则天为了取而代之，两人在爱情和利益的交织下，琴瑟和鸣，构建出一个崭新的强权阵营。

在唐朝三省六部的制度下，皇帝的政令必须先经过中书省起草，再交门下省审核，最后交由尚书省执行，三省相互牵制，共同向皇帝负责。由三省长官组成的宰相集团，总百官，治万事，是帝国实际的权力核心。受太宗临终托孤之命，长孙无忌为检校中书令，同时又为知门下省事，独掌两省大权，可以说他已经牢牢控制住了整个宰相集团。

永徽六年（655 年）的夏天，似乎比往年更加燥热，在燥热侵袭的庙堂之上，王权也开始悄悄"变质"。关于"废王立武"这件事，唐高宗决定先礼后兵，他想先听听舅舅长孙无忌和褚遂良两位顾命大臣的意见，因为这也是不得不走的程序。择日，唐高宗与武则天专程来到长孙无忌府上，送上十车黄金珠宝，还有一份给长孙无忌儿子们高官厚禄的任命书，礼物可谓丰厚至极。一番寒暄之后，唐高宗亮出了自己的底牌，却遭到长孙无忌严厉拒绝。最后，黄金珠宝和厚禄任命留下，废黜皇后的想法带回去，唐高宗与武则天只得悻悻而回。事后，武则天的母亲杨氏，也带着黄金、珠宝、绸缎多次登门劝说长孙无忌，同样遭到拒绝。卫尉卿许敬宗为了向武则天表忠心，也多次游说长孙无忌，屡遭严厉斥责，这让许敬宗怀恨在心。

唐高宗李治虽身为天子，却深受重缚，被臣下所制，此时的他强烈意识到，如果不能借机向以长孙无忌为首的元老遗臣发起挑战，夺回天子权柄，那么，他就只能做一个有名无实的傀儡天子。圣意已决，无可更改。对于已打定"废王立武"主意的唐高宗来说，此时任何人的阻挡都是螳臂当车，他的皇权剑锋已经出鞘，寒光闪闪，散发着浓重的血腥味。

永徽六年（655年）七月，唐高宗决定先拿王皇后的舅舅柳奭开刀，将其贬为遂州（今四川遂宁）刺史。柳奭行至岐州时，岐州长史于承素善于揣摩皇帝意旨，奏称柳奭泄露禁中语，于是再将其贬为荣州（今四川荣县）刺史，被贬之地一次比一次偏远。

俗话说：上有所好，下必甚之。有人反对就有人支持，这是一个颠扑不破的真理。就在这场"废王立武"暗战中，一个原本寂寂无闻的跳梁小丑闪亮登场，此人便是中书舍人李义府。李义府外貌温恭，狡险忌刻，是标准的"笑中有刀"。按常理说，废立皇后这样的机密事，李义府是不可能知道的，那么，他又是如何知道且在朝堂之上揭开冰山一角的呢？原来，李义府得罪了宰相长孙无忌，被贬任壁州司马，在敕书还未到达门下省时，就被消息灵通的他知晓了。就在李义府一筹莫展时，与他同为中书舍人的许敬宗的外甥王德俭，从许敬宗那里打听到"废王立武"的消息，回来就告诉李义府："皇帝欲立武昭仪为皇后，但害怕宰相不同意，所以尚未正式提出。你若能推助此事，定能转祸为福。"

李义府闻听心花怒放，于是，他就利用替王德俭值夜的机会，趁机叩门向唐高宗上奏疏，请求废黜王皇后，改立武昭仪。"帝悦，召见与语，赐珠一斗，停司马诏书，留复侍。"唐高宗喜出望外，现在终于有一个爱卿懂他。于是，他就召见了李义府，并收回李义府的贬官敕书。

前有车，后有辙。许敬宗、崔义玄、袁公瑜等人知道后，认为这是一条升官发财的捷径，于是，也纷纷上奏疏，请求唐高宗立武则天为皇后，不久许敬宗就被提升为礼部尚书（正三品）。武则天被册封为皇后之后，李义府又被拜为中书侍郎、同中书门下三品，与许敬宗、王德俭、崔义玄、袁公瑜等人相互援引，狼狈为奸，贬杀忠臣，协助武则天窃取权柄，这是后话。

4

在经历一次次碰壁之后，唐高宗为了安慰武则天痛失爱女而受伤的心，同时也为"废王立武"投石问路，他打算先晋封武则天为一品宸妃，然后再从长计议。但这一想法刚提出来，就遭到宰相韩瑗和来济的坚决反对，最后只能不了了之。几次交锋下来，唐高宗始终处于弱势，他看到关陇集团和元老派反对"废王立武"的声音此起彼伏，势力十分强大，这也是他最惧怕的事情。

唐高宗忽然明白，要想顺利实现自己的计划，就必须拉拢一个与长孙无忌势均力敌的人，只有这样才能够提高自己话语权的分量。他决定起用父亲唐太宗当年为他埋下的那颗棋子——李世勣。永徽四年（653年），李世勣再次得到重用，被拜为司空，唐高宗还命人为他画像，而且亲自为画像作序，下诏特许他乘小马出入三省，每日由一名小官奉命迎送，这种待遇可谓一人之下万人之上。唐高宗心想，李世勣与长孙无忌不仅同为一品，又都是凌烟阁功臣、开国元勋，影响力举足轻重，关键时刻他应该懂得如何回报自己，想到这里他感到自己已胜算在握。

时机已经成熟，唐高宗决定把"废王立武"这件事摊到桌面上，找顾命大臣们好好谈一谈，这也是他最后仅有的一点耐心。永徽六年（655年）九月的一天，散早朝后，他特意召长孙无忌、李世勣、褚遂良、于志宁四位宰相入内殿。对于皇帝的召见，这四个人都心知肚明，遗憾的是这次李世勣"托疾不入"，缺席了。

褚遂良对几位重臣说："今天皇帝召见我们，肯定是为废立皇后的事情。皇帝的意思已经摆明要立武昭仪为皇后，谁要反对肯定是死路一条。太尉大人是皇帝的舅舅，司空大人是大唐的功臣，我不能让陛下有杀舅舅和功臣的罪名。我出身低微，大唐开国我也没有功劳，是先帝器重我，才给了我托孤大臣的重任。今天我要以死抗争，以报答先帝托孤之恩。"褚遂良首先表明自己的态度。到了内殿，唐高宗对他们说："皇后没有子嗣，武昭仪有儿子，如今朕想立武昭仪为皇后，诸位爱卿以为如何？"

褚遂良答道："皇后出身名家，是先帝定娶之儿媳。先帝临终前，曾拉着陛下的手对我说：'朕的好儿子好儿媳，就都托付给你了。'这些话都是您亲耳听到的，言犹在耳。我们从未听说皇后有什么过错，怎么能轻易废掉皇后呢？我不敢顺从陛下，而违背先帝遗愿！"褚遂良叩头血谏，坚决反对，并把先帝临终的遗言搬了出来。长孙无忌也坚决反对，场面十分激烈。于志宁因为曾是唐高宗的老师，他知道高宗的夙愿，虽死无益，一言不发。唐高宗不悦，只好作罢，拟改天再议。

第二天，唐高宗再次与众位大臣说及此事，褚遂良说："如果陛下一定要更换皇后，我请求从天下世家望族中遴选，何必非武氏不可？况且武氏曾侍奉过先帝，众所周知，天下人的耳目，怎能遮掩得住？千秋万代之后，人们又将怎么评价您呢？愿陛下三思！我今触怒龙颜，罪该当死。"说罢，褚遂良将朝笏放在大殿台阶上，解下头巾磕头直到血流满面。又接着说道："老臣还陛下朝笏，乞求解甲归田。"

唐高宗勃然大怒，命人将其推出门外。此时，武则天也在隔帘后大声喊道："不识抬举，现在就应该杀掉这个老东西！"朝堂之上，场面十分尴尬。此时，长孙无忌站了出来："启禀陛下，褚遂良是先帝托孤之臣，虽然有罪，但罪不该死。"于志宁跪在一旁，还是一言不发。宰相韩瑗、来济也一起上奏，极力反对废黜王皇后。

在"废王立武"上，尽管唐高宗屡屡碰壁，但他始终没有灰心，反而更加斗志昂扬。几天之后，他单独召见了李世勣，问道："朕想要立武昭仪为皇后，褚遂良等人固执己见认为不可，你认为这事该不该中止？"李世勣回答："这是陛下的家事，又何必问外人呢！"此时的李世勣，已不再是之前那个满身血性和朝气的将军，经过残酷政治洗礼后，他已成为善于察言观色的官场高手。

也正是李世勣这句话，不仅改变了大唐王朝的命运，也将长孙无忌和褚遂良等人推向悲剧的深渊。唐高宗豁然开朗，哈哈大笑道："还是爱卿懂朕！"有了李世勣的支持，唐高宗更加坚定了清除"顾命大臣"的决心和信心。

看透些东西，才能更好地向前，强者永远喜欢挑战自己，唐高宗或许就是这样一位帝王。在这场没有硝烟的战斗中，他越战越勇。当唐高宗在"前方"战斗时，后宫的武则天一刻也没有闲着，她安排心腹许敬宗散布舆论："庄稼汉多收了十斛麦子，都还想着换老婆，何况天子呢？"然后，武则天又命身边的人，将此话传给唐高宗。

从此，唐高宗开始有计划、有步骤地频频出手，永徽六年（655年）十月十三，唐高宗终于下诏：以"阴谋下毒"的罪名，将王皇后和萧淑妃废为庶人。之后，武则天凶残地将二人斩去手足，置酒瓮中数日，后又斩之。改王氏为蟒氏，改萧氏为枭氏。许敬宗也乘机落井下石，上奏疏给唐高宗，请求削去王氏父亲的爵位，王氏父母、兄弟等人流放岭南。七天之后，唐高宗再次下诏，册立武则天为皇后。与此同时，将褚遂良贬为潭州（今湖南长沙）都督。

三年后，这位唐朝著名的政治家、书法家，曾经的托孤辅臣再次被贬到更远的爱州（今越南清化）。绝望之际，褚遂良给唐高宗上表陈情书，诉说自己曾为高祖与太宗效劳，也是最坚决支持高宗继位的，等等。结果仍无济于事，褚遂良最终在爱州带着遗憾离世，享年六十三岁。这年十一月初一，李世勣主持了武则天册立皇后盛典。之后，许敬宗再次出手，上奏疏请求废黜太子，显庆元年（656年）正月，太子李忠被废，降为梁王、梁州刺史，立武则天的儿子、代王李弘为太子。

解决了褚遂良，唐高宗下一个目标就是自己的舅舅长孙无忌了。显庆四年（659年）四月，在他默许下，武则天指使爪牙许敬宗、李义府等人，诬陷长孙无忌谋反。许敬宗连审两次，刑讯逼供，最终坐实长孙无忌的谋反罪名。唐高宗下诏削去长孙无忌的太尉官职及封邑，连见都不见一面，便将长孙无忌发配至黔州（今重庆彭水）。许敬宗又派人赶到黔州，逼迫长孙无忌自缢，家产充公，家人全部发配岭南。

树倒猢狲散。长孙无忌这棵大树一倒，关陇集团诸多元老人物都受到牵连。许敬宗再一次上奏疏，诬告褚遂良、柳奭、韩瑗、于志宁与长孙无忌同谋，唐高宗遂下诏追削褚遂良官爵，子孙后代流放爱州。柳奭、韩瑗被除名，于志宁被免官，后又下诏将柳奭、韩瑗斩首。

高宗初年，这场君权与相权的正面交锋，终于以唐高宗的完胜落下帷幕。至此，功臣多被杀戮，朝政归于高宗。

唐高宗通过"废王立武"事件，沉重打击了关陇贵族集团和元老派，基本实现了君主集权，自魏晋南北朝以来，皇权不振的局面大有改观。

5

翻开封存的历史记忆，可以清晰地看到"废王立武"本是政治需要，却最终演变成了女皇上位，此乃后话。唐高宗即位之初，对长孙无忌可以说言听计从，可长孙无忌独揽大权的欲望越来越甚，他的手越伸越长。唐高宗想重振皇权，也只能借"废王立武"，向关陇集团及元老势力宣战，因此，武则天便成为他政治战车上的亲密"战友"。

透过带血的文字，不管是以唐高宗为主导，害死了自己的舅舅长孙无忌，还是以武则天为主导，逼死了自己的政治仇敌，这些都是长孙无忌之死的外在原因，内在原因还是他对权力的贪婪和私自占有。长孙无忌的权力是唐太宗赋予的，为的是和平过渡给唐高宗，但他不想将权力原封不动地交给唐高宗，甚至妄想凌驾于君权之上，正是这种对权力的贪婪与迷恋，才导致其付出惨重代价。所以，长孙无忌的惨痛教训告诫后人：人生并不是拼命拥有才叫成功，适时放弃和收手才是一种大成功、大智慧。

站在父辈打下的大唐版图之上，看似柔弱的唐高宗，却有一颗横扫天下的野心。永徽六年（655年），随着唐高宗全面掌权，开始重启国家战争机器，随时准备对高句丽和西突厥动手。高句丽，是一个存在于公元前一世纪至公元七世纪的中国古代边疆政权。史书记载：高句丽"其人性凶急，有气力，习战斗，好寇钞，沃沮、东濊皆属焉"。高句丽强盛时，其疆域东部濒临日本海，南部控制汉江流域，西北跨过辽水，北部到达辉发河、松花江流域。汉朝以后，高句丽一直处于历代中原政权的羁縻藩属体制之内，迁都平壤后，开始与朝鲜半岛南部的百济、新罗争雄。

大唐建国后，四夷威服，唯独高句丽傲视唐廷，成为李唐政权的心头之患。早在贞观十七年（643年），唐太宗李世民曾感叹说："今日不取，他日必成子孙后患。"为此，他亲征高句丽，但终因天气严寒，不得不撤军，此后改变战略，几乎每年都要对高句丽按时发动袭扰战。但随着唐太宗身体越来越差，没能消灭高句丽成为他一生的遗憾。

唐高宗即位后，前几年忙于稳固政权，没精力对付高句丽，给了高句丽喘息的机会，其势力和军事实力也越来越强大。

永徽六年（655年），高句丽联合百济、靺鞨入侵新罗，妄图统一整个朝鲜半岛。唐高宗在收到奉行亲唐政策的新罗国王的求救信后，深感问题严重，如果再放任高句丽崛起，必成大唐心腹大患，他决定重启太宗时的袭扰战略，积小胜为大胜，以此牵制高句丽。同时，发起对西突厥的战事，显庆二年（657年），命大将苏定方远征西域，仅仅四个月，就消灭了西突厥，重新掌控了整个西域。

攘外必先安内。随着关陇集团旧势力的逐渐清除，皇权不断得到巩固，唐高宗意识到彻底解决高句丽的时机已经成熟，决定先从剪除其羽翼开始。显庆五年（660年），他命左武卫大将军苏定方为神丘道行军大总管，率水陆十万大军讨伐百济，在新罗的配合下，兵锋直指百济都城，最终杀敌数万，彻底消灭百济，并在百济设置熊津等五个都督府。这年十一月，唐高宗在洛阳举行隆重的献俘仪式。为什么献俘仪式不在长安举行，而在洛阳举行呢？原来早在显庆二年（657年），正当苏定方大破西突厥时，唐高宗在皇后武则天的鼓动下，开始把洛阳定为大唐帝国的东都，并且要求朝廷各个部门都要在洛阳设立分支机构。

唐高宗为什么要把洛阳定为东都呢？首先，从战略位置看，长安和洛阳都是著名的古都，长安位于函谷关以西的关中地区，南依秦岭，北连黄土高原，东面有崤山纵列，西面有汧山、陇山相接，战略优势极佳，这也是古代多个王朝选择定都于此的主要原因。与长安相比，洛阳虽然逊色很多，但洛阳处于大运河枢纽位置，周围河渠纵横，水路交通条件极为便利，可以通过水路向北方运送军队，加强后勤补给，确保东征高句丽的成功。

其次，太平盛世，人口剧增。随着长安人口的暴增，粮食供给成为最大的问题，为此不得不从外地调粮入京。如果把中原粮食调运到长安，山高路远，需要花费大量人力物力，成本高，消耗大。唐高宗把洛阳定为东都，主要目的就是不仅可以减轻关中粮食供给压力，解决吃饭问题。同时，还可以借助于京杭大运河，加强南北物资调配，管控南方经济商业，推动大唐帝国全面发展。

最后，从巩固政权看，隋唐几代皇帝都以长安为首都，长安可以说是关陇集团的核心基地。唐高宗把洛阳定为东都，可以大大削弱关陇集团权力，彻底摆脱它的掣肘，此举可谓一箭多雕。以至于唐高宗去世后，武则天干脆下令，将洛阳由"东都"改称"神都"，在她执政的岁月里，洛阳便成为帝国政治中心。

百济灭亡后，高句丽失去一个重要军事盟友，陷入孤立境地。龙朔元年（661年）四月，唐高宗集结三十五万大军，决定御驾亲征。"龙朔元年，大募兵，拜置诸将，天子欲自行。"当他决定御驾亲征时，却遭到皇后武则天坚决反对，因为御驾亲征毕竟不是一件简单的事情，当年连能征惯战的唐太宗都不能打赢所有战争，对于没有任何战争经验的唐高宗来说，远征更是毫无胜算。如果御驾亲征，恐怕也只能成为将士们的拖累。"武后苦邀，帝乃止"（《新唐书·东夷传》）。对于唐高宗来说，能不能御驾亲征并不重要，重要的是大唐已经利剑出鞘，势在必得。

龙朔三年（663年），是唐高宗执政的第十四个年头。此时，已被消灭的百济又死灰复燃，组织起了一支强大的复国军，且得到了隔海相望的日本倾国支持，两国联手与唐军在百济白江口（今韩国锦江入海口）展开激烈海战。大唐水军充分发挥自身优势，将兵力、船舰皆数倍于己的日本水军，打得一败涂地，堪称是一次以少胜多的经典水战，此战彻底消灭百济复国军余部，并且打得日本千年不敢往顾中原。

从显庆五年（660年）开始，李唐与高句丽的拉锯战始终未停，其间高句丽发生严重内乱，令隋唐几代帝王折戟沉沙的高句丽日渐分崩离析。总章元年（668年），历时八年的艰苦卓绝征战，唐军终于兵临平壤，大获全胜，建国七百余年的高句丽宣告灭亡，自此湮灭在茫茫历史尘埃中。

此时的大唐王朝，放眼四周，已是无敌于天下，帝国的版图东起辽东，西临咸海，北越贝加尔湖，南至越南横山，总面积达到上千万平方公里。大唐王朝的军事扩张达到一个新的巅峰，版图臻于极盛。唐高宗终于完成李唐两代帝王做梦都想却没能做成的事情，成为当之无愧的天下霸主。

高句丽灭亡之后，唐高宗李治采取怀柔政策，把大量高句丽人迁到江、淮之南，在高句丽设置九都督府、四十二州、一百个县，建立安东都护府，任命右威卫大将军薛仁贵为检校安东都护，领兵两万人以镇抚。除了武功，文治方面唐高宗也是成绩斐然。他大力推行科举制，大批提拔寒门学子，使得朝廷人才济济，更具朝气和活力，从而开创了又一盛世"永徽之治"。

6

"封禅之礼，自汉光武后，旷世不修。"封禅大典，作为顺天命、正名分的唯一至上途径，唐高祖和唐太宗皆因各种原因，都未能了此夙愿，这一历史使命自然而然也就落到了唐高宗身上，这既是他必须要完成高祖、太宗二帝遗愿，也是美化、神化自己的大好机会。

显庆四年（659年），唐高宗开始萌生封禅之意。武则天便指使礼部尚书许敬宗上奏疏，请求唐高宗封禅泰山，以高祖、太宗皇帝配祭昊天上帝，高祖皇后太穆皇后、太宗皇后文德皇后配祭皇地祇。看到奏疏，唐高宗十分高兴，遂诏命百官、诸儒议定封禅礼仪。可不巧的是第二年（660

年）十月，他患上了"风眩头重，目不能视"的病症，不得不将国政重任暂时交由"性明敏，涉猎文史，处事皆称旨"的皇后武则天代为处置，并委其参决奏事。武后趁机揽权，培植心腹，专擅朝政，"威势与帝无异，时称为'二圣'"。

尽管唐高宗身体有恙，但封禅准备工作一刻也没有停止。显庆六年（661年），大唐已形成"天下大权，悉归中宫"的局面，深得武则天赏识的道士郭行真，奉敕"为皇帝、皇后七日行道"后，于泰山之上立"双束碑"，又名"鸳鸯碑"，并造素像一躯，二真人夹侍。该碑碑身为双石相束相依并立，上下嵌于同一碑首和碑座之间，碑首代表天，碑座象征地，暗喻高宗与武后共顶一片天，同踩一片地，帝后共享天下。武则天"二圣"共治的政治诉求，昭然若揭。

乾封元年（666年）正月，唐高宗与武则天同登泰山封禅，谒祀孔子，这既是唐高宗的骄傲，更是大唐的骄傲，当然这也是中国历史上第一次由皇后参与的封禅活动。后世史学家认为：武则天这一举动，为她之后正式登基铺平了道路。封禅礼成后，唐高宗下诏，改年号为"乾封"，意为晒干新筑的祭坛，因此，后人也将这次封禅称为"乾封封禅"。虽然"乾封"这个年号只用了两年多，但对于唐高宗来讲，却别有意义，因为"乾封"年号中蕴含着他登临泰山封禅的自豪和骄傲。

今天，当后人再次翻开尘封的历史，去探寻历史真相时，却发现在唐高宗泰山封禅大典这幕大戏中，真正的导演兼女主人公却是皇后武则天。上元元年（674年），朝廷下诏尊皇帝为天皇，皇后为天后，政权由唐高宗向武则天转移的趋势逐渐形成。

一年之后，唐高宗风眩症日益加重，他便与大臣商议，准备让武后摄政。宰相郝处俊劝谏道："陛下怎能将高祖、太宗开创的伟业，不传给子孙而委任给天后呢?！"唐高宗只得暂时停议。武则天得知后，就召集一批"文学之士"，开始撰写《列女传》《臣轨》《百僚新戒》《乐书》等书千余卷，并密令这些人参决百官疏奏，以分散宰相权力，达到自己摄政的目的。

唐室政权犹如失控的马车，病入膏肓的唐高宗已完全没有能力驾驭，他担心大唐江山葬送于己手，欲禅位太子李弘，无奈李弘沉疴缠身，郁积暴薨。太子李弘暴亡后，唐高宗下诏："朕方欲传位皇太子，而疾速不起，它申往命，加以等名，可兹为孝敬皇帝。"并诏谕天下，由武后摄政。唐高宗又册立次子李贤为太子，并使之监国，但武则天却以"忤逆"之罪，将李贤废为庶人，流放至偏远的巴州。然而，李贤的悲剧命运并未就此结束，不久之后，武则天命左金吾卫将军丘神勣，前往巴州搜查庶人李贤的住宅，以防谋反。丘神勣到达巴州后将李贤囚禁别室，逼令其自杀，年仅二十九岁。

李贤被废之后，唐高宗无奈，再立英王李显为太子。永淳元年（682年）二月，李显的嫡长子李重照（后避武曌讳，改名重润）出生，唐高宗立其为皇太孙，并破例为其开府置官署，以求大唐江山万代。可是两年之后，李重照也被武则天贬为庶人，与父亲李显一起遭流放幽禁，这是后话。

其实，对于武则天的所作所为，唐高宗也是耳闻目睹，他只是隐忍退让罢了。史载："初，武后能屈身忍辱，奉顺上意，故上排群议而立之；及得志，专作威福，上欲有所为，动为后所制，上不胜其忿。"眼看着大权旁落，朝政全由武氏掌控，处处受到掣肘的唐高宗心有不甘，他曾拟定

《内训》和《外戚诫》，用以压制武家人兴风作浪。甚至当初武则天引道士入宫，行伏胜（巫术）之术时，唐高宗还曾一度产生过"废武"的念头。

唐高宗密召西台侍郎上官仪商议，上官仪说："皇后专横，海内失望，应废黜以顺人心。"盛怒之下，唐高宗就同意了，然而却因武则天提前得到消息，事情才发生了逆转。最终，唐高宗念及夫妻之情，再加上自己身体状况不好，确需有政治天赋的武则天帮助处理朝政，最后还是妥协，却害得上官仪落了个身首异处的下场。

永淳二年（683 年），此时的唐高宗即将走到生命的尽头，他诏命皇太子李显代理国政，裴炎、刘齐贤、郭正一等人，在东宫任同平章事，辅佐太子。待唐高宗从刚建成的奉天宫回到东都洛阳时，病情严重到连宰相以下的大臣都无法觐见了。此时灯枯油尽的他，仍念念不忘自己作为一代帝王的期许。这年十二月，他诏令改年号永淳为弘道，蕴含"弘扬真理，弘扬正道"之意，这也是他使用的最后一个年号。

弘道元年（683 年）十二月二十七日晚，东都洛阳贞观殿里，躺在病榻上的唐高宗李治，已是弥留之际，当半个多世纪的岁月烟云和人世沧桑从眼前倏忽映现时，唐高宗有气无力地说出了自己最后的心愿："天地神祇，若延吾一两月之命，得还长安，死亦无恨。"人之将死，其言也善，唐高宗很想在长安走完他人生的最后之路，好为自己画上一个圆满句号。长安乃是大唐的龙脉所系之地，那里理应是他的万年归宿，但此刻的他已经回不去了。这个坐拥天下三十四年，开疆拓土的大唐天子，终于带着满目的无奈，离开了他亲手开拓的皇皇大业。

唐高宗李治终其一生都在竭力走出别人的阴影，试图用尽全力证明自己，然而从历史的评价来看，他似乎并没有成功。在他生命的最后时刻，留下一道模棱两可的遗诏："七日而殡，皇太子即位于柩前。园陵制度，务从节俭。军国大事有不决者，取天后处分。""太子即位，天后处分。"然而，让他意想不到的是，也正是这份遗诏为日后武后从政，武氏外戚群魔乱舞，留下充足的理由。以至于武则天争权夺位，建立武周王朝，让大唐有了一个无法抹去的记忆。

历史烽烟消散尽，功过是非后人评。唐高宗李治的一生，既波澜壮阔，也荡气回肠。他继承大统，荡平西突厥，消灭高句丽，使大唐版图达到鼎盛；他制定律疏，推崇科举，文治武功，流传百世，让古代立法达到最高水平；他乾纲独断，力排干扰，终结了关陇集团势力左右朝政的局面；他废立皇后，帝后同朝，勤政为民，百姓阜安，平稳发展三十二年，从而开创"永徽之治"；但他又聪明一世，糊涂一时——宠爱武媚娘，伏祸武则天……

这就是唐高宗李治，一个被历史严重忽视、饱受争议，且别样深情的真实帝王。

玄奘之路

　　"我们从古以来，就有埋头苦干的人，就有拼命硬干的人，有为民请命的人，有舍身求法的人。"这就是中国的脊梁。如果说舍身求法之人，首选就是玄奘。他从天竺回到大唐十九年中，倾其一生，共翻译经、论七十五部，共计一千三百三十五卷，这就是一个民族的精神。

|

麟德元年（664年）四月十四，一场隆重的葬礼在京师长安举行，送葬的队伍从城南大慈恩寺出发，浩浩荡荡一直绵延十余里，沿途所经街坊早已挤满了人，他们都自发来送别敬仰已久的高僧玄奘法师，放眼望去，前来送葬的百姓足足超过数十万人。为一名僧人举行如此高规格的葬礼，这在中国历史上，也是前无古人，后无来者的。然而，细心的人们早已发现，尽管葬礼十分隆重，却没有一名朝廷官员参加，不免让人产生诸多疑问。

既然是高僧玄奘的葬礼，那么，为何见不到一名朝官呢？这一切还得从玄奘与世俗及皇家的恩恩怨怨说起。玄奘法师是在距长安百余里的铜川玉华寺，走完他生命的最后历程。

显庆四年（659年），在洛阳积翠宫过着近似于囚禁生活的玄奘法师，终于回到阔别两年之久的长安。或许是因为顾忌他的民间影响力，也或许是因为帝国正在经历敏感的权力转移期，回到长安后，唐高宗便将他由大慈恩寺调到新建成不久的西明寺，其身份也由上座变成普通僧人。西明寺，是唐代长安城主要寺院之一，位于长安城延康坊西南隅右街，与同在右街的大庄严寺及位于左街的大慈恩寺、荐福寺齐名。由于唐高宗的这一"精心"安排，从此玄奘再也没有资格走进大慈恩寺译场，也不再拥有庞大的译经团队，而那些存放、堆积在大雁塔内，千里迢迢从天竺带回来等候翻译的经文，离他也越来越远……

一切变故既让玄奘始料不及，也在他意料之中。玄奘似乎已经预感到属于自己的时间已经不多了，他再度向唐高宗表达了自己想去少林寺译经的想法，毕竟自南北朝开始，少林寺就是佛门圣地，在那里组织译经比此时的长安更为合适，至少可以减少几分阻挠。唐高宗听后很不高兴，不耐烦地拒绝道："勿复陈请。"意思是说，让玄奘以后不要再提及这件事。试想，唐高宗怎么可能任凭他这位名震朝野、自动站在敌对政治阵营的高僧脱离自己的掌控呢？也许在玄奘奏请之前，就已经预料到这一结果，内心充满无奈与悲凉，他知道自己又一次冒犯禁忌。在收到高宗皇帝的回复后，他赶紧上表谢恩，表示"不敢更请"。在写下上表时，玄奘的嘴角微微颤抖，既像是在平复自己内心的绝望，又像是在嘲笑自己的迂腐。

然而，这一切都无法阻挡玄奘佛学影响力的传播，那些钦慕他深厚佛学素养的佛门弟子，不辞路途遥远，争相前来投靠，想一睹仰慕已久的大师风采，当面聆听他讲解佛法。但他顾及朝廷的感受，为了降低自己的存在感，已经很少公开讲学，以至于有弟子误认为他徒有虚名。而当他来往于宫廷和寺院时，弟子们又担心他会被皇权左右，被富贵迷惑，对其产生怀疑。不管外人用怎样的眼光看待自己，玄奘心中十分清楚自己的使命，他从没有因为遭到冷遇，或是质疑而改变自己的初衷，所有佛经翻译工作都是按照既定计划进行。

青灯古佛，初心不改，玄奘默默承受着那些来自外部，有形或是无形的一切压力，他真心希望自己对佛教的见解，能够影响感化更多的人。这年深秋，玄奘感受到前所未有的肃杀，他想到了距长安百里外的玉华寺，或许那里才是他最好的去处，也是他最后的去处。玉华寺不仅与王朝命运紧紧相连，也与玄奘佛学之路有着难以割舍的情愫。

俗话说，仁者乐山，智者乐水。仁智者，自然乐山水景胜之居。玉华寺的前身是玉华宫，玉华宫原名仁智宫。说起仁智宫，最早可以追溯到高祖皇帝，武德七年（624年）五月，唐高祖李渊在玉华山凤凰谷初建仁智宫，在唐代四大避暑胜地中，仁智宫风景最美，名列四大避暑行宫之首。建成之际，唐高祖曾率次子秦王李世民和四子齐王李元吉来此避暑。此地除避暑外，亦有十分重要的军事意义，为关中通往陕北、宁夏、甘肃的交通要道。贞观二十一年（647年），登临大宝的唐太宗李世民诏令扩建仁智宫，并改名玉华宫，宫殿规模达到"十殿五门"，主要用于皇族高层人士消夏避暑。

唐太宗对玉华宫情有独钟，他每年大部分时间在此处理朝政，而在玄奘生命中，似乎有着更为特殊的意义。当年，他在印度诸国舌辩群"僧"，名震海外，回国后受到国宾般的待遇，唐太宗对他更是礼遇有加，曾先后两次在玉华宫召见他，还邀请他同往玉华宫避暑，在那里赐他袈裟、剃刀。贞观二十三年（649年），唐太宗去世后，唐高宗李治为纪念太宗皇帝，于永徽元年（650年）九月，敕废玉华宫，改名玉华寺。

不管是玉华宫也好，玉华寺也罢，已故先王和那里曾经发生的与自己有关的一切往事，玄奘都历历在目。显庆四年（659年），他怀着忐忑的心情再次上表，请求到玉华寺译经。他知道自己的命运可能已是如此，自己能做的就是伴着青灯古佛继续自己的译经事业。对于他这次移居玉华寺的奏请，唐高宗似乎很满意他这种"识时务"的请求，不但欣然应允，还破天荒恩准他带着留在大慈恩寺的译经团队一同前往。

陕北的深秋，气候异常干燥，秋风夹杂着砂砾，像鞭子一样抽打在行人身上。玄奘带着他的弟子和译经团队，浩浩荡荡出了本就不属于他的长安城，此行的目的地就是百余里外的铜川玉华寺。经过一波三折之后，玄奘的译经工作终于又可以继续下去了，就好像他当年西行取经一样，迷失方向，几度身死之时，又突然找到了前进的道路……

对于玄奘自请去玉华寺的做法，有人说他是为了专心译经才做出此举的。当然，也有人说他是自我贬谪，目的是以求保身。千年之后，世人自然无法得知玄奘当时的真正想法，总之，玉华寺远离长安政治官场，远离尔虞我诈的舆论中心，确实是个很容易让人忽略和遗忘的地方。

作为一代宗师，玄奘是怎样走上求佛之路的呢？他在经历无限辉煌之后，又是为何被裹挟进时代洪流中的呢？

玄奘，俗姓陈，名祎。隋文帝仁寿二年（602年），出生于洛州缑氏（今河南偃师缑氏镇）。玄奘幼年时就受到良好的儒学教育，后因家庭变故，十三岁出家做了和尚，儿时的他一定没想到，自己的一生会都献给佛法。他对佛法的领悟能力十分通透，很快就有了许多自己独到的想法和见解。

"读万卷书，行万里路，胸中脱去尘浊，自然丘壑内营。"玄奘在寺庙里认真学习研究佛法，先后学习了《涅槃经》《摄大乘论》《杂阿毗昙心论》《俱舍论》等经论。学习之余，他还经常外出游历，寻名山大川，访得道高僧。就在玄奘游历各地，遍访名僧之后，他发现每个人对佛法的传承和理解都不一样，对经典的解读和理解也不尽相同，对此他也越来越感到困惑。一次偶然的机缘，来自印度的光智法师告诉玄奘，在印度那烂陀寺，有位高僧戒贤论师在讲授三乘之说，可以证明义的八识正理及正确的成佛之道。

听了光智法师一席话，玄奘脑子里顿时冒出个大胆的想法，他决定西行求法，以求直探源典，匡正佛法。

有了西行拜求佛法的想法后，玄奘多次向朝廷奏请，都未获准。因为当时唐朝边境战事不断，西突厥雄踞中亚，西域以及阿富汗一带的小国均仰其鼻息。可谓是国政尚新，疆场未远，所以唐廷"禁约百姓不许出蕃"。

2

贞观三年（629年），大唐王朝遭遇了一场百年未遇的饥荒，唐廷迫于无奈，允许百姓自行求生。这年八月，玄奘跟随逃难百姓溜出了长安城。他孤身一人从长安出发，西行之路可谓危机重重。玄奘先是到达秦州，后又到达兰州，最后西抵凉州。就在凉州，玄奘经历了西行的第一难。《大慈恩寺三藏法师传》曾这样记载："停月余日，道俗请开《涅槃》《摄论》及《般若经》，法师皆为开发。凉州为河西都会，襟带西蕃，葱右诸国，商旅往来，无有停绝。时开讲日，盛有其人，皆施珍宝，稽颡赞欢；归还各向其君长，称欢法师之美，云欲西来，求法于婆罗门国。以是西域诸城，无不预发欢心，严洒而待。"

一心西行求法的玄奘，为何在凉州停留一个多月时间呢？原因很简单，因为他没有朝廷颁发的通关文牒，属于非法越境，没法出城门，因此只能滞留在凉州城。滞留期间，玄奘在凉州城高调宣讲佛法，声称自己要西行，很快引起凉州都督李大亮的注意。李大亮便派人将玄奘传来问话，他倒也爽快，说自己确实要西行，是为求取佛学真义。李大亮对玄奘说："朝廷有诏令，明确禁止出关，况且你又没有通关文牒，西行本身就是违法，还是早日返回长安吧，否则我就不客气了。"

面对李大亮的威胁，玄奘没有放弃，他一边宣讲佛法，一边准备马匹干粮，并向凉州城里的外国僧人学习各国语言，顺便打听有没有商队出关，看看能否混出城去，可惜一切都是徒劳。

天无绝人之路，就在玄奘左右为难之际，凉州城大云寺住持慧威法师向他伸出援助之手。慧威法师是河西走廊一带的佛教领袖，他在凉州有着极高的威望，他派了两名得力弟子，悄悄护送玄奘偷渡出关。玄奘等人害怕被边境官兵发现，每天都提心吊胆，只得昼伏夜行，经过十几天的奔波后，终于到达瓜州（今甘肃瓜州）。就在玄奘赶赴瓜州的同时，凉州都督府也发出了缉拿他的通牒："有僧字玄奘，欲入西蕃，所在州县，宜严候捉。"无巧不成书的是，就在玄奘到达瓜州时，凉州的通牒也到了，要求瓜州官府缉拿他归案，玄奘再次陷入危机四伏的境地。

俗话说，吉人自有天相，善人自有天助。这话在玄奘身上又一次得到验证。原来瓜州刺史李昌是个佛教徒，他早就听说玄奘要去西天取经的事，没想到有缘在自己管辖之地能够遇到精神领袖玄奘。李昌在与玄奘一番深入交流后，为其舍身西行取经的壮举所感动，决定帮助他出关。临行前，李昌不仅送给玄奘一匹马，还找了个叫石磐陀的胡人为他做向导。

就这样，在李昌的帮助下，历尽劫难的玄奘终于离开大唐国境，踏上梦寐以求的西行之路。他迎着扑面而来的漫天黄沙，上不见飞鸟，下不见人烟，白天热风如火，晚上寒风彻骨，随他西行的人都吃不了这个苦，悄悄弃他而去。就连做向导的石磐陀也打起退堂鼓，劝他踏上归途，且多次以武力相逼，但他不为所动，依然矢志不渝，最终石磐陀没有办法，也只好独自离去。茫茫沙漠，前路渺渺，玄奘独自一人，在充满未知的西行之路上，继续艰难跋涉。

石磐陀临走时告诫玄奘说："如果在沙漠中走了四天后，能够看到一小片绿洲，就说明走的方向是对的。"然而，时间一天天过去，玄奘随身携带的水囊早已干瘪，仍不见绿洲不说，他还要担惊受怕，时刻小心躲避官兵追捕，有一次，在烽台哨卡下还差点中箭身亡。信念是不能用逻辑来验证的，在最危险的时刻拯救你的是信念，也仅有信念。玄奘就是凭借自己的信念，始终没有停止西行的脚步。好在老马识途，在他濒临死亡之时，终于见到绿洲，最终死里逃生，靠着信念和坚持走出沙漠戈壁，到达了西域门户伊吾国。

在伊吾国，玄奘遇到了高昌国（今新疆吐鲁番）的使者，使者便将遇到玄奘的消息报告给了国王麴文泰。麴文泰也是虔诚的佛教徒，他照会伊吾国国王护送玄奘来高昌国。此时，玄奘本打算从伊吾国经可汗浮图城（今新疆吉木萨尔），沿天山北麓继续西行，但终究推辞不过，只好前往。麴文泰对他十分崇敬，还专门安排他在王宫佛堂讲经弘法，并且请求他终生留在高昌国。可玄奘决心西行，誓死不从，一连四天不吃不喝，才被放行。临行前，麴文泰和大臣、僧侣及百姓倾城而出，依依惜别，还为他派遣沙弥五人，随从二十人，一路护送。赠送马三十匹，金、银、绫绢、衣物若干。

麴文泰还特别修书给沿途各国，他在每封书信里都附礼物大绫一匹，并准备两车水果，送给西突厥的叶护可汗，请他们关照玄奘一行。在他的帮助下，玄奘一行沿天山南麓银山道到达阿耆尼国（今新疆焉耆）后，再渡过孔雀河与渭干河，到达屈支国（今新疆库车），在那里参加了长达十五天的浴佛节。之后，玄奘再度启程，经跋禄迦国（今新疆阿克苏），再沿阿克苏河、库玛力克河，到达天山南麓凌山山口。历尽艰险，终于越过气候极度恶劣的高原雪山，抵达大清池（今吉尔吉斯斯坦伊塞克湖），随后又沿大清池来到素叶城（今吉尔吉斯斯坦碎叶城），在那里遇到西突厥叶护可汗。之前，因为已经有高昌国国王麹文泰的打点，叶护可汗对他十分盛情，不仅亲自迎接，还派使臣给各附属国去信，交代关照玄奘过路事宜。

历时四年，辗转多地，历尽艰辛，九死一生，跋涉五万余里，贞观五年（631年），三十二岁的玄奘终于抵达印度佛教中心那烂陀寺。那烂陀寺是天竺佛教的最高学府，当时已有七百多年历史，有僧众万余人。玄奘到达那烂陀寺时，注定要成为他人生中的巅峰时刻，一千名僧众带着华盖、鲜花、香料，组成庞大的欢迎队伍，前来迎接。那烂陀寺住持戒贤，是位年过百岁的佛教权威，他本已不再讲学，但为表达对唐朝的友好，同时也为玄奘舍身求佛的精神所感动，破例收其为弟子，重开讲坛十五个月。

3

玄奘十分珍惜这来之不易的机会，他如饥似渴，师从高僧戒贤苦心钻研佛经。玄奘对佛法领悟力奇高，他不但跨过了梵语这道门槛，还掌握了高深正宗的上乘佛法，并有自己独到的深厚见解，做到融会贯通。因成绩优异，他被选为通晓三藏的十德之一，这是件非常了不起的事。要知道，当时的那烂陀寺就相当于现在的高等佛学院，仅教师就有一千五百人，通晓三藏的大德上千人，仅仅五年时间，玄奘就名列前十，这是常人无法想象的事情。但他仍不满足，继续刻苦钻研，玄奘立志成为像戒贤那样通晓全部经论奥妙的大德高僧。

在那烂陀寺小有所成之后，玄奘再次动身，开始游历印度周边的数十个小国。游历期间，他奉导师戒贤法师之命，同小乘论师辩论并获胜，声誉传遍整个印度。当时有许多国王都热心挽留他，据说鸠摩罗国国王与戒日王为了争夺玄奘，甚至不惜发动战争。

贞观十五年（641 年），游历归来的玄奘，再次回到那烂陀寺，戒贤法师让他在寺中给大家传授佛法，主讲《摄大乘论》和《唯识抉择论》。当时，曷利沙帝国已经统一了天竺北部，国君戒日王崇信佛教，他本人也是一位诗人、剧作家。经他倡导，国内各宗教、各学派经常进行各种论辩，十分活跃，如同春秋战国时期的"百家争鸣"。有一天，有个反对那烂陀派的人，呈给戒日王一篇文章，声称无人能驳倒其中一个字。戒日王就把这篇文章转给了戒贤法师，并决定在国都曲女城（今印度北方邦卡瑙季）举行辩经大会。

曲女城辩经的消息不胫而走，不但吸引了七千多名专业人士到场，还招来全印度地区十八位国王莅临会场围观，盛况空前。十八国国王为何悉数全部到场？正是因为这次大小乘佛法的"终极"辩论，将直接影响到今后各国的佛教传播，意义十分重大，所以他们都想亲自到场，目睹这场精彩绝伦的辩经大会。戒日王特意邀请玄奘参加，并让他担任大会论主。玄奘作为主讲人，他用梵文写了一篇辩论文章，作为辩论主题在大会上宣读，并当场表示，此论若有一字不妥需要更改，或者被驳倒，"愿斩首相谢！"

　　这场辩论大会整整进行了十八天，辩论会上，玄奘深入浅出地宣讲大乘教义，从各国国王到各宗教宗派人士，无不为他的深厚学识、典雅气质和庄严相貌所倾倒。他讲经论辩，任人问难，而无一人能辩倒，各教派人士纷纷为他的精辟见解所折服，戒日王从此也由信婆罗门教，改信佛教。玄奘由此更加名震天竺。

　　曲女城辩论大会结束后，戒日王与十八位国王送给玄奘无数金银厚礼，他全部谢绝。最后，戒日王恳请玄奘乘坐精美装饰的大象，在国都游行一周，以此接受全城百姓的祝贺与赞美。虽百般推辞，无奈戒日王以民族习惯为由，一再恳请，玄奘也只好入乡随俗，勉强答应。在戒日王安排下，沿途竟然有数百条船、数千辆车组成"仪仗队"，全程相送，规模空前。游行结束后，玄奘法师向戒日王告辞，准备启程回归东土。

　　戒日王又对玄奘说："奘师！弟子自平定五印以来，常思虑福德资粮得不到增长。是故弟子在钵罗耶伽国两河间设立大会场，每五年举办一次为期七十五天的无遮大会，其间广宣佛法，布施财物给僧人、婆罗门及贫困孤独者，至今已举办了五届，刚好是第六届之期，奘师何不多留一段日子呢？"玄奘法师随喜答道："大王的所为，实在是菩萨的善举！导人向善，福慧双修，大王尚且不吝啬财宝，玄奘又岂会赶一时之快呢，愿与王同往。"就这样，戒日王盛邀玄奘参加了历时七十五天的无遮大会，以此表达对这位中国佛学大师的尊敬。

　　无遮大会，是指佛教每五年举行一次的广结善缘，不分贵贱、僧俗、智愚、善恶都一律平等对待的大斋会，又称无碍大会、五年大会。这些在玄奘所著的《大唐西域记》里均有记载。中国的无遮大会始于梁武帝，盛行于南北朝。

　　无遮大会结束后，玄奘准备回归东土大唐，天竺的朋友们都不愿他离开，戒日王也一再挽留，鸠摩罗王甚至提出以建一百座寺院为条件，欲留玄奘在其国供养。玄奘再次向二王申明取经之义："贫僧此来是为继承释迦牟尼佛事业，光大佛法，让一切众生都超出轮回。"戒日王说："奘师既然决意东归，弟子也应随喜任师去留。但未知奘师从何路而归？若取道南海，弟子当发大船相送。"玄奘说："我从东土大唐来时，路过高昌国，其王明睿乐法，曾与我相约回时一聚。所以，还须沿北路回归东土。"

　　见玄奘归志已定，戒日王立即送上大量金钱等物，鸠摩罗王也令人送来诸多珍宝，玄奘一概辞谢。最后，仅接受了戒日王送的一头大青象，以作驮经之用，接受了鸠摩罗王一件曷剌厘帔，用作途中防雨之具。于是，戒日王将金钱三千、银钱一万，交给北印度毗兰达国国王乌地多作为费用，由乌地多王的军队负责护送奘师出印度。又修书多封，漆上戒日王的红泥封印，派遣四名传令官先行，通知玄奘回归东土沿路所经诸国，令他们迎送，直至唐境。

　　贞观十九年（645年）初，玄奘带着六百五十七部佛教经典书籍，踏上东归之路，临行那天，戒日王及当地的印度朋友，挥泪送他几十里路。此时，已经距离玄奘偷偷跑出长安整整十七个年头了，当初他离开大唐西行，是因佛经译著不善，义理不清，有的甚至自相矛盾。他为廓清迷雾，弘扬佛法，才不畏艰险，长途跋涉到达印度。现在学业有成，取得真经，玄奘初心未变，决意东归大唐。

　　西行路上，玄奘经过了一百一十个国家，已经经历太多，这些经历让他的智慧蓬勃生长。他真心知道，如果没有大唐的名号，他的西行不可能成功；如果没有国君的支持，将来在大唐弘扬佛法更是不可能。玄奘不敢贸然进入大唐，毕竟自己身负私越国境之罪，他行至于阗国时，非常诚恳地给唐太宗写了一封信，深刻检讨自己十七年前抗命出国的罪责，在信的最后，玄奘将取经的功劳全部归于唐太宗。八个月后，玄奘终于接到了允许他回国的敕令。而此时正是唐太宗征服西域、西突厥的关键时期，他要打通河西走廊，建立比肩汉武帝的功业，他没有精力，也没有时间追究玄奘偷越出境的事。况且，唐太宗已经了解玄奘西行的整个过程，从他内心讲，还是非常佩服这个与自己一样、为实现自己志向不惜牺牲一切的僧人。

玄奘到达沙州（今甘肃敦煌）时，为证实朝廷敕令的真实，他决定再次上表唐太宗，主动报告自己行踪，听候朝廷发落。此时，唐太宗已在洛阳，准备出师远征高句丽，接表后敕令玄奘速来相见。

4

贞观十九年（645 年）正月二十四，长安城内人山人海，道路两旁摆满香案和鲜花，锣鼓音乐此起彼伏，数万僧尼、民众排队迎接玄奘，都想一睹这位传奇人物的容貌。唐太宗特派房玄龄在长安迎接玄奘，先将他安置在弘福寺，然后在长安朱雀大街南端，将玄奘从印度带回的经卷、佛像和舍利陈列出来，供官吏士人瞻仰。皇帝的召唤和长安官吏百姓的隆重接待，并未使玄奘真正放下心来，毕竟去国多年，他对当今大唐对佛教的态度还是有些惶恐。在安置完毕佛像、经典后，他匆忙赶赴洛阳……

洛阳皇宫仪鸾殿内，一个痴心佛经翻译的僧人，一个争霸四方的帝王，终于有机会见面了。拜谒唐太宗后，玄奘向其介绍了西天之行的所见所闻，以及西域、天竺等国的风土人情，太宗皇帝将着胡须，听得津津有味。此后连续二十天，接连召玄奘入内殿密谈，有时从早到晚，直至擂鼓关闭宫门。至于唐太宗与他具体谈了什么，史书并无记载。

也就是这一年，唐太宗亲征高句丽铩羽而归，万般悲痛之下，为哀悼北征辽东阵亡的将士，依照旧俗，诏令在幽州西南建了座寺院，赐名"悯忠寺"。唐太宗相信，寺庙和僧人有能力超度那些客死异乡的忠魂，也有能力救赎生者的良知。唐太宗善待去国多年的玄奘，实则与他欲建立东方世界霸业、开疆拓土有关。因为在过去的几年，他已经相继平定高昌，占领焉耆，此时他又有征服龟兹之意，还要出征高句丽。作为杰出的政治家、军事家，唐太宗关心的并不是佛学，而是玄奘所带回来的西域各国的真实情况。

唐太宗见玄奘谈吐不凡，对西域各国地理、历史和国情了如指掌，就劝其放弃佛法，与他"共谋大业"。可惜的是，玄奘志不在此，他重回大唐为的是将佛教教义正本清源，于是婉言谢绝了唐太宗的"好意"。他对唐太宗说："陛下如果让我还俗，无异于让水中之舟弃水上岸，不但无功，而且只能腐朽。我只是擅长佛学，其他技艺一无所长。"他以自谦的方式婉拒了唐太宗。之后，唐太宗要求玄奘跟随自己御驾东征高句丽，他又以佛门弟子观不得兵戎厮杀为由，再次婉言谢绝。

对于玄奘来讲，无论是当年西行取经的九死一生，还是如今表面风光的君王礼遇，他的初衷都未曾改变，他一生只为信仰而活。玄奘请求唐太宗能让自己去少林寺翻译佛经，但遭到拒绝。玄奘本是佛门一衲子，奈何落入凡尘中，此生只愿久伴青灯，可如此简单的愿望却只能隔水望月，可望而不可即。最后，在玄奘一再请求之下，唐太宗恩准他入居长安城条件最好的寺院弘福寺，并给予官方经济资助和其他便利条件。

弘福寺，位于陕西省长安县以南。贞观八年（634年），唐太宗为追荐太穆皇后，遂于右领军大将军彭国公王君故宅建寺，广集有德之僧，智首大师受召成为上座。前面说过，玄奘从天竺带回的佛舍利、佛像、大小乘经律论等五百二十夹六百五十七部，均置于此寺。回到弘福寺，玄奘心里倒也踏实了许多，短短两个月，就组织起规模空前的一流"译场"，汇聚了当时大唐帝国首屈一指的佛学才子。如此浩大阵仗，惹得不少人嫉妒，对此玄奘不是不知道，他只是身不由己而已。在外人看来，他高坐神坛，荣耀至极，而在他自己看来，却好似祭坛，如坐针毡。

随着玄奘在弘福寺开办译场的消息传开，很多人慕名前来，没有办法，他只好奏请唐太宗派出五名护卫，把守寺门。玄奘的理由听起来很充分，那就是长安城万人空巷，民众争相观看，他担心译经工作受到干扰。当然，他没有说出来的理由则是，唐太宗对他仍有疑虑，派人守门可以让其更加放心。如此良苦用心，从中可以看出玄奘心里是多么无奈，若此生不入佛门，也许凭借他一身才华也可以权倾朝野，成为千古名臣。玄奘始终以一颗虔诚之心，回报胸襟博大的帝王，他每天早起晚睡，夜以继日，在做好佛经翻译工作的同时，按照唐太宗的交代，历时一年有余，自己口授，由弟子辩机执笔，编撰完成十二卷地理史籍《大唐西域记》。

《大唐西域记》，记载了玄奘从长安出发，亲身游历西域的所见所闻，其中包括两百多个国家和城邦，还有许多不同民族的见闻。书中记载了西域各国各民族的生活方式、建筑、婚姻、丧葬、宗教信仰、沐浴、治疗疾病和音乐舞蹈等内容，从不同层面、不同角度、不同程度反映了西域的风土民俗。《大唐西域记》成为研究印度、尼泊尔、巴基斯坦、斯里兰卡等国家古代历史地理的重要文献。

玄奘虽然反对以佛教理论比附道教，但他还是遵照唐太宗诏令，组织弟子将《道德经》翻译成梵文，随王玄策第二次出使印度，传播到佛的故乡。由此可见唐太宗一统天下之心，古往今来有谁能比呢？大唐盛世繁华又有谁能敌呢？直到唐太宗生命的最后两三年，才开始对佛教和玄奘的态度有微妙改变。

贞观二十二年（648年），玄奘将他正在翻译的《瑜伽师地论》送给唐太宗详览，唐太宗看后连称"佛教广大"，说自己此前对佛教批判皆为妄言，欣然同意为《瑜伽师地论》作序，这便是著名的《大唐三藏圣教序》。《瑜伽师地论》又称《瑜伽论》《十七地论》，为大乘佛教瑜伽行唯识学派及法相宗的根本论书，也是玄奘西行所取得的重要经典。唐太宗为之作序，足以让他骄傲一生。

据史书记载，唐太宗写就《大唐三藏圣教序》后，就在玉华宫庆福殿上，让弘文馆学士上官仪向群臣当众宣读。其词"霞焕锦舒"，对佛教和玄奘"极褒扬之致"。为了让佛教在大唐站稳脚跟，其实在这之前，玄奘就曾向唐太宗乞求经序，但遭到拒绝，这次他终于实现了愿望。作为皇太子的李治，在这种融洽的氛围中，也随之写下《述三藏圣教序记》。此后，《大唐三藏圣教序》和《述三藏圣教序记》，成为佛教在唐朝传播的护身符，玄奘和唐太宗两颗心终于打通。见皇帝和太子均已表态，群臣也纷纷跟帖响应，司徒长孙无忌、中书令褚遂良上表称庆，颂扬唐太宗护持三宝，称赞玄奘西行求法和翻译之精。一时之间，玄奘为"朝贤所慕"，长孙无忌、褚遂良、于志宁等人也都纷纷拜他为师。

贞观二十三年（649年），唐太宗的身体状况越来越差，玄奘不得不扔下手头翻译的经卷，陪从病重的太宗皇帝前往终南山翠微宫休养。在那里，他每天按时在御榻前为太宗皇帝讲经，唐太宗那颗躁动不安的心灵，在禅的抚慰下渐渐获得宁静。这年五月，唐太宗临终前召见了长孙无忌和褚遂良，将太子李治托付给二人，请他们辅佐太子李治听政。是月，唐太宗驾崩于含风殿，玄奘随灵柩返回长安。六月初一，太子李治即位，是为唐高宗，时年二十二岁。

即位后的唐高宗，左手边是自己的亲舅舅，主谋"玄武门之变"的长孙无忌，而他的右手边则是文韬武略的褚遂良，夹在两位政坛高手中间的李治，照旧书写应酬文字，佯装乖巧。其实，他心里暗暗较劲，最迫切的愿望就是早一天从那些辅臣手中，拿回本该属于自己的权力。

5

随着唐太宗时代的结束，玄奘的好日子也走到了尽头。因为当初作为太子的李治，与玄奘走动频繁，只是为了讨得父皇的欢喜，其实他内心对佛教并无好感，包括修建大慈恩寺，一切都是在做样子、走秀场而已。

大慈恩寺，是长安城最著名、最宏伟的佛寺，距离皇宫不远。就在唐太宗去世的前一年，时为太子的李治，为追念母亲文德皇后长孙氏，提议修建大慈恩寺。寺院"渐向毕功，轮奂将成"时，他又奉唐太宗敕旨，度僧三百人，别请大德五十名，"同奉神居，降临行道"。同时，正式赐新寺为"大慈恩寺"，并增建"翻经院"。翻经院落成后，"虹梁藻井，丹青云气，琼础铜沓，金环华铺，并加殊丽"。李治为顺父皇之意，颇有心计的他便将玄奘自弘福寺请至大慈恩寺翻经院，充上座，纲维寺任，继续从事佛典翻译。

这年十二月，对玄奘来讲可以说是他人生的高光时刻，唐太宗亲自为他举行盛大隆重的入寺升座仪式，这些在《大慈恩寺三藏法师传》里都有详细记载。之后，玄奘在大慈恩寺主持寺务，领管佛经译场，并创立汉传佛教八大宗派之一的唯识宗，成为唯识宗祖庭。从此，大慈恩寺与流芳百世的玄奘结下千载法缘。

永徽三年（652年）三月，玄奘打算在大慈恩寺端门之阳建造一座高三十丈的石塔，用来安置、保存从西域请回的经像，并以此彰显大国威风。同时，也作为释迦牟尼佛故迹垂世，供人瞻仰。唐高宗得知后，表现得非常热心，他向玄奘提出三条建议：一是用石造塔，工程太大，恐难速成，建议改用砖造；二是不用玄奘法师辛苦、破费，一切用度皆以大内、东宫、掖庭等七宫亡人衣物折钱支付；三是建塔地点改在寺之西院。

建塔奠基之日，玄奘自述诚愿，略述了自己皈依佛门的经过，赴印度求法的原因，以及唐太宗父子护法的功德等，最后他说："但以生灵薄运，共失所天，惟恐三藏梵本零落忽诸，二圣天文寂寥无纪，所以敬崇此塔，拟安梵本；又树丰碑，镌斯序记，庶使巍峨永劫，愿千佛同观，氤氲圣迹，与二仪齐固。"

春日阳光正暖，风也轻柔，玄奘站在大慈恩寺翻经院外，注视着不远处即将建好的佛塔，脸庞上带着笑意。他心想：不久之后，自己从天竺带回的经像、佛舍利，将一并存放于此。到那时，塔的南面也将竖起唐太宗和唐高宗称赞他西行求法的碑文，无限荣耀，尽显其中。一回头，玄奘看到翻经院里僧人们忙碌而笃定，他们是自己译经团队的成员，大家因为译经事业聚集在一起，为弘扬大乘佛法贡献自己的力量。玄奘偶尔也会"亲负篑畚，担运砖石"。工匠们吆喝声铿锵有力，桌案上书写声抚人心神，风吹树叶摇摆声似有似无，一切看起来是那样美好。

永徽四年（653年），大慈恩寺大雁塔建成，方形塔基，面宽各一百四十尺。塔形仿西域（印度）制度，不循中土旧式。塔分五级，包括相轮、露盘在内，总高一百八十尺。大雁塔的上层以石为室，藏有经像。塔的下层南外壁有两块石碑，左边是唐太宗所撰《大唐三藏圣教序》，右边为唐高宗在东宫时所撰的《述三藏圣教序记》，皆由尚书右仆射河南公褚遂良书。大雁塔自此成为长安城内乃至大唐帝国的一处著名胜迹。

大慈恩寺昼夜灯火辉煌，玄奘每天端坐在译经僧之间，带领众僧进行着庞大而复杂的翻译工作，他知道时间对于自己来讲是何等宝贵。伴随着一部部鸿篇巨制的完成，这座寺院和那座高塔，将一同载入史册，一起被后人瞻仰膜拜，被历代文人骚客吟咏演绎……

朝堂之上，玄奘时刻不忘谨言慎行，游刃有余地周旋于君王与朝臣之间，他知道现任皇帝唐高宗已经不同于之前的唐太宗。局势变幻从来不会有什么提前预告，世事无常同样不会对谁有所偏爱。当初，以长孙无忌、褚遂良为首的元老大臣势力强大，以他们为首的众多大臣坚决反对"废王立武"，唐高宗的皇权受到很大限制，武则天的前行道路也充满艰辛。而今，唐高宗羽翼渐丰，他要借"废王立武"，重振皇权，彻底击垮关陇门阀旧势力。而武则天觊觎的不光是皇后宝座，她还要临朝听事，由此，这对宫廷夫妻，开始成为政治上的亲密"战友"。

俗话说，所有命运馈赠的礼物，都已在暗中标好价格。在唐高宗数年隐忍与尝试之后，他决定与武后联手，开始清算以长孙无忌为首的曾经声名显赫的一众老臣。当然，恨屋及乌之下，与这些老臣交情深厚的玄奘，自然也难逃干系，成为他们的眼中钉、肉中刺。此时，恰好有种不和谐的声音在朝廷和坊间发酵，那就是先前皇帝对佛教太过尊崇，玄奘在民间威望过高，长此以往将影响帝国的发展。为了取得皇室信任，玄奘开始频繁来往于寺院与宫廷之间，随时准备为皇家提供宗教祝福。他甚至在武后怀孕的时候，在皇子降生的一个月里，四次进宫，为帝国未来的继承人祈福。他希望通过自己的努力，能为佛教徒多争取些生存空间。

唐朝虽是公认的中国封建王朝鼎盛时期，但相比于其他朝代，帝王对长生不老的追求似乎更为强烈。唐高宗与父皇唐太宗早年一样，都是道教的拥趸，都有追求炼丹长生的愿望。但随着唐高宗执政根基的逐渐稳固，终于卸下伪装，对佛教和玄奘的态度开始转变。玄奘心中知道世事早已变迁，可他如同乱世浮萍，只能随风而动。

永徽六年（655年），是唐高宗最后一年使用"永徽"年号，也是暗藏杀戮的重大转折之年。唐高宗先是不顾长孙无忌等大臣强烈反对，坚决"废王立武"。之后，武后将已废黜的王皇后和萧淑妃幽禁，用极其残酷的手段将她们杀死，且改王氏姓为蟒氏，改萧氏姓为枭氏。不久，长孙无忌和褚遂良等一干旧臣纷纷被贬，政治的惊涛骇浪，把盛唐托孤大臣逐一拍在沙滩上。

这年五月，尚药奉御吕才，为唐高宗提供了一枚极具杀伤力的"炮弹"，他公开质疑玄奘佛学的权威性。吕才自称作《因明注解破义图》三卷时，发现玄奘的三个弟子对佛经疏解互有矛盾，然后林林总总列举了自以为是的四十条错误，毫不客气地质疑、挑衅、贬低玄奘的佛学思想。

这里先说说吕才这个人，吕才是博州清平县（今山东临清东）人。唐代学者、哲学家、思想家、音乐家、自然科学家。单从这些头衔上看就知道此人不简单，吕才虽出身寒微，但勤奋好学，兴趣广泛，通晓《六经》、天文、地理、医药、制图、军事、历史、文学、逻辑学、哲学、乐律等，他以学识渊博、多才多能而知名。吕才经中书令温彦博、侍中王珪和魏徵推荐，进入弘文馆，后历任起居郎、太常博士、太常丞，累迁太子司更大夫等。

6

吕才博学多能不说，最难能可贵的他还是个无神论者，也是一个持反佛思想的学者，他对佛学中的一些问题进行了专门研究，与僧众也曾进行过激烈辩论，一度引起唐高宗的高度关注。

吕才在朝野大肆传播、宣扬自己的观点，将舆论压力和诸多不怀好意的指责强压在玄奘身上，对其打击很大。玄奘的弟子慧立，无奈写信向左仆射燕国公于志宁求助，或许是后来在朝中高官出面干预下，吕才稍有收敛。然而，作为苦行僧的玄奘，身处矛盾中心一直未曾发声，直到数月之后，在得到唐高宗允许后，他才有机会与吕才展开面对面的对决辩论，唐高宗敕令群臣学士去大慈恩寺观看。

千年已逝，当年那场辩论的内容已不能尽知，但对于这场辩论，上至朝廷公卿、下至街巷百姓却无不知晓，可见当时影响之大。据有关记载说，吕才"词屈，谢而退焉"。玄奘用他丰厚而智慧的佛学理念，碾压式地给吕才上了一课。他虽然赢得辩论，但并未赢得唐高宗的心。玄奘知道一切看起来并不那么简单，长期以来儒佛之争、佛道之争，以及佛教内部不同派别、不同理念的争论，都未曾停歇过。尽管这次辩论事件平息了，但吕才对佛学的质疑，对玄奘的指责，背后动机并不单纯。

回想起唐太宗在世的最后日子里，几乎都是玄奘陪侍在侧，朝臣中也有很多高官都是他的弟子，按说其地位不在国师之下。而吕才身居尚药奉御，也只是个替皇帝皇后亲尝药物的五品下的小官，其身份地位与玄奘相去甚远。另外，虽然吕才博学多才，却不曾受过专业佛学教育，单凭他个人便敢质疑相当于佛教界领袖的玄奘，试想，如果没有宫廷高层授意，吕才肯定不敢向玄奘"开炮"。

玄奘恍然发现，自己的地位，也许自始至终都没有他想象的那样稳固牢靠过，他感觉自己似乎是行走在钢丝上，需要时刻小心翼翼地维护着脆弱且来之不易的平衡。就在他与吕才辩论时，他用微不可察的余光看了唐高宗一眼，高宗皇帝面无表情，像是块冻在冰天雪地中的铁，让他心有所感，更是心有不安。如果站在第三者的角度，世人完全有理由相信，"吕才事件"就是唐高宗针对玄奘的一次布局和试探，他是想借吕才之手，彻底弄清玄奘在朝中的人脉关系，看清他在民间的地位。

"吕才事件"之后，别有用心之人对佛教的质疑，身边弟子对他的背叛，让玄奘跌入人生低谷，译经工作更加步履维艰。先是朝廷派来六位大臣与他一起译经，美其名曰担当修饰、润色之责，其中却不乏监视、限制之意。之后，唐高宗又命玄奘随驾出行东都洛阳，近乎囚禁般让他住进积翠宫，两人的交流不能说没有，只能说少得可怜。

在洛阳两年里，玄奘身边仅跟随着五位弟子，繁杂的译经工作难以开展不说，就连他的起居生活也到了窘迫无助的地步。玄奘重病之时无人照料，只得自己冒险私自离宫，求医问药，惹得唐高宗猜疑更重。

显庆四年（659年），回到长安后的玄奘，万般无奈之下，才上表请奏到玉华寺译经。在得到唐高宗应允后，他才率领门徒高僧来到玉华寺，青灯古佛相伴，在生命最后数年里，专心致志翻译经卷。龙朔三年（663年），历时四年时间，玄奘终于完成了二十万颂六百万字的皇皇大典《大般若经》，这也是他在玉华寺所译十四部经卷中最大的一部。《大般若波罗蜜多经》，是佛教的一部根本大典，为使该经翻译更加接近原貌，他校合了三种自天竺携回的梵本，可谓呕心沥血。他鼓励众僧说："我必卒命于此伽蓝，而此部经甚大，每惧不终，人人须当努力加勤，勿辞劳苦。"玄奘所译《大般若波罗蜜多经》，文字贯练，用语精当，修正了旧译中的许多讹谬，可谓"一语之安坚如磐石，一义之安灿若晨星"。

佛学巨典《大般若波罗蜜多经》和唯识宗理论典籍《成唯识论》，是玄奘在玉华寺译成的两部最重要的佛教典籍。《大般若波罗蜜多经》译成后，他深有感触地说："此经在西域，多秘而不传，而今译来，实非易也！"在《大般若波罗蜜多经初会序》中，他盛赞《大般若波罗蜜多经》"乃希代之绝唱，旷劫之遐津，光被人天，括囊真俗，诚入神之奥府，有国之灵镇"。玄奘在玉华寺四年时间里，先后翻译佛教经典十四部六百八十二卷，比他在长安十五年间译经的总量还多。他还特意邀请著名画家、塑工宋法智,专事玉华寺佛像敬造工作,在自己居住的肃成院后面山崖上开窟造像,或石雕,或泥塑,每天都要向佛祖祷告。

麟德元年(664年)二月的一天,玄奘像往常一样去洞窟祷告,一不留神跌落水沟,伤及大腿,由于医治不及时,病情迅速恶化。他自感死期将至,弥留之际,口诵《心经》为自己超度。玄奘在玉华寺的最后岁月里,朝廷不仅派人防守,就连跟他同来的译经僧都要定期回长安述职。这一次,他对去长安述职的弟子们说:"你们此去就不必回了,此译经道场亦将不复存在。"这年二月初五夜,耗尽毕生精力的玄奘在玉华寺肃成院圆寂,享年六十二岁。那一刻,时间的河流似乎在那个没有月亮的春夜戛然而止。

对于一名僧人而言,生命的目的在于实现圆满,圆满的标志就是成佛。根据玄奘遗愿,他的遗体在长安大慈恩寺停放两个月后,下葬在白鹿原。当日,长安城万人空巷,道俗百姓纷纷参加葬礼,但官方却没有派任何官员参加,唐高宗既没有赐予他谥号和追荣,也没有公卿名士为其撰写碑文,玄奘墓地的白塔上甚至没有一字铭文。也许,这对于他来说虽不是最好的结果,但他终于离开红尘世事,于极乐世界长伴古佛,重新回到年少时期以梦为马奔波西行的路上,又何尝不是一件快意之事!斯人已逝,他留给世人的是绵绵怀念。

鲁迅先生曾说过:"我们从古以来,就有埋头苦干的人,就有拼命硬干的人,有为民请命的人,有舍身求法的人。"这就是中国的脊梁。如果说舍身求法之人,首选就是玄奘。他回到大唐十九年中,倾其一生,共翻译经、论七十五部,共计一千三百三十五卷,合计一千三百三十五万字,占整个唐代译经总量的一半以上。他留给后人的是对理想永不放弃、对信念始终坚持的精神,这也是一个民族的精神。

初唐风骨

　　唐诗在卢照邻和骆宾王手中，从宫廷走向市井，又在王勃和杨炯的手中，从台阁传播到边塞。"初唐四杰"不仅通过诗歌实现自我升华和蜕变，还极大丰富了唐诗的思想意蕴，更重要的是他们用诗歌呈现出慷慨与壮志、激越与隽永、家国与情怀、美好与凋零，铸成时代风骨。

|

　　唐高宗李治驾崩后的第二年，公元 684 年，暗流涌动的大唐帝国迎来一个多事之秋：唐中宗李显即位，改元"嗣圣"；武后又废中宗，立李旦为睿宗，改元"文明"；武后再改元"光宅"；哈雷彗星出现。

　　频频废立帝王，已是朝廷大忌，一年三次更改年号，也是旷古无两。再加上被视为不祥之兆的彗星出现，朝廷上下人心惶惶，气氛十分凝重。而此时政出武后，诸武氏皆居权要，李唐宗室更是人人自危，人心怨愤。

　　与其逆来顺受，不如开始战斗！至此，临朝称制的武则天，迎来了她的第一个反叛者——李敬业。李敬业，本名徐敬业，为李唐赐姓，是开国功臣、司空李世勣的孙子。这年九月，李敬业以勤王救国、支持李显复位为名，在扬州起兵，设立匡复府、英公府、扬州大都督府，自称匡复府上将军。李敬业起兵的消息传到东都洛阳，武则天为之震怒。

　　仗剑高歌，龙血玄黄，本是武将的天职。但在李唐江山风雨飘摇的多事之秋，一些心怀家国的文人士子，执笔为戈，口诛笔伐，以文人风骨树立起一座时代文化地标。被誉为"初唐四杰"的骆宾王、王勃、杨炯、卢照邻，无疑就是这一时期的杰出代表。

　　李敬业起兵伐武，匡复李唐江山，作为"初唐四杰"之一的骆宾王也热血沸腾，同仇敌忾。既然文不能复唐，那就只能兵戈相见，他投奔了李敬业，在李府担任艺文令，专掌文书机要工作。骆宾王充分发挥其文学才华，写下《代李敬业讨武曌檄》："伪临朝武氏者，性非和顺，地实寒微。昔充太宗下陈，曾以更衣入侍。洎乎晚节，秽乱春宫。密隐先帝之私，阴图后庭之嬖。入门见嫉，蛾眉不肯让人；掩袖工谗，狐媚偏能惑主……"他又接着写道："杀姊屠兄，弑君鸩母，神人之所共疾，天地之所不容……"

檄文开篇就历数了武则天累累罪恶，层层揭露，犹如贯珠，事昭理辨，并点明武氏乃亡国之祸根，从而道出讨伐武氏的必要性。再写起兵讨武的正义性，气盛辞断，字字见血，锋芒毕露。最后向敌方晓以赏罪诱胁。全文综合运用对仗、用典、夸张等表现手法，烘托文章气势，晓之以理，动之以情，表现出强有力的说服力和号召力。

在檄文号召下，李敬业很快拥兵十余万。尽管檄文激荡风云，义军也同仇敌忾，但雄浑之笔终究难以抵挡凌厉兵马，两个月后，这场轰轰烈烈的兵变就被武则天绞杀，李敬业也被剥夺赐姓和爵位，最后落得个为部下所杀。覆巢之下无完卵，作为谋士的骆宾王，自然也就成了兵变的牺牲品，不知所终。史料对他的失踪也是莫衷一是，《资治通鉴》说他与李敬业一同被杀，《朝野佥载》又说他投江而死，而《新唐书》本传则说他是"亡命不知所之"。骆宾王究竟魂归何处，最终成为一桩历史悬案，给后人留下无限想象的空间。

千年之后的今天，骆宾王魂归何处已不重要，重要的是已届花甲之年的他，仍以书生意气，参与了那场李唐皇族拥护者与武则天之间的第一次交锋，展示出一代文人的风骨。

"鹅，鹅，鹅，曲项向天歌。白毛浮绿水，红掌拨清波。"后人了解骆宾王，更多的是从他这首《咏鹅》五言古诗开始的，这也是国人诗词启蒙

必学的一首唐诗。如果说骆宾王因这首《咏鹅》而初露锋芒，那么，在他
人生最低谷落难之时，则是用那首《在狱咏蝉》来自我辩护，以表达自己
辨明无辜、昭雪沉冤的愿望；而他人生的终点，则是以一篇《代李敬业讨
武曌檄》的檄文谢幕，使其才华达到巅峰。

有关骆宾王的出生年份，《旧唐书》和《新唐书》以及《唐才子传》
等书均未记载，现行的说法是存疑，但有一点可以肯定，那就是他出生于
婺州乌伤城（今浙江义乌）北的骆家塘村。骆氏家学渊博，在当地算得上
是姓氏大族，骆宾王的祖父和父亲都曾担任过朝廷官吏，还都极具才华。
小小骆宾王从一出生就寄托着父辈无限希望，父辈们根据《周易》中"观
国之光，利用宾于王"这一句，为他取名骆宾王，字观光。言外之意，就
是希望他长大成人之后，能够有一番作为，进入仕途，辅佐明君，光耀门
楣。而且还要成为有品德声望，为天下百姓谋幸福的高官。可是，纵观骆
宾王起伏跌宕的一生，空有一腔凌云志，时代没有给他造福黎民百姓的机
会，反而促使他成为光耀中华的风骨才子。

家风，又称门风，顾名思义就是一个家庭的风气、风格与风尚。尽管
骆宾王的祖辈都曾做过朝廷官吏，但都两袖清风，家无余财，到骆宾王出
生时，已家道中落，但诗书传家之风却依然兴盛。良好的家风让他从小耳
濡目染，聪明好学异于常人，再加上父辈们悉心教导，他的学识很快便超
过同龄人。

七岁那年，有一天，骆宾王跟随祖父在池塘边散步，看到几只白鹅在
水面游弋，即兴赋诗一首："鹅，鹅，鹅，曲项向天歌。白毛浮绿水，红
掌拨清波。"这首《咏鹅》简洁明快，生动自然，短短十八个字，便把白
鹅游水之情景惟妙惟肖地表现出来，意境清丽，流露出童稚天真烂漫之

态，一时间广为传唱，他也因此被冠以"江南神童"名号，才名远播。

骆宾王的父亲骆履元曾任青州博昌（今山东博兴）县令，幼时骆宾王与母亲跟随父亲骆履元千里赴任，一家人从江南搬到了山东居住。齐鲁大地是儒学文化发源地，博昌属于河南道青州，东临渤海湾，南与齐国故都临淄相邻。当年齐国广揽各地名士，讲学论道，形成著名的"稷下之学"。博昌可谓圣人之乡，文风兴盛。在博昌，父亲骆履元便把骆宾王送进了县学馆攻读诗书，接受严格教育。就这样，骆宾王在齐鲁学风熏陶下，度过了一段非常惬意的少年时光。

骆家以书礼传家，簪缨不绝，崇尚义节。骆履元十分开明，他不仅让儿子读有字书，也读无字之书。为了让骆宾王增长见识，经常带他出席各种场合，还有意引导儿子与当地的名士交游，希望他谈笑有鸿儒，往来无白丁，将来能走上仕途。

2

无奈天有不测风云，人有旦夕祸福。一年深秋，父亲骆履元却突然病逝在任上，骆家的境况也随着片片落叶一起飘零了。对于骆宾王和母亲来讲，家中顶梁柱崩塌了，骆履元是一个清官，家徒四壁，他们母子当时连安葬的钱都拿不出来，一时不知所措。好在骆履元政绩名声有口皆碑，当地父老乡亲纷纷伸出援助之手，帮助他们母子处理好骆履元的后事。

　　骆宾王与母亲没有了生活依靠，也断了经济来源，穷困之际，骆母想到了丈夫，骆履元生前有个旧友——兖州瑕丘县（今山东兖州）的韦县令，骆母便带着骆宾王前往投奔。虽说寄人篱下的日子不好过，但比寄人篱下更不好过的是如何才能寄人篱下。在前往兖州时，这个问题一直困扰着骆宾王，他决定给韦县令写一封《上瑕丘韦明府启》的自荐信。所谓"明府"，是唐朝对县令的称呼。在这封自荐信中，骆宾王开门见山地说："临淄遗妇，寄束缊于齐邻；邯郸下客，效处囊于赵相。"意思是说，我现在来投奔您了。接着他又把韦县令大大地赞扬了一番："谈丛散馥，韫余气于九兰；笔海飞涛，骇洪波于八水。""漱流逸客，望骥足以云蒸；栖泌遗才，款龙门而雾会。"意思是说，您能说会写，宽容大度，爱才之名播于海内，我是慕名而来。

　　骆宾王还自我介绍说："幸以奉训趋庭，束情田于理窟；从师负笈，私默识于书林。至于九流百氏，颇探其异端；万卷五车，亦研其奥旨。"意思是说，我"趋庭奉训"，接受过严格教育，还算有些才华，在您那儿不会白吃白住，有啥用得着我的尽管说，我愿效犬马之劳。最后，他直截了当提出请求："谅以糟糠不赡，甘旨之养屡空；箪食无资，朝夕之欢宁展。"意思是说，我现在遇到麻烦了，吃不上饭，还有老母需要赡养，希望您能收留我。

　　骆宾王的这封自荐信写得有礼有节，韦县令收到信后，对他的文采十分欣赏，不仅收留了他们母子，还愿意鼎力相助，与郭赞府（唐代称县丞为赞府）联袂给他搞了个"乡贡"资格。骆宾王寄居瑕丘，筑庐隐居，一边给父亲守孝，照顾母亲，一边潜心苦读，为即将到来的科考做准备。每当他读到古书上子路负米的故事，便"废书辍卷，流涕伤心"，树欲静而风不止，子欲孝而亲不在，诚可谓人生大不幸。

骆宾王后来回顾这段经历时，曾感慨地说："我多年来一直在遵循着父亲的训导，克制自己的言行。对诸子百家、九流七略之学，都是潜心钻研，从不马虎，达到了文通泛麦、公叔遗冠的地步。"寄人篱下终究不是长久之计，骆宾王守孝期满后，决定赴京赶考，以实现他"利用宾于王"的理想。然而，在唐代科举场中，考生为求中第，竭力钻营，会千方百计争取权要的吹嘘、引荐，有的人会把自己得意的诗文，献给有名望的权贵显宦或学者名流，以求得他们的赏识赞誉，扩大影响，制造有利于自己的社会舆论，这种现象被称为"干谒"，也是唐代文人进身仕途的捷径。还有的考生直接把自己写的诗文送给主考官员，以期给主考官留下深刻印象，好先声夺人。总之，在正式考试之前，场外竞争也十分激烈，各有各的道。

骆宾王自恃学识精博，认为凭借真才实学，一定会金榜题名，雁塔留名，他不愿意走干谒这条路子，他在自传体长诗《畴昔篇》的开头，还专门提及这次进京考试的事情："少年重英侠，弱岁贱衣冠。既托寰中赏，方承膝下欢。遨游瀍陵曲，风月洛城端。且知无玉馔，谁肯逐金丸！"意思是说，自己早年崇拜英雄侠义之士，轻视官场得意权贵显要。正当自己"承欢膝下"时，由于客观环境驱使，匆匆上京求取功名。其间，骆宾王利用考试余暇，游览京城胜迹，领略洛阳风月。明知处境艰难，也绝不追逐权门，乞求赏赐。骆宾王年轻气盛，恃才傲物，他看不起那些权贵，当然也就不愿意向他们干谒、行卷，最后的结局不言而喻，落得个铩羽而归。

骆宾王骑着匹瘦马，踽踽独行，走出梦想中的长安城，那一刻，他的情绪从浪漫主义的高空，一下子跌落到悲苦穷愁的低谷，他第一次体味到现实生活的冷酷无情，个人的前程，家庭生活的改善，父辈师长的热情期待，也都随之化为泡影，心中愤懑不平。经过反复思忖，骆宾王决定南归故里，向故乡亲友诉情求助。在南下路上，他写下《途中有怀》："眷然怀楚奏，怅矣背秦关。涸鳞惊照辙，坠羽怯虚弯。素服三川化，乌裘十上还。莫言无皓齿，时俗薄朱颜。"不平之气，跃然纸上。

世情的冷暖，现实的残酷，迫使骆宾王渐渐成熟起来。三年之后，他再次奔赴长安，第二次参加科考。然而，这次依旧名落孙山，不过幸运的是他得到贵人赏识，这个人便是唐高祖李渊的第十六子——道王李元庆。后来，骆宾王为了生计，前往豫州投奔李元庆，在道王府上做了一名小小幕僚。而此时再度入宫的武则天，正与王皇后和萧淑妃开始激烈互撕。

唐制规定，在亲王府中谋事的官佐，任职时间不能太长，生怕时间一久，王侯们培植势力，结党生变，所以要求一般不超过四年。李元庆十分欣赏骆宾王的文才，所以在他任职秩满后，有意提携他，特地下了一道手谕，要他"自叙所能"。可是狷介清高的骆宾王耻于自炫，不仅辞不奉命，并且还写了一篇《自叙状》，他在文中写道："知臣莫若君，知子莫若父"，"若乃脂韦其迹，乾没其心，说己之长，言身之善，容冒进，贪禄要君，上以紊国家之大猷，下以渎狷介之高节，此凶人以为耻，况吉士之为荣乎？所以令炫其能，斯不奉令"。意思是说，我的本事你要是不清楚，这么多年岂不白干了？你要引荐就去引荐，不引荐随你的便。让我自吹自擂没门，觉得丢人。后来，李元庆被朝廷猜忌，任职秩满的骆宾王，也只得辞职回到山东隐居，再次过起耕读自娱的闲居生活，其间写下大量的隐逸诗。

生活不只有诗和远方，还有眼前的柴米油盐。对于手无缚鸡之力的骆宾王来讲，想要靠种几亩田地维持生计谈何容易。他很快就到了"糟糠不赡，审算无资"的地步，一家人连粗茶淡饭都吃不饱。残酷的现实，让心高气傲的他不得不摧眉折腰。乾封二年（667年），骆宾王第三次回到阔别十余年的长安，准备应试。功夫不负有心人，这次他顺利通过了对策考试，授太常寺奉礼郎（从九品上）。之后，在裴行俭的力荐下，他又兼任东台详正学士，即弘文馆学士，负责校理朝廷图籍。至此，骆宾王才算正式跻身官场，踏上仕途。

3

尽管骆宾王经历了官场跌宕沉浮，但秉性耿直、刚正不阿的他，始终与沾满秽气的官场格格不入。作为朝廷奉礼郎，要执行令人透不过气来的严格礼节，这与他作为诗人固有的浪漫气质很不相符，再加上他名声显赫，也时常招来一些人的嫉妒。两年后，他因为摆放祭祀的稻粱黍稷顺序错误，受小人构陷，被太常寺丞问责罢官。

骆宾王就像秋天古树上被抛弃的一片落叶，灵魂已经无所寄托。好在天无绝人之路，上帝给你关上一扇门，就会另开一扇窗。就在骆宾王被撤职的次月，边疆传来战报，吐蕃大举入侵，攻陷安西四镇。朝廷震怒，准备派薛仁贵率兵西征，骆宾王闻听，仿佛眼前闪过一道希望之光，他遂向吏部侍郎裴行俭上书，请求戴罪立功，奔赴沙场，为国捐躯。裴行俭与骆宾王同年，年轻时两人就共过事，他对骆宾王十分器重，很快就批准了这一请求。骆宾王有幸投身薛仁贵幕府，斗志昂扬，随军出征西域，开始了铁马金戈的军旅生涯。

失之东隅，收之桑榆。骆宾王在军中主要负责捷报文书撰写，出塞道上，他见识了天山积雪，边庭落日，也见识了戍楼烽火，野马狼烟，伴着他的浓浓爱国情怀和羁旅愁思，一首首情真意切、雄浑悲壮、慷慨激昂的军旅诗篇诞生了。大漠孤烟，边庭落日，戍楼关月，寒光铁衣……都被他收入诗中，这些诗的意象和意境，与过去和平环境中写就的完全不同，语言含蓄凝练，言简意赅，由此开唐代边塞诗的先河。

为了铭记那段铁血军魂的岁月，骆宾王曾写下《从军行》："平生一顾念，意气溢三军。野日分戈影，天星合剑文。弓弦抱汉月，马足践胡尘。不求生入塞，唯当死报君。"他在想家时，写下了《从军中行路难》："春来秋去移灰琯，兰闺柳市芳尘断。雁门迢递尺书稀，鸳被相思双带缓。……但使封侯龙额贵，讵随中妇凤楼寒。"他在彷徨时，写下了《在军登城楼》："城上风威冷，江中水气寒。戎衣何日定，歌舞入长安。"

…………

三年后，骆宾王随军入滇平叛，其间向朝廷报捷的"露布"，均出自他手，气势磅礴，文采飞扬，足以与后来那篇"讨武"的檄文相媲美。之后，骆宾王又奉遣入蜀，参加姚州道大总督征讨蒙俭的战役，平定蛮族叛乱的文檄也多出自他手。清闲之余，他饮酒赋诗，尽情游览蜀地名胜古迹，将所见所感融入诗歌，写就了不少光彩夺目的篇章。

仪凤三年（678年），骆宾王离开蜀地，奉命去陕西武功县做主簿，之后又调任长安主簿。十余年宦海沉浮，长期边塞从军，历尽艰难险阻，可他终究还是一个九品芝麻官，这对于心高气傲的骆宾王来说，悲伤痛楚在所难免。为了抒发怀才不遇的悲愤，他创作了一首名为《帝京篇》的长诗，描绘了唐朝帝京长安的繁华，颇多壮词，显示出大唐帝国的强盛和蓬勃向上的时代风貌，同时，也提出居安思危的警示。此诗取材于汉代京城长安的生活故事，以古喻今，抒情言志，气韵流畅，犹如"缀锦贯珠，滔滔洪远"。《帝京篇》一经面世，立刻传遍京畿，"以为绝唱"。

调露元年（679年）晚春，骆宾王时来运转，由长安主簿入朝迁为御史台侍御史。侍御史，是从六品的监察官员，"掌纠兴举百官、知推弹公廨等事"，这也是他一生中担任的最高职务。他为人刚直不阿，疾恶如仇，在官场上一直受别人嫉妒与排挤，试想一下，这样一个连自己都保护不了的人，又怎么能够代表朝廷去"纠举百僚"，指出朝廷的错误呢？答案显而易见：肯定不能。

走马上任的骆宾王，欲大显身手，他在侍御史岗位上干了还不到半年，就多次上疏指责时政，结果他这个负责纠举百僚的官员，反倒被人纠举，最终成为别人刀俎上的鱼肉，获罪入狱。罪名竟是他在长安主簿任上有"坐赃"行为，也就是贪污。

欲加之罪，何患无辞。悲愤难平的骆宾王，在狱中写下《在狱咏蝉》诗作："西陆蝉声唱，南冠客思深。那堪玄鬓影，来对白头吟。露重飞难进，风多响易沉。无人信高洁，谁为表予心。"抒发了他品行高洁却"遭时徽缠"的哀怨悲伤之情，表达了其辨明无辜、昭雪沉冤的愿望。全诗情感充沛，取譬明切，用典自然，一语双关，于咏物中寄情寓兴，由物到人，由人及物，达到了物我一体的境界。可怜当年那个在骆家塘吟咏白鹅的神童，如今历尽劫难，两鬓斑白，满腔抱负却无从施展，纵然诗文动天下，壮志难酬亦枉然。

调露二年（680年），李显被册立为皇太子，大赦天下，骆宾王有幸得以赦免出狱，被贬任临海（今浙江台州）县丞。临海地处边隅，交通不便，但看透世态炎凉的骆宾王并不在意，早已视官职为草芥，他寄情山水，行吟放歌。四年之后，李显还没有把皇太子的宝座焐热，就被贬为庐陵王。武后铲除异己，大开杀戒，准备废帝夺权，改唐立周。回京办事的骆宾王听说后，离京后没有回临海，而是改道去了扬州，他要与李敬业共赴一场生死之约。此时，骆宾王已经完全抛弃"中兴门庭，光宗耀祖"的枷锁，成为一个愤世嫉俗的"老愤青"。在扬州，他奋笔疾书，为李敬业起草了一篇名为《代李敬业讨武曌檄》的檄文，吹响讨伐武则天的号角。

俗话说，没有个人的时代，只有时代里的个人。同样，时代里的每一个人，又都拥有这个时代赋予他的梦想。

皇宫里，武则天读着檄文中"入门见嫉，蛾眉不肯让人；掩袖工谗，狐媚偏能惑主""神人之所共嫉，天地之所不容"等痛骂自己的话，起初并不以为意，本来就是胜王败寇嘛！可当她看到"一抔之土未干，六尺之孤何托"时，却不由得感叹道："这样的人才竟不能为我所用，可惜啊！"雄才大略的武则天断言，骆宾王的文章固然了不起，但李敬业的武功谋略却未必能匹配得上。

事实也正如她所预料，两个月后，李敬业兵败，骆宾王也不知所终，仿佛人间悄无声息地蒸发了似的，为后人留下了一个千年未解之谜和那篇流传千古的檄文——《代李敬业讨武曌檄》，让武则天记住了他的才华。

从某种角度而言，骆宾王就是为批判武则天而生，他让武则天背上千古骂名。后来，骆宾王的这篇檄文与王勃的《滕王阁序》一起，被誉为中国骈文史上的"双璧"。

4

乱世之秋，社稷将倾，书生意气，激扬文字，充溢疏朗奋发骨鲠之气的又何止骆宾王一个？

唐代大诗人杜甫，曾在《戏为六绝句·其二》中写道："王杨卢骆当时体，轻薄为文哂未休。尔曹身与名俱灭，不废江河万古流。"从中不难看出，作为"初唐四杰"，他们都抱定了"不废江河万古流"的信念。

王勃，据"四杰"之首，也是四个人中生命最短暂的。史料记载，王勃绛州龙门（今山西河津）人，唐朝文学家。他聪敏好学，六岁能文，下笔流畅，被誉为"神童"。九岁时，王勃在读秘书监颜师古所著的《汉书注》后，就撰写了《指瑕》十卷，指出《汉书注》中存在的一些错误。颜师古是有名的大儒，隋代经学家、训诂学家、历史学家，有着汉书功臣之美誉。王勃小小年纪，就能指瑕颜师古的《汉书注》，聪明可谓异于常人。

书山有路勤为径，学海无涯苦作舟。其实，做一名诗人并不是王勃最初的人生目标，他虽然饱览六经，博学多才，但从小却与中医有着鲜为人知的渊源。年少时，王勃经常说："人子不可不知医。上以疗君亲之疾，这也是孝道。"所以，他平日里留心医药，博览医药方书，立志要做一名悬壶济世的医生。当他得知京兆医家曹元德高望重，学验俱丰，心驰神往。龙朔元年（661年），十二岁的王勃便负笈去了长安，拜曹元为师，躬耕岐黄。

王勃天资聪慧，经过一年多时间学习，他就对天地与人的相应关系、天干地支的演算，以及明堂玉匮之数有所领悟。离别之时，恩师曹元再三叮嘱他："阴阳乃天地之道，神明之府，不可妄言；针石之道，生命系之，不可妄传。为医者，要谦虚谨慎，戒骄戒躁；要多闻博识，方能见病知原：人命至重，诊治疾病，不可妄言妄投。"王勃谨遵师命，刻苦钻研医学，经过五年努力，终于取得长足进步，大有升堂睹奥之心。十八岁时，他不但医术有成，还读通了《黄帝内经》，为最难懂的《黄帝八十一难经》做注释，人们都赞誉他创造了医学史上的奇迹。

王勃不光在医学上卓有建树，他的文采也是了得。学医期间，麟德元年秋（664年），十四岁的王勃，就曾上书宰相刘祥道，直陈政见，并表明自己积极用世的决心，刘祥道赞他为"此神童也"。麟德二年（665年），他又向唐高宗献《乾元殿颂》，借献"颂"自我推荐，表明自己图仕的决心和信心。他才思泉涌，笔端生花，文章绮丽，惊动圣听。唐高宗见此"颂"词美义壮，歌功颂德，又是未及弱冠的神童所为，不由惊叹道："奇才，我大唐奇才！"王勃因此也文名大振，与杨炯、卢照邻、骆宾王，合称"初唐四杰"，并推为首位。

乾封元年（666年），唐高宗"封禅"泰山，诸国从驾，全国上下一片祥和。这一年，十六岁的王勃又创造了一个大唐奇迹，应幽素科试及第，授朝散郎，从七品，成为当时朝廷中最年轻的命官，名动京城。后经人推荐，他又担任了沛王李贤府的修撰。初出茅庐的王勃，混迹于大唐帝国的政治核心圈，像一颗政治明星，在世人瞩目下正在冉冉升起。然而，对于少有文名、少经世事的他来讲，可以说是因文而名，也是因文落难。

沛王李贤非常欣赏王勃的文采，在府里，王勃陪着李贤读书写诗，日子过得好不惬意。当时长安的达官显贵们时兴斗鸡，沛王李贤与英王李显也都喜欢。有一次，兄弟俩相约斗鸡比赛，王勃觉得好玩，为了给沛王李贤助兴，写了一篇《檄英王鸡》的檄文，讨伐英王的斗鸡。不料此文传到唐高宗李治手中，圣颜不悦，尤其是读到"两雄不堪并立……于村于店，见异己者攻；为鹳为鹅，于同类者争胜"更加生气，怒叹道："歪才，歪才！二王斗鸡，王勃不行谏诤，反作檄文，有意虚构，夸大事态，是交构之渐。"当即下诏解除王勃官职，将其逐出沛王府。

那么，唐高宗李治为什么会这样呢？因为他认为王勃这种行为会导致王子之间产生矛盾，他想起自己的父亲唐太宗杀兄弑弟，发动玄武门事变上台的事。他本人也曾经历过兄弟相争，不想骨肉相残的悲剧重演。然而不谙政治的王勃，却一味展示自己的才华，无意之中触动了高宗的敏感神经，一篇檄文毁掉了王勃苦心经营的仕途。

少年不识愁滋味，为赋新词强说愁。走出沛王府的王勃，并没有像人们想象的那样灰心丧气，此时他想到了在蜀地任职的好友杜少府。少府，是唐朝对县尉的通称。之前，为了欢送这位好哥们去蜀地任职，王勃特意赠其一首送别诗《送杜少府之任蜀州》："城阙辅三秦，风烟望五津。与君离别意，同是宦游人。海内存知己，天涯若比邻。无为在歧路，儿女共沾巾。"

这首诗开合顿挫，气脉流通，意境旷达，一扫送别诗的悲凉凄怆之气和悲苦缠绵之态，音调明快爽朗，语言清新高远，内容独树碑石，体现出诗人高远志向、豁达情趣和旷达胸怀。十八岁的王勃潇洒转身，离开长安直奔蜀地，去找好友杜少府去了。他在蜀地游历巴蜀山川景物，度过了三年美好时光，为世人留下许多寄情山水的动人诗篇。

咸亨二年（671 年）深秋，王勃从蜀地返回长安，此时他的好友凌季友正在虢州（今河南灵宝）司法任上，凌季友认为王勃会医懂药，虢州又盛产医药，所以就推荐他担任虢州参军。可是，王勃就是在这个参军任上，出现了人生重大拐点。其间，有个叫曹达的官奴犯了罪，向他求助，王勃好心将其藏匿起来，后又怕事情败露，连累自己，他便将曹达杀死，以了其事，但最终事情败露，王勃被治死罪。幸运的是，恰好遇到朝廷大赦天下，他才侥幸逃过此劫。对于这件事情，《旧唐书》记载说，王勃藏匿曹达一事，是因为他恃才傲物，为同僚所嫉，设计构陷。但不管何种原因，王勃遇赦虽未丢掉性命，可也终结了他的仕途。

王勃的父亲王福畤，因为这件事也受到连累，被贬为交趾（今越南河内）县令。这件事对王勃打击很大，他在《上百里昌言疏》中，充分表达了对父亲的内疚心情："如勃尚何言哉！辱亲可谓深矣。诚宜灰身粉骨，以谢君父……今大人上延国谴，远宰边邑。出三江而浮五湖，越东瓯而渡南海。嗟乎！此勃之罪也，无所逃于天地之间矣。"从中可以体会到身为孝子的王勃，内心强烈的羞愧和自责。

一年后，朝廷宣布恢复王勃的旧职，但他已视宦海为畏途，没有接受。此时他已心无旁骛，他最为牵挂的就是南荒之外的父亲。上元二年（675 年）秋天，王勃从洛阳出发，沿运河南下，踏上探望父亲的旅途。然而，让他没有想到的是，此行将迎来他人生的真正巅峰。

上元二年（675 年）重阳节，洪州（今江西南昌）都督阎伯屿重建滕王阁，大摆宴席，邀远近文人学士为滕王阁题诗作序。王勃恰好路过洪州，有幸参加了宴会。据说，宴会之前，阎都督已叫自己的女婿事先准备了一篇记述滕王阁的文章，到时假装是即兴创作的，好向宾客夸耀。宴会开始后，阎都督命人谦恭地拿着纸笔，遍请客人写序文，而客人们心知肚明，都一一谢辞。轮到最后的是王勃，料想他也不敢接纸笔，都督颇显"风度"，客气地命人把纸笔送了过去。可是，王勃却毫不客气地接过纸笔，洋洋洒洒留下了《滕王阁序》这篇佳作，众人无不叹服。最后，连阎都督都情不自禁地赞叹道："天才！天才！当永垂不朽。"《滕王阁序》，是一篇用骈体写成的诗序，全文对仗，笔力明快，风格清新，气势浩荡，让人叹服。

"闲云潭影日悠悠，物换星移几度秋。"然而，遗憾的是几个月后，王勃见到日思夜想生活窘困的父亲后，在归途中溺水身亡，生命永远留在荒芜的南方，给后人留下无尽的遗憾。天才诗人王勃，才高八斗，却微命三尺，他无疑是大唐最灿烂的流星，虽然只活了二十七岁，却惊艳后世一千三百余年。

5

虽说文人相轻，自古而然。可在"初唐四杰"之间，却没那么明显，要不然怎会有杨炯对王勃"每有一文，海内惊瞻""八纮驰骋于思绪，万代出没于毫端"的赞美呢！当年，王勃被贬游历蜀中，杨炯依然去造访安慰他。王勃不幸身亡之后，杨炯悲痛不已，潸然泪下，甚至写文章悼念。

"初唐四杰"赞誉之多，不再赘述，批评之多，也不胜枚举。然这四人中最饱受争议的人物当数杨炯。有人说杨炯情商低，其实他只想做个直臣，史料对他的记载十分有限。杨炯是华州华阴（今陕西华阴）人，自幼聪明好学，博涉经传，尤爱学诗词，卒于唐武后如意元年。

显庆四年（659年），有着神童美誉年仅十岁的杨炯应试登第，进入弘文馆学习。所谓"弘文馆"，就是唐室皇族学习儒学和经史典籍的地方。弘文馆气势磅礴，庄严肃穆，是天下读书人向往的殿堂，能够进入弘文馆读书，也是唐朝读书人的最高追求。杨炯十岁进入弘文馆，在那里，他却足足等待了十六年才被"分配"。其间刚好王勃也在长安担任侍读，一个在官学，一个在王府，两位年龄相当的青年才俊毫无疑问地结交相识了。

上元三年（676年），煎熬了十几年的杨炯，有幸参加由皇帝主持的"应制举"及第，被授予校书郎，这也是个微不足道的九品小官。平日里，杨炯在弘文馆做一些编辑和校对之类的工作，让他有些郁闷，深感怀才不遇。这时，突厥和吐蕃等异族侵犯边境，烽燧告急，礼部尚书裴行俭命出师征讨。裴行俭不仅是杨炯的知音，也是"四杰"的知音。杨炯恨不能随军建功立业，于是，在悲愤中写下了千古名篇《从军行》："烽火照西京，心中自不平，牙璋辞凤阙，铁骑绕龙城，雪暗凋旗画，风多杂鼓声，宁为百夫长，胜作一书生。"杨炯借一从军士子之口，通过从辞京出师到对边塞环境的渲染，声色相加，各臻其妙，表达了自己不愿意老死书斋，亦想为保卫国家而战的决心。节奏明快，一气呵成，动感十足，有很强烈的画面感，充分体现出一往无前的精神风貌。杨炯以书生意气的呐喊，唤醒了一个豪迈边塞诗歌的盛唐。

然而，这一切都是杨炯的想象，现实的残酷依然故我。他由于出道太早，心比天高，一向恃才傲物，且言语尖刻。他看不起那些高官得坐、骏马得骑的人，讥讽他们是"麒麟楦"，引起这些人对他的强烈不满。所谓"麒麟楦"，就是当时演戏时，将画有麒麟的布披在驴子身上，拖出来走过场的道具。在他眼里，那些大臣就是一帮看似麒麟的驴子，这让掌握着杨炯命运的高官们情何以堪，他成为整个官僚阵线的公敌也是必然。所幸的是，太子李显看中杨炯的才能，永淳元年（682 年），在中书侍郎薛元超的推荐下，拔擢杨炯为詹事司直，当了东宫庶务，也就是太子的管家，一跃两级，成为正七品。

命运的橄榄枝也仅是在杨炯眼前晃过而已。武则天当政，权倾天下，被很多人看作是"牝鸡司晨"。两年之后，李敬业发动兵变，杨炯也莫名其妙地受到牵连。原来，他的堂弟杨神参与了兵变，结果兵败被杀，杨炯因此受到牵连。杨炯被贬为梓州（今四川三台）司法参军，结束了在京城长达二十余年的岁月静好的生活。任职届满后，杨炯于天授元年（690 年）再次回到洛阳，在司艺馆任教，负责教授宫女和宦官们读书写字……

从长年埋没生活中，杨炯渐渐悟出道理，既然不能改变环境，不如去顺应环境。这个当年宣称"宁为百夫长，胜作一书生"的有志青年，在波诡云谲的政治斗争中，也渐渐磨掉了锐气，掩去了锋芒。

天授三年（692）七月十五，洛阳宫中拿出盂兰盆分送佛寺，武则天与群臣在洛阳城门楼上观赏，杨炯立即写就《盂兰盆赋》，进献武则天，他极力歌颂武周王朝，并希望武则天"任贤相，淳风俗，远佞人，措刑狱，省游宴，披图策，捐珠玑，宝菽粟"，成为帝王风范。杨炯的赞美着实让武则天很受用，不但赏赐了杨炯，还下诏任命他出任江南道衢州盈川

（今浙江龙游）县令，虽然官职不高，但好歹也算是个有实权的职位，这对沉沦已久的他来说，足以自慰了。

三年后，当所有壮志未酬的理想，被残酷现实挫骨扬灰之后，远离政权中心洛阳的杨炯，在那个寂寂无闻的小村庄，完成生命的绝响，四十二岁的杨炯卒于任所，后归葬于洛阳。公元705年，中宗复位，追赠杨炯为著作郎。

6

每个生命的个体，都曾有过人生中最快乐的时光，当然卢照邻也不例外。

"初唐四杰"中，王勃是溺水而亡，而卢照邻却是不堪病痛折磨，含悲怀愤，最后竟像屈原一样投水而死，令人扼腕不已。卢照邻，字昇之，号幽忧子，历史对于他的生卒年份没有明载。只是说他少从名师，博学能文。

永徽五年（654年），十八岁的卢照邻，有幸进入邓王李元裕府中担任典签，这是一份负责整理图书抄抄写写的赋闲工作。邓王李元裕是唐高祖李渊的第十七子，史称他"聪敏好学，善谈名理，交好诗人卢照邻，家藏书籍十二车"。李元裕也是唐朝的著名藏书家，藏书丰厚，好交诗人，对卢照邻爱重有加，他把卢照邻比作"此吾之相如（司马相如）也。"将其视为西汉文学大家司马相如一样看待。

卢照邻陶醉在书海之中，他就像是一块海绵，拼命吸收书本里的知识。据说，卢照邻记性很好，那么多藏书竟可"略能记忆"。此后，他又跟随李元裕迁徙于京城及各处任上约十年之久，只可惜李元裕英年早逝。

"长安大道连狭斜，青牛白马七香车。玉辇纵横过主第，金鞭络绎向侯家。龙衔宝盖承朝日，凤吐流苏带晚霞。百尺游丝争绕树，一群娇鸟共啼花……"读书学习对卢照邻来讲，是最幸福快乐的事，他沉浸在浩瀚文海中，撷取着知识浪花，如鱼得水，使得他笔下油然而生出那篇旷古名作《长安古意》。唐朝长安，可说是世界一流的繁华大都市。此时战争阴云散去，生产与创业，和平与发展，已成为时代主流，可谓"人歌小岁酒，花舞大唐春"。作为时代才俊的文化精英们，开始通过自己的笔触，讴歌大唐复兴的富庶景象。卢照邻的这篇《长安古意》，应该就属于这一类作品。

《长安古意》是首七言古诗，也是初唐七言歌行的代表作之一。该诗托古意而写今情，展现了当时长安城社会生活的广阔画卷，将帝京之都的生活情状写得跌宕起伏，妙趣横生。尤其是从长安城里散发出来的自上而下开放包容的人文空间，为适应民众精神世界的拓展，提供了无限可能。于是，也就有"得成比目何辞死，愿作鸳鸯不羡仙"的人生惬意。《长安古意》还写了权贵阶层骄奢淫逸的生活及内部倾轧状况，深寓讽喻之旨。同时，也抒发了诗人怀才不遇的寂寥之感和牢骚不平之气，揭示了世事无常、荣华难久的生活哲理。

《长安古意》是卢照邻的代表之作，既是他的福，更是他的祸。他的那一句"梁家画阁中天起，汉帝金茎云外直"，让武则天的侄儿武三思如芒在背。卢照邻因此锒铛入狱，家人几经周折营救无果，后得益于友人救护。出狱后，卢照邻就像换了一个人似的，没了当初的意气风发，与之而来的只有风疾病痛和颓废失落。乾封三年（668年），卢照邻调任益州新都（今四川成都新都区）尉，任职届满后，他继续漫游蜀中，放旷诗酒。只可惜年富力强之时，却不幸染上风疾（风痹症），先是一条臂膀废掉，后来一条腿也随之瘫痪，真正是寸步千里，咫尺山河，从此开始了十年的幽悲饮泣之路。

咸亨四年（673年），卢照邻回到长安求医，隐居在太白山。他的病情惊动了药王孙思邈，年过九旬、白发苍苍的老人亲为其医治。在孙思邈老人的精心调理之下，他的风疾一度趋于好转，但药王后来跟随唐高宗龙驾西游，后又回乡颐养，卢照邻就像一只孤独的羔羊，只能在深山中服丹养病，自疗度日。

古树为伴，朝霞作邻。身左是书，身右是药，病中的卢照邻，也曾有过与命运与死神的抗争，可是十年时光，毕竟太过漫长。身居深山之中，他远离红尘，远离庙堂，尽管才华满腹，却难以打发这绵绵无期的时光。而且，生活每况愈下，疾病却如火中烧。他支撑着病体，望着窗外寒暑易节，鸟翔于空，短暂的阅读与写作的快乐之后，常常是更加漫长的病痛。"钟鼓玉帛兮非吾事，池台花鸟兮非我春"，卢照邻含悲叹息，悲声如孤猿哀鸣，如独鹤长啸，他就像是一尾伤鳞之鱼，一只折翅之鸟，心力交瘁。难以排遣的，还有阵阵袭来不可名状的失意之悲。后来，他在朋友的资助下，在具茨山（现名始祖山）下买了数十亩田园，还为自己预先建造墓室，每日僵卧其中，等候死神的降临……

药王孙思邈离世了，好友骆宾王失踪了，女皇武则天登基了，一连串的坏消息接踵而来，卢照邻的心仿佛被利刃刺穿一般，他含恨挥杖，打碎熬汤煎药的瓦罐，绝望地跳入颍水……

千年之后的今天，人们不知道，那时遭受政治坎坷失意与长期病痛折磨的卢照邻，死前是何等绝望，也不知他会不会想起，自己当年"一日看尽长安花"的意气飞扬。卢照邻的人生是个悲剧，但他那首《长安古意》却犹如史诗一般辉煌。

盛唐，作为中国文化史上的高峰时期，唐诗的峥嵘，也是从"初唐四杰"开始展露。命运最为叛逆，从不轻易满足人的心意，拂去历史风尘，走进"初唐四杰"的跌宕人生，这是一群中国文学史上不得不让后人仰视的人物。他们"神童"出身，却悲剧结尾；他们官轻势微，却名气流传；他们"思革其弊，用光志业"，引领着别具一格的"初唐气象"，文学一改六朝绮靡之气，走向了开朗进取。

闻一多先生曾说：唐诗在卢照邻和骆宾王的手中，从宫廷走向了市井，又在王勃和杨炯的手中，从台阁传播到了边塞。"初唐四杰"不仅通过诗歌实现了自我升华和蜕变，还丰富了唐诗的思想意蕴，更重要的是，他们用诗歌呈现了慷慨与壮志，激越与隽永，家国与情怀，美好与凋零，自成时代风骨，独领初唐风骚，文脉绵延至今。无疑，他们是时代的风骨和盛唐文化的脊梁。

良相狄公

　　人生海海，潮起潮落。狄仁杰身居高位懂得自持，处在低谷信心不失，人生终能活得从容，活出圆满。他对武则天投之以桃，报之以李，鞠躬尽瘁。千年之后，当历史上那些王侯将相化为尘土，变成一个个陌生的名字，永远沉睡在史籍之中时，他却以千年不褪的人格魅力，让后人记住了他。

|

天授三年（692年）正月的一天，纷纷扬扬的大雪下了整整一天一夜，远山田畴白了，街巷屋舍白了，仿佛那些发生在神都洛阳的往事，一夜之间都被盖在这场皑皑白雪之下……

伴随着纷飞的大雪，还有一则很不好的消息飞进皇宫：狄仁杰反了！武则天闻之雷霆震怒。谁说的？来俊臣说的，武则天不得不信。此时，恰好是武周改置社稷于东都洛阳一周年，庆典还未来得及举行，狄仁杰谋反的坏消息却悄然而至。来俊臣作为武则天的心腹，善于告密，深得武则天的赏识。尤其是朝廷动荡之际，一切皆有可能，对于来俊臣说的话，武则天当然深信不疑。

曾创下"一年事涉一万七千人案件，无一人喊冤"纪录的精明神探、宰相狄仁杰也没能逃出酷吏的魔掌。在这个大雪纷飞之时节，刚刚担任了四个月同平章事的他，便被来俊臣给盯上了，被诬谋反，夺职下狱。既然是谋反，肯定有同党，对此来俊臣早已做足了功课，同时被构陷的还有同平章事任知古、裴行本，司礼卿崔宣礼，前文昌左丞卢献，御史中丞魏元忠，以及潞州刺史李嗣真等一帮朝廷高级官员。其实，在狄仁杰之前，就已经有多名宰相或被贬谪外放，或冤屈致死。

《隋唐史》中曾这样记载："武后任事率性，好恶无定，终其临朝之日，计曾任宰相七十三人。"也就是说，在武则天掌权的几十年间，先后共有七十三位宰相。然而就在这七十三人里，有十九位被杀，二十多位被贬。可谓是：朝廷如铁打，宰相如走马。由此可见，武则天时期的宰相，并不是世人羡慕的"一人之下，万人之上"的群僚之首，而是一个高危岗位。

然而，令人可笑的是，这边是朝廷重臣不断遭到酷吏构陷，接二连三下狱，而那边则是武则天大张旗鼓地推行试官制度，欲以禄位收买天下人心。就在狄仁杰下狱的同一时间，武则天下令开始置试官，并且对于存抚使所举荐的人，悉加录用。试官涉及的高级职位有凤阁舍人、给事中，低等的也有员外郎、侍御史、补阙、拾遗、校书郎等。曾有人讥讽说："补阙连车载，拾遗平斗量，㩲（四齿耙）推侍御史，碗脱校书郎"。意思是说，补阙多到用车拉的地步，拾遗就像斗里的米粒一样多，侍御史用耙子一搂一大耙，校书郎多得简直就像是用模具压出来一样，这不得不令人唏嘘。

再说说这个来俊臣，作为继索元礼、周兴两大酷吏的"后起之秀"，来俊臣与他们二人相比有过之而无不及，可说是青出于蓝而胜于蓝。早在一年前，为表忠心，来俊臣以"请君入瓮"的方式，已经将周兴拿下。随着酷吏政治如火如荼地蔓延，来俊臣等人就像一群疯狗，不但帮着武则天大肆构陷诛杀李唐宗亲，而且还到处罗织罪名，迫害朝廷大臣。来俊臣还专门设立推事院，组织数百名无赖专事告密，联合党羽朱南山等撰写《罗织经》，制造各种残酷刑具，大兴刑狱，采取刑讯逼供手段，任意捏造罪状，置人于死地，朝廷大臣和李唐宗室，遭到枉杀灭族者已达数千家。"如此机心，朕未必过也。"连武则天都不得不给来俊臣这样的评价。

武则天一看，来俊臣确实十分有能力，"以为忠，累迁侍御史，加朝散大夫"。武则天专门下旨为来俊臣在洛阳城丽景门内修建制狱，让来俊臣等人在那里办公审讯犯人。这里赘述一下，唐时的丽景门，并不是现在洛阳的丽景门，而是始建于隋炀帝大业元年（605年）的丽景门，在宣耀门之南，亦称"新开门"，门内筑有丽景夹城，是紫微城与上阳宫之间的通道。

来俊臣果不负武则天所期，他在审理武则天交办的案件时，凡有不合自己心意的，便对犯人实行株连，而且长幼都要坐连其族，一杀就是千余家。所以满朝文武大臣一听到来俊臣的名字都噤若寒蝉，慑于当时暴政，敢怒不敢言。当时，只要进入丽景门监狱，一百人里也难活下一个人，《资治通鉴》称之"非死不出"。来俊臣的亲信、侍御史王弘义，戏称丽景为"例竟门"，意思是说，凡是进入此门者，小命都得完。

狄仁杰等人下丽景门制狱后，来俊臣就急不可耐地开始审讯。来俊臣等酷吏采取杀鸡儆猴策略，先拿魏元忠开刀，争取打个样，震慑狄仁杰等人。尽管魏元忠性格刚烈，可终究抵不住酷吏折磨，遍体鳞伤，最终屈打成招。自进入丽景门制狱的那一刻，对于审判断案经验丰富的狄仁杰来说，他明白这是欲加之罪，何患无辞，所以招与不招已不是关键，重要的是如何在逆境中生存下来，留得青山在，不怕没柴烧，这才是将来扳倒来俊臣的关键所在。

魏元忠屈打成招，头开得很好，样打得不错，来俊臣十分高兴。他命人把狄仁杰等人带过来看一看，其实不用看，从魏元忠的惨叫声中，狄仁杰等人已经领教到酷刑的厉害。来俊臣对他们说："陛下有旨，只要你们主动承认谋反，就可以免死。"随后开始分头审讯，等到审问狄仁杰时，来俊臣决定亲自上场，并且做好动用一切刑具的准备。来俊臣看着表情沉静、稳如泰山的狄仁杰，心中既敬畏，又紧张，既嫉妒，又兴奋。

来俊臣皮笑肉不笑地对狄仁杰说："狄大人，赶紧承认吧，依照大周刑律，主动承认谋反，可免死罪，你要考虑清楚。时间不等人，抓紧承认！"狄仁杰微微一笑说道："我承认，大周虽建朝，我却是大唐旧臣，我反叛是事实。"

来俊臣大感意外，他听闻狄仁杰刚正不阿，没想到这么容易被诬陷。他以为自己是在做梦，暗暗掐了一下自己，才确定不是在做梦，惊喜欲狂，赶紧吩咐道："赶快拿纸笔来，伺候狄大人！"只见狄仁杰提笔在手，蘸饱墨汁，挥笔写下："大周革命，万物维新，唐室旧臣，甘从诛戮。反是实！"

就这样，狄仁杰靠着"不打自招"的策略，不仅没有受到丝毫诘难和皮肉之苦，而且还为自己翻盘争取到缓冲的时间和空间。他用缓兵之计，先渡过眼前难关。他相信，只要人活着，就有翻盘的机会。况且，在他看来，最坏的结果也就是死，所以，狄仁杰在供词里承认自己是"唐室旧臣，甘从诛戮"。意思是说，我狄仁杰生是大唐的朝臣，死是大唐的鬼。我甘愿为大唐去死，死得其所！

狄仁杰做过判佐，当过法曹参军，主管过司法刑狱，任过大理寺丞，主管过审判断案，凭着他多年工作经验，深知"一字入公文，九牛拽不回"的道理。说到底，他这也是在与来俊臣玩一场文字游戏。多年伴君经验告诉狄仁杰，武则天还没有糊涂到任人摆布的境地，她一旦看到这份供词，一定会过问此案，只要能召见自己，就有一线生机。

王德寿，是丽景门制狱的一名酷吏，手上也沾满了受害人的鲜血。有一次，武则天派他去南方审查流放之人，结果他连冤带陷诛杀了七百多人，可谓心狠手辣，与来俊臣不相上下。见狄仁杰轻轻松松招了供，王德寿便动起歪脑筋，他来到狄仁杰的牢房，对狄仁杰说："狄公您肯定可以免死，但是我作为圣上指派的官吏，也想升官晋职，您看能不能帮我把宰相杨执柔也牵连进来。"

狄仁杰闻听此言，怒火胸中烧，心想你小子为了升官发财，让我陷害忠良，那我倒看看你葫芦里卖的什么药，他想知道王德寿真实的龌龊想法。于是，狄仁杰强压怒火问道："我怎样才能把杨执柔牵连进来呢？"

王德寿一看有门，就对狄仁杰说："您在春官（礼部）的时候，杨执柔不是担任过春官员外郎吗，与您同衙办公。您就说与他一起预谋造反，不就把他牵连进来了吗。"

狄仁杰一听，不寒而栗，他顿时明白了，这些酷吏就是这样以莫须有的罪名诬陷朝廷大臣的，不惧踩着忠良的累累白骨，铺平自己仕途的道路。狄仁杰的心在流血，忍无可忍仰天大声说道："皇天后土在上，我狄仁杰怎能做这等事情！"说罢，猛地一头撞向石柱。他宁可自杀，也不做诬陷他人的小人。狄仁杰额头顿时鲜血直流，吓得王德寿赶紧向其谢罪，吩咐人为他包扎伤口，并吩咐狱卒好生照顾。

2

世上没有常胜的将军，人总有被打败的时候，但唯独内心强大的人是永远打不倒的！狄仁杰的正气，让王德寿从内心对其产生敬畏，再加上之前他已经招供，此案已成定局，等待他的也就是死刑。

天气渐渐转暖，神都洛阳城的那场大雪已经悄悄融化，丽景门制狱里的腐臭气味仍然让人窒息。不能坐以待毙，必须想方设法将冤情上达天庭，这是狄仁杰一直暗暗思考的问题。"仁杰既承反，所司但待日刑，不复严备。仁杰求守者得笔砚，拆被头帛，书之叙冤，匿置于绵衣中。"

狄仁杰眼看着狱卒们对他这样的"死人"逐渐放松警惕，计上心来，一天，他把狱卒叫来，说道："告诉王德寿，去给我弄些笔墨，以便打发时间。"本身对狄仁杰存有敬畏之心的王德寿，也算对前次事情的将功补过，立刻命人送来笔墨。就这样，狄仁杰权当无聊，在牢房里开始涂涂写写起来，时日一久，狱卒慢慢放松警惕。

有一天，狄仁杰趁看守不注意时，偷偷从"被头"上撕下一块白帛，写下鸣冤书，塞在棉衣里。然后对王德寿说："天气就要暖和了，麻烦你把我的棉衣交给我的家人吧，让他们拿回去洗洗干净，再给我送回来。"唐朝时期，成衣业还没有发展起来，穿的衣服大多是自家缝制的。王德寿想都没想就答应下来，将棉衣转交给了狄仁杰的儿子狄光远。

将门出虎子，知父莫若子。狄光远马上意识到此事必有蹊跷，因为一月的洛阳，天气还比较寒冷，父亲却急着要将棉袍里的棉花拿掉，一定是有原因的，我得好好检查一下。他回到家拆开棉衣，仔细检查，终于发现了父亲的鸣冤书。他不敢怠慢，马上带上鸣冤书去告御状。

其实，从武则天内心来讲，她多么希望狄仁杰谋反不是真的，哪怕是一场诬陷，或是一场误会，她都可以承受。可狄仁杰偏偏承认自己谋反，反倒让她很不是滋味。尽管来俊臣频频上奏，催促下旨，可武则天的朱笔却始终不忍心批下去，她不想失去狄仁杰，也不想失去天下的人心。最终，她决定由给事中李峤、大理寺少卿张德裕和侍御史刘宪三人组成专案组，复查狄仁杰谋反案。

　　三人小组经过调查审理，确信这是一桩冤案，狄仁杰等人是无辜的。可张德裕和刘宪慑于来俊臣的淫威，卑躬屈节，明知是冤案，却不敢如实上奏。李峤为人正直，气愤地对他们说："孔子曰'见义不为，无勇也'。我等岂能明知狄公负冤却不为他申明冤屈呢？！"他要张德裕和刘宪二人为狄仁杰写受冤条状。

　　"众口铄金，积毁销骨。"尽管李峤上疏为狄仁杰等人辩冤，可他又怎能抵得过来俊臣手中的供词和酷吏们的构陷呢？李峤的做法惹恼了武则天，认为他是忤旨，实为狄仁杰同党，将其贬为润州（今江苏镇江市润州区）司马。由此可见，武则天的内心也是极其矛盾的，她既不愿意相信狄仁杰谋反，更生气狄仁杰谋反，也不允许别人替狄仁杰鸣冤，因为来俊臣摆出的供词证据似乎更有说服力。

　　就在武则天左右摇摆之际，狄光远突然拿着狄仁杰的亲笔鸣冤书来告状了，说父亲狄仁杰是被冤枉的，自己有父亲亲笔书写的鸣冤状。事情果如狄仁杰所料，武则天还是动了恻隐之心，她把来俊臣叫来，质问道："你说狄仁杰等人谋反，那狄光远为什么拿着鸣冤书来喊冤呢？这到底是怎么回事？"

　　来俊臣看到狄仁杰的亲笔鸣冤状，立刻慌了手脚，吓出一身冷汗。这一刻，他撕碎王德寿的心都有。心想："我把人交给你，你是怎么给我看的？"但事已至此，也只有咬紧牙关不承认，决不能给狄仁杰翻盘的机会。老奸巨猾的来俊臣稍微稳了稳神，解释说："回禀陛下，臣并未对狄仁杰等人用刑，甚至连他们的冠带都不曾剥下，饮食寝宿也都是一切如常。假如他们没有谋反事实，又何必自己肯承认呢？恳请陛下明察。"对于武则天的质问，来俊臣轻轻松松给挡了回去。

武则天本来就疑心甚重，这次见双方各执一词，她破天荒地决定派通事舍人周綝前往丽景门制狱实地调查，看看双方谁在说谎。来俊臣没想到武则天会来这一招，这下他紧张了。他当然不能让狄仁杰与周綝见面，如果穿了帮，可不单是满盘皆输的事，更严重的是自己的脑袋都要搬家。于是，来俊臣便找来一个手下做替身，穿上狄仁杰的衣服。当时正是夕阳西下，假狄仁杰站在西边逆光的地方，而周綝站在东边，阳光刺目，根本就看不清。更何况周綝胆小怕事，惧怕来俊臣，他一进"例竟门"就心惊肉跳，甚至连站在对面的"狄仁杰"，看都不敢看一眼，就想着赶快回去复命。

临走之前，来俊臣让他带了份文书呈给陛下，而这份文书就是假冒狄仁杰等人名义伪造的《谢死表》。来俊臣心想，有了这份《谢死表》，又有周綝做证，狄仁杰等人必死无疑。

3

可天无绝人之路。一切看似天衣无缝，可是恰恰因为一个男孩的出现，完全改变了狄仁杰谋反案的走向。

史书对这个男孩的名字没有详细记载，只说是乐思晦的儿子。乐思晦，天授二年（691 年）六月拜相，鸾台侍郎兼检校天官尚书、同凤阁鸾台三品。可是乐思晦仅当了四个月的宰相，就被酷吏来俊臣诬陷杀害，遭灭族之祸，男孩得以幸存，入司农寺为差役。

"上变，得召见，言'俊臣苛毒，愿陛下假条反状以付之，无大小皆如状矣'。"男孩以举报为由，请求武则天召见，他要举报的对象正是来俊臣。当面对被自己杀掉的宰相的年幼孩子时，年已古稀的武则天，心中也不免戚戚焉。

她轻声问道："孩子，你要上变何事？"

男孩镇定地说："臣父已死，臣家已破，多说无益。只是痛惜王法被来俊臣之流玩弄得不像样子，实在有负圣恩。"

男孩很会说话，第一句话就把武则天的心给抓住了。意思是说："我的父亲乐思晦已经死了，我的家也已破了，您以为我来是为父亲鸣冤、为家叫屈的吗？您错了。我来见您不是为了我自己，而是为了您。我看到您的国法，居然被来俊臣这样的酷吏所玩弄，为您感到痛心。"

武则天笑了笑说："是吗？"她感觉这话不像十岁孩子说的，背后一定有人指使，她想知道孩子背后的人到底是谁。

男孩见武则天没有答话，又接着说道："是的，陛下如果不信，罪奴斗胆恳请您挑选几名廉洁奉公、忠诚可靠的大臣，诬以谋反，让来俊臣他们去查去审，不出几日，来俊臣肯定会交给您一份满意的供词。"

就在一问一答间，武则天仿佛瞬间醍醐灌顶，为什么不分大人小孩都来告状，反映的都是同样的问题，指向的又都是来俊臣这帮人？武则天似乎慢慢看清了帷幕后面自己不愿意看到又不得不看的那一幕。公道不公道只有天知道。武则天决定亲自审理此案，狄仁杰终于等来转机。

武则天见到狄仁杰等人时，大吃一惊，狄仁杰脑袋破了，再看看魏元忠鼻青脸肿，显然受过酷刑摧残，她立刻明白了八九分。

她问："卿承反何也？"

她没有问"你们为什么谋反"，而是问"你们为什么要承认谋反"，就这样一句简单询问，狄仁杰立刻领悟到武则天的意思，明白了她的态度，毕竟自己与女皇彼此互印互信过。当然，此时站在一旁的来俊臣，也咂摸出不一般的味道，他知道此刻这个案子已经发生逆天转变。

狄仁杰从容回答说："陛下明鉴，如果臣等当时不承认谋反，恐怕早已死于枷棒之下了。"

武则天接着问："那你为何还要写谢死表？"

狄仁杰立刻明白这又是来俊臣搞的鬼，斩钉截铁地回答道："臣没有写过。"

武则天立刻命人把以狄仁杰名义伪造的《谢死表》拿来，经核对笔迹确系伪造。至此，本案已水落石出，真相大白。但朝廷不可能认错的，也从来就没有过错误。因此，本案所有案犯死罪赦免，但仍要接受处分，狄仁杰被贬为彭泽（今江西彭泽）县令。眼看他全身而退，来俊臣等人有些惶恐不安，他仍坚持奏请武则天诛杀狄仁杰等人，这时武承嗣居然也跳了出来，附议此事。由此可见，武承嗣与酷吏早已沆瀣一气，狼狈为奸。

构陷狄仁杰等人，武承嗣到底有没有参与，史书没有明确记载。但从他主动跳出来"屡奏请诛之"的态度来推断，他应该是参与了来俊臣这次罗织构陷行动。原因当然不言而喻，武承嗣认为狄仁杰等人心向李唐，是自己冲击太子之位的最大障碍，必须先诛之而后快。对于来俊臣和武承嗣的固请，武则天还是坚持予以拒绝。

当狄仁杰走出丽景门制狱时，那场积雪早已了无踪迹，尽管走出了制狱的阴森，但初春的寒气还是让他有些战栗。这已是他人生中第二次入狱，或许他的每一次人生仕途重大转折都与此有关。

贞观四年（630年），是大唐王朝可圈可点的一年，唐军大破东突厥，唐太宗李世民称"天可汗"。这一年，狄仁杰出生。狄仁杰，字怀英，并州（今山西太原）人。他的祖辈是"羌人"，五胡十六国时期，他们从西北进入中原，在并州定居下来，并积极融入中原文化之中。

狄仁杰一生可谓跌宕起伏，他与父亲一样都是以明经科入仕。唐高宗李治在位三十四年，通过科举入仕的有六百三十余人，而狄仁杰就是其中一位，他及第的时间大约在唐高宗显庆年间（656—661年），三十岁左右，说起来也算是"老明经"。

如果细说起来，他与武则天还是有很多相同之处，他们都是并州人，都是庶族出身，又都是靠着自己的奋斗一步步攀上人生巅峰的。入仕后的狄仁杰，担任的第一个职务就是汴州（今河南开封）判佐。当时的汴州，经济发达，人口稠密，属于上州（人口超过三万），判佐品级为从七品下，此时的狄仁杰可谓春风得意。他年轻气盛，不同流俗，难免对官场那些见不得阳光的潜规则嗤之以鼻，不愿同流合污，很快就遭到本地官吏嫉妒。

按照事物发展的客观规律，接下来发生的事情就不言而喻了。狄仁杰被人诬告了，情况可能远远比想象的还要严重，要不怎会记录于史书。总之，狄仁杰初涉官场就陷入危险境地。危难时刻，好在他遇到了人生中第一个贵人——赫赫有名的大画家阎立本。政治家的眼睛里不容沙子，艺术家的眼睛更是明察秋毫。作为河南道黜陟使的阎立本恰好负责审理此案，经过深入调查了解，他发现狄仁杰非常有才能，此案纯属小人诬告。

唐代两大顶流就这样有幸相遇了。阎立本召见了狄仁杰，一眼就看出他的与众不同，与其促膝长谈后，更加惊异于他的才华，他认为狄仁杰是难得的治世之才，禁不住感叹道："孔子说'观过知仁矣'，君可谓'沧海遗珠矣'。"他盛赞狄仁杰是海隅僻地的一颗璀璨明珠，东南蛮荒中遗落的瑰宝。《新唐书》用"沧海遗珠"给予狄仁杰高度评价。所谓"沧海遗珠"，指的是大海里的珍珠被采珠人所遗漏，用来比喻埋没人才的情况或者被埋没的人才。

恰恰相反，正是因为这次与阎立本相遇，狄仁杰的才能才没有被埋没，在阎立本大力举荐下，狄仁杰反被委以重任，最终成为一代名臣。"沧海遗珠"这个成语也因此流传至今。

4

狄仁杰因祸得福，在阎立本举荐提携下，他不仅渡过了这一险关，还被提拔为并州都督府法曹参军，掌管司法刑狱。狄仁杰跋山涉水，赶往并州赴任，在翻越太行山时，他站在太行山之巅，回首南望，只见一片片白云寂寥孤飞。他望云止步，沉默不语，继而潸然泪下，喃喃自语道："吾亲所居，在此云下。"

意思是说："我的父母双亲就住在这片云下面，而我却像这片孤云一样，顷刻间就要离他们而去，不知何时才能再见到他们，在堂前尽孝……"原来，狄仁杰的父母已经年迈，正住在太行山南边的河阳（今河南孟州）。

狄仁杰驻足伫立怅望良久，直到那片白云悠悠离去，他这才怅然回头，拭泪而去，随行人员也无不为之感动。后世遂用"白云亲舍""白云孤飞"等作为客居他乡，思念父母之辞，这也是史书上有关狄仁杰最温馨、最感人、最触动心灵的一则故事，千百年来，不知感动了多少人。后来，这个故事还被收入"二十四孝"典故之中，称之为"望云思亲"，这也是"白云亲舍"典故的来历。

上元元年（674 年），唐高宗称天皇，武则天称天后，二圣临朝局面逐渐形成。第二年，年近五十岁的狄仁杰被调往长安任大理寺丞，这也是他首次充任京官。大理寺，是唐朝最高司法审判机关，主要负责审判断罪之事，而大理寺丞则主要负责大理寺的日常事务，以及刑罚轻重判决。在大理寺丞的岗位上，狄仁杰于幽幽青史中留下光辉一笔，由此成为影响唐朝政局的关键人物。

大理寺丞的地位其实并不高，仅仅是从六品上，但却是个很重要的职位，因为担负着审理案件、给犯人定罪的重任，关系着整个社会的公平和正义。《旧唐书》记载："仁杰，仪凤中为大理丞，周岁断滞狱一万七千人，无冤诉者。"狄仁杰到大理寺上任后，见大理寺积压旧案颇多，他便不辞辛劳夜以继日，一年之内，就将历年积压的旧案审理一清。这些案子前后共涉及一万七千多人，审结后却没有一个人喊冤叫屈，一时间他名声大振，留下了断案如神的美名。一年之内要判决大量的积压案件，平均算下来，每天至少要处理接近五十件，数量之大，任务之重，要求之高，既彰显出狄仁杰任劳任怨的耿耿忠心，又彰显了他的聪明睿智，留下一个断案如神的神探形象，被后人称作"东方的福尔摩斯"。

狄仁杰担任京官第一年就崭露头角，取得如此引人注目的政绩，为以后仕途的通达创造了良好条件。不久之后，又一件事情不仅让他名声大噪，还让唐高宗李治看到他办案的能力与行事作风，这就是昭陵断案。

《旧唐书》曾这样记载，仪凤元年（676年）九月，负责守卫唐太宗昭陵的左威卫大将军权善才、左监门卫中郎将范怀义，误砍了昭陵的柏树，以孝道闻名的唐高宗李治，得知父皇陵园的柏树被伐，怒不可遏，下诏将权、范二人逮捕，送大理寺严加惩处。大理寺审理后，依法判处二人免官，但唐高宗却认为处罚太轻，要求判死刑。可按照唐律误砍皇陵草木，最多也就是免职，但大理寺竟没有一个人敢于出面辩争。

狄仁杰知道后，去找唐高宗为二人辩护，他上奏说："陛下，如此判决不对，权、范二人虽然有罪，但罪不至死，请陛下收回成命，依法判案！"唐高宗一听狄仁杰的来意，气就不打一处来，说道："他们砍了朕父皇陵墓的柏树，就是置朕于不孝之地，必须处死！"

狄仁杰没有据理力争，而是换了个角度，他给唐高宗讲了个故事。他说："汉朝时有个人盗取高庙玉环被捉，汉文帝大怒，要将此人灭族。廷尉张释之当庭指出，盗取玉环就要灭族，那盗取长陵一抔土，又该怎么治罪呢？汉文帝听后，沉默了良久，最终只杀盗贼一人。这是为什么呢？因为文帝明白，白纸黑字写的律法，就是让天下人共同遵守的，倘若罪不至死却要处死他们，试问如何取信于天下呢？"

狄仁杰接着又说道："陛下，臣听说犯龙颜直谏，自古都是难事，臣以为不然。陛下制定法律，徒、流、死等罪都有相应律条规定，岂有犯轻罪而处以极刑的？如果法律变化无常，那天下百姓如何适应？依照大唐法律，权善才、范怀义二人罪行最多免官，而不应该被处死。如果陛下因为一株柏树而杀了他们，千年以后，世人将如何评价您呢？"

渐渐冷静下来的唐高宗，想想狄仁杰的话不无道理，幸亏狄仁杰的善意提醒，要不然自己因为此事可能真的会背上一个暴君的恶名。于是，赦免权善才和范怀义死罪，将斩首改为流放。唐高宗还下诏，命史官将此事写进国史。此后，狄仁杰不仅扬名京城，还受到天后武则天的高度关注。

通过此事，唐高宗李治对狄仁杰的胆识和才华更加赏识，随后授予侍御史之职。侍御史与大理寺丞虽然都是从六品下的官员，但侍御史掌握着纠察百官的权力，职责更加重要。

5

唐代是一个开放的朝代，也是多种宗教发展兴旺的时代，道教与佛教尤为盛行。此外，摩尼教、祆教、伊斯兰教、景教等渐入中国，还有民间信仰在本土发展延续，淫祠便是民间信仰的主要表现之一，大多存在于江南。据《旧唐书》记载，狄仁杰"征为冬官侍郎，充江南巡抚使。吴、楚之俗多淫祠，仁杰奏毁一千七百所，唯留夏禹、吴太伯、季札、伍员四祠"。

垂拱四年（688年）六月，担任冬官侍郎的狄仁杰，被派往江南担任江南道巡抚大使，巡视吴、楚之地。他看到江南吏民迷信异常，修神祠、办祭祀成风，伤财害民十分严重。走访发现，当地很多老百姓自发建造淫祠以供祭拜，数量众多，百姓负担沉重，于是上奏疏给武则天。武则天朱笔一挥，下令立即拆毁。接到敕令后，狄仁杰立即调遣地方政府官员和兵力，逐一排查，最后只留下夏禹、吴太伯、季札、伍员四位古人的祠庙，其他所有淫祠尽数拆毁，共计拆除淫祠一千七百余所，大大减轻江南人民精神与财物的沉重负担。此次行动，是唐朝时期最大规模的一次拆除淫祠行动，且在中国历史上也是绝无仅有的一次。

三个月后，狄仁杰又临危受命，出任豫州刺史。之前，豫州刺史、越王李贞父子举兵谋反，图谋匡复中宗，武则天派宰相张光辅，率三十万大军前去讨伐，不久李贞兵败。可张光辅贪功抢掠，纵容部将大肆勒索，滥杀无辜，罗织冤狱。

武则天收到奏报后，决定派狄仁杰前去治理。狄仁杰到任后，见百姓哀鸿遍野，了解到缉拿李贞党羽株连者有六七百家，籍没者五千余口，多数属于冤狱。于是，他密奏武则天，陈述原案的"讹误"。他在信中非常诚恳地说："陛下，其实这些人心里都是忠于朝廷的，他们也不想当反叛者，而是越王李贞把刀架在他们脖子上，他们无可奈何，这些人都是被冤枉的。我如果公开奏明，就会有为贼人开脱之嫌；如果知而不言，又恐违背了陛下好生之德。因此，奏折写了又毁，毁了又写，竟不知所云。我思前想后，最终为了您的名声，还是写信替这些人求情，请求陛下免除他们的死罪……"密奏情真意切，令人动容。

最后，武则天听取狄仁杰的建议，下诏将这些人改死刑为流放，全部流放丰州（今内蒙古五原）。然而，正是这一次，狄仁杰正言斥责张光辅，称其之罪甚过李贞，张光辅为此怀恨在心，回朝后弹劾狄仁杰出言不逊，侮辱宰相，才被贬为复州刺史。

通过这次事件，狄仁杰再次向武则天证明了自己是个胸怀天下的可用之才，让武则天牢牢记住了他的名字。武则天称帝一年后，就把狄仁杰调到身边，并委以宰相重任，视为知己。俗话说得好，伴君如伴虎，高处不胜寒，一般在君王身边当差都不容易，何况是千古以来唯一的女皇帝呢。

狄仁杰到任的第一天，武则天就考验了他一次。君臣第一次见面时有这样一段对话。

武则天说："朕清楚你在地方上做了很多好事，但也有人说你的坏话，想知道是谁吗？"

狄仁杰说："回陛下，臣不想知道，如果陛下认为臣有过错，臣应该改正；如果陛下知臣无过，臣倍感荣幸，何必还要知道那些人的名字？不知道反倒还能正常相处。"

这就是狄仁杰的过人之处，他善于站在对方的角度看问题，既有高度，把自己对皇上的忠心很巧妙地表白出来。同时，又非常坦诚，与大家好好相处是为了给朝廷出力。

如意元年（692年），死里逃生的狄仁杰，从神都洛阳出发，他此行的目的地就是千里之外的彭泽县（今江西彭泽）。彭泽县，属江州（今江西九江）所辖，是一个小县城，面积不大，人口不多。狄仁杰到达彭泽时已是如意元年（692年）七月，按照常理说，此时正是风吹稻花香两岸的季节，可他一路过来，映入眼帘的却是茅草枯焦、村野荒凉、饥民遍地、满目疮痍的不堪入目的景象。他到任的第一天，就有不少百姓涌进衙门诉说疾苦。原来从年初开始，小到彭泽，大到整个江州，滴雨未下，土地龟裂，植物枯死，颗粒未收，可役卒吏值仍旧上门催征租赋。虽是"如意元年"，但老百姓的日子却一点都不如意，他们闻听狄仁杰的名声，所以才争相前来请求他为民请命。

久旱无雨，颗粒不收，这也只是天时问题，更重要的是通过走访调查，狄仁杰发现彭泽地利问题十分突出。彭泽地狭，山峻无田，每户人家不过几亩田地，生产力低，基本靠天吃饭。就算是遇到好的年景，得以丰收全熟，等交够国家租税，剩下的粮食也只够吃上半年，等于半载无粮，更何况绝收呢？他查阅户籍簿，还发现彭泽一年之内有一大半人口被除名！乡野之间，孩子老人食草度日，多有饿殍。

作为彭泽县的衣食父母官，他的心在流血，他要为民请命，狄仁杰立刻命人拿来笔墨，向朝廷递上奏《乞免民租疏》："彭泽九县，百姓齐营水田。臣方到县，已是秋月，百姓嚣嚣，群然若欸。询其所自，皆云春夏以来，并无霖雨，救死不苏，营佃失时。今已不可改种，见在黄老草莱度日，旦暮之间，全无米粒。窃见彭泽地狭，山峻无田，百姓所营之田，一户不过十亩五亩。准例常年纵得全熟，纳官之外，半载无粮。今总不收，将何活路？自春徂夏，多莩亡者，检有籍历，大半除名，里里乡乡，班班户绝。如此深弊，官吏不敢自裁，谨以奏闻，伏候敕旨。"

意思大概是说：春夏以来没下过雨，种田又耽误了农时，百姓依靠黄草老菜作为粮食充饥度日，从早到晚没有一粒米。彭泽地区狭小，山多田少，百姓所种田地，每户只有五亩、十亩。即使正常年景，获得好收成，除缴纳皇粮外，也有半年时间没有粮食吃。现在颗粒无收，百姓的生活出路在哪里？自春天到秋天，都有饿死人的现象发生，各里各乡还有全家都饿死的情况出现。如此严重的灾情，臣下不敢自己决定，如实向皇上禀奏。

武则天接到奏疏后，感慨不已，想不到花甲之年的狄仁杰，高位断崖式被贬谪之后，仍初心不改，不但不计较个人得失，反而关心百姓疾苦，深入民间，明察实情，仗义执言，救民水火，很是感动。狄仁杰奏疏，并不仅仅请求为灾荒之年的彭泽"乞免民租"，更重要的是实事求是地道出彭泽"常年纵得全熟，纳官之外，半载无粮"的积弊，直指朝廷的租税政策。无田则失民，失民则危国。武则天朱笔一挥，免除彭泽等九县百姓的三年租税……

竹杖芒鞋，轻车简从，寻常巷陌，寻贫访苦，狄仁杰一晃在彭泽度过了四个年头。万岁通天元年（696年）三月十六，神都洛阳新明堂建成，号曰"通天宫"，改元"万岁通天"。这一年，北方契丹发生饥荒，广大百姓生活无着，穷困潦倒。然而，刚愎自用的营州（今辽宁朝阳）都督赵文翙，倒行逆施，不但不予以赈济，反而视契丹首领如奴仆，多次侵侮其管辖的契丹部属。赵文翙的行为激起以李尽忠为首的契丹人的强烈不满，这年五月，李尽忠与妻兄、归城州刺史孙万荣举兵反唐，攻陷营州，杀死赵文翙，并将城内财物劫掠一空，史称"营州之乱"。从此，拉开中原王朝与东北游牧民族长达两百余年的大战序幕。

李尽忠自称"无上可汗"，你唐太宗不是称"天可汗"吗，我干脆"天"字也不要了，直接就上"无上"。李尽忠任命孙万荣为元帅，纵兵掠地，所向披靡，最后攻陷冀州（今河北冀州），血洗冀州城，兵锋直指内地，一时间河北震动。

消息传到洛阳，武则天雷霆震怒，下敕改李尽忠为"李尽灭"，孙万荣为"孙万斩"，诏命左鹰扬卫将军曹仁师率兵征讨，后又增派自己的侄子——春官尚书、梁王武三思为榆关道安抚大使，屯兵胜州（今内蒙古托克托西南），作为第二道防线，以备策应。结果武周大军战败，包括曹仁师在内的二十八位将领都成为俘虏。闻听前方战败，武三思连契丹的影子都没看到，就直接逃回长安。

冀州失陷后，魏州（今河北大名）就成为武周最北边的战线，位置十分重要，可以称得上是洛阳的桥头堡。魏州一旦失陷，敌军便可迅速渡过黄河，直抵神都。而当时的魏州刺史孤独思庄，采取的是坚壁清野策略，他把魏州所有百姓都赶入城中，让他们修筑工事，以防契丹，搞得怨声载道，人心惶惶。此时的河北，已经到了非大才大贤之人不能治理的境地。

"大风惊雷"时刻，为了稳定局势，防御契丹，武则天决定重新起用狄仁杰，任命他为魏州刺史。敕令八百里加急送达，情况万分火急。狄仁杰丝毫不敢怠慢，立刻动身，冒着严寒，星夜兼程。到达魏州后，他见到的情况比自己想象的还要糟糕，隆冬街头，满城百姓无家可归，缺衣少粮，哀鸿遍地，惨不忍睹。

6

老百姓听说爱民如子的狄公来了，似乎有了主心骨，脸上露出少有的笑容。狄仁杰脸上带着镇定与自信，对百姓说道："贼犹在远，何必如是？万一贼来，吾必当之，必不关百姓也。"意思是说："贼兵离咱们这里还远着呢，何必惊慌成这样子。别说贼兵来不了，即便是万一来了，我是刺史，自有妙策抵挡，不干你们的事！所以，大家该回家的回家，该务农的务农，该生产的生产。"

契丹首领孙万荣，闻听狄仁杰来魏州任刺史，并且大开城门，把百姓全部放回家，一点也不紧张，反倒他开始紧张起来。因为狄仁杰威名远扬，人尽皆知，亲守魏州，必然固若金汤。孙万荣心中暗暗嘀咕："狄仁杰足智多谋，现在分明是给我来了个'以逸待劳''以柔克刚'，他手里一定握着皇帝给他的'秘密武器'。干脆，这魏州城我不打了！"史书记载说，"贼闻之自退。"

狄仁杰不战而屈人之兵，百姓大悦，士气高昂。契丹撤军之后，狄仁杰一面加强防御，一面施行仁政，缓赋宽役，劝农植桑，魏州百姓争相立碑颂德。不久，狄仁杰又调任幽州都督，获赐紫袍、龟带，武则天还在紫袍上亲笔题下十二个金字，以表彰他的忠诚。至于这十二个字写的是什么，史书没有记载，但《全唐诗》却将这十二个字作为武则天的一首诗收入其中，这首诗题为《制袍字赐狄仁杰》："敷政术，守清勤。声显位，励相臣。"这十二个字，既肯定了狄仁杰的勤政，又对他寄予厚望。

神功元年（697年），平定契丹之叛，酷吏来臣俊伏诛。这年冬天，离开洛阳五年之久的狄仁杰，再次回到风雨飘摇的政治权力中心，担任鸾台侍郎、同凤阁鸾台平章事，加授银青光禄大夫。不久又代理纳言之职，兼任右肃政台御史大夫。一年之后，突厥南下骚扰河北，劫掠百姓万余人，北境再起战火，狄仁杰再一次肩负起"灭火"重任，被任命为河北道行军元帅，征讨突厥，并许以便宜行事之权。他率十万大军追击突厥，但未能追上，只得退回河北。之后，又被任命为河北道安抚大使。此时，被突厥践踏过的河北，哀鸿遍地，民不聊生，人心惶惶。之前，许多百姓被突厥胁从，突厥退军后，这些百姓害怕受到牵连，纷纷逃匿。作为安抚使的狄仁杰，便上奏疏，请求朝廷赦免河北诸州百姓，尽快稳定时局，恢复生产。

狄仁杰性情耿介，有直臣之气，敢于犯颜直谏，武则天对他所提的建议大多采纳，有时甚至不惜违背自己的本意。久视元年（700年），狄仁杰进拜内史，随武则天巡幸三阳宫避暑。当时很多文武百官随驾前往。有胡僧邀车驾观葬舍利，武则天本身崇佛，于是，不假思索就满心欢喜答应下来。堂堂一国之君，屈驾参观佛家典礼，实在有失身份。就在武则天准备出发时，狄仁杰跪在马前劝谏说："佛者戎狄之神，不足以屈天下之主。彼胡僧诡谲，直欲邀致万乘，以惑远近之人耳。山路险狭，不容侍卫，非万乘所宜临也。"

意思是说："佛是戎狄之神，不值得天下君主屈尊驾临。这帮异域胡僧生性狡猾，他们劝您去参观舍利，可真不是为您考虑，而是借机宣扬佛教，迷惑远近百姓。况且沿途山路艰险狭窄，佛堂空间有限，容纳不下多少侍卫，您乃万乘之尊，为江山社稷着想，实在不宜前往。"

"太后中道而还，曰：'以成吾直臣之气。'"狄仁杰这番话让武则天瞬间秒懂，既然对自己没啥好处，干吗替别人去撑场子？于是，武则天中途折回，并且很欣慰地对狄仁杰说："朕这么做，就是为成全你的直臣之气。"并赐予狄仁杰宅第一所，这也是诸多随驾文武百官中唯有的一个，狄仁杰可谓恩宠冠绝当朝。

柏拉图曾说：智者说话，是因为他们有话要说；愚者说话，则是因为他们想说。狄仁杰应该属于前者。经过几十年的宦海沉浮，他的行事风格愈加从容，智慧也已达到圆融贯通的境界。圣历元年（698年），武则天的侄儿武承嗣、武三思，数次使人游说武则天，争相立自己为太子。就在武则天犹豫之时，狄仁杰从容劝说道："立子，则千秋万岁后配食太庙，承继无穷；立侄，则未闻侄为天子而附姑于庙者也。"

武则天稍沉思后说："这是我的家事，卿勿预知。"狄仁杰却说："您为皇帝，我为宰相，立太子是国家之本，岂能不预知乎！"他这一席话，终使武则天顿时感悟。就在这年三月，一辆长途跋涉的马车悄悄驶进了洛阳城，车上坐的正是庐陵王李显，在历经十四年沧桑后，李显再次被册立为皇太子，从而使得李唐王朝得以延续国祚两百年。

"百年流水尽，万事落花空。"这年深秋，秋风有些萧瑟凄凉，在洛阳紫微城集仙殿里，武则天开始有些伤感，她想起了那些看似久远却又历历在目、困扰自己多年的旧年往事，她还想起了二十八年前的咸亨三年（672 年），唐高宗李治比照她的容颜开凿卢舍那大佛时的幸福，想起了各州修建大云寺，铸造大佛像的盛况。当然，还有一些她不愿意想却又不得不想的伤心往事。

武则天决定再次修筑大佛寺，塑造大佛像，以期保佑国泰民安。可是这项工程耗资巨大，预计费用多达数百万钱，可是当时国库并不宽裕，一时也拿不出这么多钱财。"欲造佛像"又差钱的武则天，便敕令"使天下僧尼日出一钱以助其功"，要求每个僧尼每日拿出一钱相助。狄仁杰知道后，立刻上疏谏阻。

会说话，意味着初听时温润如玉，细思时棱角分明，回想时深刻有益。还是熟悉的"配方"，为了让武则天权衡利弊，最后再作出明智决策，针对修筑大佛寺，塑造大佛像一事，君臣二人有这样一段对话。

狄仁杰问："陛下，您觉得建造房屋是靠鬼神还是人力？"武则天答："当然是靠人力。"狄仁杰再问："陛下，那庄稼是从天上掉下来的，还是一棵一棵从地里长出来的？"武则天再答："当然是从地里长出来的！"

狄仁杰笑着说："既然如此，陛下要建佛像，臣是绝对支持。可您不妨想想，建造那么大的佛像，首先需要大量人力，即便工匠好凑，农时也必然受到影响。我知道您是好心，雇请工匠劳作能接济不少穷人，但耽误农时，却是危害国家根本。怎样处理好像都对国家不利，您看铸造佛像是不是可以缓一缓呢？"武则天想了想，只好点头说："好吧，那就缓缓吧。"最终，直到她病逝，佛像都没有建成。

久视元年（700年）九月，在萧瑟的秋风中，七十一岁的狄仁杰溘然长辞。他的离世，不但让朝野上下的有识之士感到忧心忡忡，更让武则天感到了巨大的悲伤和失落。武则天为狄仁杰废朝三日，追赠文昌右相，赐谥号"文惠"，并以国公之礼陪葬乾陵。

狄仁杰知人善任，也常以举贤为己任。任宰相时，曾先后向武则天举荐了张柬之、桓彦范等数十位唐代中兴名臣。在他死后的神龙元年（705年），张柬之趁武则天病重之际，拥戴唐中宗李显复位。所以，历代政治家、史学家皆称狄仁杰有再造唐室之功。阎立本称他是"海曲之明珠，东南之遗宝"。狄仁杰一生忠诚于大唐王朝的李氏家族，但却受到武则天特别倚重，他对武则天是投之以桃，报之以李，鞠躬尽瘁。

人生海海，潮起潮落。狄仁杰一生仕途沉浮，辗转四方，为官一任，造福一方。他居高位懂得自持，处在低谷信心不失，人生终能活得从容，活出圆满。千年之后，当历史上的王侯将相化为尘土，变成一个个陌生名字，永远沉睡在史籍中时，狄仁杰却以千年不褪的人格魅力，让后人记住了他。林语堂曾评价狄仁杰说："他的冷静，他的耐性，他的智慧，他的眼光，都不弱于武后。他正是武后的克星。"

仰望龙门

　　回溯千年，历史就是面镜子。尽管有人评价武则天"鬼神之所不容，臣民之所共怨"，但她打破唐初以来崇道抑佛的局面，树立了自己君权神授、至高无上的形象，成为空前绝后的一代女皇。当爱恨情仇烟消云散时，她选择放下，既保全了自己，也让家族免遭灭顶之灾。

｜

　　静寂的伊河之水，与孤寂的卢舍那佛像，在时光中默默对视了千余年。卢舍那佛像摆脱窟室的桎梏，高高矗立在洛阳龙门西山之上，如同当年从垂帘摄政走到历史前台的女皇武则天一样，穿越千年时空，成为不老的传奇。

　　咸亨三年（672年），唐高宗李治为给父皇李世民建功德碑，并以皇后武则天的形象与容姿开凿卢舍那大佛。三年之后，大佛竣工，武则天四十八岁时的容貌，便永远定格在了洛阳龙门西山之上。为此，武则天还特意为卢舍那像捐助了两万贯胭脂钱，以示功德。但是，对于这些她并不满足，她内心追求的则是走向执政前台，登上政权巅峰。

　　就在卢舍那大佛开凿期间，全面掌权的武则天，不仅被加封为"天后"，与唐高宗并称"二圣"，她还以皇帝李治的名义下了一道敕令：佛家与道士位居同样，不分依次。然而，正是这句"不分依次"，将唐太宗谕旨道士高过佛家弟子的法定排位做了彻底改变，这也揭掉了三十多年来一直压在玄奘心头的一块巨石。早在显庆元年（656年），玄奘就曾向唐高宗进言，恳请取消佛宗间不平等规定。但唐高宗却以"前朝旧制"为由，坚持道前僧后排序。如今，武则天取消佛教与道家排序，天下佛门弟子无不感激涕零，尤其是玄奘。

　　"卢舍那"，智慧广大、光明普照之意。卢舍那大佛竣工后，武则天十分高兴，她专门为自己造了个"曌"字，取名为"武曌"。所谓"曌"，即日月凌空、光照乾坤之意，与"卢舍那"相承相通。果然，在卢舍那大佛建成十年之后的公元 684 年，武则天临朝称制，成为中国历史上第一位正统女帝，实现了她"日月凌空、光照乾坤"的梦想。

千年已逝，白驹过隙。庄严的卢舍那佛像依山而坐，居高临下，面相丰满圆润，双目宁静含蓄，神态庄严又不失慈祥，尽显母仪天下的威严与风度。她面带神秘微笑，静静眺望东南方向，穿越千年岁月风尘，依然遥望着那个曾经属于她的历史时代。

历史永远没有真相，只有一些残存的印迹。作为中国历史上唯一的正统女皇帝，武则天一生可谓"传奇"。她既是一位出色的政治家，也是一个双手沾满李唐宗室鲜血的刽子手。她"为上位杀女，嫁祸王皇后"，成了后人最为诟病的污点。对于她究竟有没有"杀女"，《旧唐书》中没有明确记载，《新唐书》和《资治通鉴》却言之凿凿。历史真相扑朔迷离，后世争议千年不休。

武德七年（624 年），武则天出生在一个荣耀至极的高级士族官僚家庭，父亲武士彟是唐朝开国功臣，母亲杨氏为隋朝皇室出身。她祖籍并州文水县（今山西文水），其家族世代经商，殷实富裕。其父武士彟热衷于社交活动，史书曾评价他"才器详敏，少有大节"，长大后"深沉多大略"，立志出人头地。却如史书所评价，武士彟"深沉多大略"，非常崇拜当时出任太原留守的李渊，认为李渊英明神武，值得效忠，于是主动投名拜谒，后被李渊视为心腹。大业十三年（617 年），李渊于晋阳起兵，武士彟倾囊相助，被授予大将军府铠曹参军，后又随李世民平定长安。大唐政权建立后，作为"太原元谋功臣"的武士彟，曾官至工部尚书，封应国公。"此人忠节有余……遗身殉国，举无与比。"这是唐高祖李渊对他的高度评价。

家庭富裕，厚禄门庭，应该说武则天是含着金钥匙长大的，可随着父亲武士彠的去世，她的命运也随之发生了天翻地覆的变化。贞观九年（635年）五月，太上皇李渊驾崩，远在荆州都督任上的武士彠，得知消息后，悲痛成疾，虽然唐太宗李世民也屡遣名医为其诊治，但终因顽疾医治无效而去世，享年五十九岁。随着父亲的去世，武则天和母亲的生活也失去依靠，她的堂兄武惟良、武怀运，以及同父异母的哥哥武元爽，落井下石，处处刁难她们母女。无奈之下，十二岁的武则天跟随母亲从荆州回到长安。

"名花倾国两相欢，常得君王带笑看。"两年之后，十四岁的武则天已出落得亭亭玉立，仪容举止之美，闻名长安。唐太宗李世民听说后，于贞观十一年（637年）十一月，将其召入后宫，封为五品才人，赐号"武媚"，后世讹称"武媚娘"。

初入后宫的武则天，并没有过人之处，也仅是众多嫔妃中普通的一员，对于唐太宗时期武则天在宫中的生活情况，史书没有详细记载，仅存一段回忆。《资治通鉴·则天顺圣皇后中之下》记载，唐太宗有一匹宝马名叫狮子骢，肥壮任性，没有人能驯服它。有一天，武则天侍奉在侧，她对唐太宗说："陛下，我能制服它。"唐太宗心想，这匹烈马就连那些专门驯马的人都无法驯服，你一个手无缚鸡之力的弱女子怎能驯服？于是，将信将疑地问："你如何驯服？"武则天回答："我只需要三件东西即可，一是铁鞭，二是铁棍，三是匕首。首先用铁鞭抽打它，不服，再用铁棍敲击它的脑袋，再不服，最后用匕首割断它的喉管。"唐太宗听后，颇为夸赞武则天的志气。

宫闱深深，岁月煎熬。入宫后的十九年，武则天并没有因为勇猛而得到唐太宗宠爱，而是默默无闻地做着才人。白驹过隙，岁月更迭，武则天眼看当年叱咤风云的一代帝王唐太宗李世民日渐病重，她心中隐隐多了一丝危机感。

红尘烟雨处，无意中的一次擦肩而过，都可能成就一场花开花落的邂逅。一切都是机缘巧合，就在唐太宗病重期间，二十四岁的武则天因为才人身份，负责唐太宗的饮食起居，而以仁孝著称的太子李治则在御前入侍药膳，不离左右。病榻旁的厮守是枯燥而琐碎的，时光深处，这段让人无从探知的宫闱情缘就这样悄然发生了。武则天与小她四岁的太子李治，不知不觉走到了一起，以其独有的才情，渐渐成为那个最懂李治的女人。

贞观二十三年（649年）夏天，五十一岁的唐太宗在长安翠微宫寒风殿驾崩，太子李治即位，是为唐高宗。依照例制，武则天与其他没有子女的嫔妃一起被遣入长安感业寺，削发为尼。在感业寺，她度过了她人生中最难熬的三年，也是她人生的至暗时刻。看着自己深爱的男人一步登天，君临天下，后宫三千，自己却伴着青灯古佛，冷冷清清度过一天又一天，她不甘心寂寂无闻，了此一生，决心寻找一切机会再入后宫，而唐高宗李治就是她最后也是最有力的一根救命稻草。

盛唐，是诗歌的王国，诗歌既可以言志，也可以传情。作为唐太宗曾经的才人，武则天不仅外貌美若天仙，而且腹有诗书气自华。据记载，《全唐诗》中收录她的诗作就有四十六首，由此可见其聪慧过人，或许这也是唐高宗爱上她的一个重要原因。

独守青灯古佛的武则天，心中念念不忘唐高宗，既是为了深爱着的他，更是为了自己。于是，便有了那首情真意切的七绝《如意娘》："看朱成碧思纷纷，憔悴支离为忆君。不信比来长下泪，开箱验取石榴裙。"一个坠入爱河、痴念情人的执着、不掩饰、不造作的独特女子形象跃然纸上，全诗极尽相思之苦，明朗含蓄，绚丽清新。后来，诗仙李白读到此诗，都感慨其创作水准之高，自叹弗如。明代著名诗评家钟惺，也用"不媚不恶"四个字，高度评价这一诗作的魅力所在。

苍天不负苦心人。就在唐太宗李世民周年忌日这天，武则天终于见到了前来进香的唐高宗，遂将自己多年相思化成的这首缠绵悱恻的情诗给了唐高宗。透过这首诗，唐高宗感受到武则天的爱意，看到了永不褪色的真情，他想起多年前那个明媚动人的女子，如今却已憔悴不堪，很是心疼，潸然泪下。两人一番浓情蜜意之后，唐高宗答应武则天，寻找机会接她回宫。就这样，一首小诗，再次改变了武则天的人生命运。

2

宫廷暗战，向来都是暗流涌动，波谲云诡。正当武则天挖空心思，想着如何走出感业寺时，后宫佳丽争宠的暗战也早已如火如荼。王皇后因膝下无子渐受唐高宗冷落，而接连诞下三个儿女的萧淑妃，却倍加受宠。

性情耿直不能委屈己意的王皇后，在得知唐高宗与武则天于感业寺幽会的消息后，计上心来。《资治通鉴》这样记载："太宗崩，武氏随众感业寺为尼。忌日，上诣寺行香，见之，武氏泣，上亦泣。王后闻之，阴令武氏长发，劝上内（纳）之后宫，欲以间淑妃之宠。"王皇后决定利用武则天离间萧淑妃。

一念之善，吉神随之；一念之恶，厉鬼随之。王皇后向唐高宗建议接武则天回宫，正中其下怀。就在王皇后做出这一决定时，命运已不知不觉把她推向万劫不复的深渊。永徽二年（651年）五月，唐高宗服孝期已满，遂将二十七岁的武则天召入后宫。初入后宫，武则天深知王皇后的用意，处处对她卑躬屈膝、百依百顺。王皇后则不断在唐高宗面前称赞武则天，唐高宗借力使力，对武则天也越来越宠。尤其是在她生下儿子李弘之后，对她更是宠爱有加。第二年五月，武则天被册封为二品昭仪，当然，她也不负王皇后所望，迅速击败萧淑妃，但也同时夺走了原本属于王皇后的那份爱。无奈之下，王皇后又与萧淑妃联手，开始在唐高宗面前不断诋毁武则天，而唐高宗却置若罔闻。王皇后做梦都想不到，她搬起石头砸了自己的脚，正是因为自己的一念之恶，她成了武则天成功上位的垫脚石。

后宫嫔妃间的斗争，虽然没有刀光剑影，但输者也会付出生命的代价。永徽五年（654年），后宫发生了一件骇人听闻的事件：武则天刚出生一个月的女儿安定思公主，被人给害死了。史书记载："会昭仪生女，后怜而弄之，后出，昭仪潜扼杀之。覆之以被。上至，昭仪阳欢笑，发被观之，女已死矣，即惊啼。问左右，左右皆曰：'皇后适来此。'上大怒曰：'后杀吾女！'昭仪因泣诉其罪。后无以自明，上由是有废立之志。"武则天诞下的长女安定思公主，深得唐高宗喜爱。有一天，王皇后礼节性地前去看望，还逗着小孩玩耍了一会儿便离去，武则天趁机偷偷亲手扼死女儿，并嫁祸于王皇后。唐高宗大怒，一场惊心动魄的"废王立武"的大戏拉开了帷幕。

虽然安定思公主的死因成了千古之谜，但她的母亲武则天却借此击败了王皇后与萧淑妃。永徽六年（655年），武则天踏着累累白骨终于登上皇后之位，与唐高宗并肩而立。为巩固皇后地位，她与唐高宗最终形成政治联盟，这对后宫夫妻，朝前盟友，在"废王立武"背后，尽管各有利益所图，但联手打击对手却从未手软，甚至不惜制造一连串的政治劫难。

武则天先是以"阴谋下毒"的罪名，将王皇后和萧淑妃废为庶人，再将带头反对废后的"托孤大臣"褚遂良和长孙无忌贬出长安，致使褚遂良郁闷而亡，逼迫长孙无忌自缢而死，最后再将于志宁、韩瑗、来济等一干朝廷重臣全部削职免官，贬出京师。她正是靠着这种铁腕与残忍，将朝中反对势力逐渐清理干净，从而一步步实现自己的政治目的，她展示给世人的是集残忍与机敏、疯狂与冷静于一身的形象。唐高宗也借"废王立武"，收回属于自己的权力，实现真正的中央集权。从此，武则天与唐高宗荣辱与共，命运将他俩紧紧捆绑在一起。

透过幽幽青史，不难看出，武则天之所以能从幕后走到前台，并不单是她枕边风吹得好，会借刀杀人，更重要的是她有一颗胸怀天下的心。她可以说算得上是深谋远虑、具有远见卓识的政治家，无论是在帮助唐高宗处理朝政上，还是在施政谏言上，都是其他朝臣所无法相提并论的。

唐显庆五年（660年），唐高宗因患风眩症，眼不能视，遂下诏委托武则天协理政事，武则天开始参与国家大事，乘机插手政治。此时，武则天比以往任何时候都更加接近皇帝宝座了，人虽在幕后，却控制了朝廷实权。她在政治上日益成熟，政务处理有章有法，不像唐高宗那样遇事久决不决，很为群臣敬服。但武则天对此并不满足，她还想进一步掌握政权。面对唐高宗一次又一次的忍让和妥协，武则天一方面与其联手设法清除政敌，不断巩固扩大自己的影响和权力；另一方面加紧储备力量，培植个人势力，为自己进一步掌权做最后准备。

最初武则天能"屈身忍辱，奉顺上意"，故唐高宗力排众议，坚持立她为后。但随着武则天皇后地位的不断稳固，驾驭朝堂的能力也越来越强，踌躇满志的她，开始"专作威福，上欲有所为，动为后所制"。短短几年时间，唐高宗忽然发现，自己与皇后之间仿佛调换了个位置，"百司奏事，时时令后决之"，武则天主导政局的趋势越来越明显，"后益用事，遂不能制"，自己似乎已经被架空。对于武则天的独断专行，唐高宗十分忌惮，也曾产生过"废武"的念头。

麟德元年（664年），武则天引道士入宫，行厌胜之术，被宦官王伏胜告发，唐高宗意欲将其废为庶人，便秘召上官仪商议。上官仪说："皇后专横，海内失望，应废黜以顺人心。"于是，唐高宗下定决心，命上官仪即刻起草废后诏书。可是诏书墨迹还未干，武则天就已经通过眼线得知消息，马上前来面见唐高宗，质问其为何要废掉自己。原本信心满满的唐高宗，见武则天怒气冲天，一时六神无主，支支吾吾。武则天动之以情，又是一番申诉和辩解，令唐高宗心生不忍，也怕武则天怨怒，便自我开脱道："我初无此心，皆上官仪教我。"当场就把上官仪给出卖了。

逃过一劫的武则天，乘机将上官仪以谋反罪下狱，后将上官仪及其子上官庭芝、宦官王伏胜一同处死，并抄没家产，群臣对武则天愈发畏惧，此后再无人敢提废后一事。从此，每当唐高宗理政，武则天便"垂帘于后，政无大小皆与闻之。天下大权，悉归中宫，黜陟、生杀，决于其口"。

山河日月，千秋万岁。在武则天辅政之下，唐高宗在位时疆域版图达到唐朝最大，可谓国力昌盛，万国臣服。麟德二年（665年）十月，在武则天的积极鼓动下，唐高宗率文武百官、扈从仪仗，从东都洛阳浩浩荡荡出发，前往泰山封禅，武则天则率内外命妇一路随行。当然，随行的还有突厥、于阗、波斯、天竺、新罗、百济、高句丽等国的首领和使节，车乘连绵数百里。封禅，本应先由皇帝初献，公卿亚献。但武则天认为，封禅为祭地之仪，应由太后配享，才能彰显后土之德。所以，她提议自己充当亚献，好孝敬自己的婆婆，唐高宗最终应允。

上元元年（674年）八月，逐渐掌握朝政的武则天，开始明目张胆地将手伸向朝堂。在她提议下，唐高宗自封为"天皇"，册封她为"天后"，二人并称"二圣"。从此，她便正式从幕后走到台前，与唐高宗一起接受群臣朝拜。第二年，唐高宗的风眩症愈加严重，欲将皇位禅位给武则天，让其摄政，因宰相郝处俊极力劝谏，这才作罢。

3

通过唐高宗李治禅位被拒这件事，武则天非常清楚地认识到，自己想要驾驭整个国家机器，就必须建立一支自己的亲信力量。过去那些曾为她争取皇后之位出过力的人，十多年来，大都被清洗淘汰殆尽，她现在必须重新组建一支新生力量，以作为自己治国安邦的工具。

俗话说，"得民心者得天下"，当一个人的力量无法撼动全局时，必须寻找有力支撑，得学会借力才行。武则天生活在男尊女卑的时代，从未有过女子称帝的先例，她必须寻找一切能够支持自己，并能被民众接受的理由。胆大心细的她，为了成功不仅可以不择手段，而且心思极其缜密，早在乾封元年（666年），她就曾在左、右史和著作郎中，专门物色了一批才学俱佳的文人学士，因这些人被特许可以从玄武门出入禁中，故被称为"北门学士"。武则天"以修撰为名"，将这些文人学士召入禁中，编撰了一大批署自己名字的著作，如《列女传》《臣轨》《百僚新诚》《乐书》《少阳正范》等。"北门学士"名义上修撰著作，实际上是武则天的智囊天团，他们"以分宰相之权"为责，不断为巩固武则天地位制造舆论，出谋划策。"北门学士"在武则天临朝称制、推动改唐为周的过程中，发挥了重大作用。

正是因为有这些幕后治世能臣的拥戴，武则天执掌朝政才更加驾轻就熟。步入"二圣"临朝的她，深知水能载舟、亦能覆舟的道理，承袭贞观遗风是必由之路，于上元元年（674年）十二月，上建言十二事。武则天所上建言，归纳起来主要分为四大类：一是富国强民，二是善用人才，三是笼络百官，四是提高妇女地位。条条切中时政要害，均被唐高宗悉数采纳。

农业是国之根本，在武则天建言中，也是把这一根本列在头条："劝农桑，薄赋徭。"她牢牢抓住农业这一国之根本，规定各州县境内，"田畴垦辟，家有余粮"者，予以升奖，"为政苛滥，户口流移"者，必加惩罚。后来，武则天又组织编撰了我国历史第一部官修农书《兆人本业》，颁行天下，用以教导农民，促进社会经济发展。透过建言十二事施政纲领，后人便可窥知武则天"卓尔不凡"的执政能力和水平。

透过历史烽烟，遥看武则天掌权的年代，社会日趋稳定，人口激增，国家蓬勃发展，黎民百姓虽不是大唐王朝二百九十年中最幸福的，却也是大唐国祚中最安居乐业的。据史书记载：永徽三年（652年）时，全国人口仅有三百八十万户，到了神龙元年（705年），全国人口增至六百一十五万户，五十三年间人口增长了近一倍。如果社会动乱，百姓吃不饱穿不暖，生活不安定，人口是无法如此迅速增长的。"百姓富则民心稳，民心稳则天下安"，武则天屹立不倒的一个根本原因，就是她以民心为己心，把赢得民心作为最大执政目的。

永淳二年（683 年），唐高宗驾临奉天宫，武则天自泰山封禅后，就劝唐高宗继续封中岳，终因其患病未能成行。不久，唐高宗诏命皇太子李显代理国政，由裴炎、刘齐贤、郭正一等人在东宫任同平章事。唐高宗从奉天宫回东都后，病情不但不见好转，反而日益严重，最后连宰相以下大臣都不能晋见。是年十二月，改永淳二年为弘道元年（683 年），此时唐高宗本想亲自到则天门楼宣布赦免书，可因为身体虚弱无法如愿，只得召百姓在殿前宣读赦免书。十二月二十七日夜，唐高宗在紫微宫贞观殿驾崩，留下遗诏："七日而殡，皇太子即位于灵柩前。园陵制度，务从节俭。军国大事有不决者，取天后处分。"太子李显即位，是为唐中宗，尊武则天为皇太后，政事均决于太后，裴炎受遗诏辅政。

按理说，能坐到皇太后之位，武则天应该心满意足了，可是她却要剑走偏锋——临朝称制。唐高宗李治驾崩后的第二年（684 年），大唐帝国迎来了一个多事之秋：中宗即位，改元嗣圣；武后废中宗，再立睿宗，改元文明；武后改元光宅；哈雷彗星出现。就在这一年的正月初一，中宗李显即位，武则天又将年号改为"嗣圣"。嗣，意为继承；圣，圣人、圣王、圣帝之意，指先帝唐高宗，"嗣圣"，意思是继承先帝之遗志。只可惜这个年号仅仅使用了一个月零六天，成为李唐历史上使用时间最短的一个年号。

即皇帝位的唐中宗李显，尽管庸弱无能，却试图重用韦后亲戚，组织力量与武则天抗衡，最终却因一句戏言，被武则天抓住把柄而废黜。光宅元年（684年）二月，唐中宗欲擢升韦后父亲韦玄贞为侍中（宰相职级），却遭到辅政宰相裴炎坚决反对。原因是唐中宗即位后，刚刚将韦玄贞从普州参军提升为豫州刺史，现在又要提拔为侍中，明显是重用外戚，这也是朝廷的大忌。裴炎让唐中宗很没面子，唐中宗怒气冲天道："朕即使把天下都给韦玄贞，又有何不可，你们还在乎一个侍中吗？"然而，正是这句失去理智的话，让武则天抓住了把柄，当裴炎将此事报告给武则天后，她大为恼火。

第二天，武则天便命中书令裴炎与中书侍郎刘祎之、羽林将军程务挺、大将军张虔勖率军入宫，宣布太后懿旨，将即位仅五十五天的李显废为庐陵王，迁于房州。册立第四子豫王李旦为帝，是为唐睿宗，并以李旦名义改年号为"文明"，册封其正妃刘氏为皇后，长子李成器为皇太子。尽管此时的唐睿宗李旦已经成年，但武则天却丝毫没有把政权还给他的意思，登上帝位的唐睿宗，并没有体验到皇权带给他的荣耀。而是从他被拥立的第一天起，便被武则天幽禁于皇宫之中，不得参与政事，开始了他傀儡皇帝的生活。

因为有了唐中宗李显前车之鉴，唐睿宗李旦处处小心，事事依从母后武则天，不敢有半点违拗。一时之间，朝野上下人心浮动，帝国政坛再起风云。贬谪巴州的废太子李贤，也不可避免地再次卷入风暴中心。这年二月，左金吾卫将军丘神勣，奉武则天之命前往巴州李贤贬所，以谋逆罪逼其自尽。武则天再以丘神勣误解懿旨，错杀李贤为由，将丘神勣贬为叠州刺史，但不久重获起用。

"嗣圣"年号的废止和"文明"年号的开启，也标志着武则天"圣衷独断"时代的开始,始称"武则天朝"。这一年,武则天在废"显"立"旦"之后,还着手进行了一系列改革,动作可谓不小,这些改革举措意味深长,可以说是武周时代的序幕。

第一,武则天再次改年号为"光宅"。这也是在同一年内第三次改年号了。"光宅"意味深远。光,即发扬光大;宅,即把某个地方当作自己的家,宅而有之。《尚书·尧典》记载尧帝:"聪明文思,光宅天下。"第二,她将东都改为神都,把洛阳宫改为"太初宫"。"太初",表示新的起点,标志一个新时代的正式开始。第三,改官名。将尚书省改为文昌台,尚书左、右仆射改为左、右相,吏、户、礼、兵、刑、工六部改为天、地、春、夏、秋、冬六官。门下省改为鸾台,中书省改为凤阁,侍中改为纳言,中书令改为内史。御史台改为左肃政台,再增设右肃政台。在这些官名中,鸾台、凤阁最有意思,女性味十足。原来宰相名叫"同中书门下三品",现在改称"同凤阁鸾台三品"。第四,改旗帜和官服颜色。把国旗、军旗等所有旗帜颜色由红色改为金色,再装饰上紫色花纹。将八品以下官员服装由原来的青色改为碧色。第五,追尊老子李耳的母亲玄妙玉女为先天太后。李唐皇室一直自称是老子后代,之前给老子李耳上尊号"太上玄元皇帝"。而武则天既不为老子李耳加尊号,也不为李耳的老婆加尊号,而是选择为老子李耳的母亲加尊号,其影射意义不言自明。

年号、官号、都号,甚至连代表国家的旗帜都改了,对于武则天的真正意图,大臣们心里已经隐隐觉察出来,但谁也不敢说。

新时代,必定要有新气象!在诸多改革举措中,有一项不可否认对肃正纲纪、监察官员起到了决定性作用,那就是"设立左右肃政台"。光宅元年(684)九月,武则天决定将原来的御史台改为左肃政台,同时增设右肃政台，增置监察官员，将监察官员由此前的十八人增至四十人，以加强其监察职能。所谓肃政台，就是中央行政监察机关，也是中央司法机关之一，主要负责纠察、弹劾官员，肃正纲纪。左肃政台，专管京官和军队的监察事务；新设的右肃政台，专门负责京畿地区和地方各州县官员的按察。稍后，又打破"左以察朝廷，右以澄郡县"的格局，使左、右两台互相纠正，左肃政台也可以监察地方。

4

为了使监察工作运作有法可依，武则天还令尚书省刑部侍郎韦方质，起草专供考察地方官员用的《风俗廉察四十八条》，"两台"每年春秋两季派出专使，以"四十八条"巡察州县，春季派遣的称风俗使，秋季派遣的称廉察使。在唐高祖、太宗、高宗三朝时期，监察御史和使臣出巡，一般都是承诏出使，即奉敕乃巡。监察御史每年定期出使，成为武则天临朝称制后的创举。神龙元年（705年），她又将左右肃正台改为左右御史台。

"凭君莫话封侯事，一将功成万骨枯。"将军的功名尚且如此，那么武则天的帝王之路又是何等惨烈，便可想而知了。朝堂权力争斗的旋涡中，虽不见刀光剑影，但凶险程度却丝毫不输于战场。做一名摄政的皇太后，并非武则天的真正目的，从她打压李唐皇室和提拔武氏家族的行动中可以看出，她真正的目标是建立一个以自己为中心的武氏王朝，这也是她与朝廷大臣矛盾激化的导火索。

光宅元年（684年）九月，在武承嗣的建议下，武则天准备"追王其祖，立武氏七庙"。所谓"七庙"，是指帝王的宗庙，供奉太祖及三昭三穆共七代祖先，一般指代国家。武则天为武氏设立七庙，就是想让武氏家族在礼制上，与李唐皇族享有同等地位，为自己取代李唐铺路。她的这一决定，立刻遭到裴炎等大臣们的拼死反对。最后她不得不让步，只能以诸侯惯例追封五庙。通过这件事，武则天意识到裴炎已成为她君临天下的最大障碍，必须铲除。

有人顺来接受，就有人逆反到底。这一年，武则天还迎来了第一个反叛者——李敬业。李敬业，本名徐敬业，曹州离狐（今山东菏泽）人，开国大臣、司空李世勣的孙子，梓州刺史李震的儿子。李敬业善于骑射，颇有才智，承袭英国公，授太仆少卿，出任眉州刺史，迁柳州司马。李敬业以勤王救国、支持唐中宗李显复位为名，在扬州起兵自称大将军、扬州大都督，谋士骆宾王还为其撰写了《代李敬业讨武曌檄》，号召天下，很快拥兵超过十万人。

有一天，武则天就李敬业起兵一事，向裴炎询问对策。裴炎谏言道："皇帝年长，不亲政事，故敬业等得以为辞。若太后返政皇帝，敬业等不讨自平。"裴炎意图十分明显，想借李敬业起兵说服武则天归政。武则天又怎能不知晓裴炎的企图呢，她直接将通贼谋反的罪名扣在裴炎头上，证据则是裴炎在给李敬业的信中有"青鹅"二字，文武百官都"丈二和尚摸不着头脑"，始终不明白"青鹅"与谋反有什么关系。武则天解释说："诸卿何不将青鹅二字拆开来看。"原来，"青"字拆开就是十二月，"鹅"字拆开就是我自与，这是裴炎和李敬业约定的起兵时间。大家都明白了，欲加之罪，何患无辞，裴炎以通贼罪名被诛杀。自古宦海多风波，耿直的裴炎注定要被淹没。"青鹅"之事，后来被记录在野史《朝野佥载》中。

武则天在剥夺李敬业赐姓和爵位后，派梁郡公李孝逸统兵三十万前去征讨，最终李敬业兵败，逃奔海陵（今江苏泰州），后为部下所杀。李敬业起兵作乱，是武则天与李唐皇族拥护者之间的第一次交锋。

在武则天登上帝位的过程中，化作"万骨枯"的又何止李敬业和裴炎！就在裴炎以通贼罪名下狱时，威震突厥的左武卫大将军、单于道安抚大使程务挺，也上疏武则天为裴炎请罪。程务挺知道，在武则天废"显"立"旦"的过程中，他和裴炎、刘祎之、张虔勖都是主要参与者，也都是这场宫廷政变的有功之臣，而今裴炎下狱，很明显是武则天在剪除异己！

兔死狐悲，所以程务挺才冒死为裴炎请罪，武则天对此很不高兴。无巧不成书，正好此时有人诬告程务挺，说他与裴炎、李敬业暗中勾结，图谋犯上。武则天牙一咬、心一横，遂将程务挺于军中问斩，并株连全家。突厥人闻听程务挺的死讯，喜出望外，欢宴相庆，但对他的人品却非常敬佩，后为其建立祠堂，每次出师征战，必先来此祈祷敬拜。

尽管李敬业已被消灭，裴炎和程务挺也都被以图谋犯上的罪名斩首，但武则天深知：李敬业并不是唯一，想反叛她的大有人在。为了能及时掌握李唐遗臣、遗老的动态信息，从而将反叛者扼杀于摇篮，同时，也为了解百姓疾苦，更好地治理天下，武则天推出了一项前无古人的新制度：设登闻鼓及肺石。垂拱元年（685年）二月初七，武则天敕令于朝堂上设立登闻鼓与肺石，如有击鼓或立石之人，由御史受状闻奏。这也是她为广听建议，了解民情吏治，加强统治所采取的一项措施。肺石因石色赤如肺而得名。

第二年三月，武则天又"置匦于朝堂，有进书言事者听投之"。这里所说的"匦"，其实是一种铜器，类似于小匣子，是谏议箱。"挟刑赏之柄以驾驭天下"，武则天在"广言路""杜谗口"的大旗下，于洛阳宫城前，分别设置了延恩匦（养民劝农）、招谏匦（评判朝政）、伸冤匦（申诉冤屈）、通玄匦（建言献策）四个铜匦。同时，她还专设正谏大夫、补阙、拾遗三人，共同在朝堂前主管铜匦之事，从而开辟了一条最高统治者了解下情的渠道。

垂拱二年（686年）正月，武则天下敕，表示自己愿意还政于皇帝。唐睿宗李旦知道母后并非出自诚心，是在试探他，于是数次上表，极力推辞，请求母后继续临朝。武则天遂顺水推舟，"接受"李旦的请求，继续临朝称制。

5

为了监督宗室和大臣，武则天还大开"告密"之门，并出台具体规定。据《资治通鉴·唐纪十九》记载，武则天下敕："有告密者，臣下不得问，皆给驿马，供五品食，使诣行在。"意思是说，凡是遇到告密的人，大臣不可以过问。对于远路的人，驿站要提供马匹，按照五品官的伙食标准进行保障供应，以保证告密者提供的信息能够直达天听。对于告密者，无论是农夫樵人，还是达官贵人，她都要亲自接见。告密属实的，一律加官赏赐，即便查无实据，告密者也不会受到处罚。一时之间，告密者四方蜂起。

著名的"酷吏"来俊臣和周兴，也就是在这个时期靠告密爬到掌管制狱官职位置的。为了镇压反对者，武则天重用来俊臣等人，逐渐形成"酷吏政治"，被告者一旦被投入狱，酷吏则会使用各种酷刑审讯，能活着出狱者百无一二。据史书记载，来俊臣在审理武则天交办的案件时，凡有不合他心意的，便对犯人实行株连，不论长幼，都要坐连其族，一杀就是千余家。对此，满朝文武噤若寒蝉，以至于"朝士人人自危，相见莫敢交言"，每次上朝前，都要和家人诀别。

来俊臣作为告密者"典范"，善于罗织罪名，陷害无辜，他不仅发明了"请君入瓮"的酷刑，还组织编撰了一部专门罗织罪名、陷害杀人、角谋斗智的书——《罗织经》。这也是人类有史以来第一部制造冤狱的"经典"，更是第一部由酷吏编写的赤裸裸的施恶告白。据说，一代人杰宰相狄仁杰阅罢《罗织经》，全身颤抖，冷汗迭出。就连武则天读罢，也不由感叹道："如此机心，朕未必过也。"

为彰显自己功绩，给登基帝位创造条件，垂拱三年（687 年）春，武则天力排众议，拆除紫微城的正殿乾元殿，由男宠薛怀义监督，在原址上建了一座"明堂"。所谓"明堂"，即"明政教之堂"，是古代帝王用于布政、祭祀的重要礼制建筑。《旧唐书·武后本纪》记载："毁乾元殿，于其地作明堂。以僧怀义为使，凡役数万人。明堂高二百九十四尺，方三百尺……"历时二年之久，明堂终于落成，号称"万象神宫"，这也是历代所建明堂中最为壮观的一座，远看它挺拔高耸，好似九天揽月。明堂，作为中国古代最宏伟的木结构建筑，"去都百余里外，遥望见之"，凭空而起的明堂，引起神都百姓的高度关注，皆惊呼之为巧夺天工神物。

武则天视明堂为自己天命所归的标志和王朝国运的象征，她自称弥勒转世，以体恤百姓、不摆帝王架子标榜自己。为庆祝明堂的落成，武则天举行了盛大的庆祝活动，宴赐君臣，大赦天下。为顺应民心，她还特意邀请平民百姓进入紫微城万象神宫参观，同时赐予参观者酒食，揽尽天下人心。据《资治通鉴·唐纪二十》记载："号曰万象神宫。宴赐君臣，赦天下，纵民入观。"吐蕃及诸夷听说明堂建成后，皆纷纷遣使来贺，外国使节都被鼎盛的大唐所折服。

然而，就是这样一座象征国运和皇权的宏伟建筑，在武则天称帝后的第五年，也就是证圣元年（695年），薛怀义失宠后，一把怒火给烧了。明堂被毁，对武则天打击很大，然而她并没有灰心，遂下敕再建明堂，并于第二年三月落成。由于新明堂供奉的是武氏族人，故又称为武周明堂，号曰"通天宫"。

上有所好，下必甚焉。武则天好祥瑞，谄者投其所好，屡献"宝物"。她的侄子武承嗣，更善揣摩上意，垂拱四年（688年）四月，武承嗣命人伪造了一块古石碑，上面刻了八个大字："圣母临人，永昌帝业。"谎称是在洛水之中发现的，然后恭恭敬敬献给了武则天。武后得此石碑，心领神会，声称此石为"宝图"，特别下旨："拜时治神（水）；朕受'宝图'，当告谢天地。"她给自己加尊号"圣母神皇"。当年十二月，武则天在洛阳城举行盛大的"受图仪式"。史集对此评价："自有唐已来，未有如此之盛者也。"

武则天谋夺李唐社稷，剪除唐朝宗室，引起李氏诸王的惶惶不安。正当她沉浸在获得"宝图"的兴奋之中时，李氏诸王也拉开了起兵反武的序幕。垂拱四年（688年）八月，博州刺史、琅邪王李冲，率先在博州（今山东聊城）起兵，他的父亲豫州刺史、越王李贞，是唐太宗的第八子，也于豫州（今河南汝南）起兵，与之呼应。但是，星星之火并未燎原，李贞父子最终兵败，他们用一腔热血祭奠了那个即将到来的武周王朝。武则天下令将李贞父子的名字从皇族名册中删除，赐姓虺氏。

通过李贞父子兵变，武则天看到李氏诸王对她的潜在威胁，开始对李唐宗室大肆杀戮。韩王李元嘉、鲁王李灵夔、霍王李元轨、纪王李慎、江都王李绪、黄国公李撰、东莞郡公李融、常乐公主等，或被逼自杀，或斩首市曹，或死于流放，李唐宗室几乎被斩杀殆尽。

俗话说：一心朝着自己目标前进的人，整个世界都会给他让路！就这样，武则天踏着李唐宗室的鲜血，走向皇帝宝座的脚步更加坚定、铿锵。她知道自己在君臣父子纲常伦理之下，称帝必会遇到重重阻碍，她必须竭尽所能寻找女人称帝的依据。

在铲除李氏宗室的同时，武则天开始不断运用佛教的力量救赎自己，为自己称帝制造舆论。载初二年（690年）七月，东魏国寺僧人法明等人撰写《大云经》，又叫《大方等无想经》，讲述的是一位女性听闻佛法后，获得殊胜的果报，成为女皇。《大云经》还声称武则天是弥勒佛下凡，应做天下主人。《大云经》的出现，让武则天喜出望外，她感觉自己大展宏图的时机已到，遂下令将《大云经》颁行天下。群臣也上奏疏称："凤集上阳宫，赤雀见朝堂。"这一切仿佛都预示着她应该做"天下主人"。

载初二年（690年）九月初九，神都洛阳艳阳高照，碧空万里。这一天，风雨飘摇的李唐王朝终于颓然倒地，宏伟幽深的洛阳宫里，六十六岁的武则天，终于迎来了她逆天改命的一刻。为了这一天，她已经苦苦等待了三十九年。归来见天子，天子坐明堂。武则天登上"则天门楼"，大赦天下，宣布改"唐"为"周"，自己为大周"圣神皇帝"，改元"天授"，降睿宗皇帝为皇嗣，赐姓武氏。以神都洛阳为都城，以长安为陪都，在神都立武氏七庙。

她还敕令两京诸州各置大云寺一所，收藏《大云经》，命高僧升高座讲解经文，并将佛教地位提高到道教之上。此前，李唐尊道教为国教，是为了证明江山天授，而今，武则天提高佛教地位，同样也是为了政治需要。

6

千年之后，透过那些斑驳的文字，后人依然能够听到于文字间隐隐传来的无奈和叹息，有生就有死，有盛就有衰，这是现实与历史的轮回。

对于依靠佛教舆论，登上"圣神皇帝"之位的武则天来讲，由她一手策划，组建于上元二年（675年）的"北门学士"，也完成了应担当的历史使命。当时钟走到载初二年（690年）时，"北门学士"皆因忤旨或酷吏陷害而灰飞烟灭，从此世间再无"北门学士"，只剩唏嘘。

当然，成为过去时的不光是"北门学士"，还有武则天推行的酷吏政治。在其称帝的第二年，曾作为监督李氏宗室与朝廷大臣的手段而推行的酷吏政治，也走到"寿终正寝"的地步。武则天先是利用两大酷吏之一的来俊臣，杀了另一个酷吏周兴，然后再向来俊臣举起屠刀。来俊臣凶狡贪暴，杀人不可胜计，可谓"赃贿如山，冤魂塞路"。为了平息天下愤怨，武则天下令历数其罪状，没收其家财，并于万岁通天二年（697年）六月初三，将其斩杀于闹市，并陈尸示众，从而标志着酷吏政治彻底终结。

执政坎坷路上，武则天始终不忘利用佛教"忠恕之道"教化百姓。证圣元年（695年）正月初一，她又为自己加号"慈氏越古金轮圣神皇帝"。所谓"慈氏"，是弥勒的另一种叫法，她意欲向天下表明自己既是世俗的君王，也是佛教的未来之佛。

踏平坎坷成大道。武则天如愿以偿坐稳帝位，成为中国历史上唯一的女皇帝，她不仅在朝堂政治上长袖善舞，更重要的是上承"贞观之治"，下启"开元盛世"，丝毫不输那些历史上的男性帝王。登基之前，武则天凭借超凡魄力，与唐高宗联手，削弱了一手遮天的贵族势力，终结了关陇集团长达一个多世纪的统治；登基之后，她扶植庶族地主官僚，并从中搜罗人才，准许官吏、百姓自荐，提拔"寒门子弟"，"初设武举"，扩大选官范围，不断夯实统治基础。名相狄仁杰、张柬之，以及后来的姚崇，也都是这个时期经她之手提拔重用，最终名垂青史。

武则天登上帝位时已六十六岁，这在古代当属高龄，况且此前鏖战多年心力交瘁，她不得不考虑接班人的问题。圣历元年（698年），武承嗣和武三思为谋求太子之位，几次派人传话武则天，说："自古天子没有以异姓当作继承人的。"但武则天始终没有答应，因为她知道倘若立子，便会国祚断绝，倘若立侄，便会断子绝孙，两者间的利害关系她还是分得清的。

尽管后人评价她"谋朝篡位"，一生毁誉参半，但她最终在皇权继承人问题上没有犯糊涂。在她犹豫不决之时，作为左膀右臂的狄仁杰进言说："太宗皇帝栉风沐雨，亲冒刀枪箭镞，平定天下；高宗将二子托付陛下，陛下今乃欲让位他族，有违天意。且姑侄与母子谁亲？陛下立子，则千秋万岁之后，配食太庙，承继无穷；立侄，则未闻侄为天子而祭祀姑姑太庙的。"狄仁杰这番话，对于武则天来讲，可谓醍醐灌顶。

鸾台侍郎同平章事王方庆和内史王及善，也附和狄仁杰，一再进言。武则天渐有所悟。有一天，她对狄仁杰说："朕梦见鹦鹉两翼折断，是何征兆？"狄仁杰借题发挥说："武者，陛下之姓。两翼，二子也。陛下起用二子，即可振翅高飞。"在这之前，就连皇嗣李旦也主动提出逊位于李显，在多方拥护李唐的压力下，武则天意识到人心所向仍是李唐宗室，经她多方权衡之后，最终决定立李显为皇太子。

圣历元年（698 年）三月，以假托李显有病需到洛阳治疗为名，武则天将其及家人秘密接回洛阳，半年之后，李显被重新立为皇太子。此时的李显，与之前相比成熟稳重得多了，他韬光养晦，主动与武氏家族联姻，不断通过裙带关系稳固确立自己的地位。在确定好储君人选后，第二年武则天又接连做出两个重大决定：一是废除已经实行了十一年的周历，恢复李唐王朝的夏历；二是率领太子李显、相王李旦，以及文武百官回到了阔别已久的长安，改元"长安"。这些重大政治信号表明，武则天已经准备让江山回归李唐。

长安，李唐王朝的龙脉所系，自从高宗永淳元年移驾洛阳之后，武皇已经离开长安二十余年，龙首原上矗立的宫阙，还是那样壮丽巍峨，长安城里的一砖一瓦，依旧是那样熟悉而亲切，一切似乎和二十年前没有什么两样。当年那个绮年玉貌的武媚娘，仿佛刚刚离开，而今这个白发苍颜的女皇，已经悄然归来。长安二年（702 年）八月，武则天下旨，不再追究反叛武周的李唐宗室及百官的罪责，又相继派人平反了多年来高压政治下造成的冤狱错案，任命相王李旦为并州牧，后来再将其调任雍州牧，成为京畿之地的军政长官，不断扩大相王李旦的权力。此外，又先后任命多位德才兼备的大臣，兼任太子李显的东宫官署官员。显然，武则天已经为移交政权做好充分准备。然而，一场突如其来的"神龙之变"，加剧了政权交接的速度。

神龙元年（705年）正月二十日夜，八十二岁的武则天病重在身，宰相张柬之、右羽林大将军李多祚、左威卫将军薛思行等人，以武则天男宠张易之、张昌宗两兄弟谋反为由，突率羽林军五百余人冲入玄武门，在迎仙宫将"二张"诛杀。相王李旦也率南衙禁兵加强警备，配合行动。随后，张柬之等人又包围了武则天的寝殿。当病中的武则天猝然从梦中惊醒时，一切都为时已晚，这便是历史上著名的"神龙政变"。次日一早，武则天被逼无奈，先令太子李显监国。第三天，再下旨传位太子，随后徙居上阳宫。第四天，太子李显正式于明堂即位，宣告李唐复辟，大赦天下，为武则天上尊号"则天大圣皇帝"，武周一朝至此结束。唐朝复辟，百官、旗帜、服色、文字等皆复旧制，复称神都洛阳为东都。神龙革命，李唐归来。五十岁的唐中宗，在时隔二十年后，终于再次登上大唐太子的宝座。

神龙元年（705年）十一月二十六，武则天在上阳宫仙居殿病逝，享年八十二岁。临终之前，她留下遗诏："省去帝号，称'则天大圣皇后'，归葬乾陵。"并赦免王皇后、萧淑妃二族，以及褚遂良、韩瑗、柳奭三人的亲属。武则天临终前表明自己死后不称帝，不以帝王规格下葬，而是以皇后身份，与唐高宗李治合葬于乾陵。唐中宗李显遵其遗命，改称"则天大圣皇后"，将武则天以皇后身份入葬乾陵，后累谥为"则天顺圣皇后"。武则天终于到达了她所向往的归宿地，长眠在唐高宗的御床之侧，就此，一个中国历史上空前绝后的女皇时代终于落下了帷幕。当爱恨情仇烟消云散时，武则天选择了放下，一句遗言，既保全了她自己，也让武氏家族免遭灭顶之灾……

回溯千年，历史就是一面镜子。尽管有人评价武则天"鬼神之所不容，臣民之所共怨"，但她打破了唐初以来崇道抑佛的局面，建立自己君权神授、至高无上的形象，成为空前绝后的一代女皇，让后人不得不仰视。尤其是在武则天实际当权的五十多年间，大兴建寺造像之风，从永徽六年（655年）到神龙元年（705年），仅龙门石窟就多了三百八十多座佛像，卢舍那大佛更是独领风骚。今天，当人们站立在卢舍那大佛脚下，无论你以什么样的心境去仰视她，抬眼凝视间，都会被她温和、慈祥、"蒙娜丽莎"般的微笑所打动。

武则天，十四岁被唐太宗召入宫中，立为才人，赐号武媚；二十六岁被迫入感业寺，削发为尼；二十八岁再度入宫，成为昭仪；三十一岁被唐高宗立为皇后，帝后同朝；四十岁垂帘听政，决于军国政事；六十岁开始临朝称制，执掌朝政大权；六十六岁飞身九五，号称圣神皇帝。这是一段独一无二的历史，亦如她自己创造的名讳"曌"字一样，日月凌空，千秋彪炳。这个字既承载着女皇辉煌而独特的一生，也见证了中国历史上那个绝无仅有的时代。

岁月如梭，往事如昨。仰望龙门，尘埃落定。武则天的功过是非，早已尘封在斑驳历史尘埃之中，幻化成一座高耸的无字丰碑，任由后人评说。而卢舍那大佛"蒙娜丽莎"般的微笑，依旧雍容娴雅，承载着一代女皇胸怀天下的梦想，穿越千年时空，化作永恒！

丹墀喋血

从张柬之发动"神龙政变",到唐玄宗平定太平公主叛乱,大唐王朝经历了跌宕起伏、丹墀喋血的八年。这八年,王朝政权犹如狂奔的马车,奔驰在万劫不复的深渊边缘。好在唐玄宗力挽狂澜,励精图治,才使得大唐王朝避免了一场"车毁人亡"的悲剧,继而开启"开元盛世"。

|

一场"神龙政变",看似皇权从大周武则天的手里重归李唐宗室之手,实则也只是皇权马车换了车夫而已,因为前行的道路依然艰难曲折,而且充满血腥与杀戮。透过斑驳的文字,表面上看是父不父、子不子、君不君、臣不臣的皇权之争,而实则轮番上演的却是你死我活、淹没亲情的一场场暗战大戏,触摸到的仍是穿越千年时空的无边悲凉。

神龙元年(705年)正月,神都洛阳的年味还未完全散尽,这年正月二十,繁华的京都还未从酣睡中醒来,清冷刺骨的寒风,犹如孤魂野鬼在街头游荡。在紫微城迎仙宫集仙殿内,八十二岁的武则天斜卧在病榻上,她在伤感和病痛的双重折磨下,又挨过了一个难眠之夜。那些挥之不去的过往,仿佛一粒粒正在萌芽的种子,冲破厚厚的时光土壤,再一次浮现在她的眼前。

父亲武士彟的去世,是她灾难生活的开始,同父异母的哥哥不待见她和母亲,无奈之下,十二岁的她便跟随母亲跋山涉水从荆州回到长安。此后,虽有幸被太宗召入后宫,得到"武媚"赐号,却宫闱深深,岁月难熬。邂逅太子李治,短暂的浪漫甜蜜,却如海市蜃楼,转眼即逝。她落发感业寺,独守古佛青灯,清苦至极。她再入后宫,却危机四伏,如履薄冰。她荣登后位,帝后同朝,封禅泰山,无比荣耀。她披荆斩棘,开辟武周时代,刀尖起舞,威仪天下。伊河之畔,依照她的容颜凿成卢舍那大佛,痴情守望着天下苍生……

想到这些，武则天轻轻叹了口气，岁月如梭，往事如昨。这一幕幕过往既承载着她的希冀、胜利和绝望，也承载着她的艰辛、悲喜和痛苦。斗转星移，在历史巨轮的无情碾压下，她的大周王朝终将落幕。如今自己垂垂老矣，也只能听天由命了。想到此，武则天内心五味杂陈，不由得流下两行苍凉的泪水。似睡非睡的她，突然被殿外一阵嘈杂的喧哗声惊醒。她揉了揉惺忪的双眼，忽然见床榻四周侍卫环绕，大惊失色，预感不妙，她挣扎着坐起来，用尽全力大声呵斥道："是谁作乱？"

八十岁的老臣张柬之，屈身禀奏道："陛下，是张易之、张昌宗意欲谋反，臣等已奉太子之令将二人诛杀，担心走漏风声，没有及时向您禀告。诛杀孽臣，惊动陛下，臣等罪该万死！"

原来就在武则天似睡非睡之际，一场突如其来的政变，在寒风裹挟下悄然向迎仙宫逼来。凤阁侍郎张柬之、鸾台侍郎宰相崔玄暐、中台右丞敬晖、司刑少卿桓彦范和相王府司马袁恕已等五位大臣，联合太子李显、相王李旦、太平公主发动兵变。李显在张柬之、崔玄暐等人簇拥下，率领五百羽林军，斩断门闩，进入皇宫，在迎仙宫将麟台监张易之和春官侍郎张昌宗斩首。

听罢张柬之的禀报，武则天怔怔坐在那里，没说一句话。过了好一会儿，她才缓过神来，揉了揉眼睛，借着昏暗的宫灯，她的目光越过张柬之等人，落到人群中低头站立的太子李显身上，情况大抵已经明白一二。她强打精神责问李显："显儿，是你让他们干的吗？"李显低头不语。她轻轻摆了摆手，又接着说道："既然这二贼已被诛杀，你可以回东宫了。"

"陛下，太子不能再回东宫，当初先皇把太子托付给您，如今他年岁已大，不能一直当太子啊！天意民心不可违，群臣不敢忘怀太宗、天皇之恩德，尊奉太子之命诛灭逆臣。望陛下传位于太子，以顺从上天与下民的心愿！"桓彦范上前施礼进言。

武则天没有回应桓彦范的话，她的目光再次环顾四周，看到李义府的儿子李湛也在人群中，便对他说："李湛，朕平时待你们父子不薄，想不到你竟然也参与其中！"

李湛面对武则天的质问，满面羞惭，低头不语。武则天又转过头对崔玄暐说："别的人都是经他人推荐之后提拔的，只有你是朕亲手提拔的，你怎么也背叛朕呢？""陛下，我这样做正是为了报答陛下对我的大恩大德！"崔玄暐凛然回答道。

……

如果说武周王朝是盛世大唐的插曲，那么"神龙政变"则是插曲与正片间的拐点，而曾经飞黄腾达、不可一世的张氏兄弟，则成为"神龙政变"的祭品，悄无声息地画上人生句号。用一句时髦的话来概括，那就是——"眼看他起高楼，眼看他宴宾客，眼看他楼坍塌"。"二张"被诛杀，其同党被一网打尽，武则天的皇权之路，也随之画上句号。三天之后的正月二十四，李显登基，是为唐中宗。至此，易帜十五年之久的李唐江山，终于回归正统，就像阴雨后的太阳，再次冉冉升起。

《旧唐书》记载："遗制袝庙、归陵，令去帝号，称则天大圣皇后；其王、萧二家及褚遂良、韩瑗等子孙亲属当时缘累者，复业。""神龙政变"后，武则天向唐中宗李显提出两个请求，第一个是去掉她的皇帝封号，重回唐高宗李治的皇后称谓，也只有这样李唐王朝才能妥善处理她百年之后的后事，而不必在意她曾经的皇帝身份。武则天的睿智就在于此。她的这一请求，不仅避免了自己日后成为众矢之的，同时，也避免了亡国之君悲剧的发生。第二个请求就是原谅被她害死的王皇后、萧淑妃二人及其家族，当然还有褚遂良和韩瑗等大臣及其子孙亲属。

一场政变，江山易主，有身首异处的，自然也就有封王晋侯的，可谓是几家欢喜几家愁。重登帝位的唐中宗，没有忘记政变的那些主要参与者，论功行赏：张柬之被封为汉阳王，敬晖被封为平阳王，桓彦范被封为扶阳王，袁恕己被封为南阳王，崔玄暐被封为博陵王。

为褒扬政变功臣，皇甫澈还专门写下一首题为《赋四相诗·中书令汉阳王张柬之》的五言律诗："周历革元命，天步值艰阻。烈烈张汉阳，左袒清诸武。休明神器正，文物旧仪睹。南向翊大君，西宫朝圣母。茂勋镂钟鼎，鸿劳食茅土。至今称五王，卓立迈万古。"以此来赞扬张柬之等人的卓越功绩。殊不知，王者荣耀的背后，却暗藏着阴谋与杀戮。

皇权尘埃落定，落子无悔。透过"神龙政变"的朦胧，人们已经闻到扑面而来的阵阵血腥，从此，一场接一场的连环杀戮从未停歇，或许这就是封建王朝权力争夺背后无法挣脱的魔咒。

武则天虽然被赶下帝位，但她的侄子武三思却因各种原因，不仅幸免于杀戮，而且还搅得李唐江山风起云涌，让人唏嘘不已。当初，就在张柬之、敬晖等人诛杀"二张"时，洛州长史薛季昶曾提醒张柬之等人说："去草不去根，春风吹又生。二凶虽除，但吕产、吕禄那样的人物依然存在，大人应该借着兵势诛杀武三思等人，匡正王室，以安天下。"

朝邑尉刘幽求也对桓彦范、敬晖说："只要武三思还在，恐怕你们将来就无葬身之地。若不早日下手，将来后悔就来不及了。"但作为政变主要发起人的张柬之，却大意失荆州。他对众人解释道："大事已定，武三思犹如砧板上的肉，他又能有什么作为。已经杀得很多了，没必要再增加。再者说这应该是皇上的事情，皇上还是英王的时候，就以勇烈闻名，我们留下武家子弟，就是希望皇上能够亲自杀鸡儆猴，除奸立威。"

俗话说，当局者迷，旁观者清。事情的发展正如薛季昶等人所料，武三思，这条漏网之鱼，日后不仅害死了不少政变功臣，还险些搅翻李唐的江山。

2

武三思，并州文水县（今山西文水）人。唐朝外戚大臣，周国公武士彟之孙，一代女皇武则天的侄子。天授元年（690年），武则天称帝后，大封武氏宗族为王，武三思被封为梁王，后又迁司空、同平章事，成为宰相。

《新唐书》评价武三思"性倾谀，善迎谐主意，钩探隐微"。武三思性格跋扈，善于阿谀奉承。早在光宅元年（684年），他就曾屡劝武则天杀掉韩王李元嘉和鲁王李灵夔等李氏诸王。四年之后，最终仍以与起兵反武的越王李贞、琅邪王李冲同谋为由，将这二人杀死，并尽杀其党羽，为武则天称帝扫清了道路。武三思善于揣摩上意，投其所好，他处心积虑，伪造洛水"宝图"，为武则天登基帝位制造舆论，深受其信任。

武则天的首任男宠薛怀义，原名冯小宝，本是洛阳城市井中靠卖野药为生的小货郎，这冯小宝天生一副好皮囊，不仅身材结实魁梧，而且还一表人才，能说会道，后得到唐高祖的女儿千金公主推荐，成为武则天首任男宠。为了方便出入皇宫，武则天命他剃度为僧。同时，为了提高身份，掩人耳目，命冯小宝更名为薛怀义，对外宣称与驸马薛绍同族。

薛怀义因监修白马寺和明堂有功，被册封为梁国公。后多次担任行军大总管，击退突厥进攻，授左威卫大将军。天授元年（690年），任检校右卫大将军，加号辅国大将军，册封鄂国公。为了给武则天称帝造势，薛怀义还广泛传播《大云经》，后因武则天有了新宠，而渐受冷落，性情骄倨的薛怀义一把怒火烧了明堂，最终成为武则天的弃子，于证圣元年（695年）坐罪赐死，尸体送白马寺焚化。

薛怀义仗着武则天宠幸，经常骑马在街上横冲直撞，伤人无数，也无人敢管。见薛怀义日渐受宠，善于阿谀奉承的武三思和武承嗣，就像看见臭肉的苍蝇一样嗡嗡地贴了上去，每当薛怀义骑马出宫，二人便伺候左右，一人扶马鞍，一人握马缰，还不断叮嘱："薛师傅小心，薛师傅小心。"比奴仆还要恭顺。

武则天晚年沉湎享乐，薛怀义失宠被杀后，再纳张易之、张昌宗兄弟为男宠，与外界联系日渐减少，对朝政的控制力也有所下降。张氏兄弟逐渐突破男宠权限，插手朝政。由于张氏兄弟的介入，引起武则天母子、君臣关系高度紧张，武周政权因此陷入动荡。张易之与张昌宗倚仗女皇宠信，专权跋扈，文武百官都畏之如虎。武三思和武承嗣见风使舵，对张氏兄弟百般阿谀奉承，若"二张"骑马，就争相配鞍，追随马后；若"二张"坐车，就争相驾辕，执鞭吆喝，还谄媚称张易之为"五郎"，张昌宗为"六郎"。

武则天宠幸张氏兄弟，武氏兄弟谄媚奉承，引起李唐宗室的强烈不满，他们只是敢怒不敢言而已。有一次，李显的儿子、邵王李重润，与妹妹永泰郡主李仙蕙、妹婿魏王武延基，暗地里讨论"二张"专政之事，不承想被张易之的耳目侦知，张易之添油加醋向武则天进谗言。武则天听信谗言，不仅将李显责骂了一番，还严令他鞫问子女。万般无奈之下，李显只得逼着儿子和有孕在身的女儿自缢。这还不算完，张氏兄弟又将武延基下狱逼死。通过这件事，李显看到一个十分残酷的现实，那就是张易之、张昌宗兄弟已经对李唐宗室构成巨大威胁，必须找机会予以铲除。

武三思，作为一个双手沾满李唐宗室鲜血的刽子手，他谄媚薛怀义和张氏兄弟的目的，其实就是为了讨好武则天。武三思对武则天万般奉承，巧为逢迎，蓄意谋取太子之位。后来，多亏宰相狄仁杰智慧阻拦，武则天也没有犯糊涂，武三思的如意算盘才落了空。但是，老谋深算的武三思，一计不成又生一计，决定与李显互为利用，结成儿女亲家，这样不仅为日后留足退路，也为复辟后的李唐政权埋下祸根。

圣历元年（698年），被重新立为皇太子的李显，在武则天的支持下，将女儿永泰公主嫁给了魏王武承嗣之子武延基；将幼女李裹儿，即安乐公主，嫁给了武则天的另一位侄孙、武三思之子武崇训。武三思与李显原本就是姑表兄弟，如今又亲上加亲，成为儿女亲家，李裹儿被册封为安乐公主，武崇训顺理成章成为驸马爷。

说起安乐公主李裹儿名字的来历，还有些说道。据史籍记载，嗣圣元年（684年），李显被贬庐陵王，在去房州的路上，夫人韦氏动了胎气，途中产下一女。当时情况窘迫，连包裹婴儿的布片都没有，李显只好将自己的衣服脱下来，用来包裹女婴，夫妻俩为了铭记那段艰苦岁月，便为这个孩子起名李裹儿。在李显和韦氏的记忆中，房州贬所十四载的幽禁岁月，裹儿从降生的那一天开始，就没有享受过一天锦衣玉食的生活，为此，李显夫妇觉得这孩子命苦，对其特别疼爱，视为掌上明珠，自幼听其所欲，无不允许。李裹儿十四岁时就出落成美女，姿色美艳，聪明伶俐。李裹儿从小就养成骄傲任性、蛮横霸道的脾气，后来纳贿授官，墨敕斜封授之，时称"斜封官"。

斩草不除根，春风吹又生。事情发展果如薛季昶所料，唐中宗李显昏庸无能，好了伤疤忘了疼，他对于武三思的种种逆行早已抛之脑后。当初靠武则天起家的武三思，在武则天倒台之后，不仅没有失势，反而更加得宠，成为皇宫常客。张柬之等人渐感威胁迫近，多次劝唐中宗诛杀武三思，但他又怎忍心杀掉自己爱女的公公呢？退一步讲，即使他想杀，而实权掌握却在韦皇后手中，他也做不了主啊！

你留我一条命，我就要你一条命。因为唐中宗的软弱和武三思的狡诈，一场现实版的"农夫和蛇"的故事再次上演，满血回归的武三思，不但没有感恩唐中宗，反而把魔爪伸向后宫，勾结韦皇后，"内行相事，反易国政"。武氏家族及其党羽仍当权用事，"为天下所患"。

张柬之见劝说唐中宗诛杀武三思已是不可能的事，便退而求其次，想从权势上抑制他，遂上疏唐中宗说："陛下，天后当权时，李唐宗室被诛杀殆尽。幸赖天地之灵，陛下得以复位，而武氏子弟仍保有王号，官居要职，与往昔无异，此状对大唐王朝尤为不利，危机四伏。望圣上降低他们的官爵，顺应民心，以防万一。"张柬之的劝谏有理有节，目的就是想唤起唐中宗对过去不幸的回忆，及时采取措施，削弱武氏势力。但是，任凭张柬之苦口婆心，却始终无法叫醒一个装睡的人，因为唐中宗的血性早已流失，对于那些不堪回首的过去，他似乎忘得一干二净。

　　张柬之顿足捶胸，叹息愤慨，弹指出血，自怨自艾道："主上昔为英王，时称勇烈，吾所以不诛诸武者，欲使上自诛之，以张天子之威耳。今反如此，事势已去，知复奈何！"对于唐中宗李显的懦弱，《资治通鉴》曾这样记载道："中宗质本庸柔，素为悍母所制，怎能自奋皇纲？"

　　面对这样一个令人怒其不争、哀其不幸的帝王，别说张柬之弹指出血，就是脑浆四溅又能怎样，况且武三思、韦皇后早已挖好陷阱，单等猎物自投罗网。

3

　　"诛除张易之、张昌宗，张柬之首先设谋。"在"神龙政变"中，张柬之可说是主心骨，他的人生值得浓墨重彩去书写。政变之后，张柬之被提拔为天官尚书、同凤阁鸾台三品、汉阳郡王，赐封食五百户。然而，半年不到，厥功至伟的他，以汉阳郡王加"特进"衔，免除治理政事，最终忧愤而死。

　　张柬之，襄州襄阳（今湖北襄阳）人，唐朝名相、诗人。据《新唐书》记载："荆州长史张柬之虽老，宰相材也。用之必尽节于国。"《旧唐书》也评价他："张柬之沉厚有谋，能断大事。"由此可见其雄才大略。但张柬之可谓大器晚成，年轻时涉猎经书史集，补阙为太学生。永昌元年（689 年），朝廷以贤良科目召试，在对答策问的千余人中，六十四岁的张柬之拔得头筹，名列第一，授官监察御史，后累迁为凤阁舍人。

长安年间，有一天，武则天问狄仁杰："从何处能得到一位奇士可以使用他？"狄仁杰说："陛下，若求文章、资历，现宰相李峤、苏味道足够了。难道是文士拘泥小节，不足以共成天下大业吗？"武则天说："是的。"狄仁杰说："荆州长史张柬之虽然年老，却是宰相之才。用他，他必定为国家尽心竭力。"

就这样，在宰相狄仁杰的推荐下，武则天立即诏令张柬之任洛州司马。后来，武则天又向其求才。狄仁杰说："臣曾举荐张柬之，您没用他。"武则天说："提拔他了。"狄仁杰说："臣举荐的是宰相之才，您却任职了司马，这不是用才。"于是，张柬之再被授为司刑少卿，迁升秋官侍郎。

举荐张柬之为宰相的人不止一位，长安四年（704年）九月，唐朝名相、著名政治家姚崇出任灵武军使，启程赴任前，武则天让他举荐宫外百官中可任宰相的人。姚崇说："张柬之深沉稳重有谋略，能决断大事，他已年老，陛下要赶快任用。"武则天当天就召见张柬之，授官同凤阁鸾台平章事，晋升凤阁侍郎。张柬之就是这样一个大器晚成的传奇人物。

山雨欲来风满楼。其实，对于这场突如其来的政变，张柬之等人早已筹划多年，只是蛰伏待机。早在他接任荆州都督府长史后，就在不断寻求志向相投者。有一次，他与前任都督府长史杨元琰泛舟于江中，当小船泛至江心，两人谈起武则天以周代唐的事，杨元琰慷慨激昂，有匡复大唐志向。后来，张柬之入朝做宰相，按照之前他与杨元琰"他日你我得志，当彼此相助，同图匡复"的约定，遂推荐杨元琰担任了羽林将军。"神龙政变"时，杨元琰果不负重托，与李多祚等人斩杀张氏兄弟，后被加封云麾将军，封爵弘农郡公，食邑五百户，还赐予铁券，宽恕十次死刑。政变之后，杨元琰看到张柬之、敬晖等人被武三思陷害，发觉事态不妙，于是上奏疏请求削发出家，辞去官职爵位，以及食邑实封，最终获得保全，这是后话。

为确保复辟行动顺利实施，张柬之不光把杨元琰安插进右羽林将军，还利用职权之便，安排桓彦范、敬晖以及右散骑侍郎李湛等人，分别担任左、右羽林将军，把禁军完全控制在自己人手里，好为政变提供保障。但因为他人事调整的动静太大，曾一度引起张易之等人的怀疑。却如史书所言，"张柬之沉厚有谋，能断大事"。为了迷惑对手，张柬之将"二张"的党羽武攸宜也任命为右羽林大将军，张易之等人这才解除了对他的怀疑。一切准备就绪后，桓彦范和敬晖利用禁军将军身份前去拜谒太子李显，将张柬之等人的复辟计划和盘托出，并且得到赞同。

神龙元年（705 年）正月二十，元宵节刚过去不久，神都洛阳的百姓还沉浸在节日欢乐的气氛中。武则天为了冲喜，新年刚过就把年号改作"神龙"，并宣布大赦天下。尽管如此，但她的病情仍不见好转，只得住在迎仙宫集仙殿里养病，张氏兄弟则一直伺候在左右。一切都和往常一样，看似平静，但平静的背后却早已暗流涌动。这天夜里，张柬之等人兵分三路发动政变：第一路由张柬之与崔玄暐、桓彦范等人率领五百名羽林军，火速杀向玄武门；第二路由左羽林大将军李多祚、左羽林将军李湛，以及驸马（李显女婿）王同皎，火速赶往东宫，迎接太子李显赶往玄武门；第三路由相王李旦、相王府司马袁恕己带领南衙禁军，逮捕张易之的同党——宰相韦承庆、房融及司礼卿崔神庆等人。

廉士可以律贪夫，贤臣不能辅孱主。当李多祚、李湛及驸马王同皎来到东宫，关键时刻，太子李显却不愿意背上造反的"骂名"，打起了退堂鼓。驸马王同皎激愤地说："先帝把皇位传给殿下，殿下无故遭到幽禁废黜，皇天后土、士民百姓无不义愤填膺，已经有二十三年了。现在上天诱导人心，北门的羽林诸将和南衙朝臣得以同心协力，立志诛灭凶恶小人，恢复李氏江山社稷，希望殿下马上到玄武门去，以满足大家的期望。"

太子李显懦弱地回答说："凶恶小人的确应该剪除，但是天子圣体欠安，你们这样做能不使天子受惊吗！请诸位日后再图此事。"

"诸位将帅宰相为了国家，不顾身家性命，殿下为什么非要让他们面临鼎镬酷刑呢！请殿下亲自去制止他们好了。"王同皎愤慨地说。事已至此，李显才肯出来。王同皎趁机上前，将犹豫不决的李显抱到马上，直奔玄武门而去……

张柬之等人发动"神龙政变"，诛杀"二张"，逼迫武则天退位，扶持李显登基。政变后，张柬之等五人被封为王，所以"神龙政变"又称"五王政变"。然而，封王拜相，看似风光无限，但这只是血雨腥风的前奏。

宫廷暗战，往往祸起宫闱。李显即位后，从而引发了一场长达八年的宫廷内乱，而这场内乱的主角除武三思之外，还有两个非常重要的女人，一个是韦皇后，一个是上官婉儿。

先说韦皇后，京兆府杜陵县（今陕西西安）人，豫州刺史韦玄贞之女，是唐中宗李显的第二任皇后。弘道元年（683 年），李显于高宗灵柩前即位，次年立韦氏为皇后。后来，李显被废黜，贬于房州（今湖北房县），失去后位的韦氏此时已身怀六甲，与李显远赴贬所，夫妻相濡以沫，患难与共，一起熬过了十四年的凄风苦雨，因此，李显对韦氏充满感激与依赖。李显复位后，饱经风霜的夫妻二人，激动地品味着这份失而复得的荣耀与尊严。一朝见天日，誓不相禁忌。作为信任与报答，李显每次临朝，都让韦皇后置幔坐殿上，与闻政事，让她渐渐嗅到了帝后同朝妙不可言的味道，但大臣们却感觉很不是滋味。更为关键的是，随着时间的推移，韦皇后渐渐有了取而代之的非分之想。

再说上官婉儿，复姓上官，又称上官昭容。出生于陕州陕县（今河南陕州），祖籍陇西郡上邽县（今甘肃天水），为唐代女官、诗人、皇妃。因祖父上官仪获罪被杀，后随母郑氏入内庭为婢。上官婉儿，聪慧善文，深受武则天器重，担任中书舍人，掌管宫中制诰多年。武则天对她十分宠爱，从通天元年（696 年）开始，就让她处理百司奏表，参决政务，权势日盛。军国谋略，生杀大权，大多取决于上官婉儿，被誉为"巾帼宰相"。

4

上官婉儿不仅文才出众，生活也十分浪漫，确实让男人着迷，当然这也包括重登帝位的李显。

唐中宗上位后，依旧十分信任上官婉儿，让她专掌起草诏令一事，后又拜为昭容，其母郑氏也被封为沛国夫人。但是，上官婉儿的这种"浪漫"，对于李唐宗室来讲却是一种灾难，差一点就把李唐江山推向万劫不复之地。早在武则天时期，上官婉儿就与张昌宗有暧昧关系，后又与武三思暗度风月，操纵政治，致使唐中宗李显深陷她和韦皇后的控制之中。

上官婉儿为了讨好韦皇后，便将武三思引荐给韦皇后。武三思是武则天的侄子，此人不仅嚣张跋扈，还善于阿谀奉承，武周时期官居右卫将军，累进至兵部、礼部尚书，甚至曾与李唐宗室角逐太子之位，颇具政治野心。韦皇后与武三思时常调笑戏谑，对饮亲狎，唐中宗视以为常，甚至陪着狎游。日久天长，武三思与上官婉儿、韦皇后之间的污秽行为，在宫中几乎是无人不知、无人不晓的"秘密"，只有唐中宗一人眼昏耳聩，头上戴了两顶绿帽子，仍不闻不知，且还把武三思引为知己，视为心腹。若武三思三天不入宫，唐中宗就要带着韦皇后到武三思家中微服私访。

就这样，唐中宗每次临朝，前面是昭容上官婉儿撰述诏令，身后是韦皇后于幔中与闻政事，殿下是武三思把持朝纲，作为傀儡皇帝的唐中宗，置身于这样一个以韦皇后为首的专政集团裹挟中，想抗争都难。

上官婉儿平时与韦皇后、安乐公主多有往来，她屡次劝说韦皇后再行武则天之事，本没有野心的韦皇后，在她撺掇下，也渐渐有了野心，有了做武则天第二的想法。为收买人心，树立自身形象，韦皇后向唐中宗上表，请求下敕令全国士民百姓，一律为被父亲休弃的母亲服丧三年，后又请求规定天下百姓二十三岁才算成丁，五十九岁可以免除劳役，改易制度，这一建议被唐中宗予以准许。

宫中丑闻外扬，闻者无不摇头长叹。驸马王同皎是个慷慨之士，对唐中宗至为忠诚，他不忍心看到武三思淫乱后宫，挟制皇帝，危害社稷，便产生了除掉武三思的念头。神龙二年（706年），王同皎在家中与张仲之、祖延庆、周憬、李悛、冉祖雍等人密谋，准备利用为武则天送葬的机会，埋伏好弓箭手，射杀武三思。然而，这个机密计划却被武三思得知了，那么究竟是谁泄的密？原来，泄密之人就是盛唐著名诗人宋之问和他的弟弟宋之逊。

宋氏兄弟虽有才华，却为人卑鄙无耻，早在"二张"得势时，宋氏兄弟就想方设法巴结张氏兄弟。"神龙政变"张氏兄弟被杀后，宋氏兄弟也因受到牵连而流放岭南。不久，吃不得苦的宋氏兄弟偷偷潜回京城，投奔了驸马王同皎。王同皎怜惜宋之问是诗人，人品虽然不好，但也没有什么大错，看在昔日交往的份上，就冒险将宋氏兄弟收留在府中，由此宋之问探听到了他们的密谋。

"二张"被诛后，虽然宋之问遭遇人生挫折，但低劣本性未改，他看到武三思红透半边天，便有投靠的想法。为了立功赎罪，他不惜恩将仇报，指使侄子宋昙暗中向武三思告密，而武三思又指使宋之问的外甥李悛上疏唐中宗，诬告王同皎等人"密谋杀武三思后，将拥兵至皇宫，废黜皇后"。唐中宗一听就吓坏了，这是驸马爷要造反啊！那还了得。于是，他不问青红皂白，下旨将王同皎、张仲之等人逮捕下狱，定为死罪。

神龙二年（706 年）三月初七，以谋反罪将王同皎、张仲之、祖延庆斩首。周憬闻知跑到比干庙中，对人说道："比干，古之忠臣，知道我周憬的一片忠心。三思与韦后淫乱，危害国家，不久就会斩首弃市。可把我的头悬挂在城门上，看着他们身首分离，抬出城门。"说罢自杀而亡。宋氏兄弟因告密有功，被授予五品官，宋之问为鸿胪丞，宋之逊为光禄丞，宋昙为尚衣奉御。王同皎是个血性汉子，临刑时意气自如，神色不变，大义凛然。时人纷纷议论说："宋之问等人的绯衫（红色官服，唐朝时五品官员才能穿红袍），是用王同皎的鲜血染成的。"后来，唐睿宗李旦即位，为王同皎平反，诛杀冉祖雍、李悛，将宋之问兄弟流放岭南。王同皎陪葬唐中宗于定陵，谥曰"忠壮"，封"琅邪文烈公"，赠"太子少保"。

唐中宗昏庸懦弱，韦皇后专权乱政，在韦皇后的助力下，武三思也以太子宾客的身份，迅速被唐中宗李显擢升为司空，同中书门下三品。随着武三思得宠跋扈，朝廷重臣愈发感到岌岌可危。张柬之开始有些后悔，当初就应该斩草除根，因为自己一念之差，如今养虎为患。其实，早在张柬之之前，监察御史崔皎就抑制武三思一事，也曾向唐中宗进谏过，唐中宗不但不听，反倒把进谏的事传给了武三思，结果致使崔皎遭到贬谪。

武三思决定先下手为强，他找来亲信御史周利用、冉祖雍和光禄丞宋之逊、太仆丞李悛、监察御史姚绍之商量对策，这五人都是他的耳目，被称为"三思五狗"，给他出了不少坏主意。随后，武三思又来到皇宫与韦皇后商量，一番策划后，一起觐见唐中宗，上奏说："陛下，张柬之等人自以为拥戴有功，居功自傲，大权在握，独断专行，恐对社稷不利。"

权臣环伺，功高震主。天子羸弱，孤掌难鸣。唐中宗本来就耳根子软，没有主见，他听武三思和韦皇后这样一说，有些慌张，就问他们有什么好办法。二人趁机向其建议说："陛下，不如封张柬之等人为王，不让他们再参与朝政，这样外表上看是尊重功臣，既避免他们不服气，也避免人们议论，实际上夺去了他们的权力，不致再专权用事。"就这样，三人一拍即合。

5

神龙元年（705年）四月，唐中宗下诏，封张柬之为汉阳王，敬晖为平阳王，桓彦范为扶阳王，崔玄暐为博陵王，袁恕己为南阳王。同时，免去他们"知政事"，即宰相参政的权力，赐金银绸缎及鞍马，只需每月初

一、十五两日入宫朝拜即可。

张柬之等人明为优宠，实则暗降，被夺去实权，不得参与朝政。但是，这几个人毕竟还有"王"的尊号，在朝中有着很高的声望和政治影响力，最关键的是他们每月还能入宫朝拜两次，总有机会向李显劝谏献策，这对武三思和韦皇后来讲，仍是巨大威胁。所以，二人决定一不做二不休，既要斩草，更要除根。

第二年，唐中宗听信武三思谗言，贬张柬之为襄州（今湖北襄阳）刺史，敬晖为朗州（今湖南常德）刺史，桓彦范为亳州（今安徽亳州）刺史，崔玄暐为均州（今湖北丹江口）刺史，袁恕己为郢州（今湖北京山）刺史。"五王"外贬，也仅仅是武三思阴谋陷害的第一步，接着武三思又指使郑愔，诬陷张柬之等人与王同皎同谋，欲废韦皇后。神龙二年（706 年）六月，唐中宗再次下诏，贬张柬之为新州（今广东新兴）司马，敬晖为崖州（今海南岛北部）司马，桓彦范为泷州（今广东罗定）司马，崔玄暐为白州（今广西博白）司马，袁恕己为窦州（今广东信宜）司马。张柬之等人被贬的地方，一次比一次更远，都是最偏僻、最荒凉的远恶之地。

为置张柬之等人于死地，武三思又暗中指使手下人书写了韦皇后的污秽行为和请予废黜皇后封号的传单，张贴在洛阳天津桥上，当天传单上的内容就在洛阳坊间不胫而走，武三思有意让人将此事报告给唐中宗。唐中宗闻之极其愤怒，他命令御史大夫李承嘉穷究其事，然李承嘉按照武三思的意思，捏造案情，诬陷张柬之等人对贬谪不满，指使人所为，并在唐中宗面前添油加醋地说："陛下，他们表面上是请求废黜皇后，实则是想阴谋篡逆，应该将他们全部诛杀。"大理丞李朝隐坚决反对，奏称："对张柬之等人不经审问，就急于诛杀，不合乎法律。"大理丞裴谈却为讨好韦皇后和武三思，煽风点火上奏疏说："陛下，对张柬之等人，可以根据您的诏令判处斩刑，诛杀全族，没收家产，则可不必经过审问，也是合乎法律的。"

好在唐中宗最后一丝良知还没有泯灭，他考虑到自己曾向张柬之等人颁发过免死的丹书铁券，不能出尔反尔，便大笔一挥，将张柬之流放泷州（今广州罗定），敬晖流放琼州（今海南海口），桓彦范流放瀼州（今广西上思），袁恕己流放环州（今广西环江），崔玄暐流放古州（今广西境内），其十六岁以上子弟皆流放五岭以南。

邪僻者升官，正直者遭贬。裴谈因讨好献媚韦皇后和武三思，遂由大理丞提升为刑部尚书。李朝隐却因秉公持正，则由大理丞贬为闻喜（今山西运城）县令。这时，崔湜又建议武三思说："张柬之等若有朝一日被召回洛阳，必为后患，不如派遣使者，假传圣旨，将他们杀掉。"武三思高兴地说："正合我意，但不知派谁去最为妥当？"崔湜便推荐自己的表兄大理正周利贞。

古人评价崔湜"外饰忠鲠，内藏谄媚"。此人虽出身博陵崔氏豪门，才学出众，但他为了升官却多次改换门庭，先后依附于桓彦范、武三思、上官婉儿、太平公主等人，因此人品备受指摘。之前，张柬之见担任考功员外郎的崔湜，对武三思有所愤慨，便把他引为知己，作为耳目，让他暗中探听武三思动静，以便采取相应对策。可崔湜见唐中宗猜忌功臣，武三思日渐受宠，便出卖张柬之等人，成为武三思的忠实走狗，升任中书舍人，成为唐中宗的身边人。

崔湜认为仅将张柬之等人流放，还远远不够，必须杀掉，以绝后患，并推荐自己的表兄周利贞去执行这项特殊任务，这样他才放心，可见其阴险毒辣的本性。武三思与韦皇后商议，决定由上官婉儿草拟一道诏书，令周利贞速以代理右台御史的身份，带着假圣旨前往岭南。

五人之中，张柬之和崔玄暐算是万幸的，张柬之因为年老体衰，恚恨成疾，死于新州贬所，崔玄暐在流放途中病逝，二人没有给周利贞摧残的机会。相比之下，桓彦范、敬晖、袁恕己三人就没有这么幸运了。桓彦范在押往瀼州流放途中与周利贞相遇，周利贞先令人将其用绳索捆绑，再用砍伐的竹桩拖着走，肉被竹桩刮去，直到露出骨头。周利贞心满意足后，再用棍棒将桓彦范打死，残忍至极，目不忍睹；敬晖被刀剐而死，残忍更胜一步；袁恕己被强灌野葛藤汁，腹内痛苦难受，以手抓土，指甲磨尽，鲜血淋漓，最后被竹板打死。周利贞因残杀有功，回京后即升为御史中丞，可谓是血染红项子。

神龙二年（706年）的深秋，绵绵阴雨一直笼罩着东都洛阳，似乎在为大唐帝国失去五位曾力挽狂澜、忠心耿耿的大臣哭泣。这场湿冷的秋雨，打湿了众多朝臣山长水远的贬谪之路，洛阳城外的官道上，几乎每天都有被贬官员凄凉离别的身影，没有人敢为他们送行，更没有人关心他们去向何方。

武三思杀害桓彦范等人后，气焰更加嚣张，权势威风日盛，对于昔日那些被张柬之等人斥退的小人，武三思也全都给予官复原职，他还恬不知耻地对亲信们说："我不知道人间哪一种人是善人，哪一种人是恶人，我只知道对我好的就是善人，对我不好的就是恶人。"

复辟功臣流放至死，武氏佞人权势熏天，皇后垂帘独揽大权，唐中宗亲手把失而复得的李唐江山，又一次推向濒危边缘。踏着"五王"的鲜血，唐中宗登顶权力巅峰，却迷失来时之路。名义上他是高高在上的帝王，但实际朝廷的大小事情都是由韦皇后做主，一代帝王也只是个点头或摇头的木偶而已。唐中宗的懦弱，渐渐喂大了韦皇后和武三思贪权的野心，韦皇后独揽朝政后，加快了追逐权力的脚步，野心勃勃的她，开始觊觎一步之遥高高在上的皇位，梦想自己能像武则天一样早日登上御座，天下俯首。

安乐公主李裹儿，一点也不"安乐"，她作为唐中宗和韦皇后的幼女，一点儿也不逊色于其母，也是一个包藏野心的女人。在韦皇后纵容下，她跋扈宫中，凌辱大臣，无视王法，为所欲为。在武三思和驸马武崇训的怂恿下，安乐公主还以自己是韦皇后亲生，李重俊不是亲生为由，请求唐中宗立她为皇太女，以顶替李重俊皇太子之位。

对于安乐公主这一过分要求，唐中宗还真当作一回事，并就此事询问左仆射魏元忠的意见。魏元忠坚决反对，直言进谏说："陛下，公主若为皇太女，驸马又称什么，安什么名号呢？而且太子无罪被废，会动摇社稷，于国家不利。"魏元忠这番谏言，彻底惹恼了任性妄为的安乐公主，她对唐中宗说："魏元忠是山东傻瓜，他有什么资格议论国家大事。阿武子（宫中对武则天的称呼）可以做天子，难道天子的女儿就不能当皇帝吗？"不仅如此，她还向唐中宗提出要把昆明池作为她的私人湖泊，遭到婉拒后，恼羞成怒，后命人挖掘定昆池，长达数里，劳民伤财。

安乐公主还派奴仆到民间抢夺女子，充当自己府里奴婢。有人将此事告到左台侍御史袁从一那里，袁从一秉公执法，逮捕了安乐公主的奴仆，安乐公主竟请唐中宗下令释放。软弱的唐中宗竟然同意，以致袁从一仰天长叹道："皇上如此办事，何以治天下！"

安乐公主自恃唐中宗李显及韦后对她特别钟爱，无所顾忌，恣意妄为，卖官鬻爵，势倾朝野。她与武三思等人狼狈为奸，一心想当皇太女，做女天子，使得李重俊太子之位受到极大威胁。为此，李重俊对武三思、韦皇后、安乐公主等人愤恨不已。

6

李重俊是唐中宗李显的第三个儿子，曾历封义兴郡王、卫王，拜洛州牧，遥领扬州大都督。早在长安元年（701年），李重俊的长兄邵王李重润，与其妹妹永泰郡主、魏王武延基私下议论张氏兄弟擅政之事，被武则天逼死。神龙元年（705年），李重俊的二兄李重福又遭韦皇后诬陷，贬任濮州员外刺史。在这样一个打打杀杀环境中长大的李重俊，虽然生性聪颖果决，却没有贤师教导，最终成为一个难塑之人。神龙二年（706年）七月，李重俊被册立为皇太子，但因非韦后亲生，颇受猜忌，深受排挤，甚至被安乐公主呼之为"奴"。

为了使李重俊早日成才，唐中宗还专门为其物色了两位老师，官场上称作"太子宾客"。这两位老师都是唐中宗的女婿，一位是杨璬，另一位是武崇训。在这件事上，唐中宗却看走了眼，他这两位女婿都是轻浮之人，平日只是"蹴鞠猥戏"，以此取悦太子李重俊，并没有尽到调教辅佐之责。

左庶子姚珽实在看不下去，多次上疏劝谏，希望太子李重俊以节俭为德，不要浮华奢侈。建议太子奏请皇帝重新委派侍读，使之"养德储闱，以端静为务；恭膺守器，以学业为先"。右庶子平贞慎也以《孝经议》《养德传》进行讽谏，但都没有引起太子李重俊的重视。可以说不学无术，这也是导致太子李重俊最终走向毁灭深渊的一个重要原因。

李重俊虽为帝国储君，却被肆意凌辱，沉默寡言的李重俊不动声色地忍受着这一切，而当安乐公主公然向唐中宗请立皇太女时，李重俊多年郁积的屈辱和愤怒终于爆发了。神龙三年（707年）七月十一，气愤至极的李重俊，不堪韦皇后、武三思和安乐公主的压迫，联合李多祚、李承况、独孤祎之、沙咤忠义等人发动兵变，率领三百羽林军冲入武三思府邸，在斩杀武三思、武崇训父子及其党羽十余人后，又命令左右金吾大将军成王李千里，分兵守卫宫城诸门，他亲自率兵至肃章门，斩关而入，想擒杀韦皇后、安乐公主和上官婉儿。这时，刚刚结束夜宴的唐中宗，一听说太子反了，他顿时傻了眼，急忙带领韦皇后、安乐公主和上官婉儿登上玄武门据守，命令左羽林将军刘仁景救驾。随后，李多祚等率军赶到，想冲上玄武门楼，结果被宿卫士兵阻住。

唐中宗战战兢兢趴在楼槛上，对着下面的士卒喊道："你们都是我的卫士，为何要作乱？若能归顺，斩杀李多祚等人，朕将长保你们富贵。"千骑军官王欢喜等人当即倒戈，斩杀李多祚和李承况、独孤祎之、沙咤忠义等人，这场政变被唐中宗的一句承诺就给击败了。太子李重俊一看大势已去，遂率领百余骑兵，出肃章门，逃往终南山，结果被左右亲信杀害。这正是应了那句话：基础不牢，地动山摇；根基稳固，人贤楼高。仅仅当了一年太子的李重俊，就这样成为皇权斗争的牺牲品。

　　惊魂未定的唐中宗，命人将李重俊的首级斩下，献于太庙，并以之祭奠武三思、武崇训父子。李重俊死后，东宫僚属没有一个人敢为他收尸。最后，还是永和县丞宁嘉勖，解下衣服将李重俊尸首收拾起来，宁嘉勖也因此被贬为兴平县丞，不久去世。史书把这次政变称为"景龙政变"。政变平定后，韦皇后及王公大臣皆认为"玄武门"是个不祥之地，在众人建议下，唐中宗敕令将多次发生政变的"玄武门"改名为"神武门"。三年之后，唐睿宗李旦即位，追复李重俊太子名位，赐谥号"节愍"，并将他陪葬定陵。同时，也对那位冒死为李重俊收尸的宁嘉勖给予褒奖，下诏："宁嘉勖能重名节，事高栾、向，幽涂已往，生气凛然。静言忠义，追存褒宠。可赠永和县令。"

　　景龙元年（707 年）二月，煞费苦心的韦皇后，自称她衣箱中裙子上有五色祥云升起，遂命画工画下祥云，拿给文武百官看。之后，她又指使右骁卫将军、知太史事叶志忠上表说："当初，高祖当皇帝前，天下歌'桃李子'；太宗当皇帝前，天下歌'秦王破阵乐'；高宗当皇帝前，天下歌'侧堂堂'；则天皇帝当皇帝前，天下歌'武媚娘'；陛下当皇帝前，天下歌'英王石州'；陛下当皇帝后，天下歌'桑条书'，于此可见人心。皇上皇后仁德归心，一统天下，臣谨进'桑条歌'十二篇，请宣示中外，进入乐府。"唐中宗十分高兴，表示同意。于是，这首歌颂韦皇后的"桑条歌"十二篇，便广泛流传开来。

　　韦皇后和安乐公主的野心昭然若揭，朝中大臣群情激愤，议论纷纷。这时，许州（今河南许昌）参军燕钦融，向唐中宗李显上了一份机密奏折，说韦皇后和安乐公主不仅淫乱后宫，干预朝政，而且还朋党为奸，危及社稷，建议严加惩治，以防发生不测。

唐中宗看到密奏十分愤怒，就把燕钦融召进京城问罪。谁知燕钦融毫不屈服，慷慨陈词，反而揭发了韦皇后和安乐公主更多丑闻，没有给唐中宗留一点面子，搞得他如鲠在喉，心里很不爽。于是，唐中宗便命燕钦融暂时退下，谁知还未等燕钦融走出朝门，韦皇后就指使亲信兵部尚书宗楚客等人又将其抓了回来，并当着唐中宗的面，将燕钦融摔死在大殿庭石上。这件事对唐中宗震动很大，他虽不敢穷问，但心里还是有些想法。

尽管经历了朝堂之上的跌宕风云，韦皇后的野心却依然膨胀，大臣们开始越来越忧惧。然而，安乐公主也不是省油的灯，她一心想着当"皇太女"，甚至妄想将来能像祖母武则天那样做女皇，所以极力支持母亲韦皇后做皇帝，最终皇权之争淹没了亲情。

景龙四年（710年）六月，母女二人经过密谋，决定由韦皇后将毒药放进唐中宗最爱吃的汤饼里，由安乐公主呈给唐中宗。唐中宗边吃边夸好吃，夸着夸着就觉得肚子痛，倒在地上直打滚，韦皇后还假意地问他是怎么回事。唐中宗痛苦得说不出话来，他看着自己最信任、最亲爱的妻子，指着自己的嘴，当晚就死于太极宫神龙殿。

史书这样记载道："六月壬午，帝遇毒，崩于神龙殿，年五十五。秘不发丧，皇后亲总庶政。"唐中宗李显驾崩后，韦皇后秘不发丧，先是把自己的亲信召入宫中，商议安身之策，然后又调集五万府兵驻扎长安城中，由亲信统领。守卫宫城的南北禁卫军，以及地位重要的尚书省诸司，也都被韦氏子弟控制，并重点做好防范谯王李重福的各项准备工作。

谯王李重福是唐中宗的庶长子，早在唐中宗即位之初，就被韦皇后陷害贬谪均州，负责当地防守，不许他过问朝政，也不准他私自回京师。如今，唐中宗驾崩，韦皇后害怕李重福闹事，便对他采取重点防范措施。紧接着，她又紧急撤换了一批朝廷重臣，任命刑部尚书裴谈、工部尚书张锡为同中书门下三品，命他们担任东都留守，处理国政。任命吏部尚书张嘉福、中书侍郎岑羲、吏部侍郎崔湜为同平章事，朝政大权尽落韦氏之手。

"天将涤荡昏氛，非重茂所能枝也。"七日之后，韦皇后在太极殿为唐中宗李显发丧，上官婉儿与太平公主起草遗诏，唐中宗的第四子、十六岁的李重茂在柩前即位，是为唐少帝，改年号为"唐隆"，由李旦辅政，尊韦皇后为皇太后，皇太后临朝称制。宰相宗楚客伙同太常卿武延秀、司农卿赵履温、国子祭酒叶静能，以及韦家诸人，共同劝说皇太后韦氏沿用武则天惯例登基称帝，宗楚客还秘密上疏皇太后，引用图谶来证明韦氏理当取代大唐朝，君临天下。

先发制人乃兵家常事。相王李旦虽然对皇权没有多大兴趣，可他的第三子、临淄王李隆基就不一样了。李重茂登基后，李隆基立即联系姑姑太平公主，二人皆有夺回朝政之意。唐隆元年（710年）六月二十日夜，李隆基秘密联系禁军将领陈玄礼、葛福顺等人，打着"诛诸韦以复社稷，立相王以安天下"的旗号，以迅雷不及掩耳之势发动兵变。李隆基亲自率军从神武门攻入皇宫，一举将皇太后、安乐公主及上官婉儿诛杀，彻底剿灭韦氏集团，史称"唐隆政变"。至此，即位不足一个月的唐少帝李重茂被迫退位，被赶出长安，降封为温王。李旦复辟，是为唐睿宗，李隆基被册立为皇太子。

被寄予厚望的唐睿宗李旦，与唐中宗李显一样前后两次登基，第一次完全是母亲武则天的傀儡，只有第二次登基才算真正掌权。唐睿宗对唐中宗年间的冤案进行平反昭雪，追谥庶人李重俊为节愍太子，并追复张柬之、崔玄暐、敬晖、桓彦范、袁恕己等人的官爵；对中宗年间祸乱朝纲的韦氏乱党进行追究清算，追废韦皇后、安乐公主为庶人；将党附韦氏的宰相萧至忠、韦嗣立、赵彦昭、崔湜全部贬为刺史；将越州长史宋之问、饶州刺史冉祖雍流放岭南；取消武则天"则天大圣皇后"称号，复称"天后"，并废除武氏崇恩庙及昊陵（武则天之父墓）、顺陵（则天之母墓）；追削武三思、武崇训父子官爵，铲平其坟墓，剖棺戮尸，极力消除武氏一族在政治上的影响。

"小事糊涂，大事聪明，明哲保身，知利害晓大义。"这是史学家对唐睿宗李旦的评价。可是，唐睿宗即位的第二年，就失去进取精神，他任用窦怀贞、崔湜为宰相，并将已经罢免的"斜封官"全部恢复，使得朝政再次出现腐败和混乱。后来，唐睿宗不听大臣劝谏，征发数万民工，耗费一百万缗，大肆拆毁民居，为女儿金仙公主、玉真公主修建道观。还在太平公主的请求下，恢复了昊陵、顺陵的陵号，设置陵官。

太平公主作为唐高宗李治与武则天的小女儿，是唐中宗李显、唐睿宗李旦的胞妹，自幼极受父母兄长尤其是母亲武则天宠爱，曾权倾一时，被称为"几乎拥有天下的公主"。太平公主一生很不太平，她的血管里流动着她极不安分的母亲的血液，不管是相貌还是性格，都与武则天酷似。她从小骄横放纵，长大后变得凶狠毒辣，野心勃勃。太平公主觊觎高高在上的皇位，时刻梦想有朝一日能像母亲那样登上御座，君临天下，这也是她参与政变的主要目的。

早在武则天执政时期，太平公主因受武则天宠信而常常参与政事。"神龙政变"后，被唐中宗李显加封为镇国太平公主，开府治事，从此走上帝国的政治舞台。太平公主作为"唐隆政变"的主要领导者，她的儿子薛崇简也参与了李隆基诛杀韦皇后的行动。太平公主曾亲手将唐少帝李重茂拉下皇位，拥立相王李旦复位，所以她与两个儿子在"唐隆政变"中，可以说是厥功至伟，因此她食邑也晋封为万户，太平公主自此权倾朝野。

历史往往会有惊人的重复，如果第一次是以喜剧面目出现，那么第二次必定是以悲剧而告终。达到权势顶峰的太平公主，权势地位越来越显赫。唐睿宗非常信任这个妹妹，大事小事都要与其商量，甚至到了"每入奏事，坐语移时；或时不朝谒，则宰相就第咨之"的地步。每每宰相奏事，唐睿宗首先要问："可曾与太平商量过吗？"然后再问："可曾与三郎（太子李隆基）商量过吗？"得知太平公主和李隆基的意见后，唐睿宗才会做出决定。

贪心不足蛇吞象，已经站在权力巅峰的太平公主，开始广树党羽，大肆敛财，财富如山。据说，她的田产园林遍布长安各地，她家在收买或制造各种珍宝器物时，足迹远至岭表及巴蜀地区，为她运送物品的人不绝于道。在日常衣食住行上，她也处处模仿宫廷排场。最为关键的是，唐睿宗听任她的摆布，使其势力膨胀，权势甚至超过了唐睿宗。

在唐睿宗的安排下，相继拜相的姚崇、宋璟，开始辅佐东宫太子李隆基，以太子李隆基为代表的新兴政治势力，开始在帝国政坛上登台亮相，崭露头角。而颇具政治野心的太平公主，为继续执掌帝国权柄，她急需重新拥立一个昏聩懦弱之人来取代李隆基的太子之位。为此，她与李隆基之间的冲突日渐激烈，从景云元年（710年）开始，姑侄之间开始了长达三年的斗法。太平公主一再安排其党羽散播舆论，扬言"太子非长，不当立"，一时之间，朝野上下，浮言四起。虽然唐睿宗为此特意颁布敕书，极力平息舆论，但太平公主仍旧置若罔闻，甚至光天化日之下将宰相召集到宣政殿外，奉劝宰相更易太子。

对于曾经女主乱政的教训，姚崇和宋璟依然历历在目，为了避免重蹈历史覆辙，他们不断向唐睿宗建议将太平公主调至东都洛阳，以巩固太子地位。一边是羽翼日丰功高盖主的太子，一边是素来强势权倾朝野的妹妹，生性温和的唐睿宗，最终还是否决了二人的建议。而最后的结局则是，一年之后，姚崇、宋璟被太平公主再次排挤出权力中心，被贬谪边地。此后，朝中一些原本心向社稷的文武大臣，逐渐在太平公主的打压下，远离中央，成为宫廷斗争的牺牲品。

正是在这样的处境之下，唐睿宗萌生隐退之意，先天元年（712年），将帝位禅位给太子李隆基，是为唐玄宗，自己则称太上皇，但三品以上官员的任命，重大刑案及帝国大政，仍由太上皇裁决。为了使政权平稳过渡，也为了保护误入歧途的妹妹，太上皇李旦可谓用心良苦。然而，太平公主迷途未返，她倚仗太上皇的势力，依旧专擅朝政，结党营私，"宰相七人，五出其门，文武大臣大半附之"。随着太平公主势力的不断扩张，如何废掉唐玄宗，成为她及其党羽的执念。

先天二年（713年）的夏天，长安城阴雨连绵，非同寻常的寂静似乎酝酿着不祥的变故。六月下旬的一天傍晚，唐玄宗接到密报，左羽林将军常元楷和右羽林将军李慈，近日频频出入太平公主府邸，形迹可疑。这道奏报立即引起他的高度警觉，作为宿卫皇城的禁军最高将领，身份如此特殊的两个人，倘若身怀异心，对任何统治者都会构成致命威胁。然而，对于此刻的唐玄宗而言，诛杀自己的姑姑并不是一个容易做出的决定，但所有迹象都已经表明一场短兵相接的较量即将展开。正当他踌躇不决之时，一个原本在太平公主和唐玄宗之间保持中立的大臣，突然向他揭发太平公主集团准备于七月初四发动兵变的阴谋，形势一触即发。

　　大臣王琚向唐玄宗谏言："陛下，形势已十分紧迫，必须迅速采取行动。"尚书左丞张说，也派人从东都洛阳给唐玄宗送来一把佩刀，言外之意请他及早决断，铲除太平公主的势力，以绝后患。荆州长史崔日用入朝奏事，也对唐玄宗说："陛下，太平公主图谋叛逆，是由来已久的事情。当初，陛下在东宫做太子时，在名分上还是臣子，如果那时想铲除太平公主，需要施用计谋。现在陛下已为一国之主，只需颁下一道诏令，有哪一个敢抗命不从？如果现在犹豫不决，万一奸邪之徒的阴谋得逞，到那时陛下再后悔可就来不及了！"

　　唐玄宗说："你说得非常正确，只是朕担心会惊动太上皇。"崔日用又说："天子的大孝在于使四海安宁。倘若奸党得志，则社稷宗庙将化为废墟，陛下的孝行又怎么体现出来呢！请陛下首先控制左右羽林军和左右万骑军，然后再将太平公主及其党羽一网打尽，这样就不会惊动太上皇了。"唐玄宗认为崔日用说得很对，便任命他为吏部侍郎。

　　开元元年（713年）七月初三，唐玄宗终于痛下杀手，下达行动敕令，首先，他命龙武将军王毛仲率三百余名万骑禁军埋伏在太极宫的虔化门，同时紧急召常元楷、李慈入宫觐见，他俩此刻根本没有料到政变的计划已经泄露，毫无防备地进入太极宫，立刻遭到伏杀。随后，唐玄宗亲率李隆范、王琚、王毛仲等十余名亲信，一路冲进朝堂，将依附太平公主的股肱大臣斩杀殆尽。同时，他又命兵部尚书郭元振率领人马直奔太上皇寝殿。在士兵一片喊杀声中，太上皇李旦在宦官的簇拥之下慌慌张张登上承天门楼，郭元振率人旋即尾随而至……

　　唐玄宗发动政变的第二天，太上皇李旦颁下诏书，宣布："自即日起，军国政刑亦皆由皇帝处分。"从此，李旦淡出了帝国政治的舞台。三日之后，在政变中落荒而逃的太平公主，黯然返回府邸，被赐死家中。唐玄宗下令将其所有财产没收充公，抄家时发现其家中财物堆积如山，珍宝器玩可以与皇家府库媲美，厩中牧养的羊马、拥有的田地园林和放债应得的利息，几年都没收不完。太平公主虽不乏心机和才干，也曾纵横捭阖，但最终未能承传母志，位列"九五"，也只是在史书上留下一些五颜六色的斑痕而已。至此，武周以来的动荡政局才逐渐稳定下来。经过一场又一场的政治博弈，一轮又一轮鲜血与死亡的政变洗礼，这一年，二十九岁的李隆基终于成为名副其实的乾纲独断的大唐天子。这年十二月初一，唐玄宗宣布大赦天下，改元开元。

从张柬之发动"神龙政变"，到李隆基平定太平公主叛乱，大唐王朝经历了跌宕起伏、丹墀喋血的八年。这八年，可谓惊心动魄，险象环生，步步惊心。王朝政权犹如狂奔的马车，奔驰在万劫不复的深渊边缘，好在唐玄宗力挽狂澜，励精图治，才使大唐王朝避免了一场"车毁人亡"的悲剧，继而开启"开元盛世"。

盛世长歌

梦回大唐千年前，遥忆长安满城欢。千年的长安城依旧繁华如梦，而被称为"开元盛世"的时代早已久远，人们只能从历史的斑驳文字中，去寻觅它的记忆。这些记忆里，有君臣携手的踔厉奋发，有天下大治的河清海晏，有盛唐诗歌的气贯虹霓，也有霓裳羽衣的万种风情。

|

二十世纪七十年代，在一次聚会上，日本汉学家池田大作与英国历史学家汤因比，兴致勃勃地谈起华夏文明。池田大作问汤因比："阁下如此倾情古老的神州大地，假如给你一次机会，你愿意生活在中国这五千年漫长历史中的哪个朝代？"汤因比回答说："要是出现这种可能性的话，我会选择唐代。"池田大作哈哈大笑，接着又问道："那么，你首选的居住之地呢？"汤恩比说："我想应该是唐朝（开元）的长安城。"

梦回大唐千年前，遥忆长安满城欢。那么，大唐开元时期的长安城究竟有怎样的魅力，能让这位对世界历史了解很透彻的历史学家如此着迷呢？今天，当拂去历史尘埃，打开盛唐舆图，走进深邃历史时，扑面而来的依然是富庶繁华、万朝来贺的盛景，看到的是满城金甲的征战武士、夜夜笙歌的勾栏瓦肆、日暮云沙的边塞烽火，听到的是皎洁月色里万户捣衣声……

当然，这是后人在史集残留的字里行间所看到的盛唐开元，也或许就是汤因比梦回大唐的千般理由。"开元之盛，汉、宋莫及。"明末清初著名思想家王夫之，曾如此评价唐玄宗的开元时代。那么，这个被后人津津乐道的盛世芳华，究竟是怎样的呢？带着这个疑问，一起走进千年前那个叱咤风云的时代，探寻盛世芳华背后的奥秘。

先天元年（712年），唐玄宗李隆基即位。第二年七月，发动"先天政变"，以雷霆之势彻底粉碎太平公主阴谋集团。他虽然清除了威胁朝廷的毒瘤，但屡屡兵变已经导致朝廷大伤元气，吏治混乱腐败更是根深蒂固，亟待治理。为了拯救病入膏肓的大唐，唐玄宗决定改元为"开元"，以表明他励精图治、开启新纪元、再创盛朝伟业的决心。唐玄宗开始大刀阔斧地进行一系列改革，政治上任用贤能，军事上开立屯田，令后世人津津乐道的"开元盛世"渐渐开启。

开元元年（713年）十月十三，位于长安城东几十里外的骊山脚下，旌旗林立，鼓角铮鸣，气氛肃杀，军阵延绵五十里，场面十分热烈。唐玄宗"征兵二十万，戈铤金甲，耀照天地。列大阵于长川，坐作进退，以金鼓之声节之。三军出入，号令如一"。一场声势浩大的讲武活动已经拉开帷幕。这时，距离铲除太平公主阴谋集团刚刚过去三个多月，意气风发的唐玄宗，亲自主持这次讲武活动。所谓讲武，实际就是今天的阅兵。阅兵古来有之，有关阅兵的记载，最早可以追溯到四千多年前的涂山会盟，自汉代起渐成为传统，到了唐朝阅兵的规模达到顶峰。

刚刚稳住朝政局面的唐玄宗，为什么要举行如此盛大的阅兵仪式呢？在常人看来，无非是为了显示军事实力，震慑朝廷内外潜在的政敌罢了。其实不然，此次讲武的背后，唐玄宗还有一个鲜为人知的目的。

唐玄宗为唐高宗李治与武则天之孙，唐睿宗李旦的第三子，故又称李三郎。他自小在宫中长大，耳濡目染太多的宫闱政变，每每看到父亲李旦身为傀儡皇帝逆来顺受的样子，他心中总是激起阵阵刺痛。尤其是在唐玄宗上位之前，八年宫廷丹墀喋血，他目睹了一出出轮番上演的淹没亲情的宫廷悲剧，残酷的现实使他对军权的重要性有了不一样的认知。这次他要借助骊山讲武，开启一个属于自己的盛世。

骊山脚下，讲武大军浩浩荡荡，撼天动地，一眼望不到边际。参加此次讲武的军队，不只是两京宿卫禁军，还有内外诸军悉有参与，总兵力多达二十六万之众，是近年来京畿武事所未有之兴盛。秋阳之下，只见唐玄宗铠甲戎装，威仪赫赫，手持沉香大枪，立于阵前，好不威风。据史书记载，此次前来观看讲武的长安城的官吏和百姓就有数十万人，整个讲武场周围人山人海，水泄不通。站在点将台上的唐玄宗，望着延绵兵阵，二十六万大军不断变化阵势，周围百姓不停地发出惊叹之声，他胸中郁闷之气豁然散去。

唐玄宗一时兴起，便亲自擂鼓指挥，参加军演的将士们，随着他的鼓点声更加卖力，喊杀震天，气贯长虹，可谓"三军出入，号令如一"。正当他沉浸在击鼓快乐之中时，一个意外事件发生了，郭元振突然出班奏事，一下子打乱军演秩序。史书记载："玄宗援枹击鼓，时未三合，兵部尚书郭元振遽令诏奏毕。"作为宰相兼兵部尚书的郭元振，本是这场讲武的总指挥，他见唐玄宗亲自击鼓，有失体统，便出班奏事，突然下令"诏奏已毕"，结束演武程序，使得绵延数十里的队伍一下子出现混乱。

唐玄宗龙颜大怒，怒斥道："尔等不知枕戈待旦，日夜操练，导致军纪不整，军容不肃，军事荒疏，军心散漫，这样的军队怎么能够打仗？来人，将郭元振押到军旗下斩首！"唐玄宗的这一举动，把周围所有的人都惊呆了，郭元振可以说是玄宗皇帝的头号功臣，因为军容不整就要杀头？大家都以为听错了，站在那里一时没有缓过神来。

宰相刘幽求、张说一看大事不妙，赶紧向前为郭元振求情，跪在唐玄宗面前劝谏道："陛下，郭元振曾为大唐江山社稷立下大功，即便是犯了重罪，也应当予以宽恕，免除斩首死刑。"唐玄宗沉思片刻，觉得二位宰相说得不无道理，既然有人求情，莫不如送个顺水人情。于是，他便赦免了郭元振的死罪，但是活罪难饶，削除其所有官爵，流放新州（今广东新兴）。

这里有必要赘述一下，郭元振是魏州贵乡（今河北大名）人，进士出身，唐朝名将、宰相，为武周、唐睿宗、唐中宗、唐玄宗四朝元老。说起凌烟阁功臣，几乎无人不知，无人不晓，凌烟阁里除了唐太宗最初设立的二十四位功臣之外，后世唐朝皇帝也陆续往里面增添了一些功臣画像，其中就有郭元振。

郭元振前半生基本上活跃在西北军事第一线，曾担任过检校安西都护、金山道行军大总管等军职，统率过数十万的大军。他"武纬文经"，守边多年，诚信对待边疆少数民族，以建设、安抚见长，能化干戈为玉帛，不战而屈突厥、吐蕃之兵，故有"克致隆平""安远定边"之能，因此被视为唐代名将，其画像被悬挂于凌烟阁内。但奇怪的是，史书中几乎看不到他带兵打仗的有关记载。

先天元年（712年），唐玄宗即位之初，郭元振出任朔方军大总管，修筑丰安城（今宁夏中卫西）和定远城（今宁夏平罗南），使得戍军有了屯驻之所。第二年，他以兵部尚书之职再次担任同中书门下三品，在唐玄宗肃清太平公主反叛集团时，亲自率兵"保护"太上皇唐睿宗，在中书省宿卫十四夜，后因功进封代国公，不久又加官御史大夫、天下行军大元帅。再后来，又出朝任职朔方军大总管，防备突厥。由此可见，作为四朝元老的郭元振可谓国之柱石。其实，郭元振的文采也是人中龙凤，被誉为"文章有逸气，为时所重"，仅《全唐诗》中收入他的诗作就有十八首，《全唐文》收入他的奏疏也有五首，另著有文集二十二卷，这样的成就，即使放在整个唐朝去看也是相当出彩的。

郭元振被流放不久，唐玄宗还是感念他的功劳，特赦其为饶州司马。但此时的郭元振，已身心俱疲，最后在上任途中抑郁而终，终年五十八岁。郭元振去世后，唐睿宗和唐玄宗都给予其很高评价，唐睿宗评价说："元振正直齐于宋璟，政理逾于姚崇，其英谋宏亮过之矣。"唐玄宗的评价更是直抵天花板："兵部尚书同中书门下三品郭元振，伟材生代，宏量镇时。经纶文章，今之王佐；出入将相，古之人杰。"

2

作为大唐帝国的四朝功勋、凌烟阁功臣的郭元振，为何落得个流放抑郁而终的下场呢？其实，不是他不优秀，也不是他不忠心，而是"一朝天子一朝臣"的魔咒作祟罢了。唐玄宗不允许如此德高望重的军政元老占据高位，他要震慑人心，腾笼换鸟，说白了，骊山讲武就是他事先策划好的。

一方面，通过骊山讲武向动乱势力示威，以增加皇权威势和军队凝聚力。从张柬之发动神龙政变到唐玄宗诛除太平公主势力，依靠的大多是中央禁军，特别是禁军之一的万骑兵。而这些禁军倚仗功劳，大多横行不法，从而成为危害长安百姓的一大祸害。另一方面，给那些功臣下马威，借机收权。因为郭元振是掌握重兵的武将，诛杀太平公主时立下过不世之功，所以唐玄宗并没有杀他之意，只是给他点颜色，杀鸡儆猴，借此树立自己声威，并相机夺取他的兵权罢了。

最终，郭元振保全了性命，被流放新州，但这个事情总是要有人来承担后果。唐玄宗余怒未消，于是，下令把现场副总指挥、代理礼部尚书、给事中、知礼仪事唐绍抓来开刀问斩，理由就是他所制定的军礼不够整肃。此时，唐玄宗心里打起了小九九，他认为群臣还会像前面杀郭元振那样，劝谏刀下留人，实际上他也没有真的想让唐绍死，只是一个假托而已。但问题就出在这里，刘幽求和张说不好意思再次开口求情，其他人见宰相不说话，大家也都没有吭声。唐玄宗金口玉言，羞刀难入鞘，正在他左右为难之时，身边伺候的金吾卫将军李邈，动作特别快，圣旨刚刚宣读完毕，唐绍的人头瞬间就落了地，这下子把唐玄宗给惊呆了，假戏成真，自己下的命令又不好出尔反尔，只好哑巴吃黄连，有苦难言。

"先天二年冬，今上讲武于骊山，绍以修仪注不合旨，坐斩。时今上既怒讲武失仪，坐绍于纛下，右金吾将军李邈遽请宣敕，遂斩之。时人既痛惜绍，而深咎于邈。寻有敕罢邈官，遂摈废终其身。"史书对唐绍被斩这件事是这样记载的。

唐玄宗想要立威不假，但通过杀人立威却并不是他的本意，因为他一直把曾祖父唐太宗李世民当成偶像来崇拜，立志要做一个仁君。而今，眼看着唐绍的人头落在自己面前，木已成舟，一向爱惜羽毛的他，气愤和悔恨顿时交织在一起，讲武结束后，他就把怨恨宣泄在李邈身上，罢其职务，终身不用。

通过骊山讲武，唐玄宗以突然袭击的方式，解除了功臣大将郭元振的兵权，处死唐绍，后又废黜李邈。借机昭告天下，他唐玄宗是个不讲情面、铁面无私的人，他要严肃纲纪，励精图治，开创一个不同于以往的新时代。唐玄宗这一招非常管用，从中央禁军到地方部队都受到极大震慑，此后一直到"安史之乱"爆发，大唐军队再也没有发生过叛乱，为"开元盛世"的到来，提供了坚实的政治军事保障。然而，组织如此大规模讲武活动，并且在讲武过程中斩杀大将，明面上是通过讲武，以达到外震敌国、内慑功臣并趁机解除功臣大将兵权的目的，但对于颇有心计的唐玄宗来说，讲武活动的背后却玄机重重。

我们不妨复盘一下，从武则天退位到唐玄宗稳定时局的整个过程。武则天退位，李唐复国，国家本应中兴，可迎来的却是八年丹墀喋血，国家一刻也没得安宁，基本上是在频繁政变中度过：神龙元年（705年），张柬之等五臣发动"神龙政变"，推翻武则天，拥立太子李显复位；景龙元年（707年），太子李重俊不满武三思专权，发动"景龙政变"，最终失败；景云元年（710年）六月，韦皇后与安乐公主毒死中宗李显，立李重茂为帝，韦皇后临朝称制，后李隆基与太平公主联手发动"唐隆政变"，诛杀韦皇后，拥李旦登基；景云元年（710年）七月，中宗李显次子李重福于东都洛阳发动兵变，被平定；先天元年（712年），李隆基与太平公主斗得不可开交，李旦禅位于唐玄宗；先天二年（713年）七月，太平公主阴谋作乱，被唐玄宗赐死，李旦彻底放权……

从神龙元年（705年）至先天二年（713年），八年时间里，大唐江山风云涤荡，仅皇帝就换了四个，政变发生了七次。所以，唐玄宗接手的政权实属一个烂摊子，归根结底，这些也都是武则天执政期间遗留下的历史问题。一方面，皇位继承从古到今都是难题，特别是唐朝。大唐开国伊始，便出现了李世民与太子李建成争位；唐太宗晚年，又发生太子李承乾与李泰之争；唐高宗李治立李显为太子，登基后被武则天废黜，又改立李旦；武则天建立武周政权后，问题更加复杂，武氏诸王开始觊觎朝堂皇权，到了唐中宗一朝愈发混乱，在武则天影响下，连安乐、太平这些公主都开始有争位的想法，更不要说野心勃勃的韦皇后了。所以，皇权淹没了亲情，宫廷八年内乱不断，杀戮也从未停止。

另一方面，当年武则天为了稳固统治，收买人心，强力推行科举，破格提拔了许多寒门儒生。虽说通过此举选拔出一些有学识的寒门，但同时也混进了许多毫无节操的无良文人，导致朝廷官员成倍增加，冗官现象十分突出。到中宗一朝时更为过分，当官可以不经过朝廷任命，只要花钱就能买到想要的官职，也就是所谓"斜封官"，这也是当时人们对非正式程序任命官员的一种蔑视性称呼。"斜封官"的出现，导致官吏队伍越来越复杂，不但有无良文人混入，甚至还有屠贩、流氓、无赖和野心家掺杂其中。

这两个问题交织在一起，便构成了一个动摇国本的问题——皇权不振。因为，有些人想争夺皇位，就必须培植自己的势力，拉拢朝臣形成团伙。而恰恰由于皇位归属的不明朗性，也激起一些大臣的野心，他们纷纷寻找靠山，拉帮结派。于是，在皇后、公主、皇子的背后，都有一帮党羽，形成一个个以攫取皇权为目的的势力团伙。为了争位，这些团伙势力相互倾轧，互相斗争，最终导致政变频发，皇位频繁更迭。

"玄宗以雄武之才，再开唐统，贤臣左右，威至在已。"唐玄宗眼里不揉沙子，他知道要改变这一切，就必须多管齐下、多措并举，这也是时代赋予他的历史重任。对于唐玄宗的执政轨迹，《剑桥中国隋唐史》如此评论："唐代诸君主中在位期最长的玄宗帝是一位非常能干的统治者，王朝经过了几十年的篡位、权力衰落和政治腐败的苦难，他又使它的力量达到了新的高峰。"同时，该书还评价唐玄宗说："他是一个悲剧中的英雄，他在执政开始时政绩显赫，但后来被野心和狂妄引入歧途，以致使帝国的行政和资源过分紧张，最后以退出政务来结束他支离破碎的统治……"那么，真实的唐玄宗和他所开启的"开元盛世"究竟是怎样的呢?

3

唐玄宗李隆基，垂拱元年（685年）九月初八生于东都洛阳，是唐高宗李治与武则天之孙，唐睿宗李旦的第三子，故又称李三郎，母亲是窦德妃。他自幼聪颖果决，多才多艺。初封楚王，后改封临淄王。他出生时，正是武则天主政要做女皇的时候，所以他从小就历经错综复杂的宫廷变故，这也是锤炼他形成坚定意志的主要因素。

作为从皇权争斗的刀光剑影中走来的他，从小就胸怀大志，志存高远，对时局洞若观火。据说，在他七岁时，有一次朝堂上举行祭祀仪式，当时的金吾将军武懿宗大声训斥侍从护卫，小小年纪的李隆基看不过去，马上怒目而视，喝道："这里是我李家的朝堂，有你何事? 竟敢如此训斥我家骑士护卫!"垂髫小儿的一番斥责，弄得武懿宗目瞪口呆。武则天得知此事后，不但没有责怪他，反而对这个年少志高的小孙子倍加喜爱。第二年，加封他为临淄王。

自十五岁出宫之后，李隆基便一直不遗余力地暗中结交志勇之士，致力打造自己的政治势力。景龙四年（710年），在洞察到朝堂时局动荡骤变后，二十五岁的李隆基从潞州（今山西长治）回到京师长安，开始在皇帝亲军"万骑"中发展自己的势力。

"韦后毒死先帝。今夜，我等应当同心协力，诛杀诸韦，拥立相王，以此安定天下。"唐隆元年（710年）六月二十日夜，时年二十五岁的李隆基，联合禁军将领陈玄礼、葛福顺等人，在帝国的玄武门发动政变，应者迅速云集，图谋不轨的韦皇后和安乐公主被杀，身高在马鞭之上的韦姓族人全部被斩首，史称"唐隆政变"。

就在政变之前，曾有人向李隆基建议，应该先向相王李旦报告政变的计划，但他却胸有成竹地说："我是为了拯救社稷，为君主、父亲救急。成功了，福祉归于宗庙与社稷；失败了，我因忠孝而死，不能连累相王。怎么可以报告，让相王担心呢！现在报告，相王若赞成，就是害他参与了危险的起事；若他不赞成，我计谋就失败了。"事后，李旦得知政变消息后，抱着李隆基哭泣说："宗庙社稷的灾祸是你平定的，神明与百姓也都仰赖你的力量了。"由此可见，李隆基有胆有谋，可谓智勇双全。

李隆基非嫡非长，他是以消灭掉韦皇后、安乐公主、上官婉儿、太平公主四大女性野心家，拥立父亲李旦登基的巨大功劳，才换来皇太子之位的，应该算是皇族中的"平民太子"。所以，登上帝位的李隆基，立志铲除帝国诟病，复振皇权，他要让更多的像他一样热血澎湃的天下正直士庶看到希望。但革除弊政，稳固皇权，绝非一日之功，也不是他一个人能够做得到的，他必须在满朝文武中寻找与自己志同道合的帮手，来协助自己一起驾驶这辆奔驰的皇权战车。当然，这个最佳帮手就是姚崇。

姚崇，字元之，陕州硤石（今河南三门峡市陕州区）人。姚崇出身官宦之家，因避讳开元年号而改名，是唐朝名相、著名的政治家。姚崇出生时，恰逢唐太宗李世民刚去世不久，唐高宗李治登基。在大唐历史上，姚崇算得上是个传奇人物，他历经高宗、武则天、中宗、睿宗、玄宗五位皇帝，并在其中三朝当过宰相，可谓权倾一时。然而，姚崇的仕途却并不顺利，当宰相时三次被免，又三次复职。他极富才能，且深谙为官之道，精通政治斗争，心思机敏，才智过人，敢于直言，被后人誉为"救时宰相"。

姚崇在武则天一朝担任宰相时，可谓是武则天眼里的"智囊"，朝廷的"香饽饽"。在"神龙政变"中，他虽然不是发动政变的核心成员，却也参与了政变谋划。姚崇早就看出朝政的弊端，他从李隆基身上看到了大唐复兴的希望，虽然与其没有深交，但也是屡屡出手相助。尤其是在李隆基与太平公主斗法的关键时刻，他联合宋璟向睿宗李旦密奏，提出三点建议：其一，将对太子李隆基有威胁的宋王李成器、豳王李守礼外放为刺史；其二，罢黜薛王李隆业、岐王李隆范的兵权，将他们改为东宫属官，担任太子下属；其三，将太平公主安置到东都洛阳。从这三条建议上看，无一不是有利于稳固太子地位的举措。所以，由此可以看出姚崇是个深谋远虑之人，在李隆基登基的过程中，也悄悄发挥了极其重要的作用。当初，正是因为他向睿宗上密奏，才被贬为申州刺史，后又历任扬州长史、淮南按察使和同州刺史。

正直的人往往会棱角分明，茕茕独立，这在姚崇身上体现得更加淋漓尽致。实际在骊山讲武之前，唐玄宗李隆基就已经约见过姚崇，有意任命他为宰相，但以张说为首的众多功臣与姚崇不睦，一致坚决反对。为阻止姚崇入朝拜相，张说甚至还指使御史大夫赵彦昭弹劾姚崇，唐玄宗对此不予理睬。后来，张说又让殿中监姜皎出面，提议任命姚崇为河东总管。唐玄宗是何等聪明，他一眼就看穿了张说的计谋，自己的提议遭到功臣们反对，这不摆明着是皇权不振吗?！功臣们联合起来，抵制皇帝任命宰相，怕分他们的权力，这不明摆着是结党营私吗?！所以，他暗暗下定决心，绝不允许朝政继续混乱下去。于是，便安排了这场骊山讲武，发生郭元振被流放的事情。

骊山讲武的第二天，唐玄宗利用去渭川狩猎的机会，再一次秘密召见了姚崇。他与姚崇推心置腹，热烈讨论天下大事，不知疲倦。他再次提及拜相之事，姚崇却向他提出包括勿贪边功、广开言路、奖励正直大臣、勿使皇族和宦官专权等内容的"十事要说"，在唐玄宗一一应允之后，姚崇这才答应拜相。次日，唐玄宗一纸诏令，任命姚崇为兵部尚书、同中书门下三品，封梁国公，完全接替了郭元振的位置。对于姚崇的这份宰相任命，恐怕是中国历史上速度最快的，从他的任命上，也不难看出唐玄宗为开启盛世求贤若渴的态度，以及作为盛世君王的雄才大略。

"不负君心不负卿，只愿君心似我心。"姚崇拜相后，帮助唐玄宗贬逐功臣、杜绝斜封官、整治外戚，没过多久，张说、刘幽求等人被纷纷外放。在唐玄宗和姚崇君臣共同努力下，皇权逐渐得到稳固，朝政渐渐步入正轨，从而拉开"开元盛世"的大幕。

唐玄宗之所以能够成为在位时间最长，又非常能干的统治者，创造出大唐王朝的盛世巅峰，关键是他知人善用，其背后有一支会治理国家的强大人才队伍。国家渐渐步入正轨之后，唐玄宗开始依法治国，这时便将打击政敌、招权纳贿、搞小集团的姚崇赶下了台，起用了为人耿直、讲究原则的宋璟。宋璟任宰相期间，直言上谏、不树私恩、严于律己，并继续推行姚崇时期的好政策。后来，宋璟因工作失误，以及过于守旧被罢相，再由张嘉贞接替其宰相之位。不久，文武双全的张说又取代张嘉贞。其后，唐玄宗又相继任用了李元纮、杜暹、韩休、张九龄为相，这些都是清一色的治国能手，他们轮番上阵，使得朝政充满朝气，帮助玄宗把大唐帝国一步步推向全面强盛的巅峰。

没有规矩不成方圆。唐玄宗在携手这些宰相开始进行重塑性变革时，他首先从完善制度规范着手。唐朝初期，没有规定的礼制，遇到大事情都是临时议定礼仪。于是，他下诏开始修撰《大唐开元礼》和《大唐六典》。《大唐开元礼》由徐坚等人创始，萧嵩等人完成，并于开元二十年（732年）颁布施行，这也是我国最早的一部国家礼典，共一百五十卷，分吉、凶、军、宾、嘉等五礼。分别对祭祀先祖敬鬼神、举哀礼节礼仪、军事外交活动、藩主来朝接待、皇族婚姻礼仪等做出详细规定，它把上至朝廷皇族下至平民家庭，全部纳入到礼法体系当中，集中、全面、系统地体现了儒家"内圣外王"之道，体现了儒家的社会政治思想、天道人伦观念，以及心性教养途径原则等内容。后来，《大唐开元礼》还成为唐朝科举考试的必读书目，为后人研究唐朝礼法、法律和风俗提供了珍贵的原始材料。

《大唐六典》又名《唐六典》，为张说、张九龄等人编纂，是研究中国古代官修制度的政典，全书共三十卷，近三十万字。它也是继《永徽律疏》以后，唐代立法的又一重大成就，是我国第一部较系统的行政法典。《大唐六典》成书于开元二十七年（739年），是现存最早的一部会典，所载官制源流自唐初至开元止。而"六典"之名出自周礼，原指治典、教典、礼典、政典、刑典、事典，后世设六部即本于此。《大唐开元礼》和

《大唐六典》的修撰颁布，使得开元时期制度建设取得突飞猛进的发展。

制度规范健全了，那么接下来就是如何进行道德重塑，严格执行落实的问题了。然而，道德重塑并不是一朝一夕的事，它是一个系统性问题。其实，从唐朝建立之初，历代统治者都注重吸取隋朝灭亡的教训，积极继承并发扬隋朝尊崇儒学的社会教化政策。同时，兼顾扶植佛道二教，从中吸收有益于统治的教化思想，从而建构起以儒学为中心、以佛道为辅助的社会人文教化思想。

4

《孝经》指出，孝是诸德之本，"人之行，莫大于孝"，国君可以用孝治理国家，臣民能够用孝立身立家，保持爵禄。

作为我国历史上一部有关伦理道德的专著，《孝经》是以孝为中心，集中阐述了儒家的伦理思想，宣传封建孝道和孝治思想，为历代儒家尊崇。唐玄宗在全民道德重塑过程中，他突出强调了"以孝治天下"的执政主张，先后两次为《孝经》作注，并作《孝敬序》，诏令颁行天下，要求百姓家藏一本。他还要求把《孝经》作为国子学和地方官学的教材，让子弟精读勤学。由此，《孝经》成为《十三经注疏》中，唯一一部由皇帝注释的儒家经典。

天宝四载（745年）九月，唐玄宗下诏将《孝经》以御注刻石于太学，刻碑以示天下，谓之《石台孝经碑》。碑身正文为孔子《孝经》原文，由他亲自作序、注解并用隶书书写，用笔丰腴华丽，结构庄严恢宏，大气磅礴，充分显现出"开元盛世"的辉煌和大唐基业的雄风。《石台孝经碑》记录了唐时盛行的"以孝治天下"的思想。

唐玄宗认为"孝"是人身上最为重要的闪光点，只有先做到孝敬父母、尊敬长辈，才能在外做到对朋友诚信、对君主忠诚。他不光大力推行"以孝治天下"的执政主张，自己还时时处处以身作则，友爱兄弟，十分注重皇太子和宗室子弟的孝道教育，并且以实践"孝"来掩饰其庶子身份的尴尬。

唐玄宗是唐睿宗李旦的第三子，按照嫡长子继承制，实际上不应该由他来继承皇位。但是，唐玄宗平定"韦氏之乱"有功，又联合太平公主把李旦推上皇帝宝座，社稷大功难以淹没。所以，当初在立储问题上，唐睿宗李旦十分为难，如果按嫡长子继承制度，应立长子宋王李成器为太子。李成器，又名李宪，自幼才气过人，精通音律。早在光宅元年（684 年），李旦在母亲武则天安排下即位为帝，年仅六岁的李成器就被确立为太子。虽在武周革命之后，被降为郡王，但随着李旦的再次登基，身为嫡长子的李成器，也再一次成为储君法理上的第一继承人。

李成器十分睿智，这次他坚决辞让储君之位，对唐睿宗说："储副者，天下之公器，时平则先嫡长，国难则归有功。若失其宜，海内失望，非社稷之福。臣今敢以死请。"意思是说："储君是国家的关键岗位，太平时期可以嫡长子为先，但国难之时就应该归于有功之人。如果处理不当，就会让海内失望，对国家来讲也不是什么好事。臣斗胆以死请求不要立我为储君。"之后，李成器又多次"涕泣固让，严甚切至"。唐睿宗深为儿子李成器的真诚所感动，在倾听了百官的意见之后，最终决定立李隆基为太子。但让他没有想到的是，闻讯而来的李隆基，却以李成器嫡长为由，再度抗表固让，坚辞不受。就这样，在李唐皇族因皇权更替而持续了近百年的内讧和杀戮之后，饱经风霜的李旦父子，却联袂书写了一幕世所罕见的传世佳话。

"天子友悌，近世无比。帝既笃于昆季，虽有谗邪交构期间，然友爱如初。"唐玄宗为了表达对大哥李成器相让太子之位的感谢，同时，也是为减少自己作为庶子继位的不利影响，即位后，对大哥李成器尤为荣宠。每年李成器过生日时，他都要亲自登门庆贺，与哥哥一起宴乐，并且还隔三岔五赐其酒酪及奇珍佳肴，遇有四方进献食物，只要自己觉得味美，马上就赐给大哥李成器。

从初唐开始，皇宫里就有不成文的规定，皇子们到了一定年龄都要分府出阁，这样做虽然有助于提高皇子们独立执掌门户的能力，但却妨碍了兄弟间感情的培养和沟通。所以，从先天年间开始，唐玄宗决定改变分府出阁制度。"乃于安国寺东附苑城同为大宅，分院居，为十王宅。"这里的"十王宅"也只是一个约数而已，因为唐玄宗有三十个儿子，除去夭折的几个，大部分都在"十王宅"里生活过，他们一同起居，一起进膳，一起读书。后来诸孙成长，人数逐渐增多，唐玄宗又在"十王宅"外置"百孙院"，营造起子孝弟悌、其乐融融、同享天伦的浓厚家庭氛围。

唐玄宗除了感念大哥李成器相让太子之位外，对待其他几个兄弟也都是极尽友爱之情。兴庆宫，原是他做藩王时的府邸，后来经过大规模扩建，成为长安城"三大内"（即：太极宫、大明宫、兴庆宫）之一，称之为"南内"，是开元、天宝时期中国政治中心的所在地。开元二年（714

年），唐玄宗将同父异母的四位兄弟的府邸，全部迁往兴庆坊以西、以北的邻坊，改兴庆坊为兴庆宫。赐宅宋王李成器于胜业坊东南角，赐宅申王李成义、岐王李隆范在安兴坊东南，薛王李隆业的赐宅在胜业坊西北角，兄弟几人府邸相望，环绕于皇宫四周。

后来，为了兄弟欢聚，他又在兴庆宫内专门修建了两座楼，一座叫"勤政务本楼"，在兴庆宫的南面，一座叫"花萼相辉楼"，在兴庆宫的西南面。"花萼相辉楼"，单从字面上读起来就十分美好，这也是唐玄宗取《诗经》中"常棣之华，鄂不韡韡"的诗句，向天下人昭示，兄弟之间的情谊就像花和萼那样，相辉相映，生生不息。

公务之余，唐玄宗经常登上花萼相辉楼，每每听到诸王府的鼓乐声，他便召集兄弟们登楼同榻宴饮。有时，唐玄宗还会亲临诸王宅第，赐金分帛，给诸王带去最大的快乐和赏赐。诸王不必上朝，每天可以在侧门朝见，归宅之后，吃酒作乐，击鞠斗鸡，或者到近郊追逐鸟兽，或者在别墅作乐，天天不断。游玩所到之处，中使相望，都称赞天子兄弟之间友爱，近古无比。他为了宣扬兄弟之间的友爱，在李成义、李隆范、李隆业去世后，还分别追谥他们为惠庄太子、惠文太子和惠宣太子。太子本是未来王位的继承人，死后赠谥自然没有任何意义，但唐玄宗之所以这么做，其目的就是为了表示对弟兄的特殊友爱。

"十一月己巳，寒甚，雨木冰，数日不解"。开元二十九年（741 年）冬天，长安城的第一场大雪比往年整整提前了一个多月，这种莫名其妙的提前，似乎预示着有不祥之兆。也正是因为这场大雪的提前，让大唐长安遭遇了百年未遇的雨雪冰冻，树上的霜雪雾露都凝冻成冰。伴着这场不期而至的大雪，宁王李成器的病情愈发严重，他只能卧在病床之上。唐玄宗对他特别加以关照，令中使送上医药和珍膳。

面对百年未遇的酷寒天气，李成器感叹道："这就是民间所说的树稼，谚语说：'树稼，达官怕。'必定要有大臣承受灾难，我恐怕要走了。"最终，李成器没能等到春暖花开，同年十一月二十一去世，享年六十三岁。唐玄宗得知哥哥的死讯后，悲号不止，悲痛异常，左右都为之掩涕。次日，他下诏，追怀其高尚品德，追谥其为"让皇帝"，辍朝三日。唐玄宗在《奠让皇帝文》悼文中写道："大哥嫡长，合当储贰，以功见让，爰在薄躬……大哥事迹，身殁让存。故册曰让皇帝，神之昭格，当兹宠荣。"

文辞情深意切，充分体现了兄弟间的手足之情，这在古代帝王之家普遍存在争权夺位，兄弟相残的大背景下，确属难能可贵。而后，他又以兄弟身份亲笔手写书册一份，令高力士置于李成器灵座之前，以表达家人之礼。同时，追赠李成器的王妃元氏为恭皇后，册封了李成器的十个儿子，为兄弟情谊画上一个完美的句号。

"睿宗有圣子，一受命，一追帝，三赠太子，天与之报，福流无穷，盛欤！"《新唐书》给予唐玄宗如此高的评价，的确不为过。他与兄弟相处恪守"友爱之道"，用正确的孝亲理念，博大气度，缜密心思，妥善对待诸王兄弟，获得几近完美的结果，从而避免了可能出现的兄弟自相残杀的局面，这样的结局在历史上实属罕见。

在处理好家族内部关系的同时，唐玄宗又采取一系列政策措施，充分发挥宗教、伦理道德、乐舞文化等教化功能，建构新的文化价值体系，引领形成社会良好风尚。他始终保持勤奋好学的习惯，除了经常阅读史籍，从中吸取治国之道外，对于儒家和道家经典，也是十分留意汲取有益价值。他在尊儒的同时，还亲自为《道德经》作注，颁行天下，修造道观，优待道士，并在科举考试中增加道教内容，实行以儒家思想为基础，崇儒重道，三教兼容的文教政策。

"藏书之盛，莫盛于开元，其著录者，五万三千九百一十五卷，而唐之学者自为之书，又二万八千四百六十九卷。呜呼，可谓盛矣！"这是《新唐书》对开元时期藏书盛况的一段记载。

5

开元五年（717年），唐玄宗在东都洛阳设立丽正书院，这也是最早的官办书院。丽正书院以张说为修书使以总之，广"聚文学之士"，或修书，或侍讲。八年之后，丽正书院又改名为集贤殿书院，张说为集贤院学士，知院事。集贤殿书院作为官方修书机构，其首要任务就是修书、校书、藏书，它对我国古代传统文化典籍的流传做出了不可磨灭的贡献。

唐玄宗还大力提倡教育，广泛设立公私学校。开元二十一年（733年）五月，下敕书："许百姓任立私学，欲其寄州县受业者亦听。"之后，又令天下州县，要求每个乡都要设置一所学校，以教授学生。在他的大力倡导下，一时教化大兴，可谓："于时垂髫之倪，皆知礼让。"唐玄宗喜欢亲力亲为，不仅亲自主持图书典籍整理编撰工作，而且还带头进行诗歌创作，经常与大臣唱和，使得一大批诗人在开元时期进士及第，一些进士出身的大臣进入中央担任要职。为了提倡文教，诗赋也成为进士科的主要考试内容。

在唐玄宗不遗余力的倡导下，开元时期的文化艺术呈现出百花齐放的局面，井喷式涌现出一大批至今仍耳熟能详的大诗人：贺知章、孟浩然、岑参、高适、王维、王昌龄、张九龄……特别是李白和杜甫，在那个如歌的时代应运而生。他们或寄情于山水乡村，或驰骋于大漠戈壁，或感叹于官场与生活的无奈彷徨，其作品或精丽华美，或雄健清新，或兴象超妙，或韵律和谐，无不体现出盛世的璀璨辉煌，在中国文学史上留下了浓墨重彩的一笔。

如果细说开元时期引人入胜的艺术，由唐玄宗所作、杨玉环领舞的《霓裳羽衣曲》，也是不得不提及的。《霓裳羽衣曲》描写的是唐玄宗向往神仙生活而去月宫见到仙女的神话故事，将天上胜景移入人间，其舞、其乐、其服饰都着力描绘虚无缥缈的仙境和舞姿婆娑的仙女形象，给人以身临其境的艺术感受，一经上演便轰动京城。当然，还有梨园界的翘楚李龟年，一动歌喉，就能让听者如痴如醉，绕梁三日，喝彩不绝。

唐玄宗自从走上朝堂的那一刻，就看到了由于多年铨选制度的紊乱，王妃、公主与权戚的卖官鬻爵，致使员外、试、检校等官名目繁多，冗官滥吏充斥官府，他决心选贤任能，量才授职，整饬吏治。

开元时期，唐玄宗审时度势，开始着手进行一系列选人用人制度改革。首先，严格铨选制度，裁汰冗员。开元二年（714 年），唐玄宗敕令罢免所有的员外、试和检校官，他要求严格控制官吏的选举，规定今后没有战功及别敕，吏部、兵部不得注官，最终的结果是"大革其滥，十去其九"。如此一来既改变了官吏冗多、人浮于事的现象，提高了官府办事效率，又减省国家财政开支。第二年，唐玄宗再次重申："官不滥升，才不虚授，惟名与器，不可以假人。"

其次，严格考核制度，加强地方官吏管理。开元四年（716年），唐玄宗下诏颁布《整饬吏治诏》，决定每年十月派出按察使巡察各地民情，以纠举违法官吏。同时，规定由各道按察使负责各地刺史、县令政绩的年度考核，根据考核情况分为"最、中间、殿"三等，依次定优劣，作为改转升降的依据。

为了选拔人才，唐玄宗还特别重视县令的任免，他认为郡县官员是国家治理的最前沿，和百姓直接打交道，代表着国家形象。所以，有时他还会亲自殿试考核吏部新录取的县令，如果考试优秀，可以马上提拔，如果名不副实，马上罢黜。

史书记载，开元四年（716年）五月，吏部选拔了三百多名县令，准备派往全国各地任职。有一天，唐玄宗就把这些人全都召集到大明宫宣政殿，亲自出了一道《安民策》，决定当面考考这些新选拔的县令。一时之间，大殿之内气氛格外紧张肃穆，只见的挥笔疾书，有的苦思冥想，当然，也有的望着纸墨笔砚发呆。因为这些人中，有不少是富贵人家子弟，连一个大字都不识，他们是依仗拿钱买通吏部官员，才得到县令职位的。最终的结果是，有二十多人不入第，暂且赴任就职，另有四十五人被淘汰。唐玄宗毫不客气地对被淘汰的人说："像你们这样的人哪配做官？还是回家去多读几年书吧！"唐玄宗大手一挥，就把这些人撵出了大殿，并撤回吏部对这些人的任命，负责此次铨选的两位吏部侍郎卢从愿和李朝隐也因此被追责，降级外调为刺史。

最后，加强官员交流，实行能者上、庸者下。在开元之前，由于时人重京官而轻外任，所以在地方官员选拔上，往往会选用一些年纪偏大且才疏学浅的人充任。为了革除这一弊端，唐玄宗于开元二年（714年）特颁制令，推行官吏迁调制度改革，以加强京官和地方官员的任职交流。一方面，选取有能力的京官，外任都督或刺史，以锻炼和提升他们的行政能力。另一方面，选取有作为的都督和刺史，入京担任要职，达到"使出入有常均，永为恒式"。通过官员内外互调任职交流，大大增强了中央与地方的沟通、了解和信任。在此基础上，唐玄宗还对科举制度进行完善，限制进士科及第的人数，以减少冗官，进一步提高官吏的整体素质。

在整饬吏治的同时，唐玄宗开始推行他的军事改革举措，由府兵制改为募兵制。府兵制，是我国古代兵制之一，它最大的特点就是兵农合一。府兵平时为耕种土地的农民，农隙训练，战时从军打仗，府兵参战所需的武器和马匹都需要自备。府兵制自西魏大统年间建立，到开元时期，已历时约二百年，它为隋唐时期开拓边疆发挥了很大作用，但时间一久，也逐渐暴露出许多问题。其一，由于均田制的破坏，致使许多农民逃亡，有些民户甚至开始逃避兵募，大大影响了兵源。其二，在伍者士气低落，战斗力下降。开元时期，士兵逃跑极为严重，导致部队战斗力锐减，根本无法与强悍的突厥军队抗衡。

史书记载，开元十年（722年）时，唐朝边境已经陈兵多达六十余万，冗兵现象十分严重，军费支出成为朝廷一大包袱。宰相张说便以"时无强寇，不假师众"为由，奏请唐玄宗裁军二十万，让多余的士兵回乡种地。开始唐玄宗对此犹豫不决，张说接着上奏疏说："陛下，边军虽多，但各将帅都只管拥兵自卫，役使兵丁营私。真能制敌，不在兵多。以陛下之英明威武，四夷都能臣服，不用担心裁减人员会招来寇贼。臣请以臣全家百口人做担保。"

当时，军队腐败日益严重，边将侵吞士兵财物，强迫士兵为自己服苦役，诸卫府兵十分贫弱，许多士兵利用轮班休假的机会纷纷脱离部队。最终，唐玄宗接受了张说的奏请，下诏修改军队条令，减少劳役，实行募兵制，不到十天时间，便从关内招募军士十三万人，分别补给各卫，增强京师守卫。

这次招募士兵意义十分重大，是唐朝军队由府兵制向雇佣兵制的一次重大转变，新招募的士兵全部由国家保障，不仅分给他们田地屋宅和给养装备，还允许他们的家属随军。时人把这些雇佣兵称为"长从宿卫"，后来又称为开疆拓土的"长征健儿"，他们由边地将帅长期统率，逐渐形成将帅专兵局面。之后，又经过十几年的努力，中央禁卫军和边镇守军全部由招募而来的雇佣兵组成，轮差府兵、兵募远戍的旧制至此废止。

6

募兵制的推行，不仅解除了将士们边境守卫之苦，同时，还为部队集中训练、提高战斗力提供保证。在推行募兵制改革外，唐玄宗还采取一系列整军措施，全面提升军队卫国戍边能力。如颁布《练兵诏》，命令西北军镇扩充军队，加强训练；任命太仆卿王毛仲为内外闲厩使，全力负责军用马匹供应；等等。兵马未动，粮草先行，为彻底解决军粮保障问题，他还敕令扩充屯田范围，在西北和黄河以北地区大力发展屯田，提高军队后勤保障能力。

节度使，是中国古代的官名。大唐建立初期，依旧沿用北周及隋朝旧制，在重要地区设置总管统兵，后又改称都督，即节制调度的军事长官。开元时期，为了巩固边防，开立屯田，从东北到西北和南方，分别设立了平卢、范阳、河东、朔方、陇右、河西、安西四镇、伊西北庭、剑南等九个节度使和一个岭南五府经略使，以加强边防军事统一指挥。后来，这些节度使又兼任所在道监督州县的采访使，集军、民、财三政于一身，又常以一人兼统两至三镇，更有甚者多达四镇，威权之重，可谓超过了魏晋时期的持节都督，被称为"节镇"。据史书记载，开元时期，边镇十节拥兵多达四十九万，而中央禁军也不过十二万人，形成典型的外重内轻局面。尤其是到天宝后期，节度使的势力更是如日中天，已经到了独揽大权的地步，以至于酿成遗恨后世的"安史之乱"。

自夏商周以来，边疆问题一直是困扰中国历代王朝统治者的首要难题，尽管唐朝是中国历史上少有的强盛帝国，但同样也面临着周边少数民族政权的威胁，如突厥、吐蕃、回纥等。

唐玄宗十分重视边疆地区的管辖问题，登基伊始，就开始着手治理边疆。翻开史书，可以看到从开元五年（717年）开始，大唐相继收复了陷于契丹二十一年之久的辽西十二州，并于柳城（今辽宁朝阳）重置营州都督府，漠北的同罗、回纥、拔也古等也都重新归附，重新掌握了长城以北的土地管辖权，边疆版图不断扩大，中国历史上东北三省全境首次纳入中国版图，国土面积一度达到一千零七十六万平方公里。可谓动作一个接着一个。

此后，突厥与大唐之间的战争也逐渐停止，取而代之的是友好往来。

唐玄宗抓住时机，在西域设置安西四镇节度经略使，恢复安北都护府，以阻止吐蕃势力北上，在陇右、河西增置军镇，进一步巩固河西走廊的安定局面，从而保证了中国和中亚、西亚的交通顺畅。茫茫戈壁丝绸之路上，驼铃声再次响起，可谓使者相望于道，商旅不绝于途。

在整饬吏治，推行募兵制，巩固边疆的同时，还有一个问题可以说始终困扰着唐玄宗，那就是籍账混乱，全国户籍人口到底有多少？谁也说不清楚。这个问题由来已久，成因十分复杂，是一个历史遗留问题。首先，农民流亡问题，这也是开元时期最为突出的重大社会问题。当时有些农民不堪赋役重负，纷纷逃离原籍，有的沦为"浮人"（流民），有的成为地主的佃户，导致全国户籍人口大大减少。其次，"丁口虚挂"问题。农民逃亡之后，有些地方官员担心一旦注销这些人的户口，将会导致户籍数下降，会影响自己的政绩和考课，乃至仕途，所以迟迟不肯注销，以至于出现"丁口虚挂"现象。最后，挂名僧籍问题。武周以来，由于佛教势力日益壮大，曾一度出现"度人不休，免租庸者数十万"的现象。许多人为了逃避赋役，千方百计挂名僧籍，严重影响朝廷的财税收入。

开元九年（721年），在监察御史宇文融的建议下，唐玄宗掀起一场轰轰烈烈的检田括户运动，专门颁布《置劝农使诏》，并任命宇文融为全国覆田劝农使，具体负责此事，下设十道劝农使和劝农判官。宇文融不仅精明强干，而且知人善任，前后任用劝农判官二十九人，多是干练人才。这些劝农判官深入各地监督指导，使得括户括田、客户附籍和赋役改革等工作在短期内取得显著成效，通过检田括户，全国共查出八十多万户。对于隐瞒户籍的人口进行逐一登记，对于检查出的多余土地，政府一律没收，再将这些土地分给入籍的无田农民，这样一来，国家一年仅增加的客户钱就高达几百万之多，使得全国人口户数和税收一下子增长了十分之一。

检田括户运动的顺利实施，使得国家财政更加丰裕，粮仓更加充实，物价也更加便宜。史称："开元、天宝之际，耕者益力，高山绝壑，耒耜亦满。"检田括户运动取得意想不到的效果，唐玄宗为此很高兴，将宇文融擢升为正四品下户部侍郎，并赋予他独立行事的权力，可以直接向州县发号施令。

国无农不稳，民无粮不安，粮食是国家振兴的基础。"开元盛世"的经济繁荣，一个很重要的原因就是唐玄宗重视农业生产和水利建设，江河安澜，从而保证了社会安定和繁荣昌盛。据统计，开元时期兴修的水利工程就有三十八处，天宝时又修建了八处，唐玄宗敕令规定：各地政府必须每年定期检修沟渠堤坝，酌情建设新堤，仲春则疏通河道，至孟冬结束所有工程。

经过长年累月的修建，至天宝年末，大大小小的水利工程基本遍布全国，这些水利工程大者可灌溉农田几千顷，小的也能达到百余顷，再加上数以万计不知名的小河小渠，林林总总，在蜀地、关中、黄河中下游等主要粮食产区，构建起发达的水利网络，为农业生产提供了坚实保障。据史书记载，开元十三年（725年），因连年丰收，东都洛阳的米价仅为十钱一斗，到天宝五载（746年）时，甚至降至五钱一斗，这些都是得益于农业的发达。

一切美好源于努力和遇见。唐玄宗作为"开元盛世"的擘画者，在宰相张说和众大臣建议下，决定封禅泰山。开元十三年（725年）十月十一，他率领文武百官、皇亲国戚、儒生文士、四夷酋长，还有日本、新罗和大食等国的国君、使者，浩浩荡荡从东都洛阳出发，向泰山进发，场面之浩大无以言表，光是后勤补给队伍就前后绵延了几百里。一路之上，彩旗飘扬，鼓乐喧天，队伍空前壮观。普天之下，载歌载舞，为之振奋。

历经一个多月的艰辛跋涉，唐玄宗终于登临梦寐以求的泰山，他站在泰山之巅，云淡风轻，一种皇权复兴的自豪感油然而生，万国来朝、四海臣服的盛景，在他眼前一幕幕徐徐展开……

封禅大典在泰山之巅正式举行，唐玄宗向列祖列宗和上天昭告自己的功绩，为皇室子孙和百姓祈福，他第一个进献祭品，紧接着他的堂兄弟邠王李守礼和长兄宁王李成器进献祭品。山上官员一起跪拜，山下官兵和各国使者纷纷跟着行礼，万众欢呼，普天同庆。唐玄宗封泰山神为"天齐王"，礼秩加三公一等，亲自撰书《纪泰山铭》，勒于岱顶大观峰，并令中书令张说撰《封祀坛颂》、侍中源乾曜撰《社首坛颂》、礼部尚书苏颋撰《朝觐坛颂》，均勒石纪德。通过泰山封禅大典，唐玄宗达到了宣扬国家威望的目的，自己的虚荣心也得到极大满足，他终于站上人生和事业的巅峰……

《新唐书》记载："十一月己巳，寒甚，雨木冰，数日不解。"虽说在北方冬天气候寒冷是常态，但开元二十九年（741年）却是《新唐书》唯一一次记载"寒甚"的年份。这年冬天，当第一场大雪降临长安城的时候，唐玄宗和所有人都有一种异样的感觉，因为这场初雪相比往年整整提前了三十八天，没有人意识到气候转型的隐性效应和巨大威力。他也根本没有意识到，大唐帝国从建立以来，已经持续了一百多年的暖湿气候，即将以这场初雪为转折，逐渐进入冷干气候。当然，令他更意想不到的是，他所创造的盛世气象也将以这场提前到来的大雪为分水岭，接下来将步入一个巨变时代。

第二年，唐玄宗为避晦气，又有地方官吏趁机献上祥瑞，于是决定改元为"天宝"。因此，后人便将唐玄宗时期统称为"开元天宝"。同是这一年，四十岁的安禄山被正式任命为东北边疆的平卢节度使。十三年后，在东北掌权多年的安禄山，羽翼丰满，联手契丹、奚族等叛胡兴风作浪，掀起一场几乎摧毁大唐帝国的动荡，这是后话。

在唐玄宗君臣的励精图治下，经济空前繁荣，国力空前强盛，开元时期实现了民族大融合，文化大交流，构成了一个大太平、大富强与大气象有机结合的盛世，形成"三年一上计，万国趋河洛"的盛世局面。人民生活富足，人口大幅增长，到天宝年间，唐朝人口已达到八千万人，拥有世界三分之一的人口，粮食产量和工业产值也超过了世界的三分之一。商业繁华，交通四通八达，对外贸易十分活跃，波斯、大食商人纷至沓来，长安、洛阳等大都市，各种肤色、不同语言的商贾云集。自此，唐朝进入全盛时期，史称"开元盛世"。

诗人杜甫曾亲身经历了"开元盛世"，他在回忆当年太平景象时写道："忆昔开元全盛日，小邑犹藏万家室。稻米流脂粟米白，公私仓廪俱丰实。"为后人描绘出一幅富庶的辉煌场景。正是因为有了这样的富庶与辉煌，也才有千年之后，池田大作与汤因比兴致勃勃的对话。其实，对开元时期如此青睐的又何止汤因比呢？中国"文化革命"的主将——鲁迅先生，也曾为了一睹"唐朝的天空"，1924年专门去了长安……

千年以后的今天，长安依旧繁华如梦，而那个被称为"开元盛世"的时代早已久远，人们只能从历史长卷的斑驳文字中去寻觅有关它的记忆。这些记忆里，有君臣携手的踔厉奋发，有天下大治的河清海晏，有盛唐诗歌的气贯虹霓，也有霓裳羽衣的万种风情。

大道长安

（下）

赵庆胜 著

浙江工商大学 出版社
ZHEJIANG GONGSHANG UNIVERSITY PRESS
·杭州·

图书在版编目（CIP）数据

大道长安 . 下 / 赵庆胜著 . — 杭州：浙江工商大
学出版社，2024.6
ISBN 978-7-5178-5936-9

Ⅰ . ①大… Ⅱ . ①赵… Ⅲ . ①散文集 – 中国 – 当代
Ⅳ . ① I267

中国国家版本馆 CIP 数据核字（2024）第 010249 号

救时宰相

　　姚崇一生，历经唐代五任帝王，任过三朝宰相，经历三起三落。他虽是治世能臣，但不是儒家贤臣。他有宰相的胸怀担当，也有普通人的虚荣自私；他治世有公心，处世有权诈；他有宦海浮沉中历练出的圆滑世故，也有坚守梦想不忘初心的赤子情怀，被誉为"救时宰相"。

|

"四年夏，山东蝗，食稼，声如风雨。"这是《新唐书》关于开元四年（716 年）山东地区发生蝗灾的记载。

开元之初，大唐国运似乎与志得意满的唐玄宗李隆基的志向并不契合，甚至看不出一点盛世迹象。反之，此时的大唐王朝，正经历着一场前所未有的自然灾害。开元元年（713 年）、二年（714 年），全国经历大旱，然而，这也仅是灾难的开始，之后的开元三年（715 年）、四年（716 年），山东地区又爆发严重的蝗灾。接踵而来的自然灾害，让即位不久的唐玄宗有些措手不及。通过接连而至的奏疏，他已经知道山东蝗灾远比自己想象的严重得多。他心急如焚，甚至开始怀疑都是因为自己的所作所为，才惹得天怒人怨。

奏疏中讲，蝗虫铺天盖地像乌云一样压过，所过之处发出的声音就像打雷一样；蝗虫所过之地，所有可吃的东西都被一扫而光，昨天看着还是整整齐齐的禾苗，蝗虫过后便成了一片黄土……作为从刀光剑影中走过来的帝王，唐玄宗从未见过这样的阵势，从不畏惧宫闱暗战的他，却对突然降临的天灾有些心悸。

古时，人们把蝗灾视为"天灾"，认为这是上天的惩罚，最好的办法就是"修德禳灾"。所以，每当发生蝗灾时，皇帝都会主动下"罪己诏"，主动承认自己施政的错误，请求蝗神原谅；民间则会架起祭坛，焚香祷告，希望蝗神保佑百姓，祈求蝗虫远离庄稼，而不是去主动治理。

唐朝，虽是中国封建王朝的巅峰时代，但面对"飞蝗蔽天"的景象，就连大诗人白居易也写诗反对灭蝗，他在《捕蝗·刺长吏也》中写道："一虫虽死百虫来，岂将人力定天灾。我闻古之良吏有善政，以政驱蝗蝗出境。又闻贞观之初道欲昌，文皇仰天吞一蝗。一人有庆兆民赖，是岁虽蝗不为害。"

像白居易这样有眼界、有学识的大诗人，曾做过唐朝翰林学士、左赞善大夫，不仅不积极组织人员捕捉蝗虫，减少虫害对百姓生活的影响，而是在捉蝗虫这事上懈怠，甚至是无所适从，怀疑人力捕蝗不起作用。他不相信依靠人力可以战胜天灾，而是深信德政可以赶走蝗灾，就不用说平民老百姓了。所以，面对田间肆虐的蝗虫，百姓无所适从，没有人敢治理，当然也没有人敢有治理的想法。人们只能设祭膜拜，任由蝗虫嚼食禾苗。

眼看着山东的蝗灾不断加重，并逐渐向河北、河南地区蔓延，朝廷上下一筹莫展，一时不知如何是好。唯独宰相姚崇不信这个邪，非要逆天而行，将坑民害国的蝗虫扑杀灭尸。开元三年（715年），姚崇上奏疏说：《诗》云：'秉彼蟊贼，付畀炎火。'汉光武诏曰：'勉顺时政，劝督农桑。去彼螟蜮，以及蟊贼。'此除蝗谊也。且蝗畏人易驱，又田皆有主，使自救其地，必不惮勤。请夜设火，坎其旁，且焚且瘗，蝗乃可尽。古有讨除不胜者，特人不用命耳。"

不得不说姚崇这份奏疏写得非常巧妙，他首先引用《诗经》，再拿东汉光武帝刘秀的案例，来说明灭蝗虫的合理合法性，可谓有理有据。他为什么要先说明这一点呢？因为蝗灾泛滥，就是由于"民祭且拜，坐视食苗不敢捕"。《旧唐书》记载："山东百姓皆烧香礼拜，设祭祈恩，眼看食苗，手不敢近。"老百姓并不认为这是自然灾害，而认为是上天的惩罚，所以眼睁睁地看着蝗虫啃食青苗，却不敢动手消灭蝗虫。姚崇在奏疏中还给出除蝗虫的具体方法，那就是在夜间焚火，再在旁边挖一个大坑，一边焚烧一边掩埋，这样蝗虫就可以灭尽。

尽管姚崇灭蝗的决心十分坚定，但仍引来朝堂上一片反对声，文武大臣都认为蝗虫不宜捕杀，朝议鼎沸，唐玄宗一时犹豫不决。为了说服玄宗皇帝，姚崇又列举魏时发生蝗灾不敢灭，导致草木皆尽、饥荒遍野，甚至发生人吃人的事，如果任由蝗虫为祸，后果将不堪设想。他劝谏唐玄宗说："修德免灾并非对灾祸听之任之，而是要主动救灾，如果为了保护蝗虫而牺牲百姓性命，并招致国家危殆，那才是真正的违抗天命。"

姚崇一番话说得唐玄宗有些心动，但百官仍疑惧不安，此时黄门监卢怀慎上奏说："陛下，蝗虫乃是天灾，岂是人力所能除。况且杀虫太多，有伤天和。"姚崇大声驳斥道："过去楚惠王吞蛭治好了痼疾，楚国令尹孙叔敖斩蛇得到福报。当下蝗虫还可以驱除，如果任它泛滥成灾，庄稼将被噬食殆尽，到那时天下百姓将何以活命？灭蝗救人才是硬道理，如果天降灾祸，我姚崇一人承担，不会推诿给您！"卢怀慎顿时无言以对。

最终，唐玄宗接受姚崇的建议，派出御史为捕蝗使，督促各地灭蝗。尽管如此，朝廷里仍有一些官员依然坚持认为姚崇不应该扑杀蝗虫，有些地方官员也几近众口一词，对灭蝗之举持反对意见，害怕捕杀行为会得罪上天，招来天谴。群臣的议论，又让唐玄宗有些动摇，他问姚崇："怎么样做才能既灭蝗，又不让群臣议论皇帝杀生呢？"姚崇回答说："陛下，关于灭蝗的事，请您不要以皇帝的名义出敕令，让我以大臣的名义出牒书吧，这样就算是上天怪罪，也是怪罪于我，跟您没有关系。"唐玄宗闻之，终于释怀。

就这样，一场轰轰烈烈的灭蝗运动在姚崇的力谏下拉开帷幕，但个别地方官员对此事仍有不同声音，汴州刺史倪若水就是个不折不扣的代表，他上疏唐玄宗称："只有修德才是消除天灾的唯一出路。"并且拿历史说事，举例说："前赵刘聪捕杀蝗虫，结果灾情越来越重，反而招致更大的危害。"倪若水坚信蝗虫的出现是天灾，灭蝗不是人力所能办到的事情，应该靠修德来保佑。他拒绝执行姚崇灭蝗的命令，并且带头在田间地头焚香祈祷。

姚崇接到报告后大怒，就写信给倪若水说："刘聪篡逆之君，德不胜妖，陛下圣明之主，妖不胜德。古时州有良守，蝗虫不敢入境，如果说修德可以免除蝗灾，那么发生蝗灾就是因为无德造成的了？"姚崇这番话让倪若水哑口无言，他再也不敢抗拒命令，只得配合捕杀蝗虫。就这样，在姚崇的坚持下，山东等地开始大规模捕杀蝗虫，很快就将蝗灾降到最低程度，所幸没有造成大面积饥荒，也没有使百姓流离失所。

2

姚崇，唐朝著名的政治家，曾任武则天、唐睿宗李旦、唐玄宗李隆基三位皇帝的宰相，而且每一次被任命为宰相都是在朝廷危难时刻，因此被称为"救时宰相"。尤其在武周、李唐江山转变之际，姚崇主持朝政，为"开元盛世"奠定基础，为后世所赞誉。司马光在《资治通鉴》中，对他给予高度评价："唐世贤相，前称房杜，后称姚宋，他人莫得比焉。"

"大政治家、唯物论者姚崇。"这是伟人毛泽东对于姚崇的评价。毛泽东对历史人物的臧否极为苛刻，然对姚崇却赞赏有加，他在读《新唐书·姚崇列传》之后，十分赞赏姚崇向唐玄宗进谏的"十事要说"，在旁边批注道："如此简单明了的十条政治纲领，古今少见。"在该传的天头处更是饱蘸浓墨，挥笔写下："大政治家、唯物论者姚崇"。

透过毛泽东的评价，在姚崇身上至少可以看到两个闪光点：一个是唯物论者，一个是政治家。而作为卓越的政治家，这两点又是相辅相成缺一不可的。毛泽东评价姚崇是唯物论者，不无道理，不单是灭蝗一事可以佐证，还有姚崇劝谏唐中宗强力疏汰僧尼，劝谏唐玄宗如期东巡洛阳等，这些无不印证这一观点。而在"开元盛世"开启之时，姚崇更是大胆推行改革举措，无不彰显出他作为政治家的卓越才能。

唐朝是个开放、自由、进取、富有创造力和想象力的时代。在这个强盛的国度里，各种少数民族文化得到较好发扬，众多异域文化亦如八面来风汇聚而来，佛理道学、古文诗歌、书法绘画、音韵舞蹈、天文历法更是异彩纷呈，名家辈出，使中华文明进入一个百花齐放百家争鸣的繁荣阶段。

佛教，自西汉时期传入我国后，能够受到大众的推崇，除了其本身的神秘色彩外，更与当时的统治者的政策分不开。统治者为了加强自己的皇权统治，往往会借助宗教传说拟造身世，以此获得更多的支持和认可。以至于到了唐中宗时期，许多达官显贵竞相营建佛寺、滥度僧尼，许多富户壮丁乘机削发为僧，逃避徭役。如果这一现象得不到及时制止，任其发展，势必影响朝廷的兵员和财政来源，严重影响社会发展，后果不堪设想。姚崇看到事态的严重性，他知无不言言无不尽，向唐中宗上奏疏说：

"佛图澄、鸠摩罗什号称高僧，也不能挽救后赵、后秦的灭亡。齐世宗、梁武帝崇信佛教，却未能免除灾殃。陛下只要能使百姓安居乐业，就是佛身，无须剃度奸诈之徒，让他们败坏佛法！"唐中宗采纳姚崇的建议，敕令天下，强力推行淘汰僧尼中冒充和滥度者的措施，勒令蓄发还俗者多达一万两千余人。

开元五年（717 年），唐玄宗正准备巡幸东都洛阳，无巧不成书，这年正月初二，太庙里突然倒塌了四间房子，唐玄宗觉得很蹊跷，便召宰相宋璟、苏颋商量对策。二人异口同声说："陛下三年服丧未满，不可离宫巡幸。太庙不早不晚，恰在此时突然崩塌，乃是上天的警告，陛下应当立即停止东巡，检行修德，以实际行动回应上天的谴责。"

唐玄宗听了有些怏怏不乐，后又召姚崇询问意见。姚崇回答说："陛下，太庙所用木料都是三百多年以前的前秦皇帝苻坚时的旧物，只不过是因年代久远而腐朽倒塌，碰巧与陛下的行期偶合罢了，不值得大惊小怪。再者说，王者以四海为家，陛下又是因关中粮食歉收，粮运劳民，才决定到东都巡幸的，这完全是为了天下百姓，况且东都百司也都已做好迎驾准备，如今骤然停止东行，岂不失信于天下！依臣之见，陛下尽可以放心按计划起驾东巡。至于太庙，既已坍塌，又难以恢复完整，何不暂奉神主于太极殿，再重修一座新太庙，这才是至孝的品德啊！"唐玄宗听了姚崇这番话十分高兴，便采纳了他的意见，并赏赐其绢帛二百匹。后来，史官将此记入史册。"上曰：'卿言正合朕意。'赐绢二百匹，令所司奉七庙神主于太极殿，改新庙，车驾乃幸东都。"

姚崇不但相信"人定胜天"，而且还能站在唯物论观点的高度对待身后之事，晚年他叮嘱子女，自己死后要薄葬，不做佛事。子女对此不理解，姚崇说："人死了就如同粪土一样，没有任何知觉了，厚葬有什么用呢？"他还举例说："翻译佛经的姚光、出家的梁武帝、赎过身的孝和皇帝、大兴土木修建寺庙的武三思等人，或不得善终，或家破人亡，或惨遭杀戮；而没有佛教的三皇五帝时期，'父不丧子，兄不哭弟，至仁寿'，传说中活了八百多岁的彭祖，也正是生活在那个时代。"姚崇总结说："夫死者生之常，古所不免，彼经与像何所施为？"毛泽东读至此处，批注："韩愈佛骨表祖此。"意思是说，几十年后写《论佛骨表》的韩愈，也是以姚崇的理论为基础的。

姚崇并非反对佛教，他反对的是当时统治者和民众过于迷信佛教，乃至大肆修建佛寺，劳民伤财，影响国计民生。他曾劝诫唐玄宗，向其阐述"佛不在外，悟之于心。行事利益，使苍生安稳，是谓佛理"的理念。姚崇利用佛教理论和信仰规谏当政者造福民众、抚慰苍生，认为这才是真正的"佛理"，这一异乎寻常的政治见解，无疑丰富了他作为"大政治家"的内涵。

开元二年（714年），六十三岁的姚崇与二十九岁的唐玄宗有幸再次遇见，一个是历经岁月磨砺的成熟政治家，一个是正处在激情年华的年轻帝王，为了这次相遇，两人已经整整等待了两年之久。"先天政变"之后，唐玄宗突然提出要在新丰（今陕西临潼东北）骊山举行讲武活动，检阅军队。而此时姚崇正在距离讲武地不到三百里的同州担任刺史，按规定应该到行在（帝王所在地）见驾，唐玄宗却出人意料地利用野外打猎的机会，秘密召见了他。君臣二人漫步在野外猎场，议论天下大事，侃侃而谈，酣畅淋漓，不知疲倦。唐玄宗提出要任命他为宰相，姚崇回答说："陛下，臣有十个要求，如果您答应了臣的要求，臣才可以接受宰相任命，否则，臣不敢从命。"

被任命为宰相，居然还要皇帝答应他的十个要求才同意，自古以来也只有姚崇一人。姚崇这十个要求就是著名的"十事要说"，分别是：武后执政以来，以严刑峻法治天下，能否施行仁政；青海边界已没有反复被扰的灾祸，能否不再贪图边功；能否对亲信的不法行为严加制裁；能否不让宦官参政；能否在租赋之外不收受大臣公卿的礼物；能否不任命亲属出任公职；能否以严肃的态度和应有的礼节对待大臣；能否允许大臣们"批逆鳞，犯忌讳"；能否禁止营造佛寺道观；能否接受汉朝王莽等乱天下的经验教训，从而禁止外戚内宠专权。

3

姚崇的"十事要说"，虽然只有区区二百余言，却都是针对他所经历的武则天、中宗和睿宗当政以来的政治弊端而提出的，可说是言简意赅，字字珠玑，针针见血。最后，唐玄宗以一句"朕能行之"而悉数采纳。次日，姚崇便被任命为兵部尚书、同中书门下三品，封梁国公，后升任紫微令，第三次为相。

唐玄宗对姚崇极为信任，让他在治国理政方面放开手脚。可刚开始姚崇还是有些小心翼翼，许多事情都不敢自作主张。有一次，他向唐玄宗奏报一件人事任免事项，唐玄宗既不说同意，也不说不同意，一言不发。

374 | 大道长安(下)

姚崇告退后心中满是恐惧,不知道自己什么地方做得不对。然而,不一会儿,唐玄宗的心腹宦官高力士前来找他,并对他说:"陛下说委你以重任,有大事理当奏报,可像这种任命郎吏的事情,你身为宰相就可以自己定夺,何必要去奏报?"在得到唐玄宗的充分肯定与授权后,姚崇终于抛开顾虑,开始放心大胆地推行改革新政。姚崇办事善于权变,因事制宜,从不墨守成规,能切中要害拯救时弊,在他精心辅佐下,唐朝国力蒸蒸日上,为"开元盛世"打下坚实的基础。姚崇因为"十事要说",青史留名,这也是伟人毛泽东称其为政治家的主要原因。

其实,早在唐玄宗骊山讲武时,姚崇就已经有过两次宰相岗位的工作经历,他曾先后担任过武则天和唐睿宗李旦时期的宰相。然而,就是这样一位身居三朝宰相高位的重臣,一生以不贪为宝,京城没有一处房产,家人偏居郊区,自己寄身寺庙,这也难怪被后人赞誉为"救时宰相"。

姚崇,字元之,生于650年,陕州硖石(今河南三门峡)人,祖籍吴兴郡武康(今浙江德清)。其先祖为吴兴姚氏,属名门望族。先祖姚宣业为南朝陈国征东大将军,战功赫赫;曾祖姚安仁仕隋,先后出任青州刺史、汾州刺史;祖父姚祥任怀州长史,检校函谷关都尉;姚崇的父亲姚懿,弓马娴熟,喜读经史,胸怀壮志,做事果毅,隋末归唐,先后任硖州刺史、嶲州(今四川西昌)都督,曾平定邛部蛮族酋长作乱。姚崇就出身于这样一个世代显耀的武将世家。

姚崇出生这一年,恰逢唐太宗李世民去世,唐高宗李治刚刚登基的时候。姚崇从小耳濡目染,自幼便将先辈仁勇和尚武的精神注入了自己的血脉,对于练武学艺更是情有独钟。史书记载,他年轻时生性洒脱,注重气节,勤习武艺,以打猎自娱。然而到了二十岁却顿悟,开始发奋读书，再加上他天资聪慧，所以学业突飞猛进，很快就达到下笔成章的程度。而且，受父辈影响，他熟读兵书，成为一个难得的文武双全的年轻人。

从少年时代开始，姚崇心中就有一个做良臣的目标，此后，终其一生他都在朝着这个目标努力。长大后，他先是以挽郎的身份步入仕途，这份工作比较特殊。所谓"挽郎"，实际就是为皇帝、皇后、妃嫔、亲王等级别的人出殡时引柩唱挽歌的年轻人。当时，恰逢李治的嫡长子太子李弘去世，姚崇便被任命为李弘的挽郎。虽然为太子唱挽歌有些不太吉利，但姚崇也没有太在意，在此后的二十余年里，他勤奋不怠，后被授为濮州司仓参军，步步高升，最后升至夏官郎中。

正当姚崇一步一个脚印，朝着自己的出仕目标努力奋进时，"白色恐怖"已经弥漫在整个朝廷，周兴、来俊臣等酷吏横行，动辄诬人谋反，就连"国老级"的宰相狄仁杰都被诬陷下狱。为防止祸从口出，姚崇谨小慎微，为此他还专门写了篇题为《口箴》的文章，时刻提醒自己多做事少说话。不过，姚崇"箴虽诫口，诤亦忘躯"，毕竟崇尚气节的品格是深入他骨髓的。

神功元年（697年），周兴、来俊臣等酷吏倒台后，某日朝会，武则天对群臣说："周兴、来俊臣勘案时期，朝中反逆特多，两人伏法之后，朝中遂无反逆之事。现在看来，以前定的反逆案应当没什么枉屈，不然为什么不见有人辩屈呢？"群臣明知武则天这是在强词夺理，但都害怕惹祸上身，你看看我，我看看你，谁也不敢吭声。这时，只见姚崇挺身而出，抗颜上奏道："陛下，自垂拱（685年）以来，被定为叛逆而家破身亡之人，都是在严刑逼供下屈打成招而致死的。告密者为邀功请赏，编造谎言，天下人称之为'罗织'，这种行径比汉朝的"党锢之祸"还要严重得多。虽陛下也曾派近臣了解狱囚的真实情况，其本人的身家性命尚且难保，又有谁敢据实上报，怎敢推翻周兴、来俊臣的判决呢？而且受害人如果不含冤曲意认罪，只能招致更严重的摧残，将军张虔勖、李安静翻供，招致杀身之祸不就是例证吗？如今酷吏诛除，臣以自家百口人的性命向陛下担保，今后朝廷内外大臣不会再有谋反之人。若是稍有谋反之实，我愿承受知而不告的罪责。"

姚崇对武则天历数"酷滥之冤"，声称朝中并无人谋反，自己愿"以百口保百官"，他的一席话使群臣莫不肃然起敬。武则天听后大悦道："以前的宰相都顺从周兴等人，使酷吏得逞，让朕成为滥用刑罚的君主。你敢讲真话，很合朕心意。"于是赏赐他白银千两。

万岁通天元年（696年），就在姚崇调兵部任职不久，契丹李尽忠、孙万荣作乱，率军南下，接连攻陷河北数州，军情急报如同雪片般传至京师，时任夏官郎中的姚崇，处理繁杂军报有条不紊，剖决如流，有条有理，表现十分出色，很快得到武则天赏识，再加上有狄仁杰推举，没过多久，他就被提拔为夏官侍郎。两年之后（698年），又升任同凤阁鸾台平章事，后改任凤阁侍郎，同时兼任相王府长史。这是他首次担任宰相之职，这一年他四十九岁，在宰相位置上一干就是五年多。

此时的姚崇，可谓风华正茂，仕途的大门已经向他敞开。至于兼任相王府长史一职，则相对特殊。这里所说的相王就是之前被武则天抢去皇位的李旦。李旦退位之后，武则天先是封李旦为太子，后来武则天又改立李显为太子，改封李旦为相王。在李旦改封相王不久，姚崇就被派往相王府，兼任长史，这将姚崇推向权力斗争的旋涡核心。但是，姚崇在担任相王府长史期间，他依然能够在复杂斗争环境中，很好地保护自己。他不但深得李旦信任，同时也继续得到武则天的信任，其中的难度，可想而知。由此也不难看出，姚崇的确是个极富才能，且深谙为官之道、精通政治斗争的牛人。

4

长安四年（704年），在宰相位置上跌宕起伏了五年之久的姚崇，却突然以母亲年迈需要回家侍奉为名，提出辞职。其实这次辞职，更加展现出姚崇的大智慧，因为此时的朝廷政局已经变得十分微妙。武则天暮年，宠信男宠张易之、张昌宗，大权落在张氏兄弟手中。武则天开始渐渐减少上朝次数，最后干脆不上朝，让"二张"代为传递消息。而"二张"也逐渐突破男宠限制，开始插手朝政，由此引起武则天母子关系、君臣关系的高度紧张，使得武周政权陷入动荡局面。此时，朝堂上各派势力，犬牙交错，稍有不慎，就有可能陷入绝境，直接被杀。

身处政治斗争旋涡核心的姚崇，看到张易之和张昌宗的各种行为十分气愤，因此他也一直采取措施压制二人。张易之和张昌宗对于姚崇的打压十分警觉，他们也在不断寻找机会打击报复姚崇，所以相互之间的矛盾越来越深。"二张"凭借武则天对他们的宠信，经常在武则天面前污蔑姚崇，鼓动武则天罢免姚崇。意识到危险的姚崇，便以退为进，以回家侍奉母亲为名，提出辞职。因为姚崇打出的旗号是回家孝顺母亲，武则天也不好拒绝，最终还是批准了他的辞职请求。但是，武则天也只是免去姚崇宰相职务，依然保留其相王府长史之职。去相不久，武则天又让姚崇兼任夏官尚书（兵部尚书），同凤阁鸾台三品。姚崇推辞说："夏官执掌兵权，臣是相王府属官，兼任夏官不利于相王。"姚崇坚决拒绝，武则天深以为然，后来便改任他为职责较轻的春官尚书（礼部尚书）。姚崇能够在权力斗争的旋涡中，依然保持清醒，甚至推掉到手的权力，这种智慧可不是谁都能有的。

姚崇见自己回家孝顺母亲的策略，没能让他彻底脱离权力旋涡，便又心生一计，决定再次利用自己与"二张"的矛盾。无巧不成书，此时正巧张易之打算把长安大德寺的十名僧人调到定州，以充实自己私置的寺院，遭到僧人上诉。姚崇便不顾张易之屡次说情，断停此事，因此得罪了张易之，张氏兄弟又开始给武则天吹"枕头风"。就这样，姚崇先是被贬为司仆寺卿，仍保留宰相头衔，后武则天又以突厥侵犯边境为由，将其调离京城，外放为灵武道行军大总管、安抚大使。出任之前，他向武则天辞行，武则天让他推荐宰相合适的人选，姚崇便推荐了七十多岁的秋官侍郎（刑部侍郎）张柬之，为后来的"神龙政变"埋下伏笔。

姚崇虽然脱离了权力斗争的核心，但他在权力斗争方面却从未放弃过，外调灵武不久，便借故再次返回京城，与宰相张柬之等人密谋发动政变事宜。神龙元年（705年），武则天生病，张易之、张昌宗侍奉左右，外人不得入内。朝中大臣张柬之等五人机密谋划，带兵入宫，诛杀张氏兄弟，同时逼迫武则天退位，李显复位称帝，武周一朝结束，这便是历史上有名的"神龙政变"。姚崇虽然也参与了政变的谋划，但他并非政变的核心成员，事后因功赐爵梁县侯，实封二百户。唐中宗李显有意想让他重新出任宰相，但姚崇没有答应。

"神龙政变"后，武则天移居上阳宫，百官都为李唐复辟而奔走相告，只有姚崇哭泣不止。张柬之对他说："今天难道是哭泣的时候吗？恐怕您从此要大祸临头了。"姚崇却说："我长期侍奉则天皇帝，现在突然辞别，感到悲痛难忍。我随你们诛除凶逆，是尽臣子本分，今日泣辞旧主，也是人臣应有的节操，就算因此获罪，我也心甘情愿。"结果姚崇的所言所行遭到张柬之等五位功勋大臣的不满，不久姚崇就被唐中宗贬为亳州刺史，后又历任宋州、常州、越州、许州刺史。

事实证明，姚崇的做法是明智的。虽然他深得唐中宗信任，但他发现，从唐中宗时代开始，皇后韦氏以及武家诸王、太子等诸多势力的权力之争似乎就没有停止过，他认为今后这些人还会继续斗个不停。事情正如他所料，接下来的五年时间里，朝堂中枢乱成了一锅粥，宫廷血腥悲剧可说是一幕接着一幕。中宗无能，韦后当权，先是韦后联手武家，打压"神龙政变"的五大功臣，五大功臣几乎无一例外全部惨死。而后太子李重俊又发动政变，杀死武家的掌权人武三思，紧接着又被韦氏所杀。而韦氏彻底独掌大权后，毒死唐中宗李显，再立唐中宗的小儿子李重茂为傀儡皇帝，打算重演武则天的旧事。然而，就在韦氏刚刚成为皇太后不久，李旦的儿子李隆基就联手太平公主，再次发动政变，杀掉韦氏，拥立李旦。在这一连串的血腥杀戮之中，唯一的例外，就是远离权力中心的姚崇，因为被外放而得以保全。

景云元年（710 年），李旦登基，是为唐睿宗。因为姚崇曾长期担任相王府长史，深得其信任，两人私人情谊十分深厚。唐睿宗马上把六十岁的姚崇召回京都，任命他为兵部尚书、同中书门下三品，后又升任中书令。就这样，姚崇第二次走上宰相岗位。

此时的大唐朝廷已是满目疮痍，自唐中宗统治时期开始，由于统治者昏庸无能，国家统治大权旁落，外戚和公主频繁干预朝廷政治，贪污受贿成为普遍现象。为了获取更多私利，朝廷官员和商人相互勾结，买官卖官成风，富商们只要出一定金额的钱就能够买到想要的官职，可以由皇帝直接授予。当时，这种越过中书省和门下省直接由皇帝任命的官职，被称为"斜封官"。这些"斜封官"不参与国家政治不说，反倒为了更方便地买卖官职，他们凭借手中权力，变本加厉搜刮百姓，使得百姓怨声载道。

5

走马上任宰相后，姚崇立即上疏唐睿宗，请求废除"斜封官"和没有作为的官员，向社会广泛招纳贤良。他与宋璟通力合作，革除中宗时期弊政，任用忠良，贬黜奸邪，赏罚分明，杜绝请托，使得各项法度重新得到整饬，复有贞观、永徽之风。但唐睿宗并不是个称职的统治者，国家统治权力逐渐被其妹妹太平公主所掌握。太平公主由于深受母亲武则天当政影响，也想模仿自己母亲，全面掌握国家权力。因此，唐睿宗在位时期，太子李隆基与太平公主争权夺势，彼此已经闹到水火不容的境地。当时，多数朝臣都站在了权势更大的太平公主这边，只有姚崇等几个少数派还在坚定地支持太子李隆基。

为保证国家稳定，更好地辅佐太子李隆基登上皇位，姚崇曾携手宰相宋璟，向唐睿宗上了一份密奏，提出"安储三策"，建议将太平公主安置到东都洛阳，将宋王李成器、豳王李守礼外放为刺史，将岐王李隆范、薛王隆业由羽林将军改为东宫属官，以使天下人统一归心于太子。结果可好，唐睿宗转身竟将此事告诉了妹妹，太平公主闻之勃然大怒，迁怒李隆基，指责其胆大妄为。李隆基忌惮太平公主的势力和淫威，惧怕由此引发的局面不可收拾，百般无奈之下，不得不采取"丢车保帅"之举，上奏唐睿宗，称姚崇心怀叵测，离间宗室，挑拨自己与太平公主以及诸王之间的关系，请求予以严惩。就这样，因为密奏之事，姚崇再次被罢相，被贬为申州刺史，后历任扬州长史、淮南按察使、同州刺史。

姚崇理解太子李隆基的良苦用心，他没有因此而动摇，始终坚定地站在李隆基一边。他知道太子之所以"丢车保帅"，其目的就是为铲除太平公主一党争取时间。此后，处江湖之远的姚崇，勤政爱民，得到百姓爱戴，纷纷为其立碑颂扬。

就在姚崇被外放期间，京城又是一番乱战。延和元年（712年）八月，唐睿宗传位于太子李隆基，自己退为太上皇。李隆基上位，是为唐玄宗，改元"先天"。第二年七月，野心不死的太平公主图谋政变，唐玄宗李隆基则先发制人，假传召见左、右羽林将军和宰相窦怀贞等人，引五百羽林军诛之，将太平公主党羽诛杀殆尽。太平公主见大势已去，不得不逃入南山佛寺，三日后返回。尽管太上皇李旦出面为其求情，请唐玄宗宽恕太平公主死罪，但遭到拒绝，太平公主最终被赐死家中，其夫武攸暨的坟墓也被铲平。唐朝数十年的高层倾轧彻底结束，政局逐渐恢复稳定。

唐玄宗不同于唐中宗和唐睿宗，他是个具有较强政治才能的领导人，政治比较开明，十分注重选贤任能，他早就把选拔宰相的目标锁定在荣辱不惊的姚崇身上。唐玄宗独掌大权后，他做的第一件事，就是检阅军队，将军权牢牢抓在自己手中。于是，便有了骊山讲武，君臣郊外猎场纵论天下大事，姚崇提出"十事要说"的一幕。这次交谈之后，唐玄宗直接任命姚崇为中书令，兼兵部尚书，接替了之前的郭元振。因为宣布姚崇任命的时候，唐玄宗正在野外骑马打猎，所以后人也把这次任命称为"走马任姚崇"。"走马上任"的成语就是从这个故事中得来的。

姚崇成为宰相后，专心整顿国家吏治。他对武则天当政以来，发生的几次政变进行了认真复盘，他认为发生政变的根本原因，就是国家中央机构的官员都是由皇亲国戚担任，他们本来就具有较大的权力，况且又掌握着朝廷禁军的统领权，在利益诱惑下，势必会利用手中的权力发动叛乱。因此，要想避免这种情况发生，就必须彻底改变皇亲国戚在中央机构任职的局面。于是，在他建议和辅佐之下，唐玄宗将诸王外派到各州任职，把军队权力收归中央，逐一消除叛乱隐患。

此外，姚崇还对官吏选拔制度进行改革，裁撤朝廷多余官员，不断提高政府机构运行效率。在官吏选拔方面，他为给国家选拔人才，不计较出身，唯才是用，提拔任用了一大批贤臣良吏。为促进社会经济发展，他积极推行农业赋税政策，减轻百姓负担，禁止官员搜刮百姓，不断提高农民农业生产积极性。在他的带动下，君臣携手同心，一举扫除了之前数十年的积弊，唐朝政治生态开始迅速恢复，为开启"开元盛世"夯实了基础。

然而，"人无千日好，花无百日红"。就在姚崇当宰相的第三个年头，他的职业生涯却突然走到尽头，他下台的直接原因是手下一个叫赵诲的人引起的祸端。赵诲，开元初年任中书省主书（从七品），是姚崇的亲信。因为此人收受胡人贿赂，事情败露，唐玄宗便亲自审问他，定其死罪。姚崇曾极力营救赵诲，唐玄宗对此非常不高兴，在赦免京城罪囚时，特意在赦文中注明："杖之一百，流岭南。"

赵诲之事，让姚崇忧惧不安，自感治下不严，数次请辞相位，并推荐广州都督宋璟，接替他的职务，唐玄宗最终接受了姚崇的辞职请求。姚崇罢相后，改任开府仪同三司。尽管如此，唐玄宗对他仍极为尊崇，让他五日上朝一次，遇到重大政事还会专门征询他的意见。开元八年（720 年），唐玄宗封姚崇为太子少保，姚崇因病没有接受。

姚崇罢相后，寓居在冈极寺中，因疟疾卧床不起，唐玄宗得知后，每日派遣使者数十人前去探病，每遇军国重事，都命黄门侍郎源乾曜前去征求其意见。后来，唐玄宗干脆命姚崇搬入四方馆居住，并准许其家属侍疾。姚崇推辞说："陛下，四方馆存有官署文书，不是病人居住之地，万万不可！"唐玄宗回答道："朕设置四方馆本就是为官员服务的，如今安排您住进来，也是为国家考虑。如果可能，朕恨不得让您住进宫里，请您不要推辞！"由此可以看出，唐玄宗对姚崇可谓情深义重，荣宠至极。

纵观唐朝历任宰相，唐玄宗授予姚崇的权力之大，可谓前所未有，这种专权专任的优点是宰相可以集中力量办大事，快速高效解决问题，不受他人掣肘。但缺点也十分明显，那就是宰相大权独揽，会对皇权形成威胁。因此，一般不会让宰相干得太久，以免形成尾大不掉的局面。所以，姚崇的亲信赵诲虽然只是个小小七品文书，受贿之后却由唐玄宗亲自审问，其原因也就不言而喻了。身为聪明人的姚崇，自然一眼就能看清背后玄机，与其被动不如主动，他主动提出辞职。

当然，姚崇辞职还有另外一层原因，这也是他一直担心的问题，那就是他的两个宝贝儿子。姚崇虽极具智慧，乃一代贤相，却教子无方，他的两个儿子给他惹了不少麻烦。长子姚彝任光禄少卿，次子姚异任宗正少卿，二人经常以父亲宰相的名头，长期"广通宾客，颇受馈遗"，说白了就是长期收受贿赂。两个儿子的所作所为，时常遭到舆论非议，对于这些唐玄宗自然是心知肚明，但因碍于姚崇的面子没有点破。但是，姚崇心里十分明白，如果将来有一天皇帝翻脸，这些事很可能会导致姚家万劫不复。

"水满则溢，月盈则亏。"所以，姚崇在唐玄宗对他还念及旧情时，主动请辞，不失为明智之举。

6

姚崇先后在武则天、睿宗、玄宗三朝任过宰相，无论是政绩还是资历，时人几乎无人能比。然而，就是这样一位资历深厚的宰相，一生"以不贪为宝""以廉慎为师"，即便是在唐朝国力达到鼎盛，个人官位达到至极的开元时期，他依然"耸廉勤之节，塞贪竞之门"，过着十分俭朴的生活。姚崇在京城买不起房子，全家人只能居住在偏远的郊区。

人的智慧和谋略不是与生俱来的，而是后天习得的软技能。身处社会、利益、人际的复杂场合，每个人都会遇到一些尴尬时刻和窘境，而在这个时候，都需要用智慧来化解。如果联系姚崇的整个人生轨迹去分析，他应该就是这种具有大智慧的人。

开元九年（721年），奄奄一息的姚崇躺在病榻上，他心里始终有件事情让他难以瞑目，甚至可以说心有余悸，他担心的不是别的，而是姚氏家族的前途和命运。姚崇把儿子叫到床前，千叮咛万嘱咐道："我去世后可能声誉不保，而且姚家还会有灭门之灾。宰相张说素来与我不和，他一定会打击报复。要想保住我的声誉和你们的脑袋，一定记得按我说的去做，切记！切记！"

姚崇的两个儿子一听，吓得脸色发青，赶忙问父亲到底有何妙计！姚崇说："我死之后，张说出于礼节，一定会来吊唁。你们可以将我收藏的珍宝器皿全部拿出来，摆到棺材前面，张说最喜爱这类东西。如果他看都不看，那你们就有危险了；如果他看了，你们就将他喜欢的送给他，并请他为我撰写神道碑。你们得到碑文后，马上誊写，呈报皇帝恩准后立即雕刻。张说一定会后悔，必会索回碑文，你们就告诉他已经呈报皇帝，这样就会万事大吉，不仅能保得我的声誉，也能护得家人安好。"

张说和姚崇，虽同朝为相，但两人素来不睦。张说性格粗暴，贪恋财资，喜欢奇服、珍宝。而姚崇侍奉过三代君王，极具智慧，察人识人可谓一流，是宰相界的"不倒翁"。早年，姚崇担任同州刺史时，唐玄宗意欲提拔其为宰相，但时任宰相张说因旧怨，为了阻止姚崇出任宰相，不仅想方设法在唐玄宗耳边"吹风"，而且还唆使赵彦昭弹劾姚崇，好在被唐玄宗识破伎俩。而姚崇的智慧和谋略远在张说之上，在其拜相后，张说非常惶恐。有一次，张说到岐王李隆范府中"暗通款曲"，诉诉苦水，非常巧的是，此事恰好被姚崇知晓。要知道，唐玄宗对于朝中大臣与自己兄弟走得近这件事非常忌惮，他是唐睿宗李显的第三子，并非嫡长子，能够承袭帝位已经非常不易，他所担心的就是权臣与自己兄弟联合谋逆，这是最大的政治危机。所以说，张说的行为犯了大忌。

事关重大，姚崇认为这事必须向唐玄宗报告，这是做臣子义不容辞的责任。第二天，姚崇拄着拐杖上朝，退朝时故意落在后面。唐玄宗问他："爱卿身体有恙？"姚崇回答说："陛下，我的脚不好。"唐玄宗又接着关切地问："是不是很痛。"姚崇回答说："陛下，我是心里担忧，痛楚不在脚上！岐王是陛下的爱弟，张说是朝中辅臣，张说秘密出入岐王府，恐怕岐王要为张说所误，所以我很担忧。"唐玄宗一听，事情有些不对，立刻明白姚崇的意思。第二天，便将张说贬为相州刺史。姚崇计胜一筹，他考虑到唐玄宗的疑虑和忌惮，借机做文章，以此扳倒张说。打蛇打七寸，他将这个道理诠释得淋漓尽致。

开元九年（721年），姚崇病逝，终年七十二岁，唐玄宗追赠其为扬州大都督，谥号"文献"。正如姚崇所料，在他去世后，宰相张说前来吊唁。当张说看到摆放在棺材前的珍宝器皿时，眼中放光，异常兴奋。姚崇的儿子就按照父亲的叮嘱行事，上前搭话说："家父生前说这些东西可以赠给丞相，因为素来仰慕您的文采，如能写一篇碑文，感激不尽。"

张说听罢心中大喜，心想："好你个姚崇，想不到你也有求我的时候。"他也不推辞，取来纸笔，将姚崇的一生经典时刻一一回顾，并进行了各种赞誉，片刻工夫，一篇情真意切的碑文就此诞生。在场的所有人都称赞他文采优美。张说离去后，姚崇的儿子立马将碑文送进皇宫面圣。唐玄宗看罢，龙颜大悦，夸赞措辞优美，文采斐然，并命人铸刻碑文。几天之后，张说恍然大悟，马上派人前去索要自己写的那篇碑文，说是需要修改完善一下。但姚崇的儿子告诉来人，自己已经面圣，并将碑文铸刻到墓碑上了。张说听罢，有苦难言，只能"打掉牙齿往肚子里咽"。他不禁感叹道："姚崇活着的时候我不是他的对手，死了还能算计我，我的智慧的确不如他。"

此时，姚崇的儿子才反应过来，原来父亲早就料到张说会后悔，所以才叮嘱他们，以最快速度将碑文送进宫，让皇帝阅览，并敲定这件事。有了这篇碑文和皇帝的"背书"，张说日后如果再想加害姚家，或者诋毁姚崇的功绩、名声，就相当于搬起石头砸自己的脚。况且碑文也是经过皇帝御览过的，如果张说反悔就是忤逆。冯梦龙在《智囊》一书中，对此事专门有这样一段记载："吾身没后，当来吊，汝具陈吾平生服玩、宝带、重器罗列帐前。张若不顾，汝曹无类矣。若顾此，便录致之，仍以神道碑为请。"姚崇的智慧和谋略不得不令人叹服，他不仅保住了自己的声誉，而且护得家人安然无恙，张说有苦只能往肚子里咽，丝毫没有脾气。开元十七年（729 年），唐玄宗又追赠姚崇为太子太保，极尽荣宠。

正如梁启超先生所言："这个社会尊重那些为它尽到责任的人。"纵观姚崇一生，历经唐代五任君王的政治风云，而且还能在三朝担任宰相，经历了三起三落。从某种意义上说，他是一个治世能臣，并不是儒家传统意义上的贤臣。他有宰相的胸怀和担当，也有普通人的虚荣和自私；他治世有公心，处世有权诈；他有在宦海浮沉中历练出来的圆滑世故，也有坚守梦想不忘初心的赤子之心；他也曾被命运击落到谷底，但最终得以逆风翻盘，完美实现政治抱负，协助唐玄宗开创盛唐伟业，让一个时代记住了他。

"安史之乱"爆发后，唐玄宗在逃往四川途中，曾伤感地说，如果姚崇还在，事情就不会发展到今天这个地步。这个时候，距离姚崇去世已有三十多年，唐玄宗还一直对他念念不忘。

从古至今，不知有多少名臣贤士，因为不能把握进退尺度，而不得善终。而姚崇却始终保持清醒头脑，审时度势，量力而行，功成名就时急流勇退，不贪恋、不放纵，反而实现相对完满的人生，这便是隐入历史尘烟中的真实姚崇，被后人誉为"救时宰相"。

红尘妃子

　　一入宫门深似海，最是无情帝王家。马嵬兵变，最冤莫过于杨贵妃，她陪伴唐玄宗十六个春秋，始终把陪伴作为最真情的告白。"在天愿作比翼鸟，在地愿为连理枝"是他们的誓言。她被迫以三十八岁的无辜生命换取唐玄宗的平安；以红颜祸水的骂名，背负起"安史之乱"的责任。

|

公元756年，按照历史纪元是唐天宝十五载，这也是唐玄宗李隆基下台前最后一年使用的年号，因为从这年七月十二日开始，大唐王朝又有了一个新的年号——"至德"。

夫妻本是同林鸟，大难临头各自飞。这一年，一对夫妻注定要留给唐人更多刻骨铭心的记忆和茶余饭后的谈资，因为他们不是别人，一位是地位至高无上的唐玄宗，另一位则是闭月羞花的杨贵妃，而上演这出悲剧的地点，则是距离长安城百余里的马嵬驿。

天宝十五载（756年）六月十五日夜，长安城外的马嵬驿笼罩在一片漆黑夜色中，驿馆早早点上了灯笼。灯光在深深夜色里，星星点点，忽明忽暗，刚刚脱离叛军追杀的唐玄宗和杨贵妃，心有余悸，他们不知道自己明天会在哪里，当然更不知道还有没有明天！

在一盏灯光的引领下，高力士来到驿馆佛堂，向杨贵妃宣布了唐玄宗赐死的敕令，含泪递上一条白色帛带。杨贵妃泪眼婆娑接过帛带，此时她满腹怨恨，却紧咬双唇，没有哭出声来。因为她知道哭声只能显示自己的懦弱，反而更称了那些逼她走上绝路的禁军将士的心，即便是在生命最后一刻，她也要保留住自己作为贵妃的那份尊严和高贵。

一入宫门深似海，最是无情帝王家。如今，杨贵妃真正体会到这句话的含义。她憎恨自己跟随了十六年的那位老皇帝，恨他口口声声说爱她到地老，到天荒，到头来却为自保，让她一个羸弱女子用生命去救赎一个时代。她怨恨自己，怨恨宫廷朝歌夜弦的生活，让她迷失自我。当然，她更加怨恨那位刚刚先她而去的族兄杨国忠，如果没有他的进谗专权，没有他与宰相李林甫的明争暗斗，没有他与安禄山的互相倾轧，又怎会发生这场叛乱呢？那样，她就不用和唐玄宗惶惶出逃，也就没有今日之事。或许，只有自己死，才是终结所有恩怨情仇、是是非非的最好方式。想到此，她缓缓把帛带系在佛堂前的那棵歪脖梨树上，义无反顾地将头颈伸向帛带……

就这样，在一千二百多年前的那个黑夜里，一个女人三十八岁灿烂如花的鲜活生命，随着自己寄予梦想却又走向没落的时代，走到了生命尽头。一代佳人，香消玉殒，桃花夕阳，各不相同。可谓是，徒留满怀空余恨，一抔黄土掩香魂！而杨贵妃昔日的丈夫李瑁，也目睹了这一切。随着她的死，唐玄宗和李瑁之间的尴尬关系，终于告一段落。

其实，就在三天前的六月十二，唐玄宗登临勤政楼颁下制书，宣布自己要亲自率兵征讨安禄山。现场的文武百官信不信，杨贵妃不知道，但她却始终不相信，因为她知道七十二岁的唐玄宗已经没有这个魄力，也没有这个能力了。她默默看着老皇帝，演戏似的一番上蹿下跳地折腾，先是任命京兆尹魏方进为御史大夫兼置顿使，崔光远为京兆尹兼西京留守，后又把宫殿的钥匙交给宦官边令诚掌管。然而，正是这位皇帝信赖的宦官边令诚，在安禄山进攻长安时，和京兆尹崔光远等人，开门纳贼，后又逃出长安，最终为唐肃宗不容，斩首示众。

唐玄宗下达的最后一道人事任命，就是任命自己第十三子颖王李璬为蜀郡大都督、剑南节度大使，杨国忠为副使。在完成一系列人事安排后，唐玄宗就带着杨贵妃移居大明宫。天黑以后，他令龙武大将军陈玄礼集合禁军，以金钱布帛重赏官兵，并在闲厩中挑选九百余匹骏马。虽然，这一切都是秘密进行的，却没有瞒过杨贵妃的眼睛，她冥冥之中感觉到，唐玄宗要带着她走向一条人生的不归路。

第二天，也就是六月十三，细雨笼罩着整个长安城。天刚蒙蒙亮，唐玄宗带着杨贵妃姊妹，还有宫里的皇子、皇妃、公主、皇孙，以及杨国忠、韦见素、魏方进、陈玄礼和亲信宦官，悄悄从延秋门仓皇逃出城，甚至连宫外的皇妃、公主及皇孙都弃而不顾。

这一天，文武百官仍有人入朝，到了宫门口，还能听到漏壶滴水的声音。仪仗卫士像往日一样，整齐威严地站在那里，他们哪里知道，自己丹心守护的皇帝早已逃之夭夭。等到打开宫门，只见宫内一片混乱，宫人乱哄哄地争相逃出。

唐玄宗逃跑了！消息如同长着翅膀的鸟儿，飞出高大雄伟的宫殿，飞进长安城的大街小巷。于是，城里的王公贵族和平民百姓开始四散逃命，一些山野小民趁火打劫，争相进入皇宫和王公贵族宅第，盗抢金银财宝。更有甚者，骑着毛驴跑到宫殿上，一把火将存放财宝的左藏大盈库烧了。崔光远与边令诚带人赶来救火，又招募人代理府、县长官分别守护，杀了十几人后，局势才算稳定下来。而此时的唐玄宗和杨贵妃一行，正颠沛流亡在通往蜀地的路上。

快到中午时分，唐玄宗派宦官王洛卿先行咸阳，通报郡县官员做好迎驾准备，可当他带着杨贵妃抵达咸阳望贤宫时，王洛卿与咸阳县令早已不见踪影。正是应了那句：树倒猢狲散，墙倒众人推，破鼓万人捶。此时唐玄宗饥肠辘辘，杨国忠买了个胡饼献给他，唐玄宗仍不忘掰了一块，分给杨贵妃，两人的浓情爱意，引得周围随行人员好生嫉妒。知道皇帝逃亡落难，附近百姓也争相献上掺杂着麦豆的粗饭。已经饿得发慌的皇子皇孙们，此时已顾不得那么多了，直接下手抓着往嘴巴里塞，一阵狼吞虎咽。

尽管前途一片渺茫，一路崎岖坎坷，但唐玄宗还是率领杨贵妃等人继续踏上逃亡之路。夜晚时分，他们来到金城县，此时驿馆中早已人去楼空，甚至连盏灯都没有，到处漆黑一片，如同这个正在迷失方向的王朝。唐玄宗和杨贵妃相互依偎在一起，似乎这样才有安全感。黑暗中，人们互相枕藉而睡，已经不分贵贱。天亮时分，从潼关赶来的开府仪同三司兼太常卿同正员王思礼，给唐玄宗带来一个很不好的消息——扼守潼关的哥舒翰兵败后，投降了安禄山。对于唐玄宗来讲，这无疑又是当头一棒，他最后一丝希望也破灭了。

说杨贵妃，其族兄杨国忠是绕不过去的话题，他也是大唐由盛转衰的罪魁祸首之一，哥舒翰潼关兵败就与他有关，就是因为失去潼关这个最后军事屏障，唐玄宗才不得不弃城而逃。就在唐玄宗出逃长安的前一年，也就是天宝十四载（755年），哥舒翰被任命为尚书左仆射、同中书门下平章事，唐玄宗派他扼守潼关，这也是挽救濒临坍塌王朝的最后一根稻草。

哥舒翰为西突厥人，唐朝名将，他是唐朝众多诗人崇拜的偶像，像高适、李白、王维、杜甫等这些大诗人，都写诗赞扬过他。高适说他："许国从来彻庙堂，连年不为在疆场。将军天上封侯印，御史台上异姓王。"李白说他："天为国家孕英才，森森矛戟拥灵台。浩荡深谋喷江海，纵横逸气走风雷。丈夫立身有如此，一呼三军皆披靡。卫青谩作大将军，白起真成一竖子。"

哥舒翰屡破吐蕃，是一位难得的镇守边关的悍将，所以唐玄宗才派他去镇守潼关。但哥舒翰非常有个性，因个人好恶，他曾借唐玄宗之手，杀死了安禄山的弟弟安之贞和族弟安思顺，并将其家属流放。哥舒翰的部将王思礼，擅长谋略，曾多次劝说哥舒翰："安禄山本来就是以杀杨国忠为由起兵的，您现在如果留下三万兵力坚守潼关，然后率领全部精兵渡过浐水杀死杨国忠，就是大功一件，这也是汉朝挫败七国叛乱的办法。"但哥舒翰认为，如果自己这样做，他就和安禄山没有什么区别了，所以一直犹豫不决。

然而，世上没有不透风的墙。后来不知为何消息泄露了，杨国忠得知后大惊失色。本来哥舒翰嗜杀的性格就让杨国忠十分害怕，如今听说他要对自己下手，所以决定先下手为强，于是哥舒翰就莫名其妙地成为杨国忠消灭的目标。

2

杨国忠奏请唐玄宗说："陛下，兵法说居安要思危。如今朝廷大军扼守潼关，但后备力量不足，万一作战失利，京城可就危险了。不如招募精兵，以备不时之需。"唐玄宗被杨国忠一番说辞给迷惑了，想想不无道理，于是就同意他招募三千精兵，日夜训练，并任命剑南的将领率领这些精兵。后来，杨国忠又招募了一万兵卒，驻扎在灞上，并派心腹杜乾运担任主帅。见杨国忠开始屯兵养锐，哥舒翰预感到杨国忠要算计自己，就上奏唐玄宗，请求将杜乾运的一万军队划归自己统率，并且假借商量军务，将杜乾运召到军营，将其在军门斩首示众，直接吞并了杨国忠驻扎在灞上的一万军队。此举让杨国忠更是胆战心惊，他对儿子说："我死无葬身之地了。"

一个是包藏祸心的当朝宰相，一个是不安分的边关守将，随着两人暗战的不断升级，岌岌可危的大唐政权，不断被推向濒临坍塌的边缘。

安史叛军攻占了河北、洛阳等地，所过之处杀人如麻，致使天下怨恨。再加上遭到郭子仪、李光弼军队的正面痛击，可以说是举步维艰。安禄山开始有些反悔，准备撤回幽州固守。此时，扼守潼关的哥舒翰军队，虽在兵力上占有优势，但多是未经训练之兵，战斗力与安禄山叛军无法相提并论，况且哥舒翰还重病缠身，只能选择坚守。叛军将领崔乾佑，为了将哥舒翰的唐军诱出，就把自己所率精兵全部隐藏起来，只留些老弱残兵在城外招摇，制造种种假象。并且还到处散布所谓陕郡叛军只有四千人，且缺乏训练、不堪一击的谣言。但哥舒翰毕竟是战场上摸爬滚打过来的，他深谙军事策略，早已识破叛军伎俩。

安史叛军诱惑哥舒翰不成，却无意之中给杨国忠创造了一个借刀杀人的机会，他要借叛军之手杀掉哥舒翰。于是，杨国忠就编造各种理由，劝唐玄宗命令哥舒翰兵出潼关，去收复陕州和洛阳。最后，老迈昏庸的唐玄宗，还是听从了他这位大舅哥的话，诏令哥舒翰出关迎敌。面对皇帝派来的一个接一个的使者，疾病缠身的哥舒翰被逼无奈，于天宝十五载（756年）六月四日，哭着率领二十万大军出了潼关，踏上一条不归之路。就这样，影响大唐帝国命运的"潼关大战"开始了。

哥舒翰的部队虽缺乏训练，但毕竟有二十万之众，实力也不可小视。崔乾佑决定占据险要，诱敌深入，然后断其退路，以求全歼唐军。双方会战于距离潼关十七里远的灵宝西原，崔乾佑将精兵藏于阵后，只派出万余士卒，且布阵混乱，有疏有密，有前有后，以此迷惑唐军。哥舒翰见状，遂命令全军发起进攻，双方刚一交战，叛军就大败而逃，唐军尾随追击，进入狭道后，伏兵四起，叛军居高临下向唐军投掷滚木礌石，唐军大乱。最终，由于轻敌，唐军大败，二十万大军最后也仅剩八千余人。哥舒翰被俘，被迫投降了安禄山，至此一世英名彻底丧失。史书称这次战斗为"潼关大战"。

明代文学家王嗣奭，评价这次大战："潼关之败，由杨国忠促战所致，罪不在哥舒，当时只少一死耳，公特借翰以戒后人，非专归狱于哥舒也。"

潼关失守，长安失去最后一道安全屏障。在得知潼关失守的消息后，唐玄宗犹如惊弓之鸟，这才以平叛为名，悄悄带着杨贵妃等人仓皇逃离京师长安。而留守长安的京兆尹崔光远，向安禄山献城投降，安史叛军大摇大摆地进入长安……

王思礼的到来，似乎又让黑暗中的唐玄宗看到一丝希望之光，唐玄宗遂任命其为河西陇右节度使，命他立刻赴任，收罗散兵，准备东进讨伐叛军。六月十五，唐玄宗带着杨贵妃等人逃到马嵬驿，随行将士日夜奔波，疲劳饥饿，心生怨恨。禁军统领龙武大将军陈玄礼，认为天下大乱都是由杨国忠一手造成的。于是，在得到太子李亨的默许之后，以"杨国忠勾结吐蕃谋反"为由，鼓动军士将其斩杀，并把他的血淋淋头颅挂在矛上，插于门外示众。然后，又将杨国忠的儿子户部侍郎杨暄和韩国夫人、秦国夫人等杀死。

外面的喧哗声惊动唐玄宗，他询问左右发生了什么事，稍后，有侍从回奏："陛下，宰相杨国忠勾结吐蕃谋反，已被陈玄礼斩杀。"他闻听心头一惊，此刻大抵情况他已经明白八九分。他拄着拐杖走出驿馆，对诛杀杨国忠的将士们表示慰问。他目光锐利，直视站在队伍前面的陈玄礼和几位将军，这些人都低着头，不敢与他威严的目光对视。唐玄宗对众人说道："情况我都知道了，宰相谋反是罪有应得，众将士们辛苦了，请各自先行归队。"但众人好像没有听到似的，久久不见人动，稍后又是一阵喧哗。这时，陈玄礼向唐玄宗请奏："陛下，杨国忠谋反被诛，杨贵妃不应该再侍奉陛下，愿陛下能够割爱正法！"

诛杀杨国忠还不够，还要诛杀自己的爱妃。唐玄宗闻听此言，犹如当头一棒，千钧雷霆，他甚至不敢相信自己的耳朵。但此时的处境，唐玄宗心里明白，绝不能行使自己皇帝的权威，否则只会适得其反。他毕竟是历经政治风云的老手，含糊其词地说："此事，朕当自处！"说罢转身进入驿馆。此时，将士们发现登上驿馆台阶的唐玄宗，两腿微微发抖。唐玄宗回到驿馆后，外面将士仍没有离去的意思。此刻，高力士心里明白，皇帝那句"朕当自处"，看来今天是起不了作用了。

驿馆内的杨贵妃，也已经听到哗变将士的奏请，她见唐玄宗步入驿馆，便哭泣着一头扑进他的怀中，愤怒、悲哀、绝望交织在一起，使得杨贵妃浑身颤抖。唐玄宗紧紧抱着她，眼泪扑簌簌滴落下来，流在她的脸上，杨贵妃感觉那是血腥的味道。她不想死，也不想离开自己深爱的唐玄宗。十六年来，她一刻也没有离开过身边这位皇帝，她渴望着和他一起白头偕老。

外面的喧哗声越来越大，甚至开始有武器的撞击声。这时，京兆司录参军韦谔上前奏道："陛下，现在众怒难犯，形势十分危急，望您尽快决断！"说罢叩头不止，以至于血流满面。唐玄宗泪流满面，自言自语说道："贵妃居住在戒备森严的后宫，从不与外人交结，她又怎知道杨国忠谋反呢？"形势十分危急，高力士见唐玄宗犹豫不决，也上前奏道："陛下，贵妃确实是没有罪，但将士们已经杀了杨国忠，而贵妃还在陛下左右侍奉，将士们又怎能安心呢？！希望陛下好好考虑一下，将士安则陛下安呐！"

爱美人，更爱江山。唐玄宗无奈，只得命高力士将一条帛带送给杨贵妃，赐她自行了断。内侍将杨贵妃的尸体抬到驿馆大厅，陈玄礼等人入内察看后，这才脱去甲胄，叩头谢罪，并告谕将士们说："陛下圣明，徇将士之请，赐贵妃死。吾皇圣明，万岁万万岁。"而驿馆内的唐玄宗，早已绝望得颓然瘫倒在地。此时，群山、田野、驿馆和佛堂，都在无边黑暗中静默，似乎它们也在聆听这个悲凉的故事。

叛军在后，驿馆不宜久留，唐玄宗命人草草掩埋杨贵妃后，便继续踏上西去逃亡之路。"安史之乱"成为大唐王朝由盛转衰的重要拐点，急转而下的局面让所有人都措手不及，唐玄宗及其大臣都无法接受这个现实。然后，他们将一切罪恶源头都指向杨贵妃，把这场亡国祸事全部归于这位美人，认为正是她的美貌、她的歌舞，才导致这场国难；将她塑造成狐媚惑主的红颜祸水，最后让她背负着骂名，惨死在马嵬坡。

拂去历史尘烟，杨贵妃却是一个盛唐少有的才女，她被后人冠以宫廷音乐家、舞蹈家的美誉。其家族也大有来头，与李唐王室有着错综复杂的爱恨情仇。

杨贵妃，虢州阌乡（今河南灵宝）人，又名杨玉环，号太真，这里我们暂且称呼她杨玉环。开元七年（719），杨玉环出生于一个宦门世家，其祖籍弘农华阴（今陕西华阴）。作为名门望族的弘农华阴杨氏，实际也是隋皇宗室。弘农杨氏，在中国历史上可谓大名鼎鼎，如雷贯耳，名人辈出，被誉为"十一宰相"世家，与"李武韦杨"四大家族世代联姻，武则天的母亲杨氏就是出自弘农杨氏。

杨玉环的曾祖父杨汪，曾是隋朝上柱国、吏部尚书。史书说他专精《左氏传》，通《三礼》，是当时有名的大学问家，时人称"张衡以鲠正立名，杨汪以学业自许"，可见其学养之深厚。隋炀帝死后，杨汪依附东都王世充集团，担任郑国礼部尚书，成为王世充政权的高层人物之一。武德四年（621年），秦王李世民平定王世充收复东都洛阳后，杨汪作为凶党之一被诛杀。

杨玉环的父亲杨玄琰，曾担任过蜀州（今四川崇州）司户，这是一个从七品下的刺史衙吏。开元十七年（729年），杨玄琰因罪下狱，后卒于狱中；杨玉环的二叔杨玄珪，史书记载不详；三叔杨玄璬，官至河南府士曹参军，也是一个从七品的衙吏。这便是杨家与李唐王室剪不断理还乱的恩怨情仇。

3

史书对杨玉环出生地说法不一，较为可信的说法是出生于蜀郡（今四川成都），因为其父杨玄琰曾担任过蜀州司户，所以她的童年应该是在四川度过的。

开元十七年（729年），这年杨玉环十岁，父亲杨玄琰因罪入狱，后又卒于狱中。接二连三的家庭变故，让这个本身就不富有的家庭更是雪上加霜，母亲带着她们兄妹几人艰难度日。后来，杨玉环被寄养在洛阳三叔杨玄璬家。三叔杨玄璬虽然官职卑微，却辅掌津梁、舟车、舍宅、百工众艺之事，对杨玉环十分疼爱，从小就让她接受良好的教育。正是有了叔父的教育和疼爱，她心灵的创伤才得以愈合。

杨玉环在其叔父家度过了幸福的五年时光，转眼间到了开元二十二年（734年），此时她已生得楚楚动人，丽质大方，姿质丰艳。再加上她聪慧好学，擅长歌舞，通晓音律，善弹琵琶，更是声名鹊起。所以，这才有了白居易在《长恨歌》中对她的描述："天生丽质难自弃，一朝选在君王侧。回眸一笑百媚生，六宫粉黛无颜色。"这年七月，唐玄宗在洛阳为女儿咸宜公主举行盛大婚礼，杨玉环有幸应邀参加，在婚礼现场，她遇到了生命中第一个重要的男人——咸宜公主的胞弟寿王李瑁，两人一见钟情。

李瑁，最初名叫李清，是唐玄宗的第十八子，母亲为武惠妃。说起来李瑁也算是个苦命之人，小时候没有和父母生活在一起。他的母亲武惠妃从开元元年（713年）开始，就深受唐玄宗宠爱，尽管如此，武惠妃所生的几个儿子却全部夭折。古人对此十分迷信，这个事情就像难以散去的阴云，始终笼罩在武惠妃和唐玄宗的心头。

李瑁出生后，唐玄宗就把他送到大哥宁王李成器（李宪）的府邸，由李成器的王妃元氏抚育。十几年来，李成器和王妃元氏始终把李瑁视为己出。因为李瑁一直住在宁王宅里，也没有封王，所以宫里就呼他为"十八郎"。直到开元十三年（725年）三月，唐玄宗才把李瑁接回宫，封为寿王。两年之后，又遥领益州大都督、剑南节度大使。开元二十三年（735年），加封开府仪同三司，由李清改名为李瑁。后来，宁王李成器去世，李瑁视其为义父，服丧以报其恩。唐玄宗下诏，为追怀大哥李成器的高尚品德，追谥为"让皇帝"，因为宁王李成器对李瑁有抚养之恩。

第一次相见，寿王李瑁就被这个叫"玉环"的姑娘深深吸引。在武惠妃的请求下，唐玄宗于开元二十二年（734 年）十二月下诏，册立杨玉环为寿王妃，婚后两人十分恩爱。杨玉环和李瑁能够走到一起，得益于李瑁母亲武惠妃的极力推动。然而，两人后又被残忍拆散，却拜其父皇玄宗所赐。

女人最大的魅力，不是高颜值和身材，而是源于骨子里的品质。武惠妃在历史上是个很有争议的人物，她和武则天一样，心机很深。武惠妃名字不详，并州文水（今山西文水）人，是武则天的侄孙女，恒定王武攸止的女儿，母为郑国夫人杨氏。有意思的是，郑国夫人也是出身弘农华阴杨氏，说起来和杨玉环家族属同一宗族。由此可以看出，古代皇亲国戚之间联姻，其实都有着千丝万缕的勾连，不是豪门就是望族，这就是所谓的门当户对。当初武惠妃极力撮合儿子李瑁和杨玉环的婚姻，无非也是出于这方面原因。

因父亲病逝，武惠妃年幼时按惯例被送入宫中抚养，得到武则天的庇荫。她极有可能自小就与唐玄宗认识，因为都是从小在宫中长大。唐玄宗即位时，武惠妃已是亭亭玉立的美少女，自古英雄爱美人，就更别说是一个别具浪漫风情英武帅气的皇帝了，所以武惠妃立刻引起唐玄宗的注意。武惠妃性情乖巧，善于逢迎，很快就博得唐玄宗欢心，初封婕妤。武惠妃虽得到唐玄宗专宠，但当时朝廷上下正掀起一股"反武"的高潮，她作为武三思的侄女，也难免受到牵连。开元十二年（724 年），她被赐号惠妃，宫中对她的礼节等同皇后。其母杨氏也被封为郑国夫人，弟弟武忠、武信分别被加官晋爵。这一年，武惠妃动用种种手段，终于扳倒王皇后。

唐玄宗对武惠妃的宠爱始终不衰，也曾一度准备立她为后。武惠妃满以为自己能当上皇后，可她万万没有想到，正是因为她这个武家人的身份，让她与皇后之位失之交臂。当时的御史潘好礼上疏说，武惠妃的叔公武三思与叔父武延秀都是干纪乱常之人，世人所共恶之；而且当时的太子李瑛不是惠妃所生，武惠妃自己也有儿子，一旦立惠妃为皇后，恐怕她会基于私心，而使太子储位不安。最终，唐玄宗纳谏，这才没有立武惠妃为皇后。

距离权力太近，不管你愿意与否，身上总会被溅上权力之争的血污。武惠妃见自己封后没有了希望，便改变计划，把所有精力都花在儿子寿王李瑁身上，她不仅要让儿子李瑁登上太子之位，还要让他向帝位发起冲刺。只要儿子有朝一日荣登帝位，她就无可非议地成为万人敬仰的皇太后了。现在关键的问题是如何把现任太子李瑛搞掉，这是她的一块心病。

唐玄宗尚未即位时，宠妃赵丽妃、皇甫德仪与刘才人，分别为他生了太子李瑛、鄂王李瑶和光王李琚。后来，武惠妃入宫得宠，三位妃子相继失宠。李瑛、李瑶与李琚三人，常为母亲不得宠而发愁，没事的时候经常聚在一起发牢骚。

俗话说隔墙有耳。武惠妃之女咸宜公主的驸马杨洄，很善于揣摩武惠妃心意，是个善于钻营之人。杨洄，是唐中宗李显的外孙，观国公杨慎交之子，母为长宁公主。杨洄以门荫入仕，迁卫尉少卿。后迎娶咸宜公主，授驸马都尉，成为武惠妃党羽。杨洄虽是正宗皇亲国戚，但此人秉性不好，每天跑去监视太子李瑛，挖门盗洞收集太子的"黑材料"。遇有风吹草动，就向武惠妃报告，充当不光彩的"告密者"的角色。

武惠妃仰仗唐玄宗的宠幸，开始构陷太子李瑛、鄂王李瑶和光王李琚。有一次，她向唐玄宗哭诉说："陛下，因为您没有册封太子李瑛的母亲为皇后，太子心怀不满，结党营私，想要谋害我们母子。"唐玄宗闻听震怒，当时便想废掉太子李瑛，好在宰相张九龄犯颜直谏，说："陛下践祚垂三十年，太子诸王不离深宫，日受圣训，天下之人皆庆陛下享国久长，子孙蕃昌。今三子皆已成人，不闻大过，陛下奈何一旦以无根之语，喜怒之际，尽废之乎！且太子天下本，不可轻摇。……陛下必欲为此，臣不敢奉诏。"说罢，张九龄又给唐玄宗上了一堂历史课，他把"骊姬、江充、贾南风与独孤皇后"的故事讲了一遍，此事才算作罢。当时，李林甫也在场，可他当面一言不发，退朝后却私下对宦官说："此乃天子家事，何必与外人商议。"

这次尽管保住了李瑛的太子之位，可武惠妃对宰相张九龄却恨之入骨。开元二十五年（737 年），因受周子谅案件牵连，曾写下"海上生明月，天涯共此时"的张九龄，被贬为荆州大都督府长史。看着张九龄郁郁离去的背影，武惠妃再也掩饰不住内心的喜悦。送走张九龄，迎来李林甫，她的内心更是风起云涌，因为新任宰相李林甫早就是她的人了。李林甫生性阴柔，精于权谋，与宫中宦官、妃嫔交情深厚，对唐玄宗的性情了如指掌，每逢奏对都能符合上意，因此深得赏识。当年，唐玄宗把李瑁接到宫中，由于宠爱武惠妃，爱屋及乌，也非常宠爱寿王李瑁，对太子李瑛则有所疏远。李林甫把准脉搏后，通过宦官干谒武惠妃，表示愿意尽力保护寿王。武惠妃非常感激，开始暗中帮助李林甫。

开元二十一年（733 年），侍中裴光庭病逝后，武惠妃想通过高力士推荐李林甫接任宰相，但高力士未敢答应。后来，在武惠妃的暗中相助下，李林甫先是被授黄门侍郎，两年后被拜为礼部尚书、同中书门下三品，加银青光禄大夫，与侍中裴耀卿、中书令张九龄一同担任宰相，后又历任户部尚书、兵部尚书。开元二十四年（736年），李林甫代张九龄为中书令（右相），后封晋国公，兼尚书左仆射。李林甫为相十九年，是开元、天宝时期在位时间最长的宰相，但他后期大权独揽，闭塞言路，排斥贤才，使得朝纲紊乱，被认为是导致唐朝由盛转衰的关键人物之一。

4

李林甫和驸马杨洄都是一路货色，在构陷太子李瑛、鄂王李瑶和光王李琚的过程中，李林甫也充当了马前卒的角色。

开元二十五年（737年）四月，杨洄再次向武惠妃报告，说三位亲王与太子妃薛氏的哥哥驸马都尉薛锈共谋异事。这次，武惠妃没有直接去找唐玄宗告状，她准备来个"铁证如山"再行动。于是，她便派人向太子李瑛、鄂王李瑶和光王李琚送信，谎称宫中有贼人，玄宗皇帝性命堪忧，请他们赶快进宫救驾。听说父皇有生命之危，三位亲王想都没想，马上披挂整齐，带人直奔皇宫而去。

紧接着，武惠妃又亲自出马，向唐玄宗报告说："太子和二王要谋反，他们穿着铠甲已经进宫了！"唐玄宗马上派人去察看，果真如此，便立即召宰相李林甫商议。李林甫却说："这是陛下的家务事，您应该自己做主，不是臣等应该干预的。"于是，唐玄宗听信武惠妃之言，将太子李瑛、鄂王李瑶、光王李琚同时废为庶人，并将薛锈流放瀼州（今广西上思境内）。不久又将三庶人赐死，时人无不称冤，史称"三庶人"事件。

自从陷害太子李瑛、鄂王李瑶和光王李琚后，武惠妃就害上了疑心病，称屡次看到"三王"的鬼魂，竟一病不起。于是，她请巫师在夜里作法，为"三王"改葬，甚至用被处死的人来陪葬，可各种办法都已用尽，全都不管用。最后，武惠妃还是被吓死了，享年仅三十八岁。她过世后，唐玄宗非常伤心，追封她为皇后，谥号"贞顺"。尽管如此，武惠妃谋害"三王"之事，人尽皆知，唐肃宗即位后，废除其一切皇后祠享，唐代宗即位后，又废除其"贞顺"皇后谥号。

武惠妃病逝后，东宫储位空悬，李林甫曾数次劝说唐玄宗立寿王李瑁为太子，而唐玄宗却属意于忠王李玙。他认为李玙年长，且仁孝恭谨，勤奋好学，高力士也表示支持。开元二十六年（738 年）六月，李玙被立为皇太子，后改名为李亨。

武惠妃香消玉殒，唐玄宗第一次感到"六宫粉黛无颜色"，妃嫔中又"无当帝意者"，寂寞的他开始寻觅新爱。于是，他便派"花鸟使"到各地采择天下美女，以充后宫。文士吕向曾作《美人赋》以讽谏，却意外得到他的嘉赏，擢升为左拾遗。尽管选了不少美女，可这些人与武惠妃相比，无论是容貌还是才情，都不在一个层次上，唐玄宗因此整日郁郁寡欢。

对于一个悲伤没落的心灵来讲，外在的欢乐所引起的愉悦是极为短暂的。开元二十六年（738 年）冬天，五十四岁的唐玄宗，感受到从未有过的寒冷与孤独，他望着寝宫之外，薄暮中布满浓云的天空，看着在西风中如死去的蝴蝶一样飞舞的枯叶，禁不住长叹一声。默默站立一旁的高力士，关切地对唐玄宗说道："陛下，天越来越冷了，要不然咱们还是离开长安，到骊山去住些时日。"唐玄宗没有回答他的话，仍心神不宁地踱着步。好一会儿，才冒出一句："这里冷冷清清，到了骊山又何尝不是如此！"高力士知道他此时又在想武惠妃。便劝慰说："陛下，人死不能复生，你何必如此自苦。以天下之大，难道再也找不到一个如意之人吗？"

唐玄宗看了看高力士，苦笑着摇了摇头说："朕和武惠妃的情分已经二十多年，再找这样一个知心知音之人，谈何容易。"回想起武惠妃的一颦一笑，犹在眼前、耳边，他一时不能自已，痛哭失声，全无半点君王之气。

文武百官为解君忧，也争相贡女献孙，可依旧无人可以代替惠妃！正当朝堂百官及宫内众人精疲力竭，无计可施时，有个"花鸟使"给高力士出主意说："寿王妃与武惠妃体态、性格、长相、才艺皆似，可以推荐给皇上试试。"这一句话可说是石破天惊。高力士闻之一愣，沉默了片刻，他想想也是，杨玉环无论长相还是才艺，都是代替武惠妃的不二人选。他走到唐玄宗面前，悄声说道："陛下，我看寿王妃倒和惠妃娘娘有些相仿。"唐玄宗听此一说，只是轻轻"嗯"了一声，没有再说什么。

《新唐书》这样记载："开元二十四年，武惠妃薨，后廷无当帝意者。或言妃资质天挺，宜充掖廷，遂召内禁中。"《资治通鉴》对于杨玉环入宫这件事，记载得更为详细："初，武惠妃薨，上悼念不已，后宫数千，无当意者。或言寿王妃杨氏之美，绝世无双。上见而悦之，乃令妃自以其意乞为女官，号太真；更为寿王娶左卫郎将韦昭训女；潜内太真宫中。太真肌态丰艳，晓音律，性警颖，善承迎上意，不期岁，宠遇如惠妃，宫中号曰'娘子'，凡仪体皆如皇后。"

骊山华清宫，始建于唐初，鼎盛于唐玄宗执政后。唐玄宗悉心经营建起如此宏大的离宫，他几乎每年十月都要到此游幸，岁尽始还长安。故有

"十月一日天子来，青绳御路无尘埃"的名句。

开元二十八年（740年）十月，一个风清气朗的冬日，唐玄宗带着上百名嫔妃宫女、梨园子弟浩浩荡荡离开长安，直奔华清宫。当然，他对这次随行人员也做了特殊安排，皇子中只有太子李亨和寿王李瑁随行，还有部分重臣带着家眷陪同前往。就这样，在高力士精心安排下，二十二岁的杨玉环与五十六岁的唐玄宗终于在华清宫见面了。而此时的杨玉环已经嫁给寿王李瑁差不多五年了，二人仍没有子嗣。唐玄宗一见杨玉环"姿质丰艳"，便被她的姿色深深迷住。但杨玉环身份毕竟特殊，又与自己有翁媳关系，为了解决这一棘手问题，处事老到的唐玄宗，便精心做了一番表面文章。

这年十月初十，杨玉环身穿吉服，在含元殿叩见唐玄宗。礼成之后，司礼官朗声宣读了《度寿王妃为女道士敕》："圣人用心，方悟真宰，妇女勤道，自昔罕闻。寿王瑁妃杨氏，素以端懿，作嫔藩国，虽居荣贵，每在精修。属太后忌辰，永怀追福，以兹求度，雅志难违。用敦宏道之风，特遂由衷之请，宜度为女道士。"唐玄宗在敕中称，寿王妃为尽孝道，为了给去世的窦太后祈福，自愿出家做道士。当然，这些都是冠冕堂皇的说辞。

唐玄宗对杨玉环大为赞赏，下诏让她搬出寿王府，住进太真宫，并赐道号"太真"。第二年十一月，唐玄宗又去骊山华清宫，这次杨玉环自然而然就成为随行一员，回到长安后，杨玉环再也没进过道观。唐玄宗为她特意在大明宫别置道观"太真宫"。而从唐玄宗居住的兴庆宫，到大明宫之间有复道相通，往来比较方便。两人的关系发展很快，不到一年工夫，杨玉环实际已经取得后妃的地位。此时因为她尚未得到正式册封，宫人皆称呼其为"娘子"，但礼数实同皇后。从此，武惠妃的时代终于过去，又迎来一个属于杨贵妃的时代。

天宝四载（745年），为掩人耳目，唐玄宗又将大臣韦昭训的女儿许配给寿王李瑁，并册封为王妃，以此安抚李瑁那颗受伤的心。杨玉环曾是寿王妃的这一事实，被顺理成章地掩盖过去。就在李瑁再次结婚仅仅十天后，杨玉环也守戒期满，便被正式册封为贵妃，有了属于她自己的名号。这时，唐玄宗还不忘给自己遮丑，他又玩起文字游戏。杨玉环是寿王妃时，她的身份是杨玄璬的长女，而被封为贵妃后，她的身份又变回杨玄琰的四女，去世多年的杨玄琰，也因此被封了官。

寿王李瑁在历史上确实是一个悲剧人物，本来他与杨玉环是奉旨成亲，日子过得还算美满。可宫中佳丽三千的唐玄宗，却偏偏看中自己的儿媳——杨玉环。于是，就有了"进梨园、入道观、纳为妃"的故事桥段。但对于寿王李瑁而言，这又是何等的痛苦与难言，他只能眼睁睁看着自己心爱的女人，离自己越来越远。

历史上的唐玄宗，是位少有的多才多艺的帝王，《霓裳羽衣曲》更是他较为得意的作品，描写的是他向往神仙生活，而去月宫见到仙女的神话故事。其舞、其乐、其服饰，都着力描绘了虚无缥缈的仙境和舞姿婆娑的仙女形象，给人以身临其境的艺术感受。

早在开元二十八年（740年），杨玉环在华清池初次觐见时，唐玄宗就曾为她演奏过《霓裳羽衣曲》。当时，大臣张祜在《华清宫四首》中这样描绘道："天阙沉沉夜未央，碧云仙曲舞霓裳。一声玉笛向空尽，月满骊山宫漏长。"杨玉环被正式册封为贵妃后，唐玄宗更是龙颜大悦，他令乐工演奏此乐，赐给杨贵妃金钗钿合，并亲手为杨贵妃插在鬓发上。

唐玄宗喜形于色地对宫人说："朕得杨贵妃，如得至宝也。"遂又谱作梨园新曲《得宝子》。杨贵妃与唐玄宗，一个好歌善舞，擅奏琵琶，一个通晓音律，善击羯鼓，两人的爱情之所以持久绵长，与他们都是梨园弟子知音有关。正如白居易在《长恨歌》中盛赞："骊宫高处入青云，仙乐风飘处处闻。缓歌慢舞凝丝竹，尽日君王看不足。"

唐代官员郑处诲，在他所著的《明皇杂录》里，曾记载这样一个故事，说杨玉环被册封为贵妃之后，岭南进贡了一只白鹦鹉，能模仿人语。唐玄宗和杨贵妃十分喜欢，称它为"雪衣女"，宫中左右则称它"雪衣娘"。唐玄宗令词臣教鹦鹉诗篇，数遍之后，白鹦鹉就会吟诵，十分逗人喜爱。后来，可爱的"雪衣娘"被老鹰啄死，杨贵妃十分伤心，唐玄宗便令将它葬于御苑中，称为"鹦鹉冢"。唐玄宗对杨贵妃的宠物白鹦鹉尚且如此珍惜，对她的厚宠也就不言而喻了。

5

一骑红尘妃子笑，无人知是荔枝来。

杨贵妃自幼对荔枝情有独钟。《唐国史补》中记载："杨贵妃生于蜀，好食荔枝。"荔枝多见于南方，广东是荔枝出产最多的省份，但杨贵妃当年所食荔枝究竟来自何方，至今未有定论。

"荔枝"又作"离支"，割去枝丫之意。大约从东汉开始写作"荔枝"，记载荔枝最早的文献是西汉司马相如的《上林赋》。荔枝保质期很短，正如白居易在《荔枝图序》中所云："若离本枝，一日而色变，二日而香变，三日而味变，四五日外，色香味尽去矣。"古代一直把荔枝作为贡品，但能进贡的产地一般都是岭南和涪州两地，而岭南距离长安有数千里之遥，所以杨贵妃所吃的荔枝极有可能来自涪州。

《新唐书·杨贵妃传》记载："妃嗜荔枝，必欲生致之，乃置骑传送，走数千里，味未变，已至京师。"唐玄宗为满足杨贵妃一人口腹之欲，竟不惜兴师动众，劳民伤财，专门颁旨修建了一条从涪州到长安专供荔枝运输的驿道，全程二千余里，被称为"荔枝道"。朝廷在涪州置专驿，沿途每隔二十里设置一个驿站。负责转运鲜荔枝的驿使，把采摘下来的新鲜荔枝连枝带叶密封于竹筒中，这样既可以保鲜，又可以防止被挤压。然后再装笼上马，二十里一换人，六十里一换马，日夜兼程，紧鞭急蹄，以保证在七天七夜内把鲜荔枝送到长安。诗人杜牧在《过华清宫》中，就有这样的描述："长安回望绣成堆，山顶千门次第开。一骑红尘妃子笑，无人知是荔枝来。"

蜿蜒崎岖的荔枝道上，快马加鞭，尘土飞扬，拼命疾驰，犹如传递紧急军事情报。由于人马奔跑得太快，常常惊尘溅血，有的跌入土坑，有的掉入山谷，荔枝道上洒满运输人的鲜血。可谓是："宫中美人一破颜，惊尘溅血流千载。""美人破颜"的背后，隐藏着许多让人心酸的往事。

天宝五载（746年），唐玄宗一门心思陪他的杨贵妃，一味沉溺于声色犬马中，以至于对政务过问得越来越少，而此时宰相李林甫一刻也没有闲着，他开始兴狱构陷异己。先是将唐玄宗所宠爱的陈希烈引为宰相，陈希烈"知恩图报"，事事附和于他，故军国大事皆决于李林甫私第。

《资治通鉴》记载说："太子之立，非林甫意。林甫恐异日为己祸，常有动摇东宫之志。"原来，前太子李瑛被废黜后，李林甫曾劝说唐玄宗立寿王李瑁为太子，但唐玄宗畏惧宰相与太子纠合，没有听他的建议，而是立了李亨。此事虽然已经过去七八年了，但他却一直对此耿耿于怀。于是，李林甫就把构陷的矛头对准了太子李亨，便有了兴大狱，动摇东宫的想法。

李林甫"善伺上动静，奏对常称旨"，唐玄宗对他"常有动摇东宫之志"的阴谋，根本没有引起警觉，甚至可以说听之任之。李林甫将下手的目标先对准李亨的妻兄韦坚。他欲擒故纵，将韦坚引居要职，后又命御史中丞杨慎矜暗中窥伺其过错。陇右节度使皇甫惟明入朝献捷时，见李林甫专权，曾谏言唐玄宗罢免其相位，由此也引起李林甫的嫉恨。

天宝五载（746年）正月十五，太子李亨出宫游玩，巧遇妻兄韦坚。无巧不成书的是，之后韦坚与皇甫惟明又密会于景龙观，被李林甫的爪牙杨慎矜侦知。李林甫向唐玄宗检举说："韦坚身为内戚，私自结交边将，勾结皇甫惟明图谋不轨，欲拥立太子为帝。"唐玄宗闻之大怒，这也是他最为忌讳的事。于是，太子李亨一党遭到严重打击：皇甫惟明被贬为播川太守，韦坚被贬为缙云太守，李适之被贬为宜春太守，太常少卿韦斌被贬为巴陵太守，嗣薛王李玙被贬为夷陵别驾，睢阳太守裴宽被贬为安陆（今湖北安陆）别驾，河南尹李齐物被贬为竟陵太守。

第二年，皇甫惟明被赐死，之后韦坚也被害。太子李亨为了自保，不得不主动休掉韦妃，韦氏家族被赐死、逼死者众多。从这里不难看出，当年那个开启"开元盛世"的李唐明君，已经不复存在，大唐王朝由盛转衰的拐点慢慢呈现。

宫廷之外血雨腥风，宫廷之内偶有波澜。杨贵妃入宫后，也曾两次被唐玄宗以"微谴送归"娘家。第一次是天宝五载（746年）七月，由于杨贵妃恃宠骄纵，触怒唐玄宗，被遣送娘家。《旧唐书》对此事记载比较详尽："五载七月，贵妃以微谴送归杨铦宅。比至亭午，上思之，不食。高力士探知上旨，请送贵妃院供帐、器玩、廪饩等办具百余车，上又分御馔以送之。帝动不称旨，暴怒笞挞左右。力士伏奏请迎贵妃归院。是夜，开安兴里门入内，妃伏地谢罪，上欢然慰抚。"而《资治通鉴》对此事记载却十分简略："妃以妒悍不逊，上怒，命送归。"

杨贵妃被"微谴送归"娘家后，唐玄宗很快就后悔了，他突然觉得心里空落落的，一整天都闷闷不乐。到了中午也不吃不喝，左右人都不称他的意，不是被痛斥，就是被鞭打。还是高力士最了解主子的想法，他安排贵妃院给杨贵妃送去很多器物，足足有一百多车。唐玄宗害怕杨贵妃在娘家吃得不习惯，就把自己吃的食物分赐了些。到了晚上，高力士又奏请接回贵妃，打开皇宫小门，把杨贵妃接回宫内。从此，杨贵妃愈加受到宠爱。为了让杨贵妃高兴，唐玄宗还授予她的堂兄杨铦三品官衔、上柱国，私第立戟。

对于杨贵妃这次被谴归娘家的具体原因，史书没有明确记载，只是笼统地说她得罪了唐玄宗而遭"微谴送归"，罪名是"妒悍不逊"。但野史《开元传信记》却记载说："太真妃（杨贵妃）常因妒媚，有语侵上，上怒甚，召高力士以辎送还其家。"所以，很多人猜测杨贵妃被谴归，很可能是因为嫉妒唐玄宗的另一名妃子——梅妃。

据宋人《梅妃传》记载，梅妃名叫江采萍，闽地莆田（今福建莆田）人，比杨贵妃早入宫十多年。据说，江采萍自幼聪颖，九岁能背诵《诗经》，十四岁时，更善吟诗作赋，自比晋朝才女谢道韫。江采萍不仅擅长诗赋，还精乐器，善歌舞，琴棋书画无所不通。她爱梅如狂，父亲江仲逊便不惜重金，在房前屋后栽种各种梅树。在梅花的熏陶下，梅妃更具梅花气节，高雅娴静。因此，远近的年轻人都感叹道："不知谁家儿郎有此福气，能够娶得江家女为妻，真是三生有幸啊！"

这朵惹人爱慕的梅花最终会花落谁家呢？这个有福气的儿郎不是别人，正是风流豪迈一世的当朝皇帝唐玄宗。开元二十五年（737年），武惠妃病逝后，太监高力士自湖广、历两粤为玄宗选美，他到闽地后，探知江家有女清丽绝世。于是，以重礼相聘，将梅妃带回长安。当时宫中嫔妃已近四万，个个浓妆艳抹、盛装俗饰。江采萍的到来，仿佛为宫中送来一缕清风，她温柔婉约，淡妆素裹，清爽宜人。唐玄宗便封她为梅妃，还在后宫特意为她栽种了一大片梅林。每当梅花盛开之时，唐玄宗便携梅妃来到这里，赏花吟诗，恩爱无比。

自古君王多风流。后来，唐玄宗千方百计将杨玉环弄到手后，便日日与她厮守，很快就忘记了梅妃。梅妃擅长诗赋，有一天，写了首《一斛珠》，托人带给唐玄宗。见诗思人，唐玄宗想起昔日与梅妃在一起的情景。于是，便召她入翠华殿西阁叙旧。不料，此事却被杨贵妃得知，醋意大发，不宣自闯，把唐玄宗和梅妃羞辱一番。唐玄宗一怒之下，这才命人将其"微谴送归"娘家。

红尘妃子和一代帝王，虽然轰轰烈烈相爱过，但最终卿卿我我都变成了传说。

天宝十五载（756年）六月十三日清晨，唐玄宗带着杨贵妃等人逃离长安时，弃之不顾的不光是宫外的嫔妃和王子王孙，还有困于冷宫的梅妃。据说，后来唐玄宗从成都回到长安后，曾派人寻找梅妃，可一无所获。有一天，梅妃托梦给他说："当年陛下逃难时，我死在乱兵手上，有可怜我之人，把我埋在池子东边梅树下，请让我入土为安。"后来，果真在温泉池边的梅树底下，找到梅妃的尸体。看到梅妃身上的刀痕，唐玄宗放声大哭，以妃礼改葬，并命人在她墓地四周种满各种梅树，亲手为她写下祭文。

当然，对于历史上到底有没有梅妃此人，史家一直也是持不同意见的。其实，有没有梅妃并不重要，重要的是杨贵妃曾被"微谴送归"娘家之事不容置疑。

俗话说，一人得道鸡犬升天。为了弥补自己的过错，让杨贵妃高兴，唐玄宗还把杨贵妃的三个姐姐接到长安，封大姐为韩国夫人，三姐为虢国夫人，八姐为秦国夫人，准许她们随意出入宫门。从此，杨家三姐妹不仅有诰封在身，每人每月还可以得到唐玄宗赐给的十万贯脂粉费。

杨贵妃的那些兄弟，也纷纷被授予高官。有个堂兄叫杨钊，不学无术，品行不端，是个典型的市井无赖。杨钊三十岁进入西川从军，从事屯田工作，授新都县尉，杨玉环得宠后，才开始飞黄腾达。此人善于赌博计筹，唐玄宗与杨氏诸姐妹赌博时，常令他计算赌账。在杨氏姐妹的引荐下，杨钊得到唐玄宗的赏识，先是被任命为金吾兵曹参军，并被赐名"国忠"，后又任给事中兼御史中丞、京兆尹、御史大夫、京畿关内采访等职务，在短短六七年间，就实现了从八品到三品的职级跃升。李林甫去世后，杨国忠担任检校右相兼管文部，被册封卫国公，身兼四十余职。可以说，除了军权外，当时大唐的行政、财政、用人等大权，都集中到杨国忠的手中。任相期间，他曾两次派兵攻打南诏，结果损兵折将。他专权误国，败坏朝纲，与安禄山互相倾轧，水火不容，两人的斗争最终成为安史之乱的导火索。

每年十月，唐玄宗游幸华清宫时，都以"国忠姊妹五家扈从；每家为一队，着一色衣；五家合队，照映如百花之焕发"。据说，沿途掉落的首饰遍地，其奢侈无以复加。后来，杨氏家族还迎娶了两位公主、两位郡主，唐玄宗亲自为杨氏御撰和御书家庙碑。杨家俨然成为大唐最有实力的外戚，白居易在《长恨歌》中感慨写道："遂令天下父母心，不重生男重生女。"

6

白驹过隙，转眼到了天宝九载（750 年）。一开年，唐玄宗就和群臣忙着筹备一件大事：群臣上表请封西岳，唐玄宗许之。唐玄宗令御史大夫王铁开凿华山之路，并在山顶上设置坛场，为西岳封禅做准备。可是后来遇到关中大旱，华岳祠又遭遇天灾，唐玄宗恐天怒人怨，才不得不下敕取消封禅西岳的计划。

唐玄宗和杨贵妃兄妹，依旧穷奢极欲，沉湎酒色。唐玄宗尤爱美食，曾亲自发明了一种叫"热洛河"的美食。所谓热洛河，就是将刚刚射杀的鲜鹿（幼鹿）取血、剖肠，以鹿血加热煎熬洗净的鹿肠，然后趁热时进食，味道极其鲜美。后来唐玄宗还将这道美食，赏赐给宠臣安禄山和哥舒翰。

上有所好，下必效焉。一时之间，达官贵戚竟以争相进贡美食为时尚。据说，有的所献水陆珍品数千盘，一盘美食就要耗费十户人家的资产。史书记载，从隋唐开始，宫廷中就设有两个膳食机构，一个是光禄寺，一个是尚食局。天宝九载（750 年）二月，唐玄宗下敕又增加了一个膳食管理职位，任命宦官姚思艺为检校进食使，专司掌所进水陆珍馐。杨贵妃姊妹更是挥霍无度，凡豪华御食，以及国外进贡的珍稀美味，均赏赐给杨国忠等人，正可谓是"黄门飞鞚不动尘，御厨络绎送八珍"。就这样，一个好端端的盛唐气象，在穷奢极欲中开始烟消云散，伴着唐玄宗和杨贵妃的笙箫歌舞，开始走向分崩离析的边缘。

就在这年二月，杨贵妃又一次被"微谴送归"娘家，缘由是忤旨犯颜。《旧唐书》记载说："天宝九载，贵妃复忤旨，送归外第。时吉温与中贵人善，温入奏曰：'妇人智识不远，有忤圣情，然贵妃久承恩顾，何惜宫中一席之地，使其就戮，安忍取辱于外哉！'上即令中使张韬光赐御馔，妃附韬光泣奏曰：'妾忤圣颜，罪当万死。衣服之外，皆圣恩所赐，无可遗留，然发肤是父母所有。'乃引刀剪发一缭附献。玄宗见之惊惋，即使力士召还。"而《资治通鉴》对此事的记载，却只有六个字："杨贵妃复忤旨。"

那么，杨贵妃忤旨犯颜，她又是忤的什么旨呢？据《杨太真外传》记载，杨贵妃偷偷吹了唐玄宗的大哥宁王李成器的紫玉笛，被唐玄宗发现，于是，以忤旨罪被"微谴送归"娘家。杨贵妃被"微谴送归"后，一个叫吉温的户部郎中跳了出来，他向唐玄宗上奏说："陛下，贵妃妇人见识不远，违忤圣上之心，但不该送归私第，让天下人知道有碍于您的颜面，应尽快召回宫中。"

　　杨贵妃被"微谴送归"这件事，与小小的户部郎中吉温八竿子打不着，那他为什么要跳出来替杨贵妃求情呢？原来这个吉温是宰相吉顼的侄子，他和叔父吉顼都是酷吏。《新唐书》评价他："性阴诡，果于事。谄附贵宦，若子姓奉父兄。"吉温替杨贵妃求情的目的就是攀附杨贵妃，他知道唐玄宗这是闹的假托，不是真的要赶走杨贵妃。却如吉温所想，唐玄宗就是想通过"微谴送归"，给杨家一个下马威。因为他看到，随着杨贵妃的得宠，杨家也跟着显赫起来，有些无法无天，大肆收受贿赂，借机敛财，甚至还骑到皇室的头上。

　　《新唐书》记载道："出入宫掖，恩宠声焰震天下。每命妇入班，持盈公主等皆让不敢就位，建平、信成二公主以与妃家忤，至追内封物，驸马都尉独孤明失官。"意思是说，唐玄宗的亲妹妹在杨贵妃三姐妹的面前，都要让座，不敢就座其位，已经惧怕杨家到了这种地步。还有唐玄宗的女儿建平、信成两位公主，因为与杨家人有矛盾，最后竟沦落到被追回内府封赠的东西，信成公主的驸马独孤明也因此丢了官职。唐玄宗看到这样的局面，想想自己如果再不出手，恐怕连整个李唐江山都要改姓杨了。所以，他要杀鸡给猴看，灭灭杨氏家族的威风。

　　这一招果然灵验，杨家人见杨贵妃被唐玄宗撵了回来，一时慌了神，又不好出面求情，杨贵妃更是终日以泪洗面。尽管唐玄宗心里十分想念杨贵妃，但这一次，唐玄宗并没有急着把她接回去。然而，就在这个节骨眼上，吉温站了出来为杨贵妃求情，并且说得有理有据。于是，唐玄宗就派中使张韬光去看望杨贵妃，并将自己的御膳分了一半给杨贵妃。

　　杨贵妃见到中使张韬光，感动得泪流满面，伏在地上哭泣说："妾罪当死，皇上幸不杀而使妾归家。现在要永离宫廷，再不得相见，金玉珍

宝，都是皇帝所赐，不足为献，唯头发是父母所给，敢以此证明妾之诚
心。"说着杨贵妃剪下自己的一缕头发，递给张韬光，请他代呈唐玄宗。
唐玄宗听了张韬光的回禀，看到杨贵妃的那缕青丝，感情防线顿时崩溃，
他立即派高力士把杨贵妃接回皇宫，从此宠待益深。

这年十月，杨贵妃的堂兄杨钊，以图谶上有"金刀"二字为由，上奏
疏请求更名，唐玄宗遂赐名"国忠"，即为国尽忠之意。天宝十一载（752
年），杨国忠诬陷李林甫谋反，盘亘朝堂十九年的李林甫病逝。从此，杨
国忠独步朝廷，更是肆无忌惮，大唐江山开始处于动荡之中。

"春宵苦短日高起，从此君王不早朝。"晚年的唐玄宗浑浑噩噩，醉生
梦死，开始乐不思政，华清宫也由此成为盛世大唐最为浪漫的缠绵之处。
诗人的嗅觉往往最为敏锐，他们开始把目光和笔触投向唐玄宗与杨贵妃。
诗人杜牧写下《过华清宫》绝句三首，表达了他对最高统治者穷奢极欲、
荒淫误国的无比愤慨之情。诗人李商隐，则用他精微而传神的笔触，为后
世人留下"龙池赐酒敞云屏，羯鼓声高众乐停。夜半宴归宫漏永，薛王沉
醉寿王醒"的诗句。虽寥寥数句，却表现出对虚伪封建伦理道德的嘲讽。
而伟大的诗人李白，也在那个春日，为了得到自己向往已久的中书舍人的
官职，似醉非醉地在金花笺上写下《清平调》词三首，虽是"名花倾国两
相欢，常得君王带笑看"，但终究"开元盛世"已是近黄昏。

不论诗人问与不问，世事仍然朝着既定方向发展，而唐玄宗也依然沉
浸在"开元盛世"的余晖虚幻中。天宝十三载（754年），他对高力士说：
"朕今老矣，朝事付之宰相，边事付之诸将，夫复何忧？"洞晓实情的高
力士毫不客气地反驳道："臣闻云南数丧师，又边将拥兵太盛，陛下将何
以制之……一旦祸发，不可复救，何得谓无忧也？"对于高力士指出的危

局，唐玄宗并非置若罔闻，他表示说："朕徐思之。"然冰冻三尺非一日之寒，矛盾长期积累，天下已是危如累卵。

"渔阳鼙鼓动地来，惊破《霓裳羽衣曲》。"霓裳羽衣舞，既见证了唐玄宗和杨贵妃的爱情命运，也见证了大唐王朝的兴衰荣辱。正如诗人李约在《过华清宫》中所言："君王游乐万机轻，一曲霓裳四海兵。"天宝十四载（755年）十一月初九，渔阳鼙鼓真的动地而来，身兼范阳、平卢、河东三镇节度使的安禄山，以讨伐杨国忠为借口，在范阳（今北京市）起兵。他联合异族，统兵二十万南下，可谓步骑精锐烟尘千里，鼓噪之声震地。

当有人向唐玄宗奏报安禄山造反的消息时，他仍然认为是厌恶安禄山的人编造假话，没有相信。第二年，安禄山在洛阳自称大燕皇帝，唐玄宗又听信杨国忠的谗言，强令哥舒翰兵出潼关，致使潼关失守，唐玄宗不得不带着杨贵妃乘着黎明前的夜色出逃。逃出长安的那一刻，唐玄宗情不自禁地回望了一眼渐行渐远的长安城，两行热泪不经意地滑落下来，是无奈，更是难舍……

长安收复后，唐玄宗再次回到京师时，他的身份已经变成太上皇。再赴华清宫，物是人非，四顾凄凉，不觉流涕。正如罗邺在《驾蜀回》中所写："上皇西幸却归秦，花木依然满禁春。唯有贵妃歌舞地，月明空殿锁香尘。"在华清宫，那里的一砖一瓦无不勾起唐玄宗内心的伤痛。为排遣痛苦，他把杨贵妃的闺密、舞女谢阿蛮请来。谢阿蛮为他跳了一支《凌波曲》，然后拿出一只手环对他说："此贵妃所赐。"睹物思人，唐玄宗顿时老泪纵横。

唐玄宗对杨贵妃的思念，不仅是对爱情的留恋，更是对一个时代的不舍。当年在马嵬驿让他失去的不仅仅是杨贵妃，还有他的江山社稷。"马嵬兵变"的第二天，太子李亨以北上平叛为名，与他分道扬镳，兵变最终演变成政变。"马嵬兵变"，最冤的莫过于杨贵妃，她陪伴唐玄宗十六个春秋，从不插手朝政，始终把陪伴作为最真情的告白。最后却被迫以三十八岁的无辜生命，换取唐玄宗的平安，以红颜祸水的骂名，承担起"安史之乱"的罪责。而与之相反，在这场突如其来的叛乱中，却出现大量的朝臣叛降，以至于诗人徐夤愤然写下："二百年来事远闻，从龙谁解尽如云。张均兄弟皆何在，却是杨妃死报君。"

宝应元年（762年）四月初五，唐玄宗去世，终年七十八岁，若杨贵妃还在，这年她应该四十四岁。曾经许下"在天愿作比翼鸟，在地愿为连理枝"誓言的他们，终于可以放下一切恩怨情仇，成就"天长地久有时尽，此恨绵绵无绝期"的天堂相守了。

谪仙李白

"笔落惊风雨，诗成泣鬼神。"李白一生创作诗歌千余首，被后人誉为"诗仙"。他无疑是中国文学史上一颗璀璨明星，是盛唐文化气象最好的代言人。透过李白和他的诗文，后人窥见的是唐朝的辉煌与落寞，看到的是一个灵魂在红尘岁月里的执着流浪，在亘古时空中的自由吟唱。

|

大鹏一日同风起，扶摇直上九万里。

天宝元年（742年），应该是李白一生最为荣耀的年份，在玉真公主和贺知章的极力推荐下，唐玄宗看了他的诗赋，十分欣赏其才华，便召见了他。对于那天进宫时的场景，李白直到生命最后一刻，都记得十分清晰。进宫朝见时，惜才爱才的唐玄宗降辇步迎，"以七宝床赐食于前，亲手调羹"，这是何等荣耀？唐玄宗还亲切地询问李白一些当世事务，李白凭着半生饱学，以及长期对社会的观察，胸有成竹，对答如流。唐玄宗大为赞赏其渊博学识和宽阔视野，遂敕令他为翰林待诏。

漂泊半生的李白，终于在四十三岁这年，得到了一个翰林待诏的职位，对于不惑之年的他来讲，也算是个心理安慰。所谓翰林待诏，其实就是一个给皇帝写诗文供其娱乐的小官，尽管如此，这也是多少天下文人、士子梦寐以求的事。李白认为，官职不论大小，只要自己能陪侍在玄宗皇帝左右，就一定能有机会施展抱负。在接下来的日子里，唐玄宗对他不能说不重视，唐玄宗每有宴请或郊游，必命李白侍从，让其写诗作赋，以盛况向后人夸示。因诗文写得好，李白还得到唐玄宗所赐的宫锦袍。唐玄宗对他的宠信，引来同僚们的艳羡。

木秀于林，风必摧之。随着时间的流逝，同僚的这种艳羡渐渐转变为嫉恨，李白最初上任翰林待诏时的那份荣耀也被时间慢慢冲淡，因为玄宗皇帝从来不找他商谈国家大事，更没有什么重要公务交给他。他的主要任务就是陪同皇帝和贵妃游山玩水，或给皇帝写写诗文，或夸夸杨贵妃，写一些"宫中行乐词"而已。对于他的职责定位，唐玄宗还是比较清晰的，在他的眼里，李白就是一个给自己写诗文娱乐的翰林待诏而已，不要想太多了。然而，这一切与李白治国安邦的远大志向相去甚远，他不想一天到晚沉溺于"云想衣裳花想容，春风拂槛露华浓""名花倾国两相欢，常得君王带笑看"这样拍马屁的诗文中。他认为如此这般，就是对他正直文人形象的侮辱。他心里很不爽，甚至有些憋屈，因此常常借酒浇愁。

天宝二年（743年）初春，和煦春风越过高大的宫墙，把宫中那些从扬州进贡来的木芍药都吹开了，大红的、深紫的、浅红的、白色的，五颜六色，争奇斗艳，春意盎然。所谓木芍药，其实也就是牡丹，唐人称牡丹为木芍药。唐玄宗悠闲地在花间散步，看着这些娇艳欲滴、争奇斗艳的牡丹花，高兴得合不拢嘴，他命人将这些花移到沉香亭前，然后带着爱妃杨玉环在梨园弟子的侍奉下，到沉香亭品茗赏花。沉香亭，是唐代长安城兴庆宫内的一个重要建筑，位于兴庆宫的龙池东北方。兴致正浓时，唐玄宗对杨贵妃说："爱妃，赏名花、新花安能用旧曲？"对于女人来讲，唐玄宗不愧是个善解人意的好男人，能来首新曲正是杨贵妃求之不得的事情。此时，天子、贵妃、名花、歌手都已经在场，唐玄宗忽然想起李白，内侍对他说："李学士已往长安市上酒肆中去了。"正在兴头上的他，即刻宣李白进宫写词助兴，令梨园长李龟年前去寻找。

李龟年出了皇宫，不走九街，也不走三市，径直寻向长安的酒肆。当他寻得李白时，李翰林早已酒酣耳热，醉意朦胧。他熟知李白的脾气，走上前轻声说道："李翰林，陛下宣您进宫，说是有重要诏书起草。"李龟年没敢给李白说实话，谎称玄宗皇帝召他进宫有重要诏书需要起草。李龟年让人给李白穿戴整齐，收拾妥当，扶上马背。就这样，在众人左扶右持下，李白一路直奔长安宫苑，李龟年紧随其后。

李白是带着醉态来到沉香亭的，他这种醉态曾让杜甫赞叹："李白斗酒诗百篇，长安市上酒家眠。天子呼来不上船，自称臣是酒中仙。"见到唐玄宗，李白立刻从醉梦中惊醒，忙俯伏道："臣罪该万死！臣乃酒中之仙，幸陛下恕臣！"同样精于诗文的唐玄宗，知道酒醉的诗人散发出的不仅仅是酒气，还有平时或多或少自抑着的才气，他没有斥责李白。挽起李白说："朕今日同妃子赏名花，不可无新词，所以召卿，可作《清平调》三章？"

醉眼蒙眬的李白，眯着眼看了看四周，见唐玄宗身后站着太监高力士，正很不友好地盯着自己，就气不打一处来。李白自恃才高，开始琢磨着如何整高力士。就这样，一位是权重四海的冠军大将军、渤海郡开国公、内侍监首领，一位是落笔摇五岳、啸傲凌王侯、独领风骚的天才诗人，两位声名煊赫、风格迥异的人物，相聚在唐玄宗李隆基身边，周旋于长安宫苑沉香亭上和白莲池畔的轻歌曼舞、美酒香花中，定会有动人故事和巧妙过招吸引人们的目光，事实也果然如此。

李白放浪形骸，虽然经常参加宫廷宴会，但他蔑视权贵，从不把皇帝身边那些有权有势之人放在眼里，当然也包括高力士，他以酒壮胆，所以就更不知道收敛了。尤其是他听到唐玄宗对高力士一口一个将军，亲热地叫着，再联想到高力士所作所为，想想自己空有满腹才华，却只能做些谱曲填词的事，心中羡慕嫉妒恨顿时交织在一起。于是，他乘着酒意对唐玄宗说："陛下，我有个小小的请求，不知您能否应准？"唐玄宗因急着要李白为杨贵妃写诗，便说道："李爱卿，你有什么要求，尽管讲来便是。"

李白说："陛下，我酒喝多了，因此无法像平常那样恭敬地写文章。请陛下准许我穿戴稍微随意点，这样才能把词写得更加符合您的要求。"唐玄宗想了想说道："既然这样，朕准许你随便一点。"李白伸了个懒腰接着说："陛下，我穿的鞋太紧了，要换双宽松点的便鞋。"唐玄宗便立即命人取来一双便鞋，李白趁机把脚向站在一旁的高力士一伸说道："麻烦高将军帮我把鞋脱了。"高力士顿时一愣，一下子没缓过神来，他看看伸在自己面前的脚，又看看毫无表情的唐玄宗，只好顺从地帮李白脱下靴子……

"名花倾国两相欢，常得君王带笑看。解释春风无限恨，沉香亭北倚栏杆。"只见李白带醉起笔，一气呵成写就《清平调》三首。这三首词可说是各有千秋，第一首从空间角度写，以牡丹花比喻杨贵妃的美艳；第二首从时间角度写，表现了杨贵妃深受宠幸；第三首总承前两首，把牡丹花和杨贵妃与唐玄宗糅合融为一体。全诗构思精巧，辞藻艳丽，将花与人浑融一起，描绘出人花相映、迷离恍惚的景象，诗句优美清新。三首《清平调》词字句之间自然流畅，看不出任何刻意修饰的痕迹，彰显出李白的诗风。

杨贵妃手捧《清平调》非常高兴，唐玄宗也赞叹不已，说："似此天才，岂不压倒翰林院许多学士。"即命李龟年按调而歌，梨园众子弟丝竹并进，天子自吹玉笛以和之。当然，对李白的赏赐也必不可少，能够得到天子的赞赏虽然是一种荣誉，但得到赞赏并不意味着就能得到官职。在唐玄宗眼里，李白只是一个诗人，哪怕是一个优秀的诗人。官员有可能成为出色的诗人，但诗人并不一定能够成为优秀的官员。

唐玄宗对李白的定位始终没有变，他也只是高兴之余赞赏而已，但高力士却对脱靴一事耿耿于怀。试想一下，四方奏事皆要经他之手，且唐玄宗还赋予他小事可以自行裁决的权力，这是何等威风？可以说是朝中文武百官没有一个不巴结他的，也只有李白敢这样侮辱他。高力士对此十分愤怒，决定找机会报复李白。

唐玄宗和杨贵妃对李白的诗文越来越喜欢，尤其是李白为他俩量身定制的《清平调》。有一天，杨贵妃正在吟唱《清平调》，正巧高力士在旁边伺候，高力士故意说道："我本以为贵妃受了李白的侮辱，一定会对他恨之入骨，没想到您这么爱唱他的诗！"杨贵妃一听这话很吃惊，问道："李学士怎么会侮辱我？"高力士接着说道："诗中不是有'借问汉宫谁得似，可怜飞燕倚新妆'吗？"杨贵妃说："对呀！"高力士接着说道："汉朝宫廷里的赵飞燕，出身歌女，后来虽然被立为皇后，但作风不正，最后还是被贬为庶人。李白将赵飞燕与您相提并论，不是把您看得太下贱了吗？"杨贵妃听完高力士一番话，顿生怀恨之心。

2

之后，杨贵妃就经常在唐玄宗耳边吹风，说李白轻狂使酒，无人臣之礼。唐玄宗几次想要提升李白官职，也都被杨贵妃和高力士给阻止了。见爱妃不待见李白，唐玄宗也渐渐有了疏远李白之意。最后，李白觉得自己在这样的环境里无法再待下去，便屡次提出辞职。尽管唐玄宗有些不舍，但在李白屡次请辞之下，还是同意了。唐玄宗赐他黄金千两，锦袍玉带，准其还乡。

李白和高力士都是历史上的传奇人物，一个是在诗坛上有着诸多名号的奇才子，一个是在朝堂之上有着诸多身份的近侍重臣。那么，历史上到底有没有发生过高力士为李白脱靴一事呢？古籍之中记载不一，众说纷纭。其实，千年之后的今天，脱靴一事是讹传也好，戏说也罢，已经不重要了，重要的是后人拂去历史尘烟，看到的是一个狂傲不羁、蔑视权贵的，不一样的诗人——李白。

其实，历史上对高力士的评价还是很高的，高力士被誉为天下第一宦官，是位被误解的千年贤宦。高力士，本名冯元一，祖籍潘州（今广东高州）。圣历元年（698年），武则天任命李千里为岭南招讨使，前往岭南彻查流人谋反案，李千里便将冯元一和另外一个男孩净了身，分别取名"力士"和"金刚"，进献给武则天，"力士"后由宦官高延福收为养子，取名高力士。高延福历事武则天、唐中宗、唐睿宗、唐玄宗四朝皇帝，曾担任过宫廷内七种职务，非常忠诚、谨慎。高力士在养父的精心培养下，文武双全，少年有成，并受到武则天的赏识。高力士与唐玄宗李隆基的关系可非同一般，早在景龙年间，李隆基在藩国时，高力士就倾心侍奉，因此李隆基对他恩宠相待。唐玄宗登基后，高力士曾跟随唐玄宗平定韦皇后和太平公主之乱，故深得宠信，官至骠骑大将军、开府仪同三司，封齐国公，其地位达到顶点。由此可以看出，是高力士陪着唐玄宗李隆基一步步走上皇位的，他是不可或缺的功臣。

开元初年，高力士兼任右监门卫将军，执掌内侍省事务，唐玄宗经常说："力士应承于前，我歇息则安稳。"所以，高力士经常停留于宫中，与唐玄宗形影不离，每有四方进呈上奏文表，必先送呈高力士，然后由他进奉御前，小事便自行裁决。他一生忠心耿耿，对唐玄宗不离不弃，并且在龙门石窟为唐玄宗造像，被誉为"千古贤宦第一人"。宝应元年（762年）四月，高力士得知唐玄宗李隆基驾崩后，吐血而死，后被追赠为扬州大都督，陪葬于泰陵，名位堪比王侯。就是这样的一位千古贤宦，要说他给李白下套使绊子，不太可能。

也许在封建社会时期，人人都渴望不畏权贵，能够摆脱低微身份而不被别人踩在脚下，再加上对宦官偏见很重，所以都把宦官看作是趋炎附势的势利奴才。于是，高力士为李白脱靴的夸张说法就应运而生，成为大快人心的佳话，借此美化李白，以顺应人们的心声。

在唐代范传正所作的《唐左拾遗翰林学士李公新墓碑并序》中，记载的也都是正面描述，虽然李白为人肆意妄为，从不把权贵放在眼里，但他和高力士的交情甚好。所以，高力士脱靴一事，无论是真是假，无论高力士报复与否，李白的浪漫主义、放荡不羁的性格，都注定他在仕途上是失败的。

那么，李白辞职的真正原因是什么呢？李白的族叔李阳冰在《草堂集序》中曾这样写道："出入翰林中，问以国政。潜草诏诰，人无知者。丑正同列，害能成谤。格言不入，帝用疏之。"从这篇文章中不难看出端倪。李阳冰认为李白之所以仕途失败，是因为翰林院同事进谗言所致。唐代诗人魏颢在《李翰林集序》中也曾写道："上皇豫游，召白。白时为贵门邀饮，比至半醉。令制出师诏，不草而成。许中书舍人。以张垍谗逐。"张垍是何许人？张垍是前宰相张说的儿子，唐玄宗的娇婿，当朝驸马、卫尉卿，此人有一定的话语权。当时张垍与兄均以舍人学士任职翰林院，同掌纶翰，可以说是李白的同列长官。对于那些规行矩步的馆阁诸臣来说，李白掀天揭地的诗文、放荡不羁的做派，他们是看不顺眼，无法相容的。于是，他们便罗织周纳，编造恶名，想赶走李白了事，而作为皇亲国戚的张垍，则充当了这幕丑剧的领头者。

文采飞扬映照着李白的性格，尽管他也想学着别人如何做官，但豪放不羁的性格却始终无法完全收敛，总有藏不住的时候。他一边忍受着刻板无聊的日常，一边还必须忍受着同僚的议论。

李白对自己的身世讳莫如深，他自称是西凉武昭王李暠的九世孙，而唐高祖李渊是李暠的六世孙，如果按照李白的说法，那他应该与李唐皇族为一脉李姓。但事实上，李白对于自己的家世出身，始终闪烁其词，即便是被同僚在背后指指点点，他也只能默默忍受。李白在形容自己任职翰林待诏处境时，曾这样写道："青蝇易相点，白雪难同调。"意思是说，苍蝇玷污白玉轻而易举，而"阳春"与"白雪"却难以找到同调。尽管势利小人一再诽谤污蔑他，但他仍很清高，难以与势利小人同流合污。

李白十分厌恶那些如嗡嗡苍蝇污蔑他的人，但也无可奈何。他觉得无须同那些人计较，自己在烦恼中自得清高，彰显了自己的名士风度和志士情怀。直到晚年，他在回忆自己受排挤的生活时，认为都是"为贱臣诈诡"，心里总是愤恨不已的。仕途之路上，他注定是个孤独者。

李白素有远大抱负，他立志要"申管、晏之谈，谋帝王之术，奋其智能，愿为辅弼，使寰区大定，海县清一"。但命运并没有垂青于他，在很长时间里，他都没有得到实现抱负的机会，面对命运的不公，李白虽然愤愤不平，但还必须刻意拘束自己，因为他要耐心等待玄宗皇帝兑现之前让他做中书舍人的承诺。可惜的是，后来玄宗皇帝再也没有提及"中书舍人"的事情，这让他很失望，他终于忍受不了这望不到头的枯燥与被排挤的日子，最终向玄宗皇帝提出辞职。

李白能有机会踏入仕途，还得从他的好友元丹丘说起。元丹丘，唐代著名隐士，也是一位道友。他出现在李白诗词里的频率比较高，在大家所熟悉的《将进酒》中就写道："岑夫子，丹丘生，将进酒，杯莫停。"这里提到的"丹丘生"就是"元丹丘"。

二十多岁时，李白在蜀中游历时就认识了元丹丘，两人一见如故。李白把元丹丘看作"异姓为天伦"，他们曾一起在河南嵩山隐居，修习成仙术。根据李白暮年所作《秋日炼药院镊白发赠元六兄林宗》中的描述，两人是"弱龄接光景，矫翼攀鸿鸾"，少年时的李白与元丹丘相交，就如凡禽之攀附鸿鸾。他们互为对方的学识性格和风姿仪态所吸引，把臂同游数日，如同亲兄弟一般。元丹丘，是李白一生最为重要的交游人物之一，李白与其交往长达二十二年。在元丹丘的影响下，李白这一时期的文学创作与思想认知，也发生较大变化。他一生为元丹丘所写的诗作多达十四首，有《题元丹丘颖阳山居》《寻高凤石门山中元丹丘》《题嵩山逸人元丹丘居》等，并将元丹丘写进自己的代表作《将进酒》中。

"道无经不传，经无师不通。"开元年间，经元丹丘推荐，李白专程来到随州（今湖北随州），拜访著名的道士胡紫阳。胡紫阳对于李白的到来十分高兴，当晚热情地在餐霞楼为他接风洗尘，随州最高级别的行政官员汉东太守也来作陪。席间，胡紫阳自己吹笛子，邀请李白吹玉笙，汉东太守则乘醉翩翩起舞。那天晚上，大家都喝醉了，李白竟然忘记自己是怎样上床睡的觉。第二天清晨醒来，才发现自己身上盖的是太守的锦袍，枕的是太守的大腿。数年之后，他在其代表诗作《忆旧游寄谯郡元参军》中，曾回忆起这次相会的情景："不忍别，还相随。相随迢迢访仙城，三十六曲水回萦。一溪初入千花明，万壑度尽松风声。银鞍金络倒平地，汉东太守来相迎。紫阳之真人，邀我吹玉笙。餐霞楼上动仙乐，嘈然宛似鸾凤鸣。袖长管催欲轻举，汉东太守醉起舞。手持锦袍覆我身，我醉横眠枕其股。当筵意气凌九霄，星离雨散不终朝……"这也是他最初与道教的缘分所在。

3

天宝元年（742年），四十二岁的李白通过元丹丘将自己多年前撰写的《玉真仙人词》，献给玉真公主。在诗中李白写道："玉真之仙人，时往太华峰。清晨鸣天鼓，飙欻腾双龙。弄电不辍手，行云本无踪。几时入少室，王母应相逢。"词的大意是，玉真公主真是仙人啊，时时来往于华山太华峰修道。一清早就起来叩齿鸣天鼓，练气时双龙迅速腾起。不断将全身元气聚集，如电如虹，行踪如白云来去飘忽。何时去少室山？在那里一定可以与王母娘娘相逢。通篇充满溢美吹捧之意。

李白为什么要向玉真公主献诗呢？原来玉真公主不是别人，她是唐睿宗李旦的第九女，唐玄宗李隆基的同母妹，母为窦德妃。景云元年（710年），唐睿宗复位后，获封昌隆公主，第二年再由昌隆公主改封玉真公主。天宝三载（744年），玉真公主向兄长唐玄宗上疏说："当年先帝睿宗愿意让我出家入道，但我至今仍居住在旧时为公主的府邸中，吃着天下百姓所缴纳的租赋，我愿削去公主名号，不再收受天下百姓之租赋，并将公主府第归还。"唐玄宗没有批准，她又接着上疏："我是唐高宗孙女、唐睿宗之女、陛下的妹妹，这样的身份在天下并不卑贱，既然如此，何必使用公主名号，领有汤沐邑并且自以为贵？请让我归还家产，祈求能以此延长十年之命。"唐玄宗这才应允，遂削公主号，归还家产。

玉真公主看到李白的《玉真仙人词》后，都是溢美之词，非常高兴，随后就将他推荐给皇兄唐玄宗。唐玄宗不仅自己有才华，同时也十分爱才惜才，他对李白的诗名早有耳闻。早在开元二十二年（734 年），唐朝的政治中心从长安迁移到洛阳，唐玄宗在洛阳耕籍田，大赦天下，令天下才华哲学有造诣者，以及能胜任将帅牧宰者，京师五品以上的官员及地方刺史可荐举一人。李白自襄阳失意后，无意再假他人之手举荐，便直奔东都洛阳，寻求直面天子的机会。这年五月，他托人向唐玄宗献上《明堂赋》，在赋中他写道："穷崇明堂，倚天开兮。"还写道："四门启兮万国来，考休征兮进贤才。俨若皇居而作固，穷千祀兮悠哉！"盛赞明堂之宏大壮丽，写尽了开元盛世的雄伟气象，以及他的政治理想。

第二年冬天，有一天唐玄宗郊外狩猎，苦苦等待了一年的李白也正好郊游，他又乘机献上《大猎赋》，希望能够得到唐玄宗赏识。他的《大猎赋》希图以"大道匡君，示物周博"，而"圣朝园池遐荒，殚穷六合"，幅员辽阔，境况与前代大不相同，夸耀本朝远胜汉朝，并在结尾处宣讲道教的玄理，以契合玄宗当时崇尚道教的心情。李白可谓用心良苦，两次机会虽然不错，两篇赋也都得以进献，但结果却如泥牛入海，杳无音信。虽然他连献两赋都没有达到自己的目的，却让唐玄宗记住了这位才华横溢的年轻人。李白通过丹丘生献诗玉真公主，走的是"曲线救国"的道路，一步步不断接近统治阶级上层。

　　天宝元年（742 年）秋天，李白否极泰来，终于收到了唐玄宗召他入京的诏书，他异常兴奋，认为自己实现政治理想的时机已到，立刻回到东鲁（原指春秋鲁国。后指鲁地，今山东省）家中，与家人告别，并写下激情洋溢的七言古诗《南陵别儿童入京》。在诗中，他毫不掩饰其喜悦之情，为了这一天他已经苦苦等待了十余年，尤其那句"仰天大笑出门去，我辈岂是蓬蒿人"，最是豪情沛然，喷涌而出，更能体现当时他的心境。

　　在长安等待召见期间，李白有幸遇到偶像贺知章，这也是他人生中不可或缺的贵人。贺知章可不简单，是唐代著名诗人、书法家，为人旷达不羁，有清谈风流之誉。他也是浙江历史上第一位有资料记载的状元，后来官至太子宾客，因而被人称为贺监。其实，两人在谋面之前，就已经通过作品相互有所了解。这天，李白在长安紫极宫偶遇贺知章，立刻上前拜见，并呈上袖中的诗本。初次相见，二人却一见如故，亲切攀谈起来，尤其是李白瑰丽的诗歌和潇洒出尘的风采，更是令贺知章惊异万分，竟情不自禁地说："公非人世之人，可不是太白星精耶？"称李白为"谪仙人"。贺知章颇为欣赏其诗作《蜀道难》和《乌栖曲》。

　　贺知章生性旷达豪放，善谈笑，好饮酒，风流潇洒，为时人所倾慕，李白好酒就更不用说。相逢即是缘，两人当即决定去酒肆一叙，但到酒楼之后，贺知章才发现自己没有带钱，李白更是囊中羞涩，于是，贺知章便解下自己身上的金饰龟带，抵作酒钱。见此，李白赶紧劝阻道："使不得，这是皇家按品级给您的饰品，怎好拿来换酒？"贺知章仰面大笑道："这算得了什么！我记得你诗中说过，'人生得意须尽欢，莫使金樽空对月'。"两人兴致上来，喝到微醉才罢。就这样，年龄相差四十岁的李白与贺知章，彼此欣赏，成为忘年之交。对于李白来说，他多次献赋却泥牛入海的经历，使他逐渐看透了官场和权贵圈子间的势力与不堪，像贺知章这样身居高位，却依旧保持真挚秉性的人，实属少见。

贺知章果不负李白所托，不断抓住时机，向唐玄宗极力推荐李白。正是因为有了玉真公主和贺知章的交口称赞和大力举荐，唐玄宗对来自巴蜀的李白又多了几分好感。待到李白进宫觐见时，场面可谓隆重至极，唐玄宗更是"降辇步迎"，"以七宝床赐食于前，亲手调羹"，授李白翰林待诏。这年冬天，李白在温泉宫侍从唐玄宗时，写下了《侍从游宿温泉宫作》《驾去温泉宫后赠杨山人》《温泉侍从归逢故人》等诗作。

天宝三载（744 年）正月，贺知章上疏，以道士身份告老还乡，朝中多人为其送行，李白也恋恋不舍。为了表达对老友贺知章的尊敬和祝福，他提笔写下《送贺宾客归越》诗作："镜湖流水漾清波，狂客归舟逸兴多。山阴道士如相见，应写黄庭换白鹅。"

李白与贺知章，虽然没有机会一道经历人生跌宕起伏，也没有那么多时间一起分享快乐与忧愁，但他们都渴望可以和知己走过世间山河，穿过时间岁月。然而这份短暂的友谊，终是留下美丽的遗憾。挚友的离去，让李白十分伤感，他不知道还有谁是他的知音，还有谁能够理解他满腔的济世情怀。

步入仕途的李白，虽是玄宗皇帝的身边人，但也只是为其写诗文，供其娱乐的工具和棋子而已，他除了写过《和番书》和《出师诏》外，从未参与过国事，这令他大失所望。更重要的是"为贱臣诈诡"，处处受到排挤，就连唐玄宗也在渐渐疏远他。老友归乡离去，宦官专权进谗，李白愈加感觉自己这个翰林待诏,越来越没有味道,渐渐有了归隐之念。

天宝三载（744年）三月,李白上疏请求还山,唐玄宗碍于面子,非常客气地对他说:"李爱卿是神仙,俗世浮沉不能羁绊住你,虽然我能用权力留住你,但还是尊重你的意愿。"于是,唐玄宗赐金将他放还。李白走出兴庆宫的那一刻,他沐浴着春日的阳光,闻着空气中弥漫着的万物复苏的味道,往日郁闷之情顿时烟消云散。若干年后,当他站在长江之畔的采石矶上,看到江水之中明月倒影,想到扶摇直上的大鹏,他多想自己能像大鹏一样,展开双翅飞向九万里天空……可他两入长安,人生中最风光的两年半岁月,也只能在唏嘘声中结束。

4

天宝三载（744年）夏天,李白和杜甫这对文学史上的"双子星",有幸在东都洛阳相遇。此时,李白已名扬天下,被杜甫视为偶像,杜甫评价他的诗:"笔落惊风雨,诗成泣鬼神。"此时,杜甫虽风华正茂,却困顿于洛阳。李白比杜甫年长十一岁,但他没有以才名倨傲。而"性豪也嗜酒""结交皆老苍"的杜甫,在李白面前也没有一味低头称颂,两人以平等身份,建立了深厚友情。在洛阳,他们吟诗唱和,快乐时光在流逝,转眼就到了分手的时候,两人都恨时光短暂。分别时,两人对下次漫游路线做了详细规划,并约定在梁宋（今开封、商丘一带）再聚。

一念秋风起，一念相思长。天宝三载（744年）秋天，李白和杜甫如约来到梁宋，两人在此抒怀遣兴，借古评今。他们在梁宋梁园，与辞官赋闲的高适不期而遇，高适原本就是杜甫的故友。三位新知故交结伴同游，或入酒垆畅饮，或骑马游猎，或登高怀古，在吟诗唱和的同时，他们慷慨怀古，纵论天下大势。三人各怀大志，理想相同，都在为国家的安危而担忧。高适受他俩鼓舞，决定改变活法，只身南游。这年冬天，李白和杜甫在梁宋分手后，他们约定第二年再在东鲁相聚。

"渔阳鼙鼓动地来，惊破霓裳羽衣曲。"也就在李白、杜甫和高适于梁宋相聚十年之后，原本看起来繁盛至极的大唐王朝，居然在一场叛乱中不堪一击，乱世就这样猝不及防地来到。在时代巨浪之下，曾经一起"看遍世间繁华"的李白与高适，走上了不同的道路：李白投奔永王李璘；杜甫投奔新皇帝肃宗；高适则投奔老皇帝玄宗，后又投奔肃宗，成为讨伐永王李璘叛军的统帅。李白和高适就这样阴差阳错地站在了对立面，形同陌路，恩断义绝。荣华东流水，万事皆波澜。正可谓在利益面前，再雄伟的高山也会被摧倒，再强大的王朝也会化为尘埃，再真挚的友人也会在时间的十字路口分道扬镳。

李白与杜甫分手后，他专程去了齐州（今山东济南）紫极宫，请道士高天师如贵授道箓。所谓道箓，是指道教的符箓。道教规定，凡入道者必受箓，由某道教尊者授道箓给某人，就标志此人正式成为"在编"的道教徒。高天师如贵为李白举行入教仪式，李白正式成为道教道。

天宝四载（745年）秋天，李白与杜甫在鲁地第三次相见。短短一年多时间，他们两次相约，三次相聚，知交之情不断加深，两人"醉卧桃园东""行歌泗水春"。高适闻讯也赶了过来，他们一起去济州（今山东茌平），拜谒了当时驰名天下的文章家、书法家李邕。之后，李白和杜甫再结伴回到东鲁。东鲁，原指春秋鲁国，后指鲁地（今山东省），为鲁郡的别称，唐时属河南道，即今天山东济宁的兖州区。春秋战国时期，东鲁名人辈出，著名的有曲阜的孔子，邹城的孟子，滕州的墨子、鲁班，等等。

在东鲁，李白与杜甫白日放歌，醉时同榻而卧。杜甫称李白为"李十二白"，李白唤杜甫为"杜二甫"，彼此感情日渐深厚。杜甫虽然和李白同游山川，日子过得自在豪放，但仍将前程记挂在心，他执意前往长安求取功名。离别时，李白写下《鲁郡东石门送杜二甫》："醉别复几日，登临遍池台。何时石门路，重有金樽开？秋波落泗水，海色明徂徕。飞蓬各自远，且尽手中杯。"李、杜石门一别，此后经年，金樽再未重开，两人不复相见。他们曾对饮的桃花却开了谢，谢了开……

追寻李白"仗剑去国，辞亲远游"的足迹，纵观其一生，他有三分之一的时间是在东鲁度过。他在东鲁居住了二十余年，说东鲁是他的第二故乡一点都不为过。那么，李白为何如此钟情于东鲁？要揭开这个谜底，还得从他的四段婚姻说起。

开元九年（721 年），二十一岁的李白便开始蜀中游历，他游历的第一个目的地，就是司马相如琴台和扬雄故宅。司马相如，字长卿，是"汉赋四大家"之一，被誉为"赋圣""辞宗"。司马相如是在屈原之后、李白之前，他们三人都是中国文学史上引领一个大时代之风范的标志性人物。屈原使楚辞得以和《诗经》共领。司马相如同样也不简单，他则是汉赋的奠基者。李白构成唐诗的巅峰，李白从小就对司马相如怀有崇敬之情，他作赋时常把司马相如作为自己学习的榜样，在他的诗文中，有十六处提及司马相如。不仅如此，与李白同时代的人，也常常拿他跟司马相如比，益州长史苏颋曾称赞青年李白：“此子天才英丽，下笔不休，虽风力未成，且见专车之骨，若广之以学，可以相如比肩也。”

扬雄也不简单，他是汉朝时期的辞赋家、思想家、庐江太守扬季五的世孙，名士严君平的弟子。扬雄少年好学，博览群书，长于辞赋。曾著有《法言》《太玄》等，他将源于老子之道的“玄”作为最高范畴，在构筑宇宙生成图式、探索事物发展规律方面，是汉代道家思想的继承发展者，对后世意义可谓重大。扬雄是汉代京城的文化巨擘，被后世学者誉为“汉代的孔子”，后人评价他“文义至深，论不诡于圣人”。李白游历蜀中的目的，就是要寻访这些高山仰止的名人足迹，取长补短，精进自己写诗作赋的能力和水平，正所谓“读万卷书行万里路”，就是这个道理。在他看来，知识不仅只是在书本上，更重要的是在生活前行的道路上。

三年之后，也就是开元十二年（724年），二十四岁的李白，不甘心安守一处，他要寻找更大更广阔的天地，决定去外面的世界闯一闯。“以为士生则桑弧蓬矢，射乎四方，故知大丈夫必有四方之志，乃仗剑去国，辞亲远游。”（《上安州裴长史书》）他开始出蜀云游。他性格外向，爱好交友，轻财重义，乐善好施，每每看到落魄文人，都要施以援手。在《将进酒》中，他这样写道：“主人何为言少钱，径须沽取对君酌。五花马，千金裘，呼儿将出换美酒，与尔同销万古愁。”为了与朋友豪饮，马和裘皮大衣又算什么？都可换成美酒喝，当然这些是谁的，都是无关紧要的。

李白这次出蜀漫游，锁定了一个叫云梦泽的地方，据说，这个地方与司马相如也有关系。那么，云梦泽到底在哪儿呢？按照史料记载，云梦泽大致的位置应该在今天江汉平原的安陆，1934年《湖北县政概况》曾这样记载："查鄂中地势，自县以南云梦、汉川、监沔一带，古时称为云梦泽。唯安陆地势较高，地形多为平陆，或取意于'安于陆地'之义。"

唐代的安陆是个大城市，唐高祖李渊曾于武德四年（621年）把安陆郡改为安州总管府，后来又升为大都督府，是淮南道西部的政治、军事、经济和文化中心。根据李白在《上安州裴长史书》中的记载，他来安陆前，"曩昔东游维、扬，不逾一年，散金三十余万，有落魄公子，悉皆济之。此则是白之轻财好施也。"李白辗转来到云梦泽一带的安陆时，他带的三十万钱也基本花光了，渐渐有了捉襟见肘的窘态，他开始长歌行吟的漂泊生活。

也就在这个时候，李白经元丹丘推荐，结识了著名道士胡紫阳。在安陆，他又结识了诗人孟浩然，与孟浩然英雄相惜，高山流水，后来成为文坛千古佳话。人遇到困难时，往往就会思念自己的家乡和亲人，因为从家乡和亲人那里得到的温暖，才是最能释怀的。在一个万籁寂静的秋夜，只见一轮明月高悬于山顶，李白举头望着明月，生活捉襟见肘的他，不禁倍加思念家乡与亲人。于是，就有了《静夜思》："床前明月光，疑是地上霜。举头望明月，低头思故乡。"

孟浩然和胡紫阳都深感李白才高八斗，像一只天外飞来的雄鹰，是鹰就应该飞在高处，落在高处。于是，在他们二人的共同撮合下，就把唐高宗时期的宰相许圉师的孙女许氏，介绍给了李白。许氏才貌双全，李白一见倾心，入赘许家，开始了他人生的第一段婚姻。

在古代，入赘是很丢脸的事，李白入赘的主要原因就是想借助许家名望和资源，为自己仕途打开一扇门。婚后不久，他在离许家不远的白兆山桃花岩建造了一间石室，他在白兆山开山田，以耕种、读书为生活。一到春天，桃花岩就会桃红遍地，李白在那里写下了一首首名垂千古的诗篇。李白入赘许家，本想以此为自己打开一扇踏入仕途的门，结果没有如愿，因此他决定独闯长安，凭借自己的才华博取功名。

5

开元十八年（730 年）春，三十岁的李白离开安陆，踏上了长安的求仕之路。在长安，他通过关系找到前宰相张说的儿子张垍，希望通过张垍或玉真公主的举荐，好一展抱负。那么，他此时为什么会想到玉真公主呢？是因为玉真公主不仅是唐玄宗的亲妹妹，而且热爱文学，是当时唐代"文化沙龙"的领军人物，曾经向唐玄宗推荐过许多人。但李白此次事与愿违，这一年恰好张说去世，他遭到张说儿子张垍的冷遇，张垍将其安置在终南山下的"玉真公主别馆"。又恰逢连绵阴雨，李白饮食不济，生活十分艰难，他有受愚弄之感，故此写下《玉真公主别馆苦雨赠卫尉张卿二首》，以抒其愤。他与张垍也由此结下梁子。

李白长安之行，投书干谒，苦心营运，却无缘叩开宫阙之门，没有见到一个核心人物，倒是弄得自己身心疲惫。第二年冬天，他只得回到安陆。开元二十二年（734 年），荆州大都督府长史韩朝宗，受命任荆州刺史兼山南道采访使，驻节襄阳，李白对韩朝宗早有耳闻，据说韩朝宗最能拔擢后进，有"生不用封万户侯，但愿一识韩荆州"之美誉。李白的好友崔宗之、严武、蒋沇等人，也都是经韩朝宗推荐入仕的。安陆与襄阳相距并不远，李白决定前往拜谒，并专门写了封《与韩荆州书》的陈情书信。有一天，韩朝宗宴请当地绅士，在满座宾朋的惊讶目光下，李白昂首阔步地走到韩朝宗面前，没有跪拜，只是拱手作揖，将陈情书信呈了上去。虽然在信中多有奉承之意，但在介绍自己的经历、才华及气节时，仍如以前，字里行间多含疏狂傲世之气，最后的结果也就不得而知了。

后来，《与韩荆州书》成为举世闻名的经典之作，但举荐之事却渺无音讯。好在九年之后的天宝元年（742 年），在好友元丹丘一番周旋之下，玉真公主向唐玄宗举荐了李白，李白才有机会得到翰林待诏的职位，圆了其仕途之梦。

李白从二十七岁到三十七岁，十年时间，从隐居到干谒，没有干成一件事情，最终只能返回安陆。李白的妻子许氏，是个温良贤淑的女性。李白在自己的诗歌中叙述说，自己云游天下时，经常接到妻子催促他回家的信件，妻子在信中表达了对他的思念。他也曾写自嘲诗《赠内》："三百六十日，日日醉如泥，虽为李白妇，何异太常妻。"所谓太常，是指官名。秦置奉常，为九卿之一，主要指掌建邦之天地、神祇、人鬼之礼，吉凶宾军嘉礼以及玉帛钟鼓等威文物的官员。据说太常夫人来探望太常，太常觉得冲撞了神灵，于是，就把自己的夫人关到监狱。这首诗意思就是说："我其实照顾不上妻子，经常和她分居。所以她名义上虽然是我的妻子，但实际和太常的妻子差不多，也是一个人过着寂寞生活。"

尽管聚少离多，但李白与妻子许氏的感情还是比较融洽的，二人婚后育有一儿一女，儿子叫李伯禽，小名明月奴，一生从未曾踏入官场。公元792 年，李伯禽在当涂（今安徽当涂）去世。女儿叫李平阳，"女既嫁而卒"，出嫁后不久就去世。

天地是万物的旅舍，时光是百代的过客。开元二十五年（737年），三十七岁的李白仍寓居于安陆白兆山。是年春夜，他与众堂弟在白兆山下的桃李园聚会夜游、饮酒赋诗，并为之作序文，名为《春夜宴桃李园序》。李白以诗笔行文，洋溢着诗情画意，他与堂弟们在春夜宴饮赋诗，于桃树下把人生的宠辱浮沉轻轻挥去，借酒放歌吐纳豪情："夫天地者万物之逆旅也；光阴者百代之过客也。而浮生若梦，为欢几何？"

十年之后，李白的原配夫人许氏不幸去世，他决定带着自己一双儿女，迁居到东鲁（今山东兖州）。李白定居东鲁之后，在那里写下了《东鲁门泛舟》诗："水作青龙盘石堤，桃花夹岸鲁门西。"

在东鲁，李白又开始了他的第二段婚姻，这次的女主是刘氏。但不幸的是刘氏是个势利眼，爱搬弄是非，她见李白如此有才华，原本认为李白可以步入仕途，自己跟着可以享受荣华富贵，可是后来并不像她想象的那般美好，刘氏便不辞而别。根据魏颢《李翰林集序》的记载，李白与刘氏有可能只是同居关系，没有正式结婚。

李白的第三段婚史与第二段一样，娶的同样是东鲁的妇人，史籍中没有记载姓甚名谁，但该妇婚后为李白育有一个儿子，取名李天然，小名颇黎。尽管他希望儿子李天然能够像水晶一样光彩夺目，卓尔不凡。然而，可惜的是李天然成年后没有什么建树。李白最后一段婚姻"终娶于宗"，五十岁的他娶了旧相宗楚客的孙女宗氏。宗楚客，蒲州河东（今山西永济）人，唐朝宰相、诗人，其母为武则天同族姐妹。景龙四年（710），李隆基发动"唐隆政变"后，宗楚客坐罪伏诛。

当年，李白相约杜甫漫游梁宋时，遇到了怀才不遇、浪迹天涯的诗人高适。文坛三杰，风云际会，三人携手同游梁园，李白在古吹台上写下《梁园吟》，杜甫写下《遣怀》，而高适写下《古大梁行》。据说，宗氏看到李白写在墙壁上的《梁园吟》后，就被龙飞凤舞的书法深深吸引，为了保住墙壁上的《梁园吟》，宗氏就拿一千两银子买下那堵墙，这便是"千金买壁"的典故。当李白得知"千金买壁"这件事后，对宗氏也是爱慕不已，于是在杜甫和高适的撮合下，李白与宗氏喜结良缘。

据《新唐书》记载，李白出生于长安元年（701 年）二月二十八，自称是西凉武昭王李暠的九世孙，与李唐诸王同宗。但关于他的祖父、曾祖父，史料却无一记载。所以，千百年来有关李白的身世一直是后世人争论的话题。有的说他出生于剑南道的绵州，就是今天的四川绵阳江油市青莲镇；也有的说他出生于西域碎叶城，就是今天的吉尔吉斯斯坦托克马克市，李白五岁时跟随父亲李客迁至绵州。综合分析，后一种说法的可信度更高。

李白存世诗文千余篇，有《李太白集》传世，他很少谈及自己的家世，偶有所及，也往往只提远祖，讳言近亲，闪烁其词，故布疑阵，以至于后人无法真正了解这位伟大诗人的身世。李白曾经写过一首《赠张相镐》的诗，在诗中这样写道："本家陇西人，先为汉边将。功略盖天地，名飞青云上。"如此看来，李白祖籍甘肃陇西是可信的，但是他的父辈为何到了碎叶，一直是后世人关注的问题。其实，不管李白家世有多少种说法，对于千年后的世人来讲，已经无关紧要了，因为人们关注的是从历史尘烟深处走来的被誉为"诗仙"的李太白，他不仅照亮了一个时代，更重要的是影响后世千余年。

李白从小就展示出他惊人的天赋，可谓是"五岁诵六甲，十岁观百家""十五观奇书，作赋凌相如"。乐府、歌行、律诗、绝句，他无一短板；辞赋、书法、道经、剑术，他样样精通……文能"笔落惊风雨，诗成泣鬼神"，武能"托身白刃里，杀人红尘中"。但是，就是这样的一位牛人，一生却无缘科考。

6

科举制，起于隋、兴于唐，是古代政治文明的一大贡献，它打破了贵族对政治的垄断，对整个世界都产生过巨大影响。尤其是武则天和唐玄宗时期，科举制大行其道，天下士子无不以考中进士为荣耀，因此科举成为当时进入仕途最主要的门径之一。然而，李白才高八斗，胸怀抱负，"欲献济时策，此心谁见明"，但终其一生都没能参加科考。不是他不想参加，而是没有资格，这与他的家世密切相关，他很可能出身于西域碎叶商人的家庭。

《唐六典》规定："刑家之子，工商殊类不预。"《旧唐书》也说："工商之家，不得预于士。"唐代科举是面向全国开放的，达官显贵和贫困农民都可以参加，但唯独两类人是被拒之门外的。一类是商人。古人很厌恶商人，认为商人是寄生虫，不劳而获，他们是受鄙视和被打压的对象。另一类是罪犯及家属。明确规定商人之子和罪人之子严禁参加科考，而李白的父亲李客恰好是商人，所以李白是没有资格参加科考的，他只能走皇帝特批的路径，以此来突破身份的限制。这也是他一次又一次干谒权贵、寻求推荐的原因所在。

为了走上仕途，李白晚年犯了一个致命的错误。"安史之乱"让李白和天下百姓一样，陷入颠沛流离的生活境况，他带着妻子宗氏逃亡南方。至德元年（756年）七月，太子李亨在灵武即位，是为唐肃宗，改元"至德"，尊唐玄宗为太上皇。

这一年，李白与夫人逃到江西庐山避难，国难当头，他心急如焚。此时，刚好永王李璘的水军行至浔阳。李璘久闻李白大名，听说他文章写得好，于是就派谋臣韦之春上庐山邀请李白加入他的幕府。李璘不是别人，是唐玄宗的第十六子，与唐肃宗李亨是异母兄弟。安禄山造反时，唐玄宗下诏任命永王李璘为荆州大都督，兼领山南、江西、岭南、黔中四道节度使，领江陵大都督，镇守江陵。李璘赴任江陵后，开始招兵买马，设置官署，不久手下就聚集了几万人马。江淮是大唐赋税重地，李璘眼馋这块肥肉，想据为己有。唐肃宗已经察觉到李璘的野心，诏命他赶紧放下一切，去四川觐见太上皇唐玄宗。出乎意料的是，李璘拒诏了，并且率领大军浩浩荡荡向东进发，美其名曰"替皇帝东巡"。

韦之春见到李白，说明来意，邀请他加入永王府做幕僚。李白的夫人宗氏是旧相宗楚客的孙女，她深明大义，很能审时度势，当年祖父宗楚客就是因为支持韦后才在"唐隆政变"中被杀，宗氏劝李白不要明珠暗投，要远离政治，再三阻止丈夫李白下山。可是李白耐不住韦之春再三恳请，为了实现自己的政治抱负，最终还是决定放手一搏，加入永王李璘幕府。而就在李白接受永王李璘邀请时，他的好友高适，以有病为名奔赴行在，投奔唐肃宗。至德元年（756年）十二月，唐肃宗置淮南节度使，任命高适为节度使，领广陵等十二郡，与来瑱、韦陟会合于安陆，组成盟誓军。唐肃宗痛批永王逆鳞，以其阴谋叛乱、割据江东为名，派高适统帅盟誓军讨伐永王李璘。从此，高适与李白站在了对立面。

至德二年（757 年）正月，五十七岁的李白，意气风发地为永王李璘写下《永王东巡歌十一首》，记录了自己在永王军中的所见所闻，以抒发建功报国的情怀，谁承想这些诗词无形中成了他"从逆"的"罪证"。李白还没有来得及为永王出谋划策，就被席卷到无情的政治风暴中，永王李璘兵败被杀，随后李白也被关入浔阳（今江西九江）监狱里，罪名当然是"附逆作乱"。

孤独郁闷的他，蜷缩在监狱的一角，此刻窗外盛唐的明月仿佛暗了，长安酒肆的美酒仿佛淡了，蓦然回首，寒意袭人。李白悲愤交加，一生狂傲不羁的他，想破脑袋都想不到自己本想一展抱负，却落了个"世人皆欲杀"的乱臣贼子的下场。李白想起了深得肃宗皇帝信任，并担任盟誓军统帅的好友高适，他多么希望高适能看在早年同游梁宋情谊的份上，伸以援手。最终，他决定给高适写封信，在信中他不吝笔墨地夸奖高适是"英谋信奇绝，夫子扬清芬"，将高适比作张良一样的人物，不无奉承之意。最后，还为自己辩白说："我无燕霜感，玉石俱烧焚。但洒一行泪，临歧竟何云？"

收到求救信，高适却始终没有什么实际动作，这深深刺伤了李白的心。李白对高适的不作为感到十分寒心，他刻意删去有关两人交往的诗作，从此之后，两人彻底恩断义绝。李白在他晚年的诗歌《君马黄》中，不无对这段失落感情而感叹："君马黄，我马白。马色虽不同，人心本无隔。共作游冶盘，双行洛阳陌。长剑既照曜，高冠何赩赫。各有千金裘，俱为五侯客。猛虎落陷阱，壮士时屈厄。相知在急难，独好亦何益。"

那么，高适真的像李白想象的那样冷血无情吗？恐怕未必。高适深谙官场之道，他知道自己与李白的"铁杆"关系已是公开的"秘密"。一个是平叛统帅，而另一个却是"从逆反贼"，如果自己出手营救，反而会弄巧成拙，授人以柄，适得其反。到时，不光李白有性命之忧，恐怕自己也自身难保，也许这才是他"不作为"的主要原因，他想给李白留下一线生机。

宗氏为了营救丈夫李白，奔走求援。最后在宰相崔涣和李白的老相识宋若思的极力搭救下，李白得以出狱。后来，李白特意写下《狱中上崔相涣》《上崔相百忧章》等诗作，以感谢崔涣。然而，事情却如高适所料，帮助李白开脱罪责的崔涣很快被罢相，李白也没能完全摘掉"反贼"的帽子，死罪饶过，活罪难逃，一纸判决，被流放夜郎（今贵州桐梓）。

如果说长安是天堂，是李白人生的高光时刻，那么，夜郎则是地狱，是他人生的深渊低谷。至德二年（757年）冬天，五十七岁的李白冒着刺骨的寒风，怀着万分不甘又无可奈何的心情，由浔阳道启程，前往流放之所夜郎。他从浔阳坐船沿长江逆流而上到四川，准备步行翻山越岭去贵州，好心的狱卒以其体弱患病为由，为他延长了赶赴夜郎的期限。一路上，李白受到各地朋友热情款待。到达江陵时，他遇到了郑判官，提笔写下赠别诗《赠别郑判官》。离别江陵，前往三峡，逆水行舟，前行之路越发艰难，他在《上三峡》中写道："三朝又三暮，不觉鬓成丝。"形容三峡之行耗费时间之久。

夜郎之行，艰难险阻。对于这条路的前半程，李白并不陌生，他第一次出川求取功名时，曾经走过。没想到造化弄人，三十多年后，他不仅没有衣锦还乡，反而身披枷锁，历经千难万险，被流放夜郎。乾元二年（759年）春天，李白到达了刘备托孤的夔州奉节白帝城，如果再往前走就要南下黔中道。不幸中的万幸，因关中遭遇大旱，朝廷宣布大赦，规定死者从流，流以下全赦免。经过一年多的辗转流离，李白终于重获自由，他归心似箭，立刻登上驶往江陵的小舟，顺着长江疾驶而下。小舟在春水里轻快地穿行于三峡之中，不到一天工夫，就从四川白帝城抵达湖北江陵。他站在船头，看着两岸风景快速转换，抑制不住心中的喜悦之情，随即写下了七言绝句《早发白帝城》："朝辞白帝彩云间，千里江陵一日还。两岸猿声啼不住，轻舟已过万重山。"

长河落日不掩岁月光辉，沐歌唱晚犹见人生豪情。瑰丽轻快的诗句，往往源于最深重的苦难。在李白眼里，他积蓄了多少苦难，才换来"千里江陵一日还""轻舟已过万重山"的飘逸和畅快。长江两岸，地势险要，山川秀美，李白把轻快心情与秀丽景色融为一体，诗风飘逸流畅，意境悠远，惊世骇俗，又不加雕琢，随心所欲，自然天成，流丽飘逸。《早发白帝城》洋溢的是他经历艰难岁月之后重新焕发出的豪迈激情。明人杨慎赞曰："惊风雨而泣鬼神矣。"

乾元二年（759年）秋天，李白到达江夏，受到江夏太守老友韦良宰的热情接待，写下了自传体长诗《经乱离后天恩流夜郎忆旧游书怀赠江夏韦太守良宰》。通过写古述今，他表达了对自身境遇和乱世的忧愤，仍希冀朝廷能任用自己。后又应友人之邀，再次与被谪贬的贾至，泛舟赏月于洞庭之上，发思古之幽情，赋诗抒怀。

上元二年（761年），李白因病返回金陵，生活更是窘迫，他不得已只好投奔在当涂做县令的族叔李阳冰。第二年，六十二岁的李白即将走到生命的尽头，他"枕上授简"，在病榻上将自己的诗文交族叔李阳冰，赋《临终歌》后去世，走完他的传奇一生，葬于今安徽省马鞍山市当涂县龙山。在《临终歌》中，李白写道："大鹏飞兮振八裔，中天摧兮力不济。余风激兮万世，游扶桑兮挂石袂。后人得之传此，仲尼亡兮谁为出涕？"直到生命的最后一刻，他的诗句虽然凄凉悲伤，但依旧豪气冲天。

文以载道，文亦弘道。文明需要文字传承，李白一生创作诗歌千余首，他的诗歌代表着盛唐的文学高峰，他被后人誉为"诗仙"，与杜甫并称为"李杜"。如果没有李白，中国文学史上将缺少一颗璀璨的明星；如果没有李白，唐朝文化也将缺少一些豪迈的气息。他的诗歌是盛唐文化气象的最好代言，正是因为有了李白和他的诗歌，才有了泱泱大国文化上的流光溢彩。

余光中先生评价李白："酒入豪肠，七分酿成了月光，余下的三分啸成剑气，绣口一吐就半个盛唐。"或许，这是对李白最接地气的诠释和注脚。透过李白和他的唐诗，后人窥见了唐朝的辉煌与落寞，领略了千年前的红尘风光；看到一个灵魂在红尘岁月里执着流浪，一位诗人在亘古时空中自由吟唱。

权宦之路

　　疾风知劲草，烈火见真金。作为唐玄宗腹心股肱的高力士，是位被人误解的千古权宦。他曾伴随睿宗、玄宗、肃宗三朝，历经风雨，宛若一株向阳而生的向日葵，而唐玄宗便是他一生追随的太阳。无论富贵还是危难，他都没有改变自己的初心，做到顺而不谀，谏而不犯。

|

　　上元二年（761 年）春，黔中道的巫州，一夜春风花满枝，山绿了，水清了，到处呈现出一派春意盎然生机勃勃的景象，与日渐没落的李唐王朝形成鲜明对比。正所谓："山中不知岁月长，奈何人间百年苍。"

　　这天一大早，一位老人带着几个随从，饶有兴致地来到郊外踏青，春风拂面，老人深深嗅着春天的味道，好不惬意。他忽然惊奇地发现，田边地角，河畔路边，长满荠菜，他内心禁不住一阵喜悦。因为鲜嫩水灵的荠菜在长安和洛阳可是达官显贵十分喜爱的野蔬上品，它叶嫩根鲜，具有一股特殊的清香味。以荠菜做菜看味道鲜美不说，更重要的是还有一定的药用价值，有人称之为"护生菜"。

　　然而，之后的事情却让老人大跌眼镜，原来在"两京"被达官显贵视为餐桌珍宝的荠菜，在黔中道的巫州，却无一人采摘。老人心想："难道是这种野菜长在'两京'与长在巫州味道有所不同？"于是，他便命人采了些煮着吃。最后，他发现这种野菜，无论是生在华夏中心的"两京"，还是长在五溪蛮聚的巫州，虽隔千里，水土不同，但味道却一点都没有改变。感慨之余，他提笔写下五言绝句《感巫州荠菜》："两京作斤卖，五溪无人采。夷夏虽有殊，气味终不改。"

　　这里的"五溪"，指的是五陵的五条溪水，就在今天湖南省西部、贵州省东部一带。单从诗作字面上看，以为老人说的是荠菜，但仔细琢磨之后，似乎还有言外之意。这位老人不是别人，正是唐朝有名的大太监高力士，这也是他唯一一首收入《全唐诗》的诗作。

荠菜，虽是一种极其普通的野菜，但因其味道香甜鲜美，古人在《诗经》中就曾歌咏："谁谓荼苦，其甘如荠。"高力士这首《感巫州荠菜》，看似句句都在说荠菜，实际借助诗句表达了自己的心志："我高力士原来在皇帝身边时，也是上得了台面的，如今被流放，与荠菜的际遇是多么相似，无人问津，让我失落。但是，虽然今昔我的处境落差很大，可我对君王仍是忠心耿耿，是经得起时间考验的。"全诗托物言志，正所谓"石可破也，而不可夺坚；丹可磨也，而不可夺赤"。

那么，作为唐玄宗的腹心股肱，高力士为何被流放巫州呢？此事还得从上元元年（760年）八月，太上皇李隆基移居太极宫说起。高力士与宦官王承恩、魏悦等人，因侍从太上皇李隆基登长庆楼，而被李辅国设计陷害，他不仅没有保护好已经"过时"的太上皇李隆基，最后自己也落得个流放黔中道巫州的下场。

每个人都是时代的缩影。在时代洪流中，有些人面对生活的沉重和不幸，却仍能坚持心中的信念，这才是值得历史记住的人。在大唐历史上，高力士应该就是这样一种人。所以，后人走进他命运多舛的一生，也就走进了一个从辉煌到没落的开元、天宝时代。

高力士，潘州（今广东茂名）人，本姓冯，名元一。出身于岭南没落贵族冯氏，为北燕皇族后裔，是冼夫人的六世孙。北燕，是十六国时期的一国，于407—436年占据今天的辽宁省，由鲜卑化的汉人冯跋建立，后为北魏所灭。就在北燕倾覆之际，末代国君冯弘逃往高句丽，后被高句丽王所杀，其子冯业则带领家族三百余人浮海投宋，遭遇风浪，到达新会（今广东新会）便定居下来。后来，南朝宋朝廷封冯业为怀化侯，授罗州

（今广东化州）刺史，冯业被后世冯氏奉为岭南开族始祖。冯业用中原汉族文化开导南越族，使人民安居乐业，自他之后，冯家三代也均为朝廷命官。其子冯融授罗州刺史，其孙冯宝为高凉太守，封保护侯，追赠广州总管、谯国公。

冯宝自小耳濡目染，受儒家思想熏陶和孔孟礼教影响，养成善良君子品行，自小勤奋好学，青年时又被送到京城建康太学读书，交友很广，二十岁左右就考取了功名，被南朝宋廷委任为高凉郡太守，可谓少年得志，风流倜傥。冯宝深知自己作为南朝宋廷官员，在俚人聚居的中心地区南越任职，要想在少数民族地区推行朝廷政令，不团结依靠当地豪强大姓和民族首领是行不通的。于是，他处处谨言慎行，廉洁从政，并听从父亲罗州刺史冯融的意见，打破传统偏见，迎娶了当地俚人大首领冼氏女冼英为妻，从而开创岭南与北方联姻的先河。冯、冼两家强强联手后，由此冯家便成为岭南第一豪门。后来，冯宝索性在冼氏的家乡良德县落籍，并在旧城内择地建房，称冯家村。所以，后来有些史籍说冯宝是高凉郡人，或者说是高凉良德人，也都是源于此。

冯宝的夫人冼氏，是历史上著名的冼夫人，为中国南北朝时期的政治家、军事家、社会活动家。冼夫人历经南朝梁、陈，隋三朝，她审时度势，积极顺应历史潮流，致力维护国家统一，促进民族团结，可谓功勋卓著，先后被七朝君王敕封，被尊称为"岭南圣母"。冼夫人去世后，被追谥"诚敬夫人"，《隋书》《北史》均为她立传。

到了冯元一的曾祖父冯盎这一代，也就是冯宝与冼夫人之孙，冯家更是借助隋末动乱大势，一跃成为岭南地区的实际控制者，可谓"甲兵雄于一方，政化洽于千里"。据史书记载，冯盎少有谋略，英勇善战，初以门荫，授宋康县令。平定王仲宣起义，授高州刺史，陆续平定潮州、成州等五州獠人叛乱，授金紫光禄大夫、汉阳太守。随隋炀帝出征辽东，迁左武卫大将军。隋朝灭亡后，冯盎回到岭南，聚众数万，自任首领，依附割据岭南的军阀林士弘，先后击败广州和新州的贼帅高法澄、冼宝彻等人，占据广州、苍梧、朱崖等地，自领岭南总管，治理有方，稳定岭南局势，使得社会安宁。

武德五年（622年），识时务的冯盎，以自己掌控的岭南之地投降唐朝，得到朝廷赏赐，被封为上柱国、高州总管、吴国公。冯盎曾平定罗窦各洞獠民反叛，受到唐太宗赞誉。他勤勉清明，深受百姓和部下爱戴，并得以善终。这时的冯氏家族，在岭南的势力也不容小觑，正所谓是"奴婢万余人，所居地方二千里"（《旧唐书·冯盎传》）。贞观二十年（646年），冯盎去世后，被追赠为左骁卫大将军、荆州都督。由于冯家祖上的功德，冯元一的祖父冯智玳和父亲冯君衡也都门荫入仕，先后担任潘州刺史，因其家也长期居住于潘州，故有史书记载，说高力士是潘州人。

光宅元年（684年），作为冼夫人第六代孙的冯元一，就出生在这样一个名门豪族，而他出生时冯家仍是"家雄万石之荣，橐有千金之直"的"强家"。如此说来，冯元一应该是含着"金汤匙"来到人世间的，幼时过着锦衣玉食的幸福生活。可是，天有不测风云，人有旦夕祸福。快乐的时光总是不会永远延续下去，再显赫的家族也会有没落的那一天。就在冯元一九岁那年，他的幸福生活戛然而止，原因就是源于一场震惊天下的按察流人案。

武则天称帝后，为了清除反对者，大兴制狱，破家流放者上至唐室宗支、王公大臣，下至刺史、县令，不可胜数。岭南、剑南、安南、黔中等荒远之地，流放者如织，总数不下万余人。有人给武则天出馊主意，劝她早下决心，把这些流人杀掉，以免后患无穷。长寿二年（693 年），又有人告发说岭南有流放人员谋反，武则天便派遣司刑评事万国俊，代理监察御史前往广州调查。这个万国俊也不是什么好人，他也是武周时期有名的酷吏。垂拱时，曾与来俊臣共同撰写《罗织经》，专事陷害无辜。

万国俊到达广州后，立即把全部流放人员召集起来，关押在一起。他并不按问核验这些流人是否有谋反之状，反之，假传武则天旨意，让所有流人自尽。众人号哭喊冤，拒不从命。万国俊就命人把他们驱赶到河边，全部斩首，三百余人一时毙命。然后，他又伪造流人谋反的罪状，回洛阳复命。万国俊上疏武则天说："陛下，其他各道流放人员，也一定有怀恨您的，有想谋反的，不可不早诛。"武则天深以为然，然后提升万国俊为朝散大夫、行侍御史。

2

武则天又派遣右翊卫兵曹参军刘光业、司刑评事王德寿、苑南面监丞鲍思恭、尚辇直长王大贞、右武威卫兵曹参军屈贞筠等，代理监察御史，分别前往剑南、黔中、安南等五道，继续按察流人。刘光业等人见万国俊因为杀人而受到奖赏和提拔，争相仿效，唯恐落后。五人到任后，不问青红皂白，大开杀戒。刘光业杀死九百人，王德寿杀死七百人，其余的也不少于五百人，他们连武则天秉政前的罪犯、流放人员也不放过，一同杀掉。后来，武则天知道他们滥杀无辜后，就把几道监察御史召回，下制："六道（刘光业等五道加万国俊岭南一道）流人未死者并家属，皆听还乡里。"但此时诸道流人已被杀得差不多了。此后，万国俊等六人相继或被处死，或获罪流放。

万国俊既然伪造了岭南流人谋反案，又错杀了那么多人，高力士的父亲冯君衡自然是难逃劫难。万国俊看到冯家富可敌国，不但"田洞百里，齐万户之封君"，且"带甲千人，拟四豪之公子"。冯君衡在岭南的号召力，就犹如战国时的四公子。万国俊遂生歹心，诬告冯君衡继承父亲潘州刺史不合法，而冯君衡又不懂得放下尊严，像别人那样花钱消灾。最终，冯君衡"以矫诬罪成"，"裂冠毁冕，籍没其家"，妻女被除籍为奴。

母亲麦氏，为了不让冯元一跟着自己挨饿受冻，便将他卖给别人当养子。后来改名为高力士的冯元一，到死都清晰地记着当时揪心的一幕，临别时刻，母亲抚摸着他的头说："儿啊，如今为娘要和你分别了，不知何时再见。但是，你胸口有七颗黑痣，有人说你终将富贵。如果将来你我不死，我就以七颗黑痣认你，你就以我手臂上你小时候常玩的双金环认我，千万不要忘记！"说罢，母子二人抱头痛哭。年仅九岁的冯元一，与母亲分别的一幕，着实让人心碎。而这一幕在《旧唐书》《新唐书》《唐故高内侍神道碑》中均有记录，且在《高力士外传》里，记载得更为详细。可恶的是，这位买主其实是个人贩子，他假借收买养子为名，实则是为收购男童并阉掉之后再高价卖出。

在经历父亲被杀，与母亲离散之后，一场更大的灾难在等待着冯元一。这时，一个最不该出现的人出现了，他就是李千里。几年之后的圣历元年（698年），武则天任命李千里为岭南招讨使，去岭南调查叛乱事件。然而，正是李千里的到来，开始了冯元一一生的噩梦，彻底改变了他的人生轨迹。因为高力士家教良好，聪明伶俐，再加上相貌不错，身体强壮，李千里一眼就看中了他，便把他同另外一个男孩一起净了身，分别取名"力士"和"金刚"，然后带往长安，献给武则天。

其实，要说这位李千里，也是寄人篱下，唯诺保命，他与冯元一相比，命运也好不了多少。李千里，原名李琳，字仁，是唐太宗李世民之孙，吴王李恪嫡长子。事情坏就坏在李世民对儿子吴王李恪的一句"英果类我"的评价上，结果李恪没当上皇太子不说，还被一心拥戴晋王李治的权臣长孙无忌给惦记上。李治登上皇位后，太尉长孙无忌权倾朝野。永徽四年（653年）年初，唐高宗李治即位后，高阳公主与房遗爱对被贬不满，便联络与唐高宗不和的薛万彻、柴令武，打算发动政变，废掉高宗，拥立荆王李元景（李渊第六子）为帝。但计划泄露，一干人全部被逮捕。唐高宗派长孙无忌审理此案，长孙无忌借此机会将吴王李恪也牵连进来。就这样，李元景、李恪、房遗爱、高阳公主、薛万彻、柴令武、巴陵公主等全部被杀。吴王李恪被缢杀前大呼："社稷有灵，无忌且族灭！"后来，长孙无忌也被武则天整得家破人亡。李恪的墓志铭，对这件事是这样记载的：永徽四年（653年）二月初二，李恪在长安宫禁之内被缢杀，年约三十四岁。有子四人，李琳、李玮、李琨、李璄皆未成年，全部流放岭南；有女亦四人，现已知第四女信安县主被罚守献陵。

吴王李恪被赐死后，李琳和三个兄弟被流放到岭南。由于李琳身体强壮，而且能适应各种环境，在崎岖、瘴病之地，诸多恶劣条件下，他勇敢地活了下来。李琳很有心机，为了讨唐高宗欢心，他在岭南费尽心思，收集各种特产进贡朝廷。唐高宗驾崩后，李琳听说武则天喜欢祥瑞，更是投其所好，到处收集奇珍异宝，献给武则天。所以，多年来，不论局势如何恶劣，李琳都能够保全下来。

永昌元年（689 年），武则天将李琳从岭南召回，任为襄州（今湖北襄阳）刺史，李琳流着欢喜的眼泪，匍匐在武则天面前。李琳在任期间，从不参与政务，仍如从前，时刻不忘收集珍品、祥瑞，献给武则天。有一次，武则天派人去看望慰问李琳，让人带去一句话六个字："儿，吾家千里驹。"李琳受宠若惊，遂改名为李千里。同时"数进符瑞诸异物"，以求讨得武则天欢心。后来，武则天大肆屠杀李唐宗室，但唯独没动李琳。唐中宗李显复位后，封他为成王。

所以，了解了李千里的成长经历，就不难理解他为什么把冯元一阉割后，不远千里进贡到长安城。他就是为了讨武则天欢心，也是为保全自身性命。因为武则天笃信佛法，"力士""金刚"都是佛教中的护法神，"力士"指降魔人，"金刚"指降魔杵，这也是李千里给两个小孩子起名"力士""金刚"的主要原因。可是，李千里这一刀下去，冯元一就变成了冯力士，这也是他"力士"之名的由来。只不过，冯元一现在只能叫冯力士，想叫"高力士"，还得要再等上几年，这里我们暂且称他冯力士。

否极泰来。十一岁的冯力士，就这样从风光无限的"官宦之后"，转眼变成了入宫侍候皇家的"小宦官"。冯力士年幼仪美，进宫之后深得武则天喜欢，嘉赏其聪慧机敏，让他在身边侍奉，还把他送到宫廷"习艺馆"中，接受良好教育。冯力士后来的命运，也是由此而奠基的。"后因小过，挞而逐之，内官高延福收为假子。"（《旧唐书·高力士传》）俗话说，圣心深如海，伴君如伴虎。由于一次工作的小失误，冯力士被武则天逐出宫外，危难之际，他有幸遇见人生之中第一个贵人——宦官高延福。高延福是唐朝非常有名的大宦官，他出身岭南高氏，早年坐罪，净身入宫，历事武则天、唐中宗、唐睿宗、唐玄宗四朝皇帝，担任过宫廷七种职务，一生忠诚谨慎。高延福可怜冯力士，便把他收为义子，从此冯力士改姓高，并以"高力士"一名留传青史。

早年，高延福曾在武三思府里待过，为了帮助义子高力士，他便请托武则天侄子武三思说情，使得武则天最终原谅高力士。所以，一年后，高力士再次回到宫中，重新任职内府令，隶属司宫台。可以说，高延福对高力士的一生影响巨大，这也是高力士后来一生孝敬高延福的主要原因。

再次进宫的高力士，比之前成熟多了，他谨小慎微，说话谨慎，办事周详，与同龄孩子相比，多了一份成熟气。再加上他本身就是贵族出身，相貌风度都远远超过其他太监，所以仍被选为侍奉武则天的太监。天长日久，不光高延福喜爱高力士，就连武则天也对他寄予厚望，精心培养。他身材高大，史书说他身高有六尺五寸，唐时的一尺约合现在的三十厘米，如此算起来，他的身高应该有一米九五。高力士的《墓志铭》中有这样一段记载："令受教于内翰林，学业日就，文武不坠，必也射乎。五善即闲，百发百中。"

高力士文武全才，曾担任过宫教博士之职，负责教习宫人书算众艺，如果没有较高的文化素养，是不可能胜任这个职务的。另外，他孔武有力，能骑善射，百发百中。在《唐故高内侍神道碑》中，就记载了他射雕的事。有一次，高力士跟随唐玄宗李隆基阅兵，"有二雕食鹿，上命取之，射声之徒，相顾不进，公以一箭受命，双禽已飞，控弦而满月忽开，饮羽而片云徐下，壮六军而增气，呼万岁以动天，英主惬心"。高力士的骑射技术，居然能够在军队面前显摆，可见其并非泛泛之辈，也正是因为有这样的能力，他才能够数次参与平定内乱的战斗。

高力士虽然从小命运多舛，但他却有三大特长。一是机警。他善于察言观色，能够揣摩人的心理，做事往往能对人胃口。二是好学。他头脑灵活，又勤奋好学，读了很多书，知识渊博。同时，他孔武有力，能骑善射，本领超群，这使得他能迅速在众多"文盲"宦官中脱颖而出。三是谨慎。他做事十分缜密，颇懂政治规矩，从不乱说话。

3

景龙四年（710年），二十五岁的李隆基从潞州（今山西长治）回到京师长安，暗中聚结才勇之士，在皇帝亲军万骑中发展自己势力。唐太宗时，选官户及蕃口中骁勇的武士穿虎纹衣，跨豹纹鞯，从游猎，于马前射禽兽，谓之"百骑"。武则天时增加为"千骑"，唐中宗时发展为"万骑"。李隆基终日走马射猎，积蓄力量。极善揣摩人意的高力士，初见李隆基，便觉得他气度非凡，是个干大事的英才，于是倾心相交。

《旧唐书·高力士传》这样记载："景龙中，玄宗在藩，力士倾心奉之，接以恩顾。及唐隆平内难，升储位，奏力士属内坊，日侍左右，擢授朝散大夫、内给事。"后来，高力士被派往李隆基的藩国，他尽心侍奉李隆基。从此，两个年龄相仿、志趣相投、勇武多智的人，开始了长达四十多年的默契合作，后人不得不佩服高力士识人的眼光。

李隆基把高力士引为知己，在他发动的两次政变中，高力士都发挥了关键作用。第一次是"唐隆政变"，唐隆元年（710 年）五月，韦皇后毒死唐中宗李显，立温王李重茂为帝，同时，又任用韦氏子弟，企图效法武则天，自居帝位。时任临淄王的李隆基得到消息后，迅速召集幕僚亲信欲发动政变诛杀韦皇后，但又投鼠忌器，担心重蹈李重俊和李千里诛韦皇后失败的覆辙。正当大家一筹莫展时，朗陵王王妃冯氏向李隆基推荐了高力士。朗陵王李玮是李隆基的堂伯父，也是李千里的亲弟弟。早年李玮四兄弟被流放到岭南时，曾得到岭南豪族冯氏集团的保护，先后与冯氏集团成员的女儿联姻，冯妃便是岭南冯氏的成员。朗陵王王妃冯氏向李隆基表明岭南冯氏对大唐的忠心，并向他推荐其堂弟高力士，李隆基大喜。是年七月二十一日夜，长安皇城内刀光剑影，杀声震天，李隆基联手太平公主发动政变，皇城外城终被攻破，韦皇后逃入内宫。宫内禁军纷纷倒戈，她无所遁形，被抓获斩首，是为"唐隆之变"。

政变后，李隆基把自己的父亲李旦扶上皇位，同时，由于哥哥李成器（李宪）的谦让，他因功得以登临太子位，并表奏睿宗皇帝将高力士调入太子官署内坊，每日侍奉他左右，将高力士提拔为朝散大夫、内给事。高力士从此成为李隆基的左膀右臂。

景云三年（712 年），唐睿宗李旦将帝位禅让给李隆基，李隆基即皇帝位，是为唐玄宗。然而，一波未平，一波又起。唐玄宗与掌握大权的姑母太平公主矛盾日益加深。此时，三品以上官员的人事任免权，仍掌握在太上皇唐睿宗李旦的手中。太平公主纠结其党羽，企图推翻唐玄宗，准备以御林军从北面、以南衙兵从南面起兵夺权，甚至还计划在他饮食中下毒。昔日"唐隆政变"的盟友，如今成为你死我活的仇敌。先天二年（713年），唐玄宗再次发动政变，杀死太平公主集团骨干成员，将太平公主赐死家中，是为"先天政变"。政变之后，唐睿宗也彻底将权力交予唐玄宗。

高力士和唐玄宗虽然地位悬殊，但两人一起连续发动两次政变，的的确确有过过命交情，经过血与火考验的感情，才是最靠得住的，所以，李隆基非常信任高力士。当然，李隆基给予高力士的回报也是非常丰厚的。早在"唐隆政变"后，李隆基奏请唐睿宗李旦封高力士为朝散大夫、内给事、内弓箭库使。不久，高力士又由内弓箭库使成为三宫使。"先天政变"后，更是给予高力士更高的职务——云麾将军、右监门卫大将军、知内侍省事，从此高力士开始进入高级官员行列。

云麾将军，是个从三品的武散官，职务是知内侍省事，也就是内侍省的一把手，新出现的职务是右监门卫大将军。先说监门卫，唐朝的国家武装力量，有专门为保护皇宫而设立的军队，没有受命出征、参与国防军事作战的任务。左右监门卫大将军和左右千牛卫，都是负责皇帝安全的贴身侍卫，是皇帝最为亲信或者最为宠信的人，高力士就是这种人。通过两次政变，高力士圆满完成了从宦官到唐廷将军的华丽转身，成为唐玄宗最为信任的人——没有之一。四方所有奏请均先呈于高力士，然后再由他进呈皇帝，若是小事，他就可以自行决断处理。此时的高力士可以说是与唐玄宗形影不离，即便是节假日，他也不出宫，晚上就睡在寝殿帷幕后。所以，唐玄宗评价他说："力士当上，我寝则稳。"意思是说："有高力士值班，我睡得更加安稳。"

其实，对于以上官职，高力士一开始是拒绝的。他拒绝的理由是品阶过高，已经高过自己的养父高延福。唐玄宗虽然表示赞赏，但还是坚持自己的意见，加封高力士为云麾将军、右监门卫大将军。由此可见，唐玄宗对高力士的职务升迁有多上心。从开元元年（713 年）十二月，到天宝十四载（755 年）十一月，四十二年时间里，高力士与李隆基，一个聪明睿智的宫廷宦官，一个至高无上的庙堂圣君，他们大权在握，烈火烹油，鲜花着锦，享尽荣华。但无论高力士的职务如何升迁，他对自己的定位都十分明确，始终扮演着唐玄宗最为信任人的角色，从不专权。

高力士权势甚大，风头无二，太子呼其为"二兄"，诸王公主皆叫他"阿翁"，驸马辈称他为"爷"，都对他敬重有加。但他知道自己权势的源头在哪儿，他潜居深宫，犹如李隆基的影子，从不与外臣交接，见他一面比见神仙都难。平时他在唐玄宗寝殿侧帘帷中休息，在殿侧另有一院，为他修功德处。"雕莹璀璨，穷极精妙。"据说他家富于财，资产殷厚，即使王侯也难以比拟。

高力士曾在长安城来庭坊建造宝寿佛寺，又在兴宁坊造华封道士观，规模宏大，富丽堂皇。宝寿寺钟铸成时，他举办斋会庆祝，举朝官员全都到场。凡击钟者，击一杵施钱百贯，有人击二十杵，少者亦击十杵。他还在京郊建造水碾，"并转五轮，日碾麦三百斛"（《旧唐书·高力士传》），获利无数。开元初，他娶吕玄晤女为妻，此女容貌美丽。因此吕玄晤得以充任少卿、刺史等高官，吕氏其他子弟亦官至亲王傅。后来，吕夫人去世，葬长安城东，葬礼甚盛。无论是朝廷大员还是地方长吏，无不争相致祭，从城中高力士宅第至东郊墓地，车马充溢，络绎不绝。高力士虽然富贵满盈，但他为人谦虚谨慎，从不骄盈自满，小心翼翼地侍候着皇帝。他善于察言观色，分析形势，如果有风险，虽亲爱者临覆败也不营救。他一生做了很多有益的事情，有时敢于向玄宗进谏。

常言道，伴君如伴虎。在皇帝身边看似很风光，但也很危险，一不小心就会人头落地。唐玄宗晚年昏聩，声色犬马，很多忠臣被诬告而遭贬职流放，甚至身首异处，当时著名的大臣姚崇、宋璟、张说、苏颋等，都因为得罪唐玄宗而被贬谪，只有高力士稳如泰山，从未被贬过。他作为皇帝的贴身内侍，一直陪伴在唐玄宗身边，不仅本职工作很出色，把唐玄宗的生活起居照顾得无微不至，而且还很会审时度势，从大局出发，当好配角，善意提醒唐玄宗，让其少走弯路。

有一次，唐玄宗在五凤楼宴请群臣，百姓都想一睹龙颜，许多人都挤过来看热闹，乱成一团，导致乐队无法奏乐，侍卫挥棍驱逐都没有用。百姓的喧哗打扰了唐玄宗，他对此很不高兴。这时，高力士向其建议说："河南丞严安之执法严厉，民众很敬畏他，可请严安之来维持现场秩序，肯定没问题。"于是，唐玄宗就同意了。严安之一到，就用手板绕场画线为界，并对外宣布说："犯此者死！"后来，三日宴会期间，人们指着画线互相提醒，再也没人敢越过这条界线。通过这个故事，也可以看出高力士还是比较善于观察人的，非常了解官员们的能力作风。这一时期，唐朝许多将相能够身至高位，也都与他有关。

无德无才的杨国忠，靠着杨贵妃的关系登上宰相之位后，经常欺上瞒下。天宝十三年（754年）九月，阴雨连绵，关中水灾，百姓受饥，整个长安城都弥漫在秋雨的迷茫和凄凉之中。唐玄宗忧雨伤稼，就关切询问灾情如何，杨国忠故伎重演，找到一穗饱满的稻谷欺骗唐玄宗说："雨虽多，不害稼也。"连宰相都不说真话，天下也就无人敢站出来说真话了。

退朝回宫后，唐玄宗见左右无人，便对高力士说："天方灾，卿宜言之。"意思是说："阴雨下个不停，你还是告诉我真实情况吧！"高力士回答说："自陛下以权假宰相，法令不行，阴阳失度，天下事庸可复安？臣之钳口，其时也。"意思是说："自从陛下把朝政大权交给杨宰相后，赏罚无章，阴阳失调，我又能说什么呢！"高力士的一番话，说得唐玄宗哑口无言。从这里也可以看出，高力士对杨国忠的为人还是很清楚的，只是因为杨贵妃，他没有说出来罢了。

4

要说高力士为唐王朝立下的最大功劳，应当是献策立忠王李亨为皇太子一事。

开元二十五年（737 年），太子李瑛遭到陷害，被贬为平民并赐死，唐玄宗亟须重立太子。武惠妃联合宰相李林甫，想拥立寿王李瑁（即杨贵妃的第一任丈夫）为太子。唐玄宗则认为李亨年长，且仁孝恭谨，从内心来讲他想立李亨为太子。在这个问题上，唐玄宗很难抉择，他一时拿不定主意，"常忽忽不乐，寝膳为之减"。高力士见状，立刻明白唐玄宗心中在想什么。于是，他就对唐玄宗说："陛下，怎么不吃饭？是不是饭菜不好吃？"唐玄宗说："你跟随朕这么多年，难道不知道朕在烦恼什么吗？"高力士说："陛下是忧心立太子之事吧？依照历代规矩，推长而立，谁还敢争？"高力士的这番话，顿时打消唐玄宗的疑虑，他下定决心，将李亨立为太子。

　　事实上，李亨被立为太子后，地位也不稳定。李林甫屡次想把太子搞下去，"幸太子仁孝谨静，高力士常保护于上前，故林甫始终不能间也"。这说明，李林甫每次对李亨下手时，也都是高力士保护着太子李亨。虽然世上没有后悔药可吃，也或许有人会问，如果高力士知道李亨登上皇位后，会把他流放至死，他还会保护太子李亨吗？答案肯定是会的。因为，在高力士的眼里只有李唐江山，没有个人得失，这也是他与生俱来的格局，骨子里的正气。

　　如果说高力士为唐玄宗个人立下的最大功劳，那就是促成唐玄宗与杨贵妃的姻缘了。杨贵妃入宫，是否出于高力士的推荐，史书虽然没有记载，但杨贵妃进宫以后，唐玄宗与杨贵妃仅有的两次闹别扭，也都是高力士跑前跑后，才使得这两次别扭都能以"小别胜新婚"结尾。史料记载：天宝五载（746年）七月，唐玄宗与杨贵妃因为"微谴""闹别扭"；天宝九载（750年），两人再次"闹别扭"的原因是"忤旨"。杨贵妃被赶出宫后，高力士"探知上旨"，又是给杨贵妃送饭，又是给唐玄宗带回杨贵妃剪下来的头发，最后撮合双方言归于好。

　　"李白在翰林，多沉饮。玄宗令撰乐辞，醉不可待，以水沃之，白稍能动，索笔一挥十数章，文不加点。后对御，引足令高力士脱靴，上命小阉排出之。"这是唐代李肇著的《唐国史补》中，有关"力士脱靴"的简略记载。其实，关注这个问题的又何止李肇一个？这也是千百年来史家争论不休的焦点。在李濬的《松窗杂录》、孟棨的《本事诗》、段成式的《酉阳杂俎》，以及《旧唐书》《新唐书》中，也都对脱靴一事有所记载。均指责高力士因给李白脱靴一事，在唐玄宗和杨贵妃面前对其极尽打击报复，从而导致李白不为国家所用。

这里涉及高力士人品问题，不可不为之一辩。综合各方记载分析，"力士脱靴"可能是真。首先，《唐国史补》记载"力士脱靴"的事不容忽视。《唐国史补》，又称《国史补》，是一部记载唐代开元至长庆之间一百年时间，涉及当时中国社会风气、朝野轶事及典章制度等各个方面的重要历史琐闻笔记。它对于全面了解唐代社会，具有极其重要且十分特殊的功用和价值，仅《太平广记》征引其内容就达一百三十三处之多。所以，《唐国史补》的史料价值不容低估，可此书并未记录高力士打击报复李白的情节。

其次，古往今来对高力士的评价还是比较高大正面的。如唐代张少悌评价他："公中立而不倚，得君而不骄，顺而不谀，谏而不犯。故近无闲言，远无横议。"再者说，就当时的李白来讲，也只是个小小翰林待诏，对高力士的地位根本构成不了威胁，即便是给他脱靴，伤了面子，以高力士的为人，也不至于用下三烂的手段，去对付李白这样一个在朝中无足轻重的文人。

俗话说，木秀于林风必摧之。所以，李白被"赐金放还"的根本原因就是他孤高自许，曲高和寡。有些记载之所以把他被放还一事与高力士牵扯到一起，那是因为宦官在古代的文学界地位很低，人们往往会把他们当成专权的坏人。

"公中立而不倚，得君而不骄。"鲜花着锦，并未让高力士迷失本心，他与唐玄宗形影不离，偶尔也会充当皇帝和宰相之间的润滑剂。每当宰相与唐玄宗有误会时，他都会及时出现，巧妙化解。

开元元年（713 年），唐玄宗打算任命姚崇为宰相，姚崇提出十条政治主张，作为就任条件，其中一条就是关于宦官干政的看法。姚崇说："后氏临朝，喉舌之任出阉人之口；臣愿宦竖不与政，可乎？"意思是说，宦官不得干政，可以吗？听到这里，唐玄宗不由自主地抬头看了一眼身边的高力士，而高力士神色泰然，其他太监却脸露厌色。次日，姚崇就被任命为宰相。因其主张宦官不得干政，宦官们都对他侧目而视。一日散朝，高力士身边的小宦官挑唆说："高将军，姚崇对我们宦官有偏见，你为什么不踩他一脚，反而为他说好话？"高力士说："'宦官不干政'是对的，有历史教训，我们忠于皇上，不是为自己谋利益，而是应该为皇上和江山社稷着想。皇上现在励精图治，确实需要罢冗职，选贤才。"

姚崇上任宰相后，有一天，他拿着一批郎官的名单来找唐玄宗，意思是想问问皇帝任用这批人合适不合适。结果他把名单念了一遍，唐玄宗看着房梁，不理会他。姚崇不明就里，又问了一遍，唐玄宗还是看着房梁，不说话。姚崇非常恐惧，他以为唐玄宗对自己有误会，才不搭理他，惶恐地退下。

姚崇退下后，高力士就劝谏唐玄宗说："陛下新即位，宜与大臣裁可否。今崇亟言，陛下不应，非虚怀纳诲者。"意思是说，您刚当皇帝没多久，宰相奏事，您应该当面回答人家行还是不行，怎么能够不理人家呢？唐玄宗回答说："我任崇以政，大事吾当与决，至用郎吏，崇顾不能而重烦我邪？"意思是说："我让姚崇当宰相，大事自然要和我商量，但像任用郎官这样的小事，他自己决定就可以了。"后来，高力士到中书省传达圣旨，见到了姚崇，就把唐玄宗的话向姚崇重述了一遍，史书说姚崇"且解且喜"，从此放开手脚，"进贤退不肖而天下治"。就这样，在高力士的帮助下，姚崇政令畅顺，"开元盛世"由此出现。

到开元十四年（726 年）时，经过唐玄宗和多任贤相的共同努力，国家已达到大治，社会安定。当时，宇文融、李林甫等奸相专权，弹劾中书令张说，说他贪赃受贿，唐玄宗敕令宰相源乾曜等人审讯时，特意派高力士前去看望张说。这个时候，毫无疑问地，高力士的汇报非常关键，甚至可以马上决定张说的生与死。他回来向唐玄宗报告说："说坐于草上，于瓦器中食，蓬首垢面，自罚忧俱之甚。"唐玄宗听后，十分动容怜悯。他又接着说："说曾为侍读，又于国有功。"唐玄宗顿时心生好感。就这样，高力士救了张说一命，张说也仅受到"停兼中书令"的处分。为此，张说非常感谢高力士，后来还发挥自己文学特长，为高力士的父亲撰写神道碑，极尽溢美之词。

5

开元十七年（729 年），唐朝宗室名将、神武军的创建者、唐太宗李世民曾孙李祎，因唐蕃战争石堡城一役，声名鹊起，军功赫赫。唐玄宗将李祎擢升为朔方节度使，追封他的父亲李琨为工部尚书，追封吴王。随着李祎声名日隆，逐渐引起时任宰相宇文融的嫉妒之心，宇文融暗自担心："皇上会不会把李祎扶上宰相之位？"宇文融的担心并非杞人忧天，因为以战功登上宰相之位的并不是没有先例，萧嵩便是例证。在宇文融看来，如果李祎拜相，就有可能得到唐玄宗的最大信任，这样自己就得靠边站，他的那些宏伟计划也就没有实现的机会了。不行，绝不能让李祎拜相。他脑筋一转，计上心来。计策都是现成的，直接套用对付张说的办法就可以了——弹劾！

在宇文融的授意下，御史李寅精心准备了一道奏疏，弹劾李祎图谋不轨。弹劾的时间选得很好，专门挑李祎进京晋见的时候，此举就是为了将他就地拿下。宇文融的算盘打得很精，可是他没想到，夜路走多了，总有一天会遇到鬼。就在宇文融指使李寅上奏疏的同时，李祎提前得到消息，为应对这场危机赢得宝贵时间。于是，李祎通过玉真公主和高力士上奏唐玄宗说："臣久在边疆，而且又立了点战功，这样就免不了有人会打臣的小报告。如果有的话，请陛下一定要明察，还臣一个公道。"唐玄宗对堂兄李祎很是倚重，尤其在边事问题上，他是不会允许别人对李祎造谣中伤的。

第二天，李寅的弹劾奏疏果然递了上来，唐玄宗当即大怒，把他打入大狱。一番调查之后，发现李寅背后隐藏着的是宇文融，宇文融的宰相生涯也就此终结，被贬为汝州刺史。此时，距离宇文融上任宰相也仅有一百天，由此他成为开元、天宝时期任职最短的宰相。三年之后，李祎大破契丹，"擒其酋长"，自此以后，终玄宗朝，北方边疆都没有大的边患。唐玄宗评价李祎："器能之美，宗室所推。才堪应务，久当于任委。"

高力士作为宦官，顺而不谀，谏而不犯，实属不易。当唐玄宗过度信任宰相时，他又及时站出来，泼冷水帮其清醒头脑。《旧唐书》评价高力士秉公办事的态度是："与时消息，观其势候，虽至亲爱，临覆败皆不之救。"

"安史之乱"前，天宝三载（744年），因边疆屡屡报捷，唐玄宗十分得意，倦于政事，曾打算将政事交给宰相李林甫。然而，他全然不知这是边关将领贪图享乐，虚报战果。有一天，唐玄宗在大同殿进行斋戒，高力士在旁边侍奉。他见左右无人，就对高力士说："我不出长安且十年，海内无事，朕将吐纳导引，以天下事付林甫，若何？"高力士却回答说："天子顺动，古制也。税入有常，则人不告劳。今赋粟充漕，臣恐国无旬月蓄；和籴不止，则私藏竭，逐末者众。又天下柄不可假人，威权既振，孰敢议者！"高力士当时就以"皇权不可旁落"为由，坚决反对。他劝谏唐玄宗不要轻易将天下大权交给别人，一旦养成威势，就无可挽回。尽管唐玄宗没有听进他的劝谏，但他还是一而再再而三地谏言尽忠，最后唐玄宗只得作罢。

无独有偶，十年之后的天宝十三载（754年），唐玄宗旧话重提，想把朝廷事务托付给宰相杨国忠。有一天，唐玄宗自言自语道："朕春秋高，朝廷细务付宰相，蕃夷不龚付诸将，宁不暇耶？"高力士回答说："臣间至阁门，见奏事者言云南数丧师，又北兵悍且强，陛下何以制之？臣恐祸成不可禁。"原来，杨国忠发兵南诏时，战死二十万人，群臣都不敢说，唐玄宗还以为天下太平，高力士却忧虑杨国忠弄权，又担心安禄山反叛，便毫不避讳地揭穿了杨国忠在云南战败而又欺君的谎言，并揭露安禄山将要谋反的阴谋。唐玄宗听后，无地自容，尴尬地说："卿勿言，朕将图之。"从此打消交权的念头。时人深谙安禄山的狼子野心，而高力士的政治洞察力亦当为人称道。翌年，安禄山果然起兵反叛，幡然醒悟的唐玄宗，曾深有感触地说："悔不听高力士所言！"

史书说高力士"太子亦呼之为兄，诸王公呼之为翁，驸马辈直谓之爷"，权倾朝野，中外畏之。但是，高力士为人谦虚谨慎，善于审时度势，他潜居深宫，从不与外臣结交，赢得士大夫阶层的好评。司马光在《资治通鉴》中评价他："性和谨少过，善观时俯仰，不敢骄横，故天子终亲任之，士大夫亦不疾恶也。"这与同样掌握实权的李林甫、杨国忠、安禄山之流，截然不同。

高力士对唐玄宗忠心耿耿，为了维护其统治尽心竭力，除了参加过覆灭韦皇后、太平公主集团的斗争外，在天宝十一载（752年），还平定过一次内乱。当时户部侍郎、御史大夫、京兆尹王鉷，权宠日盛，一人兼领二十余使，自家宅旁设置使院办公，以善于敛财而著称，并且是李林甫一党之人，朝廷内外皆畏惧他的权势。这年四月九日，有人向唐玄宗举报：户部郎中王焊和一个名叫邢縡的人密谋，准备在两天后作乱，他们计划勾结禁军，焚烧长安城门和东市、西市，再乘乱杀死宰相李林甫、陈希烈和杨国忠，继而夺权。重臣中李林甫和杨国忠都被列入死亡名单，只有王鉷例外，显得特别扎眼，而预谋者王焊不是别人，正是王鉷的弟弟。

唐玄宗命王鉷抓捕乱党，王鉷以为其弟王焊与邢縡在一起，为了保住弟弟，迟迟不肯行动。他命人先招王焊回家，等到夜幕时分，才与杨国忠率兵包围邢縡家。邢縡与其党羽数十人持弓刀格斗，并且大声呼喊："不可伤王大夫的人。"杨国忠见状，也不敢贸然动手，双方一时相持不下。关键时刻，高力士率飞龙禁兵四百余骑赶到，击斩邢縡，捕获其党，从而一举平定叛乱。后来，杨国忠就把那句"不可伤王大夫的人"原原本本报告给唐玄宗，并对唐玄宗说："谋反之事，王鉷一定有参与。"最后，唐玄宗赐王鉷自尽，王焊被杖毙于朝堂。在查抄王鉷第舍时，竟然数日不能走遍。

尽管对古代宦官的历史评价很低，但高力士却在历史上留下"直言进谏"的美誉。为了稳固皇权，他也曾经举报过不少人。譬如：举报边关将领拥兵自重，向唐玄宗明示安禄山有造反的可能；举报奸相李林甫专政弄权；也举报过宰相杨国忠破坏朝纲。但这三个人当时都是皇帝宠信的人，可惜的是唐玄宗没有听他的话，最后导致"安史之乱"的发生。

天宝十四载（755年）十一月，安禄山叛乱的鼙鼓动地而来，李隆基和高力士这两个白头老翁，在本该安享晚年的时候，却迎来人生新的挑战。可是，他俩明显已经力不从心了。

庄子说，寿则多辱。唐玄宗和高力士的时代，从安禄山叛乱的那一刻起，就已经结束了。如果唐玄宗和高力士在叛乱前就已去世，则大乱虽由他们，尤其是唐玄宗一手造成，可死者已矣，在无人追究的情况下，他们留给大唐子民心中的形象，该是多么高大啊！可惜，他俩没有死，活着去了成都，最后还活着回到长安。于是，岁月只能给他俩一次又一次的屈辱。

天宝十五载（756年），安史叛军攻陷"两京"（长安和洛阳），高力士护送唐玄宗逃往四川成都，一路上没有人接济，十分艰苦。唐玄宗对他说："卿往日之言，是今日之事。朕之历数，尚亦有余，不须忧惧。"一路随行的禁军，缺乏粮食，行至马嵬坡时，将士饥疲，禁军元帅龙武大将军陈玄礼与太子李亨、宦官李辅国密谋，鼓动士卒诛杀杨国忠。杨国忠死后，士兵又将馆驿团团围住，要求唐玄宗赐死杨贵妃，以防止日后报复。

唐玄宗犹豫不决，高力士劝谏说："贵妃固然无罪，然将士已杀其兄，妃在君侧将士岂能自安？今将士安则陛下安，陛下安则天下安。"唐玄宗才不得不命人处死杨贵妃。陈玄礼等人，这才脱下盔甲叩头道："国忠败坏了国家大政，造成祸乱，使得黎民涂炭，陛下迁徙，这种人不杀，灾

祸不会停止。臣等是为了社稷大计才杀了他的，在此为矫诏请罪。"史称
"马嵬之变"。

太子李亨可谓精心算计，他与陈玄礼、李辅国密谋的这场兵变，不仅
彻底改变了唐玄宗让他跟着去成都的既定安排，还成功杀死政治上的对手
杨氏兄妹，趁机争取到单独前往灵武平叛的行动自由。最后，又顺理成章
地把帝王皇冠戴在自己的头上。唐玄宗和高力士从此失去对局面的掌控
权，他们只能在新皇帝的威势下，苟延残喘地活着。

高力士对唐玄宗的忠心，天地可鉴，无论富贵还是危难，都没有改变
他的初心。兵变之后，高力士保护唐玄宗安全抵达成都，因为护驾有功，
被加封为开府仪同三司、齐国公，实封三百户，达到他人生仕途的巅峰。

6

至德元年（756年）七月十二日，太子李亨在灵武即位，是为唐肃宗，
遥尊唐玄宗为太上皇。消息很快传到成都，唐玄宗听闻，得意忘形地说：
"吾儿应天顺人，改元至德，不忘孝乎，尚何忧？"高力士劝他说："两京
失守，生人流亡，河南汉北为战区，天下痛心，而陛下以为何忧，臣不敢
闻。"高力士不仅指明局势的严峻性，还委婉地批评唐玄宗的盲目乐观。

疾风知劲草，烈火见真金。危难之际，高力士追随唐玄宗左右，不离
不弃。在大是大非问题上，也是把握时机，及时进谏，提醒玄宗，在当时

复杂环境下，可谓是处事干练的老臣。至德二年（757年），唐军收复长安后，他又陪同已是太上皇的唐玄宗李隆基，一同返回长安，住进兴庆宫。

唐代有三大皇宫，即西内太极宫、东内大明宫、南内兴庆宫，时称"三内"。兴庆宫，本就是唐玄宗李隆基做藩王时的府邸，也是他做太子时的宫殿，开元十四年（726年）至十六年（728年），经扩建，置朝堂，称南内，成为唐玄宗的听政之所。在兴庆宫，唐玄宗目睹着这里的一砖一瓦、一草一木，心里很不是滋味，皇位没了不说，自己又形同被软禁，想到此不由得悲从心生。好在还有高力士与他相依为命，逢年过节可以置酒为乐，共同打发晚年时光。

即便是这样，唐肃宗李亨对自己的父亲太上皇还是不放心，他第一个不放心的就是兴庆宫位置太过于开放，与坊间仅有一墙之隔。为了打发时光，白发苍苍的老皇帝李隆基，总喜欢在宫内楼台上饮酒，有时还会站在南临大道的长庆楼上，俯瞰都城繁华街道和昔日臣民，过往百姓看到他后就跪拜致意。

唐玄宗对百姓还是非常体谅的，当年他仓皇逃走时，曾有人建议将长安城的钱粮全部焚毁，避免留给叛军，但遭到他的拒绝。唐玄宗说："如果焚毁，叛军还会向百姓征收，给百姓留条活路吧。"同样，在逃亡途中，有将士为延缓叛军追击速度，将桥梁毁坏，唐玄宗生气地训斥将士，命令高力士留下，监督将士重新修好桥梁，以方便百姓出行。

然而，就是唐玄宗登临长庆楼的这个举动，无意之中给他带来了祸患，因为百姓每次看到他，都会跪下来高呼万岁，他也经常命人送些酒菜饭食招待过往百姓。当然，除此之外，也有一些玄宗时期的臣子时不时地登门求见，这一切都让唐肃宗李亨更加警觉，便派人暗中盯梢观察。

有一次，唐玄宗不知为何请郭英乂到长庆楼吃饭，郭英乂当时是御林军的将领，唐肃宗得知消息后大吃一惊，这可是非常危险的事情。因为他对自己的父亲唐玄宗还是有些了解的，唐玄宗能够登基称帝，与发动政变有着莫大关系，第一次政变除掉的是政治强敌韦皇后，第二次政变干掉了太平公主，而且每次发动政变都有御林军的参与。而今，父皇唐玄宗和高力士不甘寂寞，联络禁军将领，这不得不让他担心，他害怕父亲旧计重施。

权力面前无父子。未雨绸缪，为确保万无一失，唐肃宗决定先下手为强，尽快让唐玄宗离开兴庆宫这个是非之地。就这样，在唐肃宗的授意下，继高力士之后，另一个新崛起的唐朝第二个专权大宦官李辅国出马了，他要强行把唐玄宗由开放的兴庆宫迁往封闭的太极宫。上元元年（760 年）七月十九，李辅国谎称唐肃宗请太上皇李隆基按例巡视宫中。于是，他就带着唐玄宗和高力士一行人，离开兴庆宫。

当行至睿武门时，唐玄宗和高力士被一群剑拔弩张的士兵拦住去路。唐玄宗一惊，差点从马上掉下来，他坐稳之后斥问道："你们是什么人？"只见李辅国带领数十名甲骑上前说道："皇上认为兴庆宫低矮简陋，现在奉请太上皇乘车回西内太极宫。"站在一旁的高力士立刻警觉起来，就厉声说道："五十年太平天子，李辅国汝旧臣，不宜无礼，李辅国下马！"李辅国没想到这时候还有人敢这样大声呵斥他，他一下子没有反应过来，一错愕，手中的缰绳滑落下来。待李辅国缓过神后恼羞成怒，大骂高力士道："老翁大不解事，且去！"话音未落，便手起刀落斩杀了高力士身边的一个随从，鲜血喷洒在高力士的脸上。但高力士依然毫无惧色，挺身而出，炯炯目光穿过李辅国，看着他身后的将士们，满怀深情地说："将士各得好生。"将士们这才反应过来，纷纷收刀入鞘，齐声喊道："太上皇万福。"纷纷向唐玄宗叩拜。

高力士目光如炬，又盯着李辅国大声呵斥道："李辅国拢马！"刚才还趾高气扬、耀武扬威的李辅国，此时也被高力士的正气震慑住，赶紧跑上前去，与高力士一起，一人一边为唐玄宗牵着马缰。就这样，在高力士和兵士们的护送下，唐玄宗平安回到西内。待到李辅国领众人退出后，唐玄宗拉着高力士的手哭着说："多亏了你！若不，我已成为他们刀下之鬼了。"身边侍从也都感慨得流下了眼泪。经过此事，高力士彻底得罪了李辅国，李辅国对他恨之入骨，不久高力士"为李辅国所诬，除籍，常流巫州"。

高力士不仅忠君爱国，他对母亲和养父母也是极尽孝敬。他在"垂髫之年"，就与其母麦氏离散，幼年与母亲失散的苦难经历，一直折磨着他的心灵。开元初，他曾派人到岭南寻找母亲，几经周折，终于在陇州（今广东罗定）一带，找到失散多年的母亲。母子俩经过验证后终于相认，高力士又是高兴又是辛酸，泪水、笑语终日相伴。特别是唐玄宗听说高力士找到了母亲，也甚为高兴，立即召见麦氏，待以殊礼，封麦氏为越国夫人，追赠高力士的父亲冯君衡为潘州刺史，赠广州大都督。当时，高力士的养父母高延福夫妇尚在，唐玄宗便安排麦氏与高延福夫妇住在一起，大兴土木，建筑楼台，让老人安度晚年。开元十七年（729），八十七岁高龄的麦氏病逝，结局是圆满的，过程却是曲折的。闻讯后，京中许多文武百官前来吊唁。

高力士的养父高延福是个老实人，做了一辈子宦官，也只是个从七品的宫闱令。为了报答养父的救助之恩，在高力士积极疏通援引之下，高延福最终从宫闱令，一直升至从四品的中大夫。开元十一年（723 年），高延福去世，高力士尽养子之道，大办丧事，唐玄宗还特派使者前来吊唁，并赠绢三百匹。朝中大臣也纷纷前来，十分荣光。高力士一身丧服，三拜九叩，极其悲痛，备受世人称道。为褒扬高力士，唐玄宗特授予高延福正二品上柱国勋官，备极哀荣。当时，大名鼎鼎的文人孙翌，亲笔为高延福撰写墓志铭，盛赞其"行不违仁，言必合礼"之德，更是称赞高力士"茹茶长号"的孝心，以及"尽力王室，志存匡辅，元勋烂然"之功。

高力士接到流放敕令后，深有感慨地说："臣当死已久，天子哀怜至今。愿一见陛下颜色，死不恨。"他在离京之前，唯一的愿望就是想再和自己的老主人唐玄宗见一面，但未被获准，从此二人永别。就这样，高力士带着遗憾，被一路流放巫州。两年后的宝应元年（762 年），唐玄宗、唐肃宗先后病逝，唐肃宗在临终时诏命将所有流放者赦免回京，高力士才有机会踏上北归之路。

宝应元年（762 年）八月初八，在郎州（今湖南常德）龙兴寺内，一位耄耋老人，已经痛哭了整整七天七夜，茶饭不思，滴水不沾，这便是高力士。天高地远，唐玄宗驾崩的消息，还是他从京城流放至此的罪人口中得知的。高力士两眼怔怔望着北方，想想一把黄土相隔，今生与老主人再也无缘相见，继而又痛哭不止。最后，他对左右人说："我今年已七十八岁了，可谓寿矣。官至开府仪同，可谓贵矣。既贵且寿，死何恨焉？所恨者，两位皇上去世，我不能为他们送葬，孤魂旅榇漂泊何依？"说罢，"北望号恸，呕血而卒"。后来，唐代宗李豫，念高力士护卫唐玄宗有功，为他官复原职，追赠扬州大都督，使其陪葬于泰陵，这也是泰陵唯一一座陪葬墓。

　　纵观高力士一生，他伴随睿宗、玄宗、肃宗三朝，历经风雨，宛若一株向阳而生的向日葵，而唐玄宗李隆基便是他一生追随的太阳。不论是喷薄欲出的朝阳，如日中天的艳阳，还是日薄西山的夕阳，他都数十年如一日，身心相向。盛唐书碑名手张少悌撰写的《唐故高内侍神道碑》，这样评价高力士："惟公之忠，心与上合，朱丹可为，纯粹不杂，有言必从，有可必纳。惟公之葬，泰陵之下，存殁义同，忠贞无舍。"明代思想家李贽，也给予他很高的评价："高力士真忠臣也，谁谓阉宦无人？"

　　纵观古今，称高力士为千古权宦，一点都不为过！

杜甫情怀

国家风雨飘摇，百姓流离失所。战争、饥荒、骨肉分离、幼子饿死……杜甫生逢乱世，几乎尝尽人间辛酸苦楚。尽管他才华满腹，心怀天下，忧国忧民，却穷困潦倒，命运多舛，但他始终未曾放弃自己"致君尧舜上，再使风俗淳"的志向，依然用一颗赤子之心深爱这个世界。

|

天宝六载（747 年）正月，大唐长安城好不热闹，天下考生纷纷涌向梦中的长安城，他们个个摩拳擦掌，准备参加一场特别的"制科"考试。这场"制科"考试，是唐玄宗李隆基为选拔具有一技之长的贤能之士，在常规科考之外，特别增加的一次国考。

唐玄宗诏告天下，命"通一艺以上皆至京师"。意思是说，儒家五经，你通一经就可以来参加考试。诏书中提到的"艺"，指的是儒家五经。既然这是一次皇帝特旨、等级极高的国考，那主考官的人选问题至关重要。身份上，必须是皇亲国戚，这样好代表天子展示皇恩；职位上，必须是位极人臣，这样好代表朝廷公信力。所以，出身李唐宗室、时为晋国公兼宰相的李林甫，便成为主考官的不二人选。

天下士子云集长安，其中就有在长安城飘荡多年、三十六岁的诗人杜甫。他与众多怀抱梦想的考生一样，信心满满地走进期待已久的考场，这也是他第二次参加科考。将近不惑之年的他，已经经不起任何蹉跎和挥霍了，按理说，就凭他的实力和水平，不说拿个状元回来，做到榜上有名，肯定没什么问题。然而，事与愿违，出人意料的事情发生了，参加科考的士子们全部落选。

杜甫走在长安的街头，瑟瑟寒风向他袭来，而最为寒冷的还是他那颗出仕不第、落魄的内心。他抬眼凝望着灰蒙蒙的天空，心中很不是滋味，本来胸有成竹，想象着自己科考入仕，一定能够辅佐君王成为像尧舜一样英明的君主，实现自己平生抱负。而今，自己抱负却全部落空，他感觉前途无边黑暗，天像坍塌下来一般。

几度繁华，几度悲凉！当然，想不明白为何落榜的，不光是杜甫和那些士子，就连这场"通一艺以上皆至京师"蓝图的总设计师唐玄宗，对这场零录取的制举考试也是心存疑虑的，他心中有个大大的问号。其实，这一切都是拜那位口蜜腹剑的奸相李林甫所赐。因为此时的唐玄宗已非开元时期的唐玄宗了，他满足于自己创造出来的盛世，开始沉迷于享乐。正直的宰相张九龄等人先后被罢官，权相李林甫把持朝政，为所欲为。李林甫嫉恨文人，唯恐草野之士在对策中斥责其奸恶，更害怕有才之人进入朝堂之后，自己就不能再一手遮天了，所以为了固宠保位，他滥用公器，导演了一场"数万参试士子，竟无一人得中"的罕见闹剧。

李林甫生性阴柔，精于权谋，与宫中宦官、妃嫔交情深厚，对唐玄宗了如指掌，每逢奏对都能符合玄宗意旨，深得赏识。开元二十三年（735年），李林甫官拜礼部尚书、同中书门下三品，加银青光禄大夫，与侍中裴耀卿、中书令张九龄一同担任宰相。唐玄宗对李林甫非常宠信，宫中每有御膳珍馐、远方珍味，便命宦官到其府中赏赐于他，以致道路相望。李林甫担任宰相十九年，独揽朝政，蒙蔽皇帝耳目，他表面和善，言语动听，却在暗中阴谋陷害朝中大臣，世人都称他为"肉腰刀"，并认为其"口有蜜，腹有剑"。

为达到自己的目的，李林甫蒙蔽唐玄宗，他对唐玄宗说："陛下，这些士子都是些卑贱愚聩之人，恐怕会胡言乱语扰乱圣听，可以让郡县长官先对士子加以甄选，将其中优秀者送到京师，然后再在御史中丞的监督下，由尚书省进行复试，这样就可以将名实相副者选拔出来了。"唐玄宗宠信李林甫，觉得他说得很有道理，就批准了他的建议。就这样，刷来刷去，送到京师的士子已是寥寥无几，最终导致杜甫及天下士子无一人中榜。

面对千古空榜的窘迫境况，六十二岁的唐玄宗也觉得十分奇怪，于是，就召主考官李林甫，质问道："此次制科，为何无一人上榜，难道我大唐就没有一位贤才吗？"此时，李林甫早就准备好了一套完美说辞，他不但不谢罪，反之毫不慌乱地上奏道："陛下，此事恰恰说明朝中已是人才济济，天下人才也已经尽列朝位，这就是我大唐盛世。"见唐玄宗没有吭声，他又接着说道："陛下，您已经达到连尧舜禹汤都不曾做到的治国境界，真正是野无遗贤，功业如天，可喜可贺！"被李林甫这么一说，此时自恃天下承平、无心理政的唐玄宗，被捧得醺然晕然，居然真信"野无遗贤"了。于是，唐玄宗高兴地说："哈哈，野无遗贤，好！爱卿办事我放心，看来我可以高枕无忧了！"就这样，这场名为选拔贤能的考试闹剧，被李林甫轻飘飘一句"野无遗贤"，就给轻轻划了过去。

残酷的现实，似乎让杜甫有些清醒，他看到而今的君王已经不再是当年的君王，大唐也不再是当年的大唐，已近不惑之年的他，开始焦虑起来，他焦虑家人的温饱冷暖，他焦虑曾经辉煌无比的大唐帝国何去何从。

"唐代是诗之华圃，当时的风气是，从天子到庶民无不重诗。唐以诗赋取士，诗赋可以作为仕途的敲门砖，做人最成功的境界是亦官亦诗，堂前是珠玑，案上有文章。眼看江山社稷如此，天生我材必有用，杜甫认为自己更应该秉持"齐家、治国、平天下"的伟大理想，既然科举之路走不通，那干脆就走"干谒""行卷"之路，或许能够实现自己的理想抱负。求仕心切的他，为实现自己的政治理想，决定另辟蹊径，转走权贵之门，投赠干谒。他卸下平日里所有的轻狂和傲慢，在此后数年的京漂生活里，奔走献赋，四处干谒，吃残羹剩饭，饱尝艰辛，遭遇冷眼。可谓："朝扣富儿门，暮随肥马尘。残杯与冷炙，到处潜悲辛。"郁郁不得志的他，尽管生活穷困潦倒，但始终没有放弃过渴望出仕的梦想。

寒来暑往，冬去春来，一晃又是三年过去了，天宝九载（750年）冬天，杜甫收到一个振奋人心的消息，第二年正月唐玄宗将连续三天举行祭祀太清宫、太庙、南郊三大典礼。这对于四处干谒碰壁的他来讲，无疑是个千载难逢的机会。"昭代将垂白，穷途乃叫阍。"他赶在唐玄宗祭祀之前，预献《朝献太清宫赋》《朝享太庙赋》《有事于南郊赋》三篇礼赋。唐玄宗看后，觉得杜甫是个可造之才，非常赞赏他的才华，命集贤院学士招试杜甫，将他的名籍列入候选官员名单。

2

"千秋万岁名，寂寞身后事。"这场期待已久的特殊考试，也是杜甫一生中最为得意的一件事，他为此专门写诗予以记录："集贤学士如堵墙，观我落笔中书堂。"意思是说，所有的学问大家，都来围观他挥洒笔墨。当然，事情的结果并不是他想要的，李林甫怎能容他人在卧榻之侧鼾睡，杜甫自然没有得到录用。直到四年之后，杜甫才得到一个右卫率府胄曹参军的官职，这也是一个从八品的小官，对于他来说，简直就是莫大的讽刺。但是，为了结束长安十年的流落生活，杜甫无可奈何，还是委曲求全，接受了这份任命。虽然这份工作职低薪少，但不用与人打交道，也算逍遥自在。杜甫将家人接到长安，安置在城外东南的少陵，这也是他自称"少陵野老"的缘故。

十年困顿、十年蹉跎。生活慢慢教会了杜甫接受现实，当初他不为五斗米折腰的骨气，只会让自己一家老小陷于贫寒饥饿之中。对于暂时助他脱离困境出仕后的第一个官职，杜甫在他的诗中是这样提及的："老夫怕趋走，率府且逍遥。"然而，好景不长，天宝十四载（755 年）十一月，"安史之乱"爆发。长安陷落，玄宗西逃。不久，太子李亨在灵武即位，是为唐肃宗，尊唐玄宗为太上皇。至此，一代雄主李隆基退出政治舞台。在兵变洪流冲击下，杜甫又开启了他和妻小跌宕起伏的流亡生活……

先天元年（712 年），唐玄宗即位。这一年，杜甫出生在一个世代为官的官宦家庭，其家族为京兆杜氏，晋朝时迁居襄阳，后又定居巩县（今河南巩义）。杜甫的远祖杜预曾是西晋开国元勋之一，是有名的军事家、经学家和律学家。在"儒家十三经"中，《春秋左传集解》就为杜预所撰。杜甫的爷爷杜审言，也是一个不得不说的人物，是武则天时期修文馆直学士，也是著名诗人，为唐代"近体诗"的奠基人之一。杜审言生杜闲，杜闲生杜甫。杜甫的父亲杜闲也曾当过奉天令，虽然在历史上默默无名，但杜甫却常常以"诗是吾家事"而自誉。杜甫祖上虽多是文治武功的功勋，但可惜的是杜甫的几个宝贝儿子都不争气，没有一个能写出像样的诗来。

"自古风流多才俊，而今英雄尽少年。"杜甫"七龄思即壮，开口咏凤凰"。他七岁就开始写诗，而且很了不起，一开口就写凤凰，气魄不同于常人。到十四五岁时，杜甫开始经常"出游翰墨场"，用现在的话来说，就是经常参加诗会，与文坛名人频繁交往。杜甫在《壮游》诗中曾这样写道："脱略小时辈，结交皆老苍。"意思是说："我很小的时候就不和同龄人在一起玩耍，觉得他们很幼稚，我相交的都是些学问精深的老前辈。"

虽然，杜甫自持"老成"，不愿意交往同龄人，但他却与同龄人一样喜好漫游。实际上，漫游之风，古来有之，西汉最著名的漫游家当为司马迁了。读万卷书，行万里路。漫游为司马迁写出历史巨著《史记》奠定了坚实基础。北魏的郦道元，也是通过漫游勘察地理山水，最后写出地理学及山水文学著作《水经注》。到了杜甫生活的盛唐时代，漫游之风更是盛行，成为当时的风尚，有志男儿一般会在十七八岁时就开始"漫游"，往往会背上一把长剑，周游四方闯荡，号称"仗剑去国，辞亲远游"。

杜甫十九岁时，决定离家漫游，他把漫游的目标首先锁定在山水胜景的吴越之地。一个风清气朗的日子，他从河南巩县出发，沿江而下到江苏，然后继续南行，最后到了浙江，开启了一次历时数年的吴越漫游历程。在杜甫晚年回忆他青年人生经历时，他曾写下一篇篇幅较长的诗作《壮游》，记录下自己游历吴越的过程："东下姑苏台，已具浮海航。到今有遗恨，不得穷扶桑。王谢风流远，阖庐丘墓荒。剑池石壁仄，长洲荷芰香。嵯峨阊门北，清庙映回塘。每趋吴太伯，抚事泪浪浪。枕戈忆勾践，渡浙想秦皇。蒸鱼闻匕首，除道哂要章。越女天下白，鉴湖五月凉。剡溪蕴秀异，欲罢不能忘。归帆拂天姥，中岁贡旧乡。"

寻幽访胜，凭吊古迹，是天下士子情怀所致，年轻的杜甫亦如此。杜甫漫游的第一站就是金陵，那时金陵又称江宁、建业等。推开历史的镜头，春秋战国时金陵多半属于楚国，不是吴越之地，但金陵是六朝古都，齐梁风华，尚有遗迹。杜甫在金陵到底看到了什么，后世人虽然不知道，但作为心事尚浅的年轻人，他用"王谢风流远"的诗句，表达了自己在金陵漫游时的心境。透过历史尘烟，金陵留下过不少文人墨客的不朽遗迹，李白在这里留下了《登金陵凤凰台》："凤凰台上凤凰游，凤去台空江自流。吴宫花草埋幽径，晋代衣冠成古丘……"而刘禹锡在这里写下了《乌衣巷》："朱雀桥边野草花，乌衣巷口夕阳斜。旧时王谢堂前燕，飞入寻常百姓家。"这些都成为怀古幽思的代表之作。说实话，年轻的杜甫虽然在诗作上比不上李白和刘禹锡所写诗篇的魅力，但他作为十八九岁的少年，还未深谙社会沧桑变幻，就能够写出"王谢风流远"的诗句，已经实属不易了。

正是这次漫游，在金陵，杜甫结交了两位交往一生的好友，一位是许登，另一位是旻上人和尚。许登又名许八，是大唐润州上元人，天宝元年（742年）进士。杜甫在许登的陪同下，曾游览瓦官寺，观赏画家顾恺之的维摩诘像。瓦官寺，坐落在金陵一座小山岗的后边，滚滚长江从寺前流过，旁边清凉山上高筑的石头城威严而险峻。据说瓦官寺初建时，晋代著名画家顾恺之在殿壁上画了维摩诘像，壁画在佛灯的映照下，透出霓虹般的光辉，把整个瓦官寺照得通亮。这幅壁画一时成为金陵城议论的焦点，以至于上至皇亲国戚，下至平民百姓，都以一睹此画为快。全城百姓都争相来看，瓦官寺也由此成为历史上最有名的寺院之一。

杜甫和许八步入瓦官寺，迎面就看见顾恺之画在高大粉墙上的维摩诘像。此时虽然已经过去三百多年了，粉墙也已泛黄，但画像却仍是那样引人入胜。墙壁周围，画满了各式各样的鲜花，每一朵花都是那么鲜艳奇特。据说，这些花就是维摩诘用法力让天女撒下的。壁画上美丽的仙女，正在天空翱翔，长裙飘飘，彩带飞舞。画面正中的维摩诘，是位略微清瘦的老人，几缕稀疏的长须飘拂胸前。他身着宽大的衣服，嘴巴微微张开，仿佛正要开口和一个从殿外走进来的人说话。维摩诘的眼睛深邃而捉摸不定，如同活的一样，好像把人们的五脏六腑都能够看透。沧海桑田，变幻无常，而艺术之树却常青！顾恺之高超的绘画艺术，深深地打动了杜甫，直到后来他在长安送别许八回金陵时，还不忘写诗赞美它。

旻上人，是位高僧，好吟诗下棋，喜与文士交游。其实，杜家一脉不仅有"诗是吾家事"的文化传统，而且有偏爱围棋的家道修养。杜甫的爷爷杜审言，不仅是初唐时的大诗人，还是一位大棋迷，他曾在诗中不自觉地写道："弹弦奏节梅风入，对局探钩柏酒传。"（《守岁侍宴应制》）最为巧合的是，杜甫年轻时也十分喜欢围棋，且棋力不弱，后来因为他以关注社稷苍生为己任，力图用他"惊天地，泣鬼神"之笔，书写伟大的诗歌，才毅然放弃围棋棋艺。

3

杜甫和高僧旻上人一起泛舟湖上，闲来敲棋，湖光山色，任由清风拂过，好不惬意，一切烦恼好像皆沉寂于围棋的动静和青山绿水之中。于是，便有了"棋局动随幽涧竹，袈裟忆上泛湖船"的优美诗句。后来，杜甫在诗作《因许八奉寄江宁旻上人》中，还专门提到这段经历。总之，他俩性情相契相投，交谊深厚。三十年后，杜甫念起好友旻上人，仍感怀不已。

关于这次漫游，还有一个地方让杜甫念念不忘，那就是苏州。苏州有姑苏台，又称姑胥台，在城外西南隅的姑苏山上。公元前 505 年，吴王阖闾始建姑苏台，后经夫差续建，历时五年乃成。据说，姑苏台极其华丽，规模十分宏大，耗资庞大。姑苏台高三百丈，宽八十四丈，有九曲路拾级而上，登上巍巍高台可饱览方圆二百里范围内的湖光山色和田园风光，其景冠绝江南，闻名于天下。吴王夫差奢靡，平时经常在此娱乐，举办歌舞宴会，做长夜之饮。后来，姑苏台毁于吴越战火。

历史记载着过去，同样也启示着未来。姑苏台的辉煌与兵燹，饱含着吴国的兴衰。随着历史烽烟散去，"姑苏台"一词，经常出现在后世历代文人描写江南的诗词歌赋中。诗人李白曾在这里留下"姑苏台上乌栖时，吴王宫里醉西施"的名句。千年前的苏州以东，还是一片茫茫大海，杜甫站在岛礁之上，面对着茫茫大海，清凉的海风拂过清瘦的脸颊，他逸兴遄飞，甚至有乘船到扶桑去漫游的想法。

虎丘又称海涌山，在远古时代，虎丘曾是海湾中一座随着海潮时隐时现的小岛，历经沧海桑田变迁，它最终从大海中涌出，成为孤立在平地上的山丘，人们便称它为海涌山。虎丘曾有过望海楼、海泉亭、海宴亭等胜景。春秋时期，虎丘是吴王阖闾的离宫所在，东周敬王二十四年（前 496 年），阖闾在吴越之战中负伤后去世，其子夫差把他的遗体葬在这里。据说葬经三日，金精化为白虎蹲其上，因号虎丘。东晋司徒王珣与弟司空王珉于剑池两侧建别墅，后舍宅为寺，名为虎丘寺，寺宇沿山而筑，"寺中藏山"为其一大特色。大唐建国后，为了避唐高祖李渊祖父李虎名讳，虎丘曾一度改名武丘，寺名亦易为武丘报恩寺，仍分东西两寺。

杜甫慕名而至时，映入他眼帘的却是一座杂草丛生的荒丘，无比凄凉。只见传说秦始皇在此凿山求剑而挖掘的剑池，在时光中沉默不语，一池之水四季轮回，见证了一座荒丘的辉煌与落寞。在杜甫的《壮游》长诗中，曾有诗句描写剑池逼仄险要："剑池石壁仄，长洲荷芰香。"长洲，也是个地名，是当年吴王曾游猎之地，杜甫前去凭吊时，只有满眼荷叶，无边荷香，却早已不见昔日故人。

杜甫漫游的第三站就是越地绍兴，绍兴又称会稽，大禹曾在此大会诸侯，探讨国家大事。《吴越春秋》记载："禹巡行天下，会计修国之道，因以会计名山，仍为地号。"最初，也只是将一座山命名为会计山，后来将这座山周边的地区都称为会计，再后来就写作了"会稽"。唐时的绍兴为越州，那时越州的地位在杭州之上，越州系都督府建制，同时也是浙东观察使驻地，开元中有户十万七千六百四十五，属望州；杭州开元中有户八万四千二百五十二，属上州。

杜甫从苏州出发，一路向南，他的目的地就是越地绍兴。一路之上，在他脑海中，不断给自己描绘出期待已久的越地山川风物，他想到了越王勾践卧薪尝胆的轶事，想到了千古一帝秦始皇南巡浙江的故事，他对这些吴越风流人物的故事感怀不已。在漫游吴越时，杜甫写下了"越女天下白，镜湖五月凉"的诗句，这大概也是他一生中写过的最为香艳的文字。越地风光，山水之美，让人印象深刻，湖光山色，美不胜收，而越女自然大方，与北方女子相比，更显水灵、白皙、秀美，这让青春年少的杜甫更是怦然心动，几十年后，他依然记忆犹新。

就在杜甫游历吴越期间，大诗人孟浩然也恰好在吴越游历，两人是否在越地相逢，后人就不得而知了。但是，杜甫晚年曾这样回忆道："复忆

襄阳孟浩然,清诗句句尽堪传。"复忆,是又忆起的意思,杜、孟二人在
吴越之地流连忘返,山水古迹给他们带来诗意的灵感。

天姥山,为浙东主要山脉天台山的一部分,地方志称它:"苍然天表,
千姿万状,为一邑主山。"在李白梦中,天姥山更是一座气象万千的圣山,
他曾这样描绘梦中的圣山:"天姥连天向天横,势拔五岳掩赤城,天台四
万八千丈,对此欲倒东南倾。"而杜甫此次少年游的最后一站就是天姥山,
在那里,他留下了"归帆拂天姥"的传世名句。

开元二十三年(735年),吴越漫游归来的杜甫,回到河南巩县,信
心满满的他准备赴东都洛阳,再一次参加进士考试。"不薄今人爱古人,
清词丽句必为邻。"尽管他勤奋好学,在学业上也极其洞明谦虚,但命运
还是给他开了个天大的"玩笑"——又落榜了!

"忤下考功第,独辞京尹堂。放荡齐赵间,裘马颇清狂。"就这样,带
着落榜的落寞与无奈,杜甫又开始他的第二次壮游生活,漫游齐赵,去了
河北和山东,先后游历邯郸、青州、兖州,并专程去探望正在兖州司马任
上的父亲杜闲。正是这次游历,杜甫终于有机会登上心神向往已久的泰山
之巅,写下了千古绝唱《望岳》:"岱宗夫如何,齐鲁青未了。造化钟神
秀,阴阳割昏晓。荡胸生层云,决眦入归鸟。会当凌绝顶,一览众山小。"
他借泰山之高拔雄伟,抒发了自己的人生抱负,显示出他荡漾于心胸内外
的大格局、大抱负。

唐玄宗开元二十九年(741年),杜甫的父亲杜闲病故,作为长子的
杜甫,以瘦弱的臂膀挑起家庭生活的重担,尽管生活依然困顿,但他始终
没有放弃自己"致君尧舜上,再使风俗淳"的理想目标。三年之后的天宝
三载(744年)夏天,杜甫有幸在洛阳结识偶像李白。这时杜甫已经三十

三岁，仍寂寂无闻，苦苦求索，而大他十一岁的李白，早已享誉诗坛。知己天注定，年龄和身份的差别丝毫没有影响两人的感情，他俩互相欣赏，诗文唱和，结伴漫游。杜甫对李白终生难以忘怀，他一生为李白写诗十六首，无不饱含着对李白的深情厚谊。

杜甫困顿长安十余载，机会总是与他擦肩而过，科考不第后，日子越发艰难，他把妻子儿女安置在郊县，自己独身飘荡在长安城。正是这个时候，机缘巧合，他结识了"著名歌星"李龟年，李龟年是唐玄宗的御用乐师，身兼演唱家、演奏家、作曲家数职于一身。唐玄宗，可谓是古代帝王中少有的艺术家，他在音乐领域的天赋与实力也是众所周知的，谱写出传世乐章《霓裳羽衣曲》。谱曲也只是唐玄宗音乐天赋的冰山一角，他还擅长琵琶、羯鼓等乐器。他曾敕令建立教坊，培养音乐人才，由此可见他对艺术的重视程度。

4

盛世长安，歌舞升平，面对这一切的美好，杜甫按捺不住为时代放歌的激动心情，提笔写下歌颂"开元盛世"的诗作《忆昔》："忆昔开元全盛日，小邑犹藏万家室。稻米流脂粟米白，公私仓廪俱丰实。"只可惜八年之后，"开元盛世"如同那些稻米仓廪一样，在"安史之乱"中付之一炬，当年的盛世也只能在他和李龟年的回忆里上演。

"霖雨六十余日，京师庐舍垣墉颓毁殆尽，凡一十九坊污潦。"天宝十三载（754 年），对于大唐来讲，是一个多事之秋，刚刚经历旱灾不久，一场秋雨整整下了六十多天，长安城里大片房舍倒塌，郊区庄稼尽毁，关中大饥，百姓流离。杜甫没有接到吏部任何令人鼓舞的消息，等来的却是粮价飞涨。尽管唐玄宗下诏，将一百万斛太仓米以低价卖给长安城中的灾民，但每个家庭每天也只能买到二十分之一斛的量，这点粮食远远不够杜甫一家人填饱肚子的。原本经济拮据的他，一时间更是陷入穷困境地。他在《秋雨叹》（其二）中，这样描述这场饥荒："阑风伏雨秋纷纷，四海八荒同一云。去马来牛不复辨，浊泾清渭何当分？禾头生耳黍穗黑，农夫田妇无消息。城中斗米换衾裯，相许宁论两相直。"

在无休止的降雨和饥寒交迫下，唯一的办法就是逃荒，杜甫决定带着妻小迁到地处洛河流域的奉先（今陕西蒲城），那里土地平整肥沃，属于关中平原有名的产粮之地。杜甫之所以把迁居之地首选奉先，还有一个原因，那就是当时的奉先杨县令，是其岳父司农少卿杨怡的同族，他希望能够得到这位亲戚的关照与帮助。杜甫携家人一路风霜，终于抵达目的地奉先，在那里，他们一家人不仅得到来自亲戚杨县令的温暖，还受到热情好客的县内诸公的热烈欢迎。

人生就是一个不断经历的过程，任何时候都应该去追逐自己的梦想，坚持自己的理想。不管生活多么艰辛和困顿，杜甫的诗歌始终充满自信和昂扬向上的气象。"岂知异物同精气，虽未成龙亦有神。"他希望这样的生活尽快结束，自己早日奔赴大好前程，带着梦幻般的希望，他安顿好家眷后，就匆忙返回了长安。

天宝十四载（755 年），在苦苦等待十余年后，杜甫终于得到授官，先是授河西尉，他不愿意接受。唐代有制度规定，允许被授官者拒绝一次任命。既然杜甫不愿接受，那就改授其右卫率府胄曹参军，这次唐玄宗倒显得很大方。所谓胄曹参军，实际上是个看守兵甲仗器、保管库府锁匙的小官，属于从八品下级别。

去国千里，官小如豆。从八品下的官职显然与杜甫"致君尧舜上，再使风俗淳"的远大政治抱负有霄壤之别，但这个职务可以得到二百亩土地的永久拥有权，并且在任期间还会另加二百五十亩，这样加起来，一年的收入约有一百三十四斛谷物，月收入合计有三万五千六百四十文钱。除此之外，还可以配备两名仆人，使用官府配备的马匹，等等。林林总总的这些收入，可以维持杜甫十口之家的日常开销，这也是作为旷世诗才的他委曲求全的主要原因。在《官定后戏赠》中，他不无嘲弄地说："不作河西尉，凄凉为折腰。老夫怕趋走，率府且逍遥。耽酒须微禄，狂歌托圣朝。故山归兴尽，回首向风飙。"

杜甫人在长安，心在奉先。授官后的这年冬天，他从长安赴奉先探望家眷，路过骊山时，正好遇到唐玄宗与杨贵妃及贵戚大臣在华清宫荒淫作乐，他唏嘘不已。"入门闻号啕，幼子饿已卒。"然而，让他更意想不到的是，踏进家门迎接他的不是妻子天使般的微笑，而是悲恸哭声，原来他刚出生不久的小儿子已经被活活饿死了，讽刺的是，那边绅贵府中却依然喧闹无比。于是，杜甫含泪提笔写下了"朱门酒肉臭，路有冻死骨"，这既是声讨，更是批判。

战乱和灾难撕碎了杜甫的心，但朝廷的昏庸更是寒了他火热的心，他对当时的世道有了更为客观的认识，他不仅关心自己的家人，而且更加关心那些和他一样饱受战争和灾难摧残的百姓。这一时期，他结合长安十年的感受和沿途见闻，写成了著名的《自京赴奉先县咏怀五百字》和"三吏"中的《石壕吏》，标志着他政治的真正觉醒。从此诗风大为改变，没有了青年时期和中年前期急于入仕、四处干谒和表白自己的"豪气"，他从不自觉转变为自觉地担负起历史赋予的时代意识，从上层视角转变为平民立场。

屋漏偏逢连夜雨，船破又遇顶头风。就在杜甫返回奉先时，"渔阳鼙鼓动地来，惊破霓裳羽衣曲"，李唐王朝的灾难又一次降临，东北三镇节度使安禄山从范阳（今北京）起兵叛唐，率军十五万横扫中原，各地防御使纷纷弃城而逃，百姓流离失所。时局的遽然变化，让他有些蒙圈，只好带着家人向北逃亡，投奔了在白水县做县尉的舅父崔顼。

白水县，位于陕西省东北部，处于关中平原与陕北高原的过渡地带，是关中与陕北的咽喉要地，因境内有白水河而得名。对于杜甫而言，白水县并不陌生，天宝十四载（755 年）夏，他曾到白水县做客，目睹了舅父崔顼所管辖的白水民丰安稳，百姓安居乐业，心中十分欢喜。炎热的夏天，又恰逢一场及时雨，杜甫心中喜悦之情溢于言表，挥毫写下《白水明府舅宅喜雨》，他在诗中写道："吾舅政如此，古人谁复过。碧山晴又湿，白水雨偏多……"以此表达对舅父政绩的赞美，以及自己愉悦的心情。然而，短短几个月的时间，李唐王朝从鼎盛巅峰就跌落到谷底，杜甫这次是以逃亡者的身份，携家带口再赴白水，世事多变，令人唏嘘。在白水，他创作了《白水崔少府十九翁高斋三十韵》，诗中陈述了见到舅父时的情形："客从南县来……白水见舅氏。"同时，也赞叹高斋周围险峻景象，并由此感喟国家危亡、生灵涂炭的时局。白水，在杜甫的人生与诗卷里留下的，既有喜悦，也有忧虑。

天宝十五载（756 年）六月，潼关失守，京城长安朝不保夕，白水也即将随时陷落。杜甫在白水寓居一个多月后，为了躲避战火，他不得不再次举家向北，踏上逃亡鄜州（今陕西富县）之路。兵荒马乱，叛军四起，杜甫拖家带口，既无车马，也无干粮。即便是遇见下雨，也要在泥泞中跋涉；即便是夜幕降临，依旧要在崎岖山路上前行。此时，怀中的女儿饿得不停地啼哭，杜甫害怕招来山中豺狼虎豹，只得捂住孩子的嘴巴，逃亡之路何其艰难，境况何其悲凉凄惨。

途经彭衙时，杜甫一家在好友孙宰家短暂小憩了几天。彭衙，古邑名，在今天陕西白水县东北六十里处，即现在的彭衙堡。最后，杜甫一家人来到了鄜州城北三十里处的羌村。这里青山环绕，村前是一条清澈的小溪，村中散落着几十户人家，民风淳厚，村民好客，他便和家人在此安顿了下来。后来，杜甫在回忆这次艰难困苦逃亡经历时，专门写下《彭衙行》，感恩于好友孙宰的收留和照顾，殷切忆念之情溢于笔端，情深义厚，力透纸背。

5

"请为父老歌，艰难愧深情。"杜甫在羌村安顿下不久，便传来太子李亨在灵武（今宁夏灵武）即位的消息。杜甫觉得自己既然是朝廷命官，国难临头时就应该为国分忧，他决定奔赴行在，前去追随新皇帝，参加平息战乱的复国大业。他告别了家人,带着满腔热血、敝衣破帽踏上复国之路,一路上风餐露宿,经甘泉、延安等地,当行至鄜子关时,不幸被安禄山叛军抓获。好在他的名气和官阶不大,没有引起叛军注意,也没有被押往安禄山所在的洛阳,而是押回长安。

八月,是个思念的月份。杜甫在长安的监狱里,除了焦愁国家安危之外,就是思念远在鄜州羌村的妻子和孩子。夜晚,洁白的月光从牢房狭小的窗户照进来,他望着明月,想起远方的亲人。他想象着在这样的月光下,身在鄜州羌村的妻子,也许正像他一样倚窗望月,雾气打湿了她的秀发,手臂笼罩在寒意之中。孩子们都还太小,不能为大人分担生活的忧愁,也不理解生活的艰难。想到此,凄凉的泪水,不知不觉打湿了杜甫清瘦的脸颊。于是,杜甫提笔写下了那首深情优美的《月夜》:"今夜鄜州月,闺中只独看。遥怜小儿女,未解忆长安。香雾云鬟湿,清辉玉臂寒。何时倚虚幌,双照泪痕干。"他借月抒情,字里行间,把离乱之痛和内心思念融为一体,对月惆怅,忧叹愁思,何时才能与亲人团聚?

对邀明月,风里吹来浓重的血腥气,凄迷的月光照亮一片荆棘。杜甫想到自己寄予梦想且一生向往的长安,而今已经不再是大唐的长安,国家破碎,山河依旧,感于时局,潜然泪下。他将满腔的惆怅怨恨,都浓缩于诗作《春望》之中:"国破山河在,城春草木深。感时花溅泪,恨别鸟惊心。烽火连三月,家书抵万金。白头搔更短,浑欲不胜簪。"从至德元年(756年)秋天,到至德二年(757年)春天,杜甫是在长安叛军的监狱中度过的,面对逆境,他没有自暴自弃,始终进行着笔诛墨伐,先后写下诗作二十七首,其中不乏《悲陈陶》《悲青坂》《塞芦子》《哀王孙》《哀江头》等著名诗篇。

"至德二年，亡走凤翔上谒，拜左拾遗。"（《新唐书·杜甫传》）至德二年（757年）四月的一天，杜甫趁看守不备，伺机逃出长安，历经千难万险后来到凤翔，投奔了已经从灵武移师凤翔的唐肃宗李亨，被授予左拾遗。唐代由门下省和中书省负责进谏，后又设立补阙和拾遗两个官职，分置左右，左隶属于门下省，右隶属于中书省。左拾遗是门下省的小谏官，主要负责为皇上提供咨询和施政建议。

杜甫生性耿直，不知道皇帝的忌讳，也从不会看周边大臣的脸色行事，他看到不对的地方，就会直接提出意见建议，因为"大嘴巴"得罪不少人，后来甚至连唐肃宗都有些不待见他。杜甫与宰相房琯为布衣之交。在他人生历程中，房琯是一个十分重要的人物，早在杜甫"困居长安十年"的艰难岁月里，也都是年长他十五岁的房琯大哥慷慨相助，才使得他能够渡过一次又一次生活难关。当然，杜甫仕途的结束，最终也与房琯有关，这一切还得从房琯领兵在陈陶所打的一场败仗说起。

唐肃宗李亨即位以后，急需有所作为。至德元年（756年）十月，为了收复长安，他命时任同中书门下平章事的房琯为领兵大元帅，拨给他四万兵马，分南北中三路大军向长安进发。虽说房琯勇气可嘉，可带兵打仗并不是他的强项，房琯带领唐军与叛军在长安西北的陈陶展开鏖战。房琯是文官，根本没有领兵作战经验，沿用的仍是早已过时的兵法，他让士兵驾着两千辆战车向叛军发起猛攻，结果叛军趁着风势采取火攻，将唐军战车焚烧殆尽，进而一路追杀，唐军大败。

经此一战，唐军主力元气大伤，唐肃宗非常生气，就免去房琯的宰相官职，贬他为太子少师，去给太子当老师了。杜甫为此愤愤不平，上疏为房琯鸣冤叫屈，对唐肃宗说："陛下，您明明知道房琯不懂军事，没有领兵作战经验，却让他'以相代将'出征，乃用人失察。另外，敌强我弱，实力相差悬殊，这才是失败的主要原因。您把兵败的责任全部推给房琯，这是对他不公啊！"

唐肃宗听了杜甫为房琯的辩护很不爽，认为这是在指责他这个皇帝无能。尽管唐肃宗没有治杜甫的罪，但却从此疏远了杜甫，并特意给杜甫放了三个月的省亲假，让他回鄜州与家人团聚。就这样，郁郁寡欢的杜甫，被迫离开凤翔，返回鄜州羌村，羌村父老乡亲见他归来，嘘寒问暖，叙说家常，让官场失意的他再次感受到浓浓的亲情和乡情。在羌村，杜甫结合自己一路见闻，陆续写就《北征》等诗作，真实、客观地反映了广大人民群众困苦不堪的生活。

国家不幸诗家幸，赋到沧桑句便工。当然，最值得一提的还是杜甫的《羌村三首》，深刻描述了他这次回家探亲的情形。第一首诗，描写的是他刚到家时，阖家悲喜交集的情景，以及乱离生还的意外惊喜；第二首诗，描写的是他还家后心中仍忧虑国事，烦闷不安却又无可奈何的矛盾心情；第三首诗，则描写的是邻人来访，共谈世事，感叹战乱造成田园荒芜和生活的艰难。这三首诗既独立成篇，又相互连接呼应，构成一个完整的统一体。语言平易，诗意凝练，音韵协调，抒情气氛浓郁。

杜甫在历经命运跌宕起伏之后，真切感受到人间疾苦和命运残酷，他在走投无路时，被浓浓亲情与真挚乡情所感动，这也是他能够成为绝世风华一代伟大诗人的原因所在。

乾元二年（759年），杜甫决定入川躲避战乱，生活开始安定下来，但他仍心系苍生，胸怀国事。四年之后的宝应二年（763年），安史叛军终于被全部消灭，八年动乱总算结束，大唐收复河南、河北，杜甫闻讯后激动得热泪盈眶，写下了不朽的诗篇——七律《闻官军收河南河北》："剑外忽传收蓟北，初闻涕泪满衣裳。却看妻子愁何在，漫卷诗书喜欲狂。"这也是他平生最为快意的一首诗，气势上一气贯注，从首至尾字字欲飞。

6

"安史之乱"后，杜甫的生活更加艰难。大历三年（768年），杜甫思乡心切，乘舟出峡，先到江陵，后转公安，这年冬天漂泊到了湖南岳阳。杜甫泊舟岳阳楼下，登上了神往已久的岳阳楼，凭轩远眺，面对烟波浩渺、壮阔无垠的洞庭湖，他想到自己晚年漂泊无定，国家多灾多难，感慨万千，遂写下《登岳阳楼》。由于生活困难，经济拮据，杜甫被迫继续南行。第二年正月，他先来到潭州（今湖南长沙），又由潭州抵达衡州（今湖南衡阳），最后再次折回潭州。

大历五年（770年）初春的一天，五十八岁的杜甫走在潭州街头，正在感叹时光飞逝，马上又要迎来一个万物勃发的时节时，忽然耳畔传来一个熟悉的声音："唱不尽兴亡梦幻，弹不尽悲伤感叹，请容我慢慢把那天宝当年遗事弹。"他循声望去，只见人群中有一两鬓斑白、满眼忧伤的男子，正在弹唱兴亡遗恨，引得观者泪流满面，歌者自己也是几度哽咽。杜甫一眼就认出了这是当年名扬天下的歌者李龟年，同样，此时李龟年也看到了人群中的杜甫。一个曾是"七龄思即壮，开口咏凤凰"的一代诗圣，如今却穷困潦倒，"疏布缠枯骨，奔走苦不暖"。一个曾是"一动歌喉，就让听者如痴如醉"的宫廷首席乐工，如今却衣衫褴褛，满眼凄凉。两位饱经战乱摧残的老人，就这样意外重逢了，两人相视许久，竟久久说不出一句话来……

这次偶遇，使杜甫心情久久无法平静，他想到了四十多年前，与李龟年第一次相遇时的情景，那时李龟年是庙堂红人，是宫廷著名的歌唱家，就像李白是御用文人，高力士是宦官亲信一样，都曾受到唐玄宗的器重。但是，当年科考落第的杜甫，生活穷困潦倒，为了干谒，他不得不依附权贵，在京城四处奔走，时常出入岐王李隆范和中书监崔涤的门庭，有幸结识李龟年。李龟年是"岐王宅"和"崔九堂"宴会上的常客，常常是文人士大夫们推杯换盏，把酒言欢，而李龟年却以一曲琵琶声震四方。对于李龟年的礼遇，《太平御览》中曾这样记载："乐工李龟年恃恩，寓于东都，大起第宅，僭侈之制，逾于公侯。宅在东都通远里，中堂制度甲于都下。"李龟年虽为伶人，但待遇却堪比公侯，可见当年他是多么的风光无限。

人生一晃几十年，如今李龟年流落江南，头发斑白，老态龙钟，颠沛流离，竟以卖艺为生，与以前判若两人。杜甫看看李龟年，再想想自己，同是天涯沦落人，感慨万千，不禁提笔写下《江南逢李龟年》："岐王宅里寻常见，崔九堂前几度闻。正是江南好风景，落花时节又逢君。"一个"逢"字，写出了时空相隔和沧桑巨变，世事无常，人生短暂，不知不觉间两人都已进入人生暮年。这首诗虽然只有短短四句二十八个字，但信息量极大，它将开元、天宝四十多年的历史，悄无声息地展露出来。尽管诗中没有一笔正面涉及世事和两人身世，但透过杜甫的追忆，却将安史之乱前后的状况，通过对比充分表现出来。杜甫站在时代边缘，看尽了社会腐烂，一花一景一人，既是人生，也是一个朝代的盛衰史，俯仰之间，已为陈迹。

清乾隆皇帝在《唐宋诗醇》中，对《江南逢李龟年》评价说："此诗言情在笔墨之外，悄悄数语，抵得上白居易的一篇《琵琶行》。"通过杜甫对李龟年的表面描写，后人能够从这首诗中感受到他内心深处无以言说的伤痛。首先，表现了杜甫对大唐"开元盛世"的怀念。"安史之乱"以前，特别是开元年间，可以说是文治武功，天下太平，路不拾遗，夜不闭户，杜甫前期的诗歌多有记载。"安史之乱"期间，国破家亡，人民流离失所，开元盛世犹如落花流水。唐朝由盛转衰，这种记忆让杜甫痛心疾首。

其次，是感叹自己报国无门、穷困潦倒的人生悲剧。杜甫出身于官宦世家，祖祖辈辈为朝廷命官。到杜甫这一代，他虽然有"致君尧舜上，再使风俗淳"的大志，但命途多舛，再加上遭遇到李林甫、杨国忠等奸佞排挤，只当了短短几年小官的他，根本无法实现自己匡时济世的抱负。

最后，抒发了时光易逝人生短暂、物是人非的沧桑之感。杜甫曾经年少有为，"七龄思即壮，开口咏凤凰"，他为了干谒，时常出入岐王和崔九的府邸，有幸结识李龟年，并与李龟年相互欣赏。彼此再次相遇时，都已鬓发斑白，垂垂老矣。一首短诗，概括的既是国家的不幸，也是诗人一生的不幸。

大历五年（770年）四月，潭州发生动乱，杜甫只得回到衡州，准备投奔好友韦之晋，等他赶到衡州时，韦之晋已调任潭州刺史。而就在他赶往潭州途中，韦之晋却突然卒于任上。贫困潦倒且又重病缠身的杜甫，只好在潭州靠摆摊卖药凄苦度日。再后来，潭州也发生兵乱，叛乱首领臧玠企图召杜甫为幕僚，冰炭不同器，杜甫没有答应，并连夜逃出潭州城，准备南下郴州，投奔他的舅舅崔玮。不料，行至耒阳时遇到洪水，他被围困在湖南衡阳之南的耒阳方田驿，叫天天不应，叫地地不灵，足足五天水米未进，好在后来耒阳聂县令及时派人送来吃食，他才得以生还。然而，他躲过了这场洪灾，却躲不过多舛命运。这年冬天，饥寒交迫的杜甫，在潭州驶往岳阳的船上病逝，终年五十九岁。

战争、饥荒、自然灾害、骨肉分离、幼子被活活饿死……国家风雨飘摇，百姓流离失所。而杜甫本人，空有才华而不得志，后半生几乎尝尽人世间所有的辛酸苦楚，最后的"人生巅峰"也不过是做了个所谓的"芝麻官"，这就是他悲凉的人生境遇。尽管杜甫一生颠沛流离，但千余年来，他却犹如天幕上璀璨的星辰，无时无刻不散发着夺目的光芒。韩愈曾为他题诗："李杜文章在，光焰万丈长。"闻一多先生也曾高度评价他：中国有史以来第一个大诗人，四千年文化中最庄严、最绚丽、最永久的一道光彩。

杜甫之所以被后人追思、纪念和敬仰，除了他的艺术成就外，还有他关注底层人民命运的博爱精神。回顾他的一生，虽然穷困潦倒，命运多舛，但却始终心怀天下，忧国忧民。他生命底色悲苦，虽然受尽打压，却从未放弃自己"致君尧舜上，再使风俗淳"的志向，依然用一颗赤子之心深爱着这个世界。

盛唐拐点

　　渔阳鼙鼓动地来，惊破霓裳羽衣曲。安禄山和史思明掀起了一场长达八年的"安史之乱"，使得长安沦陷，马嵬兵变，贵妃被杀，玄宗幸蜀，太子登基，江山易主，盛唐有了一个抹不去的拐点。一切都成为那个曾经兴盛时代的注解，成为让后世君臣和着血泪慢慢读懂的教训。

|

一场叛乱葬送了一个盛世。

天宝十四载（755年）十一月，此时的北方已是天寒地冻，然而，在凛冽刺骨的寒风中，似乎隐藏着某种煞气，让长安城中的唐玄宗有些惴惴不安。

"渔阳鼙鼓动地来，惊破霓裳羽衣曲。"这年十一月初九，范阳（今北京市）郊外六军肃然，身兼范阳、平卢、河东三镇节度使的安禄山，乘一架特制铁舆，站立于旌旗之下，"八千曳落河"铁骑环伺两侧。平卢军兵马使史思明、太仆丞严庄、掌书记高尚、将军阿史那承庆等一众文武，簇拥左右。安禄山放眼望去，目光所之处都是自己节制的唐军与同罗、奚、契丹、室韦等部族的精锐之师。军阵绵延，战马嘶鸣，铁蹄踏踏，煞是威风。

所谓十年筹谋，一朝至此。站在铁舆之上的安禄山，眉飞色舞，情绪有些激动，确切地说是一种得意。他三百多斤的身躯，压得铁舆吱吱呀呀作响。此时，他想到了千里之外繁华的长安城，以及那个自己口口声声称呼"干爹"的唐玄宗，内心还是有些惶恐。他的本意是想等唐玄宗老去再起兵的，这样也算是成全自己与老皇帝共事的情谊，可偏偏宰相杨国忠容不得他。安禄山作为坐拥三镇，手握十几万雄兵的节度使，天下兵马大半已为自己掌控，天时地利人和都已占尽，此时如果再不趁势奋起，不用部下小觑，连他自己都会瞧不起自己。

"众将听令，今奉陛下密诏，命我等讨伐祸国殃民的奸贼杨国忠，以安天下。"安禄山犹如雄主附体，扯着嗓子向将士们宣布道，声音随风飘出很远。他拔出长刃，刀锋直指长安，与史思明率领二十万大军，浩浩荡荡挥师南下，步骑精锐烟尘千里，鼓噪之声震天动地。

《资治通鉴》这样记载道："禄山乘铁舆，步骑精锐，烟尘千里，鼓噪震地。时海内久承平，百姓累世不识兵革，猝闻范阳兵起，远近震骇，河北皆禄山统内，所过州县，望风瓦解。守令或开门出迎，或弃城窜匿，或为所擒戮，无敢拒之者。"一朝枭雄拔剑起，又是苍生十年劫。朔风凛冽，黄河冰冻，正是北地胡马南下时。

"安禄山起兵反叛了！"这则震惊朝野的消息，随着强劲的寒风很快吹到了长安，但唐玄宗依旧认为是别人厌恶安禄山编造的假话，他始终不敢相信。当时，海内承平日久，中原多年不起兵戈，安禄山范阳起兵，远近无不震惊。河北地域都是安禄山的统辖范围，叛军一路南下，所踏之地犹入无人之境，所过州县都望风瓦解，或开门迎接，或者弃城逃跑，或者被叛军擒杀，整个河北地区迅速沦陷。最后，也仅有平原郡（今山东德州）的唐军还在严防死守。

为民请命，抵抗强暴，用自己的生命换取天下太平，既是一种责任，更是一种勇气。平原郡，本属于安禄山的辖区，身为郡太守的颜真卿，此前早已敏锐洞察到安禄山的谋反迹象，他便假托阴雨不断，暗中加高城墙，疏通护城河，招募壮丁，储备粮草，为抵抗叛军做最后的准备。为了迷惑安禄山，他表面上每天都与宾客驾船饮酒，诗词唱和，编纂书籍，制造种种假象，以此麻痹安禄山。好让其放心，认为他颜真卿就是一个十足的文人，不足忧虑。

颜真卿出身琅邪颜氏，开元二十二年（734年）登进士第，历任监察御史、殿中侍御史。他秉性正直，笃实纯厚，不阿谀权贵，不屈意媚上，刚正有气节，以义烈闻名。当他得知安禄山反叛的消息后，第一时间派司兵参军李平，骑快马赴长安向唐玄宗报告。而此时的唐玄宗，正在为安禄山反叛之事一筹莫展，他对群臣叹息道："河北二十四郡，难道就没有一个忠臣吗？"群臣都低着头，没人敢回答他的问话。然而李平的到来，无疑给唐玄宗带来一丝惊喜。他高兴地对左右说："以前我不了解颜真卿的为人，没想到他做事竟这样出色！"然而，他所不知道的是，这样一位能做事的诤臣，之前因得罪杨国忠，才被贬到平原郡做太守的，世称之"颜平原"。

颜真卿正是凭借智谋，不但护佑了平原郡的安定，还取得安禄山的信任，让其统领平原、博平两郡，负责黄河防守，这也恰好给了他扩充军备的借口。平原郡原有静塞军三千五百人，之前已奉命调往卢平，颜真卿以防守黄河为由，将被调兵士追回，同时又招募一批武举人、猎人以及勇士入伍，几天之内便募集万余人。

安史叛军占领东都洛阳后，安禄山为震慑后方，遂派段子光，携带东都留守李憕、御史中丞卢奕、采访使蒋清三人的首级，到河北诸郡巡行。颜真卿与李憕等人熟悉，害怕动摇军心，他强忍悲痛对众将说："我一向认识李憕等人，这些人头不是他们的。"随后，又以诈伪为由，将段子光腰斩。颜真卿将李憕等三人的首级仔细清洗，再用蒲草扎成身体形状，接上首级，入棺埋葬。《新唐书》对这件事是这样记载："异日，结刍续体，敛而祭，为位哭之，十七郡同日自归，共推真卿为帅，得兵二十余万。"

安史叛军以洛阳为根据地，继续挥师向西，图谋关中。颜真卿联合常山郡的从兄颜杲卿毅然扯起义旗，"断禄山归路，以缓其西入（潼关）之谋"。在义军誓师大会上，他慷慨激昂地说："国家之恩，勠力死节，无以上报！"就这样，在颜氏兄弟传檄河北的感召下，先后有十七个郡县纷纷响应，"共推真卿为盟主，军事皆禀焉"，其麾下很快聚集起二十万义军。此后，他又率领义军讨伐魏郡，叛军魏郡太守袁知泰派兵二万迎战，经过数日苦战，义军斩首叛军万余人，活捉千余人，得战马千匹，军资无数。此战也是唐廷在河北讨叛战役中的第一场胜仗，当义军进入魏郡时，百姓箪食壶浆，夹道欢迎。

随着颜真卿河北义军声势震动天下，原本很多畏惧叛军而投降的唐军将士，也纷纷起了归义之意。当颜真卿得知平卢将领刘正臣在渔阳起义的消息后，为坚定其信心，不仅送去十余万军费，还把自己八岁的儿子颜颇送去做人质。后来，刘正臣的义军被史思明击败，颜真卿的儿子流落塞外十几年，生死未知。

颜真卿的义军，在一定程度上阻止了安禄山的叛乱进程，但也付出颜氏一门壮烈的代价。天宝十五载（756年）正月，史思明攻打常山郡，颜杲卿拼死苦战六日夜，在弹尽粮绝的情况下，仍坚守城池。后来，他的儿子颜季明被俘，叛军想以此逼其献城投降，颜杲卿不肯屈服，颜季明被斩首于城下。常山郡陷落后，颜杲卿及其幼子、部下皆被叛军俘获。史思明纵兵屠城，杀死守城军民万余人，安禄山将包括颜杲卿在内的颜家三十余口一一凌迟处死。

两年之后的乾元元年（758年），颜真卿托人到河北四处寻访亲人下落，也仅找到从兄颜杲卿的一只脚骨和侄子颜季明的头骨，他悲愤交加，为追祭侄子颜季明，挥笔写下《祭侄文稿》。文稿追叙了常山郡太守颜杲卿父子在安禄山叛乱中，挺身而出，坚决抵抗，"父陷子死，巢倾卵覆"，取义成仁之事，讴歌了颜氏一门坚贞爱国的精神。

河北义军并没有被常山郡的惨祸吓倒，他们在颜真卿的带领下，继续顽强抵抗。由于河北义军的有力牵制，河东节度使李光弼和朔方节度使郭子仪，才得以率军大败史思明于嘉山，歼敌四万余人，史思明"披发跣足"只身逃回博陵（今河北定州）。

2

至德元年（756年）十月，安史叛军包围平原城，颜真卿被迫渡黄河南下，结束了他在平原郡将近一年的艰苦战斗。欧阳修评价他说："颜公书如忠臣烈士，道德君子，其端严尊重，人初见而畏之，然愈久而愈可爱也。其见宝于世者有必多，然虽多而不厌也。"数百年后的1279年，爱国英雄文天祥被元军押赴大都（今北京），途经平原时曾写下《过平原作》："平原太守颜真卿，长安天子不知名。一朝渔阳动鼙鼓，大江以北无坚城。公家兄弟奋戈起，一十七郡连夏盟。贼闻失色分兵还，不敢长驱入咸京……唐家再造李郭力，若论牵制公威灵……公死于今六百年，忠精赫赫雷当天。"

文天祥在诗文中回忆了当年颜真卿抗击安史叛军所表现出的忠贞大勇，赞颂颜氏兄弟的崇高节操、刚烈精神，并以诗明志，表达了自己效仿先贤、宁死不屈、慷慨赴难的决心和信念。

这里先说说"安史之乱"的始作俑者安禄山，他本姓康，字轧荦山。

长安三年（703 年），安禄山出生于营州柳城（今辽宁朝阳），粟特族人。他的父亲是胡人，母亲阿史德氏则是突厥族的巫师，平日以占卜为生。安禄山最初没有姓氏，只是称作"轧荦山"，是"战斗"的意思。在他很小的时候，父亲就过世了，后来母亲阿史德氏改嫁给突厥部落将领安延偃，他才跟着改姓安，取名安禄山。

开元二十年（732 年），已是而立之年的安禄山，仍是两手空空，一事无成。但是他有个特长，通晓六蕃语言，正是凭着这一特长，安禄山长期混迹边疆地区，充当了一个为买卖人协商物价的"牙郎"。为了摆脱穷困潦倒的窘况，他开始把发家致富的希望寄托在歪门邪道上。在欲望的驱使下，他决定改行去干偷羊的勾当，因为自己在幽州边境做"牙郎"多年，积攒了一些人脉，所以一旦偷到羊，出手很方便。

可是，运气不会一直眷顾他。有一次偷羊被人发现，人赃俱获，他被五花大绑押送到幽州节度使张守珪的公堂上。按唐朝律法，偷羊这种罪是要被"棒杀"的，就是用棍棒活活打死。然而，当行刑棒高高举起，准备打下去的一瞬间，在求生本能的驱使下，他突然扯着嗓子大声喊道："大人不是想消灭奚和契丹吗？为何要打杀壮士？"安禄山震耳欲聋的喊声，不仅让行刑手一愣，更是让公堂上的张守珪颇感意外。张守珪从公堂走下来，饶有兴趣地打量着眼前这个白白胖胖、膀大腰圆的偷羊贼，突然萌生出一个想法："何不让这小子上阵杀敌，立功赎罪。"

当时，奚和契丹经常骚扰大唐东北边境，而张守珪之所以来到幽州，就是为了对付他们。于是，张守珪决定赦免安禄山，并将其留在自己麾下效力。正所谓"大难不死，必有后福"。一个"偷羊贼"因为一声喊叫，不仅换来活命机会，而且其今后的人生也发生了翻天覆地的变化，一跃成为大唐帝国最有权势的人物之一，这是后话。

张守珪赦免安禄山后，命他和史思明在自己军中担任"捉生将"。所谓捉生将，实际是一种低级军官的称谓，类似特种侦察兵，主要任务是深入敌占区抓俘虏。不得不说张守珪用人眼光独到，安禄山从来没有让他失望过，每次执行任务都是满载而归，总是绑着数十个契丹人或者奚人。就这样，在张守珪的提携下，安禄山很快由捉生将升为偏将，并被安禄山收为义子。安禄山英勇善战，屡立战功，不负张守珪所望，四年之后，又升任为平卢讨击使、左骁卫将军，成为幽州地面上有头有脸的人物。

就在安禄山风光无限、志得意满时，一场杀身之祸却悄然而至。升任平卢讨击使不久的他，有一次奉张守珪之命讨伐奚人和契丹，由于骄傲轻敌、贪功冒进，最后被敌人打得丢盔弃甲，大败而归。按朝廷典章规定，这种情况是要被杀头的。可张守珪舍不得杀他，于是就把皮球踢给了唐玄宗，命人将安禄山押至京师。而负责审问安禄山的不是别人，正是当朝宰相张九龄。在这之前，安禄山入京曾拜见过张九龄，张九龄颇有识人之道，明察秋毫，他一眼就看出安禄山是个奸诈之徒，断定日后此人必会作乱。

张九龄对侍中裴光庭说："乱幽州者，必此胡也。"通过审问，他更加坚定了此前自己的判断：安禄山绝非善类。张九龄见其脑后有反骨，认为"不杀必有后患"。于是，就在案卷上写道："禄山不宜免死。"他奏请唐玄宗说："张守珪的军令一定要执行，安禄山不应该被免除死罪。"然而，就在安禄山一只脚踏进鬼门关之际，再次被人救下，救他的人不是别人，正是大唐王朝的最高统治者唐玄宗。唐玄宗认为安禄山作战英勇，屡立战功，是个可用之才，应从轻发落。

为了以绝后患，张九龄不惜犯颜直谏："陛下，安禄山狼子野心，面有谋反之相，请求陛下杀掉此人，以绝后患。"可唐玄宗却说："你不要因为王衍了解石勒这个旧例，就误害了忠诚善良的人。"唐玄宗非但不听张九龄的劝谏，反而批评他无容人雅量，劝他不要像王衍陷害石勒那样"枉害忠良"。

最终，安禄山逃过此劫，被发回军中戴罪立功。后来果然如张九龄所料，安禄山起兵反唐，重演了西晋末年羯族石勒反晋乱华的一幕。当唐玄宗被逼得凄凄惨惨亡命天涯，狼狈行走在四川萦纡的栈阁间时，他回想起张九龄当时的提醒，肠子都悔青了。后来，还特意派人前往韶州拜祭张九龄，并抚恤其后人。

安禄山再次从鬼门关逃脱后，一改往日只知道冲锋陷阵的做派，渐渐悟到"有钱能使鬼推磨"的道理，从此不惜在一些特定人身上疯狂砸钱，其效果远远比他冲锋陷阵强得多。对于他这一时期发迹的过程，《旧唐书》这样记载："二十八年，为平卢兵马使。性巧黠，人多誉之。授营州都督、平卢军使。厚赂往来者，乞为好言，玄宗益信响之。天宝元年，以平卢为节度，以禄山摄中丞为使。入朝奏事，玄宗益宠之。"

开元二十八年（740年），安禄山升任为平卢兵马使。第二年，唐玄宗派御史中丞张利贞前来视察军情，安禄山对张利贞不仅远接高迎，还向其大肆行贿。张利贞回朝后，在唐玄宗面前拼命替他说好话，在张利贞帮衬举荐下，安禄山很快又擢升为营州都督、平卢军使，并兼任奚、契丹、渤海、黑水四府经略使。在安禄山的金钱攻势下，朝中替他说话的人越来越多，久而久之，唐玄宗对他的印象也越来越好。

天宝元年（742年），为了抵御周边少数民族侵扰，大唐王朝在沿边各地陆续设置十节度、经略使，分别为安西、北庭、河西、朔方、河东、范阳、平卢、陇右、剑南九大节度使和岭南五府经略使。这时，唐玄宗又一次想到了人人"赞誉"的安禄山，于是，任命他为代理御史中丞、平卢节度使。安禄山的这个平卢节度使，统辖平卢、卢龙二军和安东都护府，总部设在营州，领兵三万七千余人，主要负责东北边境安全事宜。要知道唐朝的节度使、经略使，是地方最高的军事长官，拥有很大的权力。由此，安禄山开始强势崛起，成为大唐王朝坐镇一方、手握重兵的封疆大吏。

两年之后，天宝三载（744年）正月，四十二岁的安禄山奉诏入朝觐见，这也是他第一次来到大唐都城长安。长安的繁花似锦，进一步助长了他的野心。虽然他第一次见到唐玄宗，但却把溜须拍马的功夫发挥得淋漓尽致，他煞有介事地对唐玄宗说："陛下，去年秋天，营州闹蝗灾，遮天蔽日，把所有的庄稼都吃光了，我就焚香祷告，对老天爷说：'如果我心术不正，就让蝗虫把我的心吃掉；如果我不负天地神灵，就赶快让蝗虫消失吧。'奇怪的是，我刚刚说完，就有一群大鸟飞过来，顷刻间将所有蝗虫都吃光了。"这种事情，换作任何人都不会相信，可唐玄宗却被安禄山的甜言蜜语冲昏头脑，竟然信以为真，随即加封其为骠骑大将军。

安禄山知道唐玄宗喜欢边境将领报战功，就采取阴谋手段，诱骗平卢附近的少数民族首领和将士参加宴会，用药酒灌醉他们，然后割下他们的头颅献给朝廷，以此讨好好大喜功的唐玄宗。然而，正是这些所谓的"军功"，让唐玄宗更加觉得安禄山是个不可多得的将才。

安禄山也总是抓住觐见唐玄宗的机会，千方百计讨这位老皇帝高兴。安禄山长得特别肥胖，凸肚子，矮个子，总是在唐玄宗面前装出一副傻乎乎的样子。有一次，唐玄宗指着他的肚子开玩笑说："你这么大的肚子，里面装的什么东西？"安禄山反应很快，他不假思索地回答："没有别的，只有一颗赤诚的心。"唐玄宗听后，乐得合不拢嘴。

见证长安的繁华之后，安禄山的内心渐渐滋生出一丝野心。他的这丝野心，随着权势的提升慢慢壮大。直到十二年后，大唐君臣和着血与泪的教训才真正读懂。在众人对安禄山的赞誉声中，唐玄宗将其视为帝国边境的"万里长城"。

天宝三载（744年），唐玄宗又任命安禄山兼任范阳节度使。范阳节度使在十大藩镇中权力最大、拥有兵力最多、下辖地方最广，领兵九万一千四百余人。这样一来，安禄山统辖平卢、范阳两镇，其兵力已经达到十三万之多，占所有藩镇兵力的四分之一，权力已经达到无以复加的地步。这只是唐玄宗对安禄山宠幸的刚刚开始，在随后几年中，安禄山频繁出击奚和契丹，且屡屡获胜，在朝廷中的声望日益飙升，仕途更是一路高歌。

随着权势和地位的提升，安禄山接触唐玄宗的机会越来越多，再加上采访使张利贞、黜陟使席建侯、宰相李林甫等几位唐玄宗信赖的朝臣，在其金钱攻势下，为了迎合唐玄宗，也都不遗余力地替他美言，这就更加坚定了唐玄宗对安禄山的信任。

3

三年后的天宝六载（747年）正月，安禄山又以范阳、平卢节度使的身份兼任御史大夫。唐玄宗对安禄山万分宠信，安禄山自然也要投桃报李，他开始穷尽所能，为宫中贡献财物。《资治通鉴》曾这样记载："岁献俘虏、杂畜、奇禽、异兽、珍玩之物，不绝于路，郡县疲于递运。"安禄山每年都向朝廷奉献俘虏、杂畜、奇禽、异兽和珍宝玩物，一路不绝，以至沿途郡县都因转运这些东西而疲惫不堪。安禄山外表看似老实，实际上内心十分狡猾，常令部将刘骆谷留在京师刺探朝廷的动向，一举一动都要及时向他报告。如有要事向唐玄宗奏表，刘骆谷就替他代写奏表。而此时的杨贵妃一家正处于受宠时期，势力可谓如日中天。为了进一步依附杨家势力，安禄山认小他十六岁的杨贵妃为干娘。后来，他进宫朝见，必先拜望杨贵妃，唐玄宗觉得很奇怪，就问他什么原因，他回答说："陛下，臣是胡人，胡人先拜母亲，后拜父亲。"唐玄宗听后十分高兴。而安禄山也把自己的地位，提高到了唐玄宗的养子境地，唐玄宗也默认了这一身份。唐玄宗敕令杨铦（杨贵妃堂兄）以下的杨家兄妹，与安禄山结为兄弟姐妹。自从有了这层特殊关系，安禄山更加频繁出入宫禁，与杨贵妃的关系也日益紧密。

俗话说，一物降一物，卤水点豆腐。安禄山虽自命不凡，但他对宰相李林甫却恭恭敬敬。史料这样记载："时宰相李林甫嫌儒臣以战功进，尊宠间己，乃请专用番将，故帝宠禄山益牢，群议不能轧，卒乱天下，林甫启之也。"在经历南北朝之后，大唐王朝任用了不少胡人将领，而这些所谓的"胡人"，实际上是北方游牧民族和西域诸国的人。大唐疆域辽阔，为了有效管理地方，十大藩镇设立后，李林甫向唐玄宗谏言："大唐边塞战争频繁，要想不断取得胜利，最好重用胡人将领为藩镇节度使，用胡将打胡人，但决不允许他们入朝为相。"

那么，李林甫谏言的真实目的是什么呢？原来他的目的就是弱化对手。因为这些胡人在朝中没有根基，不容易形成派系，让他们到边关苦寒之地，为大唐看家护院是最好的安排。胡人不能入朝为宰相，无形之中就减轻了他的竞争压力。也就是说，李林甫一直把胡人当作自己的假想敌。

正是因为朝廷重用胡将为藩镇节度使的政策，所以在李林甫大力提携举荐之下，安禄山才有机会一步步走上三镇节度使的位置，权倾一时，掌控一方。可让李林甫万万没有想到的是，后来藩镇权力越来越大，他们虽然不能控制朝廷大权，但却拥兵在外，以至于成为朝廷的威胁。

安禄山虽是手握重兵的封疆大吏，但对宰相李林甫却十分惧怕。史书中曾记载这样一件事，有一次，安禄山和御史大夫王鉷一起进宫奏事，安禄山仰仗唐玄宗盛宠，没有按规定行礼，有悖宫廷礼仪。站在一旁的李林甫，没有说他，而是命令王鉷好好礼拜，王鉷快步上前，弯腰作揖十分恭敬。安禄山当时吓得直喘粗气，马上按照宫廷礼仪参拜唐玄宗。

安禄山每次与李林甫交谈，李林甫总能摸准他的心思，并且先声夺人，说出他的想法，安禄山认为李林甫像神仙一样，无所不知，所以对他十分惧怕。据说，安禄山每次见到李林甫，都会惶恐得汗流浃背，即便是隆冬天气也是如此。然而，每次上朝，李林甫又总是招呼安禄山坐在自己旁边，像是自己人一样。天冷时，他还会脱下自己的锦袍给安禄山披上，安禄山欣然接受，亲切地称呼李林甫为"十郎"。安禄山经常派刘骆谷进宫禀奏政务，每次刘骆谷回来，他首先问："十郎说了些什么？"如果有好听的话，他就会高兴得蹦跳；如果只是说"大夫必须好好地查核一下"，他就会反手撑着床说："哎呀，我要死定了！"

李林甫之所以能够压制住安禄山，不外乎三方面原因。第一，手握重权。李林甫当上宰相后，可以说是一人之下万人之上，就连后来的杨国忠都对他十分忌惮。史书记载，李林甫病重时，杨国忠来看望他，都战战兢兢，由此可以看出他在朝廷中的威慑力。所以，尽管安禄山手握重兵，但也不敢轻举妄动。第二，在唐玄宗心中分量很重。杨国忠状告李林甫暗中勾结王铱造反，王铱被唐玄宗直接杀死，但李林甫却没有受到任何惩罚。从这里可以看出，李林甫在唐玄宗心中不是一般的分量，就凭这点，安禄山也不敢对他怎样。第三，排斥异己手段残忍。这点可以说在历史上没有几个人比得上李林甫，他不光排斥反对自己的大臣，甚至连太子都敢动，并且在宰相任上制造了一系列冤案。

安禄山曾对身边人说："我安禄山出生入死，天不怕地不怕，当今天子我也不怕，只是害怕李相公。"由此可见他对李林甫的忌惮之心。当然，这话也道出当时的局势：天子忙于享乐，朝政则尽为李林甫把持。"安史之乱"爆发，李林甫有着不可推卸的责任。

安禄山晚年愈加肥胖，以至于肚子都快要掉到膝盖下边，体重有三百三十斤。走路时，只有用两只手向上提起自己的身子，才能动脚。但他为讨好杨贵妃，竟苦练胡旋舞，成为继杨贵妃之后，最会跳胡旋舞的人。据说，他跳起舞来动作快得像旋风一样。天宝九载（750 年），唐玄宗再次下旨，封安禄山为东平郡王，开启边将封王的先例。由此安禄山成为大唐开国以来，外姓武将封王第一人。

除了对安禄山官职的提升之外，唐玄宗对他生活的关心也是无微不至。《资治通鉴》记载："上尝宴勤政楼，百官列坐楼下，独为禄山于御座东间设金鸡障，置榻使坐其前，仍命卷帘以示荣宠。"而在《唐诗纪事》的记载里，还增加了唐玄宗"赐其箕踞"的细节，就是特许他"舒展两足，状如箕舌"而坐，这种坐法虽然舒适，但不合礼法。唐玄宗之所以允许安禄山坐得如此随意，除了因为他体胖以外，也是充分表示两人亲近之意。

天宝十载（751年）正月初一，是安禄山的生日，唐玄宗和杨贵妃专门为他这个干儿子准备了丰厚的生日礼物。在过罢生日的第三天，杨贵妃特召他进见，特意为其举行洗三仪式。杨贵妃让人把安禄山当作婴儿放在大澡盆中，为他洗澡。再用锦绣料子特制的大襁褓，将其包裹住放入彩轿里，让宫女们抬着在后花园里转来转去，杨贵妃则跟着轿子一口一个"禄儿、禄儿"地叫着，嬉戏取乐。当时唐玄宗目睹这一闹剧后，也跟着哈哈大笑。因为在他的眼里，安禄山就是一个玩具，并不是一个真正的男人。

唐玄宗却小瞧了安禄山，安禄山在不顾尊严和体面，装傻充愣讨好他和杨玉环的同时，也盯上了至高无上的皇位。这年二月，安禄山又向唐玄宗提出兼任河东节度使的请求。在任何人看来，这一请求都是贪得无厌、得寸进尺的想法。可出乎所有人的意料，唐玄宗居然想都没想，就一口答应。至此，安禄山一人身兼范阳、河东、平卢三镇节度使，总辖兵力达到十八万五千人之多。要知道当时十大藩镇总兵力才四十九万，而中央禁军也不过十二万人，安禄山一人所统兵力，已经超过藩镇总兵力的三分之一。

安禄山除被赐爵东平郡王，担任三镇节度使外，还兼任河北采访使，受封上柱国，可谓权倾天下，位极人臣。

俗话说，一人得道，鸡犬升天。安禄山的家眷也跟着沾了光，母亲赐国夫人，十一个儿子皆由唐玄宗赐名，长子安庆宗任太仆卿，小儿子安庆绪任鸿胪卿。安庆宗还迎娶了李唐宗室之女荣义郡主，安家由此成为名正言顺的皇亲国戚。

天宝十载（751年），当唐玄宗得知安禄山位于道政坊的旧宅十分简陋时，敕令由内库出钱，在亲仁坊南街选宽爽之地，为其建造了一座堪比王公贵族府第的豪华住宅。"敕所司穷极华丽，不限财物。"唐玄宗要求不必顾忌财力，为安禄山所建宅邸必须富丽堂皇。宅邸建成后，一切所用器具都是御赐，甚至连厨房里的锅碗瓢盆，也都是专门用金银打造。后人皆称安禄山府第"瑰材之美，为京城第一"，放眼朝堂上下，除唐玄宗外无人能比。

"禄山入新第，置酒，乞降墨敕请宰相至第。是日，上（唐玄宗）欲于楼下击球，遽为罢戏，命宰相赴之。"新宅建成后，安禄山乔迁新居，唐玄宗得知后竟放弃打球计划，带着宰相前去道贺，可见安禄山在他心中的地位。放眼满朝文武，也没有谁能够达到安禄山这样权力待遇的巅峰。"安史之乱"后，安禄山的宅邸充公，至德二年（757年）正月改为道观，赐名"回元观"，寓意希望重回开元盛世。

4

安禄山为人狡黠奸诈，凶狠歹毒，十分好斗，手握地方霸权后开始拥兵自重，不断与朝中各种势力争权夺势，平日刻意网罗文臣武将，渐渐引起朝中大臣不满。从太子到重臣，多次向唐玄宗进谏，一再挑明安禄山有反叛之意。但安禄山善于谄媚，总能用言语打动唐玄宗，让自己化险为夷。杨国忠为达到独掌大权的目的，先是联合安禄山排挤李林甫，等他上任宰相后，安禄山也就成为他最大的绊脚石。于是，杨国忠开始有了借唐玄宗之手除掉安禄山的想法，多次向唐玄宗进谗说："安禄山有造反迹象，不得不防！"

天宝十二载（753年），唐玄宗听信杨国忠的话，派中官辅趚琳前去查明真相，结果安禄山还是老办法，用金银珠宝搞定趚琳。趚琳回来向唐玄宗奏报说："陛下，安将军对朝廷忠心耿耿，对您也是日月可鉴，他怎会谋反呢？"这次杨国忠被打了脸，于是又心生一计，对唐玄宗说："陛下，您召安禄山进京，他一定不会来。"谁知，当皇帝下令召见时，安禄山却真的来了。第二年正月，安禄山专程赶到华清宫觐见唐玄宗，并痛哭流涕地说："陛下，我是外族人，不识汉字，您越级提拔我，以至于杨国忠想要杀我。"

六十九岁的唐玄宗可能真的老了，没了年轻时的杀伐果断，耳根子也变软，他听了安禄山的哭诉后，反而对其产生愧疚之情。于是，又任命安禄山为左仆射，这个职位相当于宰相。但安禄山却要了另外两个官职：闲厩使和陇右群牧使。唐玄宗不仅答应了他的请求，还任命吉温为武部侍郎、兼中丞，给他当副手。

千万别小看闲厩使、陇右群牧使这两个职务，闲厩使负责掌管朝廷车马调度，陇右群牧使则掌管大唐的牧场。古代，战马是重要作战物资，谁掌握了战马，谁就掌握了战场上最大的机动性和灵活性。也就是说，大唐王朝的战马，从饲养到调度使用，都为安禄山所掌握。之后，他又从陇西挑选数千匹上好良马，送回范阳。天宝十三载（754年）三月一日，安禄山离开长安，急忙出了潼关，直奔范阳。他星夜兼程，每天急行军三四百里，不敢停留片刻。

经过长达十余年的精心筹划和军事准备，安禄山知道留给自己的时间已经不多了，纸终究包不住火，他开始为反叛做最后的冲刺。《旧唐书·安禄山传》曾记载："禄山，阴有逆谋，于范阳北筑雄武城，外示御寇，内贮兵器，积谷为保守之计，战马万五千匹，牛羊称是。"《新唐书·逆臣·安禄山传》也记载道："禄山，计天下可取，逆谋日积，筑范阳北，号雄武城，峙兵积谷。"

早在天宝六载（747 年），安禄山就以备战契丹和室韦为名，在范阳城北修建起一座"雄武城"，实际是个储备粮食和兵器的大型仓库，还圈养着一万五千匹战马和大批牛羊。杜甫在《渔阳》一诗中也曾提到这座雄武城："禄山北筑雄武城，旧防败走归其营。系书请问燕耆旧，今日何须十万兵。"

雄武城，大致的位置就在今天的张家口宣化区一带。安禄山之所以选择在这里建雄武城，是因为这里位于燕山山脉以北，位置隐蔽，而且靠近内蒙古，以备战契丹和室韦为名一点都不为过。更重要的是，他还在雄武城驻扎了一支精锐部队——雄武军，这也是他看家的本钱。因为雄武城靠近边界，边民不多，这里既方便与契丹人、奚人接触交往，又可以躲避朝廷查问。所以，安禄山非但借筑雄武城用以养兵积粮，还私下派人与契丹人、奚人等交易往来，收养契丹族、奚族八千子弟为假子（养子）。他把这八千假子武装成一支私军卫队，史称"八千曳落河"。"曳落河"突厥语为壮士、健儿之意。"八千曳落河"骁勇善战，攻坚陷阵，所向无敌，从无败绩。安禄山又对自己手下将领进行了仔细排查梳理，随后向唐玄宗报送了一份人员任命名单，将不是自己亲信的汉人将领全部调离，换成自己信任的番将。一切准备就绪，可谓万事俱备只欠东风。

第二年，唐玄宗以给安庆宗赐婚为由，召安禄山再次进京，出席观礼，可这次他却以生病为由没有去。之后，任由唐玄宗怎么召唤，他都铁了心，不再迈进长安城半步。唐玄宗已隐约嗅到"山雨欲来风满楼"的味道。

天宝十四载（755 年）十一月初七，安禄山召集主要将领，精心安排了一场宴会，酒酣耳热之际，他拿出一张山川地势图，摆在大家面前。从范阳到洛阳，从洛阳到长安，一山一水，一关一卫，纤毫毕现地展示出来，其野心已暴露无遗。随后，他又在每个将官面前，摆上黄金白银、奇珍异宝，毫不掩饰地说："各位，我准备起兵，进攻长安，有违令者一律斩首。"两天之后，到长安奏事的官员恰好返回幽州，安禄山趁机伪造诏书，他把诏书展示给众人说："当朝天子传来密旨，让我带兵入朝讨伐杨国忠，铲除奸佞小人。"没有一个人相信这是真的，但也没有一个人敢说"不"字。就这样，安禄山以"忧国之危""奉密诏"讨伐杨国忠为借口，在范阳起兵。

六天之后，惶恐不安的唐玄宗，才接到这则他最不愿意听到，也最不愿意相信的消息。他的第一反应居然是："安禄山造反，怎么可能，你们到底要诬陷他到什么时候？"然而，事实却是如此残酷，安禄山的确反了，并且已经挥师南下，正在前往长安的路上。

叛乱之行后有来者。说"安史之乱"，我们还必须说说另外一个重要人物——史思明。史思明是何许人也？他又是如何与安禄山走到一起的呢？史思明，突厥人，原名崒干，长安二年（702 年）十二月三十日生于营州柳城（今辽宁朝阳），其貌不扬，性情急躁诡谲，他与安禄山一样通晓六蕃语言。说起来，他比安禄山早出生一天，与安禄山是同乡，也是一拍即合的"同道中人"。史思明靠着坑蒙拐骗的绝技，在军中扶摇直上。安禄山起兵反叛后，史思明率领自己的队伍在征战途中与其遥相呼应，后来成为安禄山的左膀右臂。

明代文学家、史学家王世贞这样评价他："史思明亦悍胡也，其才力远出禄山上。"《剑桥中国隋唐史》也评价他："史思明任叛军领袖后，证明是一位杰出的将领。如果不是他的儿子史朝义在761年春通过与人合谋将他杀害，他很可能推翻唐朝。"

开元二十四年（736年），安禄山已经投靠到张守珪麾下，而史思明却因无力偿还官府债款，正在逃向奚人部落的路上。结果半路被奚人游骑抓住，游骑本想杀掉他，可他却装出一本正经的样子说："我是大唐天子派来的和亲使者，杀了我会祸及你们部族。不如带我去见奚王，他若放我一条生路，你们也有功劳。"游骑就把他送到了奚王的牙帐。史思明见到奚王却不下拜，并说："按照礼法，天子使者见小国君王不必下拜。"奚王很是生气，但看他一副气度非凡的样子，还真把他当成大唐派来的使者，于是以贵宾礼节接待他。

奚王畏惧大唐王朝的势力，决定派一百人跟随史思明入朝。史思明知道奚王帐下有名叫琐高的大将，此人在部落中很有威名，就想把他擒住，好将功赎罪。于是，就哄骗奚王说："大王派去的人虽然不少，但我看多是浅薄之徒，这样的人怎能去见天子？我听说大王帐下的琐高才能出众，可担此大任，何不派他去？"奚王不敢违抗，便命琐高带手下三百人跟随史思明到长安去"朝拜天子"。

史思明一行人快走到平卢（今辽宁朝阳）时，他提早派人前去联络平卢军使裴休子说："奚族人派琐高和精锐将士一起来，表面上说是去朝拜天子，实际是偷袭平卢，请将军做好准备，先下手为强。"于是，裴休子将计就计，假意列队出迎，趁奚人毫无防备之际，将其全部擒获，琐高被押往幽州，手下三百精锐尽数被杀。范阳节度使张守珪见奚人首领琐高被活捉，非常高兴，便将史思明收入帐下，并任命他为果毅都尉，与安禄山同为捉生将。就这样，史思明与安禄山便走到了一起。

天宝元年（742年），安禄山被任命为平卢节度使，史思明也官至将军、知平卢军事。有一次，史思明入朝觐见，唐玄宗对他的军事才能大为赏识，赐座与他交谈。唐玄宗问他多大年龄，史思明回答说："已经四十岁了。"唐玄宗听后，拍着他的肩膀说："好好努力吧，你日后一定会显贵的。"于是，将其提拔为大将军、平卢兵马使，又赐名"思明"。

共同的出身，共同的野心，让安禄山和史思明两个枭雄最终走到了一起。他俩沆瀣一气，掀起了一场长达八年的"安史之乱"。面对毫无军事准备的大唐王朝，安禄山亲率二十万大军挥师南下，摧枯拉朽，所向披靡，势如破竹。直到六天后，唐玄宗才相信安禄山率兵造反的事实，紧急召宰相杨国忠商议应变之策。此时，北庭都护、安西节度使封常清刚好进京朝见，在华清宫拜见了唐玄宗。唐玄宗正为安禄山反叛之事大发雷霆，指责其反叛负恩。他问群臣："有谁可以征讨？"封常清奏请说："陛下，安禄山率领敌兵二十万，侵犯中原，中原太平已久，人不知战。然而事有逆顺，形势会有变化的，我自请赶赴东京洛阳，开府库，招募骁勇之兵，挑着马杖和马鞭渡河，很快就可以拿安禄山的首级进献朝廷。"

第二天，唐玄宗任命封常清兼任范阳、平卢节度使，防守洛阳。接着他又任命自己的第六子荣王李琬为元帅，右金吾大将军高仙芝为东征副元帅。高仙芝、封常清临时在长安、洛阳募兵，虽然不多日就招到士兵六万余人，但这些人都是市井子弟，缺乏战斗经验，而且没有经过训练，面对安禄山强悍的铁骑，简直是不堪一击，叛军轻而易举拿下洛阳。安禄山站在洛阳城的最高端，他面对雄伟的宫殿，华丽的内廷，感慨不已。

天宝十五载（756 年）正月初一，安禄山在洛阳称帝，国号大燕，改元"圣武"。他命史思明经略河北，史思明每行军一处，任由部下剽掠抢夺，杀人取乐。

5

封常清失守洛阳后，跟随高仙芝退守潼关，采取守势，坚守不出。唐玄宗听信监军宦官的谗言，最终以"失律丧师"和克扣军饷之罪将二人斩首。之后，派老将哥舒翰镇守潼关，但依然采取固守策略。潼关是长安的东大门，北临黄河，南靠秦岭，周围大山林立，沟壑纵横，地理地形极为优越，哥舒翰在潼关与安史叛军采取拉锯战，不知不觉半年时间过去，始终没有被突破。然而，杨国忠借刀杀人，他在唐玄宗耳边不断煽风点火，最终逼迫老将哥舒翰出城与叛军野战，结果导致唐军惨败，天险潼关失守，哥舒翰被俘投降安禄山。潼关失守，京城再无屏障可言，唐玄宗只得带领杨贵妃和众亲信出逃长安，在经过左藏库（国库）时，杨国忠想烧毁国库，毁掉财宝。唐玄宗说："贼兵得不到财宝就会搜刮百姓，不如留给他们吧。"

早在唐玄宗出逃长安之前，太子李亨就已经谋划好一盘步步为营的大棋。他与亲信密定后，派心腹宦官李辅国去拉拢左龙武大将军陈玄礼，密谋策划以非常手段铲除杨贵妃和杨国忠。逃离京师时，唐玄宗所率部队共有三千余人，而负责殿后的太子李亨所率人马就有两千余人，其中还包括禁军中的精锐部队——飞龙禁军。李亨的儿子广平王李俶和建宁王李倓"典亲兵扈从"，这一切都为李亨发动政变提供了千载难逢的好机会。

六月十四，逃亡队伍到达马嵬驿时，禁军将士饥疲劳顿，已有不逊怨言，为兵变提供了绝好时机，李亨默许陈玄礼带人将杨国忠斩杀，割下首级，随后杨国忠的儿子杨暄及韩国夫人也被禁军杀死。不过，杀死杨国忠父子，只是政变的第一步，逼杀杨贵妃，是李亨密谋马嵬兵变的第二步。但令李亨始料不及的是，身为禁军首领的陈玄礼在处死杨贵妃后，带头向唐玄宗倒戈，表示效忠。唐玄宗入蜀不可逆转，太子李亨以平叛为名，与老皇帝分道扬镳，带人直奔灵武而去。长安陷落，唐玄宗幸蜀，马嵬兵变，唐玄宗的政治生涯就此终结。

天宝十五载（756年）七月初九，太子李亨在杜鸿渐等人的陪同下，抵达朔方军大本营灵武。三天之后，他在灵武城南门城楼举行登基仪式，是为唐肃宗，改元至德，唐玄宗被推尊为太上皇。当天，他就派使者前往四川成都，向唐玄宗报告了这一消息。随后，任命郭子仪为兵部尚书、同中书门下平章事，兼朔方节度使；李光弼为户部尚书、同中书门下平章事。二人奉诏讨伐叛军。

颜真卿在得知唐肃宗于灵武即位的消息后，多次派使者前往灵武汇报河北军政形势，忠心可鉴。他也被任命为工部尚书兼御史大夫，复任河北招讨使。此时，虽然颜真卿等人在平原郡、博平郡、清河郡继续坚持固守，但河北其余各郡都已沦陷叛军之手。无奈之下，他和郭子仪撤往灵武，留李光弼在河东据守。

　　至德二年（757 年），郭子仪上奏，推荐李光弼担任河东节度使，联合李光弼分兵进军河北，会师于常山郡（河北正定），击败史思明，收复河北。然而，此时大唐朝廷内部也不平静，权力之争愈加凸显，唐肃宗的异母弟永王李璘，手握山南东路、岭南、黔中、江南西路四道重兵，擅自率军东巡。唐肃宗遂以阴谋叛乱、割据江东为名，派兵围剿，李璘兵败，后为江西采访使皇甫侁所擒杀。

　　这年九月，雄心勃勃的唐肃宗，令广平王李豫为天下兵马大元帅，李嗣业为前军、郭子仪为中军、王思礼为后军，帅朔方等军，以及回纥、西域之兵十五万人，浩浩荡荡从凤翔出发，东讨安史叛军。

　　安史叛军进入长安后，以为天下已定，开始夜夜笙歌，坐在大燕皇帝宝座上的安禄山，更是做起他的春秋大梦。由于身体肥胖，安禄山全身长满块状毒疮，起兵反叛后，视力已接近失明。再加上受病痛折磨，其性格越发暴躁，动辄使用刑罚，身边侍奉他的人，更是成为他的出气筒。如贴身服侍李猪儿、谋士严庄等，几乎都挨过他的鞭笞和侮辱。

　　李猪儿出自契丹部落，狡黠聪明，十几岁开始侍奉安禄山，成为他的亲兵。后来，成为阉人后，更是受到安禄山的宠爱和信任。安禄山肚子大，每次穿衣系带都需要三四个人帮忙才行，两个人抬起肚子，李猪儿用头顶住，再穿系上裙裤腰带。唐玄宗赐安禄山到华清宫温泉洗澡，都允许李猪儿等人进去帮忙脱穿衣服。即便是这样，李猪儿也是经常挨安禄山责骂鞭笞，好在他机灵聪明，才得以保住性命，他对安禄山恨之入骨。

　　谋士严庄，是大燕国御史大夫，曾是叛乱的主要谋士之一，不仅没有得到安禄山的尊重，反倒经常被其鞭笞，毫无尊严可言。严庄不愿意跟着安禄山继续做事，但是不跟他还能跟谁呢？此时，严庄想到了安禄山的大儿子晋王安庆绪，然后就找到了安庆绪，说想扶他上位，又说了一番大义灭亲、做大事者不拘小节之类的话，最终成功说服安庆绪。严庄虽是朝中重臣，但也很难近安禄山的身。安禄山平日里就小心翼翼，尤其得了眼病之后，更是不许一般人近身，但对侍奉他的宦官还是比较信任的。于是，严庄就找到了宦官李猪儿。

至德二年（757年）正月的一天，正在接受臣子朝拜的安禄山，由于疮痛发作，不得不中途结束。洛阳皇宫内，挺着肥胖硕大、长满恶疮身躯的安禄山，躺在龙床上发出阵阵如雷般的鼾响。待到夜深人静时，严庄、安庆绪、李猪儿三人来到安禄山的寝殿，安庆绪守在门外，严庄和李猪儿则拿着尖刀进入寝殿，走到安禄山床边，举起尖刀，刺向他的肚子。安禄山虽然双目失明，但他床头也经常挂着刀，等他发现有刺客时，已经难以起身，床头上的刀也够不到，只得摇着帐幔大喊道："这人是我的家贼呀！"说罢一会儿就断了气。于是，三人就在其床下挖了一个深穴，用毛毯将其尸体包裹后，埋进洞穴里。第二天，严庄对外宣告说，安禄山传位晋王安庆绪，并尊称安禄山为太上皇。

一手将大唐盛世腰斩的安禄山，就这样猝不及防地把性命断送在"自己人"手上。安庆绪是安禄山的次子，母亲康氏为安禄山原配妻子。安庆绪性格内向，善于骑射，屡立功勋，不满二十岁时就被授鸿胪卿、广阳太守，后又迁平卢军都知兵马使。安庆绪原名叫仁执，后由唐玄宗赐名庆绪。他有个毛病，那就是性格一向懦弱，说话语无伦次，颠三倒四。所以，父亲安禄山不太待见他。

成为大燕皇帝的安庆绪，开始淫乐宴饮，没有节制，他称严庄为兄长，任命严庄为御史大夫，封冯翊郡王，独揽军政大权，事无大小都要征求严庄的意见。严庄担心别人不服，不让安庆绪与外人见面，并且大力提拔自己看好的将领，以此笼络人心。

就在安禄山被杀的同时，史思明正率领十万叛军进攻太原城，企图由北道进犯灵武，直扑唐肃宗根据地。太原城守将李光弼，在城上架设抛石器，挖掘地道，布置陷阱，并派别将袭扰破坏史思明的补给路线，叛军前后被俘斩万余人。

尽管史思明在前线吃了败仗，但安庆绪却不敢怠慢自己父亲昔日的这位老搭档。就在史思明退守博陵后，安庆绪封其为妫川郡王、范阳节度使，兼领恒阳军事，赐名安荣国。史思明寻思，去范阳是个好办法，那里是安禄山的老窝，之前安禄山所掠珍宝，多半都存放在那儿。史思明欲将范阳占为己有，不想再受安庆绪节制。

至德二年（757 年）二月，唐肃宗"南巡"凤翔郡时，才得知安禄山的死讯，但他没有听取谋士李泌"趁乱直捣叛军老巢"的建议，错失歼敌良机。他的策略则是与回纥缔结婚姻，请求回纥出兵联合讨伐叛军。当然，还有个附带约定："克城之日，土地、士庶归唐，金帛、子女皆归回纥。"这年九月，李豫率领蕃汉联军一举收复西京长安，回纥天子叶护要求兑现先前约定。李豫对他说："现在刚收复京师，如果大肆抢掠，东京的人就会为叛军效力死守，难以攻取，希望收复东京后再履行约定。"叶护答应了李豫的请求。后来，唐肃宗得知此事后，高兴地说："朕不如广平王！"

唐军大破叛军的消息，早已传到洛阳大燕皇帝的皇宫，安庆绪自知不敌，便弃城逃往河北，至此两京收复。按之前约定，回纥军进入洛阳后，争相抢夺府库财帛，连续三天在市井村坊劫掠。最后，唐廷不得不再拿出一万匹罗锦送给回纥，才算作罢。

面对紧追不舍的唐军，逃到陕郡的安庆绪，命令严庄把骁勇善战的精锐兵力全部压上。李豫则派遣副元帅郭子仪，在陕郡西边的曲沃与叛军对阵，一举将其击溃。最后，消灭燕军十多万人，尸体摆出三十余里。正所谓树倒猢狲散，随着叛军的节节败退，安庆绪身边的追随者也越来越少，当他逃到相州（今河南安阳）时，身边仅剩下疲惫不堪的一千士卒和三百骑兵。

被困顿在相州城的安庆绪，内心十分忧虑，他忧虑的不光是瞬息万变、对他越来越不利的战争态势，还有兵势日盛的史思明。他一面派人前往河北诸郡征集兵马，一面开始密谋除掉史思明。然而，螳螂捕蝉黄雀在后。让他意想不到的是，此刻驻守在范阳的史思明也没有闲着。节度判官耿仁智向史思明建议说："将军之所以为安氏效力，那是因为迫于他们的威势。如今唐朝中兴，皇帝贤明，将军若能率领部下将士归服朝廷，实在是转祸为福的一条出路。"手下乌承玼也劝他："而今唐朝复兴，安庆绪就好似树叶上的露水，难以长久。将军何必与他一起灭亡呢？如果归顺朝廷，洗刷掉叛逆的罪名，如同反掌。"史思明深以为然，思想有些动摇。

经过深思熟虑，史思明最终向唐廷奉上归降书，表示愿以所领十三郡及八万兵马投降。唐肃宗大喜，封史思明为归义王，兼范阳节度使。但史思明"外示顺命，内实通贼"，之后仍不断招兵买马。唐肃宗本身就是个疑心很重的人，史思明的行为引起他的高度警觉，他决定斩草除根，彻底消灭史思明。不料消息外泄，史思明闻之复叛，再与安庆绪遥相声援。

乾元元年（758年）九月，唐肃宗派朔方节度使郭子仪、河东节度使李光弼、关内节度使王思礼等九大节度，集结二十余万兵马，向安庆绪盘踞的相州大举进发，准备毕其功于一役。可令人费解的是，就是这么大的一次军事行动，唐肃宗只任命郭子仪为副元帅，并未设置正元帅。另外，随军还设置了一个所谓"观军容宣慰黜陟使"的头衔，这也是唐肃宗的创新。《新唐书》这样记载："帝即诏大举九节度师讨庆绪，以子仪、光弼皆元功，难相临摄，第用鱼朝恩为观军容宣慰黜陟使，而不立帅。"担任"观军容宣慰黜陟使"这个特殊职务的不是别人，而是唐肃宗身边的内侍宦官、开府仪同三司鱼朝恩。鱼朝恩作为随军的观军容宣慰黜陟使，自然也就是天子的特使，拥有统辖调遣九路大军的最高指挥权。但由于鱼朝恩不懂兵法，致使战事久拖不决。

6

安庆绪见形势危急，一边婴城固守，一边向史思明求援，并许以帝位相让。接到安庆绪"帝位相让"的消息后，史思明高兴坏了，因为这正是他梦寐以求的事。于是，史思明亲率十三万叛军挥师南下，出其不意打下魏州（今河北大名），杀死三万余人，平地流血数日。前锋部将李归仁，则率领一万兵马屯驻滏阳（今河北磁县），这里距相州仅六十里路，可以与相州遥为声援。

既然你有"帝位相让"之意，那我也就不客气了！乾元二年（759年）正月初一，史思明在魏州城北设坛祭天，自封大圣周王，任命周贽为行军司马。他与安禄山一样，都把自己封王的时间选在正月初一，所不同的是时间相隔三年罢了。消息传到相州城后，李光弼迫不及待地向鱼朝恩请战，提出"围魏救赵"策略，请求分兵北上，联合朔方军进逼魏州，以解唐军腹背受敌之忧，相机再收复相州。可是，这一请求却遭到鱼朝恩的断然拒绝。鱼朝恩心想："我一个堂堂观军容宣慰黜陟使，怎能让你一个小小的节度使指手画脚！再说敌寡我众，胜负已见分晓，还有什么好担心的？"然而，他并不知道，这场在他看来胜券在握的战役，很快就因他的盲目自信而惨败。

唐军包围相州后，采取堵塞漳水灌城围困的策略，从冬到春，一直到第二年的二月，一困就是四个月，相州城里已经没有吃的了。《新唐书·逆臣传》记载："而王师围已固，筑城浚隍三周，决安阳水灌城。城中栈而处，粮尽，易口以食，米斗钱七万余，一鼠钱数千，屑松饲马，颓墙取麦秸，灌粪取刍，城中欲降不得。"最后，相州城里已经到了人相杀而食的地步，一斗米要卖到七万多钱，一只老鼠也要值数千钱，人们掏出墙里的麦谷壳和马粪洗一洗一样吃掉。

《资治通鉴》记载："城久不下，上下解体。"由于安庆绪拼死顽抗，相州城久攻不下，唐军开始出现疲态。再加上唐军无统帅，诸将只图自保，全无斗志。这年三月初六，唐军号称六十万之众，在安阳河（今河南安阳北）以北布阵。史思明亲领五万精兵驰援相州，与李光弼所率部队展开激战，双方伤亡甚重。等郭子仪率军赶到，还未来得及列阵，狂风骤起，天昏地暗，唐军和叛军皆大惊而退，各弃兵仗辎重。郭子仪等围城部队撤下相州向南撤退，一发不可收拾，唐军其余各节度使也兵归本镇。唐军一把好牌在手，却被自己打得稀巴烂。鱼朝恩向唐肃宗进谗言，将相州失利的责任全部推到郭子仪身上，唐肃宗不明是非，收回了郭子仪的兵权。

鱼朝恩，泸州泸川（今四川泸县）人，天宝末年净身入宫。他专权主观，深得唐肃宗信任，一般公卿都不敢抬头看他。宰相大臣决定政事时，如果不事先知会他，他便瞪大眼睛说："天下之事，怎么不由我？"

相州之战，对大唐王朝来讲，可以说是致命打击，这场败仗，让本该三年结束的"安史之乱"，推迟到七年之后。旷日持久的动乱，不仅透支了大唐的国力，也加剧了唐王朝的衰败。史思明占据相州后，以"丢失两京，杀父篡位，天地不容，讨伐逆贼"为由，将安庆绪连同他的四个弟弟全部缢死，再诛杀高尚、孙孝哲、崔乾祐等人，斩杀安庆绪亲军三千三百多人。后让儿子史朝义留下镇守相州，自己则大摇大摆返回范阳。一个月后，史思明在范阳自称大燕应天皇帝，改元"顺天"，立其妻辛氏为皇后，封史朝义为怀王，周贽为宰相，李归仁为大将军，改范阳为燕京。这时，史思明还不忘与自己一起反叛起家的"好兄弟"安禄山，追谥他为光烈皇帝。

史朝义，是史思明的长子，也是"安史之乱"的罪魁之一。《新唐书》评价他："虚怀礼下，事皆决大臣，然无经略之才。"史朝义跟随父亲史思明带兵打仗，为人谦恭，爱惜士卒，深得众心。可是，父亲史思明却对他评价不高，说他："朝义怯，不能成我事！"所以，史思明更偏爱小儿子史朝清，时常有杀史朝义、立史朝清为太子的念头。但是，历史不容假设，史朝义没有给父亲时间和机会，上元二年（761年）三月，他弑杀父亲史思明后，在洛阳即皇帝位，改元"显圣"。同时，又派遣使臣赶赴范阳，密令散骑常侍张通儒等人，杀掉史朝清及其母亲辛氏和一干党羽。

一场又一场的杀戮，带来一场又一场的闹剧，使得天下生灵涂炭，社稷动荡。人算不如天算，安禄山、史思明多年奔忙，换来的也只是黄粱一梦。

宝应元年（762年），唐玄宗、唐肃宗先后去世，唐肃宗李亨长子李豫即位，是为唐代宗，大唐政局再次出现动荡。李辅国，作为唐代第一个封王拜相的宦官，曾是唐肃宗的心腹，冷待晚年的唐玄宗、谋害建宁王李倓、诛杀张皇后和越王李系等一系列事件，皆出自他之手。唐代宗登基后，李辅国因有翊戴之功，被加封为司空兼中书令，晋爵博陆郡王。

李辅国嚣张跋扈，擅权作福，他竟对唐代宗说："大家（皇帝的俗称）但内里坐，外事听老奴处置便是。"意思是说："陛下，您只需深居宫中，外面的政事由老奴来处理就可以了！"唐代宗虽心中不满，但慑于其手握兵权，只好委曲求全，尊其为尚父，事无大小，都要与他商量后才能决定。后来，唐代宗忍无可忍，乘李辅国不备，派人扮作盗贼将其刺杀，下诏追赠其为太傅，谥号为丑。好一个"丑"字，把李辅国永远钉在历史的耻辱柱上。

唐代宗即位时，安史叛军再度攻陷洛阳，大难未平。同年十月，他任命长子、奉节郡王李适为天下兵马元帅，朔方节度使仆固怀恩为副元帅，率诸道节度使及回纥兵进攻洛阳，在洛阳北郊大败史朝义部叛军，歼敌六万人，俘敌二万人，史朝义带轻骑数百向东逃窜。史朝义北渡黄河，从滑州（今河南滑县）逃往卫州（今河南卫辉），与前来增援的田承嗣会合，依旧是处处挨打，节节败退，犹如丧家之犬。

第二年春，史朝义逃往莫州（今河北任丘），此时，摆在他面前只有两条路：要么死守莫州，派人去范阳征调援兵；要么突围直接前往范阳。死守莫州是死棋，因为史朝义根本没有调动援兵的威望，小小的莫州，困也会被困死。直接去范阳，风险也大，一旦范阳进不去，莫州回不来，自己只能再次变成流浪狗。田承嗣看出他的犹豫，劝他道："情况万分紧急，只能请陛下亲自到范阳调兵救援，末将愿意死守莫州，等待陛下回援！"史朝义听从田承嗣的建议，临行时对他说："满门一百余口，都托付给将军了。"遂率骑兵五千，向北突围直奔范阳。他前脚刚走，后脚田承嗣就献州投降。史朝义一家老小，成了田承嗣的投名状。

当史朝义星夜奔袭，抵达范阳时，等待他的却是闭门羹。此时，范阳守将李怀仙早已降唐，他派兵马使李抱忠率领三千士兵镇守范阳。李抱忠站在城楼上大声喊道："上天不保佑大燕，如今大唐复兴，我们已经归顺唐朝，大丈夫行事磊落，尔等还是早点逃命吧。"就这样，一路逃亡的史朝义，拖着疲惫身躯来到一片小树林，他仰天长啸，悲愤的泪水夺眶而出。八年时间，仿佛就是一场梦，他杀了自己的父亲史思明，丢掉了自己的家人，如今真正成为孤家寡人。他知道，一切都该结束了。于是，解下腰带，将自己挂在了树枝上……

诸行无常，盛极必衰。一场突如其来的安史之乱，让盛世王朝经历了严重的战乱浩劫，由盛转衰，从此一蹶不振，成为历史长河中远去的背影。《旧唐书·郭子仪传》这样记载："宫室焚烧，十不存一，百曹荒废，曾无尺椽。中间畿内，不满千户，井邑榛荆，豺狼所号。"杜甫也为后人留下凄凉的诗句："寂寞天宝后，园庐但蒿藜，我里百余家，世乱各东西。"经过八年战乱，天下民众处在无家可归的状态中。从此，藩镇割据局面逐渐形成，有的"自补官吏，不输王赋"，有的"贡献不入于朝廷"，更有骄横者称王称帝，与唐王朝分庭抗礼，直到大唐帝国走到生命的尽头。

当然，一场叛乱的产生，一个时代的终结，究其原因是错综复杂的，绝非一朝一夕之事。但不管最后结局如何，它都是那个曾经兴盛的时代的插曲，也是前事不忘后事之师的警钟！

国之柱石

历尽沧桑千年事，几经风雨一世功。郭子仪资兼文武，忠智具备，在战场上立下不世之功，史书称他"再造王室，勋高一代"。他善于从政治角度去观察、思考、处理问题，做到"权倾天下而朝不忌，功盖一代而主不疑"，在险恶官场得以全身而退，不愧为中兴名将。

|

广德二年（764年）八月，正当唐代宗为仆固怀恩叛唐逃往灵武的事情黯然神伤时，突然又一晴天霹雳的消息传来：仆固怀恩联合吐蕃、回纥十万大军正在逼近长安。

"安史之乱"后，代宗皇帝已经无数次在噩梦中猛然惊醒，他不知道那些数不尽、平不完的叛乱，何时才能真正是个尽头。虽然登基才两年时间，但他已经开始厌倦这种担惊受怕的生活，他的这个问题，没有人能够回答。唐代宗也只能顶着帝王的冠冕，孤独地端坐在长安空旷的宫阙中，静候前方不断传来的战报，不管是好还是坏，循环往复。

唐代宗没有忘记，宝应元年（762年），自己刚登基为帝时，穷途末路的叛军首领史朝义，引诱回纥番兵犯边，登里可汗亲率十万大军进逼关中，朝廷上下无不震惊。是他特赐免死铁券，下诏给仆固怀恩，命其亲赴虎穴游说回纥登里可汗。在唐代宗的印象中，仆固怀恩深明大义，身经百战，战功卓著，尤其是在收复两京的战斗中，更是出生入死，立下挽狂澜于既倒的砥柱之功。可是，就是这样一位屡建奇功的重臣，而今却背叛了唐代宗和大唐王朝。当接到仆固怀恩反叛、放纵士兵劫掠的消息后，唐代宗几乎不敢相信自己的耳朵，更不愿意相信这一切都是真的。

作为曾经为大唐立下赫赫战功的功臣，仆固怀恩为何要背叛李唐，让自己晚节不保呢？俗话说："凡事有因果，万物有轮回。"仆固怀恩叛唐的原因还得从头细细道来。

唐时民族政策极为包容开放，很多外族人都可以来唐廷为官，就连当时掌管军队的武将，也有不少是外族人。士为知己者死。唐廷的信任由此也换来许多人的忠心，仆固怀恩就是其中之一。仆固怀恩，出身铁勒族，是右武卫大将军歌滥拔延的后代，他跟随祖辈戎马多年，精通战阵之道。唐廷不介意仆固怀恩的外族身份，让他领重兵，他十分感动，发誓要报答大唐朝廷。

仆固怀恩为人忠勇，"安史之乱"爆发后，他立刻赶到灵武向唐肃宗报到，与郭子仪、李光弼一起投身讨贼护国的战斗中。仆固怀恩逢战必跃马横枪，争先入阵，战功显赫，威震敌胆。当大唐兵力不足，难以应对叛军时，仆固怀恩不仅将自己部族中的青壮男子全部拉来参军，还向回纥借兵。为了能让回纥出兵，他甚至不惜将自己的两个女儿都嫁给回纥部落。在平定"安史之乱"的战争中，其家族有四十六人为国殉难，可谓满门忠烈。尤其是在与同罗的战斗中，他的儿子仆固玢兵败投降，后又乘机逃回，仆固怀恩怒斥其子，当众将其斩首，大义灭亲之举令人感慨万分。他的另一个儿子仆固场，英勇善战，常常深入敌阵，杀贼甚众，叛军见其皆望风披靡。

"安史之乱"平息后，历尽劫波的李唐朝廷如释重负，王侯将相踌躇满志，兵士期待解甲归田，百姓盼望盛世重现，看上去好像开元全盛的景象即将再次上演。可是就在朝廷上下共庆和平的表象下，君臣裂痕却愈演愈烈，危机再次悄悄降临。在经历"安史之乱"后，李唐宗室对武将再也无法信任，宦官擅权、藩镇割据、朋党争斗——导致大唐王朝灭亡的三大弊端，愈加无药可治，而这也是仆固怀恩最终起兵造反的主要原因。

平定"安史之乱"后，朝廷依照惯例对功臣大加封赏，那些在平乱中崛起的藩镇骁将个个志得意满。然而，此时朝廷对武将的猜疑已慢慢显现，郭子仪、李光弼先后被明升暗降，剥夺兵权。功勋仅次于郭子仪、李光弼的仆固怀恩，自然也是郁郁寡欢、怏怏不乐，因为他已预感到自己能分到的"残羹"也不会很多。由于朝廷不再信任武将，开始重用宦官，这就带来另外的一个问题，那就是宦官为了专权，开始构陷武将。平定"安史之乱"的功臣来瑱，就是一个活生生的例子，他因为得罪宦官而被赐死。想到那些来自自己背后的阴森眼神，仆固怀恩时常感到不寒而栗。果不其然，他很快就成为下一个被构陷者，而构陷他的人就是当时的权宦骆奉先。

广德元年（763年）春天，仆固怀恩要护送自己的女儿和女婿登里可汗回漠北，这本是件天经地义、稀松平常的事情，可是宦官骆奉先听信辛云京的谣言，竟向唐代宗诬告仆固怀恩勾结回纥，意图谋反。其实这件事本来还有回旋的余地，因为回纥是唐朝的盟友，并且在平定"安史之乱"中立下了不朽功勋。刚开始唐代宗根本没有听宦官的话，此时只要仆固怀恩向代宗皇帝上奏，替自己澄清一下就是，可事情的发展却在不经意间走向相反方向。

唐代宗命宰相裴遵庆前去了解仆固怀恩造反的事情，仆固怀恩见到裴遵庆后，抱着裴遵庆的脚大声痛哭。裴遵庆劝其随自己入朝，向代宗皇帝说明情况，解释清楚。将行之时，副将范志诚上前劝仆固怀恩说："大帅您已经被朝廷嫌忌，为什么还要去不测之地呢？难道没看见李光弼、来瑱的下场吗？这两个人功高不赏，李光弼被夺权，来瑱被杀，您还不为自己着想吗？"闻听此言，原本已是风声鹤唳的仆固怀恩，不想成为第二个来瑱，便立刻改变主意，决定派儿子进京一探究竟，但又被范志诚阻止了。

仆固怀恩不仅没有给唐代宗台阶下，反之还派儿子仆固玚带兵去攻打辛云京，一时之间，朝中争议四起。那么，辛云京为什么要蛊惑宦官骆奉先构陷仆固怀恩呢？原来仆固怀恩护送女儿和女婿登里可汗回漠北时，吐蕃大军趁大唐西部边防空虚，大举进攻，使得各地节度使无不心生忌惮。河东节度使兼太原尹的辛云京，得知仆固怀恩途经太原，生怕他们翁婿联手趁机偷袭，不仅"闭关不报"，而且还"不敢犒军"。仆固怀恩为此憋了一肚子气，无巧不成书的是，当他送走回纥军重返太原时，再次吃了闭门羹。仆固怀恩自恃"宣力王室，攻城野战，无役不从"，功高盖世，于是就上表朝廷控告辛云京慢待钦差，同时又令随行部队驻扎汾州。恰在此时，宦官骆奉先出使太原，辛云京恶人先告状，诬告仆固怀恩与女婿登里可汗结盟，证据确凿，"逆状已露"，然后又送给骆奉先无数珍宝，于是就有了骆奉先诬陷仆固怀恩勾结回纥意图谋反之事。

可是，唐代宗始终不愿放弃仆固怀恩，决定再派颜真卿去召其入朝。颜真卿上奏说："当初陛下避狄入陕的时候，我去找仆固怀恩晓以春秋大义，他肯定会来的。而今，仆固怀恩没有勤王之名不能来京，退又无法解除众人猜疑，进退无据，他怎么会来呢？况且声称仆固怀恩谋反的只有辛云京、骆奉先、李抱玉、鱼朝恩四个人罢了，其他人都认为仆固怀恩是被冤枉的。仆固怀恩所领朔方将士，都是郭子仪旧部，不如派郭子仪去，以消弭兵乱。"

皇帝的怀疑，宦官的陷害，不仅让仆固怀恩委屈万分，更令他悲愤不已。他害怕被杀，又不敢上朝明志，最终不得不奋起反击。按照颜真卿的建议，唐代宗派郭子仪前去收其部众，郭子仪一到，众将果然纷纷来归，不费一兵一卒就平息了兵乱。可惜的是，颜真卿此计虽是一招妙棋，但他没有进一步为仆固怀恩谋划好最后的出路，导致其走投无路，最终还是选择了反叛。可叹仆固怀恩戎马一生，临了却乱了方寸，背叛了自己奉献一生的唐朝，晚节不保，成为叛臣。否则，以他的战绩和功勋，完全可以名垂青史。

广德二年（764年）正月，仆固怀恩正式扯起反旗，唐代宗遂任命郭子仪出任灵州大都督、单于镇北大都护、朔方节度大使。后来仆固怀恩的儿子仆固玚，在榆次被部将张惟岳杀死，仆固玚的部队全部投降郭子仪，而仆固怀恩则丢下老母亲逃往灵州（灵武）。捷报和仆固玚的首级一同献到京师后，群臣入宫祝贺，唐代宗却惨然说道："我对臣下不信任，致使勋臣颠越，深以为愧，有什么值得祝贺的呢！"唐代宗命人用车辇将仆固怀恩的母亲接到长安，待给优厚，月余以寿终，以礼葬之，功臣皆感叹。

唐代宗做梦都没有想到仆固怀恩会联合吐蕃、回纥等部落，率领十万精锐进逼长安，朝堂内外无不惊骇。此时，他又想到了仆固怀恩的老领导，素有战神之称的老将郭子仪，召其即刻入宫，商讨军事。

2

俗话说，兵来将挡水来土掩。对于这次番兵突然来犯，郭子仪似乎已经胸有成竹，自有锦囊妙计。他对唐代宗说："陛下，仆固怀恩虽然强健勇敢，但不得人心。而且士兵都是我以前的部下，他们都想回家，不忍心与我刀剑相向，他们不会有所作为的。"

听了郭子仪一番话，唐代宗的心情才稍微有些宽慰。遂下诏加封郭子仪为太尉，充任北道邠宁、泾原、河西通和吐蕃及朔方招讨观察使，仍兼关内河东副元帅、中书令。然而，让他意想不到的是郭子仪数次上表，坚决辞去太尉一职，理由是太尉居"三公"之首，职高位隆，自己承受不起。不得已，唐代宗准奏，以成其让德之美。随后，郭子仪率军出镇奉天（今陕西乾县），以抵挡来犯之敌。

在仆固怀恩的带领下，回纥、吐蕃十万联军从灵州出发，浩浩荡荡南下，兵锋直指邠州（今陕西彬县）。邠州守将白孝德自知难敌，匆忙向郭子仪求救，郭子仪遂命儿子郭晞率一万兵卒前往。为了阻挡仆固怀恩联军，白孝德和郭晞率亲自上城驻守，将回纥、吐蕃联军死死挡在城外。见久攻不下，回纥、吐蕃联军竟然强行绕过邠州城，准备直接穿过奉天，直取长安。

昔日的战友，今日的对手。面对已在奉天以北高地严阵以待的郭子仪大军，回纥、吐蕃联军的军心开始有些动摇，萌生退意。此时，唐军诸将纷纷请战，郭子仪不许，他对诸将说："敌军深入我境，利于速战，仆固怀恩的部下长期受我的恩德，我不进攻他们，他们自然会改变主意，敢说出战者斩！"他要求大军坚守营垒，防御敌军。

他见回纥、吐蕃联军犹犹豫豫，停滞不前，郭子仪静观其变，果断下令，命李怀光突率精锐骑兵突然出击。本来就犹豫不决的回纥、吐蕃联军，突然见李怀光的骑兵部队冲出，开始后撤。李怀光抓住时机，展开疯狂追击，一直将回纥、吐蕃联军逼退到麻亭之外，大挫敌军锐气。无奈之下，回纥、吐蕃联军不得不调整战略部署，开始进攻麻亭北部的邠州，在久攻不下之后，仆固怀恩不得不率军退回灵武。

因退敌有功，这年十二月，唐代宗任命郭子仪兼河中副元帅，并进封其为尚书令，郭子仪又先后三次上表朝廷，恳辞尚书令。

唐代宗命五百骑兵持戟护卫，催促郭子仪到官署就职，但他仍不肯接受尚书令的任命。他上奏疏说："太宗皇帝曾任此职，因此历代皇帝都不曾任命，皇太子李适，平定关东才授此官，陛下怎能偏爱我，违背这一重要规定呢？而且平叛后，冒领赏赐的人很多，甚至一人兼任几职，贪图升官不顾廉耻。现在叛贼刚刚被平定，正是端正法纪审查官员的时机，就从我开始吧！"郭子仪不接受唐玄宗的偏爱，拒绝接受尚书令一职。

得位不喜，失权不悲，宠辱不惊。郭子仪的宽广胸怀深深折服了唐代宗，他为其高风亮节所感动，命史官把其辞谢事迹记入国史。此后，唐代宗对郭子仪更加信任，视他为国之柱石，西北边防但有风波，必咨询他而后动。

第二年（765年）正月初一，唐代宗改元为"永泰"，大赦天下，意为大唐社稷永远安泰。然而，此时的大唐王朝却如陷入泥潭的马车，越挣扎越深。刚进入三月，左拾遗独孤及上奏疏说："兵兴以来已十年，拥兵者第馆连街陌，奴婢厌酒肉，而贫人却羸饿就役，剥肤及髓。以至长安城中白昼剽掠，而吏不敢问，将堕卒暴，如沸粥纷麻，而民不敢诉于有司，有司不敢言于陛下。陛下现在还不思所以救弊之术，臣实在为陛下担心……"劝谏唐代宗革除弊政，去天下疾苦，废无用之官，罢不急之费，禁止暴兵，节用爱人。独孤及说尽了天下苍生的疾苦和冗兵冗官的弊端，可谓一语中的，但对于他的这份良苦用心，唐代宗却没有丝毫领会。

十余天后，吐蕃突然遣使者来唐请求会盟，唐代宗对此疑惑不解。因为去年仆固怀恩联络吐蕃、回纥进犯关中，虽被唐军击退，但吐蕃却是毫发未伤，并且还借势攻陷了河西重镇凉州，截断了河西走廊。此时，却突然提出会盟，不知道吐蕃葫芦里卖的是什么药。唐代宗先安排元载、杜鸿渐于兴唐寺接待吐蕃使者，然后又召郭子仪商量对策。他问郭子仪："吐蕃请结盟，你以为如何？"郭子仪回答说："吐蕃想乘我们不备，乘机袭击，如果不备，国就难守。"

郭子仪认为，吐蕃请和不过是疑兵之计，好让大唐放松警惕，如果不做好战争准备，那么国家将难以坚守。郭子仪不愧是久经沙场的老将，一眼就看穿了吐蕃的阴谋把戏。果然，吐蕃使者漫天要价，迫使唐廷承认吐蕃对陇右、河西之地的主权，要求以此为国界，进行盟誓。唐代宗当然不会答应吐蕃这一没有底线的要求，兴唐寺会盟最终也是不了了之。

唐代宗采纳郭子仪的建议，相继派遣朔方兵马使浑瑊、讨击使白元光镇守奉天（今陕西乾县）、北庭行营节度史马璘防守泾州（今甘肃镇原）、原州，以侦察其情。马璘出身将门之家，仗剑从戎，在安西都护府效力，由于屡立奇功，多次升迁，累官至左金吾卫将军同正的职位。马璘长期戍边，对边疆情况比较熟悉，况且还曾出访过吐蕃，泾州靠近唐蕃边境，所以让其防守泾州是最合适不过的了。马璘到任后，结合泾州形势，提出了"分建营堡，缮完战守之具"的防御策略。果如郭子仪所料，这年九月，不甘心失败的仆固怀恩，谎称唐代宗驾崩，再次联络吐蕃、回纥、吐谷浑、党项、奴剌等部落，纠集三十万番兵，进攻关中。

这次仆固怀恩吸收上次的教训，兵分三路，一路为吐蕃，攻打奉天；一路为党项，攻打同州（今陕西大荔）；还有一路是吐谷浑和奴剌，攻打盩厔（今陕西周至）。回纥军为吐蕃后援，准备合力啃下奉天这块硬骨头，仆固怀恩则亲自率领他的朔方军殿后。

唐代宗得知仆固怀恩再次率联军卷土重来，命统率河南道节度行营、再次出镇河中府的郭子仪，率军一万驻守泾阳（今陕西泾阳）。同时，令凤翔、滑、濮、邠、宁、镇西、河南、淮西各节度使，出兵驻守关口要道，以阻截番兵前锋，自己则亲率禁军驻守苑中，摆出一副御驾亲征的态势。然而，事情却没有他想象得那样圆满，因为此时唐廷对边将的节制能力已经大为减弱，接到诏谕的节度使，也只有淮西节度使李忠臣率兵及时赶到，其他节度使出工不出力，行动十分缓慢。

就在唐朝形势危急之时，好运气却从天而降，作为此次"入寇关中"的总联络人，仆固怀恩竟然暴病而亡。史书记载，率领朔方军作为联军后营的仆固怀恩，中途突然暴病，九月初八死于鸣沙（今宁夏青铜峡）。仆固怀恩死后，朔方军陷入混乱，几个将领争夺帅位互相攻杀，而联军中的吐蕃、回纥、党项等部落，也再次出现互不统御、各自为战的情况。

郭子仪带领军队到达泾阳后，吐蕃、回纥联军将泾阳团团围住。但他却非常淡定，因为他知道仆固怀恩一死，吐蕃与回纥互相不服，相互攻讦是不可避免的事。面对最有战斗力的吐蕃、回纥十万联军，虽然自己帐下只有一万兵马，但郭子仪不为所惧，命部将李国臣、高升、魏楚玉各挡一面，分营而立，迎击四围之敌。自己则亲率两千铁甲军立于回纥阵前，回纥将领见状，上前询问统帅是谁？唐军士卒高声喊道："是郭令公。"回纥将领大惊，不相信是真的，回应道："郭公尚在？可否出阵一见。"郭子仪单骑而出，回纥军见状，纷纷高喊："确为郭令公。"回纥将领对郭子仪说："仆固怀恩说令公已卒，可否入营见可汗详谈。"郭子仪淡然而笑说："有何不可？"

部将都认为郭子仪去回纥军营太过危险，不希望他亲身犯险。郭子仪对众将说："现在敌众吾寡，不可力敌，虽然吐蕃与回纥合军，却分营而立，可见仆固怀恩死后，两军貌合神离，我与回纥军有旧交，今去其帐中说服来降，可谓不战而胜。"其子郭晞也拉住郭子仪的马，不想让他出营。郭子仪对儿子掷地有声地说："今天要是真打起来，咱们父子都会战死沙场，国家也会陷于险地。我前去诚心诚意与他们对话，也许他们会听从我的劝告，那就是天下之福！"说罢，郭子仪以鞭击其手，策马而去。

3

郭子仪早把生死置之度外！不成功，则成仁。不管前路有多少艰难险阻，他的意志都无比坚定！无论局势有多么风雨飘摇，他的信念都绝不动摇！

郭子仪仅带数十名亲兵，策马来到回纥营前。只见他边揽辔徐行，边淡定地脱下头盔，解去铠甲，扔掉手中长矛，只身而入回纥大营。这一切都大出回纥官兵意料，他们万万没有想到郭子仪真的会来。回纥大帅药葛罗是登里可汗的弟弟，见真是郭子仪郭令公，俯身便拜。郭子仪上前握住他的手说："回纥有大功于唐，不知何故负约而来，威逼京师，弃前功而结怨仇，背恩德而助叛臣，且怀恩叛君弃母，不忠不孝，而今回纥却助纣为虐，我今只身而来，生死皆在你手。但我的部下从今以后，却要和你们拼死而战。"

游牧民族向来崇拜强者，药葛罗也不例外。他本来就非常敬佩郭子仪，现在见其敢于手无寸铁、孑然一身独闯敌营，更是佩服得五体投地。药葛罗与部将异口同声地说："仆固怀恩欺骗我们，说大唐天子已经驾崩，令公也已去世，中原无主，所以我们才敢发兵。现在既已知道天子在长安，令公又在此统领大军，仆固怀恩也遭了天谴，我等岂敢再与令公您开战！"

郭子仪话锋一转，又接着说道："吐蕃人凶残无道，趁我国内乱之际，不顾舅甥之亲，侵犯大唐领土，扫荡京畿郡县。他们这次所掠之财不计其数，马、牛等牲畜漫山遍野，到处都是，绵延数百里，这些都是上天赐给你们的礼物，如果你们能和我们一起击败他们，这些财富就全部归你们所有，世上还有比这更好的事吗？"就这样，在郭子仪先是晓之以理，后又诱之以利说服，回纥再次倒向唐朝。随后，郭子仪与药葛罗歃酒盟誓，约定两国联手，共同对付吐蕃。

郭子仪单骑入回纥营，回纥与大唐止戈歇兵的事情，也早已被吐蕃洞察。吐蕃大帅尚结息赞磨，心知不妙，便立刻带着劫掠而来的财物和人口向西撤退。郭子仪见吐蕃撤军，便邀请回纥将帅入长安朝见唐代宗，唐代宗再次许以恩义，并赠给三千匹丝绸。回纥将帅得此丰厚赏赐，再加上他们贪恋吐蕃所掠财物，回营后便立即召集全军，配合唐军追击吐蕃。

这年十月十八，郭子仪派部将白元光与回纥军追击吐蕃，自己则亲率大军跟随其后。由于挟带人口、财物过多，吐蕃军队撤退速度十分缓慢，最终在灵台西原（今甘肃灵台），遭到大唐和回纥兵的联合进攻，吐蕃军队大败，十万铁骑溃散，损失惨重。经此一战，吐蕃被斩首五万余人，生擒万余人，解放被掠士女四千余人，牛马多不胜数，史称"灵台之战"。《新唐书·郭子仪传》这样记载道："破吐蕃十万于灵台西原，斩级五万，俘万人，尽得所掠士女牛羊马橐驼不胜计。"经此一战，吐蕃元气大伤。就这样，这场由仆固怀恩叛变而引发的危机，在郭子仪的努力下终于消除。郭子仪率一万多唐军，成功击败三十万回纥、吐蕃联军。"灵台之战"，由此也成为我国古代以少胜多、以弱胜强的经典战例之一。

郭子仪，这位宿命之将，再一次拯救了岌岌可危的大唐王朝。那一刻，长安城里的代宗皇帝，也意识到大唐王朝已回不到以前的繁华盛世，未来岁月里，他所能看到的除了藩镇、外夷四处叛乱，就是普天之下黎民百姓家破人亡的苦难场景。而身为帝王的他，可能再也没有机会，也没有能力，去拯救岌岌可危的大唐王朝了。

中国古代的武举制度创始于武则天长安二年（702年），到唐代宗执政时期，已有六十余年的历史，但武举及第者罕有留下姓名的，郭子仪却是个例外。《旧唐书·郭子仪传》称："子仪长六尺余，体貌秀杰，始以武举高等补左卫长史，累历诸军使。"

郭子仪的一生，经历了从武则天到唐德宗等七朝，可谓是名副其实的七朝元老，有再造大唐之功，却能功成身退，善始善终，古之罕有。史官称他是"权倾天下而朝不忌，功盖一代而主不疑"。

郭子仪生于697年，是华州郑县（今陕西华县）人，其祖籍山西太原，为唐代中兴名将、政治家、军事家。他出身官宦之家，从曾祖父起，郭家就世代为官。武则天时期，郭子仪参加武举，以"异等"成绩脱颖而出，补任左卫长上，是武则天最宠爱的武状元。后又累迁桂州都督府长史、单于都护府副都护、振武军使、安西副都护、北庭副都护等职。

天宝十三载（754年）春，郭子仪积功至九原郡太守，坐镇一方。仕途上的顺遂，并没有让他得意忘形，反之平日里更是谦逊低调行事。母亲向氏去世后，郭子仪去职返家守孝。然而，就在郭子仪守孝期间，一场突如其来的"安史之乱"爆发，叛军如秋风扫落叶般，很快攻占长安。眼看帝国大厦即将倾倒，时年五十一岁的郭子仪临危受命，于守孝期间被朝廷"夺情"起用，任命为朔方节度使，率朔方军东讨安禄山。

俗话说，一个好汉三个帮，一个篱笆三个桩。此时，郭子仪想到了小他十一岁的老战友李光弼，他向唐玄宗推荐了李光弼，之后，两人在河北等地讨伐安史叛军。本来仗打得很漂亮，郭子仪准备直捣范阳，把安禄山的后路截断，可就在这个节骨眼上，潼关失守了，老将哥舒翰战败，被迫投降了安禄山。长安再也无险可守，唐玄宗只得带着杨贵妃等人逃亡蜀地，结果在马嵬驿遭遇士兵哗变。他先是失去杨贵妃，后又失去了皇位，也只得在四川安静地做他的太上皇。

至德元年（756年）八月，郭子仪得知太子李亨在灵武即位的消息后，与李光弼一起赶到灵武。唐肃宗李亨让其领兵部尚书、同中书门下平章事（宰相），仍兼朔方节度使，命其组织军队继续讨伐安史叛军。第二年，郭子仪大破潼关，打败敌将崔乾祐，后破蒲津和安邑，杀死叛军一万人，最后以其子郭旰阵亡的代价，拿下了永丰仓，从而打通了潼关到陕州的交通命脉。

安禄山被儿子安庆绪弑杀后，唐肃宗决定趁机先收复长安。至德二年（757年）四月，唐肃宗召郭子仪回凤翔（今陕西凤翔），进封司空、关内河东副元帅，将收复长安、洛阳两京的重任托付于他。就这样，一场惊心动魄的两京收复战，在郭子仪的指挥下开始打响。

　　郭子仪自凤翔发兵长安，先是在三原（今陕西三原）打败叛将李归仁，然后又率唐军退至长安以西的清渠沿岸，与叛军主将安守忠隔河对峙了七天七夜。最终，被安守忠前后夹攻，遭遇惨败，部众溃散，军资器械损失殆尽，郭子仪只得率军退守武功（今陕西武功）。郭子仪赴凤翔向唐肃宗请罪，念及正是用人之际，唐肃宗虽未降罪于他，但将其降为左仆射，仍兼同平章事，其余职务不变。

　　郭子仪对收复长安以来的战斗，进行了仔细复盘，他认为以唐军现有军事实力，很难与叛军抗衡，必须寻找外援，建议唐肃宗向回纥借兵。唐肃宗采纳了他的意见，便与回纥结盟，并向其承诺收复长安后，将城中财宝尽数相送。于是，回纥不仅欣然答应借兵请求，甚至还送来不少粮食，成为唐军反攻的强力助手。

4

　　至德二年（757年）九月，郭子仪任天下兵马副元帅，以兵部尚书、平章事兼朔方、陇右、河西三镇节度使的身份，整饬部队，随广平王、天下兵马大元帅李豫，率回纥、汉兵十五万人，由凤翔出发，再次踏上收复长安的征程。当大军行至长安城南香积寺（今陕西长安区西南）附近时，与安守忠、李归仁所率十万叛军相遇，郭子仪吸取了在清渠被叛军夹击的失败教训，加强侧翼掩护，加大纵深部署，当即在香积寺以北、沣水以东布阵。他将唐军分为三路，以李嗣业为前军，自己与元帅李豫为中军，王思礼为后军，阶梯式出击。

这场战斗异常激烈，前军指挥李嗣业见手下将士溃乱，大声喊道："今日以身诱敌，死而无憾！"说罢，他脱去战袍，袒胸露怀，手拿长刀，冲向敌群，一连砍杀数十名叛军。其他唐军见其如此勇猛，顿时稳住阵脚。李嗣业立即整顿队形，率领前军手执长刀，压荐向前推进。唐军越战越勇，所向披靡……

《资治通鉴·唐纪》对这场战斗这样记载道："自午及酉，斩首六万级，填沟堑死者甚众。"战斗从午时至酉时，经过四个时辰的激烈交战，血流成河，尸骨如山，叛军大败，除俘虏二万人外，还斩杀了六万余人。经此一战，安史叛军在关中的防务崩溃，长安城被顺利收复，史称"香积寺之战"。这也是一场转折性的战役，为后来全面消灭叛军打下了基础。

第二天，郭子仪和广平王李豫率军进入长安，老百姓夹道欢呼说："没想到今日又能见到官军了！"唐肃宗得知长安收复后，不禁流下了热泪。长安城收复后，郭子仪并未停下脚步，大军休整三日后，他与广平王兵分两路，分别从新店（今河南陕县）与曲沃（今河南灵宝）向洛阳挺进，回纥军则暗中策应。郭子仪率军又相继收复了长安东线的华阴、潼关、弘农等重要战略要地，与此同时，广平王李豫也率军抵达曲沃。唐军屡屡得胜，官兵士气高涨，战斗力也大大提高。

郭子仪将洛阳唯一门户陕郡锁定为下一个作战目标，他率军作为前锋部队率先出击。安庆绪得知消息后，急令严庄带领大军前去支援陕郡，镇守陕郡的张通儒与严庄兵合一处，将打一家，在陕郡高地新店屯兵十五万，企图阻击郭子仪的前锋部队。

　　为了能够阻拦郭子仪的大军，严庄下令军队背山列阵，他试图凭借高地优势冲垮唐军。历代将帅抢占高地者，一般都是凭借高地优势主动发起冲锋，可严庄所率叛军，不但没有发起冲锋，反而想依靠有利地形构建防御战线，以此拖垮郭子仪部队。但是，他万万没有想到，自己的此番设防，已将十五万大军推进一个万劫不复的火坑。

　　广平王李豫见郭子仪前锋部队久攻不下，便令驻守在曲沃的回纥骑兵，迅速绕到叛军后面突袭。正当严庄带领叛军集中精力抵抗前方郭子仪大军时，回纥骑兵已绕到他背后，抢占了高地。回纥骑兵居高临下，风驰电掣般冲进严庄阵营，趁势冲垮他的战略防线，打得叛军节节败退，郭子仪前锋部队也趁势收割。最后，叛军四散溃逃，郭子仪大军横扫十五万叛军，严庄和张通儒带领亲兵弃城而逃，他们从陕郡一直逃到洛阳。洛阳城最后一道防线被摧毁，十五万叛军摧枯拉朽般灰飞烟灭，安庆绪得知消息后，顿时五雷轰顶，他慌慌张张带着剩余的守军放弃洛阳城，一路逃窜至相州（今河南安阳），郭子仪趁势成功收复洛阳。

　　三个月后，郭子仪就收复了两京及河东、河西、河南等大部分失地，因功加封司徒、代国公，余官如故，加食邑一千户。郭子仪入朝奏事，唐肃宗命人在灞上迎接，并慰劳他说："虽吾之家国，实由卿再造。"乾元元年（758年）八月，郭子仪再一次于黄河岸边击败叛军，将叛军将领安守忠擒获，献俘于长安。唐肃宗命百官到长乐驿迎接，并亲自在望春楼为郭子仪接风洗尘，进封他为中书令。

　　安庆绪从洛阳逃出后，随着叛军节节败退，他身边的追随者也越来越少，当逃至相州时，身边也仅剩疲惫不堪的一千步兵和三百骑兵，最后被困顿在相州城。唐肃宗想毕其功于一役，一举消灭叛军主力，这年九月，他诏命郭子仪、李光弼等九位节度使，领兵攻打安庆绪。但他害怕武将功高震主，这次出兵一反常态，没有设立元帅一职，而是任命宦官鱼朝恩为"观军容宣慰黜陟使"，行使元帅职责。

乾元二年（759年）三月，在唐军和史思明叛军交战过程中，郭子仪率部赶到，还未来得及布阵，忽然大风突起，吹沙拔木，天地晦暗，近在咫尺都看不清对方。两军大惊，各弃兵仗辎重，唐军向南，叛军向北，各自溃退。之后，史思明进入相州杀死了安庆绪，成为叛军新领袖。鱼朝恩回京后构陷郭子仪，他向唐肃宗进谗言，将相州失利的责任全部推到郭子仪身上。于是，郭子仪被召回京城，兵权尽夺。

一场诡异的大风，改变的不仅仅是战争的态势，以及郭子仪的命运，还有大唐王朝的走向。对于羸弱的唐王朝来讲，这场战争可谓是次重大的打击，因为此战的失利，短期内平定叛乱已成为不可能的事。旷日持久的战乱，透支的是大唐的国力。更要命的是，各地节度使在战争中获得了更加宽泛的权力，他们拥兵自重，唐廷再也无法控制。

转眼间到了上元元年（760年）正月，这时，唐肃宗想起在京城闲着的郭子仪，便任命他为邠宁、鄜坊两道节度使，实际也只是挂名的，因为没有去上任，人仍旧留在京师长安。这年九月，唐肃宗又任命他为诸道兵马都统，命其率英武、威远等军，以及河东、河西诸军，攻取邠宁、朔方、大同、横野，再取范阳，可唐肃宗的这一决定再次遭到鱼朝恩的阻挠破坏。第二年，李光弼、仆固怀恩兵败邙山，史思明攻陷洛阳，李光弼接替郭子仪的职务继续平叛，郭子仪仍在京城闲着。

宝应元年（762年）二月，一个不好的消息传到京师，因为税赋加重，民间又闹饥荒，无法征收赋税，部队保障不足，再起内讧，河东节度使邓景山、朔方诸道行营都统李国贞相继被杀。唐肃宗害怕这两支军队与叛军联合，但此时朝中已无人可用，他不得不重新起用六十五岁的郭子仪为朔方等七州节度行营，进封汾阳郡王，出镇绛州。此时的唐肃宗已病入膏肓，不再处理朝政，他命太子李豫监国，自己不再接受大臣觐见。老将郭子仪即将奔赴朔方边境一线，前去与其深情告别。郭子仪奏请说："老臣接受任命，将要死在外地。不见到陛下，死也不能瞑目。"唐肃宗把他请入寝殿，拉着他的手说："河东的事情全都拜托你了。"并赐他御马等物。三个月后，唐肃宗驾崩，太子李豫即位，是为唐代宗。

5

你方唱罢我登场。唐代宗李豫上位后，宦官程元振自认为有拥立之功，开始专权，他担心老将难以信服，就多次离间诬陷郭子仪，不久郭子仪被罢免副元帅之职，郭子仪再失兵权。这次唐代宗干脆连京城也不让郭子仪待了，任命他为山陵使，去为唐肃宗督建皇陵。那些无端的猜忌，啃噬着郭子仪强大的内心，这次他不再沉默，为证清白，他将唐肃宗赐给他的一千余件诏书，全部呈给唐代宗，以表明自己的忠心。唐代宗看后，无比羞愧，下诏解释说："朕不德，诒大臣忧，朕甚自愧，自今公毋疑。"

"时史朝义尚盗洛，帝欲使副雍王，率师东讨，为朝恩、元振交訾之，乃止。"此时，史朝义仍占据着洛阳，这既是大唐的耻辱，更是新任皇帝唐代宗的心头之患。他欲派郭子仪与雍王李适率军东征，但由于鱼朝恩、程元振的屡进谗言，最终还是放弃了这个打算。

宝应二年（763年）二月，历时八年的"安史之乱"终于被平定。挽狂澜于既倒，扶大厦之将倾，唐朝之所以能够有幸延续，郭子仪可谓厥功至伟。战争结束后，唐代宗论功行赏，封郭子仪为河中节度观察使。除此之外，还将他的画像挂在了凌烟阁里，这在当时是对一个武将的最高褒奖。

过往云烟，早已面目全非，既已成殇，又何必执念！流金岁月，难忘忆秋年，往事随风，独留风之痕。此时人们曾神往的大唐盛世已不复存在，当年那个缔造盛世的帝王李隆基，也渐渐消失在历史尘埃中。在今后的岁月中，人们所能够看到的，也仅仅是一个被岁月无情撕裂的王朝。这年春天，诗人杜甫欣喜若狂地写下了《闻官军收河南河北》："剑外忽传收蓟北，初闻涕泪满衣裳。却看妻子愁何在，漫卷诗书喜欲狂。白日放歌须纵酒，青春作伴好还乡。即从巴峡穿巫峡，便下襄阳向洛阳。"

内忧虽除，但外患已至。八年来，为了平定内乱，唐廷抽调大量边军，以致边防空虚，使得周边少数民族得以乘虚而入，吐蕃就是这样一个三番五次入侵的典型例子。

吐蕃，是由古代藏族在青藏高原建立的政权，也是中国西藏历史上第一个有明确史料记载的政权。"安史之乱"爆发后，吐蕃趁唐朝西部边防空虚，趁机出兵东侵，数年之间连续侵占了陕西凤翔以西，邠州以北的兰州、廓州等十余州，尽占河西、陇右之地。广德元年（763年）冬天，吐蕃又集结二十万兵力东进，攻占了奉天（今陕西乾县），兵临长安城下。面对来势汹汹的吐蕃大军，唐代宗再度出逃陕州避难，而长安城中的士绅和大量百姓，则逃往荆襄或逃入深山峡谷之中，长安城不攻自破。吐蕃占领长安后，立广武王李承宏为帝，纵兵抢掠焚舍。

危难之际，唐代宗不得不重新起用郭子仪，以雍王李适为元帅，郭子仪为副元帅，反击吐蕃。郭子仪命长孙全绪率二百骑兵出陕西蓝田为疑兵，并以数百人化装潜入长安制造混乱。吐蕃士兵听闻郭子仪率领勤王大军来攻，慌忙撤离，长安陷落十五日后再度被收复。

屡屡遭受挫败的吐蕃，再次提出和平会盟的要求。对于吐蕃的和谈要求，诗人杜甫以诗记事云："近闻犬戎远遁逃，牧马不敢侵临洮。渭水逶迤白日净，陇山萧瑟秋云高。崆峒五原亦无事，北庭数有关中使。似闻赞普更求亲，舅甥和好应难弃。"

诗人杜甫的和平期盼，固然是美好的，但和平向来是建立在实力基础之上的。此时吐蕃的军事实力明显强于唐朝，在吐蕃的军事压制下，唐朝河西、陇右的郡置，大多只能困守孤城，对于城外地域，基本上任由吐蕃骑兵来去自由。每到陇右麦熟之际，吐蕃军队必来抢粮，不能带走的便焚烧而去。为此，每年唐朝都要派遣军队保护秋收，名曰"防秋"。在这种强弱分明的情况下，真正的和平不知何时才能够降临到河西陇右之民身上。

国家危难之际，有忧国忘家、捐躯济难的英雄，也有利欲熏心、发国难财的小人。周智光是唐朝藩镇割据时期早期的军阀之一。永泰元年（765 年）九月，仆固怀恩再次联络吐蕃、回纥等部落，率三十万联军兵分三路进攻关中时，其中一路是由吐蕃攻打奉天，当时周智光奉命屯兵同州。不久，吐蕃移兵攻打醴泉，俘虏数万百姓，烧毁房舍庄稼而去。周智光趁机出兵拦截，在澄城击败吐蕃军，缴获大量骆驼、马匹等军用物资，继而又追逐吐蕃军到鄜州。周智光平常与鄜坊节度使杜冕不和，周智光到达鄜州后，擅自杀害了鄜州刺史张麟，将杜冕的家属共计八十一人活埋，烧毁房舍三千余家。两个月后，周智光回京报捷，唐代宗并未就擅杀一事而处置他。

永泰二年（766年）正月，周智光回到华州，更加飞扬跋扈。唐代宗再次下旨召见他，这次他害怕获罪而抗旨未去。他知道自己罪孽深重，便纠集亡命之徒、无赖子弟数万人。周智光纵容这些亡命之徒和无赖子弟烧杀掳掠，以博取他们的欢心。他还擅自截留漕运关中的大米，前后截留多达两万余斛。各藩镇向朝廷贡献财物，凡是经过他的驻地的，他常常杀死使者夺取贡物。

周智光一向和陕州刺史皇甫温不和。这年十二月二十二日，恰好皇甫温的部将陕州监军张志斌入朝奏事，周智光便命人将其杀死，并剁成肉片吃掉，残忍至极，令人发指。即便是这样，唐代宗不光没有派兵去讨伐周智光，反而下诏升其为检校左仆射。当中使余元仙前去宣布任命时，周智光不但不接受，反而谩骂道："我周智光对国家有如此大的功劳，竟然不给平章事，而给仆射的职位！况且同州、华州地方狭小，不足以施展我的才能，再给我增加陕州、虢州、商州、鄜州、坊州这五个州，我还可以考虑。"

周智光还历数了大臣们的过失，并威胁说："这里距长安不过一百八十里地，我晚上睡觉都不敢伸开双腿，我怕会一脚踏进长安城。至于挟天子以令诸侯，也只有我周智光才能办得到。"当时余元仙吓得双腿直哆嗦。面对这样一个狂妄之徒，唐代宗却懦弱地一再退让。在这之前，郭子仪曾数次请求讨伐周智光，都没有得到唐代宗允许，以至于养虎为患。

直到第二年（767年）正月，唐代宗才下密诏命郭子仪讨伐周智光，郭子仪命大将浑瑊、李怀光在渭水河畔驻扎。周智光的部下听说后，早就有脱离周智光牢笼之心的大将李汉惠，从同州率部向郭子仪投降。事后，唐代宗贬周智光为沣州刺史，华州牙将姚怀、李延俊杀掉周智光，并将其头颅献给朝廷。周智光虽名"智光"，但此人既无智慧，也不灵光。他靠鱼朝恩上位，并非帅才，德不配位，最终自取毁灭。

灵州地处今天宁夏回族自治区的灵武市，北控河套，南制庆凉，是唐朝捍卫关中的西陲屏障，其战略位置十分特殊。这里水草丰美，土地肥沃，非常适合养马放牧，素有"塞上江南"之美誉。从汉代开始，中原王朝就把这里作为战马的重要饲养基地，以武装骑兵，防御草原游牧民族入侵。"安史之乱"后，唐朝外部环境急剧恶化，通往西域的河西走廊不但被吐蕃侵占，就连河陇地区的十几个州也都丢了，损失人口近五十万户。因此，地处河陇北面的灵州和东面的关中地区，就直接暴露在了吐蕃骑兵的视线之内。

6

"安史之乱"平定后，唐军积极寻求战机，准备收复河陇地区。对于吐蕃而言，吃到嘴里的肉当然不愿意吐出来，为了保住侵占的河陇地区，吐蕃采取声东击西、围魏救赵战略，变被动为主动，遂派遣大军围攻灵州，把战火公然烧到唐朝境内。如果攻下灵州，吐蕃将牢牢控制住唐廷的产马基地，没有骑兵的唐军，将会彻底丧失进攻能力。如果攻不下灵州，也能将唐军主力牢牢牵制于此，使其无力进攻河陇。无论哪种结果，对于吐蕃而言，都将处于不败之地。

吐蕃如此完美的战略构想，对正处于弱势的大唐王朝来讲，无疑是使其陷入了一场空前的危机中。早在永泰元年（765 年），吐蕃遣使来唐请求会盟时，就曾要求唐廷承认其占领的河西陇右之地为吐蕃领土，被唐廷拒绝。"灵武之战"后，吐蕃大军退回河陇地区，主力未损，虎视眈眈，蓄势准备发动下一次进攻。而老将郭子仪的暮年军旅生涯，也与吐蕃战事紧紧联系在一起。

史料记载：大历二年（767 年）九月，吐蕃以数万人围攻灵州，诏郭子仪镇泾阳，京师戒严。九月十七日，郭子仪移镇奉天。十月，朔方节度使路嗣恭破吐蕃二万余众，生擒五百人，获马一千五百匹，吐蕃败走。

大历三年（768 年），吐蕃又以十万人侵犯灵武，大将尚悉摩率两万人马寇邠州。邠宁节度使马璘破敌两万，唐代宗命郭子仪率兵五万屯于奉天，于灵州又破吐蕃六万余众。

大历八年（773 年）八月，吐蕃六万人扰灵武，践踏禾稼而去。十月，吐蕃以十万人寇泾、邠等州，派蕃军四节度使分拒泾川（今甘肃泾川），过阁川南，在渭河会师，形成攻势，对唐帝国造成极大威胁。面对此情，郭子仪派遣朔方兵马使浑瑊率步骑五千人拒之，初败于宜禄（在邠州西），后与马璘合力，杀敌数千人，吐蕃败走，夺还被掠居民、牛马。

由于双方在河陇问题上难以达成共识，从永泰元年（765 年）开始，吐蕃连年劫掠、滋扰大唐西北边境，双方围绕灵州年年开战，老将郭子仪的主要精力全部放在对付吐蕃上。由于连年征战，唐朝已经到了"边土荒残，军费不给"的境地。

就在郭子仪把全部精力投入防御吐蕃入侵时，大历二年（767 年）冬天，郭子仪父亲的坟墓被人盗挖了。此事一经传开，长安城里即刻沸沸扬扬，百官更是议论纷纷。显然，盗墓者并非为了钱财，纯粹是为发泄私愤。因此，文武百官都认为此事是鱼朝恩指使人干的，因为郭子仪一向与别人和睦相处，只有鱼朝恩对其心存妒忌。唐代宗得知此事后，深知问题的严重性。祖坟是神，是魂，是一个家庭或家族的精神命脉，掘别人的祖坟无异于断人命脉，是对人最大的侮辱和报复。郭子仪是朝中重臣，且重兵在握，当时大臣们都担心他会为此造反。为了给他一个交代，唐代宗想彻查此事，鱼朝恩得知后，惊恐不已。

几天之后，郭子仪从奉天回到长安，得知父亲的坟墓被毁，十分悲恸，他断定此事是鱼朝恩干的。可转念一想，自己手握重兵，为天下所倚，而鱼朝恩则受恩宠无比，红得发紫，且掌管禁军，如果为此事自己与鱼朝恩闹将起来，不但给唐代宗出了一个难题，而且也势必影响中兴大计和国家安危。郭子仪只得强忍悲痛，强压怒火。一日入朝，唐代宗向他问及此事，郭子仪眼含热泪说道："臣长期领兵，不能有效约束士卒的暴行，以至于部下盗坟挖墓的事情屡有发生。现在这种事落到了我的头上，只能说是天谴，老天报应，与任何人无关。"他以自责化干戈为玉帛，巧妙地化解了唐代宗的难题和鱼朝恩的惊惧。

郭子仪一席话，不仅说得代宗皇帝龙颜大喜，还使得在一旁胆战心惊的鱼朝恩也如释重负，满朝公卿大臣更是钦佩他的深谋远虑，无不感念他的宽容与大度。郭子仪为了国家的安定，蒙奇耻，忍大辱，以痛哭自责，扫除了朝野的愁云，其修养之深，谋国之忠，臣节之纯，旷世无双。

鱼朝恩也被他的气度所折服，心生感激。于是，便邀请郭子仪同游章敬寺，向其示好。宰相元载听说后，害怕鱼朝恩拉拢郭子仪，便散布谣言说这是鸿门宴，鱼朝恩要谋杀郭子仪。郭子仪的部下也纷纷劝说他带些卫兵前往。郭子仪说："我是朝臣，没有皇帝的命令，鱼朝恩怎敢害我？如果是皇帝要我的命，我又怎能反抗呢？"但最终他也仅带了三个家童。

鱼朝恩见郭子仪的家童个个神情戒备，很是诧异地询问其原因："您的随从怎么这么少？"郭子仪坦率地说："都说你摆的是鸿门宴，要谋害我，所以只带了几个家童来，如果真有其事，也免得你动手时，还要费心布置一番。"鱼朝恩听罢，感动得痛哭流涕，郭子仪的诚恳彻底折服了他，郭子仪懂得与人相处，注意周全小人的体面，以减少后患，在险恶官场上得以全身而退。大历五年（770 年），宰相元载密奏，请杀宦官鱼朝恩，鱼朝恩最终被缢杀。

郭子仪深谙为臣之道，懂得如何自我保护，真正做到了功盖天下而主不疑，把为人处世的智慧发挥到极致。他被封为汾阳王后，位于长安城亲仁里的府邸，每天都叫人把大门敞开，任何人都可以自由出入王府。有一天，郭子仪府上的一名官员要调任外地，特意前来向他辞别，刚走进王府，恰好看见郭子仪的夫人和爱女正在梳妆打扮，郭子仪则在一旁伺候。母女俩让其一会儿递毛巾，一会儿端洗脸水，像使唤仆人一样。回家后，这位官员禁不住将此事告诉了家人，后来一传十十传百，人们都知道了这件事，觉得十分可笑。

郭子仪的儿子听到传言后，埋怨他说："父王您功劳这么大，天下百姓哪个不佩服您？可您怎么却不自尊自重呢？无论是什么人都可以自由跑到咱的内院来，让别人瞧见家里的私事，多么丢人啊！古往今来，将相有哪个像您这样的呢？就算是商朝的贤相伊尹、汉朝的大将霍光，他们也不会这样做啊！"

　　郭子仪叹了口气说："你们光看到了郭家显赫的地位和声势，哪里知道月盈而蚀、盛极而衰的危险呢？我爵封汾阳王，世间已经没有更大的富贵可求了。眼下朝廷尚要用我，又怎肯让我归隐呢？更何况郭家这千余人到哪里去隐居呢？在这种情况下，如果我们紧闭大门，不与外面来往，郭家的日常行为不为皇帝所知，以郭家现在的地位，难免让人猜忌。只要有一个人与我们郭家结下仇怨，诬陷郭家怀有二心，朝廷中必然就会有人落井下石，到那时郭家的九族老小都将死无葬身之地！"儿子听完郭子仪的话，恍然大悟，终于明白了老父亲的良苦用心。

　　由于皇恩眷顾，郭子仪的儿子郭暧，娶了唐代宗之女升平公主为妻。有一次，郭暧和升平公主拌嘴，郭暧骂道："你不就是仗着自己的父亲是皇帝吗？我父亲才不稀罕呢！"升平公主大怒，回宫后就把这事告诉了父皇，唐代宗说："郭暧说的没有错，郭令公要是想当皇帝的话，天下早就不是我们家的了！"并命她赶快回婆家道歉。郭子仪得知后，将郭暧关了起来，自己则亲自跑去向唐代宗请罪。唐代宗对他说："俗话说'不痴不聋，不作家翁'，子女夫妻间的事，不必理会他们就是了。"郭子仪回来后，将郭暧杖责数十，升平公主也向公婆道了歉。这就是戏剧《打金枝》的来源。

　　男儿有泪不轻弹，只因未到伤心处。杰出的人物往往都具有超凡的毅力、坚韧的品格，但这绝不是说他们冷若冰霜，不食人间烟火。

　　大历九年（774 年）二月二十四，七十七岁的郭子仪再次入朝进言：朔方是国家北大门，地位十分重要，但因连年战争，士卒死伤甚多，现在十仅剩一，兵力严重不足。吐蕃吞并了河西、陇右之地后，羌、浑等部落屡次入侵，为国之大患。因此，他建议唐王朝早做准备，希望能从诸道征发精兵四五万，充实朔方军力，以备抵御吐蕃等番兵。但是，面对他的哭诉，唐代宗并没有表态。两个月后，郭子仪在回属地邠州前，向唐代宗辞行时，再次谈到边疆大事，以至于涕泪俱下。

在那个时代，位高权重者往往都明哲保身，但七十七岁的老将郭子仪，对于关乎国之大者的事情，却时时挂在心上，睡不着、等不得，一遍又一遍地争取着、努力着。

五年后的大历十四年（779年）五月，三十八岁的皇太子李适即位，是为唐德宗。郭子仪被调回朝廷，晋升为太尉，仍兼中书令，充任皇陵使，赐号"尚父"，加食邑至两千户。建中二年（781年）郭子仪病重，唐德宗命舒王李谊前去探望，六月，戎马一生的老将郭子仪去世，享年八十四岁，唐德宗闻讯痛哭，专门为其废朝五日，并命群臣吊唁，追赠郭子仪为太师，赐谥号忠武，配飨代宗庙廷，陪葬建陵。下葬那天，唐德宗又亲临安福门送葬，且超越礼制，下诏将郭子仪的坟墓增高一丈。按照当时的礼制，郭子仪的墓葬高度不能超过一丈八尺，但唐德宗要求将其墓葬再增高十尺，以彰显其盖世功勋。

郭子仪去世后的第二年（782年），礼仪使颜真卿奏请唐德宗，追封古代名将六十四人，并为他们设庙享奠，"太尉中书令尚父汾阳郡王郭子仪"赫然位列其中。到了北宋宣和五年（1123年），依照唐朝惯例，宋朝为古代名将设庙，七十二位名将中亦有郭子仪一席之位。明朝洪武二十一年（1388年），明太祖取古今功臣三十七人配享历代帝王庙，其中也有郭子仪。到了清朝康熙年间，遵循明朝旧例，取古今功臣四十一人配享历代帝王庙，郭子仪同样在内。

历尽沧桑千年事，几经风雨一世功。郭子仪戎马一生，资兼文武，忠智具备，功勋卓著，史书称他"再造王室，勋高一代"，"以身为天下安危者二十年"。郭子仪居功甚伟，但他善于从政治的角度去观察、思考、处理问题，不仅在当时复杂的战场上立不世之功，而且在险恶的官场上得以全身而退，做到了"权倾天下而朝不忌，功盖一代而主不疑"，不愧为一代中兴名将，国之柱石。

白衣山人

　　他学贯儒、道，三为帝师，一为宰相，上护太子，下庇群臣，立下扶危定倾、再造唐室之功。他一生崇尚老庄之道，视功名富贵如敝屣，数次坚辞宰相之位，避世归隐。他审时度势，三次力挽狂澜，为大唐续命百年，堪称大唐第一奇才。他就是尘封在历史中的真实的李泌。

l

　　一场突如其来的"安史之乱"，把大唐王朝推向了倾塌的边缘，江山社稷犹如惊涛骇浪中的一叶扁舟，随时都有颠覆的危险。

　　天宝十四载（755 年）十一月初九，范阳、河东、平卢三镇节度使安禄山，以奉密诏讨伐奸相杨国忠为名，起兵反唐。此时的唐玄宗正沉醉于骊山华清宫的温柔乡里，他始终不相信这个可爱的"胡儿"会造反，一定是别人厌恶他，在编造假话诋毁他。直到鼙鼓声声，唐玄宗从梦中惊醒，束手无策的唐玄宗，三十六计，走为上策，他以亲征平叛为名，带着杨贵妃、杨国忠和众皇族踏上逃亡之路。

　　马嵬驿，这是老皇帝唐玄宗又一被噩梦惊醒的地方，一场以太子李亨默许的政变，在那个漆黑的夏夜拉开帷幕。先杀杨国忠，后缢杨贵妃，尽管这些已无法改变帝国命运走向，但却改变了太子李亨的人生轨迹。唐玄宗入蜀不可逆转，父子分道扬镳也势在必行，李亨以平叛为名，带着自己的儿子广平王李豫和建宁王李倓，还有一颗不断壮大的政治野心，北上朔方灵武（今宁夏灵武）。

　　老皇帝避难去了蜀地，但李唐江山还在，国不可一日无君。太子李亨顺势而为，于天宝十五载（756 年）七月初九，在朔方诸将的拥立下，于灵武登基称帝，改元"至德"，是为唐肃宗，遥尊唐玄宗为"太上皇"。当唐玄宗李隆基得知这一消息后，无可奈何，因为他自己毕竟是个逃跑的皇帝，他所抛弃的不光是天下子民，还有本该属于他的江山社稷。

　　唐肃宗知道自己要想坐稳这来之不易的皇位，当务之急必须尽快平定叛乱，以此好给天下人一个接受他的理由。他知道，要平定"安史之乱"，缺一人而不可为，而这个人就是小自己十一岁的好友李泌。于是，唐肃宗派人四处寻找，有意将李泌迎回朝堂辅佐自己。李泌胸怀大志，以国家兴亡为己任，正在嵩山结庐修道的他，得知好友李亨在朔方灵武登基为帝，便星夜兼程，冒着纷飞战火赶来。从此，三十三岁的李泌，在平定"安史之乱"中，开启了波澜壮阔的一生。

　　李泌究竟是何许人也？他又为何受到唐肃宗如此器重？推开历史的镜头，拨开历史的尘烟，我们看到的是不一样的李泌。李泌，开元十年（722年）生于京兆府（今陕西西安），祖籍辽东郡襄平县（今辽宁辽阳）。翻开大唐历史，李泌可是不能小觑的人物，他是中唐著名的政治家、学者，他所出身的辽东李氏大族，也是家世显赫、人才济济。在其六世族谱中，几乎清一色全是大将军、柱国、国公、郡公这样的角色，李泌是个不折不扣的典型贵族后裔。然而，他自身的光芒并没有被其家族的荣耀所遮掩，最终成为大唐历史上难得的一位奇人，被后人誉为大唐最聪明的大臣。他的这种"最聪明"，就在于明白应该做什么，不应该做什么，明白什么时候该做什么，什么时候不该做什么，属于大智慧。

　　史书记载，李泌学贯儒、道，三为帝师，一为宰相，上护太子，下庇群臣，立下扶危定倾、再造唐室之功。他沉浮宦海五十余年，适逢唐朝政局大变，多次被奸臣排挤、陷害。"安史之乱"让盛唐繁荣难再，他审时度势，曾几度入朝追随皇帝左右，甚至一度为相，扶危定倾后悄然退隐江湖。他一生崇尚出世无为的老庄之道，视功名富贵如敝屣，在肃宗、代宗两朝，数次坚辞宰相之位，最终远离朝堂，长年隐居衡山。

《新唐书》说他："常游嵩、华、终南间，慕神仙不死术。"在一般人看来，离开权力中枢就意味着下台，再无风光可言。但李泌却与之相反，他事了拂衣去，深藏功与名。"潜遁名山，以习隐自适。"所以，后人常感叹他于静中得意，感叹他淡泊明志，这便是尘封在历史深处一个无为而治的真实李泌。

李泌七岁能文，有神童的美誉。他的成名旧事被写进《三字经》："莹八岁，能咏诗；泌七岁，能赋棋。彼颖悟，人称奇，尔幼学，当效之。"这里的"泌"，说的就是本文的主角——李泌。

开元十六年（728年），有一天，春风得意的唐玄宗在长安城举办了一场儒、释、道三教辩论大会，以分三教优劣。只见辩论现场，一位叫员俶的九岁孩童，慨然登台，大谈儒教之长，旁征博引，言辞锋利，使在场的道士、和尚一时张口结舌，不知如何应对。唐玄宗惊奇不已，大为赞赏，命人将员俶叫到身边，询问他："这世间还有比你更聪明的神童吗？"说者无心，听者有意。员俶随口应道："我表弟李泌，今年七岁，能题诗作赋，比我更聪明。"

唐玄宗一听，竟有这事，立刻派人飞马把李泌接进宫来。据《新唐书》记载，李泌进宫时，恰逢唐玄宗与宰相张说在看棋手下棋，见召来的小孩清秀机灵，在这样的场合竟能毫不畏缩，不禁脱口赞道："这孩子果然不凡，将来必是国家栋梁。"便吩咐张说以象棋为题，考考李泌的才学。张说即兴吟诗一首："方若棋局，圆若棋子。动若棋生，静若棋死。"他请李泌也以"方圆动静"四字赋诗一首。李泌稍加思索应对道："方若行义，圆若用智。动若骋才，静若得意。"意思是说：行义事的时候，要堂堂正正；用智慧的时候，要考虑圆满周全。才华横溢的时候，要敢于有所作为；志得意满的时候，反而要能静得下来。李泌的回答在境界上明显高于张说，唐玄宗听后觉得对答别致，寓意深刻，"龙颜大悦"，连忙赏赐给他一些财物，并要求其家人要"善视养之"，使其将来成为国家栋梁之材。

后来，唐玄宗惊奇李泌之才，便将七岁的李泌送入东宫陪太子读书，从此与太子李亨结下不解之缘。李泌从小聪敏异常，书看一遍就能背诵，小小年纪不仅可以写诗作文，而且目光敏锐，敢于直言。宰相张九龄有两个好友，一个叫严挺之，为人耿直，经常犯颜指出张九龄的缺点；另一个叫肖诚，却善于察言观色，阿谀逢迎。有一次张九龄自言自语道："严挺之为人死板，难以亲近，肖诚柔和可亲。"此话刚巧被李泌听到，他马上反驳说："公起布衣，以直道至宰相，而喜欢软美者乎？"意思是说："相公你自己也是平民出身，处理国家大事，素来就有正直无私的清誉，难道你也喜欢低声下气、缺乏节操和软弱的人吗？"张九龄闻之大惊失色，连忙道谢，从此称李泌为"小友"。两位年龄相差四十四岁的人后来真的成为"挚友"。在当时朝堂内外，上到唐玄宗，下到张九龄、张说、贺知章等，一大批王公朝臣都特别喜欢李泌，觉得他以后一定能成大器。

虽然李泌一生都在追求自己的"静若得意"，但处在中唐乱世的他，却没有忘掉时代赋予的责任。他静观风云之变，时刻等待一个入世的良机。有一次，唐玄宗召他进宫讲解《老子》，《老子》思想博大精深，如果参悟不透，一般人根本讲不好，但李泌讲解得很好。唐玄宗龙颜大悦，于是就让他担任待诏翰林，同时还让他做太子李亨的宾客，供奉东宫。在东宫，李泌充分发挥自己的才华，与太子李亨的感情日益深厚，以至于称兄道弟。成年后的李泌，后来还成为太子李亨的老师。

"肃宗即位灵武，物色求访，会泌亦自至。已谒见，陈天下所以成败事，帝悦，欲授以官，固辞，愿以客从。"像李泌这样亦师亦友的高人，在唐肃宗安邦定国之际肯定是不能缺席的。李泌来到灵武，老友相见自然分外亲热，唐肃宗迫不及待地向他请教破敌之策。从天下大势到兵力部署，从作战能力到后勤补给，李泌一一给他分析了成败关键。

"天下大计，非所知也。不出二年，无寇矣，陛下无欲速，夫王者之师，当务万全，图久安，使无后害。"李泌一针见血地指出，虽然安禄山占据两京，气焰嚣张，唐军士气沮丧，人心动摇，但安禄山、史思明等人，是一群没有原则的乌合之众，他们的目的只是抢劫，所到之处肆意掠夺财宝、美女。这种贪鄙心理注定他们不能一统天下，甘心从叛者寥寥，只要用兵得当，不出两年便可平定叛乱。

2

李泌还给唐肃宗制定了一份《平叛策》，详细说明了平叛的计划。首先派李光弼守太原，出井陉。然后由郭子仪取冯翊，入河东，隔断盗魁四将，使其不敢南移一步。同时，密令郭子仪留出华阴一角，让叛军能通关中，使他们北守范阳，西救长安，奔命数千里，劳损其精兵。而唐军则以逸待劳，避其锋芒，剪除其弱卒。各路兵马齐聚扶风，与朔方军共同平叛。命建宁王李谈为范阳节度大使，与李光弼为犄角，以攻取范阳。叛军失去根据地，必将身死于河南诸将之手，这便是"挫其锐、解其纷"的战略部署。

然而，心怀"先入关中者为王"执念的唐肃宗，军事上让位于政治，这次他没有完全采纳李泌的建议，致使肃清河北不彻底，使其仍然沦陷于盗贼之手，以至于"安史之乱"历时八年才被平定。而此后又因平叛不彻底，再生藩镇之祸，成为大唐顽疾。

李泌的到来，愈加坚定了唐肃宗平叛的信心，为把平叛大业进行到底，唐肃宗想授予李泌宰相之职，但遭其拒绝。李泌对他说："我是修道之人，已经心无牵挂，不能接受您授的官职。况且陛下待我似宾友，比宰相高贵得多，我可以以宾客身份来辅佐您。"唐肃宗不好再强求，只好授予他银青光禄大夫的散官（从三品文散官），尊称他为"先生"。之后，朝政中遇见任何问题，唐肃宗都会向李泌请教后再做决定。

如果说李泌出山是为唐肃宗而来，倒不如说他是为大唐社稷而来。他知道唐肃宗有个心结还未打开，内心为此惴惴不安，那就是唐肃宗是自立为帝的，终属非法。李泌到灵武后，首先给唐肃宗吃了一颗定心丸，他对唐肃宗说："陛下，总有一天太上皇会回到长安的，那时他也只有做'天子父'而已，而别无他想，这一点您就放宽心吧！"这话如果从别人口中说出，唐肃宗可以不信，但从李泌口中说出来就大不一样了，因为李泌是大家眼里的"圣人"。后来唐玄宗返回长安，一切果如李泌当年所料。

天宝十五载（756年）九月，唐肃宗准备出兵平叛，但在选择天下兵马大元帅的问题上却一直犹豫不决。建宁王李倓，是唐肃宗的第三子，当初唐玄宗率领皇族出逃长安时，李倓和广平王李豫一路率兵扈从。李倓与宦官李辅国向他进谏说："逆胡犯阙，四海分崩，不因人情，何以兴复！今殿下从至尊入蜀，若贼兵烧绝栈道，则中原之地拱手授贼矣。人情既离，不可复合，虽欲复至此，其可得乎！不如收西北守边之兵，召郭、李于河北，与之并力东讨逆贼，克复二京，削平四海，使社稷危而复安，宗庙毁而更存，扫除宫禁以迎至尊，岂非孝之大者乎！何必区区温情，为儿女之恋乎！"劝唐肃宗北上收拾兵马，抵抗叛军。李俶可以说是唐肃宗最坚定的支持者。

《新唐书·李俶传》中记载："太子北过渭，兵仗盐恶，士气崩沮，日数十战。俶以骁骑数百从，每接战，常身先，血殷袂，不告也。"李俶英毅才略，善于骑射，在唐肃宗北上途中，一路危机四伏，因为所率兵力有限，时常遇到盗寇抢掠。李俶便亲自挑选骁勇善战的勇士，前面开道，后面断后，每每遇到强盗，为保护唐肃宗都要拼死血战，甚至不惜牺牲生命。有时唐肃宗吃不上饭，饿着肚子，李俶就会伤心地哭泣，军中将士都很佩服李俶。所以，唐肃宗想以建宁王李俶为天下兵马元帅，由他统领诸将东征。

李泌了解唐肃宗的真实想法后，知无不言言无不尽，对唐肃宗说："建宁王李俶确是元帅之才，然广平王李豫是兄，如果让建宁王做元帅立了大功，那广平王不就成了吴太伯了吗！"唐肃宗说："广平王是长子，将来要被立为太子，何必把元帅之位看得那么重呢？"李泌说："广平王还没有被正式立为太子，现在天下艰难，众心所属在于元帅。如果以建宁王为元帅，立了大功，陛下虽不想使其为太子，可同立功者难道会罢休吗！太宗与太上皇就是如此。"唐肃宗听后，沉默好久没有说话。最后，他还是采纳了李泌的建议，以广平王李豫为天下兵马大元帅，率军东征。后来，建宁王李俶听说此事后，不无感激地对李泌说："这也是我的愿望。"

李泌以一个普通人的身份，成为唐肃宗的座上客，与唐肃宗可谓是形影不离，寝则对榻，出则联辔。李泌一如从前，时常身穿一件非袈非裟非僧非衲的白衣长褂，脚踏一双不履不屐不皮不革的芒鞋，现身于公众视线，这种装束不时引来人们的好奇。每次他与唐肃宗同辇出行，军士和百姓见了都私下议论说："穿黄衣服者是圣人，穿白衣服者是山人。"唐肃宗听说后，就对李泌诉苦说："你现在让我很为难，现在是我最艰难的时候，我不敢违背你的意愿授予你官职，但为了杜绝外面那些人的议论，请您暂时穿上件紫袍吧！"李泌不好再拒绝，只好答应唐肃宗的要求。唐肃宗又接着说："既已服紫，岂可无名称！"说着又从怀中取出一份敕书，任命其为元帅府行军长史，李泌坚辞不受。唐肃宗对他说："我不敢以你为相，只想度过此艰难时期。待讨平叛军后，随你的意愿便是。"李泌这才接受任命。

唐肃宗破天荒地把元帅府设置在皇宫内苑中，让广平王李豫与李泌同住在元帅府里，李泌向唐肃宗谏言说："现在诸将都畏惮天威，在陛下面前敷陈军事形势与计策，有的不能尽其所言。万一有小差，危害甚大。请陛下下令允许臣先与广平王商议后，再从容奏闻，可者即行之，不可者就去之。"唐肃宗听后十分高兴，当即准奏。当时，平叛工作如火如荼地全面展开，军务十分繁忙，四方奏报从早到晚，接连不断，几乎没有空闲时候。唐肃宗就要求把这些奏报先全部送到元帅府，由李泌负责审查，遇到急切文书及烽火情报，就重加封闭，隔着门旋转轮盘通报进去。其余则待天明上奏。皇宫禁门的钥匙，也全部由广平王李豫和李泌掌管。

唐玄宗逃至四川，做起了逍遥自在的太上皇，留下一个烂摊子，需要唐肃宗这个新任皇帝去处理，唐肃宗必须尽快做个了断，否则自己的脸面往哪儿搁呢？可现实中能够供他调遣的军队确实不多了，早在唐玄宗时期，二十万精兵让杨国忠全部葬送在云南，大唐王朝元气大伤，直到现在还没缓过气来，偏偏又接上了"安史之乱"，安禄山叛军的实力远远超过唐军。

大敌当前，内力不足，求助外援，是弱者的天然本性。然而，天下没有免费的午餐，要想得到帮助，必须付出代价。乱世中的大唐，已经失去往日的影响力，可以求援的也只有北方沙漠刚刚建国不久的回纥汗国。为了搬到回纥救兵，唐肃宗向回纥可汗英武开出了诱人的条件：克城之日，土地、士庶归唐，金帛、子女皆归回纥。也就是说，收复长安时，土地子民归大唐，所有美女和财产都归回纥，任凭其奸淫烧杀和掳掠。同时，又征调拔汗那的军队，让其转告西域各国，答允给他们优厚赏赐，请他们跟随安西士卒前来支援。

泱泱大国开出如此耻辱条件，相信唐肃宗并非情愿，而且此举多少有些开门揖盗的意味。大国求助，明显就是弱势，在此情况下，引入那些一直对中原有觊觎之心的外族，不能不说是冒险。但唐肃宗为了保住自己的江山，迅速平定安史大患，他不惜以牺牲子民为筹码。

3

万事俱备只欠东风。一切部署妥当之后，李泌劝唐肃宗说："陛下，根据先前计划，您且暂时移驾彭原（今甘肃庆阳），等西北支援部队到达后，再去凤翔郡与他们呼应。到那时，江南的庸调（军粮、军需）赋税也都收齐了，军队供给充足，我们就可以行动了。"唐肃宗按照李泌的建议，至德元年（756 年）九月十七日，从灵武出发，移驾彭原。

第二年开年，发生了两件令人震惊的大事件：一是安禄山被其子安庆绪弑杀，叛军内乱。二是唐肃宗赐死了建宁王李倓，这也是唐朝皇室斗争中著名的冤案之一。伴君如伴虎，在李倓被赐死这件事情上，李泌真切体会到这一点。

"祸兮福之所倚，福兮祸之所伏。"唐肃宗曾想封李倓为天下兵马元帅，为什么一过年李倓就被赐死了呢？原来，唐肃宗的淑妃张良娣，因"性巧慧，极能迎合肃宗之意"，颇受唐肃宗信任。当年唐肃宗还是太子，北上灵武时，随行官员不多，兵荒马乱，道路多虞。每当太子留下住宿，张氏总是在太子李亨前面。李亨说："抵御敌人不是妇人家的事，你为何要在前面呢？"张氏说："现在太子跋涉艰难险阻，卫兵不多，恐怕有仓促，我在前面挡着，太子可以从后面逃走，这样就无患了。"到了灵武，张氏产子，三天后就起来为战士缝衣服。太子李亨慰问她说："产后忌讳劳累，你这是何苦呢？"张氏说："这不是妾身顾及自身的时候，需要先考虑太子的事情。"

张良娣可不是简单人物，她与唐玄宗原本也极具渊源，她的祖母邓国夫人为唐玄宗生母昭成皇后的亲姐妹，可以说张良娣的出现，多半有唐玄宗想要监视或督促李亨的意思在里面。为了讨好太上皇，唐肃宗想立张良娣为后，他曾对李泌说："朕想使良娣正位中宫为皇后，以安上皇（唐玄宗）之心，先生以为如何？"李泌心知，此事不过是唐肃宗想做做样子罢了，本没有理由阻止，可他对于这位自己深交了数十年的帝王，清楚他的弱点，加上此时正值乱世，封后一事耗费巨大，所以极力反对。见李泌不同意立后，唐肃宗也就先搁置了此事。

建宁王李倓听闻这件事后，也跑到唐肃宗面前，痛哭流涕地说："儿臣认为如今虽忧虑祸乱未平，但陛下从善如流，过不了多久必能见陛下迎回上皇，以表孝心。"言外之意，他也是反对父亲唐肃宗立后。李倓为人正直，还多次向唐肃宗揭露李辅国、张良娣二人的罪恶，因此得罪了权宦李辅国和张良娣。于是，张良娣联合李辅国向唐肃宗进谗言说："倓恨未得为元帅，故欲谋害广平王。"唐肃宗听后龙颜大怒，将李倓赐死。

就因为无根无据的一句话，唐肃宗就把自己忠勇双全的儿子给杀掉了，让后人看到了他作为帝王鲜为人知的另一面，广平王李豫和李泌为此十分恐惧。李豫准备除掉李辅国及张良娣，李泌作为元帅府的行军长史，告诫他说："此事万不可为，难道您还没有看见建宁王的下场吗？"李豫说："我是为先生担忧。"李泌对他说："我与皇上有约在先，等平定叛乱收复京师后，我就归隐山中，这样就可以免祸。"李豫十分害怕地说："先生若去，我不就更加危险了吗？"李泌对他说："你应该尽人子之孝。良娣妇人，你但委曲顺其意，则无所作为。"就这样，在高人李泌的指点和庇护下，李豫才得以安然无恙。

安禄山被其子安庆绪弑杀后，叛军再起内乱。郭子仪率兵出洛交（今陕西富县），平定了河东，战局有些好转。这年二月初十，唐肃宗进驻凤翔郡（今陕西宝鸡），陇右、河西、安西及西域诸国军队也相继集结完毕，此时江淮庸调亦由长江经汉中漕运运抵洋川（今陕西西乡）和汉中，凤翔郡由此成为讨伐安史叛军的大本营。长安城的民众，听说唐肃宗带兵已经到达凤翔，纷纷投奔唐军。

李泌建议唐肃宗按照先前议定计划实施，派安西及西域兵进军东北，从归州（今河北怀来）、檀州（今北京密云）南攻范阳，然后南北夹击彻底消灭叛军。然而，临战之际，唐肃宗与李泌在收复长安问题上却产生了分歧，他一心急于收复长安，对李泌说："现在大军已集结完毕，江淮庸调也到，应以强兵直捣叛军腹心。如果率兵行军东北数千里，先攻取范阳，乃是舍近求远，得不偿失。"

李泌对他说："如果以我们现在所有兵力去收复两京，虽然能够攻下，但叛军一定会东山再起，到那时我军又将陷于危急境地。因为我们现在的精兵主要来自西北边镇和西域诸胡，他们共同的特点是耐寒怕热。如果现在利用其士气，进攻叛军疲劳之师，一定能够攻克，叛军则会收其残兵，逃归范阳老巢。现在两京马上进入春天，关东暑热，我们那些来自北方的主力部队肯定忍受不了，一定要回归西北。到那时叛军厉兵秣马，卷土重来，就会征战不休。不如先用西北之兵攻取叛军巢穴，断其退路，然后再彻底消灭他们。"

尽管李泌分析得有理有据，十分透彻，但这次唐肃宗不知哪里来的底气，硬是和他杠上了。唐肃宗对他说："我急于收复两京，迎回上皇，不能再等了。"就这样，唐肃宗执意集结大军进攻长安，遂派关内节度使王恩礼进驻武功，兵马使郭英乂进驻武功东原，王难得进驻武功西原。结果叛军大将安守忠率军攻武功，三人被一一击败，叛军直逼凤翔府东五十里的太和关（今陕西岐山南）。唐肃宗大惊，于是又派郭子仪攻长安，兵至清渠（今陕西咸阳），亦被安守忠所败，只得回师保武功。

至德二年（757年）九月，唐肃宗再命广平王李豫为天下兵马大元帅，郭子仪为副元帅，率唐及回纥、西域兵马共计十五万，由凤翔府出发，先后在长安西、香积寺北、沣水之东打败安史叛军，相继收复长安和洛阳。

十月十九，唐肃宗离凤翔府回归长安。

在收复两京战斗中，郭子仪和李光弼是唐肃宗所倚重的两员大将，可说居功甚伟。但由于掌握重兵，不免引起奸佞小人的猜忌，流言之下，唐肃宗忧心忡忡。特别是郭、李均已位极人臣，他担心功成后无可加封，会引起不满。李泌看出他的心思，劝他说："两人保国安民，并无他志，以后封赏，按爵以报功，官以任能的先例，赏给他们二三百户封地就行了。"唐肃宗采纳这一建议，使郭、李安心用兵，为平定叛乱立下了卓著功勋。

对于平定"安史之乱"，史书多归功于郭子仪和李光弼，而对首席参谋白衣山人李泌的贡献，常是一笔带过。实际上，李泌的功劳不亚于诸葛亮辅佐刘备。《新唐书·李泌传》曾这样评价说："独柳答称，两京复，泌谋居多，其功乃大于鲁连、范蠡。"透过历史缝隙，仍可看到世道人心的公正。

还有一件事，更是令唐肃宗高看李泌一眼。唐肃宗即位后，打算将李林甫的遗骸挖出焚烧，原因是他在做太子时，宰相李林甫多次进谗陷害他。李泌认为身为天子却念及旧恨，不能以宽广胸怀显示于天下，会让那些投靠叛军的人失去改过自新的想法。唐肃宗大为不悦，对李泌说道："你忘了往事吗？"李泌回答说："臣考虑的不在于这些。上皇统治天下五十年，一朝失意，南方气候恶劣，而且他已年迈，听到陛下记恨旧怨，将会内心惭愧不乐。万一上皇伤感得病，就是陛下以天下之广大，也不能够安抚亲人啊！"话未说完，唐肃宗已经感悟，他下台阶抱着李泌痛哭道："朕没想到这些。"

两京收复，唐肃宗开始重用奸臣李辅国，李泌一看形势不对，怕有祸害，便萌生隐退之意，准备遁避衡山修道。至德二年（757年）九月，李泌为唐肃宗草群臣贺上皇表时，君臣二人有这样一段对话。

李泌对唐肃宗说："臣现在已报陛下之德，想要退为闲人，还有什么能比这更快乐的呢？"

唐肃宗说："我与先生累年以来同生死，共患难，现在正是有福同享的时候，您为何要离我而去呢？"

李泌回答说："臣有五不可留，愿陛下听任臣去，免臣于死。"

唐肃宗问："您这是什么意思？"

李泌回答说："臣遇陛下太早，陛下任臣太重，宠臣太深，臣功太高，迹太奇，有此五者，所以不可留。"

唐肃宗说："暂且睡吧，待以后再说。"

李泌接着又说："陛下现在与臣同榻而卧，犹不得请，况以后在殿上香案之前，陛下不让臣去，是杀臣也。"

唐肃宗说："没有想到你对我如此有疑心，我难道还会杀你吗！你是把我当作越王勾践了。"

李泌回答说："陛下不杀臣，所以臣才求归隐，如果要杀臣，臣还敢再说什么吗？再说杀臣者，不是你皇帝陛下，而是我所说的'五不可'。陛下过去待臣如此有恩，臣对有些事还不敢直言，何况天下已安，臣更不敢直言！"

唐肃宗沉思良久，问："你是说我没有听从你的北伐战略吗？"

李泌回答说："不是，所不敢说是关于建宁王的事。"

唐肃宗说："建宁王是我的爱子，性格英勇果断，艰难时有功，我难道不知道？但建宁王为小人所教，想害其兄，图谋为太子，我从国家利益来考虑，不得已而赐其自尽，你不知道其中的原因吗？"

李泌回答说：“如果建宁王想要图谋做太子，那么广平王应该怨恨之。但广平王每次与臣言及其事，称其冤，总是流涕呜咽。臣今一定要辞陛下而去，所以才敢言其事。”

唐肃宗说：“建宁王夜间曾将手按在广平王身上，难道不是想加害他吗？”

李泌回答说：“这都是小人散布的谗言，建宁王如此孝友聪明，难道会这样做吗？陛下昔日想用建宁王为元帅，臣请用广平王。建宁王如果有此心，应该怨恨臣，但反而以臣为忠，更加亲善，陛下由此可见其心。”

唐肃宗听后哭泣着说：“先生说得对。既往不咎，我不想再听了。”

李泌回答说：“我之所以说这些事，并非要究既往，而是想提醒陛下将来慎重。以前天后有四个儿子，长子是太子弘，天后正图谋称帝，恶其聪明，所以鸩杀之。然后立次子雍王贤为太子。贤内心忧惧，遂作《黄台瓜辞》，希望以此来感悟天后。天后不听，以致贤最后死于黔中。其辞是：‘种瓜黄台下，瓜熟子离离。一摘使瓜好，再摘使瓜稀。三摘犹自可，摘绝抱蔓归。’现在陛下杀了建宁王，已一摘矣，希望谨慎不要再摘了！”

唐肃宗听后愕然说：“哪里会这样。请先生录下这段话，我要写下来。”李泌回答说：“陛下但记之于心，何必形之于外呢！”

李泌在隐退之际，为什么要和唐肃宗谈及这样一个伤感的话题呢？原来，因为收复两京，广平王李豫虽立下头功一件，但却遭到张良娣、李辅国的忌恨，他们经常进谗言欲加害李豫，所以，李泌侧面提醒唐肃宗，以避免瓜之再摘。

木秀于林，风必摧之。李泌为平叛运筹帷幄，“权逾宰相”，不是宰相却干了宰相的活，越来越受到唐肃宗的厚爱，但同样意味着树敌也越来多。所以，对于"有则有，无则无，不追求有，不在乎无"的李泌来讲，平叛大局已定，主动离开权力中心，这才是最明智的选择。唐肃宗大概也认为天下已定，于是便赐其隐士服装和住宅，颁予三品禄位，准其退隐。李泌便去衡山当了一个仙风道骨的隐士，这就是他虽屡遭谗嫉而未被祸及的大智慧。

4

宝应元年（762年），唐肃宗李亨驾鹤西去，太子李豫即位，是为唐代宗。唐代宗念及李泌对自己的庇护之恩，更是钦佩其过人才华，准备请他再度出山。大历三年（768年），唐代宗派中使到衡山征李泌入朝，任命其为翰林学士。作为唐代宗的贴身高级顾问，李泌被赐予金鱼袋和紫衣，并被安排在宫中的蓬莱殿书阁居住。唐代宗经常穿着汗衫、拖着鞋来找他聊天，朝中自给事中、中书舍人等正五品以上官员及藩镇节度使的任免都要与他商议。后来，唐代宗又派内侍鱼朝恩在白花屯为他修建外院，以方便李泌与亲朋故旧相聚。

唐代宗一心想让李泌担任门下侍郎、同平章事（宰相），他对李泌说："军国大事十分繁忙，咱们也没法朝夕相处，不如姑且住得近一些，何必要签署敕令之后再当宰相呢！"但李泌坚决推辞。这年端午节，朝中王公、妃子、公主都向唐代宗进献各种服饰和玩物，唐代宗问李泌："为什么唯独您没有进献礼物呢？"李泌回答说："我身居宫中，从头巾到鞋子都是陛下赏赐的，剩下属于我的仅仅是身体罢了，我又拿什么来献给陛下呢？"唐代宗笑着说："朕所需要的正是你这个人。"李泌说："我不是陛下所有，那还能是谁的呢？"

唐代宗接着说道："先帝曾想让您屈尊担任宰相却没能成，现在您既然已将自己奉献给朕，就当归朕所有，而不归你自己所有了！"李泌说："陛下想让我做什么呢？"唐代宗说："朕想让您喝酒吃肉，成家立室，接受官爵，还为俗世之人。"李泌哭着说道："我断绝世俗饮食已经二十多年了，陛下为何一定要毁掉我的志向呢！"唐代宗说："哭有什么用！你已在深宫之中，还想上哪儿去？"

于是，唐代宗命人将李泌的双亲进行厚葬，又给他娶卢氏之女为妻，一切费用都由朝廷支付。另外，唐代宗还赏赐给他一所光福坊的宅第，让他在自己的宅第住几天，再在蓬莱殿书阁住几天，两个地方轮着住。

有一天，唐代宗和李泌谈及了建宁王李倓，想要给予褒扬和追赠。李泌提议可参照岐王李隆范、薛王李隆业的先例，追赠李倓为太子。唐代宗哭着说："我弟弟率先提议先帝北上灵武，最终成就中兴大业，岐王李隆范、薛王李隆业哪里有这样的功劳！他竭尽忠孝，却被进谗言的小人所害。假如他还活着，朕一定要封他为皇太弟。如今应给予他帝号，以实现我的夙愿。"于是，唐代宗颁下制诰，追谥李倓为承天皇帝，将其葬在顺陵。

尽管唐代宗给李泌娶妻，又赏赐其宅第，千方百计让李泌上了他的"李家船"，可庙堂之上却没有唐代宗想象的那样简单，往往也是"一粒老鼠屎，可以坏掉一锅粥"，而这粒"老鼠屎"就是当权宰相元载。元载见李泌不肯依附自己，天天和唐代宗粘在一起，对自己构成潜在威胁，便想方设法把他排挤出朝堂。此时，刚好江西观察使魏少游向朝廷上奏疏，请求朝廷为他选派能干的僚佐，帮其处理政务。元载计上心来，他就向唐代宗上奏说："李泌有才，可担此任。"唐代宗也不知哪根筋搭错，大笔一挥就同意了。就这样，李泌以检校秘书少监、江南西道判官之职，赴任江西。

九年之后的大历十二年（777年），唐代宗与左金吾大将军吴凑（代宗母舅）密谋，将元载及其党羽铲除，而此时李泌正在江西判官任上。第二年，唐代宗召其入朝，把铲除元载的事情告诉了他，对他说："我与你一别就是八年，才杀掉这个贼子。幸亏太子发觉元载的阴谋，不然的话我恐怕都见不到你了。"

李泌回答说："臣曾经说过，陛下如果知某臣有过，就应该早去其职。陛下对元载容忍太过，所以才到了今天这种地步。"唐代宗说："事情需要考虑周全，不能轻举妄动。"接着又说道："朕曾当面嘱托路嗣恭善待你，然而他却顺着元载的意思，要你担任虔州别驾。还有，路嗣恭刚刚平定岭南时，曾向朝廷进献了一个琉璃盘，直径有九寸，朕当时把它当作珍贵宝物。等到抄了元载的家，结果查获到路嗣恭送给他的琉璃盘，直径却有一尺。等路嗣恭到京后，我再和你商量如何处理他。"

李泌回答说："路嗣恭为人小心谨慎，他善于侍候人，害怕有权有势的人，做官也十分精明勤恳，但有点不识大体。过去他担任县令时，就有了能干的名声，然而陛下没顾上了解他，结果被元载发现并重用，所以路嗣恭才为元载尽心尽力。陛下如果真能了解并且重用他，他也会为陛下尽心尽力的。虔州别驾是我自己愿意当的，这不是他的罪过。况且路嗣恭有新平岭南之功，陛下岂能因为一件琉璃盘就问他的罪！"唐代宗听李泌这么一说，心中的疙瘩也解开了，于是任命路嗣恭为兵部尚书。

为人处世的第一原则就是与人为善。李泌在唐代宗对路嗣恭存有芥蒂之时，能主动为其开解，有此品行，所以才能成就一番大事。

唐代宗准备重用李泌，但李泌又为宰相常衮所忌，常衮准备将其外放出任楚州刺史，李泌推辞不去，唐代宗只好继续将他留在朝中。后来，适逢澧州有职务空缺，常衮极力陈述南方穷困之状，请求代宗皇帝放李泌前往治理。唐代宗无奈，只好授李泌为澧（今湖南澧县）、郎（今湖南常德）、峡（今湖北宜昌）三州团练使。之后，又迁任杭州刺史。

透过屡屡被贬的残酷现实，李泌看出宰相专权，已经到了完全不把皇帝放在眼里的地步，皇帝成了任人摆布的木偶。他虽一次又一次被排挤出朝堂，但总能淡然处之，始终秉持着"居庙堂之高，则忧其民；处江湖之远，则忧其君"的理念，无论在哪里任职，无不留下良好政绩，尤以在杭州刺史任上治绩最为著名。宋人苏辙称"杭本江海之地，水泉咸苦，居民稀少"，李泌在刺史任时，"始引西湖水作六井，民足于水，故井邑日富"。

李泌被贬在外，任职的地方虽与长安相隔千里，但唐代宗每遇军国大事和疑难问题，必会问及于他，李泌也都是知无不言言无不尽。其间，皇太子李适也曾数次与李泌交游。该仕则仕，该隐则隐，该进则进，该退则退，也只有持道家"无我"精神，持儒家"无可无不可"态度的李泌，才能够做得到。

大历十四年（779年）六月，唐代宗驾崩，三十八岁的皇太子李适即位，是为唐德宗。虽然，群臣在唐德宗李适死后为他请上了一个"圣神文武皇帝"的尊号，但在他接手之初，大唐是个千疮百孔的没落帝国，外有吐蕃咄咄逼人，内有藩镇割据一方。

唐德宗在位前期，严禁宦官干政，任用杨炎为相，废租庸调制，改行"两税法"，颇有一番中兴气象。但后来重用幸臣卢杞等人，在全国范围内增收间架、茶叶等杂税，致使民怨日深。建中二年（781年），发动削藩战争，导致狼烟四起，天下大乱。

藩王自古就有"父死子袭"的传统，这既是朝廷优待功臣的体现，同时也是相互制衡的方法。这一年，成德节度使李宝臣去世，他的儿子李惟岳要求朝廷任命其为新任成德节度使，但遭到唐德宗的拒绝，这意味着朝廷不再承认河北藩镇有父死子继的特权。李惟岳直接联合魏博节度使田悦、淄青节度使李正己，以及山南东道节度使梁崇义一同谋反。唐德宗调集京师西部驻军和四方忠于朝廷的军队，正式出兵削藩。起初战事进展顺利，叛军内部出现内讧，李惟岳也被部将杀死，可参与平叛的幽州节度使朱滔认为朝廷赏罚不公，反水加入叛军。之后，形势越演越烈，朱滔自称冀王，成德王武俊称赵王，魏博田悦称魏王，淄青李纳称齐王，叛军声势大振。

屋漏偏逢连夜雨，船迟又遇打头风。此时淮西的李希烈也来凑热闹，先称建兴王，后来干脆自己升级为"楚帝"，于是，反叛战线从河北一直延伸到河南，东都洛阳危如累卵。这时，朝廷调往淮西平叛的泾原镇官兵，因为途经长安时供应不周，愤然作乱，京师乱作一团，唐德宗仓皇出逃。乱军拥立泾原军主帅朱泚为皇帝，先定号为大秦，后又改称大汉。这样一来，除了唐德宗这个正牌天子外，天下又多出了"二帝四王"，比当初的"安史之乱"还要夸张。

面对接二连三的叛乱，唐德宗被迫出逃，开始辗转奉天、梁州等地。他终于意识到，必须团结一切可以团结的力量，才能平定这场叛乱。兴元元年（784年）正月初一，在贤相陆贽的强烈建议下，唐德宗颁布罪己诏，他承认天下大乱是因为自己"失道"所致，宣布大赦天下，赦免各路叛军首领，只有称帝的朱泚、李希烈除外。诏书一发，"士卒皆感泣"，其他人都上表谢罪。然而，就在一线生机即将到来之时，唐德宗却又将前来救驾的朔方节度使李怀光逼反，使其加入朱泚的造反阵营，唐德宗只得再次流亡梁州（今陕西汉中），史称"奉天之难"。朱泚占据长安，自称大秦皇帝，与其他五镇遥相呼应，直接威胁着唐德宗的流亡政权。

5

从锐意削藩，到颁布罪己诏，尽赦作乱藩将。不过短短三年，唐德宗心境之别，判若云泥。就在彷徨无计之时，唐德宗又一次想起了漂泊在外的李泌，此时李泌已是个六十三岁的老人了。早年在灵武时，唐德宗李适为奉节王，就曾跟随李泌学习文学。唐代宗时期，李泌居住在蓬莱书院，德宗时为太子，也曾与李泌数次交游。在梁州避难的唐德宗，下急诏命杭州刺史李泌赶赴行在。已是耳顺之年的李泌，听说大唐王朝再度陷入危机，德宗有难，便千里单骑赶赴梁州。这一次，德宗皇帝似乎大有吸取父亲、爷爷和太爷爷教训的勇气和决心，他决定重用李泌。于是，李泌被授予左散骑常侍之职，唐德宗命他每天在中书省值班，以便等候召对，李泌因殊荣备受朝野瞩目。

有一天，唐德宗问他："李怀光占据河中，河中距离京城太近，朔方兵马素来号称精锐，比如像达奚小俊等人都有万夫不当之勇，朕整天为河中之事担忧，你看如何是好呢？"李泌回答说："天下之事还有很多值得担忧的，如果只有河中这个问题，反倒不值得忧虑。一般说来，评估敌情，只需评估将领，不需评估士兵。如今，李怀光是将领，达奚小俊之类不过是小卒罢了，哪里值得担忧！李怀光解除奉天围困之后，眼看着朱泚等人行将灭亡，他不但不去进攻他们，反而与他们联合，使李晟得到了建立功勋的机会。如今，陛下已经回到宫中，李怀光不仅不肯认罪，还残暴地杀害了使臣孔巢父等人，如同老鼠般躲藏在河中。只怕过不多久，他就会被自己的部下砍下头来悬在木杆上，用不着我们动手。"

贞元元年（785年）七月，陕虢（今河南陕县、灵宝一带）都知兵马使达奚抱晖鸩杀节度使张劝，自己代理军中事务，他希望能得到朝廷给予的节度使旌节，同时还暗中联系李怀光的部将达奚小俊作为外应，局势十分危急。唐德宗召李泌商量说："如果达奚抱晖与李怀光联兵抗拒朝廷，事情就很麻烦，再说达奚抱晖占据陕州，江淮水路和陆路运输就会受阻，朕要麻烦你亲自跑一趟。"随后，他任命李泌为陕虢都防御水陆运使。

唐德宗准备派神策军护送李泌上任，问他："你需要多少人？"李泌说："陕州城三面绝壁高悬，如果攻打该城，真不知哪年哪月才能攻克，请让我单枪匹马去赴任吧。"他请求单骑前往，德宗有些怀疑，但最终还是同意了他的请求。李泌到达陕州后，先去见了陕州进奏官及将吏在京城的人，欺骗他们说："皇上因陕虢饥荒，所以让我领运使一职，督江淮米以赈济。陕州行营在夏县，如果达奚抱晖可用，就让他统军；如果有功，就让他出任节度使。"李泌以此来麻痹达奚抱晖。

随后，唐德宗又加封李泌为陕虢观察使，李泌到达陕州行营后，让达奚抱晖带着家人赶快逃命。当初启程时，唐德宗曾交给他一份叛乱者名单，共有七十五人，命他按照名单进行诛杀。李泌放走达奚抱晖后，朝廷派来的宣慰使，要求他必须诛杀叛乱者，李泌不得已，只得将兵马使林滔等五人押往京师。达奚小俊听说李泌已入陕，只得退兵，陕虢遂安。

贞元三年（787年）六月，李泌出任中书侍郎同平章事，正式拜相。他虽然在宰相任上时间很短，但却做了许多有意义的事情，从而促进了贞元年间的和平与稳定。走马上任之初，李泌首先想到的是如何保护那些有功之臣。有一天，他与李晟、马燧、柳浑一起入朝觐见唐德宗，唐德宗对他说："过去在灵武时，你就应该担任宰相，但你主动谦让。现在朕起用你，打算与你有个约定，你千万不要报复仇人。对有恩于你的人，朕自当替你报答。"

李泌回答说："陛下，我平素遵奉道教，不会与人结仇。李辅国、元载加害于我，如今他们都自行倒台了。我平时所交好的和对我有恩惠的人，有的已经荣显闻达，有的已经衰微没落，我对他们也没有什么可报答的了。"唐德宗说："即便如此，对有小恩于你的人，也是应当报答的。"李泌回答说："今天我也希望与陛下有个约定，可以吗？"唐德宗说："当然可以，说吧！"

李泌接着说道："臣希望陛下不要加害功臣。我蒙受陛下深厚恩典，当然没有受害的迹象。李晟、马燧为国家立下巨大功劳，听说有人在背后说他们的坏话，尽管陛下不会相信，但今天我当着他们两人的面讲这些，就是希望他们不要自起疑心。万一陛下要加害他们，那么，值宿警卫的将士，方镇的将帅，都会愤怨叹息，辗转不安，恐怕过不了多久，朝廷内外就会再次发生变故。如果臣下能够蒙受君主的赏识与信任，那就是很幸运的事，还谈什么官职呢！我在灵武时，虽不曾担任官职，但大将和宰相都接受我的指点。陛下任命李怀光为太尉，但他愈加恐惧，最终还是背叛了朝廷，这都是您亲眼所见。如今李晟、马燧已经足够富贵，如果陛下能够坦诚对待他们，让他们自保官爵，没有后顾之忧，在国家发生变故时，他们便会挺身而出。在国家无事时，他们可入朝参加朝会，有什么事情比这更快乐的呢？所以，我希望陛下不要因为他们二人功劳太大而猜忌他们，也希望他们二人也不要因为身居高位而自生疑心。"

唐德宗听后对李泌说："朕刚听你一席话，觉得很突兀，不知道你讲的是什么。但听了你的分析，才知道这是国家的根本大计，朕自会牢牢记住你的话，对于李晟、马燧两位功臣，朕也自当与你共同保全他们。"李晟、马燧二人听后站起来，哭泣着表示感谢。

还有一次，唐德宗与李泌讨论宰相职责问题，他对李泌说："从今天起，凡是有关军队和粮食储备的事情，都由你来主持，吏部和礼部就交给张延赏主持，刑部交给柳浑主持。"李泌说："陛下，这不妥当。您让我出任宰相，是对我的信任。宰相职责是不可分割的，是共同商酌处理天下大事，不像在给事中那里要分辨出哪些是吏部的过失，哪些是兵部的过失，在中书舍人那里有六人签署画押。如果宰相各自主持某方面的事情，就成了专司一面的职能部门了，这不是宰相的职责。"唐德宗笑着说："适才是朕讲得不够妥当，你说得是对的。"

李泌见唐德宗兴致很高，便又趁机提出请求恢复先前被削减的州县官员岗位。唐德宗说："官吏应当是为百姓而设置，现在户口比太平时期减少了三分之二，但官吏反而增加了不少，这能行吗？"李泌回答说："虽然户口减少，但现在的事务比太平时期多出了将近十倍，官吏怎能不增加呢？况且削减的都是有职责的官员，反之那些闲散官员并没有削减掉。至德年间以来，设置名额之外的官员，相当于正式官员的三分之一，如果听凭他们按照在官的日期核定资历，然后停罢他们的官职，再增加文武官两选，授给他们同一类中的正额官职，这样，他们不仅不会埋怨，还会高兴。"唐德宗觉得李泌讲得十分有道理，于是下敕一律恢复先前削减官员的官职。

此外，李泌还请求对那些没有去封地的诸王，不再授予府官之职，唐德宗也都一一答应下来。

6

唐朝实行开放包容政策，无论因公朝贡，还是因私经商，"胡客"（外国来唐人员）皆仰慕大唐，纷纷来到长安、洛阳等地。

此前，由于河陇地区被吐蕃攻陷，安西、北庭来京奏事人员和西域使者，大量滞留在长安和洛阳。按照大唐惯例，这些"胡客"无论在唐做官还是经商，均由唐朝政府供养，为此政府经济负担十分繁重。李泌早就看到"胡客"滞留的弊端。贞元三年（787年），他奏请唐德宗同意，组织开展了一次大规模的检括"胡客"运动。不检查不知道，一检查吓一跳。居然有的"胡客"在长安已长达四十余年，不仅娶了妻生了子，而且还买了田地和住宅，靠放高利贷谋取钱财。

通过核查，共计查出不符合规定的人员多达四千余人，这些被核查出的"胡客"集体到宰相府申诉，李泌对他们说："这都是历任宰相的过错。哪有让外国前来朝贡的使者，在京城留居几十年而不回国的呢？如今应该向回纥借道，或从海上打发你们回国。如果有不愿意回去的，可以向鸿胪寺自行说明，授予一定的职位，发给薪俸，充当唐朝的臣子。人生应当顺应时务，施展才力，怎么能够一辈子做客而死呢！"然而，这些"胡客"没有一人愿意回国，于是李泌便把他们编入神策两军，让"胡客"中的王子和使者担任无职事的兵马使或者押牙，其余人都充实到禁卫亲军中。最后，鸿胪寺所供应的"胡客"仅剩十余人，此举为国家每年节省约五十万缗钱。

为防御吐蕃入侵，唐德宗时期在关东集结了大量兵马，国家用度十分紧张。李泌上奏说："自从改行两税法以来，藩镇与州县往往违背规定，搜刮钱财。接着发生"朱泚之乱"，地方上争着通过专买和征收获罪吏民用以赎罪的钱粮，充当军费，以便检选和募集将士，自行防卫。"朱泚之乱"被平定后，地方上因违反规定而感到畏惧，故隐瞒实情不敢讲。请陛下派遣使者，颁布诏旨，赦免他们，给他们改正的机会。除按照规定应当留给诸使和州府的钱粮外，其余一律要上交京城。各地官员要处理好拖欠的赋税，对能够征缴的，一定要征缴上来，对难以征缴的，可以免除征缴，以显示皇恩浩荡。对于胆敢隐瞒实情的，按照奖惩条令，一律严惩。"

唐德宗听了李泌的建议，十分高兴，对李泌说："你的策略很好，但采用的办法过于宽大，恐怕朝廷能够得到的赋税没有多少。"李泌说："对于这件事情，我早就想过了。实行宽大的办法，能够得到的赋税数量多而时间短。实行严厉的办法，能够得到的赋税数量少而时间长。这大概是因为实行宽大的办法，人们为免除惩处而欣喜，因而乐于交纳赋税；而实行严厉的办法，人们争着隐藏赋税，不经过审讯便不能够查出实情，因而得到的钱财不够满足当前的迫切需要，反而都让邪恶的官吏得去了。"唐德宗听后笑着说："讲得很好！"遂任命度支员外郎元友直为河南、江、淮南句勘两税钱帛使。

赋税问题有了解决办法，唐德宗便又和李泌讨论起恢复府兵制的问题。李泌说："陛下，我粗略算了一下，今年征发关东士兵戍守京西约有十七万人，全年需要粮食二百零四万斛。现在每斗粮食值一百五十钱，合计需钱三百零六万缗。近年来，国家遭逢饥荒战乱，经费不足，即使有钱也没有粮食可供买入，所以无暇计议恢复府兵！"

唐德宗听了，紧皱眉头说："这如何是好？赶快削减戍守的士兵，让他们回去，你看行吗？"李泌回答说："如果陛下采纳我的建议，既不用削减戍守士兵，也不用打扰百姓，而使粮食充足，谷子和麦子的价钱还会逐渐下降，府兵也能够建立起来。""果真能够如此，朕当然高兴。"唐德宗似乎在黑暗中看到了一丝希望的光亮。

李泌对他说："这事必须赶紧去做，再过十天就来不及了。如今吐蕃人长期居住在原州、会州一带，用牛运输粮食，粮食吃光后，牛就没有用了。请调出左藏库中质地变坏的丝帛，染成斑斓花色，然后再通过党项人将它们卖给吐蕃人，每换一头牛，不过需要二三匹丝帛。如此算来，拿出十八万匹丝帛，就可以换来六万多头牛。再命令各冶炼场铸造农用器具，买进麦种，分别赐给边疆一带的军镇，募集戍守的士兵，让他们耕种荒田，与他们约定好明年麦子成熟后加倍偿还所用的种子，对于剩下的粮食，可以按照时价再增加五分之一，由官府收购。来年春天种庄稼再用这种办法，关中土地肥沃，荒废已久，初种必然会有丰厚的收获，戍卒从中得到好处，耕种的人便会逐渐多起来。边疆地区居民极为稀少，将士们每月吃官府供应的粮食，他们所收获的谷子、麦子无处去卖，粮食必然便宜。所以，名义上是官府增价收买，实际上却比今年粮食的价钱低得多。"唐德宗说："好！就按照你所说的办。"

李泌又接着说道："边疆地区有许多官员职位空缺，请募集人收缴粮食，还可以将他们补为边官，这样一来今年的粮食就足够了。"唐德宗又接着问："你说府兵也可以利用起来，此话怎讲？"李泌回答说："靠着屯田富裕起来的戍守士兵，他们便会安心留在这片土地上。根据规定，戍守士兵三年轮换一次，到三年将满时，凡有愿意留下者，可将他们所开垦的田地作为永业田。家人愿意前往的，由原籍所在官府发给沿途提供食品的文书。如此用不了几次轮番替代，戍守边疆的士兵，便成为定居边疆的本地人，到那时再采用府兵的办法来管理他们，就可以让关中富庶强盛起来。"唐德宗满心欢喜地说："果真如此，天下便不会再发生变故了。"

李泌为相期间，还针对"徐地重而兵劲"的现状，建议将徐州与濠、寿、庐三州都团练观察使张建封治下的濠、泗二州合并，授张建封为徐泗濠节度使，也就是后来的武宁军节度使，以对抗平卢镇的威胁，保卫江淮粮运通道。徐州由此也成为当时著名的雄镇和军事要地。

贞元五年（789年）三月，李泌在长安家中去世，享年六十八岁，唐德宗追赠他为太子太傅。中唐历史舞台上的一颗璀璨巨星就此陨落，大唐天空黯然失色。《新唐书》评价他："泌出入中禁，事四君，数为权辛所疾，常以智免。"从玄宗朝的聪颖早慧，到肃宗朝的主理军机，从代宗朝的避世归隐，到德宗朝的扶危定倾，李泌历经中唐四朝，五次出山，四次隐退，三次力挽狂澜，为大唐续命百年，堪称大唐第一奇才。

茶人魁首

往事越千年。"茶者，南方之嘉木也。"嘉木一叶承载着五千年岁月，也蕴藏着五千年文化基因。陆羽一生为茶，一生如茶，他为尘世间打开丰富多彩的茶学大门。茶"为饮最宜精行俭德之人"，他首次把人的"品行"引入茶事，以一部《茶经》传世，开启茶事新纪元。

I

"休对故人思故国，且将新火试新茶。"在苏轼眼中，煮上一杯新茶足以抵挡住对故乡的浓浓思念。而在茶人陆羽眼里，氤氲中慢慢舒展开的片片绿叶，却寄托着他一生的梦想，犹如他于红尘沉浮后，最终化作缕缕清香，回味无穷……

"茶者，南方之嘉木也。"清明前后，一夜春雨，千山万壑茶园泛起鹅黄淡绿，嫩芽开始绽放枝头。一杯新茶在手，轻轻呷一口，一股清香顿时沁人心脾，由此茶事便成为这个春天最为美好的事情。说茶、写茶，陆羽自然是绕不开的人物，他被尊为"茶圣"，可以说是他为尘世间打开了丰富多彩的茶学大门。他一生自带传奇光环，所著《茶经》三卷，成为世界上第一部茶学专著。因此，人们誉他为"茶仙"，尊他为"茶圣"，祀他为"茶神"。

每个人从诞生那一刻起，都自带使命，那就是成为这个世界上独一无二的自己。开元二十一年（733 年），陆羽带着自己的使命，走进了世间人的视线。据《新唐书》和《唐才子传》相关记载，陆羽因其相貌丑陋，出生不久就被父母遗弃，成为孤儿，但他一生却富有传奇色彩。"竟陵西塔寺，曾经陆羽居。"深秋的复州竟陵（今湖北天门），千山万壑早已层林尽染，秋寒阵阵。一日清晨，龙盖寺（现称西塔寺）的住持智积禅师外出化缘，经过西郊西湖畔一座小石桥时，忽然听得伴着凄冷秋风隐隐传来阵阵雁声，好不凄惨。出于好奇，智积禅师便循声而去，只见湖滨低洼处，一群大雁竟然舒展着翅膀守护着一个男婴。男婴身上落满了严霜，早已冻得全身发紫，哭声微弱，命悬一线。

男婴叫什么名字？他的父母又是谁？一切都是个谜，智积禅师四周望去，空空如也，再看看被大雁守护着的男婴，相貌奇丑无比，他顿时明白了，男婴肯定是被父母遗弃。遇到都是缘，出家人以慈悲为怀，总不能眼睁睁看着孩子冻死在荒郊野外，他急忙脱下僧袍，将男婴严严实实包裹起来，准备抱回寺中。但他转念一想，自己一个出家之人，孩子太小，抱回去肯定难以养活。就在左右为难之时，他忽然想起距离寺院不远西村居住的李公，此人与自己关系不错，况且李家最近诞下一个女儿，智积禅师决定将孩子暂时寄养在李家。李公，浙江吴兴（现浙江湖州）人，曾为朝廷官吏，博学多识，因躲避战乱弃职归隐，最后定居在景色秀丽的龙盖山麓，以开馆教书为生。

李家并没有嫌弃相貌丑陋的男婴，他们将他视如己出。他们为女儿起名季兰，依着女儿的名字给男婴取名季疵。季兰、季疵同一张桌子吃饭，同一块草垫玩耍，一晃长到了七八岁。此时，李公夫妇年事渐高，思乡之情日笃，一家人决定迁回老家吴兴。就这样，享受家庭温暖和关爱的季疵，只好被智积禅师接回龙盖寺，跟在禅师身边煮茶奉水。智积禅师煞费苦心地为孩子占卦取名，以《易经》占得《渐》卦："鸿渐于陆，其羽可用为仪。"意思是说，鸿雁飞于天上，两羽翩翩而动，动作整齐有序，四方皆是通途。于是，为季疵更名为陆羽，字鸿渐。

唐代寺院多种植茶树，僧人以茶助禅。智积禅师煮得一手好茶，为了让陆羽日后继承自己的衣钵，他手把手教其茶道。龙盖寺，现称双塔寺，建于东汉时期，矗立在竟陵西湖之畔的龙盖山上，所以初名龙盖寺。龙盖寺四面湖水潆洄，兼葭丛生，加之山上古木参天，修竹常青，奇花点缀，百鸟争鸣，是个湖山秀雅胜地。"山不在高，有仙则名。"或许是得了龙盖寺的灵气，陆羽这个苦孩子多了一份异于常人的禀赋。智积禅师抚育他成人，多年之后，他以诗文与当代名流唱酬，著书立说，流传千秋，智积禅师也因此成为名僧。龙盖寺大兴建殿、堂、祠、坊、亭、台、楼、阁，日夜香烟缥缈，烛火辉煌，智积禅师圆寂后，建塔于寺中，遂改名西塔寺。走过四季时光，陪伴黄卷青灯，聆听钟声梵音，陆羽学文识字，习诵佛经，耳濡目染，不久便掌握了种茶、制茶、烹茶的各道工艺。

人生最终的价值在于觉醒和思考，而不只在于生存。虽然，智积禅师一心寄希望于陆羽，希望他能够削发为僧，皈依佛门。虽处佛门净土，日闻梵音，但陆羽却是个有个性的人，他对佛法毫无兴趣。有一次，智积禅师向他传授佛经，他竟引用儒家古训反问禅师："儒家说不孝有三，无后为大。如果我现在学佛，成为僧人，将来没有后代子孙，那我不就是大不孝了吗？"他表示要以孔子为师。如果说按照一般人的成长规律，陆羽在寺院被僧人养大，顺理成章应该成为僧人，在寺庙打坐念经，平静地度过一生，这似乎也是他最好的归宿。但他没按照常规套路出牌，尽管智积禅师执佛典不屈，但他更是执儒典不屈。

最亲近的人未必是最懂你的人。为了磨炼陆羽的心智，智积禅师故意给他安排各种脏活累活，"扫寺地，洁僧厕，践泥圬墙，负瓦施屋，牧牛一百二十蹄"。除了让他干打扫寺院、洗厕所、踩烂泥、敷墙壁、背瓦片、盖屋顶这些脏活累活外，还外加负责管理三十头牛，以此磨炼他的心智，让他历试贱务。可是，智积禅师的良苦用心并没有使陆羽回心转意，反之更加激发了他"读书识字，行孔孟之道"的渴望，后来甚至到了"懵焉若有所遗，灰心木立，过日不作"的地步。

《陆文学自传》曾记载了这样一件事："得张衡《南都赋》，不识其字，但于牧所仿青衿小儿，危坐展卷，口动而已。"意思是说，有一天，陆羽无意中得到一本张衡的《南都赋》，他坐在牛背上，模仿私塾学生的样子念念有词。其实他也只是装装样子而已，因为那时他一个字都不认识。为了将这个"顽劣"之徒拉回佛法大道，智积禅师甚至命人将陆羽关起来，并安排一位弟子管教他。陆羽渴望"读书识字"而不得，心如死灰，像丢了魂似的。师兄见他做事精神恍惚，以为他在偷懒，就隔三岔五用鞭子抽打他。他不堪忍受佛门的清规戒律，渴望自由自在的生活，天宝元年（742年），十岁的陆羽决定逃离龙盖寺，去寻找属于自己的梦想。

智积大师毕竟对陆羽有救命之恩，与陆羽如同父子，只是因为志不同道不合，陆羽才未能继承其衣钵，但陆羽对智积禅师的感情依然深厚。《唐国史补》记载："异日，（羽）在他处闻禅师去世，哭之甚哀，乃作诗寄情。"智积大师圆寂，陆羽得知后悲痛欲绝，写下《六羡歌》："不羡黄金罍，不羡白玉杯。不羡朝入省，不羡暮登台。千羡万羡西江水，曾向竟陵城下来。"以此怀念恩人智积禅师，后来这首诗被收入《全唐诗》中。从诗文中我们不难看出，在历经坎坷人生磨砺和寺院淡泊名利的修行之后，陆羽已经不再羡慕荣华富贵，反之更加热爱自然，钟情于自己所爱之物，他念念不忘故乡竟陵的西江之水，这也是他能够写出传世《茶经》的根本原因。

即使跌落尘埃，精神依旧万丈光芒。这句话放在相貌奇丑、命运多舛的陆羽身上，最贴切不过了。那么，陆羽相貌究竟有多丑陋，虽然没有材料考证，但他曾经对自己的外貌有这样的描述："有仲宣、孟阳之貌陋，相如、子云之口吃。"意思是说，他有着三国时王粲、晋代张载那样丑陋的相貌，有汉代司马相如、扬雄那样的口吃病。用语虽然诙谐，其实也是事出无奈。他没有因为貌丑、结巴而感到自卑，反之认为自己就是作为丑角而生。他一直坚信，命运是靠自己掌握的，只有你不想，没有你不能。后来，为了谋生他投奔戏班子做起丑角，主要演一些插科打诨、玩笑戏谑的市井社会喜闻乐见的搞笑戏。陆羽因为天赋异禀，很快就以"笑星"的身份声名鹊起。陆羽确实是个有心人，在此期间，他将平时演戏的脚本、民间滑稽故事进行搜集整理，著有《谑谈》三篇，也就是笑话大全，只可惜文本已经失传。

2

　　机会总是留给那些有准备的人。天宝五载（746 年），竟陵百姓如同往年一样，在沧浪水畔举行酺会。所谓酺会，实际就是聚会饮食，类似今天的百家宴、流水席。竟陵城里万人空巷，沧浪水畔人山人海，陆羽所在的戏班子有幸受邀参加庆祝活动。无巧不成书的是，刚好被贬竟陵郡任太守的李齐物，也参加酺会活动。这李齐物可不是一般人物，他是唐太祖李虎五世孙，弘农太守李璟之子，唐朝宗室大臣，是正宗的皇亲国戚。李齐物唯才是举，来竟陵之前是在河南尹的位置上，因为得罪宰相李林甫，才被贬到竟陵郡任太守。李齐物还是个狠角色，《广异记》里曾记载他在竟陵斩蛇的事情。李齐物初到竟陵时，城南楼常有白烟升起，有当地士人占卜说："如果刺史不换，人必死。"李齐物得知后大怒："吾不畏死，神如余何！"他派人去调查白烟的出处，掘地而寻，发现是一条巨瓮般的大蛇盘桓其中。他便命人以沸油浇之，蛇声如雷，数日方死。

李齐物看了陆羽的表演之后，十分欣赏他的才华和抱负，他认为陆羽虽然貌丑，却是个难得的栋梁之材。当即赠以诗书，鼓励陆羽好好学习，并推荐其到隐居在火门山的邹夫子那里学习，从此陆羽结束了流浪生活。试想，如果没有李齐物的发现和推荐，陆羽也许一辈子只是个有才华的伶人而已，而大唐就少了一位中国茶文化的开创者，一位"茶圣"。所以，称李齐物是陆羽人生中的第一位贵人，一点都不为过。而且这份恩情延及了两代人，晚年陆羽受李齐物的儿子岭南节度使李复邀请，不远千里，远赴穷山恶水之地出任其幕僚，只为报答李齐物的知遇之恩。

"一生为墨客，几世作茶仙。"聪明伶俐的陆羽在李齐物的推荐下，第二年便上了火门山，跟随隐居于此的邹夫子研习儒学。此后，他在火门山的六年时间里，学问不仅大有精进，而且还写得一手好文章，结识多位唐代著名诗人，与其诗文唱和来往。陆羽确实是个有心人，学习之余，他的脚步始终没有停下来，时常深入茶区，了解、搜集茶叶种植、生产、饮用等信息，研究品评水质，对之详加记录。据说，陆羽为了给老师邹夫子煮茶，还在火门山南坡凿泉引水，此泉遗址现被称为"陆羽泉"。

五年之后的天宝十一载（752年），李齐物调离竟陵，礼部郎中崔国辅被贬至竟陵任司马。崔国辅是开元十四载（726年）的进士，在此之前曾任许昌令、集贤直学士、礼品员外郎等职，也是一名诗人。据白居易《故滁州刺史赠刑部尚书荥阳郑公墓志铭》记载，崔国辅曾与王昌龄、王之涣等著名诗人以诗歌唱和，他这次被贬竟陵是受御史大夫兼京兆尹王铁坐罪赐死所牵连。这一年，二十岁的陆羽也揖别恩师邹夫子，回到竟陵，此时他已是文采斐然的翩翩君子。

"初至竟陵，与处士陆鸿渐游三岁，交情至厚，谑笑永日。又相与较定茶水之品。"吉人自有天相，回到竟陵的陆羽，有幸结识了崔国辅。崔国辅喜好饮茶，而陆羽茶艺精湛，二人一见如故，成为忘年之交。由于对茶的共同嗜好，两人经常一起游历，远至巴山、峡川（今湖北宜昌）等地。他们林间寻水，烹茶品饮，谈诗论文，好不惬意。陆羽通过与崔国辅的交往，视野更加开阔，学识也愈加渊博。崔国辅还把他引进长安文人圈，但仕途却与陆羽无缘。

天宝十五载（756年），崔国辅调离竟陵，临别时赠给陆羽白驴一头、乌犎一头（领肉隆起的黑野牛）、文槐书函一枚，两人依依难舍。崔国辅对陆羽说："这牛，是襄阳太守送给我的，适合长途骑坐。文槐书函是黄门侍郎卢怀慎的故物，便于出游时携带资料。我十分珍惜它们，现在送给你，算是你我知遇一场的纪念吧！"由此可见，他对陆羽的深厚情感。"交情至厚，谑笑永日。"三年来，崔国辅与陆羽常常谑谈永日，如形随影，或品茶鉴水，或诗词唱和，这种高情雅意被载入《唐才子传》，成为千古美谈。就这样，一位人格品性淳厚、文学底蕴浓厚、为人慷慨忠厚，能够慧眼识才的贬谪官员，给他带来无限温暖。想到这里，二十三岁的陆羽禁不住潸然泪下。

正当陆羽还在为崔国辅离开竟陵而郁郁寡欢、伤心失落时，安史叛军很快逼近京师长安，唐玄宗逃往蜀地。为了躲避战乱，士人开始渡江避难，逃往南方，无奈之下，陆羽也加入了"南漂"队伍。国破山河在，城春草木深。面对山河破碎、国家混乱、百姓流离失所的境况，陆羽怀着激愤之情写下《四悲诗》："欲悲天失纲，胡尘蔽上苍；欲悲地失常，烽烟纵虎狼；欲悲民失所，被驱若犬羊；悲盈五湖山失色，梦魂和泪绕西江。"陆羽有感于当时的社会现实，既悲天悲地悲民生，更悲家悲国悲天下，爱国忧民的赤子情怀跃然笔下。

3

　　陆羽跟随逃难大军沿长江一路向东迁徙，虽是奔波逃命，但他没有忘记好友崔国辅的期盼，骑着那头白驴，开启了"寻遍天下好茶"之旅。天宝十五载（756年），陆羽出游巴山峡川，一路之上，且行且居，走走停停，他逢山驻马采茶，遇泉下鞍品水，可谓目不暇接，口不暇访，笔不暇录，锦囊满获，心智大开。乾元元年（758年），陆羽来到升州（今江苏南京），寄居栖霞寺，钻研茶事。之后，又旅居丹阳，专心考察茶事。

　　通过此行，陆羽不仅将全国分为八大茶区和四十四个产茶州郡，还总结出一套评价茶叶的心得："其地，上者生烂石，中者生栎壤，下者生黄土。凡艺而不实，植而罕茂。法如种瓜，三岁可采。野者上，园者次。阳崖阴林，紫者上，绿者次；笋者上，芽者次；叶卷上，叶舒次。阴山坡谷者，不款项堪采掇，性凝滞，结瘕疾。"意思是说，种茶的土壤，以岩石充分风化的土壤为最好，有碎石子的砾壤次之，黄色黏土最差。一般说来，茶苗移栽的技术掌握不当，移栽后的茶树很少长得茂盛。种植方法像种瓜一样，种后三年即可采茶。茶叶品质以山野自然生长的为好，在园圃栽种的较次。在向阳山坡，林荫覆盖下生长的茶树，芽叶呈紫色的为好，绿色的差些；芽叶以节间长，外形细长如笋的为好，芽叶细弱的较次；叶绿反卷的为好，叶面平展的次之。生长在背阴山坡或山谷的品质不好，不值得采摘，因为茶性凝滞，喝了会使人腹中结块而生病。陆羽通过考察发现，浙江的"顾渚紫笋茶"和江苏宜兴的"阳羡茶"可为上品，直接推荐为贡品。

上元元年（760年），陆羽来到湖州，找到最后的心灵栖息地。《全唐诗》有民谚说："放尔死，放尔生，放尔湖州做百姓。"纵观历史，每遇中原战乱，不论豪门还是百姓，来湖州定居者无数。晋时王羲之、谢安等豪门大族，都曾长期在湖州定居为官。湖州，位于太湖南岸，历史悠久，文化底蕴深厚，是中国丝绸文化的发源地，"文房四宝"之首的湖笔就诞生于此。发源于天目山麓的东、西苕溪，在湖州境内汇合后得名霅溪，然后一路奔流，注入太湖，使得湖州更加山清水秀，地杰人灵。南朝宋山谦之在《吴兴记》中曾这样记载："乌程县（今浙江湖州）西二十里，有温山，出御荈。""温山御荈"是浙江最早有文字记载的贡茶，也是中国最早的贡茶之一。史料记载，陆羽定居湖州后，先后在妙喜寺、苕溪草堂、青塘别业居住，直到贞元二十年（804年）在湖州逝世，他在湖州前后长达四十多个春秋，可以说，湖州是他一生中度过时光最长的地方。

皇甫冉是陆羽这次南渡结识的第一位好友。皇甫冉聪颖好学，十岁属文，深受宰相张九龄器重，天宝十五载（756年）状元及第，授无锡县尉，其诗清新飘逸，多有漂泊之感，被誉为"大历十才子"之一。皇甫冉的弟弟皇甫曾也是进士，工诗，且与皇甫冉的名望不相上下。乾元元年（758年），二十六岁的陆羽漂泊至升州（今江苏南京），寄居在栖霞寺，有幸结识无锡县尉皇甫冉和其弟皇甫曾，并与皇甫兄弟成为莫逆之交。陆羽离别时，皇甫冉专门为他写下《送陆鸿渐栖霞寺采茶》："采茶非采菉，远远上层崖。布叶春风暖，盈筐白日斜。旧知山寺路，时宿野人家。借问王孙草，何时泛碗花。"生动描绘了陆羽攀悬崖、登峭壁，深入山林，风餐露宿采茶的生动场景。这一年，五十六岁的李白恰巧也来到升州，并留下名满天下的《金陵三首》，只可惜陆羽和李白留下了戏剧般擦肩而过的遗憾。但值得一提的是，在距栖霞寺不远的江南名刹长干寺，李白在那里写下两首《长干行》，而陆羽之后结识的好友高僧皎然恰好就是在长干寺出家。

经皇甫冉引荐，之后陆羽又结识了高僧皎然。皎然俗姓谢，字清昼，湖州长兴人，唐代著名诗僧。他在文学、佛学、茶学等方面颇有造诣，与颜真卿、灵澈、陆羽等人和诗，现存有四百七十余首。《唐才子传·皎然传》记载："初入道，肄业杼山，与灵彻、陆羽同居妙喜寺。"妙喜寺，位于湖州西南二十里的杼山，皎然曾在此担任住持。他不仅精通佛教经典，在中国茶文化研究上与陆羽也不相伯仲，甚至是更飘逸的无名英雄。皎然曾写下著名烹茶之书——《茶诀》，成为大唐茶道的奠基者。《陆文学自传》称陆羽"与吴兴释皎然为缁素忘年之交"。所谓"缁"和"素"，分别代表着僧和俗，因僧人衣缁（黑色），俗众服素（白色），皎然比陆羽年长十三岁，故二人的友谊被称为"缁素忘年之交"。

在皎然盛邀之下，陆羽与灵彻和尚一起住进杼山妙喜寺，结束了在战乱中逃荒流浪的日子。灵彻也是享誉当时的诗僧，他们三人每天品茶论道，谈禅说经，唱和诗文。就在这一时期，陆羽找到了自己毕生的梦想，渐渐萌生出撰写一部茶学专著的愿望。他与皎然有着相似的人生经历和共同的兴趣爱好，故两人交流极为频繁，在《全唐诗》中，两人相互联句的诗作就有十多首，皎然还与崔子向合写《泛长城东溪冥宿崇光寺寄处士陆羽联句》，陪同陆羽到无锡、苏州等地考察茶事活动，作有《同李司直题武丘寺兼留诸公与陆羽之无锡》一诗。在他的帮助下，陆羽不仅首创了"采、蒸、捣、拍、焙、穿、封"等做茶七大工艺，还整理出一系列煮茶的秘技。由此，皎然成为陆羽一生中最重要的朋友，这份感情一直绵延四十多年。

皎然与陆羽深厚情谊，从皎然留下的寻访陆羽的茶诗中不难看出。有一次，陆羽在常州、丹阳一带寓居考察，皎然去看望他，发现陆羽不在家，便写下著名的感怀诗《往丹阳寻陆处士不遇》："叩关一日不见人，绕屋寒花笑相向。寒花寂寂遍荒阡，柳色萧萧愁暮蝉。行人无数不相识，独立云阳古驿边。凤翅山中思本寺，鱼竿村口望归船。"意思是说："我敲了一天的门，来了好几次，也不见你的影子，知道你已经外出整整一天了。此刻，夜幕即将降临，你那简陋的茅屋空空如也，唯有秋蝉在萧萧柳色里愁苦地嘶鸣。近有绕屋的寒花，远有阡陌外的寒花，它们正丛丛簇簇迎着深秋的晚风摇动。我大老远从吴兴赶过来看望你，路上的行人无数，我却一个也不认识。独自站在这陌生的云阳古驿边，看到打渔的人也回来了，独不见你，我的心情是多么的失落和怅惘！"陆羽隐逸生活悠然自适，行踪飘忽不定，使得皎然造访时常向隅。诗中表达了皎然寻访不遇时的惆怅心情，以情融景，更增添了心中怅惘之情。

皎然还写下了《赋得夜雨滴空阶送陆羽归龙山》："闲阶雨夜滴，偏入别情中。断续清猿应，淋漓候馆空。气令烦虑散，时与早秋同。归客龙山道，东来杂好风。"这首五言律诗虽然语言含蓄，却情深义重。在《访陆处士羽》中，他写道："太湖东西路，吴主古山前，所思不可见，归鸿自翩翩。何山赏春茗，何处弄春泉。莫是沧浪子，悠悠一钓船。""赏春茗"，"弄春泉"，"悠悠一钓船"，寥寥数语，便将陆羽隐逸生活的情调鲜明勾勒出来。这些诗句无不蕴含着两人"缁素忘年之交"的深厚情谊。

4

上元元年（760年），在皎然帮助下，二十八岁的陆羽在苕溪之滨修建了一座草屋，这便是苕溪草堂。从此，他开始了"闭门著书，不杂非类，名僧高士，谭宴永日"的隐居生活。隐居期间，为了安心著述《茶经》，不是志同道合的朋友，他一概谢绝见面，只与名僧、隐士交流。陆羽常常身披纱巾短褐，独行野中，深入农家，采茶觅泉，评茶品水。他诵经吟诗，杖击林木，手弄流水，迟疑徘徊，每每至天黑兴尽，方号泣而归，时人称之"楚狂接舆"。他将自己这段沉醉于茶学研究的经历，全部记录于《陆文学自传》。

俗话说，实践出真知。只有在实践中多进行调查研究，这样写出来的东西才能够务实，接地气。陆羽以湖州为根据地，足迹踏遍整个江南茶区，最远到达了东南沿海的福建和广东，历时四十余年，搜集了大量有关茶叶种植、采摘、加工、制作的第一手资料。他撰写《茶经》的过程大致可以分为三个阶段：第一阶段是根据早年耳闻目睹和考察理解，完成初稿；第二阶段是进行大量实地调研，从中发掘真知，修改完善作品；第三阶段则是从实践再次回到理论，从更高的层次和角度去归纳提升，让理论与实践融为一体，直到著作正式定稿问世。《茶经》整个撰写过程，足足耗费了他二十余年的心血，也正是由于他这种精益求精的写作态度和方法，《茶经》才能成为经典之作。

江南自古就是士子文人避难之地，江浙地区渐渐成为文化高地。陆羽身处其中，在游历和交友中大大开阔了自己的视野，他逐渐融会贯通儒释道精神，迎来人生的重要转折点。曲径通幽处，江南的青山烟雨，滋润了大批士子文人和他们的诗作。在陆羽之前，有开元诗人群体的代表李白、杜甫、孟浩然、王维；在他之后，又有元和诗人群体的代表韩愈、柳宗元、白居易。在江南湖州，陆羽心怀大自然和茶事，更胸怀天下，他以开放浑厚博大的心胸，创下惊人的交友纪录，累计结交文人、贤士、僧人、道士多达百余人，其中有深交、典籍可查的就有六十多人。他的交友圈大体可以分为三类。首先，是宗教人士。以皎然、张志和、女道士李季兰为代表。其次，是隐居高洁之士。主要包括顾况、孟郊、怀素等人。最后，是士大夫文人群体。代表人物有颜真卿、皇甫兄弟、袁高、刘长卿等人。他交友的范围遍及儒、释、道，所交皆是名留青史的文人雅士，他在与这些人交往时，亦工于诗，著有《君臣契》《源解》《江南四姓谱》《南北人物志》等书籍，可惜只有《茶经》流传后世。不仅如此，他在湖州还留下大量的诗文、地方志、表谱、人物传记等，被后世尊为"湖州修志的开山祖师"。

富有灵魂的璞玉，更需要细细打磨，精心雕琢。同样，陆羽对《茶经》时时不忘修改润色，使之臻于至善。广德元年（763 年），持续八年之久的"安史之乱"终于被平定，陆羽担惊受怕的日子才算是暂告一段落，他对《茶经》又做了一次集中修订。对于茶汤的孕育与形成，茶具的作用是不容忽视的。陆羽在《茶经》中开列的茶具就有二十四种，按照名称、规格、造型和用途予以分类。不但茶具门类齐全，而且还十分讲究茶具质地，这些茶具分别采用石、木、竹、藤、金属和陶瓷等多种材料制作而成。他在《茶经》中写道："城邑之中，王公之门，二十四器阙一则茶废矣！"意思是说，在城里或是王公家，如果二十四种器具缺一种的话，那么茶也就浪费了。由此可见茶具在陆羽心中的地位。

5

陆羽还亲自设计了一种煮茶的风炉，他把平定"安史之乱"的事铸在鼎上。风炉用铜铸成，形状就像古代的鼎。炉壁厚三分，炉口边缘宽九分，收口的地方向内折六分，这六分下面的炉膛是空的，用泥涂满。风炉共有三只足，用古文书写二十一个字。一足写："坎上巽下离于中。"一足写："体均五行去百疾。"一足写："圣唐灭胡明年铸。"以表明茶人以天下太平为乐的胸怀，陆羽的名声由此在民间渐渐流传开来。当时，就有聪明的茶商用泥巴烧制成陆羽的样子，号曰"陆鸿渐"，不出售，只赠送，但前提是必须买够十件瓷器，才能免费送一个"陆鸿渐"。生意不好时，商家还会用茶水浇灌"陆鸿渐",祈求时来运转,此时的陆羽俨然已经成为业内公认的专家和"转运神仙"。

往事越千年,湖州府、常州府茶人茶事生动如初!

陆羽往返于湖州、义兴(今江苏宜兴)之间,行吟在啄木岭山阴道上,远上层崖,遍访茶农,品茗辨水,其间写就了著名的《顾渚山记》。顾渚山因此脱颖而出,其优质茶叶更是让人刮目相看。此时,他生命中又一个重要人物李栖筠出现了。李栖筠因受宰相元载排挤,被贬任常州刺史,彼时的义兴归常州府管辖。大历元年(766 年),李栖筠亲自带兵剿匪,历时数月取得完胜,从此之后山村夜间不闻犬声。此人有两大爱好,一是嗜书,二是嗜茶,他经常去善权寺与那里的老僧切磋茶艺,因此有幸与在君山一带访茶品泉的陆羽不期而遇。李栖筠俊逸伟岸,且贵为刺史,与山人陆羽形成鲜明对比,那时《茶经》已经问世,李栖筠对陆羽十分仰慕。

据宋《唐义兴县重修茶舍记》载,当时,李栖筠正为完不成"阳羡贡茶"的事情发愁,适逢一位山僧送来顾渚山产的茶叶。"野人陆羽认为,此茶芳香甘辣,冠于他境,可荐于上。栖筠从之,始进万两,此其滥觞也。"滥觞的本义是,江河发源的地方水很浅,只能浮起酒杯,后来比喻事物的起源和发端。李栖筠上奏爱茶如命的代宗皇帝,将阳羡茶请为贡茶。所以,唐代常州、湖州二州的"紫笋茶"之贡实始于常州,常州义兴县所贡之茶又称为"阳羡茶"。最初贡数为万两,以每斤十六两计,折合六百二十五斤。此后,因为常州之贡不敷所需,遂以所接之地湖州长兴共同贡茶。后来,陆羽为了确保贡茶质量,便在湖州长兴顾渚山亲种了一片茶园,参与贡茶制作,并将顾渚山茶命名为"紫笋茶"。

大历七年（772年），是陆羽完成《茶经》初稿的第十一个年头，他又迎来一位重要的良师益友——颜真卿。颜真卿赴任湖州刺史，成为主政一方的地方长官。在许多人的认知里，颜真卿只是个大书法家，其实他还是位正直大度、忠君爱国、敢直谏、有责任、敢担当、浩气凛然的军事家和政治家。颜真卿到任一年后，就拿出自己的俸禄，开始组织编修巨著《韵海镜源》。陆羽慕名投在他的麾下，参与《韵海镜源》的编写。第二年春，该书编撰完毕，献给朝廷，成为后世韵府类书籍的鼻祖。

《韵海镜源》，是一部集文字与音韵学于一体的宏伟巨著，它的规模足有三百六十卷。有史书记载，当时参与编撰的江东名士多达五十余人，其中陆羽位列第三，足以见他在古汉字和音韵学方面的高深造诣。通过编撰《韵海镜源》，陆羽结识了一大批江东高僧名士，学识、视野和思想品位得到进一步提升。特别是他借编书之际，博览群书，搜集了许多有关茶事的文献和地方史料，对《茶经》再次做出重大修改和补充。可以说，颜真卿在湖州任刺史的五年，不但是陆羽文采飞逸、才情大放、最为快乐幸福的五年，也是《茶经》日臻完善成熟的五年。

大历八年（773年）春，在好友颜真卿和皎然的鼎力资助下，陆羽在妙喜寺旁修建了一座茶亭，因落成时正值"癸丑岁、癸卯月、癸亥日"，故被命名为"三癸亭"。落成之日，皎然欣然写下《奉和颜使君真卿与陆处士羽登妙喜寺三癸亭》，记载了当日群英齐聚的盛况，并盛赞"三癸亭"构思精巧，布局有序，将亭池花草、树木岩石与庄严寺院和巍峨的杼山自然风光融为一体，清幽异常。时人把陆羽筑亭、颜真卿命名题字与皎然赋诗称为"三绝"，一时传为佳话，而"三癸亭"更是成为当时湖州的胜景之一。

　　颜真卿为人真诚爽快大度，从不掩饰自己对陆羽的喜爱和倚重。第二年秋天，他和皎然等人又资助陆羽修建青塘别业，漂泊一生的陆羽，从此有了一个真正属于自己的家，这也是他晚年终老之地。湖州迎禧门也称青塘门，因为城门内设有青铜冶坊，以青铜锻造刀剑、箭镞和制作烛台、灯盏等闻名，故民间又呼青铜门，而青塘别业就位于迎禧门外的青塘村。青塘村在弁山之阳，凤凰山之侧，濒临的东、西苕溪，在此汇合后流向太湖。唐时这一带盛产桑麻，"蚕桑随地可兴，而湖州独甲天下"，"湖州家家种苎为线，多者为布"。所以，在《新唐书·隐逸·陆羽传》中，便有了陆羽"更隐苕溪，自称桑苎翁"的记载。

　　陆羽定居青塘别业后，邀请好友怀素也搬了过来，李萼、皎然和权德舆等人经常去青塘别业做客，与其一起酬唱饮茶，甚至"夜坐道旧"。在那里，皎然写下《同李侍御萼李判官集陆处士羽新宅》："素风千户敌，新语陆生能。借宅心常远，移篱力更弘。钓丝初种竹，衣带近裁藤。戎佐推兄弟，诗流得友朋。柳阴容过客，花径许招僧。不为墙东隐，人家到未曾。"从立亭、修书、建舍三件事上来看，颜真卿确实极为赏识陆羽的才华，这也使得陆羽名气越来越大，可惜的是五年之后，六十九岁高龄的颜真卿奉诏回归长安。后来，陆羽还特意去长安看望了这位德高望重、受人爱戴的高官厚友。

　　湖州的山山水水，角角落落，只要有茶、有泉、有朋友的地方，都留下了陆羽的足迹和故事。虽然他一生没有成家，没有当官发财，日子过得甚是清贫，但他并不孤独，他的内心是丰盈快乐的，所到之处无不洋溢着无尽的幸福与美好。在湖州，陆羽的身心得到很好治愈和良性发展，思想也日趋成熟，有了丰盈的归属感，这也是他最后选择长眠于此的重要原因。

建中元年（780 年），陆羽《茶经》三卷正式定稿，在好友皎然的资助下，开始公开发行。《茶经》虽然只有七千余字，却字字珠玑，耗尽了他毕生精力，可谓穷其一生，只为一部茶学专著。《茶经》一经面世，便震惊整个大唐，文人墨客、王公贵族纷纷藏之。被誉为"大历十大才子"之一的耿沣，当时就断言说："《茶经》必将名垂后世。"他盛赞陆羽："一生为墨客，几世做茶仙。"陆羽"茶仙"之名也由此迅速传开。此后，陆羽继续周游各地，广授茶艺，在他大力推广之下，饮茶风尚开始遍及天下，有诗为证："自从陆羽生人间，人间相学事新茶。"

第二年，唐代宗召陆羽入宫，拟拜太子文学，但被他婉言谢绝。之后，又准备改任他为太常寺太祝，陆羽仍不从命。因为此时的他，心已不在朝野和权位，而在乡野。成名后的陆羽，处境甚佳，诸事顺畅，直至晚年依旧以茶农为友，以茶为伴，四处品泉问茶，广泛游历，继续过着闲云野鹤般的隐士生活。

6

自信、包容、豪迈、进取，是唐代文人士子共有的气度，这也是他们能够成为宏大、豪放大唐气象主要缔造者的关键所在，同时，这样的环境，又催生出他们蓬勃向上的活力和极富灵性的创造力。而与这种环境相反的是，儒家"治国平天下"的建功立业思想与道家"顺应自我"思想形成的极大冲突，致使不少士人又陷入了"身在江湖"而"心存魏阙"的窠臼，幸而陆羽在超脱与入世中找到平衡点，既能"兼济天下"又能"独善其身"。

怀素是唐代著名的书法家，他以"狂草"名世，史称"草圣"。怀素爱茶，与陆羽命运相似，书法爱好相同，彼此深受影响。怀素自幼家贫入佛门，而陆羽自幼被弃，与佛有缘；怀素为书法大家，草书闻名天下，而陆羽书法虽未曾见其真迹，然历史上多有传说记载。贞元三年（787 年），怀素与陆羽相识并相交，陆羽为其写下《僧怀素传》。该文历述怀素学书时的情形，称他不拘小节，饮酒以涵养性情，以至寺壁里墙、衣裳器皿上，到处都有他书写的字迹。怀素因贫穷无纸可书写，就种植了万余株芭蕉，以供挥毫泼墨。不够用，又在漆盘、方板上练习，写至再三，连盘子、方板都写穿了，足见其刻苦练字的程度。为了学习书法，怀素先拜邬彤为师，后又游历中州，向颜真卿等书法大家学习笔法，求得很多书法真谛。因此，《僧怀素传》成为后人研究怀素的第一手资料。

游历与归隐或许是陆羽生活的主基调，他与著名诗人孟郊、王维等人也曾有过交往。贞元元年（785 年），陆羽避风尘之外，隐松涛之中，在信州（今江西上饶）隐居。湖州德清的青年才俊孟郊专程前来拜见他。两人清谈数日，从诗谈起，谈到儒道佛；又从"达则兼济天下，穷则独善其身"的读书命题谈起，谈到为人做官。陆羽一番话，如一盏明灯，照亮了孟郊的人生。孟郊颇有一番心得，特意为陆羽在茶山所建的新庐题诗一首——《题陆鸿渐上饶新开山舍》："惊彼武陵状，移归此岩边。开亭拟贮云，凿石先得泉。啸竹引清吹，吟花成新篇。乃知高洁情，摆落区中缘。"

而陆羽与王维相识，最早可以追溯到上元二年（761年）。当时，王维在刘长卿府上为孟浩然画肖像，陆羽应其所请在画上题字。他与王维可谓是珠联璧合，轰动一时。陆羽还曾到洪州玉芝观、庐山等地，与权德舆、戴叔伦等人交往。他与这些知名诗人交往，既是生活因素所致，更是相互敬重、心灵相通的达观呈现。共同的经历，让他们相互帮助；非凡的才华，让他们惺惺相惜；人格的魅力，让他们难舍难分。

贞元四年（788年），五十六岁的陆羽，受湖南观察史裴胄盛情之邀，远赴湖南长沙出任其幕僚。第二年，岭南节度使李复也邀请陆羽出任其幕僚，李复是李齐物的儿子，当年李齐物有恩于陆羽，接到邀请后，他再一次义无反顾地只身前往。岭南，顾名思义是五岭之南，大致包括今广东、广西等地区。在唐代，岭南是有名的险恶之地，罪犯一般都要被流放至岭南。年过半百的陆羽，不惧山高路远，只为报答李齐物当年的知遇之恩，可见其为人情深义重！

黄花庭院，青灯夜雨；白发秋风，纱巾藤鞋；短褐犊鼻，踽踽独行旮雪间。对于大多数古代文人来说，"修齐治平"之外无绝对理想，文章之外无可道技能，道德礼教之外无必循规范。然而，陆羽可以算得上是个多才多艺之人，亦非传统意义上的才子士人。他通过种茶、制茶、采茶来倡导某种道德礼教之外的行为规范，虽然当时并未风行草偃，但幸运的是现世中国文化选择性容纳并接受了他。于是，茶叶与茶文化才有了历史性繁荣，造就了理想与现实冲突之外令人熨帖的一方净土。

贞元八年（792年），六十岁的陆羽从岭南回到湖州，次年在杭州与灵隐寺道标、宝达大师交往。贞元十九年（803年），陆羽一生中最重要的良师益友皎然在妙喜寺圆寂，享年八十四岁。在听到恩师、好友、亲人皎然圆寂的消息时，陆羽慨然而泣，满怀悲痛写下悼念诗："万木萧疏春节深，野照浸寒瑟瑟身。杼山已作冬令意，风雨谁登三癸亭。禅隐初从皎然僧，斋堂时溢助茶馨。十载别离成永诀，归来黄叶蔽师坟。"情深意切，字字珠玑，以追忆二人长达四十余年的知己真情。

第二年冬天，湖州青塘别业内，七十二岁的陆羽，望着室外漫天飞舞的白雪，手里握着呕心沥血写就的那本《茶经》，慢慢地闭上眼睛，走完他浪迹天涯却又丰富多彩的人生之路，回到了他最喜爱的山川大地茶野。按照他的遗愿，他被葬在杼山妙喜寺旁，伴在生前好友皎然的墓侧。就这样，活着时一对心心相印、谈谑永日、高情雅意、形影不离的挚友、知音，去世后再次走到一起，两位先哲与灵气盈盈的顾渚山合而为一，构筑成一座不朽的丰碑。同是这一年，日本高僧最澄到浙江天台国清寺学佛，归国时带回若干茶籽，在日本滋贺县贩木村国治山麓试种成功。从此，中国茶叶及栽培技术传入日本。

陆羽去世后，他的好友多以诗文凭吊。皇甫冉的弟弟皇甫曾含泪写下《哭陆处士》："从此无期见，柴门对雪开。二毛逢世难，万恨掩泉台。返照空堂夕，孤城吊客回。汉家偏访道，犹畏鹤书来。"孟郊则将悲恸注以笔端，写下《送陆畅归湖州，因凭题故人皎然塔、陆羽坟》："森森雪寺前，白蘋多清风。昔游诗会满，今游诗会空。孤吟玉凄恻，远思景蒙笼。杼山砖塔禅，竟陵广宵翁。"深情表达痛失故友的凄恻哀痛之情。

嘉木一叶不仅承载着五千年的岁月，也蕴藏着五千年的文化基因。"神农尝百草，日遇七十二毒，得茶（荼）而解之。"如果把神农氏看作是发现茶叶的第一人，那么陆羽则当之无愧是把茶从药用变成饮品的第一人。陆羽一生为茶，一生如茶，他在《茶经·一之源》中写道："茶之为用，味至寒，为饮最宜精行俭德之人。"首次把人的"品行"引入茶事之中，将茶的功能从药用、食用、饮用上升到人文精神的高度，使其成为一种修身养性、陶冶情操的重要载体。《茶经》的面世，不仅改变了社会时尚，还开启茶事新纪元，从此无论是朝臣还是百姓，无不以饮茶为乐。值得一提的是，古代茶有"荼""槚""茗""荈"等多种叫法，直到陆羽的《茶经》出现，"茶"这一称呼才被确定下来。

岁月沧桑，世事轮回，江山依旧，茶木深深。陆羽和他的友人伴着茶香和泥土芬芳，早已相聚在另外一个世界，但那些曾经的你诗我赋、你唱我和、你琴我茶的往事，伴随着《茶经》的传播，仍在世间回响。苕溪潺潺似从前，草堂空旷无一人，不知何时远处又飘来熟悉的茶香，耳畔再次响起熟悉的韵律："一饮涤昏寐，情来朗爽满天地；再饮清我神，忽如飞雨洒轻尘；三饮便得道，何须苦心破烦恼……"

风华乐天

　　文章合为时而著，歌诗合为事而作。"诗王"白居易，一生历经唐代宗至唐宣宗八位皇帝。他生于乱世，宦海沉浮，旷达乐观，风骨铮然；他于西湖筑堤，苏州治水，龙门开滩，兼济天下；他笃信佛教，融禅于诗，诗意人生，独善其身。千年已逝，诗情常青，回响依旧。

‖

元和十年（815年）六月初三清晨，大唐帝都长安发生了一件震惊朝野的凶杀案，当朝宰相武元衡在赴大明宫上朝途中遇刺身亡，血洒长安街，刺客提着他的头颅扬长而去。而与武元衡一同遇刺的还有御史中丞兼刑部尚书的裴度，裴度跌落沟里，虽然侥幸逃过一劫，但也身受重伤。

长安城京师重地，朝廷内阁的一把手、二把手竟然同时遇刺，一时之间，朝野震惊，哗然一片，这种恶性事件世所罕见。尽管满朝文武都心知肚明，知道这起刺杀事件是意欲把权弄政的李师道藩镇势力所为，但却无一人敢说。然而，事件已经过去一个多月了，朝廷却迟迟没有动作，凶手依然逍遥法外。更让人震惊的是，刺客胆大妄为，还不断在长安城里散发纸条，威胁说："毋急捕我，我先杀汝！"制造恐慌。

四十四岁的白居易，作为太子左赞善大夫，尽管没有上疏言事的资格，但他绝不允许大唐纲纪被人如此肆意蹂躏践踏，还是义愤填膺地向唐宪宗上疏说："陛下，藩镇势力猖狂到如此程度，堂堂朝廷还不出手，颜面何存？叛乱旦夕即至！请朝廷赶快捉拿凶手，查清幕后主使，予以严惩。"尽管最后唐宪宗采纳了他的建议，但他越职言事的事，短短两天就已经传遍了整个长安城。

白居易"一意孤行"的举动，触怒了执政的权臣，毕竟他只是一个小小的五品官，又不是谏官，朝廷的事还轮不到他来指指点点，更何况他又是第一个站出来的，这让那些老臣脸面往哪里搁呢？于是，权臣就给他定了个"宫官不当先谏官言事"的罪名。

那些平日里憎恶白居易的人，还不忘落井下石，拿他四年前去世的母亲做文章。诬陷他说："白居易的母亲是因为看花坠井而死，可是他却作《赏花》《新井》这样有伤风雅的诗词，有伤'名教'，有悖人伦，是典型的大不孝。"既然"不孝"，那就自然没有资格再做太子左赞善大夫了，这样的人怎能教导太子呢？于是，唐宪宗一道敕令将白居易贬谪出长安，让他去做江表刺史。中书舍人王涯又落井下石，上疏说："白居易这样不孝之人不配做刺史，必须被贬得更低。"于是，唐宪宗再次下诏，将其贬为江州（今江西九江）司马。

就这样，白居易愤然带着官场泼给他的脏水和诬陷，郁郁寡欢地离开了长安，在飒飒秋风中踏上了奔赴江州的路途。同是这一年，与他同样被贬出京的还有柳宗元和刘禹锡，柳宗元去做了柳州（今广西柳州）刺史，而刘禹锡则去连州（今广东连州市）做了刺史，他俩与白居易一样，距离政治中心长安也越来越远。

白居易知道欲加之罪何患无辞，他的济世抱负和独到眼界，早已感受到王朝的衰败将至。面对"金玉其外，败絮其中"的朝廷，当兼济天下的理想无法实现，经世之才不能施展时，他的满腔热情已化为苦闷忧虑，只能独善其身，乐天知命。赴任路上，白居易的心情比秋风还要凄凉，他"越职言事"完全是为了朝廷，因此被贬谪流放，内心十分委屈，可君臣之纲不可违，打掉牙也只能往自己肚子里咽。

在唐代，"司马"是个闲职，每个地方都会设置司马一职，名义上是刺史的副手，但实际上是用来安置被贬谪官员的岗位。

文章憎命达，忧愤出绝唱。当白居易遭遇贬谪时，一篇千古名篇却正等待着他来书写。在江州，白居易形单影只，远离亲人，再加上"司马"本身就是闲职，三年多的江州任上，白居易基本上无所作为。当然，此时的局势也不允许他有所作为。也正是江州三年多的难言孤苦生活，洗净了他的紫陌红尘和浮躁喧哗，将他历练得更加成熟。从此，白居易不再锋芒毕露，思想也由"兼济天下"转变到"独善其身"。政务之余，他寄情无言山水，借山水之景抒情，以吐胸中块垒，写出了脍炙人口的《琵琶行》，成为唐诗巨匠。

一千二百多年前，一个荻花萧瑟的秋夜，月光如雪，洒在江州大地上。白居易到浔阳江头送别客人，当他伫立在瑟瑟秋风中，看到如银的月光洒在茫茫江面上，一切都显得那样冷清孤寂。他触景生情，想起了千里之外一心一意效忠的庙堂，想起了天各一方的亲人，而今距家千里，孤苦一人，今夜朋友也要沐浴着清冷月光离去，心里顿时五味杂陈。心想，此时如果能有一桌美酒佳肴，与朋友把酒言欢，旁边再有音乐伴奏，那岂不是人生一大快事。想到此，白居易苦笑着摇了摇头，他知道这种美事也只是想想而已，因为大家都"醉不成欢惨将别"。

正在此时，浔阳江上忽然传来天乐般的琵琶声……于是，大家把船慢慢靠了过去，寻声暗问弹者是谁？琵琶声停欲语迟，千呼万唤始出来，琵琶女犹抱琵琶半遮面……白居易恳请弹琵琶的女子再为大家演奏一番。琵琶女弹完之后，在白居易等人的询问下，诉说了自己的凄苦身世。琵琶女说自己年轻时曾是长安的名妓，生活幸福快乐，现在人老珠黄，流落到这里，嫁作商人妇。

琵琶女的一番诉说，也再次勾起白居易的深深回忆，他想想自己从京都长安被贬到偏远江州，失落感同样无以言表。就这样，素昧平生的两个人，一个歌姬，一个朝官，却因命运安排，巧遇在江州浔阳江畔。琵琶女嫁作商人妇，离开长安，流落到浔阳，商人重利轻别离，把她独自一人抛弃在船上。而白居易因为效忠朝廷，勇敢提意见遭到打击，被贬到江州，虽然满腹才华，却失去为朝廷尽忠的机会，心里同样充满着失落感。

一场秋夜江畔送客的邂逅，成就了白居易的千古绝唱《琵琶行》，也留下了"同是天涯沦落人，相逢何必曾相识"的感慨，使人仿佛又闪回到一千二百多年前的江畔月夜，再次听到茫茫江面上传来的忽而激昂，忽而低沉的琵琶声。"大弦嘈嘈如急雨，小弦切切如私语。嘈嘈切切错杂弹，大珠小珠落玉盘。间关莺语花底滑，幽咽泉流冰下难。冰泉冷涩弦凝绝，凝绝不通声暂歇。别有幽愁暗恨生，此时无声胜有声。银瓶乍破水浆迸，铁骑突出刀枪鸣。曲终收拨当心画，四弦一声如裂帛。"

对于白居易来讲，被贬江州成为他人生最重要的分界线，从此开始，他采取明哲保身随遇而安的处世态度。

白居易，字乐天，号香山居士，又号醉吟先生，祖籍山西太原。大历七年（772 年）正月二十，出生于河南新郑一个"世敦儒业"的中小官僚家庭。从他降生的那一刻起，父亲白季庚就一直琢磨着给他起个怎样有意义的名字。白家"世敦儒业"，其祖父白锽十七岁明经及第，官至河南府巩县令。父亲白季庚，也是唐玄宗天宝末年擢明经第，被任命为彭城县令，白家可说是不折不扣的书香门第、官宦之家。

自古以来，天下父母都想给自己的孩子起个响亮好听的名字，以此寄寓美好期望，希望给孩子未来带来光明，事业有成。白季庚也莫过如此，饱读儒家经典的他，想到了《礼记》《中庸》中的两句话："君子居易以俟命，小人行险以侥幸。"于是，就为孩子选取"居易"两字为名，言外之意希望孩子能够处在平安境地，快快乐乐地生活，一生干啥都容易。

或许是受父辈的蒙荫，白居易从小天资聪明，敏悟绝人，有过目不忘之能。《新唐书·白居易传》记载，白居易生下来七个月时，就认得"之""无"两个字，而且百试不误。家里人很惊奇，认为是祖坟上冒青烟，白家以后要出大人物！果然，唐中晚期，诗坛上出现了一位蜚声海内外的"诗王"——白居易，而那个"略识之无"的成语也就流传了下来。

生逢乱世，"白居"何易？白居易出生时，虽然"安史之乱"早已平定，但经过长达八年的战火蹂躏，李唐王朝经历了一场空前浩劫。《旧唐书·郭子仪传》中对此有详细记载："宫室焚烧，十不存一。百曹荒废，曾无尺椽，中间畿内，不满千户。井邑榛荆，豺狼站嗥，既乏军储，又鲜人力，东至郑、汴，达于徐方，北自覃怀，经于相土，人烟断绝，千里萧条。"杜甫也曾有诗曰："寂寞天宝后，园庐但蒿藜，我里百余家，世乱各东西。"

2

"安史之乱"成了大唐帝国历史上惨痛的转折点，它使得辉煌无比的盛唐瞬间倾塌，成为唐人心中永远的痛。虽然历经数载，叛乱被平定了，但此后的中唐，也一直处于藩镇割据、边疆动荡的内忧外患中。白居易出生不久，战火硝烟就弥漫到他的家乡，民不聊生，百姓处于水深火热之中。在他两岁时，担任县令的祖父白锽不幸去世，雪上加霜，白居易的祖母也因伤心过度而撒手人寰。这个时候，他的父亲白季庚正担任徐州彭城县的县令，率领军队奋起抵抗割据势力。

建中三年（782年），这年白居易十岁，淮西节度使李希烈起兵叛唐，杀害了大唐名臣颜真卿，串联王武俊、李纳、田悦、朱滔等叛臣拥兵自立为帝，凶焰燃烧了半个天下。《旧唐书·李希烈传》曾评价说："希烈生性残暴，临战在阵上杀人，血流于前，而饮食照常，所以人们怕他，为他尽力。"

大军之后，必有凶年。叛军李希烈在河南一带烧杀抢掠，先后占领汝州（今河南临汝）和汴州（今河南开封）。一年之后，果然应验了老子的那句"大军之后、必有凶年"的预言，河南遭遇大饥荒，百姓靠吃蝗虫充饥。无奈之下，白居易跟随母亲逃往徐州，父亲白季庚便将家人暂时安置在靠近徐州的宿州符离县（今安徽符离）。可是，无情的战火不久就蔓延到了徐州一带，白季庚只好安排母子二人继续逃往江南。就这样，白居易跟随母亲先后投奔了在江南做官的叔叔和堂兄。千里迢迢，跋山涉水，这也是他第一次离家远行。

国家不幸诗家幸。正是那个不幸的时代，才有幸造就了白居易的非凡诗名。漂泊期间，他写下一首《自河南经乱，关内阻饥，兄弟离散，各在一处，因望月有感，聊书所怀，寄上浮梁大兄，于潜七兄，乌江十五兄，兼示符离及下邽弟妹》的诗文，在诗中详细回顾了自己青少年时代的动荡生活。诗作大意是，河南一带战乱，关中遭遇大饥荒，在这样动荡环境下，我们白家的弟兄姐妹都离散了，四处逃命，天各一方。晚上，我看着天上的月亮非常感慨，就把自己的感慨写成了这首诗，寄给分散在各地的弟兄姐妹。

宿州，素有淮南"第一州"之称，是楚汉文化和淮河文化的重要发源地，白居易曾先后在那里生活了二十二年。宿州厚重的历史人文，为他的诗文人生奠定了坚实基础。"离离原上草，一岁一枯荣，野火烧不尽，春风吹又生。"就是白居易在宿州符离县十六岁时写的。以至于他功成名就之后，每每提及宿州符离县，他都以"故居""故园"相称。

学而优则仕，这是古代大多数文人的追求和人生轨迹，官宦家庭出身的白居易更是如此。他天资聪颖，深受父辈影响，从小便立志入朝为官，报效朝廷。成功的道路上，天才虽然是重要条件，但还不是充分条件，充分条件是白居易自身的刻苦努力和坚韧不拔。在父辈的影响下，白居易为实现自己"学而优则仕"的人生目标，非常刻苦努力。

在白居易写给好友元稹的信中，曾详细回忆了自己刻苦学习的情景。他说："我五六岁的时候，就学习写诗，九岁时就对写诗所需的音韵知识烂熟于心，融会贯通。十五六岁时知道有科举考试后，为了参加进士考试，更加发愤图强。我白天练习写赋，晚上练习书法，中间还要抽出时间练习写诗。就这样，我不停地学习，读书读得嘴巴和舌头上都长了疮，写字写得胳膊肘和手掌上都长了老茧，以至于我成年之后身体都比较衰弱，就是因为年轻时过度透支才未老先衰。"因为长年累月地刻苦读书，白居易口舌生疮，手肘生茧，眼睛近视，背也驼了，整个一副少年老成、未老先衰的沧桑面容。

顾况，唐代著名大诗人，也是白居易非常崇拜的偶像。贞元三年（787年），十六岁的白居易怀揣出仕的梦想，千里迢迢来到帝都长安，初次参加科举考试。当然，他这次来长安还有一个非常重要的目的，那就是去拜访一下自己梦寐以求的偶像大诗人顾况。当白居易带着诗稿来到顾况府上，顾况一看来的是位年轻人，又听说名叫白居易，哈哈大笑说："长安百物皆贵，居大不易。"意思是说，长安物价非常昂贵，吃饭都成问题，恐怕"白居"不易！但当翻开诗集，读到白居易写的习作《赋得古原草送别》"离离原上草，一岁一枯荣。野火烧不尽，春风吹又生"时，顾况激动万分，大声说道："有句如此，居天下亦不难，老夫前言戏之耳。"

后来，顾况经常向别人推荐白居易的诗才，其诗名也就慢慢传开。正如顾况所言，三十年后，白居易的好朋友元稹在《白居易诗集》序言里写道，白居易的诗非常受欢迎，当时鸡林国的商人来唐朝经商，到处收购他的诗，目的是回去之后献给自己国家的宰相。据说这位宰相非常喜欢白居易的诗，商人献一首诗可以得一百两银子。由此可见白居易的诗词在当时的风靡程度。

贞元十六年（800 年），这也是改变白居易命运的关键之年，二十九岁的他第二次走进长安考场，一举中第。白居易激动地登上雁塔，提笔写下"慈恩塔下题名处，十七人中最年少"的诗句，以表达自己中第得志的喜悦。

"雁塔题名"始于唐代，当时每次科举考试之后，新科进士除了戴花骑马遍游长安之外，还要雁塔登高，留诗题名，象征着步步高升，平步青云，这在当时也是一项很高的荣誉。就是因为这一年的同登科第，白居易与元稹有幸在长安结识，后来又一起被分配到秘书省当校书郎，于是就有元稹"同年同拜校书郎，触处潜行烂熳狂"的诗句。六年之后，白居易与好友元稹为了应对更高一级的考试，几个月不出，闭门谢客，专心研习当时各种社会和政治问题，然后再就每一个问题写成一篇文章，编撰成《策林》七十五篇。这本细致扎实的学习笔记，其中不少条目内容后来都成为白居易的政治态度和诗歌见解。也就是凭这本内容翔实、包罗万象的"学霸笔记"，制科考试时两人再次同登金榜。

成为伟大诗人不是白居易的梦想，"出将入相"才是他的追求。他立志要当政治家，要治国平天下。元和元年（806年）四月，三十五岁的白居易被任命为盩厔（今陕西周至）县尉。所谓县尉，就是在县令之下，掌管一县治安的官员。

在盩厔短短一年半不寻常的县尉生活，给白居易的诗歌创作和政治理念奠定了坚实基础，其间，他创作诗作近百首。其中最著名的还属《长恨歌》，这是一首长篇叙事诗。《长恨歌》形象地叙述了唐玄宗与杨贵妃生生死死、永无尽头的爱情。"天长地久有时尽，此恨绵绵无绝期。"《长恨歌》的主题就是"长恨"，白居易借历史人物和传说，创造了一个回旋婉转的动人故事，感染了千百年来的读者。

文章合为时而著，歌诗合为事而作。其实，自小经历颠沛流离生活的白居易，比任何人都更能理解劳苦大众的辛酸。他虽然步入官场，但每当面对社会黑暗时，他总是会发自内心地为百姓鼓与呼，因此写下了大量关爱人民、讽喻黑暗的诗歌。他与好友元稹一起倡导的"新乐府运动"，也是提倡诗人写诗要"惟歌生民病，愿得天子知"，诗人要敢于直面现实，揭露腐败，鞭挞丑恶。

白居易有很多脍炙人口的诗歌都是以穷苦百姓为主人公的，这也是他作为诗人的最高境界。"可怜身上衣正单，心忧炭贱愿天寒。"他写《卖炭翁》，通过描写卖木炭老人的谋生困苦和不幸遭遇，深刻揭露"宫市"（宫廷内所设的市肆）的腐败本质，对统治者掠夺人民的罪行给予有力鞭挞与抨击。"税重多贫户，农饥足旱田。"他写《别州民》，使读者深深感受到百姓生活的水深火热，虽然天下大旱，但统治者却仍旧加重税收。"足蒸暑土气，背灼炎天光。"他写《观刈麦》，描写麦收时节的农忙景象，对造成人民贫困之源的繁重租税提出指责，读之能使人感受到农民麦收时天气的炎热和劳动的艰辛。这些以穷苦百姓为主人公的诗歌，使百姓苦不堪言的生活跃然纸上。

好诗传千里，一时洛阳纸贵。白居易的诗歌传到长安皇宫里，正力图振兴国家的唐宪宗看到后，不但不以为忤，反而甚是喜爱，遂成为他的"铁杆粉丝"。当然，唐宪宗喜欢的还有白居易创作的那首《长恨歌》。"盩厔尉、集贤校理白居易作乐府及诗百余篇，规讽时事，流闻禁中。上见而悦之，召入翰林为学士。"

3

莫愁前路无知己，天下谁人不识君。白居易的才华始终没有被世俗淹没，他在盩厔做县尉一年多时间后，元和二年（807年）冬，唐宪宗召他回长安，任命他为翰林学士。唐代的"翰林学士"，并不是正式官职，它一般都是借调性质的，也叫差遣。翰林学士的主要任务是为朝廷起草重要诰命，譬如任命将帅、册立太子、册封宰相等。当时与白居易一起担任翰林学士的共有六个人，后来除了白居易没有做到宰相外，其他五人全部官至宰相。所以，白居易晚年曾感慨道："同时六学士，五相一渔翁。"

元和三年（808年），三十七岁的白居易被正式调往长安，担任左拾遗，同时兼任翰林学士，作为诗人的白居易，开始在大唐政坛上闪亮登场。确切地说，白居易是抱着"不负君王不负民"的满腔热忱走进长安城的，他报效朝廷的雄心大志，如同那个春天里万物萌发，肆意生长。同样是这一年，唐宪宗李纯这位奋发有为的皇帝，效法"太宗之创业""玄宗之治理"，继续开创自己的中兴大业，开始推行制举贤良方正科特试，在朝野上下一片呼声中，恢复武举考试。

根据《唐六典》规定，左拾遗设在门下省，序在左散骑常侍、谏议大夫、左补阙之后，职级是从八品下，官位虽不高但非常重要，是唐朝级别最高的公务机关之一。左拾遗的意思是国家有遗事，拾而论之，是国家重要的谏官。左拾遗与左补阙共同掌管供奉讽谏，遇有与时势不相适应、与正道不相符合的事情，大则当廷上谏，小则封书上奏，并负责向国家推荐贤才良臣。此时的白居易虽然没有"出将入相"，但从此却有了为朝廷进言献策的机会，内心深处开始有些波澜。

白居易为此还专门写了一首《初授拾遗》的五言古诗，诗作的大意是说，在他之前的文学家陈子昂和大诗人杜甫都曾做过左拾遗，他们做得都很好，名盖天下，自己要以他们为榜样，向他们学习。白居易十分珍惜这个来之不易报效国家的机会，决心不负皇恩，粉身碎骨也要努力实现自己的政治抱负。努力尽好言官之职，做到朝廷得失无不明察，天下利弊无不陈说，有缺漏必规劝，有过失必进谏，以报答皇帝的知遇之恩，为实现大唐中兴之梦而贡献自己的力量。

元和三年（808年），淮南节度使王锷入京朝见。王锷以钱财铺路，巨款重贿宦官，想谋求平章事（即宰相）一职。白居易对此深恶痛绝，他认为王锷既无"清望"，又无"大功"，德不配位。于是，就向朝廷进谏说："王锷勒索民财进奉，为的是取得自己不配获得的官位，倘若顺遂了他的意愿，四方藩镇将纷纷效法，'百姓何以堪之'？"意思是说，王锷买官的钱是从老百姓身上搜刮来的，如果侥幸之门一旦打开，别人纷纷效仿，那以后就无法收拾了。唐宪宗本想顺水推舟，成全王锷，但看到白居易如此言辞剀切，只好作罢。

这一年五月，长安举行会试，选拔人才，举人牛僧孺、李宗闵在考卷里批评朝政，涉及宰相李吉甫。但考官认为两人都符合选拔条件，便把他们都推荐给了唐宪宗。可是这件事传到宰相李吉甫的耳朵里，他听说牛僧孺、李宗闵批评朝政，揭露自己的短处，十分气恼。便在唐宪宗面前诬陷说："牛僧孺、李宗闵与考官有私人关系，考试有舞弊行为。"唐宪宗信以为真，便把几位考官降了职，牛僧孺和李宗闵也没有得到提拔，此事引起朝野一片哗然。

白居易知道后，便上疏为牛僧孺等人诉冤，谴责李吉甫嫉贤妒能。唐宪宗迫于压力，只好将李吉甫贬为淮南节度使。也正是因为这次上疏，白居易得罪了李吉甫及其儿子李德裕，不幸陷入政治斗争的旋涡，在此后几十年的"牛李党争"中，始终为李德裕父子所排挤。

牛僧孺后来成为唐穆宗、唐文宗时期的宰相，政界贵胄，文坛名士，与白居易成为挚友。晚年白居易辞官闲居洛阳，与石为友，经常与告老定居洛阳的名相牛僧孺一道赏石、咏石，为了纪念二人的友情，记载牛僧孺的爱石情愫，白居易还于会昌三年（843年）五月题写了著名的《太湖石记》，这也是中国赏石文化史上第一篇全面阐述太湖石收藏、鉴赏方法和理论的散文。

高高庙堂之上，在宦官和权臣的眼里，白居易就是一个油盐不进的人，他们对他越来越恨之入骨。对于身为谏官的白居易来讲，行走在庙堂之上，就应该上不负君，下不负民。铮铮铁骨，宁折不弯，这是他与生俱来骨子里的秉性，更是他出仕为官之道。以至于他一次又一次高高举起规谏的利剑，义无反顾地劈向那些违反公序良俗的王公贵族。

元和四年（809年），唐太宗时期著名大臣魏徵的玄孙魏稠，因生活捉襟见肘，不得不将祖居住宅典押给别人，换取生活用度。别有用心的平卢淄青节度使李师道得知消息后，为了收买人心，便上疏朝廷，请求用私财将魏稠的住宅赎回，还给魏稠。表面上看是件好事，他这是在替国家分忧，替名臣之后着想。但对于李师道的别有用心，白居易心知肚明，当然那些王公大臣也都是揣着明白装糊涂。

李师道是营州（今辽宁朝阳）人，高句丽族，是唐朝地方割据军阀平卢淄青节度使李纳的次子。元和元年（806年），其兄长李师古死后，李师道自领平卢淄青节度使，拜检校司空、同平章事，割据十二州之地，其势炙手可热。李师道不光有狼子野心，还是个典型的"两面人"。元和十年（815年）正月，唐宪宗决定对割据独立的淮西吴元济用兵，李师道感受到威胁，于是表面上支持帮助官军讨伐吴元济，暗中却联合吴元济，企图牵制朝廷，巩固自己的地位，是个彻头彻尾的"两面派"。为了威胁那些支持用兵的朝廷重臣，李师道甚至还派人暗杀了力主用兵淮西的宰相武元衡，派人潜入东都洛阳，企图焚烧宫阙，杀掠市民，后因事泄未能得逞。

李师道为魏徵子孙赎买住宅是假，沽名钓誉是真，白居易早就看穿了他的丑恶嘴脸。本来唐宪宗准备命人草拟同意李师道请求的诏书，但白居易却谏言道："魏徵是先朝著名宰相，当年太宗曾经赐宫殿所用建材为他修建正宅，以示特别褒奖，与其他官员的宅第都不一样。而今魏徵的子孙欲典押，需要的钱也不多，应该由朝廷为其赎买，万万不能让李师道掠此美名。"唐宪宗是个聪明人，他一听马上明白了其中的道理，于是，命人从内廷专库中支出两千缗钱，赎回住宅赐给魏稠，禁止他以后再典押出卖。

一年之后，天下大旱，唐宪宗准备颁布德音令求雨。白居易觉得这样做没什么用，还不如来点实惠的。于是，他上疏劝谏说："要让民众得到您的恩惠，我认为最实际的就是减轻他们的税赋负担。"进而又说："宫中人员数目超出供内廷驱遣所需的甚多，办事应当节省开支，裁汰冗员。"唐宪宗觉得白居易说得很有道理，就颁布诏书，免除本年租赋，外放宫女，杜绝进献。

大唐王朝在经历"安史之乱"后，盛唐气象已经消失殆尽，王朝内外，百病丛生。"有阙必规，有违必谏。"白居易犹如苦海中努力抗争的一条鱼，甚至不惜牺牲自己的生命，为朝廷、为天下人拾遗补阙，丝毫不在乎仕途的升降。他要让规谏的炮火来得更加猛烈些，以打掉那些弥漫在庙堂之上的瘴气氛氲。

白居易首先向骄横不法的权臣开炮，他把批评的矛头对准了骄横不法的节度使。这些节度使统治地域广阔，兵强马壮，拥兵自重，骄横无法，从不把朝廷放在眼里，平日里残酷剥削地方百姓，搜刮的租税也从不上交朝廷，成为不得不铲除的"毒瘤"。白居易屡屡上疏唐宪宗，请求严惩这些节度使。其中有一个叫裴均的荆南节度使，曾经在唐宪宗上位过程中立下大功，深得宪宗信任。尽管裴均在节度使任上无法无天，但唐宪宗还是念及旧情，准备把其召回长安任宰相。白居易得知后连续上疏，坚决反对。最后，唐宪宗迫于舆论压力，没有让裴均出任宰相，而是把其安置到山南东道继续做节度使。

眼看到嘴的肥肉没了，裴均当然不死心，于是他开始经常向唐宪宗献宝。《旧唐书·本纪》记载："四年夏四月壬午，裴均进银器一千五百两，以违敕，付左藏库。"出手大方的裴均，一时哄得唐宪宗很高兴。白居易又提醒唐宪宗说："裴均怀有野心，他这是在试探您，还是将银器退回去吧。"人都喜欢好东西，唐宪宗也不例外，他拒绝退还，下令暂时交给宫廷管理局保管。为了遮丑，他下敕，不允许再有人查询此事，如有人要查询，必须先把查询者的名字向他报告。

白居易得知情况后，当即上疏反对，但唐宪宗不但不听，反而对人发牢骚说："白居易是朕拔擢致名位，而无礼于朕，朕实难奈。"在唐宪宗时期，虽然白居易上疏言事多获接纳，但作为九五之尊的皇帝，唐宪宗对白居易一次又一次的言事，也越来越"不感冒"，实际上他也不喜欢别人指指点点，对他的决定指手画脚，而白居易恰恰忽视了这点。

白居易开的第二炮就是批评宦官乱政。中唐时期，宦官掌握着朝廷重权，有的甚至可以决定皇帝的废立。司马光在《资治通鉴》中评价说，宦官掌控皇帝就像是掌控着一个婴儿一样，可以随意玩弄。皇帝对太监非常害怕，如乘虎狼，而挟蛇虺。由此可见，就连皇帝都如此害怕宦官，就更不用说那些朝臣了。

白居易不怕，他上疏抨击宦官成为常态，尤其是在抨击俱文珍、吐突承璀这些皇帝最宠爱的宦官头子时，更是不惧个人安危，史书对此有很多记录。吐突承璀是鲜卑人，也是宪宗朝最受宠爱的宦官头目，以至于唐宪宗把御林军的指挥权都交给了他，说白了也就等于皇帝把自己身家性命都交给了吐突承璀，由此可见对其信任程度。然而，更为荒唐的是，唐宪宗还任命吐突承璀为领兵作战的统帅，有一次，朝廷要出兵镇州（今河北正定），准备任命吐突承璀做招讨处置使，所谓招讨处置使就是统帅。白居易得知后，非常愤怒，劝谏唐宪宗说："我们堂堂大唐帝国军队，怎么能叫一个宦官做统帅呢？名不正，言不顺。"

唐宪宗被说得哑口无言，但又不愿意改变自己的决定，害怕得罪吐突承璀，于是灵机一动，就把统帅名号改为"宣尉使"，仍叫其统领军队。可是吐突承璀根本不会打仗，出征很长时间，战事没有丝毫进展。此时，白居易又接连三次上疏，要求朝廷罢免吐突承璀。其实，在唐宪宗时期，敢于这样直接尖锐抨击位高权重宦官头子吐突承璀的，可以说只有白居易一个。

4

知难克难，知错即谏。白居易谏言献策的目光，不仅仅盯着庙堂之上，同时他也盯着民间群众疾苦。《和籴法》是中国历史上对粮食供应进行国家管理的一种方法。这种管理办法从汉武帝时期就开始实施，以后各个朝代均有不同程度地实行。它的核心理念是：在丰收年份或者粮食盛产地区，政府用低价收购粮食，以防止粮食歉收时出现饥荒。但《和籴法》的推行，却遭到粮食生产者和商人们的抵制，因此到了中唐就变了样，不管是丰年还是凶年，一律按照规定强迫农民以低价交售粮食，农民的利益受到很大损失。为此，白居易接连上疏朝廷建议修改这一规定，不仅体现了他以民为本的儒家思想，也体现了他舍身成仁的政治风范。

在白居易看来，仅仅"有阙必规，有违必谏"还是不够的，自己作为时代文人，还应秉持"惟歌生民病，愿得天子知"的创作理念。所以，他以文枪笔剑补察时政，写了许多直击现实揭露贪腐的诗文，使得自己最终成为那些把持朝纲者的眼中钉、肉中刺。正当白居易愈战愈勇、勇往直前、义无反顾时，他的母亲突然去世，按照丁忧守制规定，白居易回到了家乡新郑，为母亲守孝。直到元和九年（814年）冬天，四十三岁的白居易才再次被召回长安。然而，就在回到长安半年之后，大唐帝都便发生了震惊朝野的武元衡遇刺事件，作为太子左赞善大夫的白居易，也因越级言事被贬谪，去江州做了三年半的司马。

以期"长生不老"，永享世间繁华，这是每个帝王的梦想。甚至有的帝王为实现这一梦想，痴迷于丹药，不惜葬送了自己的生命，大唐诸帝也莫过如此。因道教尊奉老子姓李，大唐皇室也姓李，所以李唐开国之后便尊称老子为始祖，自称老子后裔。因此，在唐朝近三百年的历史中，历代帝王以道教为"本朝家教"，使道教发展达到了一个新高度，道教的流行也推动炼丹术的快速发展，以至于唐朝诸帝对丹药的迷恋程度空前绝后。有关资料显示，在大唐二十一帝中，迷恋金丹服饵术的至少有十一帝，其中有五位皇帝死于丹药。

元和十四年（819年）底，唐宪宗因为服用方士柳泌的丹药，身体恶化，勉强熬过年，还没有出正月，就驾崩于大明宫中和殿，享年四十三岁。太子李恒即位，是为唐穆宗。二十六岁的李恒即位后，就把那些犯有自己名讳的地名统统改掉，像恒岳（恒山）改为镇岳，恒州改为镇州，定州的恒阳县改为曲阳县，一切看似都要重新开始。尽管如此，唐穆宗却玩心未退，即便是在宪宗治丧期间，他也毫不掩饰自己对游乐的喜好。元和十五年（820 年）五月，唐宪宗葬于景陵，唐穆宗越发显得没有节制。

在经历短暂的忠州刺史岗位任职后，元和十五年（820 年）夏天，白居易再次被召回长安，先是被任命为尚书司门员外郎，后又转任主客郎中、知制诰。第二年，加封朝散大夫，白居易开始正式着绯色朝服（五品以上官员所用服色），转上柱国，再转中书舍人。

两年后的长庆二年（822 年）七月，唐穆宗发布了一道极为普通的人事任命：白居易出任杭州刺史。按常理说，这种州官的任命在中国几千年历史上可谓司空见惯，但对白居易来说却是意义非凡。也正是这份特殊的人事任命，从此将一座城与一个人紧紧联系在一起，在千年时光中演绎出治水和诗情并重的千古佳话。

作为中书舍人的白居易，此次被外放的主要原因，依旧是犯了"越级言事"的老毛病。所谓中书舍人，外表看似是个光鲜职位，实际就是中书省负责制诰（拟草诏旨）的官员而已。白居易人微言轻，他多次越级言事，甚至上疏当时河北的军事状况，未被采纳，自觉无趣，这次还未等别人弹劾，就自请外地任职。当然，白居易对于这次自己外任的去向，也是经过仔细斟酌的，他想到了自己念念不忘的江南名城杭州。

"朝从紫禁归，暮出青门去。勿言城东陌，便是江南路。扬鞭簇车马，挥手辞亲故。我生本无乡，心安是归处。"这首《初出城留别》，记录了白居易离别长安时的心情。由于京杭运河受阻，白居易由商山道经襄阳、汉水，辗转至杭州。

西湖是有幸的，得到了历代大诗人的吟诵，当然白居易也不例外。他喜欢这里的山山水水，喜欢这里的三秋桂子、十里荷花，尤其欣赏杭州的那颗明珠——西湖。在杭州，白居易寄情山水，写下了许多优美的诗歌，咏唱青山绿水，于是，就有了那首千年吟诵不绝的《钱塘湖春行》。这首诗既写出了西湖的怡人风光，同时又为读者构建出舒缓和谐氛围。

千年已逝，诗情常青。而今，在杭州人们依旧喜欢咏着这首《钱塘湖春行》，去西湖，去白堤，寻找诗人的踪迹。为官一任，造福一方。这也是诗人白居易的为官之道，一个"民"字在他心中重千钧。作为刺史的他，公务上不仅鞠躬尽瘁，还要忙里偷闲，业余时间进行诗歌创作。"心安是归处。"他要让自己的治世抱负像莲花一样，盛开在杭州这片山水之间，像"三秋桂子"一样，清香弥漫在江南大地。

杭州，一座傍水而生、因水而兴的城市，西湖在给城市带来灵秀与荣耀的同时，也让它饱受痛苦和灾难。史书曾记载："其郭内六井，李泌相公典郡日所作，甚利于人，与湖相通，中有阴窦，往往堙塞，亦宜数察而通理之。"白居易来到杭州后，见李泌所凿六口古井皆因年久失修，暗渠淤塞，水井干枯，居民吃水成为难题，便主持疏浚六井，解决了杭州人饮水问题。后来又见西湖淤塞，农田干旱，便修堤蓄积湖水，以利灌溉，舒缓旱灾所造成的危害。并作《钱塘湖石记》，将治理西湖的政策、方式与注意事项，刻石置于湖边，供后人知晓，为后来杭州治理西湖提供有益借鉴。

唯留一湖水，与汝救凶年。长庆四年（824年）五月，白居易被召回长安任太子左庶子分司东都。百姓闻讯，扶老携幼，自发赶来，拦路相送。面对依依不舍的父老乡亲，年过半百的白居易眼睛湿润了，他由衷为认识一座城、一个湖而高兴，更为认识眼前这些朴实无华的乡亲而欣慰，禁不住潸然泪下。于是，提笔写下《别州民》留别杭州百姓。"耆老遮归路，壶浆满别筵。甘棠无一树，那得泪潸然。税重多贫户，农饥足旱田。唯留一湖水，与汝救凶年。"后来，人们为了纪念他，就把他当年在西湖上加固的那座堤坝称为"白公堤"。

其实，白居易在杭州刺史任上留下的何止"唯留一湖水，与汝救凶年"，还有他清正廉洁的佳话。唐代著名笔记《唐语林》记载，白居易离任杭州刺史时，把自己三年来没有用完的俸禄全部捐给杭州州库作基金，留给下任刺史以备不时之需，以供后来治理杭州的官员公务上周转，事后再补回原数。这笔基金一直运作到"黄巢之乱"，当黄巢抵达杭州，文书多焚烧散失，这笔基金也不知去向。

5

长庆四年（824 年）正月二十二，三十岁的唐穆宗因服用方士金丹，病发而卒。十六岁的太子李湛，于柩前即位，是为唐敬宗。

一别江南去，相思依旧长。这年五月，年过半百的白居易，回到了洛阳履道坊宅园。在经历自求外放的三年后，表面上看，似乎该放下的都已放下，可他内心深处却总有一丝莫名惆怅挥之不去。他感觉自己就像是空中摇曳的风筝，仿佛被一根无形的丝线牵着，时常梦回江南。在历经宦海跌宕起伏和人生坎坷曲折之后，白居易归隐和怀旧的情愫越来越重。

冥冥之中，自有天意。宝历元年（825年）三月，五十四岁的白居易，突然接到唐敬宗的诏书，被任命为苏州刺史，从此他与江南名城苏州也有了一次跨越时空的邂逅。"乱雪千花落，新丝两鬓生。老除吴郡守，春别洛阳城。江上今重去，城东更一行。别花何用伴，劝酒有残莺。"这是他在赴任之前写下的那首五言律诗《除苏州刺史，别洛城东花》。在诗中他无不感慨地说："千朵落花像大雪似的纷飞，我的两鬓又新增添了几丝白发。没想到这个年纪还要去当苏州刺史，在这个春天里告别洛阳城。这已是我第二次去江南任职了，临行之时再独自到城东去赏赏花散散心，树上的老黄莺也会劝我再饮上一杯酒。"此次远行，白居易心里还是有些五味杂陈，他已经不愿意宦海漂游，不忍离别。

人的灵魂需要经历伤痛之后，才会怒放。尽管白居易生活中有百般不如意，但他并没有因此一蹶不振。在苏州刺史任上，他确实"居而不易"，他在释放闲适心情游山玩水的同时，不断深入社会底层，体察民间疾苦，总想在有限的为官之年，为百姓多做些实事。可不巧的是，因为年轻时刻苦读书，他的身体每况愈下。即便是这样，他仍尽心尽力，鞠躬尽瘁。白居易在写给好友元稹的信中这样写道："我真的是政务十分繁忙，每天从清早一直忙到晚上，事情多得不得了，非常忙！……"

为了使苏州水陆交通更方便，白居易在任期间还组织开凿了一条长七里，西起虎丘东至阊门的山塘河，并在山塘河河北修建了一条道路，称作"七里山塘"。千年之后的今天，当人们徜徉于姑苏老城，领略着粉墙黛瓦、江南水乡的古朴风韵，转身遇见那份不经意的美好时，有谁会想到千年时光深处，竟蕴含着白居易不可磨灭的贡献呢？

第二年五月，白居易眼病复发，这也是他少年时因为刻苦读书而落下的病根。他在《眼病二首》里曾经这样写道："散乱空中千片雪，蒙笼物上一重纱。纵逢晴景如看雾，不是春天亦见花。"由此可见他眼疾的严重程度。后来，在《眼暗》中还写道："早年勤卷看书苦，晚岁悲伤出泪多。眼损不知都自取，病成方悟欲如何？"可屋漏偏逢连夜雨，他本来眼睛就不好，再加上工作劳累过度，肺病复发咳嗽不止，后来骑马又摔伤了腰，被多种病痛折磨着，他实在是难以继任。

宝历二年（826年）八月，白居易告病离职，卸任苏州刺史。苏州百姓都十分敬仰他，闻讯纷纷自发赶来相送，可谓"两悲啼泪湿衣裳"。诗人刘禹锡专门写下一首《白太守行》，记录下当时送别的情景："闻有白太守，抛官归旧溪。苏州十万户，尽作婴儿啼……"想想，这是何等的悲壮啊！

每况愈下的不光是白居易的身体，还有那个他寄予希望的大唐王朝，看似风平浪静，实则暗流涌动。这年十二月，大唐王朝再起波澜，登基帝位才三年的唐敬宗李湛被宦官刘克明等所弑，宦官王守澄拥立十八岁的江王李昂为帝，改元为太和，是为唐文宗。唐文宗为人恭俭儒雅，勤勉听政，致力于王朝复兴，在唐朝中后期诸帝中颇为勤政。博通群书的唐文宗，自然而然也就成了白居易的超级"粉丝"。

百闻不如一见，一见不如一起干。太和元年（827年），白居易被文宗皇帝召回长安，拜秘书监，配紫金鱼袋，穿紫色朝服（三品以上官员所用服色），后又转刑部侍郎，封晋阳县男。在旁人看来，唐文宗给予了白居易极高的尊重和官位荣耀，但这些都已无法动摇他的退隐之心。作为已近花甲之年的老人，朝堂之上亦无所留恋。太和三年（829年）春天，白居易百日假病，罢刑部侍郎，改授太子宾客分司，从此告别权贵倾轧、朝野复杂的帝都长安，拖着多病之躯回到了东都洛阳履道坊宅园。这个宅园也是他五年前被派往洛阳任太子左庶子时买下的，是他的预作终老之地。

"大隐住朝市，小隐入丘樊。丘樊太冷落，朝市太嚣喧。不如作中隐，隐在留司官。"五十八岁的白居易，在洛阳履道坊宅园里写下了这首《中隐》时，他早已另辟蹊径选择了"中隐"。那就是不在朝廷为官，不居住帝都长安，因为帝都太复杂；也不退隐偏远山林，因为山野太冷落，而是自己请求去东都洛阳当一个只有虚衔的官。这样既可以享受做官的好处，又可以避开政治矛盾的中心——险恶的朝廷。之后，白居易虽又历任河南尹、同州刺史、太子少傅等职务，但也都是有其名无其实的，只是他作为达官显宦退休之前的特殊待遇罢了！其间，他未曾离开过洛阳，一直隐居在履道坊宅园。

"安史之乱"后，宦官势力日渐强大，尤其是唐德宗委任宦官掌管禁军成为定制，从此宦官的势力变得更加不可抑制，以至于宦官可以决定皇帝的废立。唐文宗就是由宦官拥立为帝的，一晃十年过去了，二十七岁的唐文宗目睹了宦官的所作所为，宦官专权成为他复兴大业路上的拦路虎、绊脚石。大臣李训、郑注揣知唐文宗的心思，便与其密谋准备诛灭宦官，以夺回皇帝失去的应有权力。太和九年（835年）十一月二十一日，唐文宗以观露为名，将宦官头目仇士良骗至禁军后院欲斩杀，后被老谋深算的仇士良发觉，双方发生激战。结果李训、王涯等在内的一大批朝廷重臣被宦官杀害，此次事变受株连被杀者千余人，京师长安陷入一片混乱，这便是震惊朝野的"甘露之变"。

抱定"中隐"思想的白居易，似乎有先见之明，发生"甘露之变"时，他挂着闲职，正隐居洛阳，侥幸躲过此劫。白居易为此还写了一首《九年十一月二十一日感事而作》："祸福茫茫不可期，大都早退似先知。当君白首同归日，是我青山独往时。顾索素琴应不暇，忆牵黄犬定难追。麒麟作脯龙为醢，何似泥中曳尾龟。"记录下了他当时的所感所思所悟。

"甘露之变"，成为中国历史上第二次宦官专政时代的开始，此后大唐军政大权牢牢掌握在宦官手中，包括君主的废立。《资治通鉴》曾这样记载道："自是天下事皆决于北司（宦官），宰相行文书而已。宦官气益盛，迫胁天子，下视宰相，陵暴朝士如草芥。每延英议事，士良等动引训、注折宰相。"唐文宗遭到软禁，处处受制于宦官，五年之后的开成五年（840年），郁郁而终，享年三十一岁。

会昌二年（842年），白居易以刑部尚书致仕，领取半俸。晚年的他，在洛阳履道坊宅园中抚琴吟诗，赏花饮酒，观月听风，笑看人生。"壮岁不欢娱，长年当悔悟。"他看着自己的挚友一个个离去，面对自己日复一日、年复一年的衰老和疾病，也开始哀叹。白居易在《叹老三首》中，曾详细描述了他身体的衰老状况："晨兴照青镜，形影两寂寞。少年辞我去，白发随梳落。万化成于渐，渐衰看不觉。但恐镜中颜，今朝老于昨。"

"死生无可无不可，达哉达哉白乐天。"会昌四年（844年），七十三岁的白居易，突然做出一个大胆决定：治理伊河。伊河自古就能行船，而且局部还有商埠码头，"安史之乱"后，洛阳往长安的漕运不通，山货船与运粮船减少，伊河上游放下来的多是竹筏、木筏，弄好了是浪里耍游龙，弄不好就是阎王来索命。伊河水势大，有险滩，其中龙门"八节滩"

最为凶险，这里河底卵石隐身，河面怪石探头，民间有谚语云："八节滩，鬼门关，十船路过九船翻。"为了能够把控住船筏，船夫和筏子工即使在冬天，也得跳入水中，推挽牵拉，护船过关，十分艰险。白居易下定决心，治理龙门八节滩。没有钱，他就带头去募捐，去游说洛阳城内的富绅们；钱还不够，他就与香山寺的僧人们商量，摆出功德箱，动员善男信女们施舍。直至最后，白居易捐献出皮袄和稿费，才算凑够经费，终于完成了这项造福民众的治水工程。

6

治理伊河，开通龙门"八节滩"，既是白居易"达则兼济天下"人生观的映照，同时也是他虔诚佛教、乐善好施的具体表现。

白居易一生诗情不减，佛缘弥深，他自称"交游一半在僧中"。佛教禅宗史书《五灯会元》，曾有这样的记载："杭州刺史白居易，字乐天，久参佛光，得心法，兼禀大乘金刚宝戒，元和中，造于京兆兴善法堂，致四问。十五年，牧杭州，访鸟窠和尚，有问答语句，尝致书于济法师，以佛无上大慧演出教理……复受东都凝禅师八渐之目，各广一言而为一偈，释其旨趣，自浅之深，犹贯珠焉，凡守任处，多访祖道，学无常师，后为宾客分司东都、罄己俸，修龙门香山寺。"

白居易禅教净兼学并修，将佛学"入于耳贯于心"，每到一处，必拜访当地高僧。贞元十六（800年）、十七年（801年），他还曾两度到洛阳参访东都圣善寺法凝禅师，求得"观、觉、定、慧、明、通、济、舍"八字心要，并创作《八渐偈》，《旧唐书》盛赞他："儒学之外，尤通释典。"被贬江州后，白居易更是对佛教产生浓厚兴趣，开始参禅悟道，修养心性。如果说，在此之前他以"兼济"为志，希望能为国家和人民做出贡献，此后他的行事风格渐渐转向"独善其身"，虽仍关心人民疾苦，但表现出的行动却已无过去的激情了。其诗歌情调也转向淡然悠闲，表现出一种自然清雅之美。在江州期间，他与兴果寺神凑禅师、东林寺智满禅师等高僧交往甚密，曾写下"索落庐山夜，风雪宿东林""夜深众僧寝，独起绕池行""新年三五东林夕，星汉迢迢钟梵迟"等诗句，以求身心修行与开悟。

在东林寺藏经楼，白居易静心学习了《慧远大师文集》，认真汲取佛学思想。后来他还将自己的文集奉给那些与他有缘的寺院收藏，如庐山东林寺、洛阳圣善寺、苏州南禅院的千佛堂、龙门香山寺等，都收藏有他的诗文。白居易在《闲吟》一诗中写道："自从苦学空门法，销尽平生种种心。唯有诗魔降未得，每逢风月一闲吟。"他希望能以自己文学的生花妙笔，来阐发佛学的清净奥谛，在《苏州南禅院白氏文集记》里他曾这样写道："愿以今生世俗文字放言绮语之因，转为将来世世赞佛乘转法轮之缘也。"白居易创作的《念佛偈》，更是流传广远，至今仍脍炙人口。

江州任满四年司马后，白居易又迁忠州（今重庆忠县）刺史，元和十五年（820年）奉诏回京，授中书舍人。然而，此时朝廷形势仍是变幻莫测，朋党斗争依旧继续，于是，白居易自请去了杭州。他在《杭州刺史谢上表》中这样写道："生归帝京，宠在郎署。"可见其得意与振奋之情，并自认为从此"出泥登霄，从骨生肉"，蒙上不弃得到擢升，因此必将鞠躬尽瘁以报天恩。"谁知名利尽，无复长安心"，从此，白居易对政治失去关切，他将注意力转入对佛法的研修上，希望能从佛教中找到消解人生苦恼的办法。

在杭州任刺史时，白居易还专程慕名参访鸟巢禅师。据说鸟巢禅师从不住在山间寺庙里，也不住水边林下的庵棚，而是住在松枝茂密的秦望山的一棵大树上。他在树上搭了一个像鸟窝样的棚子，犹如鸟儿筑巢而居，不论刮风下雨都住在里面，故人称"鸟巢禅师"。年过花甲的白居易，来到鸟巢禅师居住的大树下，仰观在树上摇摇欲坠的禅师，一脸疑惑地问："大师，您这么大年纪了，住在树上很危险，还是下来回到寺庙住吧！"鸟巢禅师在树上说："太守大人，你官职这么高，泡在官场里更是危险，还是进入佛门吧！"

白居易说："弟子身为一州太守，位镇江山，何险之有？"鸟巢禅师说："你身居官场，官场中荣辱得失、利害是非太多。这个充满危机的社会，如同熊熊的大火，会无情焚毁一切。你在其中或得意于青云，或失意于穷途。得意则忘形，失意则生怨，难免党同伐异，怨恨憎恚，喜怒哀乐，机心算计。面对这些情况，烦恼哪有稍息之时呢？这样又苦又累，怎么会不岌岌可危呢？"

白居易听后肃然起敬，接着又说道："听大师这么说，我应皈依佛门以求解脱？但我自小学佛，几十年来，还没有入门之处，请师父指教：'什么是佛法大义？'"鸟巢禅师说："诸恶莫作，众善奉行。"白居易不觉笑了笑说："这不过是三岁孩童都会说的道理，何必用来教训我这个老头子呢！"鸟巢禅师说："这的确是三岁孩童都会说的，但可惜许多八十老翁都没有做到！"

知易行难，做到圆满更难。鸟巢禅师一席话让白居易醍醐灌顶，他心想："是啊，知道的未必行到，行到的未必达到。我学佛多年，满腹经纶，自己又身体力行了多少？现在还不得心安，功用又在什么地方呢？"白居易诚恳地向鸟巢禅师致谢，从此以后他不仅持斋守戒，还大力倡导放生，以佛教慈悲济世的精神普度众生，先后写下《放旅雁》《放鱼》《赎鸡》等放生诗。

坚上人，是庐山东林寺的僧人，白居易在江州时与之交游。后来，白居易赴任杭州后，坚上人曾云游至天竺寺，白居易专门为其写下一首题为《天竺寺送坚上人归庐山》的禅诗："锡杖登高寺，香炉忆旧峰。偶来舟不系，忽去鸟无踪。岂要留离偈，宁劳动别容。与师俱是梦，梦里暂相逢。"这首诗既有别情，亦寓禅理，于禅理中寓别情，于别情中悟禅理，读来饶有理趣。

洛阳香山寺，对于白居易来说有着十分特殊的意义，他以香山为家，以香山命名，更是叮嘱家人自己死后要葬在香山僧如满之侧。七十岁那年，白居易以刑部尚书致仕，正式告别官场，结束了四十九年的官宦生涯，隐居东都洛阳。当他看到破败的香山寺时，便起了修葺之心。于是，就把为好友写墓志铭的钱财捐了出来，香山寺得以重新修葺。焕然一新的香山寺，则成为白居易的大爱之所，他曾经这样写道："洛都四郊，山水之胜，龙门首焉。龙门十寺，观游之胜，香山首焉。"意思是说，在洛阳这些山水之中，最美的当属龙门。而龙门有很多寺院，在这些寺院中，香山寺当数第一。可见其对香山寺的深厚感情。

白居易对香山寺情有独钟，他酷爱香山寺的清幽，常到香山寺居住，以诗酒自遣。在香山寺，他结识了亦师亦友的如满禅师，后来师从如满，接受斋戒，自号香山居士，与佛光如满的情谊延续了三十五年之久。白居易晚年虔心念佛，求往生西方极乐世界，他作《画弥勒上生帧记》发愿，说希望来世与众生追随弥勒佛："生生劫劫，与慈氏俱，永离生死流，终成无上道。"更是舍俸银三万两，请人按《阿弥陀经》与《观无量寿经》所记载的内容，彩绘大型极乐世界图、西方三圣像，日日焚香顶礼，十分虔诚。

会昌六年（846 年）八月十四日，白居易于洛阳家中"念佛坐榻上，倏然而逝"（《佛祖统纪》），享年七十五岁，家人遵照其遗嘱，将他安葬于香山寺佛光如满禅师塔墓之侧。洛阳人十分爱戴崇敬白居易，来他墓前拜祭的人络绎不绝，据说他墓前的泥土，常常被祭酒浸湿。"西湖筑白堤，龙门开八滩，倡乐府，诗讽谕，志在兼济天下。""履道凿园池，香山卧石楼，援丝竹，赋青山，乐于独善其身。"这是后人为白居易撰写的一副韵味深长的对联，也是他旷达乐观笑对人生的真实写照。

白居易，一生历经唐代宗至唐宣宗八位皇帝，可谓宦海沉浮，但他旷达乐观，风骨铮然，为民造福；皈依受戒，融禅于诗，诗意人生。如今，与龙门卢舍那大佛深情对望的"诗王"白居易，早已魂归大唐，他不灭的诗情，仿佛随着清澈灵动的伊河之水，穿越千山，流向那承载着他梦想的浔阳江畔、钱塘西湖和姑苏七里山塘，回响依旧……

驿寄梅花

　　"同年同拜校书郎，触处潜行烂熳狂。"元稹和白居易的终别最后落笔在洛阳。两人曾一起开创新乐府运动，一起走过那段胸怀理想、不坠青云之志的青葱岁月；两人曾吟咏风雅，走马行猎，醉饮长安酒肆；两人还曾驿寄梅花，鱼传尺素，唱和三十余年，互赠诗作千余篇。

|

长庆四年（824年）十二月十日，担任浙东观察使的元稹，终于完成了《元氏长庆集》的编辑工作，这是他与好友白居易诗篇唱和的结集。在《元氏长庆集》序中，元稹简明扼要地概括了白居易生平事迹和诗文传播情况。诚然，知乐天者，莫过于"微之"。

俗话说"人生得一知己足矣"。此话说起来简单，做起来却又让许多人可望而不可即。"得一知己"，尤其在文人身上更是不易，文人相轻，又自诩君子，君子之交淡如水，文人间的交往，远不如江湖汉子大块吃肉、大碗喝酒般的豪爽痛快。然而，就是这样简单的一个"足"字，却道尽了他与白居易历经艰难困苦考验和知己难求的辛酸，让他们最终成为挚友。

元稹和白居易，作为大唐的时代文人，两人才情相当，且文学主张相同。无论何时何地，他们未曾忘记国忧，一直都在苦苦追求，用自己的文学创作来反映社会，泄导人情，共同开创了轰轰烈烈的新乐府运动，提出"文章合为时而著，歌诗合为事而作"的文学创作宗旨。

相同的文学理念，共同的价值追求，奠定了坚实的友情基础，使得他们惺惺相惜之谊更加浓厚。"诗筒传情"成为两人友谊联系的纽带，共同演绎出高山流水觅知音的绝配，以至于后人把他们合称为"元白"。

元稹，字微之，大历十四年（779年）二月出生于洛阳，其家族世代为官。追溯其家世，在历史上也是赫赫有名，元稹是北魏宗室鲜卑族拓跋部后裔，北魏昭成帝拓跋什翼犍十四世孙。他身上流淌着的是鲜卑人奔放不羁、张扬热烈的血液。因此，元稹一生，无论是平步青云，还是虎落平阳，无论是爱恨聚散，还是情深缘浅，都已注定必是轰轰烈烈的，因为这个世界他曾好好来过。

元稹家族世代为官，他的父亲元宽曾任比部郎中、舒王府长史。如果家庭不发生变故的话，也许他这一生也不会经历那么多波折与坎坷。但世事难料，就在元稹八岁那年，父亲元宽因病去世，母亲郑氏只能用自己柔弱的肩膀扛起家庭重担。有关元稹幼年时的境况，《旧唐书》曾这样记载："臣八岁丧父，家贫无业。母兄乞丐以供资养。衣不布体，食不充肠。"父亲元宽去世后，一家人的生活更是捉襟见肘，他已经没有条件也没有机会蒙受老师教导，幸而母亲出身书香门第，可以手把手地教他。

元稹天资聪颖，没有辜负母亲的教导，为了尽快摆脱家庭的贫困，贞元九年（793年），十四岁的元稹毅然选择了投考相对容易的明经科，参加朝廷举办的"礼记、尚书"考试，并以明两经擢第，可谓年少有为。尽管如此，幸运却迟迟没有降临到他的头上，明经及第的元稹一直闲居京城。

当时做官无非是两条途径，要么自己报考，要么贵人提携。这时，他就想到了非常有名气的诗人李贺，李贺有"太白仙才，长吉鬼才"之称，与"诗仙"李白、"诗圣"杜甫、"诗佛"王维齐名。元稹决定去拜见李贺，与其结交。结果到了李贺府上，恃才傲物的李贺一看名帖，打心眼里就瞧不起元稹，于是就让下人传话说："明经擢第，何事来见李贺？"意思也就是说，你一个中明经科的还好意思来见我，不是浪费我的时间吗？就这样，元稹在门外等了半天，末了等来的却是一句侮辱性的话，元稹气愤至极，当即拂袖而去。

虽元稹明经及第不易，但当时的文人都鄙视明经科，原因是明经考的是对经典的熟悉程度，属于记忆力的范围，而进士考的却是诗赋和策论，属于创造力的范围。从含金量上讲，进士考远远高于明经考，所以也就有了"五十少进士，三十老明经"之说。

没有受到李贺的接见，元稹独行在繁花似锦的长安城大街上，面对命运的刻薄，以及王公对明经科的鄙视，他知耻而后勇，从此更加发奋读书，不断提升文学修养。尤其是在苦读陈子昂《感遇诗三十八首》和杜甫诗集之后，更是让他醍醐灌顶，他开始写诗排遣心志。元稹觉得自己人生境遇与偶像杜甫的经历十分相似，前辈虽然生活困顿，但信仰却从未改变，依旧写出大气磅礴的诗作，这令他仰慕不已。元稹打心底敬仰杜甫，但却不愿意做杜甫，因为他认为自己还肩负着更为重要的任务，那就是步入官场，再现家族的辉煌。

纵使心比天高，拥有济世之才，但当我们梳理元稹的人生履历时，却发现元稹的一生充满跌宕坎坷。元稹自踏入仕途到暴病而亡，近三十年时间，不是被贬，就是在被贬的路上。他一生遭遇过四次伤筋动骨般的贬谪，尽管被贬的伤痛一次比一次强烈，但他始终坚持入仕初心，秉公执法，潜心诗作，于无声处听惊雷。

蒲州（今山西永济）古称蒲坂，司马迁在《史记》中称其为"天下之中"。当别人都前往京城大展宏图之时，为缓解生活的困顿，元稹却不得不仓皇逃离。贞元十五年（799 年），在朋友的举荐下，二十岁的元稹来到蒲州担任小吏，也正是在那里，他经历了人生的第一场艳遇。当时正好遇到蒲州驻军骚乱，元稹依靠友人之力，保护了处于危难中的远亲崔双文一家。因为庇护之恩，才貌双全的富家千金崔双文，对其暗生情愫，两人花前月下，如胶似漆。

虽然初恋的春光，暂时掩盖住了元稹的各种欲望，但崔家毕竟没有权势，这与他理想中的婚姻相差甚远。所以权衡得失，最终他还是选择了放弃。长亭外，古道边，芳草碧连天……崔双文望着元稹渐渐远去的背影，她不知道自己的分量，在这个男人心中到底有多重，更不知道自己下一次出场，竟然是在这个男人创作的传奇里。相比已经得到的东西，人们往往更惦记那些没得到的。带着自幼家族灌输的夙念，元稹这次入京考中功名，却可再也没有回蒲州。

或许是受良心谴责，或许是对初恋情人难以忘怀，多年之后，元稹以自己的初恋为原型，创作了传奇《莺莺传》，后来被改编为《西厢记》。在开篇中，他这样写道："贞元中，有张生者，性温茂，美风容，内秉坚孤，非礼不可入。"张生游于蒲时，在军人骚乱中保护了寡母弱女的崔姓表亲，由此识得表妹崔莺莺。崔莺莺"垂鬟接黛，双脸销红"的美丽，"颜色艳异，光辉动人"的俏丽，让张生顿生爱慕。后来，在丫鬟红娘的帮助下，张生与崔莺莺私会西厢下。自此之后，莺莺"朝隐而出，暮隐而入"，与张生私会……

《莺莺传》里，张生与崔莺莺的爱情故事，其实就是当年元稹与崔双文的故事，张生为元稹自寓。《莺莺传》也是成语"始乱终弃""待月西厢"的出处。

贞元十八年（802年）冬天，二十四岁的元稹来到长安，这是他第二次参加贡举。

"无限残红著地飞，溪头烟树翠相围"，第二年暮春，长安城中花繁柳绿，一片繁盛景象。在春意盎然的繁花丛中，更为耀眼的则是那些刚通过吏部科考新进的文人士子，他们吟诗唱和，游玩宴饮，兴致正浓。而在这帮人群之中，有两位年轻人因为性格相近，意气相投，慢慢走到了一起。皇天不负苦心人，这次元稹与大他八岁的白居易同登书判拔萃科，入秘书省任校书郎。金榜题名后，元稹有感而发，写下"同年同拜校书郎，触处潜行烂熳狂"的诗句。

2

亚里士多德曾说："真正的朋友，是一个灵魂孕育在两个躯体里。"正是由于这次相遇，元稹和白居易就成为这样的两个人，他们拥有着一个共同的灵魂。从此，两人一同吟咏风雅，走马行猎，醉饮于长安酒肆，三十年唱和不断，在宦海浮沉中相互扶持。他们风流蕴藉，才华横溢；他们直言力谏，针砭时弊；他们一腔抱负，忧国忧民；他们抨击权贵豪强，发起新乐府运动，共同开启一段千古传诵的友谊。后来，元稹在回忆这段岁月时写道："同登科后心相合，初得官时髭未生。"用元稹的话说，他与白居易是"坚同金石，爱等弟兄"。

元稹虽是官宦出身，但门第不高，只能依靠入仕才有机会攀附高门。就在元稹任校书郎不久，风华正茂、才华横溢的他，便引起了京兆尹、太子少保韦夏卿的关注。韦夏卿家族世代为官，比元稹条件好很多，而此时的元稹还没有官职，只是个小小的校书郎而已。韦夏卿将其选为爱婿，将女儿韦丛嫁给了他。迎娶韦丛应该是元稹一生中最幸运的事。成婚之初，元稹家庭条件很差，但韦丛却毫无怨言，她贤惠大方，与元稹感情深厚，相敬如宾，患难与共。当元稹沉浸在甜蜜的新婚生活之中时，那个曾与他一起避难、一起花前月下的崔双文，却仍在苦苦等待……

贞元十九年（803 年）十月，韦夏卿任职东都洛阳留守，他难舍小女韦丛，元稹便与新婚妻子一起陪同岳父赴任洛阳，并在东都洛阳履信坊韦宅安顿了下来。元稹虽作为校书郎，也是有其名无其实，要想升官，还必须依靠文章策论，参加更高一级的制举考试。为了应考，元稹闭门谢客，几个月不出门，专心研习各种社会和政治问题。

元和元年（806 年）四月，他与好友白居易同登才识兼茂明于体用科，共同及第。这次登第者共有十八人，而元稹名列第一，被授予左拾遗，这是个从八品的职位。从此，雄心勃勃的元稹，开始在攀登朝堂的路上踉跄前行。其间，他看见了柳宗元的仓促陨落，也看见了"永贞革新"的大旗竖立百日，却因帝王的更迭以失败告终。

作为从八品的低级官员，此时的元稹，只需要像别人一样韬光养晦，多栽花少栽刺，必定会平步青云。可他认为自己是皇帝身边的谏官，就应该及时纠正皇帝的不当决策，于是，接二连三地向唐宪宗上疏献表。《旧唐书》说他："稹性锋锐，见事风生。既居谏垣，不欲碌碌自滞，事无不言，即日上疏论谏职。"在奏疏中，元稹先是论"教本"，提醒皇帝如何选择皇子保傅；后论"谏职"，谏官应该如何履行好职责；再论"迁庙"，也就是迁移新崩天子神主入祀太庙问题；最后，他还不忘针对西北边事大政问题，发表自己的意见和看法。他旗帜鲜明地支持监察御史裴度，抨击朝中权幸。

此时，刚刚接手烂摊子的唐宪宗，正在为治理国家问题犯愁，而元稹的种种表现似乎十分符合他的"口味"，就这样，一个从八品的谏官开始进入皇帝的视线，为此唐宪宗还专门召见了元稹。这时的元稹，已经完全沉浸在皇帝宠幸的莫大荣耀里，却忽略了那些宰臣嫉恨的眼神，最终因为锋芒毕露，触犯权贵利益，担任左拾遗五个月后，元稹被贬为河南县尉。而好友白居易，不久也去了盩厔县（今陕西周至）做了县尉。

元和元年（806 年）的那个深秋，槿花衰败，桐叶凋零，人们目光所及之处皆为萧瑟之景。那一刻，元稹与白居易在长安酒肆分手，看着元稹慢慢消失的背影，白居易怔怔伫立在凄冷的秋风秋雨中，他想到了自己在长安城再无心意相通之人，孤寂落寞之情油然而生。于是，写下了《别元九后咏所怀》："零落桐叶雨，萧条槿花风。悠悠早秋意，生此幽闲中。况与故人别，中怀正无悰。勿云不相送，心到青门东。相知岂在多，但问同不同。同心一人去，坐觉长安空。"尤其最后一句"同心一人去，坐觉长安空"，言简意赅，富含哲理，更是引起共鸣：不求朋友成群，但求知己一人；外面的世界再喧嚣，知心人不在，也如空城般孤寂。

屋漏偏逢连夜雨，船迟又遇打头风。就在这时，元稹的母亲不幸去世，元稹悲痛不已，回家守孝三年，而妻子的身体也一日不如一日。当初元稹与韦丛结婚时，原本想得到岳父韦夏卿的关照，可韦夏卿调任东都留守后，仕途不顺，渐渐萌生归隐之意。元稹在《韦居守晚岁常言退休之志，因署其居曰大隐洞，命予赋诗，因赠绝句》中写道："谢公潜有东山意，已向朱门启洞门。大隐犹疑恋朝市，不知名作罢归园。"作为岳父的韦夏卿，除了在生活上支持元稹夫妇外，对爱婿的仕途并无实质性帮助。元稹回望自己的人生之路，虽不能说是一地鸡毛，但也是坎坷多舛。元稹作为年过三十的读书人，耗尽半生拼搏换来的却是如此的窘状，他不仅惦记着自己没有实现的梦想，更是难以忘却那些难以言状的过往：八岁丧父，家贫无业，母兄乞丐以供资养，衣不布体，食不充肠，幼学之年，不蒙师训，由是苦心为文，夙夜强学……

3

可怜孤松意，不与槐树同。

元和四年（809 年），三十岁的元稹，丁忧三年后复官，被提拔为监察御史。这年春天，他奉命以详覆使的身份出使剑南东川（今四川中部）。元稹依然藏不住那股与生俱来的锐气，依旧是意气风发，他高举监察利剑，劾奏不法官吏。元稹接手的第一桩案件，就是查办泸州监官任敬仲贪污案。《旧唐书》对此略有记载："奉使东蜀，劾奏故剑南东川节度使严砺违制擅赋，又籍没涂山甫等吏民八十八户、田宅一百一十一、奴婢二十七人、草千五百束、钱七千贯。"关于此次出使剑南的初衷，元稹在他的《使东川·百牢关》小序中也有记载：奉使推小吏任敬仲。诗曰："嘉陵江上万重山，何事临江一破颜。自笑只缘任敬仲，等闲身度百牢关。"

任敬仲本是一名泸州小吏。元稹在查办其贪污案时，却意外发现了新的线索，牵扯出泸州刺史刘文翼贪污行贿案，而刘文翼又与剑南东川前节度使严砺有着千丝万缕的联系，此时严砺早已病亡。也就是说，因为调查任敬仲这只"苍蝇"，最后牵扯出大"老虎"严砺。有关严砺的不法行为，元稹在其《弹奏剑南东川节度使状》中，记述得非常具体。如"擅籍没管内将士、官吏、百姓及前资、寄住涂山甫等八十八户庄宅共一百二十二所，奴婢共二十七人"外，严砺"于管内诸州元和二年两税钱外，加配百姓草，共四十一万四千八百六十七束，每束重一十一斤"；又"于梓、遂两州，元和二年两税外，加征钱共七千贯文，米共五千石"等。且严砺所管辖的七州刺史，谁"加征""擅收没"了什么？有多少？全都清清楚楚，可以说此案被元稹已经办成了铁案。

唐德宗时期的"两税法"明确规定："敢在两税外加敛一文钱，以枉法论。"元稹认为，严砺作为地方最高长官，本应"抚绥黎庶，上副天心，蠲减征徭，内荣乡里"，然而他却"横征暴赋，不奉典常，擅破人家，自丰私室"。虽人已死，"而犹遗患在人"，所以"宜谥以丑名，削其褒赠，用惩不法，以警将来"。

元稹查处了那么多的"老虎""苍蝇"，工作量之大，困难之多，都是难以想象的，他在《望喜驿》中写道："满眼文书堆案边，眼昏偷得暂时眠。子规惊觉灯又灭，一道月光横枕前。"元稹通过查办剑南东川贪腐案，不仅为许多冤假错案平了反，而且还使得东川下辖的七州刺史为之震荡不安，贪官污吏为此收敛了不少。他大公无私的名声迅速传开，可谓"名动三川，三川人慕之"。好友白居易作诗称赞他是："其心如肺石，动必达穷民。东川八十家，冤愤一言申。"

尽管元稹履职尽责，监察利剑高悬，但旧官僚阶层及藩镇集团的利益盘根错节，由来已久，要想完全打破这种利益格局，单凭他一个人又谈何容易。元稹出使剑南东川，已经深深触动到他们的利益，回京不久，便遭到严砺同伙的打击报复。《旧唐书·元稹传》这样记载："稹虽举职，而执政有与砺厚者恶之。使还，令分务东台。"

由于严砺朋党和宦官集团的排挤，元稹被提前调离川蜀，前往东都洛阳御史台任职。然而，福不双至祸不单行，就在仕途受挫时，元和四年（809 年）七月，他又收到了老家的来信，年仅二十七岁的妻子韦氏因病去世。因为工作繁忙，他最终没能见上爱妻最后一面。韦丛营葬时，在那个漫漫长夜里，元稹望着凄冷的月光，愧疚和伤感一齐涌上心头，写下了《祭亡妻韦氏文》《遣悲怀三首》《离思》等诗篇，以此哀悼妻子韦丛，留下"曾经沧海难为水，除却巫山不是云"的千古名句。

在经历了被贬东都和妻子离世双重打击后，作为监察御史的元稹，打击贪腐仍不手软，只是冤家路窄，举步维艰。元和五年（810 年），他又上疏弹劾河南府尹房式有不法之事，不等皇帝下旨，就擅令房式停职。唐宪宗得知后，罚他一个月的俸禄不说，还将其召回长安述职。无巧不成书的是，正是这次回京述职，引出了历史上著名的"敷水驿事件"。元稹途经华阴县敷水驿时，宿于驿馆上厅，恰逢宦官仇士良、刘士元等人也留宿驿馆，因争住上厅双方发生冲突。元稹据理力争，却遭到仇士良的漫骂，刘士元更是狂妄至极，用马鞭抽打他的脸，打得鲜血直流，将其赶出上厅……

回到长安后，仇士良、刘士元等恶人先告状，向唐宪宗告状说元稹对他们无礼，元稹据理申辩。但由于宦官权势熏天，倚靠宦官上位的唐宪宗不敢得罪他们，于是就颠倒黑白，以"轻树威，失宪臣体"为由，认为元稹年少气盛，自作威福，将其贬为江陵（今湖北荆州）士曹参军。元稹本以为自己身为钦差大臣，监察御史，被人打了，唐宪宗一定会为他撑腰，谁承想最后判定自己有罪，被贬到江陵做了参军，这让他感到十分委屈。

然而，朝廷中自有有正义感的官员存在，翰林学士李绛、崔群等人纷纷上疏，表示元稹无罪。身为谏官左拾遗的白居易，也挺身而出，接连三次上疏为其鸣冤，坚决反对朝廷不分青红皂白处罚元稹。

白居易对宪宗皇帝说："陛下，处罚元稹有三不可。第一不可，元稹一心报国，他在这次事件中根本没有错，贬谪他朝廷大臣就会寒心，以后有谁还肯为朝廷出力呢？第二不可，这次事件完全是宦官无理取闹，您还这样袒护他们，以后宦官的气焰将会更加嚣张。第三不可，元稹身为监察御史，之前他已经查办过剑南东川的节度使，而节度使之间又都是互相勾结的，现在把他贬到荆南节度使管辖的江陵去，他们必定会打击报复。请陛下公正处理此事，以还元稹公道。"可白居易毕竟人微言轻，他的仗义执言不仅没有说服唐宪宗，反而把自己也推向风口浪尖。最终，元稹被贬外放，开始了他困顿州郡十余年的贬谪生活。

"敷水驿事件"看似偶然，实则是暮气垂垂的中唐必然的结果。但真金不怕火炼，通过这件事，也足以看见元稹和白居易之间肝胆相照的真挚友情。

"忽忆故人天际去，计程今日到梁州。"

可以说，元稹与白居易已经到了心有灵犀的境地。长安一别，元稹踏上了赴任江陵的路途，有一天，白居易与友人游玩慈恩寺后，把酒言欢，席间他一阵惆怅，放下酒杯叹息道："可惜微之不在，想必现在他已经到梁州（今陕西襄城）了吧！"于是，白居易即兴在墙壁上题下《同李十一醉忆元九》："花时同醉破春愁，醉折花枝作酒筹。忽忆故人天际去，计程今日到梁州。"元稹在家排行老九，故称"元九"。这事本倒也平常，但令人啧啧称奇的是，这天元稹刚好到达梁州，晚上也做了个梦，他梦见与白居易等人畅游曲江和慈恩寺。怅然而醒后，写下《使东川·梁州梦》："梦君同绕曲江头，也向慈恩院院游。亭吏呼人排去马，所惊身在古梁州。"并且在诗下注解："是夜宿汉川驿，梦与杓直、乐天同游曲江，兼入慈恩寺诸院，倏然而寤，则递乘及阶，邮吏已传呼报晓矣。"这两首诗，一首写于长安，一首写于梁州；一首写居者之忆，一首写行者之思；一首写真事，一首写梦境。却不约而同地写在同一天，如同当面唱和，这不能不说是灵犀相通，心心相印。

<h1 style="text-align:center">4</h1>

晚唐的孟棨，曾编辑过一本叫《本事诗》的笔记小说集，在这本书里记录了许多唐朝诗人的轶事，并收录了一些相关的诗歌。在《本事诗》中，孟棨便将上面的两首诗捏合在一起，收录其中。他认为元稹和白居易是千里神交，合若符契，友朋之道，不期至欤！感应之说未必可信，但也可以看到唐人对"元白"交情的羡慕。

元稹被贬外放后，让左拾遗兼翰林学士的白居易很是无助，有一天夜晚，身孤影单的他，再次思念起元稹，提笔写下《禁中夜作书与元九》："心绪万端书两纸，欲封重读意迟迟。五声宫漏初鸣后，一点窗灯欲灭时。"以表达自己的孤独寂寞，以及对好友的无限思念之情。诗作的大意是，一天晚上，白居易给元稹写信，写完后他将信纸装入信封，又觉得似乎还有许多话尚未说完，似乎还应当补充或修改些什么，于是，又把信取出来，重读了一遍。因此，心潮起伏，思绪万千，茫然不知所从，不知不觉已是五更天，到了快要上早朝的时间了，信还没有封好。

这首诗仿佛让读者看到千年前的那个黑夜里，满脸迟疑茫然神情的白居易，与一盏光焰摇曳、奄奄欲灭的寒灯相映衬，一切都显得那么空旷，那么沉寂，那么凄清！然而更鼓在提醒，天快亮了。他才不得不将思绪从几千里外的江陵收回来，将信封缄好。

元稹赴任江陵后，染上严重的疟疾，数月卧床不起，一度濒临死亡。疾病缠身的他，还要照料"扶床行"的女儿保子，可以说生活一塌糊涂。好在有好友襄助，他在江陵重新组建了家庭，纳安仙嫔为妾，后生育儿子元荆。元和九年（814年），安仙嫔病故，元稹带着保子及元荆回京。安仙嫔虽是平常人家的女儿，但元稹与其感情非常真挚，在安仙嫔亡故之后，他曾写下《葬安氏志》，以抒发自己的感情。

元和十年（815年）正月，三十六岁的元稹复官还京，结束了荆蛮流放生活。此时的他可以说是春风得意，满心喜悦，满怀希望。蓝桥驿，因临近蓝水之上的蓝桥而得名，唐人奉使、贬谪、赴考、游历，从长安往返江南多经蓝桥驿。离京者启程第一宿，返京者旅途最后一宿，都要在此停留。史书记载，诗人韩愈、元稹、白居易、刘禹锡和柳宗元，都曾多次路经此驿，留下了不少千古佳句。这次元稹在途经蓝桥驿时，想到了与他同样遭贬的刘禹锡和柳宗元，也即将还朝经过此地，于是提笔在驿亭墙壁上写下了《留呈梦得、子厚、致用（题蓝桥驿）》诗作，以赠予命运相似的友人刘禹锡和柳宗元。

元稹抵京后，本以为起用有望，他意气风发，与白居易诗酒唱和，并开始收集他与白居易的作品，准备编辑《元白还往诗集》。可书稿未成，却突然与刘禹锡、柳宗元一同被放逐远州。原因是刘禹锡游玄都观时，诗兴大发，写了一首讽刺当朝新贵的诗，因元稹赠诗刘禹锡，柳宗元交好刘禹锡，受其牵连，于是三人再次被贬。这年三月，元稹"一身骑马向通州"，被贬谪到通州（今四川达州）任职司马。正当好友白居易为他再一次远谪而难过时，五个月后，白居易也被贬为江州司马。白居易路过蓝桥驿时，翻身下马，边摩挲边观看元稹的题诗，前后八个月，风云变幻如此诡谲，他也感慨万千地在馆驿墙壁上写下了《蓝桥驿见元九诗》。"每到驿亭先下马，循墙绕柱觅君诗。"白居易在蓝桥驿处处留心，他循墙绕柱寻觅的岂止是元稹的诗句，简直就是元稹的心声，是两人共同悲剧道路的轨迹！友情可贵，题咏可歌，共同的遭际，更是可泣。后人深深为他怀友思故的真情挚意所感动，更能激起读者对他遭逢贬谪、天涯沦落的无限同情。

在秦岭蓝关古道的蓝桥驿，被秋风吹得飘零摇落的又岂止元稹和白居易，还有并辔而行的刘禹锡和柳宗元……春雪、秋风，西归、东去，道路往来，风尘仆仆，这就是一条悲剧的人生道路！四年后的冬天，韩愈也从这里经过，他站在山巅之上，四周群山逶迤，关下仅有一道相通。风雪漫天，白雪皑皑，天寒地冻，幼女夭折。韩愈看着茫茫冰雪覆盖着的群山，发出了"云横秦岭家何在？雪拥蓝关马不前"的由衷感叹。

元稹是拖着病体赴通州的，他知道那里自然条件险恶，自己又身染重疾，担心命不久矣，到任不久便开始安排自己的后事，决定将自己的诗文卷轴托付给最信任的人——白居易。恰好此时友人熊孺登来访，他便托付其将整理好的作品送交白居易，委托白居易日后为自己编辑成集。元稹写信给白居易，回忆起二人的交往，告诉白居易自己的病况和心境。

元和十年（815 年）十月，在江州的船上，白居易收到了元稹托人送来的书信、题诗等，其中一首就是《闻乐天授江州司马》："残灯无焰影幢幢，此夕闻君谪九江。垂死病中惊坐起，暗风吹雨入寒窗。"元稹是在一个夜晚得到白居易贬谪江州的消息的，本已患上重病的他，惊讶地坐了起来，不知如何是好。他坐了很久，灯都快要灭了，人影映在墙上黑黢黢的。外面下着秋雨，不知道哪里刮来的一阵暗风，从寒窗吹进来，屋里更加阴冷了。在这首诗中，他没有更多地说自己的感受，只是用一个"惊坐起"的动作，诉说他的惊愕之情。

他与白居易原本同在京师做谏官，却先后因奸人陷害遭受贬谪，此时相距遥远，不知何时才能见面，也不知各自的命运将会如何。这份无尽的愁绪，在一片秋风秋雨中愈加凝重了。

读完元稹的来信，白居易泪眼婆娑，提笔写下《舟中读元九诗》："把君诗卷灯前读，诗尽灯残天未明。眼痛灭灯犹暗坐，逆风吹浪打船声。"白居易与元稹一样陷入沉思，一夜未眠，天快亮的时候，白居易灭了灯，独自坐在黑暗中。他感慨自己的遭遇，也同样感慨元稹的遭遇，此时外面传来风浪拍打客船的声音。虽然风声延续着两人各自的孤独，但来信（和诗）却让他们各自得到对方的陪伴。

元稹和白居易是唐代诗人中相互唱和最多的，他们书信往复，包括很多诗都是即兴而成的，没有经过刻意的精心处理，没有诗歌的繁复技法。当然，这也跟二人倡导的"新乐府运动"有一定关系，他们主张作品要让不识字的老妪也听得懂。

通州"人稀地僻、蛇虫当道"，尽管元稹身染重疾，但他在司马任上也是励精图治，清正廉洁，政绩斐然，为当地百姓干了不少好事。前三年任司马，后又代理刺史。元稹整顿吏治，出台政策，"赏信罚必，市无欺夺，吏不侵轶"；他引导百姓除草开荒，着手改变通州落后面貌；他还在南外翠屏山建戛云亭居宿，亲事农事，指挥农业生产。同时，亲拟祝文三篇，在华阳观祭天气，求上苍风调雨顺，来年丰收，百姓安康。

5

虽然通州与江州相距数千里，路途遥远，但三年未见彼此思念的两人，仍频繁寄诗，酬唱不绝。计所作诗有自三十韵、五十韵直至百韵者。江南人士，驿舍道途讽诵，一直流传至宫中。里巷之人互相传诵，致使市上纸贵。其间，两人寄赠作品多达数百篇之多，史称"通江唱和"。

元和十二年（817 年）四月的一个夜晚，已经三年未曾见到元稹，两年没有收到其信件的白居易，在庐山香炉峰下，松竹眼影、流水环绕的新建草堂里，他望着窗外悬挂在山巅的那轮明月，聆听着飞泉洒落在屋檐的声音，五味杂陈。他想到平生老友，相距万里，一时之间思念之情陡然产生。于是，提笔写就《与元微之书》，诉之笔墨，满怀真情，在信的开头这样写道："微之啊微之！不见您的面已经三年了，没有收到您的信快要两年了，人生有多少时日，我和您竟这样长久离别？何况把胶和漆一样紧紧相连的两颗心，分放在南北相隔的两个人身上，彼此尚且不能在一起。"

从这封信中，后人不难看出两人已经到了生死相托的地步。

喜欢作诗的白居易，把当时的心情也写成了诗："忆昔封书与君夜，金銮殿后欲明天。今夜封书在何处？庐山庵里晓灯前。笼鸟槛猿俱未死，人间相见是何年！"意思是说，回忆起从前给你写信的那个夜晚，是及弟后的天亮前。今夜写信又在何处？在庐山草屋拂晓的灯前。笼中的鸟、栏里的猿都未死，人世间你我相见是在哪一年！微之啊微之！今夜我的心情您知道吗？

尽管史书没有记载元稹收到这封《与元微之书》后的情况，但按照以往的惯例，他定会一如既往地激动痛哭！因为一年前，他就曾写过一首《得乐天书》，在诗中这样写道："远信入门先有泪，妻惊女哭问何如？寻常不省曾如此，应是江州司马书。"收到白居易的来信，他激动得痛哭流涕，以至于吓着自己的妻子。作为挣扎在重病边缘的元稹，确实太需要好友的这些书信陪伴了，但无论二人诗文、书信如何频繁往来，终究无法代替人的陪伴。热闹的文字，最终成为徒增的"空樽之愁"。

元和十三年（818年）正月初九，元稹离别通州。据说当天全城父老倾城相送，他沿着州河渐行渐远，百姓登临翠屏山向其挥泪告别，依依难舍。从此以后，每年正月初九，通州民众便群登翠屏山，目送天涯以示怀念。因元稹排行第九，称"元九"，正月又称元月，初九乃元稹离别通州之日，故亦简称为"元九"。因此，"元九登高"相沿成俗，延续至今已有上千年。

随着平定淮西后的大赦，元稹的知己旧识崔群、李夷简、裴度也相继为相，他在政治上长期受压制的处境也逐渐得到改变。元和十四年（819年）冬，唐宪宗将元稹召回京师，授予膳部员外郎，这是一个掌管酒膳的从六品官职。这时元稹有幸遇到了新任宰相令狐楚，令狐楚擅写诗文，才思俊丽，尤善四六骈文，常与刘禹锡、白居易等人唱和，他很是欣赏元稹的诗文。有一天，令狐楚遇见元稹，就主动上前搭讪说："我早就拜读过阁下的大作，只恨读得太少，相见恨晚。您可否把所有的作品都给我一份，让我慢慢欣赏？"

元稹一听当朝宰相喜欢自己的诗，受宠若惊，又按捺不住得意，马上给令狐楚送去了自己的诗集。除了诗集，他还附上一篇自序，讲述了自己写诗的心得，语气很谦逊。令狐楚看了信，读罢他的诗集，深感言辞悲切又不失文采，赞叹不已。"以为今代之鲍、谢也。"他把元稹比作南朝的鲍照和谢朓，鼓励其多创作更加精彩的新作。由此元稹与令狐楚结为忘年之交，两人时不时切磋学问，有了新诗就马上请对方品评。如果这样的友谊能够保持下去，必然传为佳话，可惜他们的友谊没能维持多久，后来终因政治斗争，两人分道扬镳。

久遭贬谪蹉跎近十年的元稹，无意之中迎来命运的曙光，这得益于元稹在江陵任职时结交的宦官监军崔潭峻。元和十五年（820年），唐宪宗驾崩，唐穆宗登基。唐穆宗喜欢游玩，当太子时就十分喜爱元稹的诗歌，在宫中直呼他为"元才子"。唐穆宗宠幸崔潭峻，崔潭峻便"以稹歌词数十百篇奏御"，穆宗皇帝十分高兴，就问他元稹何在？当得知元稹在做南宫散郎时，便立即下敕，授予元稹祠部郎中、知制诰。唐穆宗此时特别器重元稹，经常召见，语及兵赋及西北边事，令其筹划。数月后，又将其擢为中书舍人，翰林承旨学士。由此，元稹与已在翰林院的李德裕、李绅俱以学识才艺闻名，时称"三俊"。

俗话说，祸兮福之所倚，福兮祸之所伏。就在元稹迅速升迁的同时，他不知不觉间陷入尖锐复杂的政治斗争旋涡中，与李宗闵的积怨爆发，埋下党争的种子。不久，裴度弹劾他结交魏宏简，元稹被罢免承旨学士，任工部侍郎。长庆二年（822年）二月，在唐穆宗的大力提携下，元稹和裴度先后为相。登上相位的他，不辱使命，在唐王朝与地方军阀的斗争中，积极平息骚乱。可觊觎宰相之位的李逢吉与宦官勾结，派人诬告他谋刺裴度，虽然最后查清了事实真相，但他和裴度还是被同时罢相。

缺乏政治斗争经验的元稹，原本以为自己与唐穆宗君臣关系足够牢固，自己在朝廷中的地位也已稳固，可终究没能逃过小人的算计挑拨，以及君王的善变无常。虽左迁在外，但他心中仍抱有一丝希望，他觉得唐穆宗会念及他们的交情，还会尽快召其回宫。元稹在贬外期间没有丝毫闲散怠慢，依旧兢兢业业，任劳任怨，时刻准备着迎接唐穆宗的召见……

这次元稹被贬去的是同州（今陕西大荔），担任刺史。同州地处黄河岸边，人烟稀少，气候干旱，土地沙化严重，农业水平十分落后，倘若遇上旱情，常常颗粒无收，这一情况致使大量青壮年逃离家乡，劳力流失严重。

元稹经过调研之后，决定实行均田制，这也是他一直想推行的农耕制度，就是将农民和地主的土地平均分配，合理化耕种，这样可以使农民和地主真正平等，避免土地兼并造成"贫者无立锥之地"的危机。政府再将税收政策进行微调，以减轻农民税收的压力，这样一来，就可以有效改善农民生活。作为有政治信仰的元稹来说，看着自己制定的政策顺利实施，并且收效良好，这是他感到最为欣慰的事。

随着时间的推移，元稹还是迟迟没有等到唐穆宗的召唤，他不知道此时的唐穆宗，是否已经看穿了小人的伎俩，是否已经开始怀念两人的感情。他对穆宗皇帝最初的抱怨，早已随着时间的流逝渐渐淡去，毕竟是穆家皇帝将他一点点推向丞相之位的，这份知遇之恩没齿难忘。

在结束同州任职后，元稹又被调往更远的越州（今浙江绍兴），任浙东观察使兼越州刺史。至此，他一生功名巅峰，成为明日黄花。浙东虽相对富庶，但政治环境却十分险恶，而此时的丞相李逢吉，依然不肯对元稹善罢甘休，由于浙东官员多是李逢吉的旧部，李逢吉便煽动浙东当地官员处处为难元稹，令其苦不堪言。尽管如此，元稹在任浙东观察使的六年中，不甘沉沦，兴修水利，发展农业，颇有政绩，深得百姓拥戴。

6

就在元稹任职浙东观察使期间，长庆二年（822 年）七月，白居易也自请外放，来到杭州任刺史，两人继续依靠互通书信倾诉衷肠。元稹身在浙东，心却在长安。正当他把所有希望寄托在唐穆宗身上时，噩耗接连不断传来，先是唐穆宗李恒暴病驾崩，十六岁的太子李湛于枢前即位，是为唐敬宗。尽管新任皇帝唐敬宗礼遇朝臣，但耽于玩乐，在位仅短短两年，就被宦官刘克明等所弑。之后，十八岁的江王李昂接过了哥哥的帝位，是为唐文宗。宫廷一系列的变故着实让元稹惊诧不已。

元稹本以为唐穆宗年轻有为，励精图治，大唐王朝本可利用此契机，扭转"安史之乱"后的孱弱局面，怎奈天妒英才，穆宗如此早逝，既是大唐的不幸，更是元稹的不幸。悲伤过后，他开始担忧朝廷的未来，他不知道这位唐文宗能否继承先皇遗志，振兴朝纲，中兴天下。当然，他更担心的是皇位频频易主，是否会再次引发官场"地震"。

唐文宗继位不久，就将一向以挑拨、诬陷著称的李逢吉，以及其党羽一同贬斥。太和三年（829年）九月，他将元稹召回长安，任命为尚书左丞。事实上，此时的元稹已身似不系之舟，心如已灰之木。他早已想好退路，如果朝中不安，就索性告老还乡，带着妻儿归隐山林。

从越州回长安路过洛阳时，元稹专程探访了闲居洛阳的白居易，两人见面之后，自然是相见时难别亦难，自上次元稹被罢免宰相之职后，两人便再也未曾相见。此时两人都已年过半百，三次离别，耗去了他们二十年的时光，与同龄人相比，彼此沧桑了许多，这不只是岁月的痕迹，也是他们多年饱受磨难的见证。那一晚，老友相见，分外激动，把酒言欢，彻夜长谈，共枕而眠，他们或许早就明白，自三十年前步入仕途的那一刻，等待他们的就是坎坷和忧患。

人生无处不别离，而元稹和白居易的终别最后落笔在洛阳。离别之际，元稹写下了《过东都别乐天二首》："君应怪我留连久，我欲与君辞别难。白头徒侣渐稀少，明日恐君无此欢。自识君来三度别，这回白尽老髭须。恋君不去君须会，知得后回相见无。"元稹念叨着说，自己年纪也大了，朋友也不多，担心这是最后一次相见。依依惜别时，白居易也大醉一场，他在《愁别徽之》中感叹道："沣头峡口钱唐岸，三别都经二十年。且喜筋骸俱健在，勿嫌须鬓各皤然。"在诗中，白居易鼓励元稹要有所作为，哪怕须发皆白，还有筋骨健在。

元稹回朝身居要职，虽然龙椅上坐着的已不再是故人，但手握兴利除弊的利剑，他还是恢复了为谏官时的锐气，决心整顿政府官员，肃清吏治，将郎官中颇遭公众舆论指责的七人贬谪出京。时值宰相王播突然去世，当初元稹在科举考试事件中得罪过的李宗闵再度当权，将刚刚回朝的元稹视为眼中钉，与牛僧孺相互勾结，诬陷元稹是叛贼李德裕的同党。

太和四年（830年）正月，元稹被迫出为检校户部尚书，兼鄂州刺史、御史大夫、武昌军节度使。他在武昌任职期间，兴修水利，发展农业，均贫富，定税籍，不断改善百姓生活。尤其是岳州遭遇水灾后，他上奏朝廷，开仓出官米赈灾，救护百姓。后又向朝廷请求减免当地秋租，解决百姓生活困难。

太和五年（831年）七月二十二日，元稹两年前的那句话，却一语成谶，元稹于武昌病逝，时年五十二岁，死后追赠尚书右仆射。此时，六十岁的白居易正赋闲于东都洛阳，他惊闻噩耗，悲恸不已。按照元稹临终时的嘱托，白居易为其撰写墓志铭，其家人准备了七十万钱作为酬谢，白居易推辞不受，后又请求把这笔钱用于修缮香山寺。当元稹灵柩运回老家陕西咸阳途经洛阳时，白居易在《祭微之文》中，回忆起与元稹"金石胶漆，未足为喻"的三十年情谊，挥泪写下："呜呼微之！始以诗交，终以诗诀，弦笔两绝，其今日乎？呜呼微之！三界之间，谁不生死，四海之内，谁无交朋？然以我尔之身，为终天之别，既往者已矣，未死者如何？……与公缘会，岂是偶然？多生以来，几离几合，既有今别，宁无后期？公虽不归，我应继往，安有形去而影在，皮亡而毛存者乎？"

八年之后，年近七十的白居易，在午夜梦回时，再次思念起昔日的挚友元稹，他又含泪写下《梦微之》："夜来携手梦同游，晨起盈巾泪莫收。漳浦老身三度病，咸阳草树八回秋。君埋泉下泥销骨，我寄人间雪满头。

阿卫韩郎相次去，夜台茫昧得知不。"或许年近古稀的他，怀念的不仅仅是元稹，还有他们曾经一起开创的新乐府运动，以及一起走过的那段胸怀理想，不坠青云之志的青葱岁月。据统计，两人一生来往书信累计一千八百余封，互赠诗篇接近千余篇。驿寄梅花，鱼传尺素，唱和三十余年，恐怕世间也只有他们这对"极品"好友了。时至今日，后人读起他们的往来诗词，仍能深深感受到他们之间同患难、共进退的深厚情谊。

千年之后，元稹和白居易悠闲的身影，早已在历史滚滚尘烟中消散，但长安城里那些执笔立命的少年，却依然继续着他们未尽的梦想……

血色长安

　　"君不密则失臣，臣不密则失身，几事不密则害成。"由于策划者的失误，"甘露之变"彻底失败，它堪称唐朝历史上的一次浩劫，也是唐廷皇室对宦官集团发动的最后一次抗争。至此，在宦官与藩镇交替祸害中，唐帝国犹如失控的马车，最终一步步驶向毁灭的深渊。

┃

　　太和九年（835 年）十一月二十一日，冬日的长安城，阳光和煦，一大早市井就开始人头攒动，一派繁华景象，唐文宗李昂像往常一样御临紫宸殿坐殿。然令人唏嘘的是，一场事先精心密谋针对权宦集团发起的刺杀行动，却最终事态逆转，被宦官抢占先机，京师长安随即笼罩在一片血雨腥风的悲怆中，成为晚唐唐人最为刻骨铭心的痛。

　　这天早晨，天刚蒙蒙亮，长安城还未从睡梦中完全醒来，唐文宗就已经穿戴整齐，他为了这一天已经等待很久了。屈指算来，唐文宗从十八岁登基，至今已经走过九个年头。他是个儒雅且有雄心的人，这种儒雅和雄心来自他博通群书。但凡博通群书者，不是为了做学问，就是为着做一番经世济民的大事。作为帝王的唐文宗李昂，生在皇家，上天赋予他的职责自然不单是做学问，他登基的第二年，就勇敢地扛起经世济民的责任，镇压了沧景节度使李全略之子李同捷的变乱。李同捷趁父亲李全略去世，不经唐文宗同意，就企图承袭沧景节度使，还想通过造成既成事实逼迫朝廷就范，当时唐文宗的态度非常强硬，最终以武力平息这一事端。这就是一个看似儒雅帝王背后的雄心壮志，唐文宗的志向就是要恢复太宗时期的"贞观之治"。

　　虽然起得很早，又是寒冬，但唐文宗还是十分精神，在仪仗簇拥下直奔紫宸殿。紫宸殿，是他和文武百官的朝会之所。当他来到紫宸殿时，文武百官如同往常一样早已列班站定，向他行礼后各自落座。按照以往程序，这时左金吾卫大将军韩约应该大声奏报："左右厢内外平安。"可是今天却一反往常，韩约没有如常行事，而是满脸喜庆地向唐文宗行了个深深的稽首礼说："陛下，昨晚左金吾向臣报告，说左金吾听事房后的石榴树上布满甘露，臣第一时间向陛下禀报。这是天佑大唐，降下祥瑞。"说罢，不等唐文宗说话，韩约就兴奋地跳起舞来。

对于摇摇欲坠的帝国来讲，天降甘露，可谓是罕见的祥瑞之兆，所以对韩约这一不寻常的举动，唐文宗非但没有不爽，反之心中还在暗暗窃喜，因为他自己就是这出戏的总导演，一切都是按照他的既定计划进行的。文武百官同样是兴致勃勃，甚至有人还随着韩约的节奏舞动起来，唐文宗望着殿下手舞足蹈的群臣，脸上闪过一丝不为人察觉的得意之色。一场刺杀与反刺杀的行动，即将由这场天降甘露的戏法拉开帷幕。韩约跳完舞后，又向唐文宗行稽首礼，宰相李训、舒元舆也领着百官同声向他道贺，并趁机奏请说："请陛下亲自前往观看，以便承受上天赐予的祥瑞。"唐文宗欣然答应，决定转到含元殿升朝。于是，百官陆续退出紫宸殿，浩浩荡荡前往含元殿等候，唐文宗则乘软轿出了紫宸门……

在含元殿升朝后，唐文宗扫了一眼站立两厢的文武大臣，然后，对宰相李训说："李爱卿，请你带中书、门下两省官员前往察看，详情再报。"文武百官都知道李训是唐文宗最信任的宰相，现任礼部侍郎、同平章事。李训平时经常在中书和翰林两部门走动，唐文宗所定天下大事，几乎都出自他。按照唐文宗的吩咐，李训等人出了大殿直奔左金吾听事房而去。可是，过了很久李训才率领众人返回含元殿，脸上却没有一丝喜气。他向唐文宗奏道："陛下，臣和众人都仔细看过，是否真的是甘露，臣不敢擅下结论，望陛下遣使再验。"闻听此言，分列两班的大臣都蒙了，前面韩约报告说有，这会儿李训却说不敢确定，大家你看看我，我看看你，不知道是咋回事？唐文宗也佯装诧异和不信，自言自语说："难道还有这种事！"

唐文宗沉默片刻，他眼光扫视了一下殿下，最后落在仇士良和鱼弘志身上，命二人率诸宦官再去察看。仇士良、鱼弘志都是宦官之首，他俩分别担任左、右神策军护军中尉，掌握着禁军神策军的指挥权。遵照唐文宗吩咐，两人应声带着一帮宦官直奔左金吾听事房。这时含元殿上，只剩下唐文宗和大臣们，殿内顿时一片寂静，隐隐有些紧张之气。

仇士良带领宦官们离开含元殿后，李训高声呼喊郭行余和王璠的名字，命二人赶快上殿接旨。此时按照原定计划，郭行余和王璠早已带领数百名亲兵埋伏在丹凤门（大明宫正南门）外，一旦听到李训召唤，就立刻带兵进入大明宫，与韩约的金吾卫里应外合，尽诛宦官。但计划赶不上变化，前面计划一直进行得好好的，可在最关键时候却出了问题，掉了链子。结果只有郭行余前来殿下听宣，而王璠却脸色苍白，双腿打战，一步也不敢靠近含元殿。李训看着他惊恐的样子，暗自叹气，对他怒道："王将军，你的私兵就在殿外，赶快前来领受救旨！"可无论李训如何召唤，王璠两腿就是不听使唤。

郭行余和王璠是五天前被任命为节度使的，在此之前，郭行余是大理卿，王璠为户部尚书，两人都是从文官转为节度使，此时还没有赴任。让李训万万没有想到的是，他和文宗皇帝精心策划的完美计划，到了临门一脚，却出现意想不到的情况。见此情景，他心中不免一惊，但箭在弦上不得不发，也只好硬着头皮进行下去。

因为原定计划出重大意外，导致所有参与者都非常紧张，这毕竟是一场你死我活的斩杀行动。如果成功，等待他们的将是加官晋爵和丰厚赏赐；反之，如果失败，自己脑袋搬家不说，还要株连家人。再说仇士良等人，来到号称"夜降甘露"的左金吾卫后院，仰着脑袋察看半天，只见石榴树上皆是横七竖八的干枝，一滴甘露也没有看见。他有些纳闷，一扭头，只见站在一旁的韩约满头大汗，神色惶恐，脸色十分难看。仇士良很是纳闷："数九寒天，韩约怎么会出这么多汗？"于是，就问道："韩将军，你身体有什么不舒服吗？"韩约本来就心虚，紧张得要命，经他这一询问，就更加紧张，支支吾吾一时不知如何回答是好。正在此时，突然一阵北风吹来，将金吾卫仗院的帷幕吹了起来，老奸巨猾的仇士良惊讶地发现，帷幕后面竟然埋伏着一大帮手执利刀、全副武装的兵士，接着又听到四下刀剑铿锵、甲声叮当，以及军靴杂乱踏地之声。仇士良大惊失色，顿感大事不妙，他知道其中必有蹊跷，急忙带人向院门狂奔。此时，守门士卒正要关闭大门，可被仇士良一顿怒斥，再也不敢关门，仇士良等人趁机逃出金吾卫仗院，急忙奔向含元殿。

　　仇士良不知道唐文宗就是此次刺杀行动的总导演，他一路狂奔冲进含元殿，大声喊叫："韩约要谋反。"李训见一大群宦官飞奔而来，知道事情出了岔子，此刻他更知道谁把天子攥在手里，谁就能掌控整个局势。于是，李训立刻命殿外的金吾卫士兵："快上殿保卫皇上，每人赏钱百缗！"听见命令，殿外数百名金吾卫兵也向唐文宗冲了过来，追上那些落在后面来不及跑进殿的宦官，一阵剑捅刀砍，含元殿外立刻血溅一片。最终还是仇士良等人快了一步，宦官们飞快地冲到唐文宗身边，对其说道："事情危急，请陛下速速回宫！"并且训练有素地自动分成两部分，一部分随仇士良将唐文宗架上软轿，撕破殿后用于阻挡飞雀的丝网，抬着轿子出后门直奔宣政门，另外一部分则留下负责阻击金吾卫士。

　　李训眼见形势瞬息逆转，看着宦官们抢走了皇帝这块救命的"大招牌"，他距唐文宗最近，此时再也顾不上什么君臣之礼，一个箭步跨到软轿前，攀上软轿大声喊道："臣还有事要奏，陛下不可回宫！"请求唐文宗不要离开。就这样，李训一直攀着软轿的抬杠，一路跟随到宣政殿门口，接连不停地喊叫，却无能为力。眼看唐文宗的软轿就要进入宣政殿，心中更是焦急，因为他清楚只要唐文宗进宣政殿门，自己就再也无力回天了。因此，李训更加使劲拉着软轿不放手，不断催促唐文宗停下来。

　　软轿之上的唐文宗终于发话了，但他并没有命令轿子停下，而是怀着对李训极度失望的心情，大声斥责他。见唐文宗斥责李训，一直憋着气的太监郗志荣，朝着李训前胸奋力一拳，将其打倒在地。最终，倒在地上的李训，眼睁睁看着唐文宗的软轿在宦官簇拥下进入宣政门，大门随即关闭。仇士良死里逃生，终于回到了属于自己的世界，紧闭着的宣政门内，接连传来宦官们山呼海啸般的喊叫声。至此，这场针对宦官的斩杀行动彻底发生逆转，之后朝廷大臣几乎被宦官斩杀殆尽，京师长安笼罩在一片血色之中，史称"甘露之变"。

　　一提到宦官，或许有很多人会想到秦朝的赵高，以及"指鹿为马"的经典故事。揭开历史的面纱，在中国几千年王朝史上，宦官作为皇权制度的重要组成部分，多数情况下，他们都扮演着皇权代言人的角色，往往会滥用权力，以谋私利，这也是所谓的宦官擅权。宦官擅权更是以唐朝中后期为甚，他们不仅滥用权力，甚至还掌握着皇帝的废立，可以说是凌驾于皇权之上。造成这种现象的根本原因，就是他们掌握着天子禁军的领导权。

　　唐朝宦官领导天子禁军，发端于唐玄宗时期，定型于唐德宗时期，成熟于唐宪宗执政时期。大唐王朝在经历了长达八年的"安史之乱"后，整个国家可谓满目疮痍，在这种情况下，藩镇节度使让唐王朝中央政府敢怒不敢言，于是皇帝们开始依赖自己身边的宦官。在唐玄宗李隆基时，宦官的地位就已经体现了出来，譬如唐玄宗李隆基身边的高力士，当时太子李亨喊他"二兄"，公主和诸王称他为"阿翁"，尽管高力士是个对政治权力无感的人，但权势依然震慑朝野上下。

2

"安史之乱"后，皇帝对武将充满猜忌，而对自己身边的宦官却更加信任，在这种情况驱使下，唐王朝便发明了"监军制度"，就是派遣宦官去担任监军。表面上看，监军的任务是帮助军队解决困难，但实际上是皇帝派去监督军队将领的，防止他们生二心，发动哗变。这就导致宦官监军在军中地位不断提升，往往是一纸告密，就可以让那些自己看着不顺眼的将领人头落地。到了唐德宗时代更甚，唐德宗干脆把禁军领导权交给宦官，并且从此成为定制，致使宦官势力变得更加不可抑制。要知道军队是一个政权的核心力量，当宦官掌握禁军后，他们便拥有了守卫自身利益的终极武器，便不再把皇帝放在眼里。

元和十五年（820年），唐宪宗李纯和左神策军护军中尉吐突承璀密谋，打算废黜太子，而支持太子的右神策军护军中尉梁守谦，与王守澄、韦元素等人遂发动政变，杀死唐宪宗和吐突承璀，扶持唐穆宗即位。宝历二年（826年），唐穆宗之子唐敬宗因虐待宦官，也遭到宦官刘克明的杀害，梁守谦、王守澄平定刘克明叛乱后，拥立唐敬宗之弟唐文宗继位，重新稳定政局。所以从唐宪宗开始，由谁继任皇帝，并不是由前一任皇帝决定，而是由宦官们来决定。皇帝连保护自己的禁卫军都交给宦官统领，自己仅是名义上的皇帝，实际根本没有任何地位，被杀被立自然身不由己，这也是唐文宗处心积虑铲除宦官集团的根本原因。

太和元年（827年），唐文宗初登大宝，他看到短短六年间，宦官就有两次弑君，这令他如鲠在喉，寝食难安。他不同于贪图玩乐的哥哥唐敬宗，从他登基那天起，就决心励精图治，立志振兴江山社稷。可是每当他面对害死自己祖父唐宪宗和兄长唐敬宗的这些元凶时，又十分忌惮，他知道自己也仅是权宦手中的一枚棋子，可以由他们随时拿起或是放下，但终究难以逃脱弃子的命运，这是唐文宗面临的最大政治威胁。当然，除此之外困扰他的还有"牛李党争"问题。"牛李党争"发端于唐宪宗时期，形成于唐穆宗时期。"牛党"是以牛僧孺、李宗闵为领袖，而"李党"则是以李德裕为领袖。多年来，两派成员互相排斥，相互打压，导致朝堂政治斗争日趋激化，迫使那些中立大臣要么加入"李党"，要么加入"牛党"，不然就无法保证仕途顺利，甚至不能在朝廷立足。

唐文宗即位之初，"励精求治，去奢从俭"，颇有振作之风。他诏令放出多余宫女，纵出五坊蓄养的鹰犬玩物，裁减冗官，一反唐敬宗贪玩不视朝政的恶习，天天临朝听政，很有英主之风。但实际他接手的是一副烂摊子，外面环伺的割据藩镇不讲，单就京城之内宦官乱政和党争内讧两大祸结，就足以让他寝食难安。他越来越厌恶愈演愈烈的"牛李党争"，加之梁守谦死后，成为宦官新领袖的王守澄更加飞扬跋扈，扰乱朝纲，其助手郑注更是公然在皇帝眼皮底下招权纳贿，肆无忌惮，目无王法。这就更加促使唐文宗急切改变这一现状，开始谋划如何才能摆脱宦官控制，夺回属于自己的权力。

可对付宦官却是一件具有高度危险系数的事情，既需要胆识，更需要能力，并且还需要高度忠诚的人来担当此任，否则一着不慎就会满盘皆输。唐文宗孤掌难鸣，他要想实现自己的完美计划，就必须在中立大臣中寻找值得自己信任的政治帮手。可让他深感无奈的是，如今上至宰相，下至文武百官，几乎都在忙于党争和倾轧，而且大多与宦官有着千丝万缕的联系，要想从中找出一个背景清白、忠诚能干之人，几乎是难于上青天。所幸的是，他在辛辛苦苦找了整整三年之后，终于找到一个合适的人选，此人就是曾在他登基时参与起草诏书的宋申锡。

宋申锡进士出身，性格耿直，历经唐宪宗、唐穆宗两朝，他既不参与"牛李党争"，也不附和宦官势力，是个特立独行之人，现任中书舍人、翰林学士。唐文宗经过充分考察之后，认定宋申锡是个忠厚之人，觉得此人忠诚可靠，声誉很好，且行事谨慎，可以襄助自己夺回皇权。史书评价说：宋申锡行事谨慎，不结党，与朝廷官员间激烈的党争形成鲜明对比，他升官是为了让别人学习。

太和四年（830 年）的一天，唐文宗将宋申锡秘密召进宫，对他说出了埋藏在心底很久的心里话："宋爱卿，希望你能助朕一臂之力，联络外廷大臣，一举铲除宦官，事成之后朕就任命你为宰相。"宋申锡闻听先是一惊，但转念一想，难得文宗皇帝对自己如此信任，就毫不犹豫答应下来，并提出"逐个击破，渐除其逼"的策略。而此时朝廷上下，对宋申锡的呼声也很高，很多人都希望他能够早日拜相，其实他是个能力一般的人。没过多久，唐文宗干脆顺水推舟，提拔宋申锡为尚书右丞，不久又擢升为同中书门下平章事，相当于宰相职位，无形之中给宋申锡施加了压力，以敦促其加快行动。

都说"不怕神一样的对手，就怕猪一样的队友"，这话放在哪儿都有几分道理，包括在历史洪流中，谁还没有个看走眼的时候，天子皇帝也不例外。然而，让唐文宗万万没有想到的是，他选择宋申锡作为政治帮手，差一点把自己推入万劫不复的深渊。

"君不密则失臣，臣不密则失身，几事不密则害成。"孔子所言不虚，在历史上，因"君不密"而"失臣"和"臣不密"而"失身"的事情屡有发生，而这次历史的悲剧在宋申锡身上重演，忠诚耿直的他无意之中成为泄密者，最终被贬开州（今重庆开州），受其牵连遇害者多达百余人。

3

宋申锡为了报答唐文宗的知遇之恩，在其被秘密召见、被委任清除权阉重任后，就开始按照君臣既定计划物色人选，储备力量，蛰伏待机。经过半年多的酝酿和策划，万事俱备，只欠东风。太和五年（831 年）春，他找到了吏部侍郎王璠，准备引荐他为京兆尹，也就是把京畿要地的军政大权交给他，让他一起参与执行剪除宦官的绝密计划。那么，宋申锡为什么会选择王璠呢？原因我们自然不得而知，但有一点可以确定，那就是这个选择十分愚蠢，就是因为这个选择给他和文宗皇帝带来了灾难性的后果。

当宋申锡向王璠传达唐文宗的密旨时，一开始王璠颇有些受宠若惊，然后转念一想，就觉得不太对劲，因为这件事风险太高，收益又太低，很不划算。先说风险，此次对决的双方，一边是大权旁落的天子和刚刚上位的宰相，一边是根深势大、权倾朝野的宦官，二者之间实力之悬殊不言而喻，而宦官获胜的可能性更大，自己冒险去蹚浑水，搞不好不但自己人头落地，全家人恐怕都要跟着脑袋搬家。再说收益，就算是剪除行动成功，那功劳也是宰相宋申锡的，而他王璠能够得到的也不过是个不痛不痒的京兆尹而已，为了这顶可有可无的乌纱帽，就押上身家性命与宦官斗，那不是脑子进水吗？

王璠相当狡猾，尽管他心里打着小九九，可他在宋申锡面前却丝毫没有表现出来，而是装出一副疾恶如仇、与宦官势不两立的神情，以此迷惑稳住宋申锡。俗话说得好，咬人的狗儿不露齿。王璠一走出宋申锡的家门，就迫不及待地奔向王守澄宅邸，偷偷把宋申锡的计划告知了王守澄的死党郑注，而且还不忘绘声绘色地添油加醋，以博取其欢心，谋求升官发财的机会。王守澄在知晓唐文宗和宋申锡的计划后，十分震惊，尽管他知道唐文宗心里对自己有些不满，可他绝对没想到唐文宗会动杀机。他不甘坐以待毙，与亲信郑注开始紧锣密鼓地制订反击计划，一张天罗地网就此悄悄撒了下来，然此时的唐文宗和宋申锡却浑然不知。

太和五年（831 年）二月，王守澄进宫向唐文宗奏报了一个令人震惊的消息：都虞候豆卢著举报宋申锡密谋造反，企图立漳王李凑为皇帝。同时，还举报负责为诸王采办的宦官晏敬则、宋申锡的侍从王师文等人也参与了此事。这一消息不啻引爆一枚重磅炸弹，让唐文宗猝不及防，他隐约意识到自己除阉计划已经泄露。然而，此时的他也只能是壮士断腕，丢卒保车，于是，就故作愤怒地说："竟有如此之事？"王守澄接着奏道："陛下，宋申锡大逆不道，臣请全城戒严，搜捕逆党，并屠其全家，请陛下敕准！"唐文宗内心恐慌，一时不知如何回答。王守澄又继续说道："请陛下当机立断，臣愿亲领二百骑前往！"

就在唐文宗举棋不定时，宦官马存亮站了出来，坚决反对王守澄的提议，上奏说："陛下，未经查实就诛杀宰相满门，必将引起京师大乱，应该召集众宰相就此事举行廷议。"马存亮是飞龙使，主掌天子舆辇牛马之务，也是个元老级的宦官，资历并不比王守澄浅，当年还曾经救过敬宗皇帝的命。尽管王守澄对此极为不悦，但也不便发作，只好悻悻作罢。

唐文宗借坡下驴，立即下敕，召集宰相商议此事，宋申锡、路随、李宗闵、牛僧孺四位宰相接到诏令，匆匆忙忙赶赴大明宫。四人刚到中书省东门，恰好遇到前来迎候的一位宫使，宫使迎上前对宋申锡说："圣上所召，并无宋公之名，宋公请回。"宋申锡一听就蒙了，凭着他的政治嗅觉，意识到王璠已经把他和唐文宗给出卖了，顿时觉得有种五内俱焚的感觉。他将朝笏高高举过头顶，朝着延英殿方向拜了三拜，然后转身离去，回家待罪。宋申锡他回到府邸，换上便服在外厅静坐，等候诏命。妻子责问他："你是宰相，位居人臣至极之位，为什么要背叛天子谋反呢？"宋申锡对妻子说："我一介书生承蒙皇上厚恩，被提拔到宰相职位，不能锄奸臣乱党，反被罗织罪名陷害，夫人看我宋申锡像是谋反的人吗？"说完夫妇二人抱头痛哭。

再说延英殿上，当李宗闵、牛僧孺、路随三位宰相看了王守澄的奏折后，相顾愕然，尽管三人都心知肚明，可谁也不敢站出来替宋申锡说情，都站在那里一言不发，相顾无语。这是谋逆大罪，还有什么好商议的？唐文宗无奈，只得授命王守澄即刻逮捕晏敬则和王师文，押进宫交由宦官审理。王师文事先得到消息连夜逃亡，晏敬则被捕。两天后，宋申锡罢相，被贬为太子右庶子。事情正式宣布后，朝臣都莫名惊诧，从宰相到大臣百官，也只有京兆尹崔琯、大理卿王正雅等几位大臣上疏为宋申锡喊冤，请求将此案移交外廷审理，才使得事件暂时没有进一步升级。最后，虽然文宗皇帝诏准此案移交外廷审理，可晏敬则在狱中已经屈打成招，他承认豆卢著所诬告的都是事实，并声称是宋申锡派王师文向漳王李凑传递书信，转达意向，意拥其为天子。既然当事人对"犯罪事实"供认不讳，那些有心替宋申锡申冤的大臣也就无话可说了，宋申锡谋反罪名成立。

朝堂之上围绕着宋申锡谋反问题，暗战不断升级，又一次把唐文宗逼到无奈境地，从他内心讲确实舍不得杀宋申锡。最后，唐文宗只得孤注一掷，召集太子太师、太子太保以下官员及各台、省、府、寺诸大臣，当着大家的面审讯宋申锡，他还是希望大臣们能替申锡说句公道话，保他一条性命。好在崔玄亮、李固言、王质、卢均、舒元褒、蒋系、裴休、韦温等人，发出了天子希望听到的声音，他们一致请求唐文宗重新召集宰相商议此事，并由相关部门进行调查。唐文宗终于感到一丝欣慰，毕竟朝臣之中还有懂他的人，可场面上他还必须做些姿态给宦官们看。于是，他就对谏官们说："朕已经和公卿大臣商议过了，卿等暂且退下吧！"可谏官们不肯退下，崔玄亮跪在地上哭着说："陛下，杀一匹夫尚且要慎重，何况是宰相呢！"

唐文宗说："既然诸位爱卿如此坚持，朕就再与宰相们商议一下。"随即他又召集宰相廷议，牛僧孺看出天子的心思，顺水推舟说："人臣不过宰相，宋申锡既已为相，若真有谋反企图，到头来仍不过是宰相而已，故依臣看来，宋申锡当不致如此。"郑注听说朝臣们开始同情宋申锡，他担心如果再次调查，万一晏敬则翻供可就麻烦了，便建议王守澄放宋申锡一条生路，以免闹得鱼死网破。

最终，在王守澄干预下，唐文宗免去宋申锡的死罪，将其贬为开州司马，终身禁止其返回长安。漳王李凑被贬为巢县公，此案受牵连者近百人。据说，宋申锡任相期间，拒绝全国各地的贿赂，当抄他家时，能查抄到的也只有他拒绝贿赂的一些文书，很多人都为他被流放而伤心。对于唐文宗来说，他铲除宦官的计划至此宣告彻底失败。

4

尽管唐文宗万分沮丧，但他铲除宦官的信念却并未因这次失败而动摇，相反更加坚定，让他耿耿于怀的是那几位不能主持正义的宰相。唐文宗的不满情绪越来越严重，太和六年（832 年）十二月初七，他将牛僧孺外放淮南节度使。几天之后，西川节度使李德裕被召回长安，出任兵部尚书，第二年（833 年）二月二十八日，李德裕登上宰相之位。六月十三日，李宗闵也被外放为山南西道节度使，与牛僧孺罢相时隔不过半年。

"宋申锡事件"不仅让唐文宗铲除宦官的计划流产，同时也让这位年轻皇帝明白了一个道理——冲动不能解决问题。太和七年（833 年），七十五岁的宋申锡死于贬所，或许是为了弥补自己一时冲动给宋申锡带来的灾祸，唐文宗允许其归葬故乡，魂归故里，以示宽恩。历经政治磨砺，此时，二十六岁的唐文宗，再也不是血气方刚的毛头小子，他在与朝中各种政治势力长年累月打交道的过程中，深切体验到政治斗争的复杂性、残酷性和长期性。为了心中的梦想，他只能将自己重新隐藏起来。

郑注是王守澄的得力干将，鞍前马后，权势熏天，唐文宗对他十分憎恨。太和七年（833年）九月，侍御史李款在紫宸殿弹劾郑注，上奏说："陛下，郑注内通敕使，外连朝士，收取贿赂，窃取大权。人们敢怒不敢言，道路以目。应将其交付御史台审查治罪。"在接下来的十多天时间里，李款又接连上疏弹劾郑注，王守澄见风声甚紧，便把郑注藏在右神策军军营里。

王守澄独掌大权，挟天子把持朝政，宦官中有相当一部分人对他不满，其中包括左神策军护军中尉韦元素，左右枢密杨承和、王践言，他们也都十分憎恨郑注。有一次，左神策军将领李弘楚对韦元素说："郑注奸猾无双，不早根除，使成羽翼，必为国患。现在他被李款弹劾，躲藏在右神策军中，请让我以您的名义去见他，借口说您身体有病请他诊断。他来之后，我就把他抓起来杀掉。然后，您就去面见皇上叩头请罪，向皇上汇报他的罪行。枢密使杨承和、王践言肯定会帮您说话。况且您对皇上有拥立之功，皇上怎么会因为一个奸人而怪罪您呢！"

韦元素觉得李弘楚说得有道理，于是就派他去召唤郑注，郑注来了之后，对韦元素卑躬屈膝，巧舌如簧，谄媚奉承的话一句接着一句，句句都说到他的心坎上。韦元素越听越高兴，不知不觉间拉起郑注的手，早就把杀郑注的事抛到九霄云外，李弘楚在旁边多次暗示他，但他根本不理。最后，韦元素不仅没有杀郑注，还向其赠送许多金帛，并送他回去。李弘楚大怒，对韦元素说："中尉大人今日不能决断，来日必受其祸！"说罢便辞职而去。从韦元素态度的转变，也可以窥知郑注确实是个能言善辩之人。

无独有偶，王涯当初升任宰相时，郑注帮忙出了不少力，为报答其襄助之恩，再加上王涯惧怕王守澄的权势，就私自把李款弹劾郑注的奏状压了下来。再加上王守澄在唐文宗面前也不断为郑注说好话，为其开脱。最后，郑注不仅安然无恙，还擢升为侍御史兼右神策军判官，在王守澄手下正式任职。任命一下，朝野无不骇叹。

就在这年岁末，唐文宗忽然患上祖辈遗传的风疾，严重得连话都说不出来，尽管宫中太医使尽所有手段，却依然不见好转。王守澄盛赞郑注医术高明，将其推荐给唐文宗，唐文宗虽然半信半疑，但还是接受了。没承想，他服下郑注几副独家秘方药剂后，风疾居然明显好转。在此之前，可以说他对郑注的印象并不好，郑注作为王守澄党羽在朝中收受贿赂，帮助王守澄为非作歹，是个十足的小人。尤其是让唐文宗痛心的"宋申锡事件"，更是由郑注一手策划。但随着唐文宗与郑注接触越来越多，他很快就改变了看法，他发现郑注这个人思维敏捷，能言善辩，特别会讨人欢心，从此，郑注便成为唐文宗身边的红人。或许人与人之间的影响是互相的，随着时间的推移，郑注的政治立场也在悄然改变，他最终走上帮助唐文宗铲除权阉的道路。

郑注能够在江湖和政界游刃有余，他到底是何方神圣？郑注本姓鱼，出身极其低微，为人诡谲狡险，是以医术游历江湖的郎中，他凭借自己的高超医术，常年游走于权贵门下。郑注口才极其出色，是一个"销售天才"，他在推销自己"独家秘方"的同时，还能和客户做朋友。元和年间，襄阳节度使李愬背部有疮毒，当时别的医生都束手无策，眼看危在旦夕。郑注就毛遂自荐，仅用了半个月时间，就将李愬从死亡线上拉了回来，从此深得其宠爱，后被任命为节度衙推。李愬是当时唐朝第一名将，雪夜袭蔡州的故事千古流传，他曾挽救过大唐王朝的命运。

郑注凭借自己和李愬的亲密关系，在军中作威作福，引起监军王守澄的不满。王守澄忍无可忍找到李愬，要求斩杀郑注，以正军威。可李愬却夸赞郑注是"奇才"，建议他务必认识一下，随后李愬派遣郑注去拜见王守澄。王守澄刚愎自用，按理说是个非常难相处之人，何况他对郑注有成见在先。起初他没给郑注好脸色，可没谈几句，他发现郑注不仅思维十分敏捷，而且能言善辩，两人促膝长谈了整整一个晚上。第二天，王守澄欣喜若狂地跑到李愬营中说："诚如公言，实奇士也。"

元和十五年（820年），王守澄入朝为官，执意要将郑注带回京委以重任。不久，王守澄与陈弘志等宦官弑杀唐宪宗后，拥立太子李恒为帝，即为唐穆宗。由于拥立有功，王守澄被任命为专枢密使，之后便将郑注引入朝中，"穆宗待之亦厚"。王守澄非常器重郑注，两人经常"言必通夕"，郑注渐渐成为他生活和政治上的得力帮手。尤其是唐文宗即位后，王守澄有翊戴之功，升为骠骑大将军，充右神策军护军中尉，郑注更是以此飞黄腾达，担任右神策军判官。郑注凭借与王守澄的亲密关系，在朝中贪污受贿，交结朝臣，"数年之后，达僚权臣，争凑其门"。如今，郑注借助给唐文宗治病的机会，又取得唐文宗信任，他在朝中愈加炙手可热起来。

太和八年（834年）九月，郑注将自己的治病经验进行了认真回顾和总结，向唐文宗奏上《药方》一卷，唐文宗非常高兴，在浴堂门召见了他，并向他咨询富国之术，郑注建议恢复榷茶政策。榷茶，是一种征收茶税、管制茶叶生产、取得专利的措施，其方法是"以江湖百姓茶园，官自造作，量给值分，命使者主之"。当时饮茶盛行，茶叶生产有很大发展，郑注建议通过榷茶以增加朝廷财政收入。唐文宗采纳了其建议，任命宰相王涯兼任榷茶使，并赐给郑注锦彩若干。就这样，在唐文宗的信任之下，郑注这个政坛新星冉冉升起，他即将与另外一个野心家李训，联手掀起一场载入大唐史册的政治风暴——"甘露之变"。

李训是何许人也？他又是如何与郑注走到一起的呢？李训，原名李仲言，进士出身，是前宰相李逢吉的侄子。此人身材魁梧，相貌俊朗，谈吐大方，出口成章，且性格精明，善揣人意，是李逢吉政治上的得力帮手。唐敬宗时，权倾朝野的李逢吉被贬出朝廷，出任节度使，李训因此受到牵连被流放。后来，李逢吉调任东都留守，李训也被赦免，叔侄二人在洛阳重新团聚。太和七年（833年），年过七旬的李逢吉渴望复出，想重新担任宰相，善于察言观色的李训知道叔叔的心思后，便提出了通过贿赂郑注以求升迁的建议，李逢吉欣然同意，并拿出数百万金帛珍宝让李训去运作。李逢吉绝对想不到，他拿出的那笔钱不仅没有打通自己的复相之路，反而替李训铺就了一条金光大道。

在收受李训贵重的金帛珍宝后，郑注便将其引荐给王守澄。太和八年（834年）王守澄以郑注善于炼药、李训善于讲《周易》为由，将李训引荐给唐文宗。正在服丧的李训，便改换民服，号称"王山人"，与郑注一起进入禁中，开始为唐文宗讲解《周易》。唐文宗召见李训后，对他十分满意，以为奇士，待遇日隆。但给事中郑肃、韩佽等人极力劝谏唐文宗，提醒他一定要提防李训，他们认为李训是天下皆知的奸佞之徒，不宜留在皇帝左右，但唐文宗不听。李训在历任四门助教、国子博士后，唐文宗不顾李德裕等大臣劝阻，又将其提拔为翰林侍讲学士、兵部郎中。李训也不负叔叔李逢吉所托，不仅自己摆脱了困境，在他的运作下，叔叔李逢吉也摆脱困境，虽因身体老迈没能入朝担任宰相，但最后也是以司徒身份致仕，安享晚年，于太和九年（835年）以七十八岁高龄去世，受赠太尉，赐谥"成"。

5

在杜甫诗作《曲江辞》中，曾有"江头宫殿锁千门，细柳新蒲为谁绿"的诗句，唐文宗喜好诗文，他知道"天宝"之前曲江沿岸建有楼台行宫府署，是皇帝喜欢游幸的地方，心中很是羡慕。郑注猜知唐文宗想在曲江沿岸建造亭榭宫室的心思，太和九年（835年）正月，上奏疏说："秦中有灾，应兴工役以禳灾。"唐文宗深知郑注之意，以此为由，命左右神策军差人疏浚曲江、昆明池，并修造紫云楼、彩霞亭等。郑注还建议让众公卿在堤上列舍，唐文宗大为欢喜，遂任命他为太仆卿，兼御史大夫。郑注受任后，开始不断培植自己的势力。之前虽然受到李款弹劾，但他不计较个人恩怨，认为"加臣之罪，虽于理而无辜；在款之诚，乃事君而尽节"，并举荐李款接替自己原来的职务。这年九月，郑注擢升工部尚书，充翰林学士，唐文宗亲自于九仙门召见，并当面赐以告身（委任官职的文凭）。从此，郑注得以充任近侍，深受唐文宗倚重。

郑注和李训成为唐文宗两大宠臣后，在朝中大有飞黄腾达之势。但郑注和李训相比，如果论政治眼光，郑注也只是个倚仗权势谋取私利的政客，而李训则不同，他是个懂得借势追逐最高权力的政客，志向更加远大，这也是唐文宗最终将其选定为政治合作伙伴的重要原因。

唐文宗吸取宋申锡泄密事件的教训，他表面上对宦官示以恩宠，但内心却不堪忍受。他虽想要诛除宦官，但深居内宫，难以对将相明言。面对阴魂不散的朋党之争，唐文宗却束手无策，暗自叹息道："去河北贼易，去朝中朋党难！"李训善于察言观色，日久天长，渐渐探知唐文宗隐藏在心中的那个秘密。所以，他在和唐文宗谈话时，不断试探其真实意图。在多次试探之后，最终揣知唐文宗真实心意，他开始在唐文宗面前愤慨指斥宦官擅政。唐文宗见其才辩纵横，认为可以与其共谋大事。另外，李训和郑注都是王守澄举荐的，与他们一起谋事，不会引起宦官怀疑。唐文宗按捺不住心中的激动，再次看到了铲除宦官的希望，遂把心中的真实想法如实相告，李训当即表示自己愿意为其赴汤蹈火。

郑注在探知李训政治立场发生转变后，也迅速改变自己的政治立场。前面我们说过，郑注是个只会倚仗权势谋取私利的政客，一方面，他清醒地认识到自己仕途是否顺利，昔日取决于王守澄对他的信任，如今却是取决于唐文宗对他的信任；另一方面，李训是他推荐的，一旦类似"宋申锡事件"的事情再次发生，必将祸及自己。与其被动不如主动，既然大家是一条船上的，干脆不如放开手脚一起干。于是，郑注主动加入铲除宦官的行动中，与李训合谋，以宦官亲信的身份作掩护，开始为唐文宗出谋划策。就这样，一个多才的医生，一个精明的政客，一个怀有伟大梦想的帝王，竟然戏剧般地走到了一起。

太和九年（835年），李训升任兵部郎中、知制诰，并充任翰林学士。同年九月，唐文宗又将其擢升为礼部侍郎、同平章事，赐紫袍、金鱼袋，命他三日一入翰林院，为自己讲解《周易》。李训、郑注在宫内与唐文宗朝夕计议，密图大计，唐文宗担心引起宦官的猜疑，就故意将六条《周易》义理昭示百官，表示自己只是以师友对待李训，以此掩人耳目。而郑注在取得唐文宗的宠爱信赖后，更是肆无忌惮，为所欲为，卖官射利，贪赃枉法，贿赂公行，从不避人耳目。他还勾结京师轻薄亡命之徒和各地镇将吏，常在家中聚会，以张声势。在朝内，郑注出入神策军中，无人敢问。当时朝廷上下，只知李训、郑注二人倚仗宦官权势擅作威福，却从未察觉他们的密谋。

就这样，李训和郑注把持朝政，一唱一和，日夜在唐文宗面前议论治国方针，他俩胸有成竹地为唐文宗勾画出一幅美好的政治蓝图：首先诛除宦官，其次收复河湟失地，最后再清除河北藩镇。在铲除权宦上，他们又为唐文宗设计出"三步走"的策略：第一步，先把牛党和李党成员赶出朝廷，然后再安插自己的党羽；第二步，分化瓦解王守澄的党羽，削弱宦官势力；第三步，制造机会，埋伏亲兵，将宦官聚而歼之。唐文宗看到这个方案后，两眼直冒金光，当即敦促李训和郑注赶快行动。有了李训和郑注的加持，唐文宗备受鼓舞，更是信心满满，对他俩更是宠信日隆。

按照既定计划，李训和郑注利用牛党与李党的矛盾，先是将为人正直的宰相李德裕外放，后又将李宗闵召回京师，拜为宰相。李训还抓住时机，将好友王璠从地方调回朝廷，任命其为尚书左丞。这个王璠不是别人，正是导致"宋申锡事件"的始作俑者，如今他也和郑注一样，暗中改变政治立场。李训拜相后，与郑注加快诛除宦官的步伐，先是制造冤案，将"牛党"领袖李宗闵外放，再次利用王守澄和其他宦官的矛盾，将韦元素等人贬出朝廷。唐文宗按照李训的计谋，将曾弑杀唐宪宗的襄阳监军陈弘志召回，命人在青泥驿将其暗杀，后又赐死韦元素等宦官。此后数月之间，李训和郑注挟战胜之威，大规模清洗"牛党"成员，使他们彻底远离朝廷。那么，"牛李"二党当时被排挤究竟有多惨，史书中有这样的描述："李训和郑注将他们所厌恶的朝官，都指斥为李德裕和李宗闵的党羽，每天都有人被贬逐。上朝时，百官的班列为之一空，朝廷上下人心恐惧。"

在此期间，李训和郑注还大量发展自己的党羽，将贾𫗧、韩约、罗立言、舒元舆、郭行余、李孝本等人安插到朝廷重要位置，基本控制了朝政。两人知道宦官不好对付，不是你死就是我亡，利剑高悬，关键看落在谁的头上。为彻底剪除强大的宦官集团，他们决定采取"以毒攻毒、各个击破"的迂回战术，先是锁定时任右领军将军仇士良作为剪除王守澄的突破口，利用两人之间的矛盾，提拔仇士良为左军中尉，使之与王守澄平起平坐，以达到分化宦官集团的目的。然后，再施明升暗降之计，提拔王守澄为左、右神策观军容使，兼任十二卫统军，罢其禁军兵权。这些官衔听起来名头很大，但实际上夺去了王守澄的实权。没过多久，又派宫中使者李好古，到王守澄府第赐毒酒，逼其自杀。至此，铲除行动取得初步胜利。

尽管大宦官头子王守澄被杀，朝野内外欢呼一片，但朝官们对于李训和郑注作为宦官亲信反复无常的阴险狡诈，都感到不寒而栗，这在后来的"甘露之变"中，为李训和郑注因势孤力单而最终失败埋下了伏笔。李训、郑注本是通过王守澄举荐得到提拔的，最后却密谋将其诛杀，恩将仇报。时人虽为王守澄被杀而拍手称快，同时也对他俩的阴险狡诈感到非常厌恶。你方唱罢我登场，死了王守澄，上来仇士良。于是，唐文宗又与李训和郑注密谋，开始对以仇士良为首的新兴宦官势力动手。

虽然李训和郑注共同目标是消灭宦官势力，但眼看成功在望之时，他俩却在如何铲除所有宦官的问题上发生争执，最终发展成势不两立局面。太和九年（835 年）九月，李训当上宰相后，指点江山，快意恩仇，品尝到权力的美味。但他心中仍有隐忧，这个隐忧就是郑注。

说起来，郑注应该算是李训的恩人，如果当初没有郑注的积极引荐和鼎力相助，李训绝对不可能得到唐文宗的宠幸，更不可能爬上宰相之位。

但对李训来讲，世界上除了永恒的利益，其他什么都是浮云，他最终以"中外协势以诛宦官"为由，将谋求宰相不成的郑注，派到毗邻长安的军事重镇凤翔，出任凤翔节度使。表面上看是让其作为行动援助，但他心里却另有打算，如果宦官清除计划成功，郑注就是他的下一个目标。

为了将宦官一网打尽，郑注在赴镇之前与李训商议，待他到凤翔上任后，选拔数百名勇士，每人携带一根白色棍棒，怀揣利斧，作为亲兵。等到十一月二十七日，王守澄在浐水下葬时，由他奏请唐文宗，以护卫葬礼的名义率亲兵前往。同时，李训也奏请唐文宗，命神策军护军中尉以下所有宦官都前去为王守澄送葬，届时郑注下令关闭墓门，率兵用利斧将仇士良等宦官全部砍杀。

李训包藏野心，他虽然凭借郑注得幸，但忌妒郑注权势比自己大，决定独自行动，以争夺铲除宦官之功，事成之后再除掉郑注。说干就干，事不宜迟，李训召集私党密谋商量说："如果郑注的计划成功了，那诛除宦官的功劳就全部归于郑注，我们大家就白忙活一场。不如让郭行余和王璠以赴邠宁、河东上任为名，多招募一些壮士，作为私兵。到时再调动韩约统领的金吾兵和御史台、京兆府的官吏士卒，先于郑注一步行动，在京城诛除

宦官，然后再将其除掉。"经过密谋之后，一个看上去相当完美的计划出笼
了，行动时间就定在十一月二十一日早朝，比郑注的计划整整提前了六天。

6

太和九年（835年）十一月，李训把自己的党羽王璠、贾𬤇、韩约、
罗立言、舒元舆、郭行余、李孝本等人全部安排到位。郭行余和王璠分别
担任邠宁、河东节度使，统领京城外的军队；韩约担任左金吾卫将军，统
领宫内军队；罗立言担任京兆尹，控制京师长安；其余人等皆位居要津，
准备配合十一月二十一日的斩杀行动。所以，对于这场蓄谋已久即将发生
的政变，也只有李训和这几个党羽以及宰相舒元舆知道，其他朝廷百官一
概不知，当然也包括郑注。

直到斩杀行动开始的那一刻，面对突然而至的刀光剑影，文武百官都
蒙圈了，他们不知道究竟发生了何事。只见含元殿宫殿内外喊杀声此起彼
伏，金吾卫士围了上来，京兆尹罗立言率领三百名巡逻士兵赶到，御史中
丞李孝本领着御史台的二百名给使也赶了过来，三路夹击，在含元殿与宦
官展开对决。最后，宦官寡不敌众，当场被打死打伤十余人。而作为"斩
杀行动总导演"的唐文宗，在进入宣政门后，就被宦官控制住了。作为
"斩杀行动总指挥"的李训，望着紧闭的宫门，两眼流下悔恨的眼泪，万
念俱灰，他意识到自己精心设计的这场行动彻底失败了。李训匆忙脱下身

上紫色宰相衣衫，换上小吏的绿衣，逃出大明宫。他骑马一路狂奔，出城逃命，大声抱怨道："我犯了什么罪，要被贬谪出京！"以此掩人耳目，各宫门守卫纷纷放行。李训遁去，参与斩杀行动的其他朝官和数百名士卒，群龙无首，顿时乱作一团。

宰相王涯、贾𫗧、舒元舆等人回到中书省，三人商议说："皇上一会儿就会开延英殿，召集我们商议朝政。"此时，中书、门下两省官员纷纷前来询问发生什么变故，三人都异口同声道："我们也不知道，诸位各自先回去吧！"打发走这些官员后，饥肠辘辘的三位宰相，正准备在政事堂吃饭，这时一名小吏慌张来报："宣政门内出来大批军士，他们逢人就杀。"三位宰相顿时大惊失色，知道事态已经失去控制，急忙和两省各部官员争相逃出丹凤门。

小吏所说的大批军士，其实就是宦官率领的一千神策军。前面说过，进入宣政门后仇士良突然反应过来，原来他拼命保护的唐文宗就是这场行动的"总导演"。于是，恼羞成怒的仇士良，一边对唐文宗出言不逊，一边命左、右神策副使刘泰伦、魏仲卿各领五百神策军，全副武装杀向文官办公的南衙等各部，一场大屠杀旋即展开，血染长安城。那些没有参与斩杀行动的官员，此时还集中在南衙各部办公，他们没想到禁军突然杀到，神策军在仇士良等宦官的授意下，不分青红皂白，见人就杀，六百多名没能逃出丹凤门的官员惨遭屠杀。然而，仇士良等人并未停手，他命令关闭大明宫各门，在宫内进行大搜捕，将搜出的各部、司官吏和进宫办事的千余人全部杀死，宫内血流成河。

在解决掉宫内官员之后，仇士良又将搜捕的范围扩大到宫外，他命神策军关闭各个城门，在长安城内大肆搜捕朝臣，又有千余名官员和其家人相继遇害。整个大唐帝国在京官员，几乎被斩杀一空，其中也包括王涯、贾𫗦、舒元舆三位宰相，李孝本、王璠、郭行余、韩约等人则被灭族示众。李训逃往终南山，投奔好友僧人宗密，宗密本想为他剃发，将其乔装成僧人藏在寺院中，但弟子们坚决反对，李训无奈只好下山，打算逃亡凤翔投奔郑注，没想到半路上就被逮捕押送京城。他不甘心被宦官毒打侮辱，就对押送他的人说："现在无论谁抓住我，都可以得到重赏，听说禁军现在到处搜捕我，他们肯定会在半路把我劫走，你们不如直接把我杀了，将首级送到京城谋求富贵。"押送的人听了觉得有道理，随后就将其人头割下送往长安。

宗密是唐朝著名的佛教思想家，曾被唐文宗赐紫方袍，敕号大德。事后仇士良得知宗密帮助过李训，就将其逮捕下狱。审讯他的人"面数其不告之罪"，准备处死他。宗密面对死亡威胁，坦然自若地说："贫僧识训年深，亦知其反叛。然吾本师教法，遇苦即救。不爱生命，死固甘心。"不料宗密这番话打动了审讯他的人，最后他的死罪被免除。

再说郑注，尽管李训改变了他的原定计划，致使他成为一枚弃子，但"甘露之变"发生时，郑注率领五百名亲兵正在赶赴长安的路上。在得知行动失败后，郑注随即率兵返回凤翔，最后被监军宦官和叛将联合谋杀，所率亲兵也被斩杀殆尽。至此，唐文宗铲除宦官的计划全盘皆输，参与事变的所有官员无一幸免。

"甘露之变"三天之后，二十三日清晨，百官开始上朝。劫后余生的文武百官陆续前来，等候在大明宫外，直到太阳出来，大明宫右侧的建福门才徐徐打开，宫中传话说："每位朝官只准带一名随从入内。"禁兵如临大敌，刀剑全部出鞘，夹道防卫。紫宸殿上，百官随意站立，不成班列，此时已经没有了宰相和御史。唐文宗有气无力地问："宰相怎么没来？"仇士良回答："陛下，王涯等人谋反，已经被逮捕入狱。"说着他就把王涯的供词呈递上去。唐文宗将信将疑，召左仆射令狐楚、右仆射郑覃上前查看供词，确认是王涯的笔迹。唐文宗说："如果真是这样，就罪不容诛！"

唐文宗又命令狐楚起草制书，将李训、王涯等人的谋反罪行宣告朝廷内外。之后，在百官临视下，由神策军将王涯、王璠、贾𫗧、舒元舆、郭行余、罗立言、李孝本献祭于太庙和太社，然后在东、西两市腰斩并枭首，首级悬挂在兴安门外示众。当天，所有"叛党"亲属不管亲疏远近，一律处死，就连襁褓中的婴儿也没有放过，有妻女侥幸未死的，一概没入官奴。到此为止，似乎事变缘由已经水落石出：王涯和李训谋反，准备立工部尚书郑注为皇帝。几天之内，朝廷处决罪犯和任免官员，都是由左、右神策军护军中尉决定，唐文宗全然不知。

在"甘露之变"整个过程中，唐文宗刻意表现出自己不知情，是置身事外之人，所以当宦官们抬着他往宫里跑时，李训攀着软轿抬杠不停地呼喊停下，反而遭到他的斥责。可是，当宦官将唐文宗抢进宣政门后，仇士良立刻就明白了事情的根源，他非常明确地告诉唐文宗，事件就是唐文宗自己参与谋划的，仇士良对唐文宗发出不逊之语，吓得唐文宗不敢说话。从此，唐文宗精神恍惚，常常背着仇士良等宦官自言自语说："你们这些狗宦官，绝了我君臣之义，我一定要杀了你们。"他始终没能从"甘露之变"的阴影中走出来。

在这场腥风血雨的剧变之后，如果说大唐帝国的外围是藩镇掌控的世界，那么在长安城内，俨然已经是宦官的世界了。上至皇帝废立，下至宰相群臣的生杀，全部由宦官掌握。仇士良等人则"气益盛，迫胁天子，下视宰相，陵暴朝士如草芥”，还动辄引用李训和郑注的事训诫宰相和朝臣。此前，文官集中在长安城内的南衙办公，宦官则在长安城内的北司办公，南衙北司之间经常明争暗斗。但“甘露之变”后，代表文官集体的南衙最终在政治斗争中全面落败，沦落成北司宦官们的附庸，“天下事皆决于北司，宰相行文书而已”，由此开启了中国历史上最为惊心的宦官掌权时代。

唐文宗被宦官软禁起来，成为朝堂上的摆设和木偶，内心十分痛苦。他在缅怀“甘露之变”中那些罹难的重臣时写道：“辇路生春草，上林花满枝。凭高何限意，无复待臣知。”此后余生，经常饮酒求醉，赋诗遣怀。在一次与当值学士周墀对话时，唐文宗哀叹说：“朕真是比周赧王和汉献帝还不如啊，他们只是被列强诸侯所挟持，我却沦落到被家奴控制的地步！”说罢潸然泪下，周墀伏地痛哭流涕。此后文宗再不上朝。

“甘露之变”五年后，开成五年（840 年）正月，这是唐文宗李昂在位的第十五个年头，也是他有生之年的最后一个年头。在他弥留时刻，宦官们自然也没有闲着。早在前一年冬天他卧病之际，仇士良、鱼弘志就已经在设计帝国的未来了，他们为帝国物色了一个新的储君，然后以唐文宗的名义，颁发伪诏废掉太子李成美，拥立颍王李炎（原名李瀍）为皇太弟。这年正月初四，唐文宗李昂崩于太和殿，终年三十二岁，李炎于灵柩前即皇帝位，是为唐武宗。帝国命运再次被宦官玩弄于股掌之中，一切都与当年唐文宗登基时如出一辙。

“甘露之变”堪称唐朝历史上的一次浩劫，也是李唐皇室对宦官集团发动的最后一次抗争，但由于策划者的失误，致使行动彻底失败。至此，在宦官与藩镇割据交替祸害中，大唐帝国犹如失控的马车，最终一步步驶向毁灭的深渊。

末路枭雄

冲天香阵透长安，满城尽带黄金甲。经历"甘露之变"浩劫的李唐王朝，最终也没能摆脱历史的魔咒，迎来了黄巢起义军。尽管这场唐末影响最大、持续最久的农民起义最终失败，但它却为唐王朝敲响振聋发聩的丧钟，感召更多的英雄豪杰登上历史舞台。

|

晚唐时期，藩镇割据，宦官弄权，偌大的帝国处在风雨飘摇之中。尤其是在经历"甘露之变"的政治浩劫之后，政治更为腐败，王朝政权犹如驶向地狱的马车，再无回天之力。

开成五年（840年），在宦官仇士良拥立下，唐武宗李炎幸登帝位。李炎本名李瀍，后改名炎，是唐穆宗李恒的第五子。在李炎的上面有唐敬宗和唐文宗两个哥哥，他只能看着大唐皇帝的宝座在哥哥们之间挪来挪去，原本想自己只能以王爷身份锦衣玉食，终老一生，他做梦都没有想到自己还有当皇帝的福分。唐文宗驾崩后，在宦官和后党的博弈中，李炎鬼使神差地成为唐王朝第十五任皇帝，且因崇道灭佛而为人们记住。但很少有人知道，唐武宗李炎在晚唐懦弱昏庸皇帝中，是一位极少见的颇有作为的皇帝。他刚毅果断，喜怒不形于色，对仇士良采取"内实嫌之，阳示尊宠"的办法。他倚重宰相李德裕，大力革除积弊，改革吏治，发展经济。

尤其在整顿吏治方面，唐武宗更是态度决绝、旗帜鲜明地反对腐败。在长期耳闻目睹宫廷政治斗争的惨烈后，他重用李德裕，君臣之间相得益彰，大刀阔斧进行了一系列吏治改革。第一，实施裁撤冗员政策。会昌四年（844年），在宰相李德裕的建议下，唐武宗大力实施裁撤冗员政策，全国裁减各级冗员两千多人。如果按照当时全国人口和官员的比例来看，这个数字还是相当惊人的，由此可见他改革吏治的决心和魄力。

第二，实施严刑峻法，惩治官员贪腐。这也是唐武宗吏治改革最突出的地方，乱世用重典。开成五年（840年），即位伊始，他就在大赦天下的诏书中明确规定：除十恶、叛逆、杀人和官员贪赃外，一切皆可赦免。他将官员贪赃与谋反和十恶不赦大罪并列，充分彰显其反腐决心和力度。第二年正月，再次下诏，规定凡文武官员贪赃绢三十匹者，一律处死。是年二月又下诏，规定凡官员贪污满千钱者，处以极刑。唐武宗在位六年，自始至终保持了肃贪政策的高压态势。

第三，严禁官员借婚丧嫁娶大肆敛财。御史台上奏疏说，京城文武百官及平民百姓皆以丧葬事宜，逾越礼法，靡费钱财，奏请皇帝下旨禁止此种流弊。早在唐武宗上位之前，他就深知此官场风俗，这种风气不仅极易导致官员变相行贿受贿，借机敛财，败坏吏治，严重的还可能导致官员相互勾结，深陷朋党之争。于是，唐武宗就下旨，限制官员借婚丧嫁娶事宜叨扰民众，严禁借机敛财，败坏政风民风，这也是他明确要求官员廉洁从政的又一举措。

第四，严禁官员从事高利贷和典当行业，不准与民争利。会昌五年（845年），唐武宗下诏："古者受禄之家，食禄而已，不与人争业，然后利可均布，人可家足。如闻朝列衣冠，代承华胄，或在清途，私置质库，与人争利。今日以后并禁断。仍委御史台察访闻奏。"唐朝时期有官办高利贷机构，禁止官员私放贷款，以此增加国库收入。如果官员放贷，显然有权钱交易的弊端，官员可以利用手中职权胡作非为，并对民间正常借贷产生巨大影响和冲击，扰乱金融市场。所以，唐武宗时期，严禁官员从事高利贷和典当行业，不准与民争利。

第五，实行高薪养廉，为官员发放"养廉银"。唐朝时期官员收入并不高，而且有许多地方连微薄薪金都不能及时发放，直接影响到官员从政的积极性，并为贪腐造成口实。唐武宗敏锐发现这个问题后，及时制定措施，稳定官员队伍。他要求朝廷有关部门严格执行官员薪俸发放规定，及时兑付，并且在原来工资基础上，每年多发两个月的俸禄，促使官员奉公守法。为了改变官员只想做京官、不愿去偏远之地任职的状况，他一方面大幅度提高边远贫困地区官员的待遇，提升他们履职的积极性，另一方面专设观察使，监督官员履职。对于家庭确有困难的，国家还可以借款给他们偿还债务。实行高薪养廉，虽不能从根本上解决官员贪腐问题，但对吏治清明还是起到一定的作用。

唐武宗虽然在位只有短短六年时间，却成为唐朝历史上反腐最为坚决的皇帝。在他执政的第五年，也就是会昌五年（845年），他在诏书中有这样一段话："由是退恶进贤，化行令举，刑奸赃之吏，破黩货之家，此宗社降灵，助成时政。"由此可见，在他和李德裕君臣勠力同心的努力之下，帝国多少恢复了些元气，创下"会昌中兴"。唐武宗的所作所为，令仇士良等宦官始料不及，他们原本拥立唐武宗就是想让他成为自己的一枚棋子，没想到他反而成为整顿吏治的一面旗帜，并且渐渐摆脱宦官的控制。

会昌二年（842年），也就是唐武宗登基的第二年，宦官头子仇士良已经嗅到朝堂上的味道，他感觉到唐武宗在渐渐疏远自己，且随着重用李党首领李德裕，不断削减他的权力。仇士良不愿坐以待毙，于是就煽动神策军声讨宰相，妄图挤走李德裕，夺回自己的地位，但阴谋最终还是以失败而告终。唐武宗念他对己有拥立之功，没有乘势对其采取进一步行动，而是将他提升为观军容使，领神策左、右二军。名义上仇士良得到升迁，实则剥夺了他对禁军的控制权。

第二年，唐武宗又施计夺取他的兵权，仇士良被迫致仕，告老还乡。

仇士良在离开长安前，竟然嚣张地向为他送行的宦官们传授秘诀说："大家想听听我是怎么控制皇帝的吗？"宦官们纷纷点头。仇士良对他们说："天子不可令闲，常宜以奢靡娱其耳目，使日新月盛，无暇更及他事，然后吾辈可以得志，慎勿使读书亲近儒臣。彼见前代兴亡，心知忧惧则吾辈疏斥矣。"（《新唐书·仇士良传》）仇士良告诫自己的那些徒子徒孙，侍候皇上的办法就是一刻也不能让他闲着，要让他追求吃喝玩乐，不要给他读书问政的时间。皇上不管事，凡事就得靠宦官，那样，宠信和权柄就会牢牢地抓在宦官手中。宦官们听后纷纷点头，异口同声称赞道："仇公公真是深得精髓！"

后人将仇士良这一套经验称为"迷龙术"。可见随着时间的推移，宦官们的心机越来越深。不久之后，仇士良在长安广化里私第病逝，终年六十三岁，唐武宗为其辍朝两日，并追赠其为扬州大都督。但不久之后，整顿吏治的烈火最终还是烧到已经去世的仇士良头上，唐武宗以贪渎为由，在仇士良家中搜出兵器数千件，借机下诏削除他所有官爵，籍没其家。由此可见唐武宗铲除仇士良的决心和心机。尽管如此，"会昌中兴"也仅仅是大唐王朝的"回光返照"，因为上苍留给唐武宗的时间太短，他登基执政也仅有短暂的六年时间，况且王朝积重难返，治标没能治本，自然也是必然。

宦官们的好日子，并没有因为仇士良的消失而走到尽头，相反因为唐武宗后来改任宦官马元贽为神策军中尉，宦官擅权，只不过是你方唱罢我登场而已。朝廷大权依然掌握在宦官们手中，他们只不过是暂时规避唐武宗年轻气盛的锐利锋芒而已。宦官专权局面一直延续到六十年后的天复三年（903年），朱温联合宰相崔胤，将以第五可范为首的七百多名宦官全部斩杀，只留下黄衣幼弱者三十余人洒扫宫廷庭院。随后，朱温又以唐昭宗之命，传命各地藩镇，将在各地监军的宦官全部就地斩杀，至此，困扰大唐王朝一百多年的宦官之祸才被彻底根除。但宦官集体毁灭之日，也是藩镇取而代之之时，然大唐王朝命运也不久矣。当然，这些都是后话。

历史往往带有一定的讽刺意味，讽刺之中揭露了人性隐藏的弱点。经历"甘露之变"浩劫的李唐王朝，在唐武宗时期，最终也没能摆脱历史的魔咒，随着唐武宗登临大宝，他也渐渐暴露出鲜为人知的一面。唐武宗非常迷信道教，登基之前就经常与一些道士来往。在他即位之初，就曾"召道士赵归真等八十一人入禁中，于三殿修金箓道场"，还前往道场"亲受法箓"。唐武宗对道士赵归真十分宠信，赵归真趁机鼓动他灭佛，并提出"孔子说云李氏十八子昌运方尽，便有黑衣天子理国"的谶言，而黑衣者正是僧人，促使唐武宗下定决心灭佛。

2

会昌五年（845年），唐武宗以寺院泛滥为由，下令拆毁佛寺，没收寺众土地，开始大规模地灭佛。他敕令僧侣四十岁以下者全部还俗，不久又规定为五十岁以下，很快又要求五十岁以上的，如果没有祠部度牒也要还俗，就连天竺和日本来求法的僧人也难逃劫难。这次大规模"灭佛运动"，可谓史无空前，全国共拆除寺庙四千六百余所，拆招提、兰若四万余所，有僧尼二十六万余人还俗成为国家两税户，没收寺院所拥有的膏腴上田数千万顷，没收奴婢为两税户十五万人。当然，"灭佛运动"也起到积极的一面，那就是沉重打击了寺院经济，增加了政府的纳税人口，扩大了国家的经济来源。

长生不老，是历史上每一位帝王的梦想，当然唐武宗也不例外。他之所以沉溺于道教，就是为了长生不老，因为只有长生不老，他才能够一直享受人间的富贵。

唐武宗让赵归真给他炼长生不老的丹药，可这位人呼"赵炼师"的道士，连他自己都无法解决这一问题，他又怎么能给唐武宗炼出所谓的长生不老的丹药呢！赵归真就随便开了些珍贵药材，让唐武宗派人去寻找。唐武宗知道赵归真在敷衍他，对他感到不满，仍天天催促其想方设法炼丹药。最后，赵归真实在没有办法，只好随便炼了些丹药糊弄唐武宗。是药三分毒，后来唐武宗因为长期服食这些所谓的"长生丹药"，身体也越来越差。就在"灭佛运动"的第二年，会昌六年（846 年）三月二十三日，驾崩于长安大明宫，年仅三十三岁。他所创造的"会昌中兴"，随着他一起烟消云散。

唐武宗成为继太宗、宪宗、穆宗之后，又一位因为服食仙丹妙药而驾崩的皇帝。由于他一直没有册立太子，在他驾崩当日，左神策军护军中尉马元赞，就拥立光王李忱即位，是为唐宣宗，改元"大中"。

李忱（原名李怡），是唐穆宗李恒的异母弟，唐宪宗李纯的第十三子。如果按辈分来论，他是唐敬宗、唐文宗、唐武宗的皇叔；如果按年龄来论，他比唐敬宗和唐文宗还小一岁。唐宣宗李忱为人持重少言，从小就表现得不同寻常，"外晦而内朗，严重寡言，视瞻特异"，宫中都认为他"不慧（不聪明）"。李忱十多岁时，身患重病，当时病势愈加沉重，忽然有光辉照耀其身，他便马上一跃而起，端正身体，拱手作揖，像对待臣下一样，他的乳母认为这是心病。但唐穆宗看过后，却抚摸着李忱的背说："这孩子是我家的英明人物，不是心病。"并赐给李忱玉如意、御马、金带，安排名将郭子仪之孙郭鏳担任他的老师。李忱常常梦见乘龙上天，便将此事告诉了母亲郑氏，郑氏对他说："这个梦千万不要让别人知道，今后绝不能再说。"

李忱身经太和、会昌两朝，愈加隐晦不露，与众人在一起时从不多言。唐文宗、唐武宗常在宴饮集会时强逼他说话，以此为乐，称其为"光叔"。唐武宗为人豪气，尤为瞧不起李忱，对他不甚礼遇。可是人不与命争，帝王之位转了一圈，最后还是落在李忱的头上。因唐宣宗在位时国家相对安定，所以直至唐朝灭亡，唐朝百姓仍思咏不已，称他为"小太宗"，史家把这一时期称为"大中之治"。但也有观点认为李忱"知为君之小节，而不知其大节"，"精于听断，而以察为明，无复仁恩之意"，最终招致"内臣争立嗣君，几至于乱"的后果。大中十三年（859年）八月，唐宣宗也步武宗皇帝后尘，因服长生丹药中毒，驾崩于大明宫，享年五十岁，在位十三年。之后，他的长子郓王李漼（原名李温），被左神策护军中尉王宗实、副使丌元实矫诏拥立为皇太子，并于次年二月正式即位，是为唐懿宗。

唐懿宗与之前两任皇帝相比，相同的都是由宦官拥立，也都热衷于炼丹之术，追求所谓的长生不老之道；不同的是他已经没有唐宣宗和唐武宗那样的进取之心。唐懿宗即位后改元为"咸通"，据说这是出自唐宣宗所作的一首曲子中"海岳晏咸通"的句子。如果说他改元之时还记得自己的父皇，可君临天下之后，他的言行举止却看不到唐宣宗的一点影子。"咸通之政"与"大中之治"相比相距遥遥，不可以道里计。《新唐书》说他是"以昏庸相继"。

唐懿宗是个极端爱慕虚荣、好大喜功的皇帝，从他尊号的字数之多上就不难看出这点。尊号，是指古代为了表功名德，尊崇皇帝、皇后的称号。每逢皇帝加尊号，一定要举行隆重仪式，向全国颁布诏书，同时举行大赦。咸通三年（862年）正月，群臣给他上了"睿文明圣孝德皇帝"的尊号，他不满足。咸通十二年（871年）正月，他又给自己上了一个十二字的尊号：睿文英武明德至仁大圣广孝皇帝。唐朝皇帝中，高祖、太宗都没有在活着时给自己加尊号，此后皇帝上的尊号基本上也都是四字或者六字，有个别的达到八字或者十字，像他这样极端爱慕虚荣、好大喜功的，屈指可数。

唐懿宗在位期间，荒淫享乐，放任宦官专权，使得朝廷局势更加混乱，农民起义不断爆发。他一味沉湎游乐，对宴会、乐舞和游玩的兴致远远超出对国家政事的热情。在宫中，唐懿宗每日一小宴，三日一大宴，每个月都要大摆宴席十几次。除了喜好宴饮之外，他还喜欢观看乐工优伶演出，可以说一天也不能停，就连外出游幸时，也要带上乐工优伶。仅他在宫中供养的乐工就有五百多人，只要高兴就会对这些人大加赏赐，动辄是上千贯钱。有时在宫中腻烦了，他就去长安郊外的行宫别馆，由于来去不定，行宫负责接待的官员随时都要为他备好食宿，音乐自然也不能缺少。那些需要陪同出行的亲王，常常备好坐骑，以备唐懿宗随时可能招呼他们外出，搞得大家苦不堪言。《资治通鉴》记载说，懿宗每次出行，宫廷内外的扈从多达十余万人，费用开支之大难以计算，这成为国家财政的一项沉重负担。

　　唐懿宗还有一个特点，那就是频繁更换宰相，任相不明，在他为帝期间，前后一共任用了二十一位宰相，这也是历史上不多见的。由于他自己对政事兴致不高，从而导致大多数宰相不是碌碌无为，就是爱财如命、为人不堪，根本没有发挥作用，以至于长安居民把其中曹确、杨收、徐商、路岩等宰相的姓名连在一起，编了首歌谣《嘲四相》：确确无余事，钱财总被收。商人都不管，货赂几时休。皇帝乐不思蜀，宰相贪污腐化，使得偌大帝国处于风雨飘摇之中。

　　唐武宗开展"灭佛运动"，使佛教势力受到沉重打击，唐宣宗即位后，开始陆续恢复寺院，到了唐懿宗时期，佛教开始迎来晚唐最好的发展阶段。唐懿宗不同于前面两任皇帝，他崇信佛教，广建佛寺，大造佛像，布施钱财无数。在他倡导之下，大规模的法会道场空前兴盛，长安城寺庙中经声佛号又开始响彻起来。佛教的蓬勃兴起，大量的佛经需求，刺激了印刷术的发展，咸通九年（868年）刻印的《金刚经》，成为现存世界上最早的印刷品之一，至今仍藏于伦敦大英博物馆。而那一时期刻印的佛家"陀罗尼经咒"，是现存国内最早的印刷品。就连从法门寺地宫中发现的"捧真身菩萨"和"银金花双轮十二环锡杖"等精美文物，也是敕造于咸通年间的，由此可见当时崇佛之盛。

　　咸通十四年（873年）春天，注定是个多事之秋，在不阴不阳、不死不活的晚唐背景下，这样的季节总是让人生出一种无力的苍凉感。在颓废的历史面前，个人的运道也只能是船过水无痕。这一年，把佛事做到极致的唐懿宗，下诏遣使到法门寺迎奉佛骨，他希望通过佛祖的法力，来拯救摇摇欲坠的王朝，拯救自己不甘速朽的灵魂。这是继宪宗之后，又一次举行的大规模崇佛活动，也是唐王朝最后一次迎送佛骨。

朝中群臣以劳民伤财为由，力谏唐懿宗，甚至还有人搬出唐宪宗时期的例子，对他说："陛下，以前的宪宗皇帝就是因为迎接佛骨而驾崩的，恳请陛下取消迎送佛骨。"但他执意妄为，不听劝阻，他甚至对群臣说："朕在世时能够见到佛骨，就是死了也无遗恨！"这年三月二十九日，派往法门寺迎接佛骨舍利的宦官，还是按照既定计划出发了。唐懿宗下旨大造浮屠、香辇、宝帐、幡花、幢盖，用金玉、锦绣、珠翠装饰，尽管耗费大量人力物力，但一切都按照他的要求，紧锣密鼓地进行着。

迎佛骨仪式盛况空前，从京城长安到法门寺之间，长达三百里的道路上，人马车辆昼夜往来不绝，十分热闹。这年四月初八，佛骨运抵京城，迎接仪式更是隆重，由禁军仪仗卫队作先导引路，以官乐及民乐伴之，欢呼声响彻天空，彩棚夹道数十里，念佛诵经声震动天地。唐懿宗登上安福门，从城楼上走下来，虔诚地向佛骨顶礼膜拜，激动得眼泪都流了下来，然后按佛教仪式举行浩大繁杂的祭奉活动。长安城的富贵人家，在道路两旁搭起彩楼，举办施舍无遮大会，竞相攀比。各州及少数民族地区百姓，以及外国使节等也都赶来参加。对于长安佛寺的僧侣及住在京城中曾在宪宗年间亲眼见过迎接佛骨的老人，一律赐予金子和玉帛。仪式结束后，唐懿宗将佛骨迎入禁宫供奉三天，才将佛骨运出，并安放在安国崇化寺。他下旨从银库中取出大量金帛，赏赐给大小官吏，并赦免囚犯。

隆重的法门寺迎奉佛骨活动终于结束了，留下来的也仅仅是长安居民坊间的一些谈资而已。然而，就在迎奉佛骨三个月后的七月十九日，唐懿宗却突然在咸宁殿驾崩，时年四十一岁，他的肉身化为飘荡在历史记忆中的一缕幽魂。在他弥留之际，宦官田令孜等人拥立其第五子李儇为皇太子,唐懿宗驾崩后,十二岁的李儇(原名李俨)于枢前即位,是为唐僖宗。这年十二月初八,唐僖宗下诏将佛骨送还法门寺。

唐僖宗李儇,生于深宫之中,长在宦官之手,宫中的生活场景能够带给他的就是可以肆无忌惮地游乐。事实上,他的确是个热衷游乐的皇帝,与自己的父皇唐懿宗相比,有过之而无不及。他宠信宦官田令孜,好音乐,喜宴游,每次出游随从多达十余万人,所费不可胜计。加之连年对南诏用兵,百姓伤亡,流离失所,加剧了唐朝政权的动摇。

3

在玩上,唐僖宗可以说无师自通,且兴趣十分广泛,斗鸡、赌鹅不说,骑射、剑槊、法算、音乐、围棋、赌博,可谓样样精通,他尤迷恋打马球,而且技艺高超。有一次,他曾很自负地对身边的优伶石野猪说:"朕若参加击球进士科考试,应该可以中个状元。"石野猪回答说:"若是遇到尧舜这样的贤君做礼部侍郎主考的话,恐怕陛下会被责难而落选!"他听到如此巧妙的回答,也只是笑笑而已。

宦官田令孜,本姓陈,字仲则,蜀郡(今四川省)人,西川节度使陈敬瑄之弟。咸通年间,田令孜随义父入内侍省做宦官。起初,地位很卑微,后来担任小马坊使,负责管理州县官员进献给皇帝的良马。但此人喜爱读书,很有智谋,完全继承仇士良的衣钵,并将"迷龙术"更加发扬光大，运用到极致。早在唐僖宗李儇当晋王时，田令孜就开始押宝，他将李儇作为一支潜力股，捂在手里不放，对李儇饥则调羹进食，寒则举裘加衣，日则形影不离，夜则鼻息相闻。久而久之，李儇已经离不开这个善解人意、知冷知暖的宦官了，感觉田令孜比自己父皇还亲。

唐懿宗驾崩前，跻身权宦行列的田令孜，只是个小马坊使，在他拥立十二岁的李儇成为帝国新主人后，终于迎来自己的人生巅峰。唐僖宗一即位，就提拔他为枢密使，田令孜由一个小小宦官一跃而成为四贵之一。"四贵"指的是两枢密使、两神策军中尉。不久又提拔他为神策军中尉，即禁军统领。唐僖宗将政事委托于田令孜，甚至直接称呼他为"阿父"，即养父。田令孜凭借着与新皇帝的关系，加以兵权在手，成为当时统治集团的中心人物。

唐僖宗在宦官"迷龙术"的诱导下，终日游戏人生，沉溺于声色犬马。宦官们也打着小皇帝的旗号，到处搜刮财物以供宫廷挥霍。田令孜大权在握，如果谁想做官，就得走他的后门，向他送礼行贿。他任命官吏或赐予爵位，并不需要向皇帝汇报，自己完全可以做主。有田令孜帮自己打理政事，唐僖宗更加肆无忌惮地娱乐挥霍，唐僖宗自以为四海之内，都是自家的，生活奢华毫无节制，锦丛绣海，花钱如流水。他利用长安左藏、齐天诸库的金币，赏赐乐工、歌伎，动辄逾万。短短两三年时间，大唐国库就被这位败家皇帝挥霍得所剩无几。为了充盈国库，满足皇帝的锦衣玉食，田令孜给唐僖宗出谋划策，将长安两市中外客商的宝物登记入册，全都送入内库，供皇帝挥霍，如有商人不满，向官府陈诉，就押送京兆尹用棍棒打死。对于此事，宰相以下官员，谁都不敢有所议论。

朝廷不顾百姓死活，还不断增加赋税，导致百姓怨声载道。可以说

"大中之治"后，唐懿宗与唐僖宗昏庸相继，使得国家加速走向衰败，大唐盛世风光不再，取而代之的是各地百姓揭竿而起。咸通十四年（873年），天下大旱，对于靠天吃饭的老百姓来讲，这无疑是"灭顶之灾"。庄稼颗粒无收，百姓流离失所，横尸遍野。身为户部侍郎、翰林学士的卢携实在看不下去，咸通十五年（874年）正月，他上奏疏说："臣窃见关东去年旱灾，从虢（今河南灵宝）至海，麦才半收，秋稼几无，冬菜至少，贫者碾蓬实为面，蓄槐叶为齑，或更衰羸，亦难收拾。"但自唐懿宗以来"用兵不息，赋敛愈急"，各州县又不上言灾情，致使"百姓流殍，无处控诉"。卢携奏请免除百姓所欠租税，停止各地征责，以待夏麦，并令各地出义仓储粮，赈济百姓，以度荒年。唐僖宗敕令一切按卢携建议执行，可说归说做归做，一切都停留在口头上，朝廷不仅没有拨款赈灾，反而火上浇油，不断增加赋税。

在中国历史上，水灾、旱灾、蝗灾并称为三大自然灾害，而且在水、旱灾之后，往往蝗灾会相继而来。确实应了这一规律，就在卢携上疏的这年又发生了蝗灾，百姓已经到食不果腹的地步，不得不卖儿卖女，四处逃荒。乾符二年（875年）七月，唐朝境内发生更大面积、更为严重的蝗灾，可谓是"自东而西，蔽日，所过赤地"。面对遍布整个帝国北部的严重蝗灾，京兆尹杨知至上奏说："蝗入京畿，不食稼，皆抱荆棘而死。宰相皆贺。"蝗虫竟然全部绝食，皆抱着荆棘死去，岂非咄咄怪事？显然杨知至和宰相们是在忽悠唐僖宗，甚至还有人向他表示祝贺，说这是上苍有灵。小皇帝依然我行我素，每日踢球玩乐，贪官污吏照旧搜刮民财，贪图享受。

面对如此严重的灾情，当时有百姓向陕州观察使崔荛哭诉旱灾、蝗灾之巨，没想到他却指着官署里的树说："此尚有叶，何旱之有？"然后，将上诉百姓暴打一顿了事。在大规模旱灾、蝗灾相继侵袭下，整个朝廷从上到下不闻不问，"州县不以实闻，上下相蒙，百姓流殍，无所控诉"。走投无路的百姓，开始"相聚为盗，所在蜂起"。这一年，在蝗灾最为严重的濮州（今河南濮阳），王仙芝公开挑起反旗，发出檄文，斥责唐朝吏贪赋重，赏罚不平，不顾百姓死活。他要重整寰宇，还天下一个朗朗乾坤。

王仙芝，河南濮州人，平时以贩卖私盐为生，时常奔走各地。在唐代贩卖私盐是大罪，唐律规定：售卖私盐一石之上，施加杖刑。之后，唐代统治者又增加惩罚力度，规定售卖私盐两石之上，即处死刑。所以，在古代贩卖私盐是一项刀尖上舔血的职业，也是很多起义者的"经典工作"，如隋末唐初的程咬金、元末的张士诚，都是私盐贩子。王仙芝为抗拒官府查缉，练就了一身武艺，他见官吏不顾百姓死活，仍要催缴租税差役，便率先揭竿起义，自称"均平天补大将军"兼"海内诸豪都统"。许多百姓争相加入他的队伍，不久起义军就增至上万人。

如果说王仙芝是造反路上的急先锋，那么黄巢就是造反路上的潜力股。这年六月，黄巢响应王仙芝，在山东菏泽起义。黄巢，曹州冤句（今山东曹县）人，他与王仙芝一样，也是私盐贩子出身，从小就有侠义之心。但与王仙芝不同的是，黄巢家境十分富足，从小学习棍棒，擅骑射，通文笔，颇有诗才，尤其宝剑舞动得更是出神入化，可说是文武齐全。宋人张端义在《贵耳集》中，曾记载了这样一则故事，说黄巢五岁时，有一次观看祖父发起的"菊花联句"，当时他的父亲尚未成诗，他就随口答出"堪与百花为总首，自然天赐赭黄衣"。这两句诗单从字面意义上来看，仿佛是赞扬菊花，也算贴题。但如果抛开"咏物"这个前提，那就意义深远了，意思是说，如果一个人足够优秀，完全可以承当起天赐黄袍的命运。说这是"大逆不道"，一点都不为过，因此黄巢差点挨打。后来，祖父还是多给他一次机会，叫他好好作一首诗，于是也就有了"他年我若为青帝，报与桃花一处开"的诗句。

满腹经纶的黄巢，一心想通过科举考试步入仕途，好把自己盐贩出身的污点洗刷干净。咸通九年（868年），意气风发的他，满怀信心地来到长安城参加科考，苦苦等到揭榜那天，挤在人头攒动的人群里，黄巢对着金榜伸长脖颈，从榜首看到榜尾，始终没有看到自己的名字。

在经过仔细确认之后，黄巢才不得不接受第三次落榜的现实。他茫然挤出人群，愤然离开了自己寄予梦想的长安城。接连三次落榜，黄巢成为当时不公、腐败"科举制度"的受害者，数年苦读最终化为一场虚空。在他看来，自己赖以自豪的那点文采，不足以博得功名。通过科举考试改变命运的路子，对他来讲是永远走不通的。长安虽繁花似锦，诱惑无限，但迎接他的却是凄风苦雨。

4

社会黑暗，官员腐败，皇帝昏庸，这些都如同一座座大山，将黄巢压得喘不过气来。离开长安的他，将失望、伤感、忧愁、悲愤全部揉碎，最终化成一腔怒火，写下那首慷慨激昂的《不第后赋菊》："待到秋来九月八，我花开后百花杀。冲天香阵透长安，满城尽带黄金甲。"回到家乡后，黄巢迫于无奈继承了万贯家产，成为曹县私盐帮派的首领。他把科举失败的心有不甘，转化成对唐王朝的愤怒，报复心理油然而生。他开始为证明自己的价值而活，为了成功，甚至可以不惜一切代价。

正所谓，匹夫一怒，血流五步，不知唐僖宗能否接得住？

王仙芝揭竿而起后，很快就攻陷了濮州、曹州，黄巢得知王仙芝所作所为后，十分兴奋。《新唐书》说："巢喜乱，即与群从八人，募众得数千人以应仙芝。"证明能力的机会摆在了"有志"青年黄巢的面前，他立即把族中的兄弟子侄召集起来商量，结果大家一致赞成参加起义军。

黄巢见饿殍遍野，民心思乱，便趁势变卖家产，收拢难民，带着子侄黄存、黄揆及外甥林言等八人聚众揭竿而起，遥相呼应河南长垣的王仙芝义军。四方苦于苛征暴敛的百姓，以及散居在民间的庞勋旧部，闻讯后争先投奔黄巢起义军，"数月之间，众至数万"。黄巢率领义军先攻郓州（今山东郓城）、后袭沂州（今山东临沂），从六月到十一月，短短五个月的时间，就顺利攻下十余州，兵锋直达淮南。

乾符三年（876年）七月，朝廷任命平卢节度使宋威为诸道行营招讨草贼使，率禁军三千，甲骑数百，以及河南诸镇兵马讨伐义军，在沂州城下大败王仙芝。宋威误以为王仙芝已死，草草结束讨伐，遣散诸道兵马，自己回了青州。不承想给了王仙芝、黄巢等人喘息的机会，义军在经过短暂休整之后，分进合击攻打河南，不到十天时间，就迅速占领阳翟（今河南禹州）、郏城（今河南郏县）等八县之地，声威大震。

宰相王铎有经世之志，素以安邦为己任，深受士人推崇。唐僖宗决定派王铎接替宋威担任诸道行营招讨草贼使，以左散骑常侍曾元裕为招讨副使，镇守洛阳。命山南东道节度使李福选步骑两千人北上汝州（今河南汝

州）、邓州（今河南邓州），扼守要道，凤翔节度使令狐绚和邠宁节度使李
侃选步兵一千人、骑兵五百人进驻陕州（今陕西陕县）、潼关（今陕西潼
关），形成一条以洛阳为中心的战略防线，妄图阻止王仙芝、黄巢西进，
并进而聚歼义军。王仙芝率领义军不畏强敌，猛攻汝州城，全歼官军，占
领汝州，杀死唐将董汉勋、刑部侍郎刘承雍，生擒刺史王镣，取得重大胜
利。洛阳大震，百官出奔。

　　唐僖宗闻讯后寝食难安，他不得不取消重阳内宴，下诏赦免王仙芝
罪，"除官，以招谕之"，妄图收买王仙芝。而接连取得胜利的王仙芝，并
没有买他的账，继续乘胜北上攻占阳武（今河南原阳），且把郑州锁定为
下一个进攻目标。义军在攻打郑州时，围攻几个月都没有打下不说，补给
还成为问题，便开始纵兵抢掠，干起杀人、放火的勾当。最后，义军与昭
义监军判官雷殷符战于中牟（今河南鹤壁），义军战败后分兵两路，王仙
芝率一部分义军南下，另一路东进淮南。此后，半年时间里，义军在江
淮、河汉之间的广大地区流动作战，重振军威，并迅速发展到三十多万
人，打得官军顾此失彼，疲于应付。

　　王仙芝率领义军，虽然一路攻城略地，但他最终对朝廷招抚还是动了
心思，在攻打蕲州（今湖北蕲春）时，恰好出现契机。蕲州刺史裴渥无
力平叛，派人劝他接受招安，并上表唐僖宗加封他为"左神策军押牙兼
监察御史"。王仙芝目光短浅，准备接受招安，而黄巢痛恨朝廷没有封赏
自己，就斥责他说："曾共同立下誓言，横扫天下，现在只有从官员到左
军，让这五千人回到哪里去呢！"怒不可遏的黄巢，还与王仙芝发生肢体
冲突，义军将士也群情激愤，强烈反对，王仙芝在黄巢及部下一片反对声
中，才勉强放弃投降想法。但此后黄巢与王仙芝便有了隔阂，二人只好分

道扬镳，王仙芝继续坚持在湖北战斗，而黄巢则率部返回鲁西、河南作战，如此一来，大大削弱义军整体实力。

唐廷重新起用宋威、曾元裕等人镇压起义，并将主要矛头指向王仙芝所部，曾元裕率官军追击王仙芝，屡战屡胜。由于官军主力围剿王仙芝，在山东、河南的黄巢部获得喘息之机。乾符四年（877年）二月，黄巢率军攻陷郓州，杀天平军节度使薛崇。三月，又攻陷沂州，部队不断壮大，达到数万人。虽连下二州，但他仍是孤军作战，势单力薄。乾符五年（878年）正月，唐廷以宋威"杀尚君长非是"，镇压起义"无功"为由，解除其兵权，擢升曾元裕为招讨使，颍州刺史张自勉为招讨副使，又调西川节度使高骈，任荆南节度使兼盐铁运转使，集中优势兵力，加紧围剿王仙芝。一个月后，王仙芝义军在黄梅（今湖北黄梅）被曾元裕包围，经过激战，义军五万余人英勇牺牲，王仙芝在突围中不幸战死。余部渡江转战江南，另一部由尚让率领投奔黄巢继续战斗。

王仙芝战死之时，正是黄巢壮大之日。尚让率部投奔黄巢后，两军会合于亳州，使得黄巢队伍更加壮大，由此黄巢渐渐走上历史舞台的中央。不久，尚让等诸将在亳州拥立黄巢为王，称"冲天大将军"，改元"王霸"，设立文武官属，初步形成政权。随着王仙芝的主力被消灭，唐廷又将围剿目标聚焦在黄巢身上，派曾元裕等人率军北伐。面对这一不利局势，黄巢决定避实击虚，采取流动作战方针，实行顽强攻势防御战略，亲自率领十万大军，在河南稍做休整后，挥师渡江，避开唐军势力强大的中原地区，长驱南下，开始大规模南征。

乾符五年（878年）八月，黄巢挥师南下，"拥众二十万，大掠州县"。然而，让他没有想到的是，挥师南下，对他来说实则是个重大战略失误，当时北方地区连年水旱，天灾交织，民不聊生，所以黄巢起义一呼百应，如鱼得水。但江南一带却情况迥异，这里本是久负盛名的鱼米之乡，百姓家给人足，并无造反动机和必要。因此，义军在南方缺乏群众基础，并未被人们视为救民水火的救星，反之被视为令人生畏的流窜盗匪。

黄巢一心想把江南重镇杭州拿下，可惜他低估了杭州的军民。当时驻防杭州一带的大唐武将董昌，感到所属官军兵力单薄，于是便提前布局，招募人马，组织起乡勇团练对抗黄巢义军，守卫桑梓。后来便有了另外一个重要历史人物的闪亮登场，他就是日后成为五代十国时期的吴越国开国君主的钱镠。据《旧五代史》记载，钱镠是杭州府临安县人氏，他自幼不安分，不安心耕田务农，"及壮，无赖，不事家人生产"，专好舞枪弄棒，练就一身好武艺，尤其擅长箭术和马槊。有意思的是，钱镠的经历与黄巢颇为相似，"以贩盐为盗"，他曾经和黄巢是同行，都曾盗卖私盐。钱镠从军之后，凭借过人武艺和胆识，很快崭露头角，成为董昌心腹将领。钱镠得知黄巢大军即将进犯杭州后，与董昌商讨应对之策，"于杭州八县，每县招募千人为一都，以遏黄巢之冲要"。

钱镠分析形势，决定采取伏击与虚张声势等战术，他向董昌建议："贼以数十万之众，旗鼓相远首尾不应，宜出奇兵邀之，不可力敌只可智取。"董昌忙问他怎么智取？钱镠胸有成竹地说："劲卒二十人足矣。"钱镠精挑细选了二十个胆大心细、骑射精熟的壮士，埋伏在黄巢大军必经之路，"伏草莽中"。不久，黄巢义军前锋尖兵百余人，进入射程之内，钱镠手下乱箭齐发，义军前锋顿时死伤一片。钱镠乘势发起攻击，展开近身肉搏，义军猝不及防，被斩杀近百人。

虽然获得小胜，可部下们不无担忧地问他："若大众至，何可敌邪？"

意思是说，若敌军数十万大军来到，又该如何抵挡呢？钱镠从容地笑了笑说："我自有妙计。"那么，他的锦囊妙计又是什么呢？《新五代史》曾这样记载："告道旁媪。"钱镠对路边的一个老太太说："后有问者，告曰：'临安兵屯八百里。'"意思是说，如果黄巢义军询问我们去向，您就告诉他们七个字："临安兵屯八百里。"八百里，是当时杭州府临安县的一个地名。黄巢听闻前锋被歼，火速率领义军赶到，却不知官军去向，就命人询问路边的老太太："唐军去哪里了？"老太太一本正经地说："临安兵屯八百里。"《新五代史》记载，黄巢义军都不是本地人，根本不晓得"八百里"是个地名，黄巢听后大惊失色道："向十余卒，不可敌，况八百里乎。"刚才十来个官军已经如此厉害，都难以抵挡，更何况临安还驻扎着绵延八百里的大军呢！于是"急引兵过"。钱镠设下疑兵计，使得黄巢未敢进攻杭州，淮南节度使高骈听闻，对其称赞不已。

然而，黄巢却始终没有忘记让他和义军留下耻辱记忆的杭州，唐乾符六年（879）九月，他在攻陷广州后，于十一月率二十万义军从江西进入浙江，掠余杭，入杭州，烧毁官府文书档案，释放牢中犯人，没收地主官吏财产，旋即离去。这是后话。

再说"急引兵过"杭州的黄巢义军。乾符五年（878年）九月，在攻占浙东首府越州（今浙江绍兴）时，遭遇军事经验丰富的唐军大将高骈的镇压，义军初战不利。为了保存实力，义军经婺州至衢州，然后打通至建州（今福建建瓯）的七百里山路，进入福建。之后，又相继攻占福建福州、泉州，随后进入广东，占领整个岭南地区。黄巢义军在攻破泉州后，屠杀城内犹太胡商数万人。义军进驻福州后，更是见人就杀，见房就烧，唯一放过的就是崇文馆校书郎黄璞家，因为义军比较迷信，他们害怕屠杀大儒会遭到报应。

黄巢义军南攻的步伐始终没有停下，而屠城的血刃也始终没有放下。第二年九月，黄巢率义军翻越五岭，攻陷桂管，兵围广州。在绝对优势之下，他却一反常态，或许是一路攻杀让他产生厌倦感，他这次没有立即攻城，而是抛出橄榄枝，想试探一下朝廷的底线。黄巢命被义军俘虏的越州观察使崔璆，给困守在广州城内的岭南东道节度使李迢写信，再请李迢向朝廷上疏，请求朝廷授予他天平军节度使。天平军，是唐王朝在河北和山东最重要的军镇，既是南北要冲，又是兵源大镇，直接威胁着帝国东都洛阳。黄巢的这一奏请，唐僖宗自然不会答应，他再傻也不会把一只猛虎放在自己家门口。

遭到朝廷拒绝后，黄巢又提出改要广州节度使一职，这时唐僖宗有点心动，可右仆射于琮却第一个站出来坚决反对，他对唐僖宗说："广州是市舶宝货聚集之地，怎能交给叛军？"于琮坚决反对将广州封地给黄巢。最终，唐僖宗决定下诏授黄巢"率府率"职务，且下定决心，如果他不接受，就派高骈率兵前去讨伐。黄巢接到诏书后勃然大怒，决定立即攻城，仅用一天时间，就顺利拿下广州，生擒李迢，自称"义军百万都统"。

黄巢义军占领广州后，立即发布檄文，斥责朝廷宦官柄朝，败坏纲纪。经过连番血战之后，义军已经到了粮草殆尽地步，于是新一轮的烧杀抢夺又开始了。当时的广州已成为海上丝绸之路的重要港口城市，有很多国外商人和传教士，黄巢发现广州不仅是个不同于中原的世界，而且非常富庶，还融合了许多外夷文化和各种宗教。尤其在广州的港口，停泊着大批外国商船和大唐要出使外国的商船，船上货物不计其数，他下令将商船上的货物全部收缴充当军费。

　　黄巢进军南方，也是经过深思熟虑的。因为唐廷以关中为本位，东都洛阳为陪都，重兵基本上集结于关中、河南地区，对于义军发展壮大十分不利。而南方唐军主力不多，藩镇较少，只有东川、西川、荆南、淮南、岭南等几个节度使。且兵力不多，战斗力也不强，而且互不团结。"巢度藩镇不一，未足制己"，所以他才选择进军南方，这是一方面原因。另外一方面原因，黄巢是盐贩世家，虽然史书未记载他是否去过江南，但"唐有盐池十八，井六百四十"，大多集中在东南沿海一带。"江淮诸道私盐贼贩，多结群党。"他认为江淮地区贩卖私盐十分猖獗，与官府矛盾很深，这对以盐商武装为主力的义军来说，更有利于发展壮大。

5

　　"欲据南海之地，永为巢穴。"黄巢占据广州后，原本打算把这里作为他反抗唐廷统治的永久根据地。可乾符六年（879 年），瘟疫大流行，使不少义军将士染上疫病，死者十之三四，许多部将"劝请北归，以图大利"。黄巢见在广州难以持久，便决定兴师北伐，准备一举推翻李唐王朝。一年之后的广明元年（880 年）十月，黄巢挥军北返，先是攻取桂州（今广西桂林），控制岭南全境，后又回转荆浙，义军所到之处摧枯拉朽，锐不可当。一个月后，义军占据洛阳，经过短暂休整之后，又向关中挺进。

　　潼关，位于关中平原东部，雄踞秦、晋、豫三省要冲之地。人们常以"细路险与猿猴争"和"人间路止潼关险"，来比拟潼关地形的险要。为阻止黄巢义军，唐僖宗任命田令孜为汝、洛、晋、绛、同、华都统，率神策军、博野等军十万驻守潼关。可神策军士皆是长安豪富子弟，他们只是为了得到丰厚供给和赏赐，才贿赂宦官挂名神策军军籍的。平日里高车大马，悠然自得，从未经历过战场洗礼。所以一听说出征，一家家吓得抱头相哭，为了逃避战事，多以金帛雇商贩与贫民代行。

　　更可笑的是，田令孜虽名为诸州都统，率神策、博野等军十万坚守潼关，但他也只是遥领，派左军马军将军张承范率神策军前往作战不说，后勤补给还十分薄弱。神策军过华州时，只准备了三日粮食，士兵根本吃不饱，斗志更无从谈起。义军进攻潼关时，张承范拿出黄金对士兵们说："诸君勉报国，咱们的救兵快到了。"士兵们感激涕零，纷纷请战。可一直到守城官兵箭全部射完，仍迟迟不见援军，最后只得靠扔石头反击。关键问题还是后勤补给不足，将士断炊，吃不上饭，士气萎靡不振。黄巢义军仅用一天时间，就一举攻克号称"畿内首险"的潼关，又乘胜拿下华州（今陕西华县）。

　　潼关已失，无险可守的长安自然只能拱手相让。"冲天香阵透长安，满城尽带黄金甲"，黄巢的夙愿就要实现了。唐僖宗在田令孜率神策军的护卫下，狼狈逃往蜀地成都，只有福、穆、潭、寿四王与一两个妃嫔从行，宦官西门匡范统右军殿后。广明元年（880年）十二月初五，百官刚刚退朝，博野军乱兵入城，此时小皇帝早已不知去向，即各自逃匿。就这样，黄巢未费一兵一卒，便成功入主长安。

　　金吾大将军张直方率文武官员数十人，至霸上（今陕西西安东）迎接黄巢，只见黄巢乘坐金色肩舆，义军将士皆披发，束以红绫，身穿锦袍，手执兵器，簇拥黄巢前行。义军浩浩荡荡，"甲骑如流，辎重塞涂，千里络绎不绝"。当六十万黄巢义军浩浩荡荡开进长安城时，满身黄金甲，全城光闪耀，长安百姓夹道观看。尚让一再告谕百姓："黄王起兵，本为百姓，非如李氏不爱汝曹，汝曹但安居毋恐。"此时的义军将士在街道上每遇到贫民，"往往施与之"。而那些高门富家和大唐李氏家族可就没那么幸运了，义军如同风卷残云般，没收了他们的全部财产，时称之为"淘物"。

这年十二月十三，黄巢终于圆了他"满城尽带黄金甲"的宏愿，在长安含元殿登基称帝，国号"大齐"，年号"金统"，大赦天下。黄巢封其妻为皇后，那些跟随他南征北战的弟兄自然也少不了封赏，起义军的骨干和旧唐名人尚让、张直方等人，分别担任太尉、侍中、尚书等职。黄巢还下令，唐官三品以上官员全部停任，四品以下则官复原职。这时他想起当年第一个反对他担任广州节度使的唐朝宰相于琮，打算任命于琮为大齐宰相，但于琮不肯应命。他对黄巢说："我病势沉重，命不长久，况且又是皇室驸马，怎能接受叛军官职。"黄巢一怒之下，将于琮杀害。

黄巢登基为帝，一时威风八面。全国四十八个藩镇中，已有二十一个向他抛出橄榄枝。这个以为百姓谋生存为名起义的英雄，称帝之后，便迫不及待地占有了唐僖宗留在大明宫的所有美女，过起了春风得意、歌舞升平的生活。坐在高高金銮殿上的黄巢，俯视着殿下的群臣和远处连绵起伏的江山，有些飘飘然，早已把那个正在流亡的李唐政权抛之脑后。此时，黄巢认为自己已经天下无敌，李唐犹如风中残烛，不日将亡。但随后的事实证明，这不过是他的空想。当时长安有人题诗讥讽他的奢靡腐化，黄巢大怒，彻查无果后，索性将长安城中三千多名无辜儒生全部砍头，以此泄愤。

黄巢宣扬的所谓"黄王起兵，本为百姓"的说法，也仅是蒙蔽百姓的障眼法。局势稍许稳定后，义军就开始大肆镇压李唐宗室和公卿士族，宰相豆卢瑑、崔沆及右仆射刘邺、太子少师裴谂等藏匿民间，被发现后"皆杀之"，投降黄巢的左金吾大将军张直方，因为匿公卿于夹壁墙中，事发后也被杀。最可怕的是，起义军"流寇主义"的弊端渐渐显露出来，原来他们一贯采取流动作战方略，主要依靠抢掠获取后勤给养，入主长安后，缺粮缺物难以避免。义军补给出现困难后，便开始挨家挨户上门索取财物，有的宗室皇亲还被灭族，史书记载说，"杀唐宗室在长安者无遗"。晚唐诗人韦庄，曾写下长篇叙事诗《秦妇吟》，借一位逃难的妇女之口，描述了唐末黄巢起义时的社会乱象，反映了战争给人民带来的深重灾难。

"打江山容易坐江山难！"志得意满的黄巢，沉浸在胜利喜悦中难以自拔，他既没有继续追杀逃亡的唐僖宗，也没有迅速发兵剿灭长安附近林立的藩镇兵马。

中和元年（881 年）三月，因长安西部的凤翔军节度使郑畋拒绝其招降，黄巢便派出五万大军前去攻打。郑畋巧用计谋，指挥数千士兵以松散队形在山坡上布阵，并树起很多旗帜，义军误以为是唐军主力，准备列阵迎击。郑畋不等义军布阵完成，便下令两翼伏兵出击，义军一触即溃，被唐军一路追杀到龙尾坡，斩首两万余级，伏尸数十里，余众狼狈逃回长安。

郑畋借着龙尾坡得胜之威，趁势向天下发出檄文，号召各藩镇共讨黄巢。当时，唐僖宗远在蜀地，朝廷诏令不通，各藩镇皆以为大唐难以复兴。作壁上观的他们看到郑畋取胜，发现黄巢义军不过如此，郑畋檄文一出，顿时天下震动。一时之间，陕西、河南、山西等地原本投降黄巢的藩镇，开始纷纷发兵勤王，黄巢自此不敢再窥视京西。不久，郑畋兵至盩厔（今陕西周至），命唐弘夫、程宗楚率前军进击长安。

义武军节度使王处存，自渭北亲选骁卒五千人，皆以白襦为号，乘夜入京城。黄巢见势不利，假意放弃长安，撤至霸上。王处存本认为黄巢已经跑远，没想到黄巢迅速组织反攻，结果王处存大败，唐弘夫、程宗楚战死。当黄巢再次夺回长安后，他的自尊心无法容忍这些背弃他而支持大唐官军的百姓，于是下令屠城，长安街道，血流成河……

6

不知不觉间，唐僖宗已经在蜀地惊恐颠沛地度过了四个春秋，他多么想早日结束这种流亡生活，他曾把希望寄托在坐镇扬州的兵马统帅高骈身上，希望他能出兵北上。可高骈却始终按兵不动，拥兵自保。当年黄巢军沿长江南岸西进时，高骈曾遣大将张璘、梁缵阻击黄巢，迫使其由浙江南进广州。因此，唐僖宗将其擢升为检校司徒、扬州大都督府长史、淮南节度副大使知节度事，仍充都统、盐铁使，以镇压起义军，并主管江淮财赋。高骈抵达扬州后，修葺城垒，招募士卒，有"土客之军七万"，一时声威大震。

唐僖宗和宰相卢携对高骈深为倚信，又接连进拜他为检校太尉、同平章事。可真的到黄巢渡江北伐时，因大将张璘阵亡，高骈却慑于黄巢威势，不敢出战，从而导致黄巢义军顺利渡江、两京失守。唐僖宗逃亡蜀地后，曾急调高骈勤王，并加封他为东面都统，京西、京北神策军诸道兵马等使。高骈遂命其幕客崔致远作《檄黄巢书》，兵至扬州东塘百余日，以虚张声势。他两次上表，请唐僖宗巡幸江淮，被朝廷质疑为"挟天子以令诸侯"之举。

高骈的种种表现，终于让唐僖宗对他失去信任。中和二年（882年）正月，唐僖宗遂任命王铎兼中书令，充诸道行营都统，代替了高骈。两个月后，又罢免了高骈的盐铁转运使之职，以韦昭度代之，削除其兵权和财权，仅加"侍中"虚衔和渤海郡王爵号。在相继失去东南兵权与财权后，高骈竟然捋起袖子破口大骂朝廷，并屡次上疏为自己辩解。他在奏疏中说："是陛下不用微臣，固非微臣有负陛下。"他甚至出言不逊，引用秦王子婴系颈于轵道、汉更始帝俯首刮席的典故，直指唐僖宗是"亡国之君"。

王铎走马上任后，迅速号召各藩镇派兵支援关中，在他的带领和部署下，唐军逐渐占据上风，对黄巢义军形成军事包围。正当唐军积极备战时，黄巢仍沉浸在占领长安的喜悦中，直到王铎率领官军包围长安，他才如梦初醒。虽然黄巢以攻为守，但由于天气寒冷，缺乏粮草，义军战斗力锐减，终未能打破唐军包围，逐渐陷入被动局面。

高筑墙，广积粮，缓称王，几乎是历代开国皇帝的成事规律，而黄巢的失败归根结底就是因为没有按规律办事。起义军因为长期流动作战，没有稳固的根据地，军需难以为继，攻占长安后坐吃山空，没过两年就出现军粮危机。与此同时，黄巢起义军内部也产生间隙。中和二年（882年）

二月，被任命为同州（今陕西大荔）防御使的义军大将朱温，被唐将王重荣击败后，十余次上表黄巢请求支援，但均被他的左军使孟楷压下。朱温在听说黄巢义军势力窘迫困厄，将帅军心涣散后，他推知义军不日必败，便有降唐念头。这年九月，朱温伙同心腹杀死监军使严实，率领同州军民投降王重荣，并认其为舅父。唐僖宗在得到骁勇善战的朱温后高兴地说："这是上天赐给我的上将啊！"下诏授予朱温左金吾卫大将军官职，兼任河中行营副招讨使，赐名"全忠"。从此，朱温率领旧部及河中兵士，所到之处战无不克，攻无不胜。

在朱温降唐的影响下，驻守华州的义军将领李详也企图背叛黄巢，虽被及时察觉并斩杀，但此时义军内部处处充满矛盾和危机，军心开始动摇。朱温等人降唐，使得长安东部防线出现缺口，大大削弱了黄巢的力量，战局越来越朝着有利于唐军的方向发展。与此同时，黄巢的命中克星——沙陀人李克用走到了历史前台。

王铎取代高骈之后，将所有兵力集中于关中地区，面对号称二十万的黄巢义军，他也没有十足把握取胜。在大臣杨复光的建议下，中和三年（883年）二月，唐僖宗决定起用北方的沙陀酋帅李克用，命他率领一万二千步兵和五千骑兵南下关中平叛。

勇冠诸胡的沙陀，本为西突厥别部，在草原上以骁勇闻名。早在十四年前平定"庞勋之乱"时，沙陀人就是唐军破敌的主力。沙陀，原名"处月"，当时主要分布在金娑山南、蒲类海东的一片名叫沙陀的大沙漠区域，因此也被称作沙陀突厥。沙陀和其他游牧民族一样，基本都是"兵民合一"体制，矫健的西域战马，精湛的御马骑术，加之勇猛的作战风格，造就了最强大的沙陀骑兵，战力惊人。

沙陀酋帅李克用和他儿子可以称得上是历史上少有的战神，李克用早年随父出征，常冲锋陷阵，军中称之为"飞虎子"。李克用率部南下的消息传来，令黄巢义军极为震恐。因为义军中不少将士曾参与过十四年前的"庞勋之乱"，他们对骁勇善战的沙陀骑兵至今仍心有余悸。而在荆门之战中，击败义军的唐军中仅有五百名沙陀骑兵，就已经难以对付，现在要对付五千名沙陀骑兵，更是难于登天。于是，黄巢想招降李克用，却被其严词拒绝。无奈之下，黄巢只好集中手下全部重量级战将，率领十五万大军与李克用决战。李克用则与河中、忠武、易定三镇唐军会师，补充自己的兵力。

一切准备就绪后，两军在一个叫梁田陂的地方展开决战。义军虽占据人数优势，但还是难以抵挡沙陀骑兵冲锋，全线溃败，被斩首数万，伏尸三十里，史称"梁田陂之战"，战后，李克用又乘胜攻克长安城外围的重要据点华州，一路势如破竹，杀到长安，再度与黄巢决战。最终，不费吹灰之力就杀进长安城。黄巢义军在留下一幅"内库烧为锦绣灰，天街踏尽公卿骨"的人间惨象后，灰溜溜地逃离长安，再次开启流窜之路。由于李克用在长安收复战中功劳最大，因此被任命为河东节度使。

在过往岁月里，黄巢义军曾被山南东道节度使（治所襄阳）刘巨容重创于荆门，士卒十死七八，几乎功亏一篑，刘巨容堪称黄巢的第一个克星。然而，这次逃亡，黄巢在陈州（今河南淮阳）又遭遇到第二个克星——赵犨。

黄巢逃离长安后，本打算以勇将孟楷为前锋，经蓝田入商山，从而攻打蔡州，再接着北上攻打陈州，以获取辎重粮饷。没承想，他在陈州遇到赵犨。陈州刺史赵犨，出身将门，祖辈为忠武军牙将，博学多识，好功名，精于弓马。《新唐书》评价他"以淮阳咫尺之地，抗黄巢百万之众，功成事立，有足多者"。赵犨早就预估到黄巢如果长安败亡，必然东走，而陈州则首当其冲。

赵犨不打无把握之战，他上任陈州刺史后，为防范黄巢义军，就开始积极整修城墙，疏浚沟洫，囤积粮食。同时，加强军队训练，招募四方劲勇，修缮兵甲器杖。他还任命弟弟赵昶为防遏都指挥使，另一个弟弟赵珝为亲从都知兵马使，与他的两个儿子分领精兵，时刻准备防御义军进攻。黄巢退出长安后，果如赵犨所料，率军东攻陈州，并以骁将孟楷率精兵万人为先锋，直扑项县（今河南周口）。赵犨率唐军突击，义军大败，全军覆没，孟楷被俘遇害，遗恨沙场。

头脑发热的黄巢，闻讯大怒，他居然为了复仇，忘记了荆门惨败几乎断送他的梦想，忘记了自己是长安争夺战里的败将，居然停下战略转移的脚步，纠集降将秦宗权的兵力，合兵围攻陈州，而且一围就是三百多天。赵犨鼓励将士全力抵御，与黄巢义军交战，大小数百战，每战皆捷，虽兵食将尽，但人心益固。长久攻坚是兵家大忌，就在双方苦苦挣扎时，他们都面临着同一个问题，那就是部队吃饭问题。

黄巢耗时三百多天未能破城，义军主力部队陷入危险境地，由于粮草缺乏，再度出现惨剧。

中和四年（884年），唐僖宗下诏书，加封朱温（唐僖宗赐名"朱全忠"，称帝后改名"朱晃"）为东北面都招讨使，命其率领大军支援陈州。在赵犨和朱温部队合力进攻下，黄巢义军大败，陈州重围遂解。百姓为感谢朱温解陈州之围，为其专门修建生前受祭的祠堂。为确保万无一失，唐僖宗又命河东节度使李克用率蕃、汉五万精兵前来增援，随着唐朝援军相继赶到，实力大损、身心疲惫的黄巢义军只能溃散，那些早已对他失去信心的将领和士兵，各奔前程。大部分投靠了朱温，还有一部分投靠了秦宗权。而黄巢的铁杆兄弟尚让，竟然此时也选择了投降唐廷，黄巢只得率领残兵败将逃亡山东。这年六月十七日，黄巢残部被唐军团团包围在泰山脚下，与唐军"殊死战，其众殆尽"。最终，黄巢退至泰山东南虎狼谷襄王村（今山东莱芜西南），眼见不济，他万念俱灰，对外甥林言说："我原打算为国讨伐奸臣，洗涤朝廷的污浊。事成而不退，这是我的过错。你拿我的头去献给天子，可得富贵，不要让他人得利。"林言不忍，黄巢遂拔剑自刎，在悔恨中魂归故里。黄巢自乾符二年（875年）起事至今，前后正好十年。

"他日我若为青帝，报与桃花一处开。"立志做"司春之神"的黄巢，想让菊花和桃花同在春天盛开，在大唐政权日暮西山摇摇欲坠的大背景下，这既是他个人对命运的表达，更是天下千万百姓对命运的表达。尽管这场在唐末影响最大、持续最久，对唐王朝打击最为猛烈的农民起义，终因缺乏经济保障和群众基础而失败，但它却沉重打击了王朝政权的腐朽统治，为唐王朝敲响振聋发聩的丧钟。"冲天香阵透长安，满城尽带黄金甲。"在黄巢农民起义军的精神感召下，之后众多豪杰又开始登上历史舞台，共同推动着历史车轮向前。

天朝挽歌

当"白马驿之祸"发生时，随着朝臣们的尸体在浑浊黄河水中随波浮沉，历经二百九十年波澜壮阔的唐王朝也随之被埋葬。今天，透过斑驳的历史文字，人们依然能够听到文字间隐隐传来的无奈与叹息。有生就有死，有盛就有衰，这是现实与历史的轮回，让人思索，发人深省。

┃

　　时间虽是疗伤的良药，它能浇灭内心的狂热，也能抚平内心的伤痛，但最终不能解决根子里的问题。

　　自"安史之乱"后，唐王朝开始跌入低谷，它曾经无与伦比的辉煌与荣耀，随着时间的流逝，亦是风轻云淡了。黄巢起义带来的近十年的战乱，最终于天祐二年（905年），被义军降将朱温以杀死唐廷被贬大臣三十余人，并抛尸黄河震惊天下的"白马驿之祸"所终结。两年后，唐哀帝李柷被迫禅位，朱温称帝，改名朱晃，改国号为梁，改元为"开平"，定都汴州（今河南开封），立国近二百九十年的唐朝至此彻底灭亡。

　　那么，朱温作为黄巢义军曾经的大将，是什么原因让他与黄巢分道扬镳、反目成仇，以至于走上反叛道路的呢？他又是如何在高官厚禄之下，顶着唐僖宗赐名"全忠"的荣光，最终成为大唐王朝终结者的呢？

　　拨开历史烟尘，凡事皆有定数。先说说这个朱温到底是何许人也，他又是如何为大唐王朝一步步设下死局的。当时间闪回到唐宣宗大中六年（852年）十月的一天，这天淅淅沥沥的寒雨下了整整一夜，伴着凄冷的秋雨，一声啼哭打破了宋州砀山（今安徽砀山）午沟里村一个院落的宁静，没落文人朱诚家喜得一男婴，这便是后来的朱温。朱温排行老三，上面还有长兄朱全昱和二哥朱存。如果往朱温祖上三代去查，家中没有一个是做官的，他的父亲和祖父或是学者，或是教书先生。由于父亲早死，再加上家境贫寒，为了生存，母亲王氏就带着他们兄弟来到萧县（今安徽萧县）刘崇家当佣工。朱温长大成人后，不愿从事生产劳动，遇事总喜欢用拳脚说话，常以英勇豪雄自许，所以乡人对他十分反感。

自古乱世出英雄，越是烽火连年、兵荒马乱之际，越是英雄豪杰辈出的年代。唐僖宗乾符年间，山东地区连年饥荒，盗贼成群，呼啸相聚，黄巢趁机崛起，自愿追随者数万人。乾符四年（877 年），二十五岁的朱温认为这是一个施展自己"才华"的好机会，就拉着自己的二哥朱存一起投奔了黄巢。往往越是出身于下层社会的人，其物质欲望和权力欲望就越为强烈，这一点后来在朱温身上体现得淋漓尽致，他既有不畏强暴、敢于抗争的优点，也有阴险凶虐的劣性。

黄巢义军征战岭南进攻广州时，朱存不幸战死，朱温则因屡建军功擢升为队长，成为义军中的干将。此后，朱温能战善战，屡建奇功，他在黄巢义军中的地位也越来越凸显。中和元年（881 年）二月，朱温被任命为东南面行营都虞候，受命攻占邓州（今河南邓州），俘虏刺史赵戒，从而成功阻遏住由荆襄地区北攻的唐军，稳定住了"大齐"政权东南面的局势，更令黄巢刮目相看。朱温率军返回长安时，黄巢亲自到灞上劳军，由此可见黄巢对他的器重程度。

俗话说，没有永远的朋友，只有永远的利益。这句话在黄巢和朱温之间也是被诠释得淋漓尽致。随着朱温军功累积，黄巢渐渐有些不安，感觉到朱温有些功高盖主。中和二年（882 年）正月，困守长安的黄巢义军正陷入十分尴尬的处境时，黄巢就给朱温开了一张空头"支票"，任命他为同州（今陕西大荔）防御使，让他自己去攻取同州。好在同州刺史米诚不战而走，逃奔河中，朱温这才得以顺利拿下同州。同州失守后，唐廷河中节度使王重荣统领了数万军队，纠合其他藩镇，准备收复同州。一路过关斩将，所向披靡的朱温，这次算是遇到了真正的对手。两军列阵河中，王重荣挑选精锐甲士三万人进攻朱温，朱温所率领义军毕竟没有经过正规训练，他自知难以与唐军精锐抗衡，于是便将舟船全部凿沉，可谓是破釜沉舟。

朱温被击败后，十余次上表请求黄巢支援，都被黄巢的左军使孟楷给压了下来，隐瞒不报。退一步讲，即便是黄巢知晓，他自己已是顾首难顾尾，根本无暇理会。这让为"大齐"政权立下汗马功劳的朱温很是不爽，后来他又听说黄巢军队势力窘迫困厄，军心涣散，他知道草莽黄巢必定不会成功，于是便有了自己的想法。亲信将领胡真、谢瞳也劝他，要他为自己留好退路，不如降唐。中和二年（882年）九月，朱温同身旁心腹计议，杀掉黄巢的监军使严实，率领同州军民投降了王重荣。《新唐书·列传第一百一十二》有这样的记载："重荣选兵三万攻温，温惧，悉凿舟沉于河，遂举同州降。复光欲斩之，重荣曰：'今招贼，一切释罪。且温武锐可用，杀之不祥。'表为同华节度使。有诏即副河中行营招讨，赐名全忠。"

朱温降唐后，担任天下兵马都监、总领各路军队的宦官杨复光却要斩杀他，幸亏被王重荣阻止，王重荣对杨复光："如今招降黄巢兵马，投降的一律赦免，况且朱温骁勇可用，杀了他怕是不祥。"

朱温也很会见风使舵，当即认王重荣为舅父，这样自己不仅没有被杀，反而被授予同华节度使。王重荣为了这个干外甥即日飞章上奏，在蜀郡的唐僖宗看到奏章高兴地说："这是上天赐给我的上将啊！"下诏授给朱温左金吾卫大将军的官职，担任河中行营副招讨使，并赐名为"全忠"。从此，朱温登上了晚唐的风云舞台，统率他的旧部以及河中兵士所到之处战无不克，最终成为九世纪最后二十年的风云人物之一。谁也没能想到，正是这个叫朱温的人，终结了大唐帝国绵延近三百年的历史。

"跳槽"之后，朱温的官职和地位不断得到提升。中和三年（883年）二月，唐廷任命他为汴州刺史、宣武军节度使，但要等到唐军收复京师长安后才能赴任。于是，为了能早日赴任，朱温加紧联络各路唐军围攻长安。这年四月，黄巢退出长安，经蓝田入商山，以勇将孟楷为前锋，进击蔡州（今河南临汝），蔡州节度使秦宗权投降黄巢，接着黄巢北上攻打陈州。七月，三十二岁的朱温志得意满地赴任汴州节度使，此时的他可以说是年轻有为。当时汴、宋等地饥民遍野，官民所用物资穷尽，内外兵马骄横难以压制，面临着内外危机，而朱温的兵势却日益增加，汴州（宣武军）便成为他的大本营。

蔡州刺史秦宗权投降黄巢义军后，兵合一处将打一家，合兵包围了陈州。唐僖宗闻讯后，又下诏书加朱温为东北面都招讨使，命其支援陈州。

第二年春天，朱温在瓦子寨袭击黄巢义军，攻下瓦子寨，迫使黄巢的大将李唐宾、王虔裕投降。此时，陈州四面还有很多黄巢残部，朱温就采取分兵剿灭策略，前后经历大小战斗四十余次。黄巢义军败走后，朱温攻入陈州，刺史赵犨亲自到他马前迎接。之后，朱温又联合河东节度使李克用共同图谋消灭黄巢，在王满渡与黄巢义军开战，杀死黄巢义军一万多人。最后，黄巢大败，其残部束手投降，大将霍存、葛从周、张归厚、张归霸等人归顺朱温。陈州解围之后，当地士绅为感谢朱温，专门为他修建了生前受祭的祠堂。而就在此时，朱温昔日战友加兄弟的黄巢，却在狼虎谷（今山东莱芜西南）兵败身死。三个月后，朱温又一次得到擢升，唐僖宗升任他为检校司徒、同平章事，封为沛郡侯，食邑一千户。

与其说朱温降唐后的十余年，他为大唐社稷东奔西杀，倒不如说他是在为自己再次反唐积蓄力量。随着羽翼渐丰，朱温的想法也慢慢多了起来。中和四年（884年）正月，唐僖宗从蜀中还京，改元"光启"。而此时作为天子的他，制命所及的也只有河西、山南、剑南、岭南西道的数十州而已。十余个大镇，包括借入援之机占据河东的沙陀武装，都自擅兵赋，互相吞噬，朝廷不能节制，可以说"王道"已荡然无存。这时，作为历史关键人物的朱温和李克用，渐渐走到政治舞台的中央。

李克用，字翼圣，本姓朱邪（又作朱耶），赐姓李氏，沙陀人，神武川新城人（今山西雁门北部）。李克用是唐末至五代初期的军阀，别号"李鸦儿"，其军队主力亦称"鸦军"。因一目失明，又号"独眼龙"。李克用骁勇善骑射，早年跟随父亲朱邪赤心（赐名李国昌）出征，冲锋陷阵，勇冠三军，被称为"飞虎子"。中和元年（881年），李克用率沙陀军南下镇压黄巢，第二年再次受敕勤王。由于李克用率沙陀兵参战，大大改变了唐军和黄巢义军的力量对比，对战局起到关键性作用，因此，朱温渐渐把他视为眼中钉肉中刺，认为李克用不除，自己霸业难成。

2

早在中和三年（883年），黄巢退出长安后，仍然不失强劲，当时东部战场上的朱温、时溥、周岌等并非强旅，不得不向李克用求援。由于李克用在长安收复战中功劳最大，因此被任命为河东节度使。中和四年

（884 年），李克用再次率兵南下，大败齐军，最终迫使黄巢自杀，秦宗权接替黄巢的位置。在历史上，黄巢的名气要比秦宗权大得多，因拥兵灭唐而显名青史；相反，秦宗权可以说是鲜为人知，但他对于中国历史进程的影响力与黄巢相比，不遑多让。如果说黄巢宣告了旧时代的结束，而秦宗权则宣告了新时代的开始，秦宗权是开辟五代十国政权格局的第一人。

综观此时的大唐天下，李克用是外族武装，朱温是归附叛将，河中节度使王重荣、义武节度使王处存、邠宁节度使朱玫等已是拥重兵据大镇，而徐州的时溥、许州的周岌等地方军将，在平乱过程中也羽翼渐趋丰满，再加上接过黄巢衣钵的秦宗权、诸葛爽也皆非良善之辈，唐廷孱弱的格局依旧没有改变。秦宗权在蔡州称帝后，纵容部下四处劫掠，史载："西至关内，东极青齐，南出江淮，北至卫滑，鱼烂鸟散，人烟断绝，荆榛蔽野。"其残暴甚于黄巢，甚至行军时用车载着盐尸充作军粮，四处掳掠百姓小民，任意烹食。秦宗权纵兵四出，不断侵犯周围藩镇。

在众多藩镇中，显然李克用已经成为实力最强的劲旅，对于朱温而言，李克用是自己最强劲的对手，要实现自己的宏图大业，于情于理，他都必须尽快痛下杀手。所谓今日不除，必为大患。但与拥有强兵五万的李克用实打实抗衡，朱温根本不是对手，要想除掉这个心腹之患，也只能智取。

中和四年（884 年）五月，李克用率兵五万进援朱温等部，到达汴州后，大军在城外安营扎寨，李克用并未打算进城，朱温遣人固请，李克用碍不过面子，便同意入城。在朱温的盛情邀请下，李克用率领几百名亲兵入住上源驿。朱温置酒布乐，盛陈美食，款待李克用。席间，朱温殷勤劝酒，礼貌谦恭，渐渐打消了李克用的疑虑。李克用在当时诸镇首领中年龄最小，只有二十八岁，少年气盛，自恃对朱温有恩，又多喝几杯酒，因此言语十分嚣张，没把朱温放在眼里，公然出言不逊。朱温毕竟成熟老到，他气在心里，表面却不动声色。酒宴一直持续到日暮时分，李克用等人皆喝得酩酊大醉，不省人事。

当天晚上，朱温派部将杨彦洪先用捆绑在一起的旧战车作为路障堵住去路，然后发兵包围上源驿。斩杀哨兵后，亮出兵刃，高声呐喊，冲向驿中。李克用的十几个亲兵首先被呼声惊起，奋身而上，此时李克用还在梦中，对发生的事情浑然不知。侍从郭景铢发觉有变，急忙将他推到床下，将凉水浇到他的脸上，他这才睁开眼睛，苏醒过来。李克用不愧为久经沙场的勇士，他马上反应过来，来不及抹净脸上的水，站起来就张弓搭箭，与亲兵薛志勤对着门外射击，一下子就射死数十人。朱温的军队一时无法攻入，就放起大火，想把李克用等人烧死在驿馆之中。李克用命不该绝，就在"烟火四合"之时，"大雨震电，天地晦冥"，他率领几个亲兵翻墙而出，乘着电光突围，且战且退，杀开一条血路，最后登上汴州南门缒城而下，逃回营中，而他的三百亲兵全部被杀。这场唐朝末年的"鸿门宴"，被称为"上源驿之变"。

李克用打算起兵报复，但被其妻刘氏劝止，只是移书责难朱温。后来，李克用向唐僖宗禀明此事，请求出兵汴州，并派其弟李克修领兵一万人驻扎在河中地区待命。此时的唐僖宗对朱温的印象很好，当年朱温投降的时候，他曾激动地说："是上天赐予也！"所以他并没有治朱温的罪，而是派人从中调和两人的矛盾，同时加封李克用为陇西郡王予以安抚。经"上源驿之变"后，朱温、李克用交恶，他们自此水火不容。二人在大唐帝国的最后二十年里，相与争斗不息，共同书写了一段兵戈纷纭、天下大乱的历史。朱温没有杀死李克用，对后来的历史影响深远，朱温虽然取代唐朝，建立后梁，但因李克用的存在，他始终无法统一天下。后来，后梁还被李克用的儿子李存勖所灭。从某种意义上说，朱温在"上源驿之变"中功亏一篑，丢掉的是整个天下。

纵观历史，乱臣贼子成其霸业，大致需要四个步骤。第一步是借多事之秋壮大自己实力；第二步就是挟天子以令诸侯；第三步则是铲除异己；第四步是僭取帝位。朱温和李克用也都是按照这四步出牌的，就看看谁有"王炸"，成为最后的赢家。在经历"上源驿之变"和剿灭黄巢之后，李克用越来越相信兵权实力就是话语权的真谛，他更是拥兵自重，唐廷惧怕他已经不止三分了。

光启元年（885年）三月，唐僖宗从蜀地回到长安，改元为"光启"。由于与秦宗权交战有功，朱温被加封为检校太保，食邑增加到一千五百户。此时，已经成为南北司实际首领的田令孜，自然也是天子的代表，唐廷政府已经到了手无寸铁的地步，真正能够掌握的也只有田令孜在蜀中招募的五六万禁军，还在支撑着名存实亡的天子。手中无兵，心里发慌，国库无钱，朝廷不稳。唐僖宗的梦想是恢复朝廷和天子权威，重新建立强大的禁军，而此时的京畿赋税，连养活朝廷南北司官属尚且不够，又哪能再有余额分一杯羹？回到长安的他，开始一筹莫展。

在唐代，盐的买卖受官府控制，老百姓的生活又离不开盐，盐池就像是个聚宝盆，能够产出源源不断的财富。"善解人意"的宦官首领田令孜，想到了安邑、解县两个盐池的盐利，这也是当前朝廷唯一能够伸手的经济来源。可这两地是河中节度使王重荣的领地，要想收回就得拿王重荣开刀。光启元年（885年）四月，田令孜上奏说："按照惯例，每年向相关衙门输送三千乘盐，将余下的部分充作军饷。"田令孜建议唐僖宗将盐池重新收归国有，用其收入来支付朝廷的开支。唐僖宗便敕命他兼任两池盐利使，下令收其利以赡禁军，派人去向王重荣颁旨。王重荣怎么甘心将自己口中的肥肉让给他人呢？他认为自己在平定黄巢叛乱、收复长安中立有大功，就不断向唐僖宗上疏，拒绝交出盐池。

这年七月，王重荣被调任为兖海节度使，唐廷以易、定二州的王处存取代他为河中节度使，兖海的齐克让调任易、定，完成三个藩镇的互调。王重荣不仅拒不受命调任，还上疏弹劾田令孜离间各藩镇之间的关系，他给田令孜列出了十大罪状，请求唐僖宗责罚田令孜，田、王二人矛盾激化。不久之后，此前被田令孜派去河中监军的养子匡佑，也和王重荣发生矛盾，添油加醋地向田令孜说王重荣的坏话，田令孜最终决定诉诸武力，除掉这个眼中钉。他先是以保护王处存为名，攒掇唐僖宗下诏命河东节度使李克用率兵驰援河中，再令邠宁节度使朱玫、凤翔节度使李昌符、夏州节度使李思恭等率兵讨伐王重荣，大军驻扎在陕西大荔南洛水与渭水间的沙苑一带。

王处存不愿蹚这潭浑水，他上疏朝廷说："幽、镇兵马刚刚退出，臣不敢轻易离开易、定二州。况且王重荣非但无罪，而且有大功于国，不能轻易调离河中，以动摇各藩镇之心。"而王重荣知道自己的兵力不占优势，就决定利用同样对朝廷怀有不满之心的李克用，施用反间计，写信给李克用说："朝廷密诏，等你到了河中之后，让我率军擒住你，这是田令孜、朱温、朱玫等人的奸计。"并将伪造好的诏书给李克用看。李克用因为"上源驿事件"刚刚与朱温结下仇怨，正气愤朝廷不肯治罪朱温，见有机会发泄怨气，求之不得。就这样，他听信了王重荣的挑拨，信以为真，先后八次上疏请求讨伐朱温与朱玫。唐僖宗不同意，多次下诏进行劝解，致使李克用非常愤怒。这年十月，李克用招兵买马，聚结诸胡，准备攻打朱温。

李克用对王重荣说："待我先灭朱温，再回扫鼠辈。"王重荣一听就慌了，他对李克用说："待公得胜班师，我早成俘虏。不如先清君侧之恶田令孜，再擒朱温也不迟。"李克用想想他说的有些道理，最终决定先取朱玫和李昌符，因为这两个人与朱温关系匪浅，都算是自己的仇人。先扫除外围，对自己也很有利。于是，李克用与王重荣合兵一处，在沙苑击败朱玫等部，田令孜的神策军溃不成军，逃回京师。李克用乘胜引兵攻打长安，田令孜见势不妙，只得挟唐僖宗逃往兴元（今陕西汉中），数年惊魂还没有来得及稳定的唐僖宗，又开始遭遇新的动荡。不到十年工夫，唐僖宗两次出逃，这在大唐帝国的历史上还是头一回。

当年黄巢占领长安时，宫城建筑保存基本完好，这次李克用率军进驻长安后，到处纵火掠夺，宫室坊里被焚十有六七，"宫阙萧条，鞠为茂草"。

3

光启二年（886 年）四月，见唐僖宗出走长安，这时邠宁节度使朱玫也起兵造反，出兵追击唐僖宗未果，最后只是抓住了襄王李煴。李煴，品性谨柔，才无过人。在朱玫的胁迫下，李煴先是以襄王身份监国，屯兵凤翔，后返回长安后再称帝，年号"建贞"，尊唐僖宗为"太上元圣皇帝"，实际上就是太上皇。

朱玫另立新帝，谋逆朝廷，唐僖宗对其恨之入骨，他认为此时只有李克用能够打败朱玫，但李克用却不愿为他所用。于是，他又想到了天下兵马都监杨复恭与李克用交往甚密，就派谏议大夫刘崇望带着诏书去征召李克用，并说这是杨复恭的想法，让他出兵讨伐朱玫。李克用表面上虽然答应，但却迟迟不见行动。李克用意在朱温，已无心再战，他率部在长安城内烧杀抢掠过后，便打道回府，返回兵镇。李克用联合王重荣一起上表请求唐僖宗回长安，并列数田令孜罪状，请求他严惩田令孜。

这年冬天，天气异常寒冷，城里九衢的积雪一直没有融化，犹如这个摇摇欲坠的王朝，让人不寒而栗。唐僖宗密诏朱玫的爱将王行瑜，敕令他率众潜入长安，行刺罪魁祸首朱玫，王行瑜斩杀朱玫及其党羽数百人，又纵兵大掠。长安城遭受抢掠剽剥之后，僵冻而死的百姓横尸遍野，惨不忍睹。一些官员见当初挑头另立新帝的朱玫被斩杀，便在那个寒冷冬日里，带着襄王李煴逃亡河中。王重荣假装迎奉，将襄王李煴抓住杀死，并把他的首级函送行在，即唐僖宗所在的兴元，后以庶人之礼安葬。长安襄王李煴事变平息后，不少官员遭到杀戮。

再次出逃的唐僖宗，已经对田令孜失去信任，朝臣们更是对田令孜积怨已久，都希望僖宗能够听从李克用的建议，尽快返回长安，并迅速除掉田令孜。田令孜见大势已去，为保全自己的性命，只好提出辞去官职，逃回四川老家。此时，在唐僖宗看来，朝廷的内忧基本上得到清除，他开始打算重回京师。光启三年（887年）三月，返京的队伍刚刚到达凤翔，节度使李昌符使幺蛾子，他以长安宫室修缮尚未完工为名，将唐僖宗一行强行扣留凤翔。

那么，李昌符为什么要强行扣留唐僖宗呢？原来，在当初朱玫胁迫襄王李煴称帝的过程中，李昌符自始至终都是一个深度参与者。朱玫和李昌符都为自己与田令孜结盟而感到尴尬，他们想重立一个不受田令孜影响的新皇帝。所以，朱玫控制住襄王李煴，是在征得李昌符同意后，才先宣布李煴监国，后又宣布他为帝的。两人甚至还曾想派兵去兴元俘虏唐僖宗，但计谋没有得逞。后来，朱玫自任宰相，并意图控制李煴政权时，惹恼了李昌符。李昌符拒绝了李煴给他的所有职衔，上疏唐僖宗以表忠心，唐僖宗授他检校司徒荣衔。而今，朱玫被部将王行瑜所杀，李煴逃奔王重荣处后也被杀死，李昌符预感自己也时日不多了。他害怕唐僖宗一旦重返长安，会发现他当初曾与朱玫联合以及试图俘虏唐僖宗的文书，既使自己不被斩首，至少也会失宠，所以才借口长安宫室尚未修复，强行留下唐僖宗。

对李昌符来讲，可以说是一步错步步错，他留下皇帝却是一场更大的灾难。这年夏天，李昌符和朝廷将领杨守立争道，士兵互殴，唐僖宗派宦官劝解也无济于事。当夜，李昌符袭击唐僖宗在凤翔的行宫，但很快被杨守立击败。李昌符全家逃往陇州，唐僖宗命武定节度使李茂贞讨伐之。陇州刺史薛知筹投降，杀了李昌符全家，李茂贞就此接管凤翔。当然，经过这番折腾，唐僖宗的身体也垮了。

如果说灭唐的首功归于黄巢的话，那么，最终覆灭大唐王朝主要功劳还应归于"五代第一人"——后梁太祖朱温。但在黄巢和朱温之间，还有一位秦宗权，他承上启下，也是"功不可没"。

黄巢被剿灭之后，紧接着迎来的就是为期六年的秦宗权之乱，这个衔接可以说是天衣无缝，而且秦宗权还一度打着"黄巢接班人"的旗号，在蔡州建制称帝，依旧沿用黄巢的国号"齐"。朱温凭据汴州扼制四方的地利，明面上他主要是对付占据蔡州的秦宗权，实际上是在不断积蓄力量，蛰伏待机，即便是在他被加封检校太傅，改封吴兴郡王时，也一刻都没有闲着。早在光启三年（887 年）二月，朱温就派淄州刺史朱珍到东道招募兵士，不到十天时间，就招募到万余人，朱温高兴地对众人说："我的大事可以成了。"至于他所说的大事，也只有看到他之后所作所为的人才能够理解这句话的意思。

这一年，秦宗权集中全部兵力进攻朱温占据的汴州，其部将张晊、秦贤各率数万人马为先头部队，驻扎于汴州城西北，军营竖起的栅栏相连二十余里，军势非常强大。而此时朱温招募的兵士已经补入部队，使得朱温兵力得到全面加强，这一点秦宗权却不浑然不知，毫无防备。朱温对诸将领说："敌军正在养精蓄锐，以等待时机，一定会来进攻我们。况且秦宗权不知道朱珍已经来到，认为我们兵微将寡，以为我们害怕，只能坚守阵地而已。我们不如出其不意，先发制人。"于是，朱温亲自率兵进攻敌军先锋秦贤的营寨，将士们个个奋勇争先。秦贤果然没有防备，接连被攻克四座营寨，被杀死一万多人。

之后，朱温又挑选精兵锐卒，趁着大雾，袭击了秦宗权部将卢瑭驻扎在汴水两岸的军营，直到朱温部队杀入敌军营垒才被发现，可为时已晚，卢瑭部队死伤不计其数，卢瑭投河自尽。随后，朱温在郓州天平节度使朱瑄、兖州泰宁节度使朱瑾和义成军的增援下，指挥宣武、兖、郓、义成四镇军马，在汴州城北郊的边孝村向秦宗权发起进攻，大破秦宗权军，杀死两万余人。经此一战，秦宗权军实力大损，只得龟缩回蔡州。秦宗权在与朱温的几次交战中，虽然兵力是朱温的数倍，但都以失败告终，心中愤怒不已。败退至郑州时，屠杀城内百姓，掠夺城内房屋，许久才离去。接着又把兵力分散在陕、洛、孟、怀、许、汝等州，但因士卒恐惧朱温，以至于朱温所部还未到达，守城兵士都已弃城而逃。

光启四年（888 年）二月，唐僖宗拖着病体终于又一次回到长安，在拜谒太庙以后，举行大赦，改元"文德"。在此期间，王重荣被部将常行儒所杀，常行儒又被王重荣之弟王重盈杀掉。杀人者都取而代之，分别成为新的藩镇之首。唐僖宗虽然重新回到了属于他的长安，但朝廷的声望却再也无法恢复，地方节度使愈加跋扈。

唐僖宗的病情始终不见好转，朝臣都忧心忡忡，更为摇摇欲坠的皇权担心，直到唐僖宗病情危重的那天晚上，大家都还不知道由谁继位。如果按照礼制，自然应是年长者继嗣，所以朝廷上下皆认为吉王李保最贤德，排行又在寿王李杰之前，想要立吉王李保继承皇位。结果观军容使杨复恭跳到了前台，他率领禁军迎还寿王李杰，立其为皇太弟。尽管大臣们对此颇有微词，但都既不敢怒也不敢言，因为眼下只有杨复恭说了算。宦官们对地方藩镇也许并无计策，但对天子废立还是有绝对权威的，前几朝的事实对此早就下了结论，用不着谁来发表意见。

三月初六，二十七岁的唐僖宗终于在经历颠沛流离之后离开了人世，幸运的是他虽然几度逃离京师，最后却是在长安宫中的武德殿驾崩，且被葬在了靖陵。唐僖宗在位的这十四年，可以说是唐王朝灾难深重的十四年，也是李唐江山彻底崩溃的时代。天不假寿，也许是件幸事，因为地下的唐僖宗应该知道，祖宗基业没有在他手上结束，已经算是他的造化。但接下来的继任者，不会再有他这样的好运气了。两天之后，皇太弟李杰在唐僖宗灵柩前即皇帝位，改名为"晔"，是为唐昭宗，时年二十二岁。想不到的是，这次杨复恭却歪打正着，给垂死的帝国立了一位英明贤达的天子。新帝虽然只有二十二岁，但他体貌明粹，好文学、重儒术，尊礼大臣，追想前贤，尤其具有恢复祖辈旧业的豪迈志气。唐昭宗很喜欢阅读有关典章文物制度方面的书籍，特别重视儒家学术，精神气质雄杰英武，有唐武宗的遗风。

4

龙纪元年（889年）正月初一，唐昭宗驾临武德殿接受朝贺，宣布敕命，大赦天下，改用新年号——龙纪。并对文武大臣晋封官职，颁赐的爵位各不相同。唐昭宗登临大宝不久，就收到了朱温送来的一份"厚礼"——秦宗权。原来，不久之前秦宗权的部下申丛变节，打断了秦宗权的双腿，将其囚禁起来，并遣使向朱温报告。朱温当天接到诏令任申丛为淮西留后官，等宫中使者到达蔡州时，事情又发生变故，蔡州的另一名偏将郭璠将申丛杀死，把秦宗权抢了过来，捆起来直接送到汴州。这年二月，朱温派人用囚车将秦宗权押解到长安，唐昭宗驾临延喜门接受俘虏，百官向他表示祝贺。受俘之后，唐昭宗将秦宗权夫妇游街示众，祭告宗庙社稷后，命京兆尹孙揆将其斩首，秦宗权妻子赵氏以笞刑处死。有意思的是，临刑之时秦宗权还在槛车里伸出脑袋向孙揆辩解说："尚书大人，您看我秦宗权是造反的人吗？只是我对朝廷一片忠心，无处投效罢了。"这个愚蠢的辩护，惹得围观百姓捧腹大笑。

平定蔡州，消灭秦宗权，朱温功不可没，唐昭宗诏令增加其邑实封一百户，赐给庄园和住宅各一处。赐给蔡州行营的士兵二十五万贯钱，命度支使逐步支付。龙纪元年（889年）四月，又加封朱温为检校太尉，兼任中书令，晋封为东平王，并赏赐军费十万贯钱。对于志得意满的朱温来讲，他接下来要对付的主要目标就是李克用了。

唐昭宗有别于前两位先帝，他还知道自己要尽的天子责任。事到如今，摆在他面前的主要任务有两项：一是清明朝政，剪除宦官；二是振作威令，消灭割据。顺元年（890年）正月初一，唐昭宗驾临武德殿接受百官朝贺，宰相率领百官为他上尊号——"圣文睿德光武弘孝皇帝"。唐昭宗下诏大赦，改年号为"大顺"，这也是他使用的第二个年号。大顺元年（890年）五月，趁李克用兵败之际，宣武节度使朱温、云州防御使赫连铎、卢龙节度使李匡威上疏，请求唐昭宗乘机讨伐李克用。

李克用是该讨伐，因为他势力最强且最不安分，不断侵犯邻镇，扩张领地，眼下正好是个机会，因为几个月前他刚刚损失了一支强有力的部队。但关键在于，讨伐李克用会不会带来严重后果？换句话说，会不会为别有用心的人所利用？这是唐昭宗最为担心的一个问题。朱温极力主张讨伐李克用，因为他就是最有可能在其中大捞一票的人，但凡真正的明白人，都能一眼看出背后的玄机，难道昭宗皇帝就看不出吗？

唐昭宗决定召集台省四品以上官员讨论此事，大多数官员认为不可，但宰相张濬却认为沙陀部族曾逼僖宗皇帝逃难至兴元，罪该至死，应该讨伐。而军容使杨复却极力反对，虽然他的动机倒也并非在此，只是出于和李克用的私交，但他的一句话却颇能代表大家的观点："宗庙甫安，不宜更造兵端。"随后，唐昭宗也毫无保留地发表了自己的意见："克用有兴复大功，今乘其危而攻之，天下其谓我何？"可惜，接受了朱温贿赂的张濬联合宰相孔纬，却始终坚持讨伐意见，唐昭宗迫不得已，只得任命宰相张濬为太原四面行营兵马都统，韩建为副使，前去讨伐。

这年十一月，张濬与李克用在阴地（今陕西商县）交战，张濬大军三战三败，他和韩建逃回长安。李克用军队在晋、绛大肆掠夺，直到河中，所到之处满目疮痍，一片凄凉。李克用上疏申诉冤屈，他说："贼臣张濬依靠朱温离间功臣和朝廷的关系，以致削除了臣的官职、爵位。"言辞傲慢至极。唐昭宗为此下诏，好言好语回复他，也是变相向他认错。面对这种残局，唐昭宗心中十分懊恼自己的判断失误，他沮丧自己即位后所做的削藩努力通通付诸东流，伤心自己组建的禁军也在这一战中损失殆尽。唐昭宗更恐惧李克用以武力相威胁，为了平息事端，他罢免了当初赞成出兵的所有官员。

一波未平，一波又起。大顺二年（891年），被宦官把持朝政的唐王朝再次发生严重动乱，而这次动乱却为一个叫李茂贞的人提供了一次绝好的扩张机会。这年八月，曾经拥立唐昭宗即位的宦官杨复恭，因飞扬跋扈被朝廷解除兵权，并被派去凤翔任监军。杨复恭不甘坐以待毙，拒绝就任，后来逃往其养子时任兴元节度使的杨守亮处，"积粟训兵"，公开抗衡朝廷，彻底走到了唐昭宗的对立面。兴元即今天的陕西汉中地区，地处李茂贞管辖的凤翔藩镇南部，如能将此地据为己有，既可凭地势之险保障凤翔的南部边界安全，也能打开通向蜀中的大门，实现以攻代守。正是看准了这点，景福元年（892年）正月，李茂贞联合王行瑜、韩建等节度使上疏朝廷，要求"出军讨之"，并要求朝廷加封其为"山南西道招讨使"。对于李茂贞这"路人皆知"的"司马昭之心"，唐昭宗及众多朝臣又岂能不知，故"朝议从茂贞得山南不可复制，下诏和解之"。也就是说，朝廷意欲和杨复恭和解，从而委婉地拒绝了李茂贞。

兵法有云，将在外君命有所不受。一个苟延残喘的朝廷对那些拥兵自重的藩镇首领的约束力已是微乎其微了。李茂贞并没把这位年轻的新皇帝放在眼里，这年二月，他联合王行瑜自行发兵攻打兴元。最终，在朝臣们的建议下，唐昭宗只好妥协，"乃以茂贞为山南西道招讨使"。李茂贞"奉诏讨贼"，短短数月不但将杨复恭集团悉数歼灭，而且还将兴元揽为自己囊中之物。唐昭宗也想将兴元的管辖权收归中央，故"诏以宰相徐彦若镇兴元"，但他太天真了，吃到肚里的肉，李茂贞怎会轻易吐出来呢？李茂贞不但为其义子李继徽争取到兴元留后的职务，而且还"坚请旌钺"。所谓"旌钺"，意思是白旌和黄钺，借指军权。出自《书·牧誓》："王左杖黄钺，右秉白旄以麾。"李茂贞赤裸裸地为义子索要兵权，按古代君臣之礼，这本已属于僭越了。然而，实力决定一切，面对实力强大的李茂贞，"昭宗不得已而授之"。

恶例既开，洋州节度使杨守忠、凤州刺史满存等人也纷纷效仿，攻池掠地之后，皆由其子弟留守，一时间"朝廷不能制"。在与藩王交锋中，接二连三遭遇失败的唐昭宗，威望损失殆尽，逐渐沦落为诸侯随意侮辱的对象。此时已经坐上陇西郡王宝座的李茂贞，开始对朝政"关心"起来，有了当皇帝的想法。一些忠直大臣认为李茂贞眼中没有君主，便对他加以斥责。李茂贞修书反击。有些大臣为了巩固自己的权势，也纷纷倒向李茂贞，这使得李茂贞更加骄横。

景福二年（893 年）七月，李茂贞在写给唐昭宗的信中公然嘲笑朝廷态度软弱，信的结尾还挑衅说："未审乘舆播越，自此何之"。

意思是说："我怕将来军情有变，军队难以控制，只会使百姓遭难。到时陛下车驾远行，又能到哪里去避难呢？！"唐昭宗勃然大怒，面对李茂贞的讥讽挖苦，血气方刚的唐昭宗盛怒之下，"决讨茂贞"。他召宰相杜让能前来，一起商议讨伐李茂贞之事。杜让能清醒地认识到，就凭当前的朝廷力量对决李茂贞是没有任何胜算的，万一消灭不了他，必将反受其害，就向唐昭宗进谏说："陛下初登大宝，国难未平，李茂贞近在国门，不宜与他构怨，万一不克，后悔难追。"唐昭宗大骂杜让能道："王室日卑，号令不出国门，这正是志士愤痛的时候，朕不能坐视陵夷，卿但为朕调兵输饷，朕自委诸王用兵，成败与卿无干。"

唐昭宗执意要讨伐李茂贞，他命杜让能整军备战，开始了一场几乎没有任何悬念的战争。当年八月，唐昭宗敕命覃王李嗣周为"京西招讨使"，率领三万由市井少年临时组成的禁军浩浩荡荡出发时，便早已注定朝廷失败的结局。李茂贞、王行瑜率领近六万大军，在兴平大败中央军，"禁军皆望风逃溃"，李茂贞又乘势追杀至长安城，兴师问罪。最后，忠心耿耿的宰相杜让能只好站出来，用牺牲自己的性命为代价，替唐昭宗化解了这场灾难。此后，大臣们与唐昭宗走得似乎越来越远。

李茂贞兴师问罪，也只是明面上的事，关键是他觊觎的心早已蠢蠢欲动。两年之后的乾宁二年（895 年）五月，李茂贞又指使宦官杀死宰相崔绍纬，联合王行瑜、韩建领兵占领长安。惊慌失措的唐昭宗逃往河东，去寻求李克用的庇护，走到半路却被李茂贞的盟友韩建挟持，韩建恐吓他说："车驾渡河，无复还期。"在李克用击败李茂贞和王行瑜后，唐昭宗出于让藩镇相互制约的考虑，当然他更害怕李克用因此坐大，于是下诏罢兵和解。李克用已经觉察到唐昭宗对自己不够信任，于是，丢下一句"唐不诛茂贞，忧未已也"，愤然返回河东。事实确实应了李克用的这句话，史书记载："克用既去，茂贞骄横如故，河西州县多为李茂贞所据，以其将胡敬璋为河西节度使。"

被韩建挟持到华州的唐昭宗，心情一直是郁郁寡欢，经常登上齐云楼，遥望着长安的方向暗自神伤，默默流泪。于是，就有了那首《菩萨蛮》："登楼遥望秦宫殿，茫茫只见双飞燕。渭水一条流，千山与万丘。远烟笼碧树，陌上行人去。安得有英雄，迎归大内中。"让人读来忧伤不已。就这样，堂堂的一国之君，被韩建在华州幽禁了将近三年。其间，李茂贞、韩建再入长安，烧宫室，毁市肆，解散禁军，皇室宗亲覃王李嗣周、延王李戒丕、通王李滋、沂王李禋、彭王李惕、丹王李允，以及韶王、陈王、韩王、济王、睦王等十一人被杀。

5

当初朱温在抵御秦宗权时，由于天平军节度使朱瑄和泰宁军节度使朱瑾的及时救援，朱温得以彻底击败秦宗权。朱温遂赠厚礼给朱瑄、朱瑾，打发他们各自返回自己领地。实际上，朱温早就想图谋天平和泰宁，只是因为朱瑄、朱瑾曾援助自己，一直没有兴兵借口而已。然而，朱瑄和朱瑾兄弟二人却为小人，生生为朱温兴兵制造了一个借口，原来他们二人看到朱温的军士勇敢强悍，便偷偷在曹州和濮州边界上以重金布帛悬赏，招诱他们，为此不少军士为了财货之利而背叛朱温。于是，朱温以此为借口，立即传送檄文谴责他们，朱瑄的回话很是无礼，因此相互之间产生了矛盾。所以，就在李茂贞等人兴风作浪时，朱温正在山东收拾朱瑄和朱瑾两兄弟。等到腾出手来，他便参与到李茂贞、李克用等人这场大纷乱中。

乾宁三年（896年）六月至十月，朱温先是在魏州一带数次攻击李克用，声势日见其盛。一年之后，又举兵东进，最后将郓、齐、曹、棣、兖、沂、密、徐、宿、陈、许、滑、郑、濮等地尽收囊中，势力逐步扩大到中原地区。此时的朱温再也不比当年，他手上有强兵数万，土地千里，可以与强大的李克用相颉颃。接下来，朱温要走的第二步棋，就是"挟天子以令诸侯了"。

乾宁三年（896年）七月，朱温与河南尹张全义及关东诸侯给唐昭宗上了份奏疏，请求他迁都洛阳，给关中悖逆之辈以极大震慑。那么，朱温为什么要挟持天子迁都洛阳呢？原来他是为了对皇帝的嫡系团队进行大清洗，因为只有这样才能使皇帝牢牢坐稳傀儡之位，将其掌握在自己手中。在此情形下，李茂贞、韩建开始为自己当初的所作所为担心起来，太原的李克用既不能一日除之，而汴梁的朱温又虎视眈眈，二人不愿两面树敌，便寻求妥协。李茂贞上表请罪，请献钱十五万缗，助修宫室。而韩建也致书李克用，表示愿意修好。一年之后的乾宁五年（898年），等到朱温占据东都洛阳后，局势却发生了重大变化：李茂贞、韩建和李克用建立暂时联盟，他们决定宁可让唐昭宗回到长安，也不能让其落到朱温之手。这年八月，在韩建的"恭送"之下，昭宗终于结束华州软禁生涯，返回了阔别三年之久的长安城，为了庆祝自己重回长安，他决定改元"光化"。

这一年，朱温和李克用终于各自亮出了自己的底牌，开始用兵锋实力说话。朱温会同魏博节度使罗绍威，与太原李克用、幽州刘仁恭联盟展开了一场空前对决。光化二年（899年）正月，朱温先打败刘仁恭，乘势进攻河中、河东；光化三年（900年）九月，再败刘仁恭，取镇、景、莫、祁、定等州，在兵势威慑之下，成德、义武两镇均向朱温请和。至此，河北诸镇全部收入朱温囊中。第二年四月，朱温六路兵马进攻李克用，连下数州，直逼晋阳。李克用大为窘迫，亲自登城指挥，数十天衣不解带，未遑饮食。一个月后，朱温因粮食补给出现问题，再加上连日阴雨，许多士兵生病，这才率军退去。

在打败河东节度使李克用后，朱温在篡唐的道路上越走越远，他已经不必再担心李克用威胁了。唐昭宗被迫加封他为宣武、宣义、天平、护国（河中）四镇节度使，西起蒲陕，东到海滨，南起淮水，北到黄河诸镇，均为朱温占有。当年，挑起"安史之乱"的安禄山，充其量也只是身兼三镇节度使，而此时的朱温却比安禄山更为嚣张。悲哀至极的唐昭宗开始走向极端，开始酗酒，性情变得暴躁，喜怒无常。因为他此时已是既无权威又无依靠的空头天子，自己所能做的一切，就是把他所有剩下的勇气都化成对家奴的凶残暴戾，他决定对宦官们开刀。

光化三年（900年）六月，唐昭宗与宰相崔胤谋议，于这年六月先将两位专权的宦官枢密使宋道弼、景务修清除出京，不日赐死。这又是唐昭宗太过于"英明"了，宦官固然是天子的"敌人"，但唐昭宗在如此纷乱的时代尚能坚持时日，宦官倒也功不可没，是他们在努力维系着皇帝的存在。与朝臣不同的是，没有了天子也就没有了宦官，朝臣可以抛弃理念，可以弃暗投明，但宦官则不行，不论在什么情况下，他们都别无选择，只有和天子站在一起。崔胤想要一举铲除宦官势力，消除隐患，于是私下蛊惑唐昭宗，筹谋收回左右神策军兵权，另建禁军，贬左右神策军中尉刘季述、王仲先出朝。唐昭宗识破这是崔胤为了剪除政敌、独揽大权，没有同意他的请求，而是另外任命宦官王彦范、薛齐偓接替宋道弼、景务修，出任知内枢密使。刘季述、王仲先任左右神策军中尉不变。

虽然继续保持了神策军的控制权，但刘季述、王仲先对皇帝和宰相的恨意并没有减弱，这一次皇帝没有同意"诛灭宦官"，不保证下一次还是这样，如果不主动采取措施的话，搞不好就得步宋道弼、景务修的后尘，脑袋搬家。由此，皇帝、宦官、朝臣、藩镇四者间的关系越发微妙起来。唐昭宗要对宦官动手，只有倚靠朝官，可朝廷无兵，所以朝官还得倚仗地方藩镇。藩镇之间既有矛盾，又会各为其援。三者中任两方合纵连横，势必兵戈再兴，后果不堪设想！这个道理唐昭宗还是明白的。

这一年十一月的一天，唐昭宗出外打猎，夜半回宫，不知何事突然暴怒，亲手杀死了数名近侍宦官和宫女，宫内震动，宦官人人自危。此时，四大宦官首领左军中尉刘季述、右军中尉王仲先、左枢密使王彦范、右枢密使薛齐偓已忍无可忍，决定进行最后的抗争，他们策划废黜唐昭宗，拥立太子李裕为帝。第二天，四人率禁军千人破宫门而入，理由很充分："主上所为如是，岂可治理天下！废昏立明，自古有之，此乃为社稷安危，非不忠之举。"刘季述等宦官将唐昭宗幽禁在少阳院，为了防止他逃跑，又熔铁浇在锁上，每日饭食则从墙根挖的小洞里送进去。刘季述等人矫诏令太子李裕即位，并杀唐昭宗所宠爱的宫女、方士、僧道多人。

开弓没有回头箭。刘季述等宦官本想连崔胤一起杀掉，但因崔胤与朱温关系密切，未敢动手，仅免除其职务。宦官们害怕李克用、李茂贞和韩建等人会兴师问罪，便想将包袱抛给朱温，刘季述派使者前往大梁（今河南开封），向朱温奉献上大唐社稷。崔胤则怂恿朱温乘机挥师西进，进驻长安。朱温马上囚禁刘季述来使，以勤王为名，准备出兵讨伐刘季述，先派大将张存敬率军进攻河中，劫掠晋、绛二州。朱温尚未率军入关，唐廷却发生了变故。原来，神策军大将孙德昭愤恨宦官任意废立侮辱天子，崔胤就策动他起事，孙德昭不辱使命，伏兵诛杀刘季述等人，迎唐昭宗复位，改年号为"天复"。唐昭宗论功行赏，要封崔胤为司徒，崔胤坚辞不就，以示谦虚。但他还是辅理朝政，兼领三司诸使，执掌大权。

唐昭宗复位后，对崔胤更为信任，军国大事尽以委任之。有时召见时竟然不喊他的名，只以字称呼，可谓宠爱万千，无与伦比。但神策军指挥权仍归于宦官韩全诲等人。

崔胤认为宦官不尽除，朝廷终不得安宁，必欲尽诛，以绝后患。宦官对他惧怕极了，事无大小，皆禀命而行。韩全诲等人在极度悲哀惊惧之下，开始自救。他们一方面暗中交结李茂贞，请其派兵驻守京城，保护长安；另一方面，计划除掉宰相崔胤。崔胤在探知韩全诲交结李茂贞之后，知道自己铲除宦官的计划已经泄漏，必须尽快行动，给朱温写信称："天子有密诏，令你率兵迎驾。"而朱温并不想在残酷宫廷政治斗争中陷得太深，开始他没意识到这是个绝妙的机会，直到天平节度副使李振对他说"王室有难，霸者之资"时，他才恍然大悟，遂于天复元年（901年）十月，引兵赴京，并乘机攻取同州、华州。韩全诲闻知消息后，自知难敌，便挟持唐昭宗西走凤翔，依附了李茂贞。朱温兵至长安，闻知唐昭宗已被劫走，接着挥军西上。

　　朱温兵至凤翔，要求迎还唐昭宗，在遭到李茂贞的拒绝后，将凤翔城团团围住，一困就是一年有余。其间，多次击败李茂贞和李克用，就连前来救助的鄘坊节度使李周彝也归降朱温。这年从冬到春，雨雪频繁，眼看着李茂贞部队粮草用尽，凤翔城里每天饿死冻死者有千余人。可怜的唐昭宗在宫中弄一个小磨，每天依靠磨豆麦喝粥度日，喝得他一点力气都没有，宫人每天也有三四人死去。

6

　　朱温和李茂贞在艰难对峙中熬到过年，到了天复三年（903年）正月，李茂贞自知孤城难守，便将韩全诲等二十多名宦官斩杀，与朱温议和，朱温则挟持唐昭宗撤兵回了长安。宰相崔胤坚持尽杀宦官，唐昭宗听从其建议，朱温命人将以第五可范为首的七百名宦官赶到内侍省，将他们残酷杀掉，那些出使在外任监军的也难逃杀戮，被各地藩镇就地诛杀，至此困惑中晚唐的宦官问题终于被彻底解决。从此，唐昭宗完全落入朱温的监控之下，成为他的傀儡，苟延残喘地度过了他生命中的最后时光。

　　唐昭宗深知自己的境遇，他对朱温说："宗庙社稷是卿再造，朕与戚属是卿再生。"大概是为了报答朱温，唐昭宗任命朱温为守太尉，兼中书令、宣武等军节度使、诸道兵马副元帅，加封他为梁王，并赐"回天再造竭忠守正功臣"的荣誉称号，还有御笔《杨柳词》五首。可朱温利欲熏

心，他看中的可不仅仅是这些

俗话说，没有永远的朋友，只有永远的利益。朱温第三步棋就是远交近攻，消灭异己。天祐元年（904年）正月，朱温正式开始了他"挟天子以令诸侯"之路，他想把唐昭宗接到洛阳，又担心唐室大臣反对，于是就命其养子朱友谅假托唐昭宗诏令，于长安尽诛宰相崔胤、京兆尹郑元规等人后，再上奏疏坚决请求唐昭宗迁都洛阳。唐昭宗"车驾至华州，民夹道呼万岁"。唐昭宗一行人到达华州时，当地百姓夹道欢迎，山呼万岁。此情此景，不禁让他潸然泪下，大唐王朝如今到了这种地步，居然还有百姓认可他这个皇帝。可他现在的处境，已经无法承受老百姓的跪拜，因为他已经成为朱温谋取利益的傀儡。

上泣谓曰："勿呼万岁，朕不复为汝主矣！"唐昭宗对欢呼的百姓说："你们不要再喊万岁了，我已经不是你们的皇帝了。"接着他又对侍臣们说："朕今漂泊，不知竟落何所！"为了让唐昭宗彻底对长安死心，朱温下令长安百姓按籍迁移，将长安城内的所有宫殿及民宅全部拆除，木料顺渭水漂下，在洛阳重新营建。至此，那个繁华的长安城湮灭在历史长河中，成为一片废墟。

这年四月初十，唐昭宗到达洛阳，改元"天祐"。此时，大唐王朝已经开始进入倒计时！唐昭宗到达洛阳时，唐廷六军侍卫已经散亡殆尽，就连他身边的卫士及宫人也都是朱温选派的。从长安至洛阳途中，原来唐昭宗身边尚有小黄门及打球、内园小儿二百多人，朱温不放心这些人，就命人将他们灌醉后全部坑杀，然后换上年貌、身高相当的二百人顶替。"昭宗初不能辨，久而方察。自是昭宗左右前后皆梁人矣！"刚开始，唐昭宗没有发觉，后来才有所察觉，但他已经是真正意义上的孤家寡人了，随时都有可能成为朱温的俎上之肉。

李克用认为大唐天子迁都洛阳，都是梁王朱温挟持之举，他认为"天祐"这个年号，不能算作正统的年号，为此拒绝使用，依旧使用"天复"年号。李克用联合凤翔李茂贞、西川王建、襄阳赵匡凝等藩王，以兴复唐室讨伐朱温为名，倡议天下共伐之。朱温决定举兵西讨，又担心唐昭宗会有所动作，再次成为自己对手的招牌，于是决定杀死唐昭宗，另立新君。这年八月十一日夜，在他授意下，负责监视唐昭宗的左龙武统军朱友恭、右龙武统军氏叔琮及枢密使蒋玄晖等人，带龙武牙官史太等百余人深夜来到皇宫，以入宫奏事为名，敲开了唐昭宗寝宫的大门。

河东夫人裴贞刚打开宫门，看到这么多的士兵，就质问蒋玄晖："有急事奏报，不应该带兵士！"话音刚落，龙武军牙官史太上前一刀将其砍倒在血泊之中。随后，蒋玄晖等人长驱直入，随后闯入内殿搜索。

昭仪李渐荣看到带血的屠刀，她知道今夜恐怕凶多吉少，这个坚强的女人，临死之时还在为唐昭宗着想，高声喊道："宁可杀了我们，院使不要伤害陛下！"酒醉中的唐昭宗，急忙爬起来，身穿单衣绕殿柱而逃，被史太追上杀死，年仅三十八岁。李渐荣为了保护唐昭宗，伏在他的身上，也被杀害。蒋玄晖本来还要杀何皇后，经其苦苦哀求，才因朱温只下令杀唐昭宗而免其一死。

朱温假传诏书，立昭宗嫡次子辉王李祚为帝，改名李柷。八月十二日，年仅十三岁的李柷在唐昭宗灵前即位，是为唐哀宗，也是唐王朝最后一位皇帝，何皇后则被尊为皇太后。唐哀宗登基后，进封朱温为魏王、相国，并依旧保留他诸道兵马元帅、太尉、中书令及宣武、宣义、天平、护国等军节度观察处置等使的职务，凡军国大事一以委之。不仅如此，朱温还有"入朝不趋，剑履上殿，赞拜不名，兼备九锡之命"的特权，此时他距离觊觎已久的皇帝宝座仅有一步之遥。

"狡兔死，走狗烹；飞鸟尽，良弓藏。"为了撇清自己弑君的嫌疑，朱温开始卸磨杀驴、过河拆桥，他将参与此次弑君的朱友恭等人相继贬官，随后又命他们自杀。朱友恭在临死之时大声喊道："卖我以塞天下之谤，如鬼神何！行事如此，望有后乎！"如今，换上年纪更小、更容易操控的傀儡皇帝，朱温下一步要做就是篡位称帝。然而，大唐立国近三百年，德泽深厚，就算是处于分崩离析的状态，心向唐室的公卿百官和各地藩镇还是不少，更遑论人数众多的皇室成员。

为了能够顺利篡位，朱温开始铲除皇室成员和公卿百官。在他卖掉自己的队友后，终于对李唐皇室露出了獠牙。按照朱温的设想，原本打算派兵包围皇子王爷们的府邸，直接将他们杀死了账。但谋士李振、柳璨等人认为这样做影响恶劣，搞不好还会激起其他藩镇的联合声讨，所以建议还是以更为隐蔽的方式为好。李振素以阴毒狡诈著称，他稍加思索后便向朱温献上一计，建议以设宴为名召集诸王，然后在酒席宴间将他们全部杀死。

按照李振的计谋，天祐二年（905年）二月，朱温在九曲池宴请除唐哀宗之外的唐昭宗其余九个儿子，诸位皇子也深知宴无好宴，但迫于其权势不得不硬着头皮赴宴。宴会上，诸王不胜酒力，很快就被灌得人仰马翻，朱温命人将他们全部勒死，并将尸身投入九曲池中。紧接着，他又将屠刀挥向了公卿百官。这年三月，唐哀宗组织了一次原本十分寻常的人事动议，此时"太常卿"职位刚好空缺，朱温便向宰相裴枢提议由他的心腹张廷范担任。裴枢为人耿直，不懂得变通，常以"清流"自居。他认为太常卿是主管礼仪的文官，不宜由军人担任，应由"清流"士大夫担任为好，于是便拒绝了朱温的提议。裴枢此举触怒了反复无常大权独揽的朱温，他觉得很没面子，开始对"清流"士大夫动了杀心。

朱温开始了一系列整治"清流"士大夫的密集人事调整：朱温先是将裴枢、独孤损、崔远三人由宰相贬为地方刺史，之后再将他们贬为地方司户。接着又将三省台阁中的兵部侍郎王赞贬为潍州司户，吏部尚书陆康贬为濮州司户，工部尚书王溥贬为淄州司户，就连已致仕的太子太保赵崇也被贬为曹州司户。任命自己的亲信礼部侍郎张文蔚、吏部侍郎杨涉、清海节度使刘隐为同平章事，张廷范为太常卿……一时之间，朝堂上"清流"士大夫为之一空，均换成了朱温自己的亲信。

这年五月初七，大唐帝国西北夜空出现一颗彗星，天有星变，是灾非祥，当时就有占卜者对朱温说："此君臣俱焚之相，宜诛杀以应之。"谋士李振向朱温建议："应该把那些经常聚集在一起，抱怨不满的大臣和宗室通通杀掉，以堵塞灾异。"这年六月，朱温将裴枢等朝士贬官者三十余人全部带到滑州白马县的白马驿中，李振意犹未尽，再向朱温献计说："此辈常自称是'清流'，应当投入黄河，使之变为'浊流'！"朱温大笑，当即命人将这些忠于李唐政权的重臣悉数杀害，尸体投入滚滚黄河，这就是千古悲叹的"白马驿之祸"。当朝臣们的尸体在浑浊的黄河水中随波浮沉时，大唐王朝的一切道德准则、礼法规范也随之而被埋葬，大唐王朝再也没有继续存在的理由了。经此一变，大唐王朝完全失去了统治基础，虽唐哀帝仍在位，实际上已经等于亡国。

"白马驿之祸"后，尽管李克用等势力仍在顽强抵抗着朱温，但对唐朝来说已经毫无意义。天祐四年（907年）四月，大唐最后一位皇帝唐哀帝宣布"禅让"，朱温接受禅位，正式即皇帝位，改名为朱晃，改元为"开平"，国号大梁，历史上称之为"后梁"。升汴州为开封府（今河南开封），建为东都，以唐东都洛阳为西都。废十七岁的唐哀帝为济阴王，将其囚禁在曹州济阴，次年二月再将其杀害。至此，历时二百九十年的大唐王朝宣告覆亡，长达半个多世纪的五代十国乱世也由此开启。

"滚滚长江东逝水，浪花淘尽英雄。是非成败转头空。青山依旧在，几度夕阳红。"曾经的大唐王朝辉煌如日中天，照亮了整个世界，只可惜，这轮灿烂的太阳并没有闪耀出持久的光辉。它在历经了二百九十年波澜壮阔和跌宕起伏之后，如同盛开在时光深处的一朵静谧莲花，稍微掩盖了曾经的沉沉暮气，让人回味，更让人思索。

尘埃落定

　　历史变局和个人跌宕命运，终究是大唐王朝盛衰变奏曲的主基调。一切变局都是必然，这既是历史所趋，也是现实所需，任何人、任何事最终只能是历史长河中随波逐流的一粒微沙。尘埃落定，在历经两百九十年国祚后，大唐王朝最终成为叩开五代十国乱世大门的垫脚石。

||

　　处在七世纪初的大隋王朝，已经摇摇欲坠。坦白说，尽管历史上隋炀帝杨广有些争议，但他并不是个十恶不赦的皇帝。

　　隋炀帝在位期间，三征高句丽、修建大运河、巡视西域，他的初衷是想干好事，干大事，以此成就圣王伟业，这也是他把年号定为"大业"的原因所在。可终究因为他创业的心太切、太大，竟不顾历史客观条件限制，唯帝王权力意志是用，结果翻了船，走向了反面，成为亡国之君，历史罪人。曾有诗云："禹王治水争言利，炀帝修城尽道荒。功业相同仁暴异，须知别自有商量。"一句"功业相同仁暴异"，彻底道出大隋走向灭亡的原因。

　　公元616年，随着隋炀帝第三次游幸江都，风雨飘摇的大隋江山社稷已经到了濒临崩塌的边缘。乱世英雄乱世情。天下各路英雄早已不奉隋朝正朔，纷纷拥兵割据，称王称霸。

　　李渊，显然从一开始就是一个被隋炀帝低估的人，尽管他对李渊处处设防，但最终历史还是被李渊改写。李渊作为西凉开国君主李暠的后裔，或许最懂得什么叫韬光养晦，这也是他与性格外向张扬的隋炀帝最大的区别。如果按照亲戚来论，李渊的母亲与隋炀帝杨广的生母是亲姊妹，这样说来李渊和杨广应是亲姨兄弟。也正是因为这层特殊关系，李渊才有机会慢慢走进大隋的权力中心。但皇权终究将亲情涤荡得消失殆尽，纵观大唐二百九十年，又有哪一段历史不是如此呢?!

谶言，本是一种迷信说法，具有预言、征兆的含义。然而，翻开幽幽青史，谶言犹如附体的幽魂，总是伴随着一次次政变而呼之欲出。李渊的改朝换代亦是如此，在他心里早就埋藏着一个鲜为人知的秘密，多年之前，曾有个叫史世良的人善于相面，此人告诉李渊说："您的骨骼惊奇，必为一国之主，愿您自爱，不要忘记鄙人说的话。"此话是真是假早已无从甄别，但最后的结果却如史世良所料。大业十三年（617年）七月，李渊扯起"志在尊隋"的旗号，在"匡扶社稷、安定天下"的合法外衣庇护下，开始实施他"乘虚入关，号令天下"的建国计划。

长安，既是一座古城符号，也是千年前那个王朝的缩影。它以其雍容儒雅、满腹经纶、博学智慧和大气恢宏的气度，而成为中国历史的文化底片。李渊攻入长安后，改大业十三年（617年）为义宁元年，宣布遥尊隋炀帝为太上皇，拥立炀帝之孙十三岁的代王杨侑为帝，是为隋恭帝，实际上这只是李渊在改朝换代道路上迈出的第一步。小皇帝杨侑倒十分识相，专门下诏："军国机务，事无大小，文武设官，位无贵贱，宪章罚赏，咸归相府；唯郊祀天地，四时禘祫奏闻。"意思是，一切军政大权皆归李渊，皇帝只是祭祀天地的傀儡。

义宁二年（618年）三月，随着隋炀帝在江都被右屯卫将军宇文化及勒死，一切已是瓜熟蒂落。两个月后，隋恭帝禅位李渊，李渊即皇帝位，改国号为唐，改元为"武德"，是为唐高祖，定都长安。尽管此时的李唐疆土也仅限于关中及河东部分地区，但历史如椽巨笔，显然已经在为这个新生的帝国描绘无比瑰丽的未来。

武，停止干戈，消停战事；德，以仁德为核心，正行为操守和言谈举止。武德，一个充满美好寓意的年号，就此拉开了波澜壮阔跌宕起伏二百九十年的大唐王朝国祚。唐高祖李渊登临大宝不久，便册立李建成为皇太子，李世民为秦王，李元吉为齐王。而那些跟随他直捣长安的"太原元谋功臣"也都一一得到封赏，并记录在一份传世名单中。

纵观大唐历史，或许有唐一代太子之位是最危险的职位，也许是唐高祖根本就没有意识到，从他对儿子们分封的那一刻起，就已注定八年之后将会有一场突如其来的丹墀喋血事件，让大唐新生政权遭遇天崩地裂的震动，更会让他背负老来丧子的剧痛。

高高坐在帝王之位的唐高祖心里十分清楚，虽然自己捷足先登，先入长安为主，但与自己同样举兵起事各自为王的势力依旧不少，这让他有些寝食难安。别的不说，就以盘踞在西北地区的唐王唐弼、西秦霸王薛举和西凉王李轨为例，三股势力盘根错节，无论是资历还是实力，可以说都与他不相上下。而且这三股势力都已亮出各自底牌，开始称"王"称"霸"。卧榻之侧岂容他人酣睡？李渊知道当务之急就是要尽快铲除这些异己，才能永葆李唐江山绵延昌盛。于是，建国之初的大唐，就形成了这样一个局面：老子李渊运筹帷幄，指点江山；皇太子李建成巧于算计，准备早日登基；而作为秦王的李世民，开始了长达八年艰苦卓绝的征战。先是荡平河西，消灭了唐弼、薛举和李轨三股势力，尽收陇右河西之地，稳固了帝国大后方。后又剑指窦建德、王世充，决战虎牢关。

时势造英雄，英雄亦造时势。武德元年（618年）冬至，正当李渊定都长安时，雄踞河北的窦建德建立大夏国，自称夏王，年号"五凤"，定都乐寿（今河北献县）。第二年，王世充废越王杨侗，自立称帝，建立郑国，年号"开明"。夏、郑与大唐逐渐形成三足鼎立之势，在这场旷日持久的争霸战中，无疑窦建德是最难啃的硬骨头。后人曾评价说：倘若窦建德不死，李渊很有可能没资格称帝。此话真假暂且不论，由此也可以看出窦建德在当时的影响力。

窦建德打出的旗号是："吾为隋之百姓数十年，隋为吾君二代矣，今宇文化及杀之，大逆无道，此吾仇也。"武德二年（619年）二月，窦建德以为隋炀帝报仇为名，亲率十万大军讨伐宇文化及，最终在聊城（今山东聊城）将其俘虏，后押至襄国斩首。窦建德通过消灭宇文化及较好树立起隋朝忠臣的形象，因此获得极高声望，被越王杨侗正式封为夏王。窦建德将都城由乐寿迁至洺州。后来，王世充废黜杨侗，自立郑帝，国号为郑。窦建德毅然与其断绝关系，追尊杨广为隋闵帝，建天子旌旗，出警入跸，开始以皇帝身份自居。尽管窦建德以皇帝身份自居，但他作为农民起义军首领，终究难以成为眼界高远、胸怀天下、思想成熟的政治家。

武德三年（620年）七月，唐高祖李渊决定采取先"郑"后"夏"各个击破策略，对占据洛阳的王世充和雄踞河北的窦建德动手，由此拉开了长达十个多月的围剿战。这一次，奉敕出征的依旧是秦王李世民。尽管此时李世民也不过二十一岁，但短短两年时间里，他凭着自己非凡的军事天赋，历经"浅水原之战"和"柏壁之战"后，作战经验日臻成熟。然而，也正是这次东征，不但极大地加快了李唐王朝一统天下的进程，也为六年之后的那场震惊帝国的宫门血案埋下幽微而深远的伏笔。

李世民率领大军以摧枯拉朽之势横扫王世充，仅仅用了三个多月时间，就将河南五十多个州郡相继收入囊中，最后将王世充死死围困在洛阳城长达八个多月。洛阳这座昔日繁华的都城笼罩在一片血腥与腐烂交杂的恶臭之中，城中粮草殆尽，人们开始易子而食，陷入绝境的王世充不得已向自己的对手窦建德求救。或许是出于唇亡齿寒的考虑，也或许是出于鹬蚌相争的阴谋，最终窦建德还是决定出兵救郑。而身经百战的李世民，决定采取"围洛打援"战术，亲率三千五百名精锐玄甲军捷足先登占据虎牢关。先是将窦建德援军牢牢阻击在洛阳以西，后又趁其士气低落时，亲率玄甲军涉汜水，果断实施"斩首行动"。随着窦建德及其部下五万余人被俘，王世充的最后一丝希望也化为泡影，只得献城投降。

唐高祖李渊作为大唐帝国的总设计师，他从隋炀帝手中接过的是个千疮百孔的烂摊子，江山统一之后，他进行了政治、经济、军事等领域的一系列改革。在诸多改革举措中，科举制度是不得不大书特书的一件事。科举制度并非唐朝首创，只是在沿袭继承隋朝科举制度基础上的发展和创新，但唐高祖所推行的科举制度与前朝最大的不同，就是给予了中小地主更加广泛的参与权，不再一味强调考生的出身门第，从而开创了平民入仕的先河。

唐朝，作为一个开放包容的朝代，唐高祖懂得不忘祖宗不仅是优良传统的思想之根，更是以孝治天下的根本所在。为了广泛传播儒家思想，教化育人，唐高祖还创立了中央官学，作为传授儒家经典的最高学府。古来君王皆有追祖的传统，唐高祖为了维护自己的政权统治，抬高自己出身，便自称是老子李耳后人，以道教为国教，奉行儒释道三教并尊政策，由此唐朝便成为第一个明确将道教置于佛教之上的朝代。

最是无情帝王家。武德九年（626年），正当唐高祖李渊以胜利者的姿态开启武德之治时，一场蓄谋已久的宫廷喋血惨剧悄然发生。这年六月初四，在长安城寻常百姓眼里，这是一个与往昔没有任何区别的日子，就在这看似宁静祥和的背后，一场孕育已久的血雨腥风犹如阴魂一样飘荡在长安上空。

《资治通鉴》记载："上每有寇盗，辄命世民讨之，事平之后，猜嫌益甚。"自唐高祖李渊晋阳起兵以来，李世民可谓身经百战，屡建奇勋，功高望重。就连唐高祖本人都认为他厥功至伟，特设"天策上将"之位，任命他为天策上将，兼任司徒、陕东道大行台尚书令，增邑两万户，并开设天策府，设置官属，位在王公之上。任命的背后却是随之而来的猜忌，李世民功勋越高，唐高祖和太子李建成对他的猜忌就越深越重。最终，李世民发动了中国历史上最为著名的宫门血案——"玄武门之变"。刀光剑影，血染玄武。江山易主，历史改写。

2

"玄武门之变"既是唐太宗李世民心中永远的痛，更是他一生挥之不去的阴影，也许正是因为他登顶皇权的道路上沾满血腥，所以他后半生常带愧疚，常感负罪，才开启他扭转乾坤、知人善任、仁政勤勉、励精图治、恩泽天下的救赎，从而创造了"贞观之治"的盛世图景。武德九年（626年）八月初九，唐高祖李渊禅让李世民，李世民在东宫显德殿即位，是为唐太宗。第二年正月初一改元"贞观"，此后这个年号伴随大唐王朝二十三年之久。

贞观九年（635年）五月，大唐王朝开国之君唐高祖李渊，在孤独中于垂拱殿悄然离世，走完他难以名状的一生，享年七十一岁。唐高祖李渊生前留下遗诏，要求遵照秦汉制度营建陵寝，丧葬事宜务从节俭。

俗话说，一个成功男人的背后，必定有位贤惠的女人。像唐太宗这样的一代明君自然也不例外，从太原起兵到征战四方，从"玄武门之变"到登基为帝，从开门纳谏到"贞观之治"，透过他波澜壮阔的一生，皇后长孙氏如影随形，无处不在。她经历了平淡与繁华，陪着太宗皇帝从容走过那些刀尖舔血的岁月，踏上了"贞观之治"繁花似锦之路，可谓功不可没。在中国历史上，有据可查的皇后就有四百多位，长孙皇后无疑是其中少有的一代贤后，用唐太宗的话说，长孙皇后就是他的"佳偶""良佐"。

《旧唐书》曾有这样一段记载："时太宗功业既高，隐太子猜忌滋甚。后孝事高祖，恭顺妃嫔，尽力弥缝，以存内助。及难作，太宗在玄武门，方引将士入宫授甲，后亲慰勉之，左右莫不感激。"从这段史料中，不难看出危难之际，长孙皇后对唐太宗不离不弃的身影。她不仅参与了"玄武门之变"，而且在政变结束后，还以自己独有的智慧和温柔，从容慰勉将士，为之后的权力交割铺平道路，她用实际行动诠释对丈夫唐太宗李世民的全力支持，体现出生死与共的选择态度。唐太宗君临天下，百官朝贺，但"杀兄逼父"的恶名却压得他透不过气来。贤淑睿慧的长孙皇后劝慰唐太宗说："现实无法改变，但陛下贤能，可以通过治国造福百姓啊！"

因为筚路蓝缕，才会倍加珍惜；因为智慧处世，方能通透达观。

长孙皇后贵为一国之母，却始终保持清醒。她对外戚之事一直以前代为鉴，临终时仍不忘嘱托唐太宗不要给予她家族太多。古往今来，很多帝王后妃，有谁不希望自己的家族势力越来越强大呢？但长孙皇后居安思危，汲取前车之鉴，实为罕见。

一场相遇，一生相爱；一场别离，一生想念。贞观十年（636年），长孙皇后因病去世。唐太宗悲伤不已，他对侍臣们说："我岂不知道皇后之崩是天命而不得不割情？只是一想到失去的贤妻良佐，我就依然克制不住悲伤！"唐太宗无数次独自伫立于立政殿内，触摸神思，睹物思人。唐太宗下诏，遵从长孙皇后遗愿，以营山为陵，是为昭陵，并作为祖制，以传后世，以此开创大唐以山为陵的先河。

以铜为镜，可以正衣冠；以古为镜，可以知兴替；以人为镜，可以明得失。唐太宗李世民吸取隋亡教训，不断纠正前朝弊端，知人善用，虚心纳谏；以农为本，复兴文教；稳固边疆，安定四方。最终取得"贞观之治"的盛世辉煌，创下属于他的"天可汗"帝王伟业。

时间可以淹没一切，也可以改变一切。贞观二十二年（648年），房玄龄、萧瑀等一干朝廷重臣相继离世，这对于年迈的唐太宗李世民来说是个巨大打击，在身心疼痛的双重打击下，他的身体每况愈下。寒来暑往，唐太宗深感上天留给他的时日不多了，此时他唯一放心不下的还是太子李治。贞观二十三年（649年）五月二十六，唐太宗驾崩于终南山翠微宫含风殿，临终之时，他将太子李治托付给褚遂良和长孙无忌。在元宫中等待了十三年之久的长孙皇后，终于又一次与丈夫聚首。

唐高宗李治作为唐朝第三位皇帝，唐太宗曾评价他："太子仁孝，公辈所知，善辅导之！"仁孝，是李治留给父亲唐太宗印象最为深刻的一面，然后他留在历史上的却是"昏愦无能""怯弱平庸"，真是如此吗？

李治即位，是为唐高宗。唐高宗李治即位之初，继续奉行太宗时的各项制度，李勣、长孙无忌、褚遂良共同辅政，使得"百姓阜安，有贞观之遗风"，史称"永徽之治"。唐高宗曾在《万年宫铭》里这样写道："朕载怀千古，流鉴百王，思欲屏逸收骄，怡神遣虑。"充分抒发了他誓做一代明主的情怀和豪迈。据说他曾在三十六天里接见刺史三百六十多位，由此可见其勤勉程度。刚刚登基为帝的唐高宗，虽然资历尚浅，难以服众，但在长孙无忌和褚遂良等元老重臣的辅佐下，很快就坐稳皇位。他效仿太宗皇帝纳谏之风，专门成立了一个"问以百姓疾苦及其政治"的十人内阁，严格执行太宗时期制定的内外政策，使得社会安定，政治清明，经济繁荣，人民安居乐业。

古往今来，宫廷暗战血腥杀戮的残酷魔咒，没有几个帝王能够摆脱，在你死我活的政治斗争中，要么是对手，要么是队友，根本不存在第三方。作为唐太宗曾经的才人，武则天的一生可谓传奇。她不仅貌美如花，且腹有诗书气自华，《全唐诗》中收录她的诗作就多达四十六首，美女加才女，唐高宗根本抵挡不住这样的诱惑。

随着武则天的再次入宫，原本还算是相安无事的后宫再起波澜。嫔妃间的斗争，虽然没有刀光剑影，但输者往往也会付出生命的代价。尚在襁褓中的安定思公主的死亡不仅为后人留下千古之谜，也为充满野心的母亲武则天留下打击对手的把柄。武则天借此一举击败王皇后与萧淑妃。永徽六年（655年），武则天踏着累累白骨终于登上皇后之位，与唐高宗并肩而立。这对后宫夫妻，朝前盟友，在"废王立武"背后尽管各有利益所图，但联手打击对手却从未手软，甚至不惜制造一连串的政治劫难。

这场劫难，首先从害死王皇后和萧淑妃开始；之后，夫妻二人又联手将带头反对废后的"托孤大臣"褚遂良和长孙无忌贬出长安，后致使褚遂良郁闷而亡，长孙无忌被逼自缢而死；再将于志宁、韩瑗、来济等一干朝廷重臣全部削职免官贬出京师。武则天正是靠着这种铁腕与残忍，将朝中反对势力逐渐清理干净，从而一步步实现自己的政治目的的，她展示给世人的是集残忍与机敏、疯狂与冷静于一身的形象。唐高宗也借"废王立武"，收回了属于自己的权力，实现了真正的中央集权。从此，武则天与唐高宗荣辱与共，命运将他俩紧紧绑在一起。

站在父辈打下的大唐版图之上，看似柔弱的唐高宗却有一颗横扫天下的野心。龙朔三年（663 年）是他执政的第十四年，已被消灭的百济又死灰复燃，不仅组织起一支强大的复国军，而且还得到隔海相望的日本的倾国支持，对大唐帝国构成极大威胁。唐军与两国联军在百济白江口（今韩国锦江入海口）展开激烈海战，唐军充分发挥自身优势，将兵力、船舰皆数倍于己的日本水军打得一败涂地，这次战斗在中国历史上堪称是以少胜多的经典水战，彻底消灭百济复国余部，且打得日本千年不敢往顾中原。

高句丽，一个存在于公元前一世纪至公元七世纪的中国古代边疆政权。大唐建国后，四夷威服，唯独高句丽傲视唐廷，成为李唐政权的心头之患。早在贞观十七年（643 年），唐太宗李世民曾感叹说："今日不取，他日必成子孙后患。"总章元年（668 年），历时多年的艰苦卓绝征战，唐军终于兵临平壤，建国七百余年的高句丽宣告灭亡，自此湮灭在茫茫历史尘埃中。至此，放眼四周，大唐王朝已是无敌于天下，帝国版图东起辽东，西临咸海，北越贝加尔湖，南至越南横山，总面积已达到上千万平方公里，军事扩张达到巅峰，版图臻于极盛。唐高宗终于完成李唐两代帝王做梦都想做却没能做成的事情，成为当之无愧的天下霸主。

显庆四年（659 年），正当唐高宗萌生封禅之意时，不巧患上"风眩头重，目不能视"的病症，不得不将国政重任暂时交给皇后武则天代为处置，并委其参决奏事。武则天趁机揽权，培植心腹，专擅朝政，"威势与帝无异，时称为'二圣'"。在短短两年时间里，大唐就形成"天下大权，悉归中宫"的局面。深得武则天赏识的道士郭行真，奉敕于泰山之上立"双束碑"，又名"鸳鸯碑"。乾封元年（666年）正月，唐高宗终于实现了梦寐以求的封禅梦想，与武则天一同封禅泰山，谒祀孔子，这也是中国历史上第一次有皇后参与的封禅活动。上元元年（674年），唐高宗下诏尊皇帝为天皇，皇后为天后，政权由唐高宗向武则天转移的趋势逐渐形成。

弘道元年（683年）十二月二十七日晚，东都洛阳贞观殿内，唐高宗已是弥留之际，当半个多世纪的岁月烟云和人世沧桑从他眼前倏忽映现时，他有气无力地说出了自己最后的心愿："天地神祇，若延吾一两月之命，得还长安，死亦无恨。"人之将死，其言也善，唐高宗很想在长安走完他最后的人生时光，好为自己画上一个圆满的句号。然而，此刻他已经回不去了，这个坐拥天下三十四年，开疆拓土的大唐天子，带着满目无奈，离开了他亲手开拓的皇皇大业。这就是唐高宗李治，一个被历史严重忽视、饱受争议，且别样深情的真实帝王。

唐高宗驾崩之前，留下一道耐人寻味的遗诏："七天装入灵柩内，皇太子在灵柩前即皇帝位。园陵制度，务以节俭。军国大事有不能决断者，请天后处理决断。"唐高宗李治驾崩后的第二年（684年），大唐迎来了一个多事之秋：中宗即位，改元"嗣圣"；武后废中宗，再立睿宗，改元"文明"；武后改元"光宅"；哈雷彗星出现。此时登上帝位的唐睿宗李旦，并没有体验到皇权带给他的荣耀，而是从他被拥立的那一天起，便被武后幽禁于皇宫之中，开始了他傀儡皇帝的生活。

临朝称制的武则天，着手开始一系列改革，为改朝换代做最后的准备。先是改年号为"光宅"，这也是她在同一年内第三次改年号，再将东都洛阳改为神都，把洛阳宫改为"太初宫"，后又改官职名称及旗帜和官服。光宅元年（684）九月，武则天决定将原来的御史台改为左肃政台，同时增设右肃政台，将监察官员由此前的十八人增至四十人，以加强其监察职能。

3

有人顺来接受，就有人逆反到底。此时，武则天还是迎来了第一个反叛者——李敬业。李敬业以勤王救国、支持唐中宗李显复位为名，于扬州起兵，自称大将军、扬州大都督。身为谋士的骆宾王为其撰写《代李敬业讨武曌檄》。盛怒之下，武则天在剥夺李敬业赐姓和爵位后，不但派兵将其平定，还趁机以通贼罪铲除顾命大臣裴炎，可谓是一石二鸟、一箭双雕。为及时掌握李唐遗臣、遗老信息，武则天先后设登闻鼓及肺石，鼓励天下百姓鸣冤告状，后又以"广言路""杜谗口"为名，在朝堂上设置铜匦，大开"告密"之门。

《资治通鉴·唐纪十九》记载，武则天下诏规定："有告密者，臣下不得问，皆给驿马，供五品食，使诣行在。"一时之间，告密者四方蜂起，酷吏趁机兴风作乱。就这样，武则天踏着李唐宗室的鲜血，走向皇帝宝座的脚步越来越铿锵坚定。她在铲除李唐宗室的同时，也开始不断运用佛教的力量救赎自己，为称帝制造舆论。

归来见天子，天子坐明堂。

载初元年（689年）九月初九，神都洛阳艳阳高照，碧空万里。这一天，宏伟幽深的洛阳宫里，六十六岁的武则天，终于迎来了她逆天改命的神圣一刻。为了这一天，她已经苦苦等待了三十九年。武则天登上"则天门楼"，宣布大赦天下，改"唐"为"周"，自己为大周"圣神皇帝"，改元"天授"，降唐睿宗皇帝为皇嗣，赐姓武氏。以神都洛阳为都城，以长安为陪都，在神都洛阳立武氏七庙。

懂得放手或许是武皇最为明智之举。白驹过隙，在皇帝之位上打拼了十五年之久的她，开始渐渐有些疲惫厌倦。而她侄子武承嗣、武三思却开始为谋求职位不消停起来，几次找人对武则天说："自古天子没有以异姓做继承人的。"正当武则天犹豫未决时，宰相狄仁杰四两拨千斤，对武则天说："陛下，姑侄之于母子，哪个比较亲近？陛下立儿子，那么千秋万岁后，会被在太庙中作为祖先祭拜；立侄子，那么从未听说侄子当了天子，把姑姑供奉在太庙。"可谓一语点醒梦中人。在来自各方面拥护李唐的压力下，武则天进一步认识到人心所向的依旧是李唐宗室，如果自己再一意孤行，就有丧失人心的危险。而且在后来一次征兵中，甚至出现了"初募兵，无有应者，闻太子（李显）行，北郊山头皆兵满，无容人处"的场景，在经过多方权衡之后，武则天最终决定立李显为皇太子。此后不久，武则天以治病为由，将庐陵王李显秘密接回洛阳。

计划总是赶不上变化。神龙元年（705年）正月二十二日夜，一场突如其来的"神龙政变"，加快了武周政权交接的速度。政变后的第四天，太子李显正式于明堂即位，宣告李唐复辟，大赦天下。同时，为武则天上尊号"则天大圣皇帝"，武周一朝至此结束。五十岁的唐中宗李显，在时隔二十年后，终于再次登上大唐天子宝座。这年十一月二十六，武则天在上阳宫仙居殿病逝，享年八十二岁。临终时留下遗言："省去帝号，称'则天大圣皇后'，归葬乾陵。"表明自己死后不称帝，不以帝王规格下葬，而是以皇后身份与唐高宗李治合葬于乾陵的愿望。

然而，这场"神龙政变"看似皇权从大周武则天手中重归李唐宗室之手，实则也只是皇权马车换了个车夫而已，因为王朝前行的道路依然艰难曲折，而且充满血腥与杀戮。宫廷暗战往往祸起宫闱，李显即位后，引发了一场长达八年的宫廷内乱，而这场内乱的主角除武三思之外，还有两个非常重要的女人，一个是韦皇后，一个是上官婉儿。自此，唐中宗每次临朝，前面是昭容上官婉儿撰述诏令，身后是韦皇后于幔中与闻政事，殿下则是武三思把持朝纲。置身于这样一个以韦皇后为首的专制集团裹挟中，唐中宗无异于傀儡皇帝。

唐中宗昏庸懦弱，韦皇后专权乱政，武三思由太子宾客身份迅速擢升为司空，同中书门下三品。随着武三思得宠跋扈，朝廷重臣愈加感到岌岌可危。重登帝位的唐中宗，看似没有忘记政变的主要参与者，封张柬之为汉阳王，敬晖为平阳王，桓彦范为扶阳王，袁恕已为南阳王，崔玄暐为博陵王。然而，这些老臣封王拜相，风光无限的背后，随之而来的却是血雨腥风。第二年，唐中宗听信武三思等人谗言，将张柬之等人贬出京师。"诛除张易之、张昌宗，张柬之首先设谋。"在那场"神龙政变"中，张柬之可说是主心骨，可是一年不到便被外贬，最终于新州贬所忧愤而死。其他四王也悉数被害，惨状目不忍睹。

神龙二年（706年）深秋，绵绵阴雨一直笼罩着东都洛阳，似乎在为帝国失去五位力挽狂澜、忠心耿耿的大臣哭泣。这场冰冷的秋雨，不仅打湿了众多朝臣山长水远的贬谪之路，也打湿了整个大唐国人的心。复辟功臣被流放至死，武氏佞人权势熏天，韦后垂帘独揽大权，唐中宗亲手把失而复得的李唐江山，再一次推向濒危边沿，同时，也把自己推向死亡的深渊。

"六月壬午，帝遇毒，崩于神龙殿，年五十五。秘不发丧，皇后亲总庶政。"景龙四年（710 年）六月，韦皇后和安乐公主密谋将唐中宗毒死在太极宫神龙殿，七日之后，在太极宫为唐中宗李显发丧，上官婉儿与太平公主起草遗诏，中宗第四子十六岁的李重茂于枢前即位，是为唐少帝，改年号为"唐隆"，由相王李旦辅政，尊韦皇后为皇太后，皇太后临朝称制。

相王李旦，曾用名李旭轮、李轮、武轮，是唐高宗的第八子，武则天幼子，也是唐朝第五位皇帝。在中宗李显被废为庐陵王后，李旦曾被立为皇帝，其母武则天临朝称制，敕令其居于别殿，不能过问政事。武则天称帝建立武周政权后，又降李旦为皇嗣。"神龙政变"中宗复位后，李旦因为参与政变有功，被封为安国相王，迁太尉。唐中宗统治时期，政局险恶，李旦皆以恭俭退让而避祸，显然他对皇权已经失去了兴趣，可他的第三子临淄王李隆基就不一样了。

唐少帝李重茂登基后，李隆基立即联系姑姑太平公主，二人皆有夺回朝政之意。唐隆元年（710 年）六月二十日夜，李隆基秘密联络禁军将领陈玄礼、葛福顺等人，打着"诛诸韦以复社稷，立相王以安天下"的旗号，以迅雷不及掩耳之势发动兵变，一举彻底剿灭韦氏集团，史称"唐隆政变"。至此，即位不足一个月的唐少帝李重茂被迫退位，被重新降封为温王。随着唐睿宗李旦复辟，李隆基也顺理成章登上皇太子之位。

历史往往会出现惊人的重复，如果第一次是以喜剧面目出现，那么第二次必定是以悲剧而告终。人心不足蛇吞象，已经站在权力巅峰的太平公主，开始广树党羽，大肆敛财，财富如山。她为了执掌帝国权柄，亟待重新拥立一个昏聩懦弱之人，来取代李隆基的太子之位。为此，她与太子李隆基之间冲突日渐激烈，从景云元年（710 年）开始，姑侄之间开始了长达三年的斗法。本是同根生，相煎何太急，在这样的处境之下，唐睿宗便萌生隐退之意。先天元年（712 年），唐睿宗不顾太平公主等人的坚决反对，将帝位禅位给太子李隆基，自己则称太上皇。尽管如此，颇有心机的李旦还是留了一手，将三品以上官员的任命权牢牢抓在自己手里。

"宰相七人，五出其门，文武大臣大半附之。"可怜李旦用心良苦，但妹妹太平公主并未迷途知返，而是仍倚仗太上皇势力，专擅朝政，甚至出现朝中七个宰相有五人出自她的团伙，文武大臣多半以上依附于她的局面，严重威胁着李隆基的地位。

开元元年（713 年）七月初三，唐玄宗终于痛下杀手，将依附太平公主的股肱大臣斩杀殆尽。第二天，太上皇李旦颁下诏书，宣布："自即日起，军国政刑亦皆由皇帝处分。"从此李旦淡出帝国政治的舞台。三日之后，在政变中落荒而逃的太平公主，黯然返回府邸，被赐死家中。至此，武周以来动荡的政局才算是逐渐稳定下来。经过一场又一场的政治博弈，一轮又一轮的政变洗礼，二十九岁的李隆基，终于成为名副其实的乾纲独断的大唐天子。

尽管太平公主阴谋集团被彻底粉碎，威胁朝廷的毒瘤也被铲除，但屡屡兵变已经导致帝国大伤元气，吏治混乱腐败更是根深蒂固。为了拯救病入膏肓的大唐，唐玄宗开始大刀阔斧地进行改革，政治上任用贤能，军事上开立屯田，令后世人津津乐道的"开元盛世"由此渐渐开启。

"先天二年冬，今上讲武于骊山，绍以修仪注不合旨，坐斩。时今上既怒讲武失仪，坐绍于纛下，右金吾将军李邈遽请宣敕，遂斩之。时人既痛惜绍，而深咎于邈。寻有敕罢邈官，遂摈废终其身。"这是史书有关唐玄宗在骊山讲武的有关记载。通过骊山讲武，唐玄宗以突然袭击的方式，解除了功臣大将郭元振的兵权，处死唐绍，后又废黜李邈。唐玄宗借机昭告天下，他要严肃纲纪，励精图治，开创一个不同于以往的新时代。

《剑桥中国隋唐史（589-906 年）》评论他说："唐代诸君主中在位期最长的玄宗帝是一位非常能干的统治者，王朝经过了几十年的篡位、权力衰落和政治腐败的苦难，他又使它的力量达到了新的高峰。"同时，该书还评价说："他是一个悲剧中的英雄，他在执政开始时政绩显赫，但后来被野心和狂妄引入歧途，以致使帝国的行政和资源过分紧张，最后以退出政务来结束他支离破碎的统治……"

从皇权争斗的刀光剑影中走来的唐玄宗从小就胸怀大志，志存高远，对时局洞若观火。李隆基非嫡非长，他是以消灭韦皇后、安乐公主、上官婉儿、太平公主四大女性野心家，拥立父亲李旦登基的巨大功劳，才换得皇太子之位的，应该算是皇族中的"平民太子"。

所以，登上帝位的李隆基，立志要让更多的像他一样热血澎湃的天下正直士庶看到希望。

心向阳光，一路芬芳。在唐玄宗君臣励精图治下，开元年间经济空前繁荣，国力空前强盛，实现了民族大融合、文化大交流，构成了一个大太平、大富强与大气象有机结合的盛世，形成了"三年一上计，万国趋河洛"的盛世局面。开元十三年（725年）十月十一，唐玄宗率领文武百官、皇亲国戚、儒生文士、四夷酋长，以及日本、新罗和大食等国的国君、使者，浩浩荡荡从东都洛阳出发，历经一个多月的艰辛跋涉，终于登临梦寐以求的泰山。唐玄宗站在泰山之巅，云淡风轻，一种皇权复兴的自豪感油然而生，万邦来朝、四海臣服的盛景，在他眼前一幕幕徐徐展开……

诗人杜甫曾亲身经历了"开元盛世"，他在回忆当年太平景象时写道："忆昔开元全盛日，小邑犹藏万家室。稻米流脂粟米白，公私仓廪俱丰实。"为后人描绘出一幅富庶的辉煌场景。

4

时间的脚步是无声的，总是在人们驻足回首的一刹那，才知道一切都已成过往。

天宝十四载（755年）十一月，此时北方已是天寒地冻，凛冽刺骨的寒风中，似乎隐藏着某种煞气，让长安城的唐玄宗有些惴惴不安。"安禄山起兵反叛了！"这则震惊朝野的消息，随着强劲北风很快吹到长安，可唐玄宗却认为是别人厌恶安禄山而编造的假话，他始终不愿相信。

一朝枭雄拔剑起，又是苍生十年劫。朔风凛冽，黄河冰冻，正是北地胡马南下时。《资治通鉴》记载："禄山乘铁舆，步骑精锐，烟尘千里，鼓噪震地。时海内久承平，百姓累世不识兵革，猝闻范阳兵起，远近震骇，河北皆禄山统内，所过州县，望风瓦解。守令或开门出迎，或弃城窜匿，或为所擒戮，无敢拒之者。"

为民请命，抵抗强暴，用自己的生命换取天下太平，既是一种责任，更是一种勇气。平原郡本属于安禄山的辖区，身为郡太守的颜真卿，此前早已敏锐洞察到安禄山谋反迹象后，他便假托阴雨不断，暗中加高城墙，疏通护城河，招募壮丁，储备粮草，为抵抗安史叛军做最后的准备。安史叛军占据洛阳后，继续挥师向西图谋关中。颜真卿便联合常山郡的从兄颜杲卿毅然扯起义旗，"断禄山归路，以缓其西入（潼关）之谋"。

颜真卿以付出一门壮烈的惨痛代价，死死阻止了安禄山的叛乱进程。天宝十五载（756年）正月，史思明攻打常山郡，颜杲卿拼死苦战六日夜，在弹尽粮绝的情况下仍坚守城池。后来颜杲卿的儿子颜季明被俘，叛军想以此逼其献城投降，颜杲卿不肯屈服，颜季明被斩首于城下。常山郡陷落后，颜杲卿及其幼子、部下皆被叛军俘获。史思明纵兵屠城，杀死守城军民万余人后，将包括颜杲卿在内的颜家三十余口全部凌迟处死。至德元年（756年）十月，安史叛军包围平原城，颜真卿被迫渡黄河南下。欧阳修曾评价说："颜公书如忠臣烈士，道德君子，其端严尊重，人初见而畏之，然愈久而愈可爱也。其见宝于世者有必多，然虽多而不厌也。"

天宝十五载（756年）正月初一，安禄山在洛阳称帝，国号大燕，改元"圣武"。洛阳一丢，潼关亦是叛军案头之肉，京城再无屏障可言，

唐玄宗只得带着杨贵妃和众亲信出逃长安。可是，自从他出逃长安的那一刻起，太子李亨就已经谋划好一盘大棋，李亨派心腹宦官李辅国拉拢左龙武大将军陈玄礼，密谋策划以非常手段铲除杨贵妃和杨国忠。唐玄宗逃离京师时，所率部队总数不过三千余人，而负责殿后的太子李亨所掌兵马就有两千余人，其中还包括禁军中的精锐部队——飞龙禁军。李亨让儿

子广平王李豫和建宁王李倓"典亲兵扈从"，一切都在为他发动政变创造机会。

这年六月十四，当逃亡队伍到达马嵬驿时，太子李亨默许陈玄礼等人将杨国忠斩杀，杨国忠的儿子杨暄及韩国夫人也成为禁军刀下之鬼。但令李亨始料不及的是，身为禁军首领的陈玄礼，在处死杨贵妃后，却带头倒戈唐玄宗。最终，太子李亨以平叛为名，与老皇帝唐玄宗分道扬镳，北上灵武。长安陷落，马嵬兵变，唐玄宗幸蜀，唐玄宗的政治生命就此终结。天宝十五载（756年）七月十二，太子李亨在灵武城南门城楼举行登基仪式，是为唐肃宗，改元"至德"，遥尊唐玄宗为太上皇。

诸行无常，盛极必衰。一场突如其来的"安史之乱"，成为盛世王朝由盛至衰的转折点，诗人杜甫笔下的盛世终究成为历史长河中远去的背影。《旧唐书·郭子仪传》曾这样记载："宫室焚烧，十不存一，百曹荒废，曾无尺椽。中间畿内，不满千户，井邑榛荆，豺狼所号。""寂寞天宝后，园庐但蒿藜，我里百余家，世乱各东西。"历经战乱的杜甫，也不得不发出这样的感叹。

人算不如天算，安禄山、史思明多年奔忙，最终换来的也只是黄粱一梦。宝应元年（762年），唐玄宗、唐肃宗先后去世，唐肃宗李亨的长子李豫即位，是为唐代宗。"安史之乱"平定后，渡尽劫波的李唐朝廷如释重负，王侯将相踌躇满志，兵士期待解甲归田，百姓盼望盛世重现。可就在朝廷上下共庆和平的虚假表象之下，君臣裂痕却愈演愈烈，危机再次悄悄降临。

唐代宗已经无数次在噩梦中惊醒，他不知道那些数不尽、平不完的叛乱究竟何时才是真正的尽头。虽然他登基才只有短短两年时间，但已经开始厌倦这种担惊受怕的生活，可终究没有人能够给他答案。每每黑夜，唐代宗也只能顶着帝王的冠冕，孤独地端坐在长安空旷的宫阙里，静候前方不断传来的战报，不管是好还是坏，循环往复。

一朝被蛇咬，十年怕井绳。"安史之乱"后，李唐王室对武将的信任度明显下降，然而随之而来的却是宦官擅权、藩镇割据、朋党之争，这也是最终导致大唐王朝灭亡的无解之题。

仆固怀恩复姓仆固，字怀恩，金微都督府（今蒙古国肯特省）人，铁勒族。唐朝中期名将，右武卫大将军歌滥拔延后代。仆固怀恩曾跟随郭子仪平定"安史之乱"，屡建奇功，他一家死难者多达四十六人，可谓满门忠烈。之后，又平定回纥叛乱，为稳定唐朝边境立下汗马功劳。然而，就是这样一位功臣，却扯起了反旗，究其原因不外乎两点：一是唐代宗对功臣名将不信任。他接受唐玄宗时的教训，对功劳越大的将领，就越是不敢信任，并夺了很多将领的兵权，其中也包括仆固怀恩。二是宦官诬陷仆固怀恩谋反。宦官诬陷仆固怀恩与回纥勾结，欲置其于死地，这是仆固怀恩谋反的直接原因。

因为唐代宗不再信任武将，他只有依靠身边的宦官，而宦官为了能够掌权自然就诬陷功臣名将。仆固怀恩有口难辩，无法证明自己没有勾结回纥，因为毕竟他的女儿是回纥王妃。最后，他在部下的怂恿下扯起反旗。广德二年（764年）正月，仆固怀恩联合吐蕃、回纥等部落，率领十万精锐进逼长安，朝堂内外无不惊骇，唐代宗只得请仆固怀恩的老领导郭子仪出马。郭子仪一生历经从武则天到唐德宗七朝，可谓名副其实的七朝元老，有再造大唐之功，却能功成身退，善始善终，古之罕有。郭子仪还是唐朝武举及第唯一一个留下姓名的人，《旧唐书·郭子仪传》称"子仪长六尺余，体貌秀杰，始以武举高等补左卫长史，累历诸军使"。史官称他是"权倾天下而朝不忌，功盖一代而主不疑"。

郭子仪一出马，跟随仆固怀恩反叛的将领纷纷来归，最后仆固怀恩因害怕被杀，不敢上朝明志，在派兵攻打辛云京、榆次接连兵败的情况下，最终被部下杀害，吐蕃、回纥大军被郭子仪平定。代宗听到消息后，遗憾地说："怀恩不是反贼，只是被左右所误导而已。"仆固怀恩幸于乱世，也是败于乱世，他的一生让人感慨万千，不能不说是个时代的悲剧。

大历十四年（779年）五月，唐代宗李豫于大明宫紫宸殿崩逝，三十八岁的皇太子李适即位，是为唐德宗。郭子仪被调回朝廷，晋升为太尉，仍兼中书令，充任皇陵使，赐号"尚父"，并加食邑至两千户。建中二年（781年）六月，戎马一生的老将郭子仪去世，享年八十五岁，唐德宗闻讯痛哭，专门为其废朝五日，并命群臣吊唁，追赠郭子仪为太师，赐谥号"忠武"，配飨代宗庙廷，陪葬建陵。

建中二年（781年），唐德宗李适发动削藩战争，终因社会和政治条件不成熟，反而致使"四镇之乱"与"泾原兵变"接连爆发，他被迫出逃，辗转奉天、梁州等地，最后依靠宰相李泌及大将李晟、浑瑊等人协力平乱。唐德宗执政后期，转而委任宦官为禁军统帅，将护卫自身安全的禁军领导权交给宦官，护军中尉、中护军等要职均由宦官担任，并成为定制，致使宦官势力变得更加不可抑制。至此，宦官们便不再把皇帝放在眼里，废黜生杀都不在话下。

贞元二十一年（805年）正月二十三，唐德宗李适驾崩，留下遗诏传位于太子李诵。三日后，太子李诵正式即位，是为唐顺宗。纵观有唐一代，李诵算是唐朝皇帝中特征颇为鲜明的一位，虽然他是以长子被立为皇太子的，但由于父亲德宗在位时间较长，他在太子位置上一坐就是二十五年。虽为"顺"宗，可李诵的帝王之路并不怎么顺利，即位之初他就已预感到宦官擅权干政的严重后果，决心改变这一局面。于是，唐顺宗重用太子侍读、翰林待诏王伾、翰林待诏王叔文等人，大力推行改革，想以此抑制宦官，却遭到守旧大臣和宦官们的联合反对。李诵在皇帝宝座上仅待了一百八十六天，便被宦官逼迫禅位于太子李纯，也就是后来的唐宪宗。退位后，李诵又做了五个月的太上皇，便带着他的治世遗憾撒手人寰。

李恒，初名宥，排行老三，在他出生之前，唐宪宗李纯已经有了长子李宁和次子李恽。元和七年（812 年）十二月，年仅十九岁的李宁仅做了两年的太子就抱病而亡。唐宪宗悲痛欲绝，出乎意料地为他废朝十三天，并特别制定了一套丧礼，加谥为"惠昭"。李宁之死使宪宗不得不为选立继承人再次陷入抉择，深受皇帝恩宠的宦官吐突承璀，则建议他应当按照次序立次子李恽为太子，唐宪宗也有此意，但考虑到李恽的母亲地位低下，恐难得到朝廷百官支持。而李宥之母郭妃是郭子仪的孙女，不论在后宫还是朝堂，都具有很强的号召力，尽管唐宪宗不想被牵制，也不喜欢李宥，但最终还是册立他为皇太子，李宥后改名为李恒。

吐突承璀善于揣度皇帝心意，他知道唐宪宗从内心里对这位太子并不满意，便与宪宗密谋打算废黜太子。可天算不如人算，元和十五年（820 年）正月二十七，唐宪宗因服用方士柳泌的丹药暴毙，宦官梁守谦、王守澄等人立即拥立太子李恒即位，也就是唐穆宗。吐突承璀和皇次子李恽被这突如其来的政变打了个措手不及，最后一起被送上了黄泉路。

唐穆宗李恒即位时已经二十六岁。对于青年登基的他来说，如果想在政治上有一番作为，这正是一个使人钦慕的年龄，想当年太宗就是二十九岁登基，玄宗则是二十八岁。如果他想饱食终日、游乐享受，这也是无人可以比拟的时候。可惜的是唐穆宗没有仿效太宗、玄宗的励精图治，而是纵情享乐，毫无节制。最为要命的是，他和自己的父皇一样迷恋金石之药，尤其是中风后，身体一直得不到康复，迷恋程度更加疯狂，想以此寻求长生不老之术。长庆四年（824）正月二十二，唐穆宗李恒驾崩，时年三十岁。长子李湛即位柩前，是为唐敬宗，时年十六岁。

5

有其父必有其子，唐敬宗很好地遗传了父亲的"优良"传统，他的游乐无度较之其父穆宗有过之而无不及。从登基伊始，他就沉醉于打马球、看戏、宴饮、游乐等娱乐项目，每天忙得不亦乐乎，甚至连皇帝例行的早朝也不放在心上。

唐敬宗十分喜欢打猎，平时白天玩不够，就深夜带人捕捉狐狸以取乐，宫中称之为"打夜狐"。宝历二年（826）十二月初八，唐敬宗又一次去"打夜狐"，回宫之后与宦官刘克明、击球将苏佐明等人饮酒作乐，被刘克明等人杀害，年仅十八岁。除了唐朝末代亡国之君唐哀帝以外，唐敬宗算是唐朝皇帝中享年最短的了。刘克明伪造遗旨，欲迎唐宪宗之子绛王李悟入宫为帝，自己欲进一步取代王守澄等人的地位。但宦官王守澄和梁守谦等人却抓准时机先发制人，指挥神策军入宫杀死刘克明和绛王李悟后，拥立了唐敬宗之弟江王李昂为帝，是为唐文宗，改年号为"太和"。

由此可以看出，从唐宪宗开始，由谁继任皇帝，已经不是前一任皇帝所能决定的了，而是取决于宦官的意愿。太和元年（827年），初登大宝的唐文宗李昂，看到短短六年时间，宦官就已经两次弑君，这令他如鲠在喉，寝食难安。他不知道自己将来会走向何处，又会落得个怎样的下场，这也是他处心积虑铲除宦官集团的根本原因。

唐文宗不同于贪图玩乐的哥哥唐敬宗，从他登基那天起，就决心励精图治，立志振兴朝纲，颇有振作之风。他诏令放出多余宫女，纵出五坊蓄养的鹰犬玩物，裁减冗官，一反唐敬宗贪玩不事朝政的恶习，天天临朝听政，很有英主之风。尽管唐文宗胸怀大志，但面对暮色沉沉的王朝亦是回天乏术，因为他接手的毕竟是个烂摊子。外面环伺的割据藩镇不讲，仅京城之内宦官乱政和党争内讧两大祸结，就足以让他焦头烂额。况且对付宦官又是一件具有高危险系数的事情，既需要胆识，又需要能力，并且还需要高度忠诚的人来担当此任，否则一着不慎就会满盘皆输。无疑，宋申锡就是进入文宗视线的最合适人选。

太和四年（830年）的一天，唐文宗将宋申锡秘密召进宫，对他说出了埋藏在心底很久的话："宋爱卿，希望你能助朕一臂之力，联络外廷大臣，一举铲除宦官，事成之后朕就任命你为宰相。"宋申锡闻听先是一惊，后又转念一想，这是文宗皇帝对自己的器重啊！机不可失时不再来，于是就毫不犹豫答应下来，并提出"逐个击破，渐除其逼"的策略。

俗话说，不怕神一样的对手，就怕猪一样的队友。如果把这话放在宋申锡身上，恐怕是再合适不过的了，唐文宗万万没有想到，他选择宋申锡作为政治帮手，差一点把自己推入万劫不复的深渊。

"君不密则失臣，臣不密则失身，几事不密则害成。"孔子所言不虚，历史上因"君不密"而"失臣"和"臣不密"而"失身"的事情屡有发生，然而这次历史的悲剧却是在宋申锡身上重演，忠诚耿直的他无意之中成为泄密者，最终被贬开州，受其牵连，遇害者多达百余人。"宋申锡事件"不仅挫败了唐文宗铲除宦官的整个计划，同时，也让这位年轻皇帝明白了一个道理，那就是冲动不能解决问题。尽管唐文宗万分沮丧，但他铲除宦官的决心却并未动摇，相反更加坚定。

太和九年（835 年）十一月二十一，冬日的长安城阳光和煦，一派繁华景象。唐文宗李昂像往常一样御临紫宸殿坐殿，他自信满满，五年磨一剑，巅峰对决就在今天。在这之前，他已命宰相李训将王璠、贾𫗧、韩约、罗立言、舒元舆、郭行余、李孝本等人全部安排到位。郭行余和王璠分别担任邠宁、河东节度使，统领京城外的军队；韩约担任左金吾卫将军，统领宫内军队；罗立言担任京兆尹，控制京师长安；其余人等皆位居要津。可谓万事俱备只欠东风。

唐文宗命人以"观露"为名，欲将宦官头目仇士良骗至金吾卫后院斩杀。直到"斩杀行动"展开的那一刻，面对突然而至的刀光剑影，文武百官都还蒙在鼓里，谁也不知道究竟发生了什么事。只见含元殿内外喊杀声此起彼伏，先是金吾卫士冲了上来，京兆尹罗立言又率领三百名巡逻士兵赶到，紧接着御史中丞李孝本领着御史台的二百多名给使也飞奔而来，三路夹击，与仇士良所率宦官展开激战。宦官寡不敌众，当场就被打死打伤十余人。然而，就在胜利在望之际，作为"斩杀行动"总导演的唐文宗，却被仇士良等宦官牢牢控制住，撤退进入宣政门。作为这次"斩杀行动"总指挥的李训，望着渐渐闭合的宫门，流下悔恨的泪，他意识到自己和文宗精心谋划的"斩杀行动"彻底失败了。

恼羞成怒的仇士良旋即命左、右神策副使刘泰伦、魏仲卿各领五百神策军，疯狂杀向文官办公的南衙，六百多名没能逃出丹凤门的官员惨遭屠杀，血染长安城。然而，仇士良等人并未停手，他命关闭大明宫各门，在宫内大肆搜捕，将搜出的各部、司官吏和进宫办事的千余人全部杀死，宫内血流成河。之后，仇士良又将搜捕范围扩大到宫外，整个大唐帝国在京官员几乎被他斩杀一空，其中也包括王涯、贾餗、舒元舆三位宰相，李孝本、王璠、郭行余、韩约等人则被灭族示众，史称"甘露之变"。

"甘露之变"后，仇士良等人更是"气益盛，迫胁天子，下视宰相，陵暴朝士如草芥"，动辄引用李训和郑注的事训诫宰相和朝臣，就连文官集中办公的南衙，最后也沦为北司宦官的附庸，"天下事皆决于北司，宰相行文书而已"，由此开启中国历史上最为惊心动魄的宦官掌权时代。唐文宗被宦官软禁，成为朝堂上的摆设和木偶。后来，他在缅怀"甘露之变"中那些罹难的重臣时写道："辇路生春草，上林花满枝。凭高何限意，无复侍臣知。"

五年之后的开成五年（840年）正月，是唐文宗李昂在位的第十五个年头，也是他有生之年的最后一个年头。就在文宗弥留时刻，宦官们一刻也没有闲着，早在一年前，仇士良、鱼弘志就已经为帝国"设计"好了未来，为帝国物色了一个新的储君，然后以唐文宗的名义颁诏，废太子李成美，拥颖王李炎（原名李瀍）为皇太弟。这年正月初四，唐文宗走完他郁闷悲愤的一生，于太和殿去世，终年三十二岁。皇太弟李炎于灵柩前即位，是为唐武宗，改元"会昌"。帝国的命运再次被宦官玩弄于股掌中，一切都与当年唐文宗登基时如出一辙。

唐武宗读书虽然不如文宗，但他更能知人善任。即位当年（840年）的九月，就将素有干才的淮南节度使李德裕召入朝，拜为吏部尚书、同中书门下平章事，兼门下侍郎。唐武宗有志于革除弊政，极其倚重李德裕，君臣二人在会昌年间内忧外患交织时刻，能够沉着应对，共渡难关。唐武宗登基的第二年，宦官头子仇士良似乎已经嗅到朝堂上的味道，他感觉唐武宗明显在渐渐疏远自己，且随着重用李党首领李德裕，不断削减他的权力。

仇士良不愿坐以待毙，于是煽动神策军声讨宰相，妄图挤走李德裕，夺回自己的地位，但阴谋最终还是以失败而告终。唐武宗念他对己有拥立之功，先是将他提升为观军容使，领神策左、右二军，名为提拔升迁，实则剥夺其对禁军的控制权。第二年，仇士良被迫致仕，告老还乡。然而，宦官们的好日子，并没有因为仇士良的消失而走到尽头，相反因为唐武宗后来改任宦官马元贽为神策军中尉，宦官擅权依旧是尾大不掉。

长生不老是历史上每一位帝王的梦想，唐武宗也不例外，早在他做藩王时，就迷信道教，勤于"道术修摄之事"。即位后，他马上召道士赵归真等八十一人入禁中，在三殿修建金箓道场。唐武宗还亲自前往三殿，在九天坛亲受法箓。对于臣下的劝谏，他也置之不理，当作耳旁风。由于他长期服食长生丹药，喜怒无常，身体状况也越来越差。就在"灭佛运动"的第二年，会昌六年（846年）三月二十三，唐武宗驾崩于长安大明宫，年仅三十三岁。唐武宗成为继太宗、宪宗、穆宗之后，又一位因为服食仙丹妙药而驾崩的皇帝。他创造的"会昌中兴"，也随着他一起烟消云散。就在唐武宗驾崩当日，左神策军护军中尉马元贽等人就拥立光王李忱即位，是为唐宣宗。李忱，原名李怡，是唐穆宗李恒的异母弟，唐宪宗李纯的第十三子。如果按辈分来论，他应该是唐敬宗、唐文宗、唐武宗的皇叔；如果按年龄来论，他却比唐敬宗和唐文宗还小一岁。

　　唐宣宗李忱即位后，一反武宗所为，恢复佛寺，杀道士赵归真，贬逐李德裕，起用牛党令狐绹等。同时，他勤于政事，整顿吏治，并限制宗室和宦官，为死于"甘露之变"中的大部分官员平反。在对外方面，大破北狄，稳定北方；驱逐吐蕃，收复河西；平定安南，都护南疆；抚平党项，安定西陲。并接纳归唐的张议潮，设置归义军。《新唐书》评价他："宣宗精于听断，而以察为明，无复仁恩之意。呜呼，自是而后，唐衰矣！"然而，就这样一位难得有为的皇帝，在位十三年之后，也步了武宗皇帝后尘，因服长生丹药中毒，驾崩于大明宫，享年五十岁。因李忱在位时国家相对安定，所以直至唐朝灭亡，百姓仍思咏不已，称他为"小太宗"。史家把这一时期称为"大中之治"。

6

　　唐宣宗驾崩后，他的长子郓王李漼（原名李温），被左神策护军中尉王宗实、副使亓元实矫诏拥立为皇太子，并于次年二月正式即位，是为唐懿宗。唐懿宗与之前两任皇帝相比，相同的都是由宦官拥立，也都热衷于炼丹之术，追求所谓的长生不老之道；不同的是唐懿宗已经没有唐宣宗和唐武宗那样的进取之心，《新唐书》说他是"以昏庸相继"。

　　咸通十四年（873 年）春天，注定是个多事之秋，在不阴不阳、不死不活的晚唐背景下，这样的季节总会让人生出一种无力的苍凉感。这一年，唐懿宗下诏遣使到法门寺迎奉佛骨，他希望通过佛祖的法力，来拯救摇摇欲坠的王朝，拯救自己不甘速朽的灵魂。然而，就在迎奉佛骨三个月后的七月十九日，他却在咸宁殿驾崩，肉身化为飘荡在历史记忆中的一缕幽魂，时年四十一岁。就在唐懿宗弥留之际，宦官田令孜等人早已拥立其第五子李儇为皇太子，唐懿宗驾崩后，十二岁的李儇（原名李俨）于柩前即位，是为唐僖宗。

唐僖宗李儇生于深宫之中，长在宦官之手，宫中生活场景能够带给他的就是可以肆无忌惮地游乐。在宦官"迷龙术"的诱导下，他终日游戏人生，沉溺于声色犬马之中。乾符二年（875年）七月，大唐境内发生大面积蝗灾，可谓是"自东而西，蔽日，所过赤地"，走投无路的百姓开始"相聚为盗，所在蜂起"。这一年，王仙芝在蝗灾最为严重的濮州（今河南濮阳）公开造反，向天下发出檄文，他要重整寰宇，还天下一个朗朗乾坤。

如果说王仙芝是造反路上的急先锋，那么黄巢就是造反路上的"潜力股"。满腹经纶的黄巢，本想通过科举考试步入仕途，好把自己盐贩世家出身的污点洗刷干净。然而，面对接连三次落榜的残酷现实，黄巢数年苦读终究化为一场泡影，尽管长安繁花似锦，诱惑无限，但迎接他的却是凄风苦雨。黄巢将失望、伤感、忧愁、悲愤全部揉碎，化成一腔怒火，写下了那首慷慨激昂的《不第后赋菊》："待到秋来九月八，我花开后百花杀。冲天香阵透长安，满城尽带黄金甲。"

王仙芝战死后，乾符五年（878年）八月，黄巢挥师南下，"拥众二十万，大掠州县"。之后，黄巢又率义军翻越五岭，攻陷桂管，兵围广州。或许是一路杀戮让他产生了厌倦，他开始频频向朝廷抛出橄榄枝，接连向朝廷请授天平军节度使、广州节度，在遭到拒绝后，恼羞成怒的他率义军占领广州，将广州的商船货物全部收缴充当军费，将码头上的水手和各国商人全部处死。

乾符六年（879年），瘟疫大流行，黄巢所率义军将士不少染上疫病，死者十有三四，见在广州难以持久，黄巢决定挥师北伐。广明元年（880年）十二月五日，黄巢未费一兵一卒，便成功入主长安。八天之后，他在长安含元殿登基称帝，国号"大齐"，年号"金统"，终于圆了他"满城尽带黄金甲"的宏愿。然而，这个以为百姓谋生存为名起义的英雄，称帝之后，便迫不及待地占有了唐僖宗留在大明宫的所有美女，过起了春风得意、歌舞升平的生活。高坐金銮殿上的黄巢，俯视着殿下群臣和远处连绵起伏的江山，有些飘飘然。长安有人题诗讥讽他奢靡腐化，彻查无果后，他索性将城中三千多名无辜儒生全部砍头，以此泄愤。

高筑墙，广积粮，缓称王，几乎是历代开国皇帝的成事规律，而黄巢失败归根结底就是因为没有按规律办事。由于起义军长期流动作战，没有稳固的根据地，军需难以为继，入主长安后坐吃山空，不久便出现粮食危机。

多行不义必自毙。中和四年（884年），唐僖宗下诏书，加封朱温为东北面都招讨使，命其率领大军支援陈州，正面迎击黄巢，义军大败。最后黄巢退至泰山东南虎狼谷襄王村，眼见不济，他万念俱灰，遂拔剑自刎，在悔恨中魂归故里。这场在唐末影响最大、持续最久、对唐王朝打击最为猛烈的农民起义，终因缺乏经济保障和群众基础而失败。

黄巢被剿灭后，紧接着迎来的就是为期六年的秦宗权之乱，秦宗权一度打着"黄巢接班人"的旗号，在蔡州建制称帝，继续沿用黄巢的国号

"齐"。而此时的朱温也包藏二心，他凭据汴州扼制四方的地理优势，明面上看是在对付占据蔡州的秦宗权，实际则是在不断积蓄力量，蛰伏待机。光启三年（887年）二月，朱温派淄州刺史朱珍到东道招募兵士，不到十天时间，就招募到万余人。朱温高兴地对众人说："我的大事可以成了。"至于他所说的大事，也只有联系到他之后的所作所为才能够理解其中之义。

光启四年（888年）二月，唐僖宗拖着病体终于回到长安，他在拜谒太庙以后，举行大赦，改元"文德"。一个月后，二十七岁的唐僖宗在经历颠沛流离之后离开了人世，幸运的是他虽几度逃离京师，最后却是在长安宫中的武德殿驾崩，且被葬在靖陵。两天之后，二十二岁的皇太弟李杰，于唐僖宗灵柩前即皇帝位，改名为"晔"，是为唐昭宗，改元"龙纪"。

时间是疗伤的良药，它能浇灭内心的狂热，也能抚平内心的伤痛，但最终不是解决问题的大师。唐昭宗登临大宝不久，就收到了朱温送给他的一份"厚礼"：平定蔡州，消灭秦宗权。而朱温得到的回报则是加封检校太尉、兼任中书令，晋封为东平王，以及十万贯钱的军费。天复元年（901年）四月，朱温又以六路兵的绝对优势，打败河东节度使李克用，连下数州，直逼晋阳（今山西太原）。这一次，唐昭宗给予他的回报更为夸张，加封他为宣武、宣义、天平、护国（河中）四镇节度使，西起蒲陕，东到海滨，南起淮水，北到黄河诸镇，均为朱温占有。当年挑起"安史之乱"的安禄山，充其量也只是身兼三镇节度使，而此时的朱温却比安禄山更为嚣张。就这样，朱温一边收获着荣誉，一边收割着领地，在篡唐的道路上越走越远。

天祐元年（904年）正月，朱温正式开始了他"挟天子以令诸侯"之路，先命其养子朱友谅假托唐昭宗诏令，于长安尽诛宰相崔胤、京兆尹郑元规等人，再逼迫唐昭宗迁都洛阳。当唐昭宗一行到达华州时，当地百姓夹道欢迎，山呼万岁。唐昭宗想不到大唐王朝会落到今天这般地步，他更想不到天下百姓对他依然不离不弃，不禁潸然泪下。

上泣谓曰："勿呼万岁，朕不复为汝主矣！"唐昭宗对欢呼的百姓说："你们不要再喊万岁了，我已经不是你们的皇帝了。"紧接着他又对侍臣说："朕今漂泊，不知竟落何所！"为了让唐昭宗对长安彻底死心，朱温下令将长安百姓按籍迁至洛阳，后将长安城内所有宫殿及民宅全部拆除。至此，那个绝世繁华的长安城湮灭在历史长河中。

当唐昭宗到达洛阳时，唐廷六军侍卫已经散亡殆尽，就连他身边的卫士及宫人也都被换成了朱温的人，他已经成为真正意义上的孤家寡人，大唐帝国开始进入倒计时，而同时进入倒计时的还有唐昭宗的生命。这年八月十一，年仅三十八岁的唐昭宗在酒醉中被朱温部将斩杀，朱温假传诏书，立昭宗嫡次子年仅十三岁的辉王李祚为帝，是为唐哀宗，后改名李柷。

唐哀宗李柷，是大唐王朝最后一位皇帝。他登基之后，进封朱温为魏王、相国，并依旧保留其诸道兵马元帅、太尉、中书令及宣武、宣义、天平、护国（河中）四镇节度使的职务，凡军国大事一以委之。不仅如此，朱温还有"入朝不趋，剑履上殿，赞拜不名，兼备九锡之命"的特权。为了能够顺利篡位，朱温酝酿了一个铲除皇室成员和公卿百官的惊天阴谋。天祐二年（905）二月，他在九曲池宴请除唐哀宗之外的唐昭宗其余九个儿子，虽然诸位皇子深知宴无好宴，但他们迫于朱温权势，不得不硬着头皮赴宴。宴会之上，诸王不胜酒力，很快就被灌得人仰马翻，朱温命人将他们全部勒死，并抛尸九曲池中。紧接着，又将屠刀挥向公卿百官。

这年五月初七，大唐帝国的西北夜空出现了一颗彗星，天有星变，是灾非祥。有占卜者对朱温说："此君臣俱焚之相，宜诛杀以应之。"谋士李振也向其建议："应该把那些经常聚集在一起抱怨不满的大臣和宗室通通杀掉，以堵塞灾异。"这年六月，朱温将裴枢等朝士贬官者三十余人全部带到滑州白马县的白马驿，谋士李振意犹未尽，再向朱温献计："此辈常自称是'清流'，应当投入黄河，使之变为'浊流'！"朱温哈哈大笑，当即命人将这些忠于李唐皇室的重臣悉数杀害，投尸滚滚黄河，这就是千古悲叹的"白马驿之祸"。

天祐四年（907年）三月，大唐最后一位皇帝唐哀帝李柷宣布"禅让"，朱温正式称帝，改名朱晃，改国号为梁，史称后梁，改元为"开平"，定都汴州（今河南开封）。废唐哀帝为济阴王，囚禁在曹州（今山东菏泽），次年二月再将其杀害。

回望大唐帝国的历史，历史变局和个人跌宕命运，终究是这个王朝盛衰变奏曲的主基调。一切变局都是必然，这既是历史所趋，也是现实所需，任何人、任何事终究只是历史长河中随波逐流的一粒微沙。在历经两百九十年国祚后，大唐王朝最终成为叩开五代十国乱世大门的垫脚石。

后　记

长安道上

　　本书是我继《大江安澜》之后创作的又一部历史题材文化大散文。长安，既是一座古城，也是千年前那个王朝的缩影。它以雍容儒雅、大气恢宏的气度，而成为中国历史的文化底色，这也是我为本书起名"大道长安"的原因所在。

　　怀古多从幽寂来。每每长夜独坐，面对浩瀚历史，开始心灵跋涉时，我思考最多的就是如何才能够独辟蹊径，去伪存真，哀而不伤地以别样视角去解读大唐近三百年的历史。为此，在创作中，我始终遵循"重史实、透哲理、讲故事、轻阅读、易传播"的写作风格，着力在叙事力度、深度和广度上不断拓展，以确保阅读体验感和代入感。

本书以大唐王朝二百九十年国祚为"经"，以大事件、大人物、大气象、大转折为"纬"，纵横勾连，再现了既光彩熠熠、波澜壮阔，又荡气回肠、历历在目的长安往事。于文字间，让读者感受到帝王将相更迭的风起云涌，文人士子唱和的喜怒哀乐，六宫粉黛纷争的凄凉悲怆，以及儒士出世的从容洒脱。他们作为千年前那个风雨飘摇时代的缩影，曾经有过春风得意，也曾饱经雨雪风霜，却在各自跌宕起伏的人生里，书写着与王朝共生的篇章。

百年兴衰史，千年中华魂。在创作过程中，我试图通过对庞杂斑驳史料的梳理，让读者读到的不仅仅是悲壮与叹息，更是一种向上的精神与思考。有生就有死，有盛就有衰，一个朝代的灭亡，同样预示着另一个新兴政权的诞生，但不管是诞生还是灭亡，每个王朝都有属于它的精彩与遗憾，这既是现实与历史不可逆转的轮回，也是人类社会进步的必然。为此，创作中我试图从文脉、情怀、精神三个层面切入，深挖一种向上的时代力量，试图让那些沉睡的冰冷史料重新焕发出勃勃生机。

文脉，既是中华文明发展的脉络，也是一个民族生生不息的灵魂，这正是我创作首要追溯切入的。唐朝诗人及其诗篇多如繁星，熠熠生辉，达到了后人无法企及的高度，成为我国古典文学的珍贵遗产。唐朝，作为一个曾经鼎盛的古代王朝，不同文化、不同民族、不同生活方式，交融碰撞，美美与共，造就出辉煌灿烂的历史文化，而长安则成为当时天下文人神往的天堂。所以，在本书中，读者不仅可以遇见不一样的王勃、杨炯、卢照邻、骆宾王，还可以再一次邂逅浪漫大气的李白、忧国忧民的杜甫、积极乐观的白居易，以及绝代风华的元稹。虽然这些文人墨客让人耳熟能详，但他们背后的历史却又鲜为人知。他们的人生虽然充满艰辛和磨难，却一生都在向着心中的长安进发，最终成为王朝文脉的高贵主宰者，使得威加海内的大唐王朝从此多了一张流芳千古的文化名片。

情怀，既是一个人不可或缺，支撑其努力前行的精神动力，也是一个民族踔厉奋发的精神内核。这也是本书所重点倡导体现、贯穿全书的重要情感纽带，旨在引导广大读者透过历史狭窄缝隙，看到虚心纳谏、安定四方、复兴文教，最终取得"贞观之治"盛世辉煌、创下"天可汗"帝王伟业的李世民；看到倾其一生、以梦为马、舍身求法，始终初心不改的高僧玄奘；看到自强不息、一生为茶、一生如茶，把人的"品行"引入茶事的茶圣陆羽；看到"权倾天下而朝不忌，功盖一代而主不疑"，资兼文武、忠智具备的中兴名将郭子仪。当然，还有从少年妻子到贤惠帝后，陪着唐太宗从容走过刀尖舔血岁月的长孙皇后，以及借君权神授获得至高无上荣耀，当爱恨情仇烟消云散时，睿智选择放下一切的女皇武则天。他们身上所散发出的浓厚家国情怀，让人心扉陶醉，回味悠远。

精神，是人世间之大美，它最能撼人心魄，震动肝胆。坟冢寂无声，烽火映山河。大唐国祚之所以能够赓续近三百年，与其所具有的不屈不挠的时代精神密不可分。在书中，我毫不吝啬地对此施以浓墨重彩，努力勾勒升平海内、协和万邦、巅峰对决的王朝气魄。试图让读者看到生活在"别人"阴影下的唐高宗李治，却于白江口一战以少胜多，打得日本千年不敢往顾中国，从而使得帝国版图臻于极盛；看到那些视大唐社稷安危为己任的文臣武将，宛若逐日而生的向阳花，他们上护社稷，下庇黎民。他们中既有凛然英风、迥冠千古，以其睿智屡屡庇护江山社稷的宰相狄仁杰；也有忠肝义胆、运筹帷幄、三为帝师、力挽狂澜，为大唐续命百年的山人李泌；还有发出"宁为百夫长、胜作一书生"呐喊的众多文人士子。他们所体现的都是唐人深入骨髓不可或缺的骨气与硬气。

"滚滚长江东逝水，浪花淘尽英雄……"尽管一场突如其来的"白马驿之祸"，无情终结了那个风华绝代的王朝，但它曾如日中天，照亮整个世界，展示出的东方大国的自信、开放、大气、包容，以及向上的民族精神，为中华儿女构筑起永远为之自豪的文化高地，让人思索、自省、回味。我衷心希望能够通过自己揉碎历史的解读，融入思考的讲述和身临其境的再现，引导读者透过文本缝隙，走进唐朝的天空，去感受唐人开疆拓土的家国情怀，万国来贺的盛世荣光，以及诗词文化的璀璨光芒。

最后，需要说明的是，在本书创作中，参考了《旧唐书》《新唐书》《资治通鉴》和《剑桥中国隋唐史》等大量史籍资料，同时也借鉴了众多前辈学者和当代学人的诸多研究成果，由于篇幅有限，不再尽列。在此深表谢意！

本书出版得到了好友著名小说家、编剧海飞先生和作家李北墨先生的无私帮助，由衷感谢杭州师范大学教授、中国作协网络文学研究院副院长、杭州市文艺评论家协会主席夏烈先生在百忙之中为本书作序，感谢徐则臣、陆春祥、海飞等诸位先生，玉成其美，联袂推荐。最后，特别感谢浙江工商大学出版社垂青于我，成人之美。

是为后记。

2024 年 1 月 20 日